Viele Intellektuelle und Künstler flohen während der Herrschaft der Nationalsozialisten ins Exil an die amerikanische Pazifikküste. Michael Lentz findet mit den Mitteln der Erinnerung und der Fiktion dieses Leben wieder, in dem jeder Blick an der Vergangenheit haftet, die Gegenwart des Exils aber im Zeichen der Verunsicherung steht: Franz Werfel überquert die Pyrenäen; Brecht verabschiedet sich im Gedicht von einer verstorbenen Mitarbeiterin; Feuchtwanger streitet sich im Geiste mit Thomas Mann über Pelikane und entdeckt seltsame Zeichen in seiner Bibliothek; Thomas Mann wimmelt einen Reporter ab, der in sein Haus geschlichen ist; Schönberg trauert einem verliehenen Sessel nach, den er längst zurückbekommen hat; Heinrich Mann bleibt nach dem Tod seiner Frau Nelly allein zurück.

Michael Lentz, 1964 in Düren geboren, lebt in Berlin. Diverse Preise, u. a. den Ingeborg-Bachmann-Preis 2001, den Förderpreis des BDI 2002 und den Preis der Literaturhäuser 2005. Zuletzt erschienen die Prosabände ›oder‹, ›Muttersterben‹, der Lyrikband ›Aller Ding‹ und der Roman ›Liebeserklärung‹.

Unsere Adresse im Internet: www.fischerverlage.de

Michael Lentz

Pazifik Exil

Roman

Fischer
Taschenbuch
Verlag

Veröffentlicht im Fischer Taschenbuch Verlag,
einem Unternehmen der S. Fischer Verlag GmbH,
Frankfurt am Main, August 2009

Lizenzausgabe mit freundlicher Genehmigung
der S. Fischer Verlag GmbH, Frankfurt am Main
© 2007 S. Fischer Verlag, Frankfurt am Main
Satz: ottomedien, Darmstadt
Druck und Bindung: CPI – Clausen & Bosse, Leck
Printed in Germany
ISBN 978-3-596-17434-8

»im moment der explosion ist die sense auf den stein
gestoßen«
Hartmut Geerken

Auszug

Die Bienen sind weg. Die Stöcke stehen leer. Im ganzen Land. Spurlos. Ein ganzes Volk kollabiert. Ausgeflogen zum Sterben. Ohne Gottes Genehmigung aber dürfen sie gar nicht ausfliegen, die Bienen, und dennoch fliegen sie aus. Hat Gott ihnen das erlaubt? Keine Toten im Stock. Nur Honig und Junge, die verhungern. Noch steht der Stock, noch sieht er unverändert aus. Das Herz aber fehlt.

Ausgesungen ist von den Bienen, den Honigvögelein und ihrer Blumenfahrt. Welche Seelen haben die Bienen mitgenommen, die jetzt nicht mehr im Gras umher sind? Sie werden nicht mehr auf der Weide schmausen, und gibt der Schnee den Boden frei, wird es ganz still sein im Land.

Wo kamen die Bienen her? Sie kamen aus dem Stier, der geopfert wurde. Zu Tode geprügelt wurde der Stier, der, von der Masse entzündet, so gewütet hat. Kein Blut durfte fließen. Dem Kadaver verschloss man alle nur denkbaren Öffnungen. Drei Wochen lang hielt man ihn völlig dicht in einem unzugänglichen Haus. Dann setzte man den bereits verwesenden Stier der Frischluft aus. Gottes Vöglein, die Bienen, entstanden und bildeten sogleich einen großen Schwarm. Der ans Schwarze Meer Verbannte schrieb: »Die Seele des Stiers geht, weil er so viele Pflanzen gefressen hat, zur Strafe in unzählige Bienenseelen über, deren Körper die Pflanzen liebkosen, ohne sie zu verletzen.« Aber ist das eine große Strafe? Eine viel größere Strafe erwartet die Bienen. Die finden nicht mehr heim. Und die Königin geht aus dem Gehirn des Stiers hervor, die anderen aus seinem Fleisch. Apis heißt ein schwarzer Stier, der Sonne lebendiges Seelenbild, schwarz wie Erde und Unterwelt. Und Apis heißt die Biene.

Nun sind die Bienen weg. Das Bienenhaus verwaist, der Bienenflug vorbei. Die Sonne geht unter und geht nicht mehr auf. Denn sie scheint in der Unterwelt.

Die Bienen und die Wiese – die kommen aus dem Paradiese, die Wiese ist verlassen. Der eine Biene tötet, begeht Teufelswerk. Die Immen aber kamen dem Mord zuvor und flogen aus. Nichts deutet auf den Zusammenbruch ihrer Häuser, der im Gange ist, nur das Fernbleiben der Älteren, die bleiben ununterbrochen fern.

Aus heiterem Himmel geschieht das nicht. Wenn die Biene von der Erde verschwindet, dann hat der Mensch nur noch vier Jahre zu leben, heißt es.

Kein Immenschwarm mehr, kein Bienentanz, keine Verkündung der Trachtquelle, die alles im Gleichen hält. Keine Bienen mehr, keine Bestäubung mehr, keine Pflanzen mehr, kein Apfel, keine Birne, keine Pflaume, keine Himbeere, kein Kürbis, kein Mandelbaum, die Melone verschwindet, die Paprika.

Die Bienenstöcke stehen verwaist, die Plünderer lassen auf sich warten.

flinken Schritten, die Sonne zögert, was Zeit lässt, ein Stirnband will man ja nicht um den Kopf tragen, das den Schweiß fängt, der in den Augen brennt, die blinzeln müssen, bis das Stolpern beginnt, der Fehltritt, nicht richtig hingeschaut, nicht aufgepasst, weil der Schweiß in die Augen lief, die Stirn hinunter, aber ein Stirnband will man nicht haben, das den Schweiß erst strömen lässt, eine Sonne um neun schlägt dich an, lässt dich winseln, ob man nicht lieber abbrechen sollte, umkehren, jetzt schon umkehren?, aber nein, wir kehren in den Schatten, nehmen den Berg von hinten, wo der Schatten wohnt, wo niemand hinschaut. Diesen Gipfel stürmt man nur noch mit einer Schaufel. Der Schnee ist nicht von Menschenhand. Aber die Menschenhand muss seiner Herr werden. Ein langsam gefrierender Mund. Der Wind passiert das Ohr und geht in den Mund. Er schießt in den Mund. Ist das nicht schon Eis, was da ankommt? Ich gehe jetzt hinauf. Ich mach's jetzt. Ich pack's. Das sind so Sprüche. Der Schnee ist leise, er schleicht sich ein. Schnee gilt ja als niedlich fast, so gemütlich und wohlgesonnen. Allein was über ihn gesagt wird. Er ist weiß. Flocken. Er rieselt hinab. Er kommt von oben. Es schneit von unten, sagt man ja schließlich nicht. Schnee dämpft. Schnee macht besinnlich. Und dann der Schneemann. Steht ein Schneemann im Garten, kann nichts mehr anbrennen. Und dann hat der Schneemann ja auch eine rote Rübennase. Warum ist Papa gestorben? Das wird ja gerne mit dem Schneemann erklärt. Es taut. Schneemann knickt weg. Kippt seitlich. Papa. Der Schneemann war dein bester Freund. Versprichst du mir, dass er nächstes Jahr wiederkommt? Wohin ist er denn verreist? Und warum kann es nicht so bleiben wie es ist? Warum hat er denn nicht seine Nase mitgenommen? Und die Kastanien da, was machen die denn da? Ich sehe nichts. Da liegt also die Mütze. Wie heißt das Lied? Der Lotse verlässt das Schiff. Der Schnee. Er kommt so still, wie es keinem Feind zu wünschen ist. Noch nie ist ein Schnee verhindert worden. Er kommt und geht, wann er will. Sehnt man ihn herbei, kommt er nicht. Ist er da, will er nicht bleiben. Bleibt er, droht er augenblicklich wieder zu verschwinden. Verschwindet er dann nicht ganz, hat er bald schon Ausschlag. Überall tritt Schmutz ein, wenn die Leute mit ihren Straßenschuhen auf und ab gehen. Wir marschieren mit unseren Sohlen über blütenweißen Schnee, und schon ist dieser Schnee ganz schwarz. Schnee ist unberührbar. Er ist so gleich, dass wir nirgendwohin mehr gehen sollten. Zu Hause bleiben, sagt der Schnee. Es ist eine Schande, wie dieser Schnee belaufen wurde. Der so belaufene Schnee ist nicht mehr zu reparieren. Man könnte ja mit einer Schaufel die Fehltritte zudecken, eine Schaufel Schnee von hier nach dort transplantieren, die Wunde schließen, die aber nicht geschlossen werden kann, nur vertuscht. Wir müssten unentwegt vorwärtsgehen, uns nach jedem Schritt umwenden und die hinterlassene Spur wieder zudecken. Auf diese Weise könnten wir uns gar nicht mehr entfernen. Entweder müssten wir das Vorwärtsgehen ohne Unterlass fortsetzen und uns mit jedem Schritt einen Schritt mehr vom Haus entfernen oder augenblicklich umkehren und umkehrend die Spuren beseitigen. Die einzige Konsequenz muss sein, gar nicht erst das Haus zu verlassen. Ein verrannter Schnee ist untröstlich. Spätestens mit diesen Eindrücken sehnt man das Frühjahr herbei, den Blumenduft und fliegenden Sommer.

Dann fällt Neuschnee. Die Gnade des späten Neuschnees. Das fahle Licht der Küche klärt sich auf, ein klarer Gedanke wird gefasst, unwillkürlich drehst du dich herum, der neue Schnee hüllt dich ganz ein. Deine Handschrift im Schnee. Das Stempelkissen. Da lief ein Hase, die Schnur hier ist eindeutig ein Fuchs, diese Entfernungen hinterließ eine Katze. Und die Augen schmerzen. Der Schnee brennt sein Licht in die Augen. Ohne Brille macht er unweigerlich blind. Wer eine Brille trägt, die den Schnee erträglich macht, setzt diese immer wieder ab.

Schließlich will jeder sehen, wie es wirklich ist. Die Brille hat den Augen einen braunen Filter eingebrannt, den sie vorerst nicht loswerden können. Man setzt die Brille also wieder auf und sieht durch sie hindurch, wie es nun wirklich zu sein scheint. Dann nimmt man die Brille wieder ab. Hält man dann für einige Minuten die Augen geschlossen, hat sich der Braunton verflüchtigt. Er löst sich von den Augen ab. Er schwebt. Jetzt werden die Dinge sichtbar. Die Dinge sind jetzt in einen kleinen Raum gefasst. Sie tauchen auf, sie tauchen ab. Das ist das Kindheitsmobile. Unsichtbare Fäden. Eins sitzt oben, eins geht nach unten. Und dann die Wut. Die zitternden Äste in Fetzen. Windschiefes Trauerspiel. Und überall siehst du das Mobile. Das immer vor den Augen tanzt. Wenn du die Augen öffnest, schiebt sich die Welt dazwischen. Du bräuchtest diese Welt doch gar nicht. Genügt denn dieses zerschlagene Mobile nicht? Könnte einer, der nur dieses Mobile vor Augen hat, nicht alles voraussehen, und er bringt sein Leben damit zu, nur immer dieses Mobile zu studieren, jede Regung, jeden Stillstand, könnte ihm das nicht völlig genug sein, lernte er nicht bald schon, vom Mobile auf die Welt zu schließen? Er sitzt in einem immer gleichen Raum, die Fenster werden geöffnet, die Fenster werden geschlossen, Licht durchflutet den Raum, es ist genug zu atmen da, die Gegenstände des Mobiles sind unbestimmt genug gehalten, darin mal einen Menschen, mal ein Tier zu sehen, das Mobile macht die Jahreszeiten, es gibt Streit und Frieden, es bewegt sich, es regt sich nicht, würde dieser nicht auf die Welt schließen können, ohne sie sonst gesehen zu haben, würde er nicht bald schon um Rat gefragt, wie es in dieser Welt denn zugehen müsste, damit sie ein Mobile sei, das lautlos, sanft wiegend im Raum schwebt, das Mobile stellt keine Fragen, der keinen Blick wirft nach draußen, der immer nur das schaukelnde, das stillstehende Kinderspiel betrachtet, hat Antworten genug.

Jetzt hängt an einem Ast die singende Amsel am Abend,

jetzt sind es die in den Bäumen hockenden Nebelkrähen, die Krähenbande ist es, die das Ding da, die verklemmte Walnuss, aus der Regenrinne holen will. Das ist eine unermüdlich ratternde Nähmaschine, diese tanzenden Schnäbel. Die macht sie ganz wild, diese Nuss. Dass die da aber auch so klemmen muss. Sie hängt im Laubfänger fest. Reihenweise rutschen die Schnabelmeister ab. Die Nuss zeigt ihre Vorderfront. Ein gezielter Hieb auf die Fontanelle und die Sache wäre geritzt. Es ist ja nicht so, dass die Walnuss von sich aus sich wehrt. Die Nuss klemmt da, weil sie keine andere Wahl hat. Sie ist mal hierhin, mal dahin transportiert worden. So hoch wie das Haus steigt gar kein Walnussbaum. Ist es der Wind nicht, der Sturm, haben die Vögel wohl selber die Nuss hierhin gebracht, die sie nicht müde werden auseinanderzunehmen. Die Schnäbel richten nichts aus. Jetzt stürzen die Krähen mit ihren Füßen drauf. Sie attackieren den Provokateur aus der Luft. Ihre Vorgehensweise lässt auf eine wohlerprobte Taktik schließen. Dann ziehen sie ab. Eine Krähe nach der anderen tritt den Rückzug an. Der Feind kapituliert, soll die Nuss denken. Die Fallschirmspringer springen in ihren Fall mit Bedacht. Sie können bis drei zählen und verlassen das Flugzeug am besten in dem Moment, wenn Falltiefe, Höhepunkt und Fallgewicht im Einklang sind. Jetzt lassen die Krähen springend von der Walnuss ab. Von der Nuss aus betrachtet sieht das aus wie ein längst vorbedachter und von langer Hand eingefädelter Selbstmord. Die Krähen knicken seitlich weg. Das heißt, sie machen einen prompten Satz über die Regenrinne. Die Nuss ist noch ganz warm vom Brüten der Krähen. Soeben haben ihre Schnäbel noch wuchtig auf die Walnussschale eingedroschen, nun kippen die Fallschirmspringer mit einem deutlichen Satz seitlich weg in die nie gesehene Tiefe. Kaum sind die Krähen neben der Regenrinne weggetaucht, öffnen sie den Fallschirm, der sie sofort knapp unterhalb der Rinne in der Schwebe hält. Sekunden später sieht sich die Nuss erneut kra-

keelenden Krähen ausgesetzt. Allein umsonst. Jeder Schnabel-
hieb treibt sie enger ein. Will sie nicht herausgezogen werden,
gibt sie dem Schnabeldolch nicht nach, soll sie durch die
Schelle des eisernen Laubfängers gehämmert werden, dann
schwimmt sie frei in der Rinne auf den Abfluss zu. Und will sie
sich dann doch nicht in Richtung Abfluss aufmachen, kann
man sie immer noch mit dem Schnabel vorantreiben. Doch
die Nuss sitzt fest. Eine letzte gewaltige Anstrengung, eine
letzte selbstlose Verausgabung. Es ist nichts, es ist überhaupt
nichts zu machen.

Maulwürfe sind immer so erfolgreich. Ist das ein Trost, dass
die Maulwürfe nicht hinaufsehen können, dass diese Blamage
unentdeckt bleibt? Jetzt sieht es auch das hüpfende Krähen-
volk ein, dass hier nichts mehr zu holen ist. Gescheitert sein,
und jeder sieht es einem an. Nur die Krähen sehen es sich an.
Windstille. Die Krähen lassen die Köpfe hängen. Sie rühren
sich kaum. Die Erkenntnis, alles versucht und nichts erreicht
zu haben, ist das Gift, das sich langsam in den Körper füllt. Es
entzieht alle Lebensfreude. Wie das dörre Obst an den Bäumen, das niemand mehr beachtet, das bald herabfallen wird,
stehen die Krähen einfach traurig da, von Zeit zu Zeit pendeln
ihre Köpfe hin und her, die augenscheinlich nichts mehr mit
dem übrigen Körper zu tun haben. Ihr Schnabel ist ihnen so
schwer, er zieht sie ganz zu Boden.

Was fällt euch ein, so träge zu sein. Man sollte das Fenster
öffnen, euch zu verscheuchen. Es kann doch nicht wahr sein,
dass hundert Krähen eine einzige Nuss nicht packen. Man
hätte sich von Anfang an nicht weiter um euch bekümmern
sollen. Zu viel Zeit ist verloren gegangen. Ja, schwirrt nur ab.
Euch selbst könnt ihr nicht mehr in die Augen schauen. Die
Krähen hüpfen über die Rinne, kippen seitlich weg, heben ab,
sind fort. Die Nuss bleibt für immer ungeöffnet. Nüsse sind
aber dazu da, dass man sie öffnet. Eine nicht geöffnete Nuss
fällt zu Boden und zerspringt. Und diese klemmt in der Re-

genrinne, bis der Regen sie wegschwemmt. Dass plötzlich etwas nicht mehr ist, das vorher da war. Wie diese Krähen. Und dann ist es immer so lautlos. Alles scheint abgezogen, entwichen. Am Himmel keine Spur. Die Schneespur der Krähen ist so deutlich, erst der Frühling wird sie zum Verschwinden bringen. Dann ist Frühling. Die Spuren schmelzen, man sollte einmal wenigstens abwarten können, bis sie ganz verschwunden sind, einmal unablässig das Schmelzen der Spuren ins Auge fassen, das Verschwinden, das uns immer voraus ist, ist das nicht das Merkwürdigste, dass etwas Spuren hinterlässt, sich eindrückt, abhebt und verschwindet, es drückt sich in den Boden ein, in die Luft, es zeugt von einem Eingriff, einer Besetzung, und es selbst ist nicht mehr da, und das, was wir sehen, was wir ertasten und umreißen, ist das jetzt eine Schande oder ein Denkmal, einmal wenigstens mit den Augen dranbleiben, bis es wieder weg ist, verblasst ist, hier diese Straße, erinnerst du dich, rechts das Haus noch da, aber wie weg, im Dasein schon weg, und die Tanne, die doch immer vor dem Haus gestanden hat, diese Einkreisung am Boden, im Rasen, da hat doch die Tanne gestanden, da steht sie aber nicht mehr, und du führst sie dir vor Augen, obwohl sie nicht mehr da steht, ist das so?, oder *weil* sie nicht mehr da steht.

Ist es nicht schon Leben genug, dass du dich an diese Tanne erinnerst, eine Tanne ist ja ganz harmlos, und weil diese Tanne so harmlos ist, erinnern wir uns immer an die Tanne, die Tanne löscht alle Spuren, alles, was nicht wiedergutzumachen ist, nimmt diese Tanne in sich auf, ein Denkmal bannt die Geschichte, im Kopf ist nichts als ein Mobile, darein die Wut gefahren ist. Jetzt habe ich mir also vorgenommen, das Verschwinden der Krähenspur zu sein, ich bin jetzt diese Kamera, die das aufnimmt, der stolze Schnee, darin eingestochen dieser Krähenfuß, und weg ist die Krähe, die ist da gar nicht mehr greifbar, es ist irgendeine Krähe, aber ganz genau diese Spur ist es, da im Schnee, siehst du, dieser stolze Schnee, und dann kam ja das Frühjahr, mit einem Riesenschwall kommt das Frühjahr, du verlässt das Haus im fetten Mantel, und es haut dich um, gerade noch kannst du dich am Türknauf festhalten, so bläst es dir entgegen, dieser weit gereiste Wärmeschwall, wo der bloß herkommt, schon während des Telefonierens meintest du, dich umfange eine Wolke, da macht dich etwas ganz dicht, jedenfalls greift dieser Schwall tief ein in den Schnee, der mit einem Mal wie unter Wasser zu sein scheint, Glas scheint da eingedrungen zu sein, der Schnee bäumt sich auf, bildet eine kristalline Kruste, die an den Rändern wegkippt mit hängenden Köpfen, Tropfen rinnen herab, die Krähenspur verflüchtigt sich, dann macht alles kehrt, was dieser Schwall ist, es geht von einem fort und nimmt was mit, man ist ja auch froh, dass es weggeht, schließlich möchte man auch mal wieder alleine sein, unbehelligt, man möchte den Kopf einmal wieder in nichts Bestimmtes stecken, hinausfühlen, und keine Migräne haut einen um, kein Geruch von verbranntem Plastik sticht in die Nase, rast in die Nebenhöhlen, sticht komplett durch, einmal nicht mehr, natürlich ist es so, dass es mehr als auffrischt und erfreut, den Frühjahrsgeruch wiederzuerkennen, wenn man zum Beispiel durch den Wald geht, an den Bäumen vorbei, und völlig unklar bleibt, sind das die Bäume vom letzten Jahr, haben die noch das Laub vom letzten Jahr dran, im Geäst dran, hängt da noch das Laub von vorgestern, und sollte ich mich jetzt auch wie gestern fühlen, geht das jetzt vorwärts oder bleibt es stehen, verharren wir jetzt, zuvor munteren Schrittes vorangerauscht, und mit einem Mal, die Krähen, die schon längst verschwunden sind, steigen ganz sachte auf, kaum merklich, die Krähen schweben ergreifbar vor Augen, schwarzweiß, ein ganzes Heer Krähen bildet ein einziges Flügelpaar, das lautlos und weitausholend nach unten, nach oben geht, diese gespreizten Flügel, die Schlangenbewegung des gesamten Körpers, der viele ist, diese so schöne Gesellschaft, und der geschälte Wald, den muss doch jemand geschält haben, dass er so aussieht, hat das denn keiner bemerkt, und in das Laub von vorgestern mengt sich das Laub von heute, das bald rauskommen müsste, das müsste doch langsam mal in Erscheinung treten, das sind die Weisheitszähne der Bäume, die jetzt kommen, und der Milchzahn hängt noch dran, nagt noch, ein Wald ist immer drei Generationen gleichzeitig, nicht zu vergessen der immergrüne, der immerwährende Boden, auf dem da spaziert wird, wir wissen ja gar nicht, wie historisch der Boden ist, auf dem wir rumlaufen, gäbe es Spurendenkmäler, Bodendenkmäler, Fußabdruckdenkmäler, der deutsche Wald würde erzittern, überall im Wald stünden Denkmäler herum, auch im verbotenen Distrikt, im Sperrbezirk, selbst die Lichtung ist verseucht, da ging der Napoleon hoch, hier folgte Bismarck seinen Spuren, dem Hindenburg folgte, das ist ein großes Durcheinander, die Geschichte ist ein Verhau, ein Drahtseilakt, die Volksnähe der Despoten, die obligatorische Kaffeehaussucht der Despoten, die über den Kuchen das Volk regieren, du kannst keinen unschuldigen Kuchen mehr essen, die in der Kaffeesahne aufleuchtende Krähenspur, die nicht schmilzt, und dann reißen die Lippen, der heiße Atem reißt die Kaffeesahne in den Schlund, wo ist die Romantik geblieben, prospektgeschult reisen wir in diesen romantischen, diesen deutschen Landstrich und suchen die Romantik, kaum steigen wir aus dem klapprigen Taxi, das doch so verheißungsvoll war, knapp der Böschung entgangen, dünkt uns deutlich, hier gibt es gar keine Romantik, hier sieht das ganz anders aus als da auf dem Broschürenfoto, du kannst das erwandern wie du willst, du wirst es nicht finden, du findest es nicht, es ist ein Schweinsgalopp durch die romantischen Tiefen, um das festzustellen, hätte ich ja gleich in die Ferne reisen können, da sieht das auch nicht so aus, und die immer quälende Erholungsbedürftigkeit, kaum kehrst du aus dem so schwerverdienten, so aufgesprungenen Urlaub heim, bist du urlaubsreif, und du fragst dich, ist das doch noch das alte Laub, das an den Bäumen hängt, ist das die Überreife, »die Einzelheiten sind lächerlich und die Gesamtheit der Einzelheiten«, ausscheren, den Weg durch den Wald nehmen und sich einflüstern, das ist kein Weg, das Bedrohliche ist ja nicht der Weg, es ist alles andere als der Weg, der taghell noch einsichtige Waldrand links und rechts des Weges, da kommt es raus, die Rede von einem plötzlichen Vorspringen, Angstbiss, wenn die ihre Jungen haben, dann sind sie besonders aggressiv, Buckelpflaster, der Regen hat den Weg aufgemischt, wenn du nachts den Weg durch den Wald nimmst, auf hundert Meter kein Licht, keine Laterne, die dir leuchtet, da denkst du ganz freiwillig, das System ist nicht an allem schuld, hier gibt es gar kein System, denkst du, es gibt Bewohner der Sowjetunion, die haben bis heute nichts von Stalin gehört, hier gibt es gar keinen Staat, es gibt den Gemüsehändler, den ewigen Bauern, aber doch kein System, bis hierhin kommt das nicht, was soll das auch sonst für einen Vorteil haben, aufs Land zu ziehen, an der Versteppung hier ist nicht unmaßgeblich Wüstensand schuld, der kommt hier in ein Windloch und stürzt ab, bleibt liegen. Als ich das erste Mal den Waldschützpfad durchnehmen wollte, standen nach wenigen Metern schon Wildschweine da. Die schauten einem geduldig entgegen. Kommen lassen. Der Pfad wird von Straßenlaternen gesäumt. Eine ist ausgefallen. Eine Lücke im Reißverschluss. Du stürzt in ein mitten in der Nacht ausgehobenes Loch. Es tut sich was auf. Du hast Fahrt aufgenommen und wirst gegen eine aus der Erde schießende Mauer geklatscht. Umkehren. Die Wildschweine kommen näher. Die tun doch nichts. Das sind doch bloß Wildschweine. Höchstens wenn die Junge haben. Dazu muss es doch erst mal Frühjahr werden, dass die Junge kriegen. Die Jungen sind ja manchmal unergründlich. Die jagen hierhin, rennen dorthin. Unvermindert harmlos, wenn nur diese Lichtlücke nicht wäre. Da fahre ich nicht durch. Ist es das immer, was man mit Überbrücken meint?

Laut schreien, Lärm machen, einfach weiterfahren. Die blieben aber stehen. Es herrschte dieses unverwechselbare, mattgelbe Licht, das die Straße in eine günstige Wärme taucht. Eine Ankündigung. Du steigst vom Rad. Was ist das denn? Was machen denn die Schafe hier? Tiere sind immer zu Hause. Die gehören da einfach hin, sagt der Nachbar. Die sitzen im Baum, die schwimmen im See, die scheißen aus der Luft. Die sind auf dem Teller. Die sind immer zuerst da. Kaufst du ein Haus, ist immer schon irgendein Tier da. Der Fuchs, zum Beispiel. Der geht seiner Wege, tauchst du auf, ist er gnädig und verschwindet. Eine Ansprache halten? Hört mal, Wildschweine, es ist so, dass ihr kein System seid. Außerdem könnt ihr euch nicht selbst vernichten. Außerdem könnt ihr euch nicht ausrotten. Und dahinter stehen die Jungen. Das Muttertier steuert Verständnis bei – und rennt dich über den Haufen. Dynamo. Das ist ja das Unabänderliche, dass da kein Licht ist, wenn du stehst. Was geht in den Schweinen vor? Als wäre die Erde aufgebrochen, geht über dem Weg das Laubzelt auseinander, der Himmel strahlt durch die Sonnenschneise, hier gehst du lang, hier erklärst du dich, hier machst du wieder kehrt, nachts, die Schweine stehen da ja nur, weil der bestirnte Himmel immer noch die Schneise wärmt, die hängen da aus, grillen ihren Wams, und du kommst an ihnen nicht vorbei, kein Mumm, aber Braten. Na? Gehst du jetzt doch da durch? Nachts. Nachts ist alles größer. Ich überlege, ob nachts tatsächlich alles größer ist. Es ist starrer. Es starrt alles. Nachts werden alle Risse zugedeckt. Was an Sicht fehlt, gleichen die Ohren durch gezielte Aufmerksamkeit aus. Die Ohren hören jetzt weiter, sie legen größere Distanzen zurück. Weil man da in Ruhe gehen möchte. Es scheint aber, dass die meisten wanken. Wie kommt es, dass eine Gesellschaft, die im Stillstand ist, wankt? Das Licht ist ausgefallen. Die haben plötzlich das Licht abgedreht. Der ganze Ort liegt völlig im Dunkeln. Zum Waldschützpfad gibt es keine Alternative, will man nicht der Straße folgen, die um den Wald herumführt. Die Autos sehen einen nicht, deren Licht müsste immer um die Kurve gehen, es geht aber immer nur geradeaus, es scheint in den Wald, und du bist in der toten Zone. Ist kein Auto in Sicht, steigst du mit Wucht in die Pedale, siehst zu, dass du vorankommst, geht Licht durch die Bäume, oder dieser jahreszeitbedingte Lichtnebel taucht auf, fährst du seitlich ran, verlangsamst die Trittfrequenz, bleibst schließlich stehen, dicht am Graben, und lässt den Wagen passieren. Fährst du ohne Licht, ist die Vorstellung dein Begleiter, in ein hartes Loch zu fallen, bereits gefressen worden zu sein, du bist verschluckt worden, du rast auf einen Ort zu, der immer in deinem Kopf ist, du hast diesen Ort schon als Kind geträumt, dieser Ort ist hinter allem, was du denkst, wenn in deinem Kopf nichts ist, auch heute nicht, so ist da immer noch dieser Ort, ein kleiner Raum ohne Fenster, der dich umschließt und ganz nervös macht, es gibt nichts zu sehen in diesem Raum, du siehst dich in diesem Raum stehen und musst immer hinschauen, wie du regungslos in diesem Raum stehst. Das macht die Augen müde, du schließt die müden Augen, und jetzt siehst du dich geschlossenen Auges in diesem Raum stehen, um den herum, wenn du einmal drin bist, nichts mehr zu erkennen ist, alles löst sich ab, verliert seine Kontur, Umrisse verschwinden, es gibt keine Tür, aber du weißt, diesen Raum wirst du nicht mehr verlassen können. Der Körper reagiert auf diesen Zustand mit einem Anstieg seiner Temperatur, er strahlt Wärme ab, als könne diese Schutz gewähren und den Raum abhalten, an den Armen und Beinen stellen sich die Härchen auf, die Gänsehaut ist so stark, dass sie schmerzt, erstaunt siehst du, wie lang deine Härchen am Unterarm sind, wie die Stachelhaare eines Insekts stehen sie da, es reißt dich empor, es zerrt an dir, es ist wieder da, sofort sagst du es dir selber, es ist wieder da, wie Es ist es wieder da, Jahre sind vergangen, und plötzlich ist Es wieder da, Es hat sich gar nicht verändert, du aber hast dich verändert, du bist vielleicht trauriger geworden, hast aber gelernt, mit dieser Traurigkeit zu leben, sie ist dein täglicher Umgang geworden, du hast dich als Maschine begreifen gelernt, wenn du traurig bist, stehst du einfach für ein paar Minuten mal da und weinst dich aus, eine Merkwürdigkeit des Menschen ist das, wie das Lachen, du weinst und fragst dich, ob Tiere auch weinen, lachen Tiere denn?, Tiere lachen nicht, Tiere weinen auch nicht, jedes Mal dieser tief greifende Schreck, wenn eine Lachmöwe lacht, hinter deinem Rücken fängt eine Lachmöwe an zu lachen, mit diesem bellenden Schrei, und im selben Moment findest du dich über die Maßen lächerlich, ganz erbärmlich findest du dich, dann überkommt dich diese Traurigkeit, und du könntest auf der Stelle heulen. Ist das nicht ein schönes Bild, die Lachmöwe lacht dir in den Rücken, du stehst vor ihr und weinst, wagst es aber nicht, dich herumzudrehen und der Möwe das zu zeigen, erst wenn du dich ausgeweint hast, drehst du dich herum und siehst der Möwe beim Lachen zu, und die Möwe nimmt gar keine Notiz von dir, sie sieht so ernst aus bei ihrer Lachverrichtung, sie lässt dich einfach da stehen und hebt ab.

Wo ist der Vogel? Halluziniere ich? Nach diesem höchst anstrengenden Aufstieg, der viel anstrengender war, als sie erwartet hatte, nach diesen Umwegen, falschen Pfaden und unwegsamen Verirrungen hinein in Wolken und Nebel gelingt es Marta, die Sturmflut der Bilder anzuhalten und sich für Augenblicke zu besinnen. Die Kälte ist mittlerweile in Bereiche des Körpers eingedrungen, deren Existenz man immer stillschweigend hinnimmt, auf die man nicht weiter achtgibt, solange sie sich nicht bemerkbar machen, der Schmerz ist auch gar nicht genau lokalisierbar, mal scheint er das Ganze zu betreffen, dann wieder sitzt er in den Bronchien, den nächsten Moment aber ist es das Knie, das alles Ziehen und Reißen aushalten muss. Das Ein- und Ausatmen gegen den roten Wollschal befreit die Lippen von der starren Zwinge des Frostes, die

Lippen formen ein paar Grimassen und fühlen sich schon wieder recht warm an, während das übrige Gesicht umso stärker von dieser nie erlebten Kälte gefangen ist. Marta ist hierüber ganz erschrocken und fürchtet, als Nächstes könnten die Augen versagen, es sind ja Fälle bekannt geworden, da schützte selbst eine starke Brille vor Schneeblindheit nicht, wohin soll sie hier auch schauen, es geht Weiß in Weiß über, und schon eine kaum wahrnehmbare Graustufe beruhigt sie wieder ein wenig. Ich habe mich in meinem ganzen Leben nicht verlaufen. Ich war immer eine sehr gute Skifahrerin. Ich bin stets die Piste zu Fuß hoch, habe nie einen Sessellift in Anspruch genommen. Wie konnte das passieren, dass ich mich heute so verlaufe? Aus der Schattenwand herausgetreten, reißt die Eiseskälte, und ein Loch scheint sich aufzutun. Ein paar Schritte noch, dann ist der Scheitelpunkt erreicht.

Der Ausblick von hier oben ist gigantisch. Arlberg, Schindlergrat, Mattunkar. Das muss man einmal gesehen haben. Klirrende Eiseskälte wie dem besten Feind nicht zu wünschen, der Himmel strahlendes Blau. Der Schal vor dem Mund allein richtet nichts aus, man muss das Atmen einstellen. Die Atemwege frieren augenblicklich ein. Frostklare, eisstarrende Lungenflügel. Die Kälte wölbt das Innere nach außen. Die Lungen liegen ganz offen. Froststarre Zapfen der Bronchien. Husten heißt sprengen. Selbst ein Räuspern, ein Nachdenken schafft dich beiseite. Du hast dir also vorgenommen, einmal nachzudenken. Da unten kann ich das nicht, hast du dir gesagt. Es soll dir niemand folgen können. Ein ungewöhnlicher Weg muss eingeschlagen werden, hast du dir gesagt. Zum ersten Mal im Leben hast du dich übernommen.

Die Sonne wärmt schnell. Marta setzt den Rucksack ab, schnallt die Skier unter, setzt die Brille auf, drückt die Skistöcke vor sich in den Schnee. Das ist das Schönste am Leben, denkt sie, hat man die Unüberwindlichkeit überwunden, atmet man frei und neu geboren. Spuren im Schnee zeigen ihr, dass schon jemand vor ihr den Hang hinuntergefahren ist. Zivilisation ist, Spuren zu hinterlassen, denkt sie.

Und jetzt geht es die Piste runter. Da ist weit und breit nichts in Sicht. Es ist eine Unbeschwertheit am Werk wie seit Jahren nicht mehr. Ich kann mich nicht daran erinnern, in letzter Zeit jemals so unbeschwert gewesen zu sein, denkt Marta. Die Skier sind zwar nicht mehr die modernsten, frisch gewachst laufen sie aber tadellos. Marta will nicht mehr nachgrübeln, sie will einfach nur den Hang hinunterfahren. So beschwerlich es war, diese Piste abseits aller offiziellen Pisten zu erreichen, so wenig gelingt es ihr nun, einfach nur die Fahrt zu genießen. Was geht in ihr vor? Warum kann sie das Grübeln nicht lassen? Zu behaupten, das Leben ist kürzer als ein Skihang, ist sicherlich Unsinn, da der Skihang im Leben ja enthalten ist. Das Bewusstsein aber, das einen den Skihang hinunterbegleitet, mit jedem Meter, jeder Sekunde dem Ende der Abfahrt näher zu kommen, bis es ganz da ist, dieses Bewusstsein ist ein falsch gepoltes Leben, das sollten wir eigentlich gar nicht haben, wir sind aber dazu verurteilt, mit diesem Bewusstsein zu uns selbst immer parallel zu laufen. Die vom Schnee schwer zu Boden gedrückten Äste, die in Schnee völlig eingetauchten Bäume, die nicht mehr als Tanne, als Buche, als Fichte zu erkennen sind. Wir könnten jetzt für einen Moment innehalten und das alles ringsumher anschauen, als sähen wir es das letzte Mal. Wir fahren den Abhang hinunter. Ganz. Wir steigen in den Sessellift und fahren zum wiederholten Male hinauf. Auch jetzt nehmen wir das Umliegende kaum wahr. Schnee ist ein Schalldämpfer, er hüllt die Umgebung in einen Kokon. Du fährst durch dein Gehör. Das sofort weiß, etwas schon einmal gehört zu haben. Der Fuß sinkt in den Schnee, er hat den Schnee noch nicht ganz auf den Boden gedrückt, da hält man in der Bewegung inne, für Momente schwebt der Fuß, dann setzt man ihn langsam auf mit dem sicheren Gefühl, genau dieses Geräusch des Gehens durch Schnee wiederzuerkennen, die Lautlosigkeit ringsumher, der stille Hunger, den man, kaum hat man diesen Zustand, diese Veränderung bemerkt, für gestaute Wärme hält, man öffnet die Jacke, die Wärme entweicht aber nicht, es zieht etwas aus dir raus, mit jedem Atem entweicht es. Es ist das eindeutige Gefühl, hier jetzt gar nicht anwesend sein zu wollen. Dieses Verbohrtsein, das bin ich doch nicht etwa ganz. Ich bin doch nicht nur verbohrt, als sei ein Pfahl von oben durch den Schädel und das Becken hindurch in den Boden getrieben worden, der am Vorankommen hindert, den aber niemand sieht. Ich weiß nicht, was du hast, du könntest ruhig ein wenig anders sein, hört man da oft. Es ist ja genau umgekehrt, die Gedanken sind ja schon weiter, die sind schon weit fort, es reißt fast den Kopf vom Rumpf, nur der Körper, der steckt fest, der macht einfach keinen Schritt nach vorne, ich stecke fest. Dann könnte man in sich hineinjagen, ein Tobsuchtsanfall, der steht jetzt an, aus der Haut fahren, wer sagte das nochmal gleich, Mutter sagte das doch, wenn das hier so weitergeht, werde ich noch aus der Haut fahren, sagte Mutter dann immer, was ich mir sogleich auch vorstellte, Mutter fährt augenblicklich aus der Haut, die Haut steht neben ihr und sie neben ihrer Haut, und für einen Moment der Verblüffung stehen beide aufrecht da, dann sinkt die Haut ganz weich zu Boden, niemand sagt was, alle stehen bloß herum, der Schnee ist mächtiger als die Stille, die Haut sinkt in den Schnee, und Mutter, wer soll das sein jetzt, es gibt auch ansatzweise keine Beschreibung für diese Erscheinung ohne Haut, jetzt steht sie ohne Haut da, sie hat es ja nicht anders haben wollen, soll sie halt mal klarkommen ohne Haut, sich mal ohne Haut ins Bett legen oder ein Bad nehmen, nimm doch mal ein Bad ohne deine Haut, lass dich mal blicken, das hast du jetzt davon, von deinen blöden Sprüchen. Und einen bestimmten Geschmack hat man dabei im Mund, wie man das alles in sich auskocht und das Ausgekochte in sich hineinfrisst.

Das Geräusch des niedergetretenen Schnees, der tief in die

Kapuze verkrochene Kopf, der sichtbare Atem, der aus der Kapuze strömt, das war schon das sichere Gefühl des Kindes, für kurze Zeit in Frieden zu sein, bei sich zu sein. Man hat die absonderlichsten Gefühle und Neigungen, die man sich nur hinter der Kapuze erlaubt. Ist der Kopf aber frei, ist er ohne Schutz sich selbst und der Kälte, der Familie ausgesetzt, würden diese Gefühle die schlimmsten Gewissensbisse verursachen. Es wäre kaum auszuhalten. Dauernd würde man sich mitteilen wollen, es bliebe aber nicht beim bloßen Mitteilen, die geringste Andeutung, hinter der Kapuze seinen eigenen Gedanken nachzuhängen, käme einer Beichte gleich, was soll das auch sein, eigene Gedanken, was soll man schon denken, mit eigenen Gedanken, man macht sich halt so seine Gedanken, ist schnell gesagt, wenn man nichts über diese Gedanken sagen will. Hinter der Kapuze aber, da fährt man andere Wege, den gesamten Schnee des Abhangs lässt man sich auftürmen, schiebt ihn zusammen, die Skifahrer stehen plötzlich ohne Schnee da, die Bäume nimmt man weg, es sind plötzlich keine Bäume mehr da, alle Leute müssen rückwärtslaufen, rückwärts den Hang hoch, da gibt es gar kein Erbarmen, der Sessellift bleibt stehen, mit einem Ruck rastet er ein, die Leute können aber nicht hochschauen, weil sie immer nur geradeaus schauen können. Wollen sie sehen, was links und rechts vor sich geht, müssen sie ihren ganzen Körper drehen. Hast du die Kapuze über, kannst du sogar immer geradeaus gehen, mitten durch den Hang, du gehst einfach immer geradeaus, keinen Höhenmeter musst du überwinden, der Hang ist dein Tunnel. Du brauchst auch gar keine Luft in diesem Tunnel, der sich vor dir öffnet und sofort wieder schließt. Du kannst beliebig hin und her gehen, hast du den Tunnel durchquert, kannst du sofort wieder zurück. Deine Familie merkt von deiner Abwesenheit gar nichts, schließlich bist du ja gar nicht abwesend. Du bist nur unter deiner Kapuze. Und da kann es richtig warm werden, während die anderen ohne Kapuze ein rotes Gesicht haben, ihnen steht immer eine Atemfahne vor dem Gesicht, ihr Mund dampft gewaltig, ein richtiger Schlot ist das. Stolpern. Jetzt nimm doch mal die Kapuze ab, so kannst du ja auch nichts sehen. Lieber nicht. Die anderen beobachten und gleichzeitig durch den Tunnel dringen, geht also nicht. Das ist die Angst der Eltern, das Kind könne andere Gedanken haben als kindliche. Es könne Gedanken haben, die älter sind als das Kind. Als könne es etwas entdeckt haben, wovon es abgelenkt werden muss. Genau die Gedanken denkt das Kind, denen die Eltern schon immer aus dem Weg gegangen sind. Als hätten sie sich gegenseitig ertappt, schauen Eltern und Kind sich eindringlich an. Das Eindringliche ist aber nur Schutz, es ist ein Aneinander-vorbei-Sehen, das geradeaus geht, dauernd müsste der eine fragen, schaust du mich eigentlich gerade an, natürlich schaue ich dich gerade an, sagt der andere, was soll die Frage, du machst mir irgendwie den Eindruck, als schautest du mich gerade nicht an, der Schein trügt, sagt man doch so schön, und während der andere fragt, geht der Blick immer mehr nach innen, wo schon kein Tunnel mehr eingrenzt, es geht keinen Graben mehr entlang, es geht nur noch runter, du schaust geradeaus und kommst aus dem Gleichgewicht. Hast du gerade etwa gedacht … Gar nichts habe ich gedacht. Aber du hast doch gerade was gedacht. Was meint ihr denn, was ich denken soll? Das fragen wir ja dich, du machtest den Eindruck, als beschäftige dich was. Nicht wichtig. Sag's ruhig. Nicht wichtig. Also doch. Nicht wichtig. Solche Gespräche haben kein Ende, solche Gespräche werden beendet. Also komm, den Rest schaffen wir auch noch. Plötzlich wir. Und mach die Jacke zu, schließlich haben wir Winter. Es wird ein Geheimnis hineingesehen, das Geheimnis wird aber schnell wieder hinausgedoktort, da will man ja nichts anbrennen lassen, es muss der Berg bezwungen werden, auch wenn es nur ein Skihang ist. Diese Hitze. Für die ich nicht geradestehe. Die Jacke bleibt offen. Ich kann mir einen Panzer anlegen, dass die Kälte nicht eindringt, dafür brauche ich die Jacke nicht. Der Tunnel ist weg. Sie haben meinen Tunnel zerstört. Allein stehen zu bleiben ist von größter Not. Es sollte vereinbart werden, sich nicht umzudrehen. Jeder darf seinen Gedanken nachhängen, keiner soll ermahnt werden, anderes zu denken. Was gerade gedacht wird, das nachzufragen sei erlaubt, eine Einmischung sollte tabu sein. Es darf aneinander vorbeigegangen werden, ohne dass davon besonderes Aufheben gemacht wird.

Das Ende der Piste ist erreicht. Marta nimmt sich vor, wieder klare Gedanken zu fassen. Vielleicht war es an der Zeit, wirres Zeug zu denken, für das man sich sonst immer schämt, das als infantil gilt. Marta löst die Bindungen ihrer Skier, setzt den Rucksack ab, schnallt die Skier wieder drauf und macht sich auf den Weg zu einer Hütte, die ihrer Karte zufolge noch etwa zwei Kilometer Fußweg entfernt liegen muss. Die Karte war aber schon beim Aufstieg so unzuverlässig, dass Marta lieber jemanden nach dem Weg fragen würde. Es ist aber niemand in Sicht. Im Tiefschnee bin ich nicht versunken, also werde ich auch den Weg zur Hütte finden. Den ganzen Tag über war die Sonne so unzuverlässig, dass Marta schon Angst hat, sie könne Stunden vor ihrer Zeit untergehen. Das treibt sie plötzlich an, veranlasst sie, ihre Schritte zu beschleunigen. Glaubte sie immer, sie kenne sich aus im Schnee, in den Bergen, zweifelt sie nun, nachdem die Last des Aufstiegs ganz von ihr abgefallen ist, ob sie überhaupt noch eine Orientierung habe. Kann denn von heute auf morgen der Orientierungssinn gänzlich abhandengekommen sein, fragt sie sich. Man verfehlt sein Ziel, nimmt einen neuen Anlauf, hält inne, nimmt einen überlegenen Standpunkt ein, den logischen, resümiert die Lage, läuft wieder fehl, berechnet alles anders, kommt langsam in Wallung, reiht nun Fehler an Fehler, hat einen unberechenbaren Feind an Bord, den man erst gar nicht wahrnehmen will, bis Ballast abgeworfen werden muss, weil zu viel Energie unnütz verschwendet wird, der Feind heißt Nervosität. Nervosität lässt das Herz schneller schlagen, lässt es auch stolpern, Aussetzer markieren den Willen umzukehren, wieder gewohnten Tritt zu fassen, dann wird das Stolpern und Aussetzen zum Normalfall. Die Sonne. Noch steht sie. Noch scheint sie. Marta muss das nun in Sichtweite kommende Waldstück passiert haben, bevor die Sonne hinterm Horizont der Tannen versinkt. Schlagartig wird es dann wieder eisig kalt, die Eiseskälte wird einen mutlos machen, dann wird man ein wütendes Kind, das gegen alles aufbegehrt, das Kind tritt mehrfach mit ganzer Kraft in den Schnee, der Schnee stiebt auseinander, wieder herabfallender und hochstiebender Schnee treffen sich auf halber Höhe, das merkt das Kind und versucht, diesen Zustand so lange wie möglich zu halten, bis es völlig verausgabt ist, dann wendet es seine Wut gegen alles, was sich in seiner Nähe befindet, den Schuldigen, Luft, sich selbst. Zuletzt wird das Kind auf den Boden sinken, in den Schnee, es wird eine Weile dort herumtoben, stumm vor sich hin weinen, dann immer lauter, bis es ganz unvermittelt anfängt herumzuschreien. Kann jemand das Kind verstehen? Es kann sich selbst nicht verstehen. Jetzt bekommt es Angst. Es muss noch lauter schreien, um die Angst zu übertönen. Dann versagt die Stimme, dem Kind laufen Tränen die Wangen herunter. Das Kind beschließt, es dabei bewenden zu lassen, nichts mehr zu unternehmen, mit allem einverstanden zu sein, was da auch komme. Es weiß genau, dass dies gar kein Entschluss ist, es ist eine Hilflosigkeit, hat es sich erst einmal in diesen Zustand hineinmanövriert, alles über sich ergehen lassen zu müssen. Diesen Stolz aber hat es noch, entschlussfähig und mutig zu wirken, das soll man ihm nicht nachsagen können, dass es selber schuld sei, dass es eine zu große Klappe habe.

Es brennt, denkt Marta. Deutlich steigt Rauch auf. Auf der Anhöhe stehend erkennt sie in etwa dreihundert Metern Entfernung einen Schornstein, ein schneebedecktes Giebeldach, ein niedriges Holzhaus. Gleich hat sie die Hütte erreicht. Die anstrengendste Skitour ihres Lebens geht ihrem Ende entgegen.

»Grüß Gott, so spät noch unterwegs?«, begrüßt sie der Hüttenwirt.

»Ja, aber nicht ganz freiwillig. Beim Aufstieg habe ich mich dauernd verlaufen.«

»Auch eine Suppe oder lieber Geselchtes? Es gibt auch Wurst oder eine Schinkenplatte.«

»Suppe wäre recht.«

»Und zu trinken? Most? Ein Bier? Oder Wasser vielleicht?«

»Gibt es ein Skiwasser?«

»Selbstverständlich, das gibt's auch.«

»Der Hitler«, sagt einer am Tisch.

Marta versteht nicht recht.

»Wir trinken auf den Hitler«, prostet ihr ein anderer zu.

»Ich wüsste nicht, warum …, also ich persönlich …, ich meine, was …?«

»Noch nicht gehört? Der Hitler ist jetzt dran!«

»Wie dran?«

»Reichskanzler. Und das sage ich Ihnen, das wird jetzt immer größer, das Reich.«

»Wollen Sie denn nicht anstoßen, gute Frau?«

Sankt Anton, Arlberg, österreichische Alpen, eine Skihütte. Lion ist in Amerika. Und da muss er bleiben. Unter keinen Umständen darf Lion zurück, er muss da bleiben.

»Anstoßen, ja, sicher«, sagt Marta in Gedanken an Lion.

»Ist Ihnen nicht gut, werte Frau?«

»Was? Doch, doch, alles gut, ich frage mich nur …«

»Fragen müssen Sie sich nun nichts mehr, ab jetzt wird nur noch geantwortet.«

»Ist ein Bett frei?«, fragt Marta den Hüttenwirt.

»Wollen Sie uns schon verlassen, das muss doch gefeiert werden, oder?«

»Gefeiert, sicher. Aber was haben Sie denn da zu feiern? Wir sind doch in Österreich.«

»Noch, meine Liebe, noch. Werden S' sehen. Das heißt nicht mehr lange Österreich. Das heißt bald schon Heimgegangeninsreich.«

Alle lachen, Marta lacht ein bisschen mit.

»Nun kommen S', lassen S' sich doch nicht so gehen, Werteste. Einen Schnaps für die Dame, Hugo, die Dame muss erst noch warm werden.«

»Himbeergeist oder einen ganz gewöhnlichen Obstler, was andres haben wir nicht.«

»Ja dann … dann den Himbeergeist.«

»Geist ist gut, Geist wird jetzt kommen, liebe Gute, und da werden sich manche noch umsehen.«

Nach dem achten Himbeergeist liegt Marta endlich auf einer Pritsche. Die Runde grölt im Hintergrund, gefährlich wird es wohl nicht mehr. Nach acht Himbeergeist ist es nicht ganz einfach, die wahren Gefühle und Ängste zu unterdrücken, Marta macht sich Vorwürfe, ihre Meinung nicht gesagt zu haben, die betrunkenen Enthusiasten wären aber bestimmt ungemütlich geworden, die hätten sie zur Feier des Tages über die Klinge springen lassen.

Die Nachricht trifft ein, als das Nicht-Ausdenkbare mit kalter Hand schon Alltag ist. Und das Nicht-Ausdenkbare hat sich ja bereits angekündigt. Es ist bereits im Anmarsch gewesen. Man sagte sich aber, es marschiert auch wieder ab. Es ist dann nicht mehr abmarschiert. Für viele wird die Sache mit Hindenburgs Sohn eine große Erleichterung sein. Man kann da erst mal aufatmen und »ach so, deswegen« sagen. Dass es nicht mit rechten Dingen zugegangen sein kann, sagen andere, das sehe man ja. Wirklich? Ging es nicht vielmehr unmerklich ineinander über? Es war also menschliches Fehlverhalten, schreibt Marta am selben Abend in ihr Tagebuch, habe sie soeben in einer österreichischen Skihütte gehört. Da hat also Hindenburgs Sohn Gelder unterschlagen, schreibt sie. Osthilfengrundbesitzernotpfennige. Die hat er für sich behalten. So viel kann das gar nicht gewesen sein. Der Großgrundbesitzer Oskar von Hindenburg, der von Hindenburgs Sohn war. Des Kaisers Sohn. Dass der nämlich, der das Gut seines Vaters verwaltet, das sein Vater vom Reich geschenkt bekommen hatte, diese berühmten Osthilfengrundbesitzernotgroschen unterschlagen hat, um damit seines Vaters Gut zu arrondieren, schreibt Marta. Es muss sich also schon um etwas mehr gehandelt haben.

Die Nachricht hat eine Vorgeschichte, die es erst zu dieser Nachricht hat kommen lassen. Deshalb nämlich ist ein gewisser Hitler an die Macht gekommen. Die Nachricht der Machtergreifung habe sie erreicht, als wieder die herrliche, die friedliche Zeit des Skilaufens ausgebrochen sei. Habe doch zunächst der alte Herr von Hindenburg gegen den Hitler gesprochen, vor ein paar Tagen übers Radio, das habe sie selbst gehört, schreibt Marta. So gegen den Hitler, dass von ihm eigentlich nicht mehr viel übrig war. Kleingeredet hat er ihn. Übersehen hat er ihn nicht. Er hat vielmehr laut und deutlich von ihm gesprochen, als stünde er kurz bevor. Tatsächlich hat er ja nicht erst kurz bevorgestanden, er war ja schon deutlich drüber, die Tür hat ja bereits zu lange offen gestanden, zum Lüften, und da ist er hindurchspaziert, durch die offene Tür, der Hitler. Der Hindenburg sei keineswegs zu alt gewesen, zu begreifen, was Hitler bedeutet. Der Hitler sei praktisch ja schon anwesend gewesen, er habe von den Straßen schon Besitz ergriffen, als seien das alles seine Straßen, schreibt Marta. Der Hindenburg, das sei schon an diesem Tag der Nachricht von Hitlers Machtergreifung klar gewesen, habe sich keineswegs überreden lassen, auch sei er mit ziemlicher Sicherheit nicht bestochen worden, vielmehr hat der Hitler das mit den Osthilfengrundbesitzernotmillionen spitzgekriegt und den Alten erpresst. Und so ist also dieser Hitler jetzt an die Macht gekommen, wo zunächst wohl viele immer noch denken, das macht nichts, das legt sich wieder. Wo doch auch der alte Hindenburg ihn schon deutlich kleingeredet hat. Er hat ihn nicht übersehen, er hätte ihn nur vielleicht so kleinreden müssen, dass man ihn mit bloßem Auge nicht mehr hätte erkennen können. So klein, dass er unter jeden Türspalt gepasst hätte. Eher ein Fall für Mäusefänger als für die Staatssicherheit. Doch plötzlich die Nachricht, dass Hitler an die Macht gekommen ist. Jetzt ist Hitler die Staatssicherheit, die Staatsunsicherheit, der Staatsuntergang. Und dabei sei gerade wieder die herrliche, die friedliche Zeit des Skilaufens ausgebrochen, schreibt Marta. Und dass ausgerechnet der Sohn vom Hindenburg so blöd gewesen ist, es dazu kommen zu lassen, wegen dieser paar Groschen. Diese Unterschlagung hat ihn an die Macht gebracht. Mit dieser Nachricht werde ich hier jeden Hang hinunterfahren. Man vernimmt diese Nachricht, will sie dann nicht vernommen haben, sie fällt einem wieder ein, man fährt den Hang hinunter mit dieser unmissverständlich zur Kenntnis genommenen Nachricht, die besagt, dass Hitler an die Macht gekommen ist, das Gift dieser Nachricht sickert langsam durch den Körper, betäubt ihn, man möchte, dass diese Nachricht den Körper wieder verlässt, dass es ihn nicht so hinzieht in den Schnee, der Geist ist plötzlich aus dem Körper gefahren und fährt da so seitlich mit, begleitet ihn, schaut ihm zu, wie er so matt den Hang hinunter, ob da nicht jemand gelacht hat, soeben, da hat der Freizeitskisportler doch soeben gelacht, der da so ausgehängt den Hang hinunterfährt, gleich wirft es ihn in den Schnee, es ist nur eine Frage der Zeit, dass er hinschlägt, einsinkt, verschwindet, der Schnee soll doch mal selber sagen, was los ist, tut er aber nicht, wir warten, dass er endlich mal was sagt, er sagt aber nichts, wir schieben ihm das in die Schuhe, wenn jemand hinschlägt, aber er sagt nichts, er schluckt das, er nimmt das hin, gibt nach, und niemand hätte je geglaubt, dass er nachgeben würde, er aber gab nach, international sogar gibt er nach, er ist so ununterscheidbar, nur wenigen Spezialisten spürbar, die kommen, gehen hinauf, fahren hinunter, sagen na ja, soundso, aber anders, irgendwie weicher, aber das muss man selber erfahren haben, Sie wissen schon, wovon ich rede, so reden die, schreibt Marta, hier sinkt man nicht so tief ein, sagen die Spezialisten, hier ist es schneller, alles geht glatter, kein Problem.

»Hier haben S' Ihren Himbeergeist, dann stoßen Sie aber mit uns an, auf den Hitler!« Acht Himbeergeist, weil ich mir das Anstoßen nicht verzeihen konnte. Jetzt habe ich das alles zu Papier gebracht, ab jetzt ist Denken, Reden und Schreiben eine große Gefahr, morgen reise ich ab.

Eine kleine Tür

»Aber Alma, es geht hier doch nicht um einen Staatsempfang. Und um den Wiener Opernball auch nicht. Das ist ja eine Ausstattung für eine ganze Entourage. Hätten Sie das nicht vorher sagen können? Wir hatten das doch in allen Einzelheiten besprochen. Kein Gepäck, kein Aufsehen. Keine Gruppe bilden, nicht flüstern. Und was ist das hier?«

»Das unbedingt Nötige.«

»In zwölf Koffern?«

»In zwölf Koffern.«

Alma hatte das Nötigste in gerade mal zwölf Koffern untergebracht. Ihr sei klar, dass nicht sie das über die Berge schleppe.

»Also über die Berge geht das schon gar nicht. Als ich von Gepäck sprach, dachte ich an vielleicht einen kleinen Koffer pro Person. Was wird der Schaffner, was werden die Zöllner wohl denken, wenn ich mit zwölf Koffern alleine im Zug reise und dann kommt noch das Gepäck der anderen dazu.«

Alma kümmert das nicht. Schließlich ist sie ja nicht freiwillig hier. Und diesen Varian Fry kann sie mittlerweile auch nicht mehr ausstehen. Erst kommt das Ausreisevisum nicht, denkt Alma, wir entschlossen uns, ohne Visum zu fliehen, dann schicken die Amerikaner diesen Fry, der alles andere als zuvorkommend ist und der es auch noch fertigbringt, uns weitere vierzehn Tage warten zu lassen, ohne uns in irgendeiner Form mitzuteilen, wann er denn gedenkt, dass es losgehen solle. Hätten wir nicht auf eine Entscheidung gedrängt, wir säßen immer noch hier. Wenigstens spricht er Deutsch. Das scheint mir zur Zeit sein einziger Vorzug zu sein. Die Pralinen und die Flasche Bénédictine zur Begrüßung im Hotel *Louvre & Paix* nahm er natürlich gerne. Was denkt der denn? Denkt er vielleicht, dass wir jede Strapaze auf uns nehmen? Die ganze Angelegenheit ist mittlerweile eine … was war das im Übrigen für ein vornehmes, uns so angemessenes Hotel … Aber den Herrn Fry vom Emergency Rescue Committee, den interessiert das nicht, der will nur seinen ausgeklügelten Fluchtplan durchsetzen. Wenn alle Amerikaner so sind, dann gute Nacht.

Varian Fry schaut seinen Mitarbeiter Dick Ball an, Ball schaut die Koffer an.

»Gnädige«, unternimmt Fry einen neuen Anlauf, »könnte man nicht …«

»Auf gar keinen Fall, mein werter Mister Fry, könnte man gar nicht, das muss alles mit. Und wissen Sie auch, warum? Weil ich es nicht schuld bin, und wissen Sie, wer es schuld ist, dass ich überhaupt hier bin und nicht in Wien, wo ich nämlich hingehöre? Die Juden sind es schuld, teurer Fry. Die Juden sind mein Schicksal. Es ist ein ewiger Kampf zwischen Christen und Juden, zwischen Jud und Christ. Die Juden haben in der Politik nichts zu suchen, da können sie gar nichts Rechtes leisten. Was aber machen die Juden? Sie sitzen an den Spitzen fast aller Länder. Bestialische Juden. So, werter Fry, dass Sie das nur wissen …«

»Alma, ich bitte dich, du kannst uns hier nicht so bloßstellen, das geht unendlich zu weit.«

»Franz, ich würde dich doch ganz gerne bitten, dich da rauszuhalten, ohne dich wäre ich gar nicht hier, und dass dein Herr Fry sich über zwölf Koffer mokiert, wo doch die Gesamtlage eine ganz andere ist, das ist schon eine Frechheit an sich …«

»Alma, lass ab davon, der Herr Fry versteht nicht nur jedes Wort sehr gut, ohne ihn schaffen wir es gar nicht, er ist Freund, nicht Feind.« Franz ist stark übernächtigt. Hat man nicht gestern erst hier in einem Restaurant am alten Hafen seinen fünfzigsten Geburtstag gefeiert, mit allerlei Zuprosten und Zigarren? Es kommt ihm schon wieder so lange her vor, dass er den Impuls verspürt, Heinrich Mann zu fragen, ob diese Feier denn tatsächlich stattgefunden hat. Seit Tagen verlässt ihn eine unangenehme Nervosität nicht mehr, er will diese ganzen Strapazen endlich vom Leib haben. Da fällt ihm die eine Geschichte wieder ein, dieses pompöse Abschiedsfest in Wien, das Alma und er im Juni neunzehnhundertsiebenunddreißig gegeben hatten, bevor sie aus der Villa auf der Hohen Warte ausgezogen waren. Es war allerhöchste Zeit, dort auszuziehen, träumt Werfel vor sich hin, die Ehe mit Alma schwer angeschlagen, die Villa viel zu offiziell, nicht zum Aushalten und zum Arbeiten schon gar nicht. Wenn wir da nicht ausgezogen wären, ich hätte mich von Alma getrennt. Na, vielleicht auch nicht. Aber ein tolles Fest, das war es, wenn auch ein bisschen zu aufwartend, zuviel feine Gesellschaft, aber der Ödön von Horváth war auch da und wer nicht alles von Adel und Industrie. Ich war in meinem ganzen Leben nicht so betrunken wie an diesem Abend, erinnert sich Werfel. Es lag was in der Luft, das konnte man förmlich riechen. Die Schrammelkapelle mit ihren Wiener Volksliedern gab mir den Rest, das war vor lauter Melancholie ja nicht mehr zum Aushalten. Hätte mich niemand aus dem Gartenteich rausgeholt, ich wäre ertrunken wie der von Thomas Mann verewigte kleine Herr Friedemann. Noch viel toller hatte es der Zuckmayer getrieben. Den fand Alma anderntags doch glatt in der Hundehütte. Behandelt wie ein Hund, wie's dem Friedemann durch diese Frau von Rinnlingen geschah, ist er aber von keiner Gesellschaftsdame worden, der Zuckmayer …

»Hörst, Manieren hat er keine, dein Herr Fry, und dass er

jedes Wort versteht, das ist doch das Mindeste, oder? Mein lieber Herr Fry, wenn ich das noch ausführen darf, die Juden. Es ist doch sonnenklar, dass die verschiedenen Nationen und Länder sich das nicht gefallen lassen können?«

»Was denn, Alma, was nicht gefallen lassen können?«

»Franz, sei doch so gut, ich sagte doch bereits, die Juden haben in der Politik nichts zu suchen und sie sollten auch nicht über Politik reden, also ... ich danke dir. Eins noch, Mister Fry, eins noch, dann können Sie meine Koffer langsam einsammeln und uns den rechten Weg weisen. Es wird aus alledem eines doch ganz sonnenklar: Es wird noch ganz andre Blutbäder setzen, bevor die Welt gereinigt sein wird. Und darum bin ich, ich sage das hier ganz unmissverständlich, darum bin ich für Hitler.«

»Es reicht jetzt, Alma, die Anna hatte schon Recht, als sie dich mit einem Hakenkreuzabzeichen unterm Mantelkragen gesehen haben will.« Franz Werfel gerät außer sich. Er läuft so rot an im Gesicht, dass Heinrich ihn beiseite nimmt, er möge sich doch einmal hinsetzen und zu sich kommen, das sei eine vorübergehende Verstimmung nur, seine Gattin werde sich schon wieder beruhigen, er solle sich auf diese Bank da setzen, einen Schluck Wasser trinken, das werde schon wieder, alle seien völlig überstrapaziert, niemand könne sich beherrschen, die meisten hätten nur keine Kraft mehr, ihrer angestauten Wut freien Lauf zu lassen.

Franz hockt sich auf die Bank, trinkt einen Schluck aus der ihm von Heinrich gereichten Flasche. »Golo ist immer noch nicht da«, bemerkt Nelly. In der Tat, Golo fehlt. Golo, der immer so pünktlich ist. Golo könnte jetzt sicher schlichten.

»Ein Bahnhof wie jeder Bahnhof«, sagt Heinrich. »Gebäude sind so indifferent. Und weil das so ist, haben die Nazis eine Naziarchitektur erfunden. Damit jeder, der in einer Nazistadt sich aufhält, an jeder Ecke, an jeder Fassade sofort erkennt, ich befinde mich in Naziland. Wenn man nicht wüsste«, sagt

Heinrich, »dass wir hier vor der letzten kleinen Tür stehen, nichts deutete darauf hin.«

»Die Stadt quillt über von Flüchtlingen«, sagt Franz, »diese dauernde Bewegung, das Ruhelose« ... Franz zündet eine Zigarre an, Alma stürzt herbei, baut sich mit in die Hüften gestemmten Fäusten vor ihm auf.

»Franz, wirst du bitte dieses Ding ausmachen, ja bist du denn noch ganz bei Sinnen, bekommst keine Luft, rauchst aber bei jeder nächstbesten Gelegenheit.« Franz tut einen weiteren Zug. Von Alma nimmt er keine Notiz.

»Sehen Sie das, mein lieber Herr Fry, das ist es, was ich meine, es gibt keine Verständigung zwischen den Rassen, aber wo die Liebe hinfällt, ich habe mir da auch so meine Gedanken gemacht, die Liebe kennt halt keine Rassengrenzen.«

Franz lässt die Zigarre auf den Boden fallen, sein Schuh zerschmiert die Glut. Den Kopf in die Hände gestützt, die Ellenbogen auf die Oberschenkel, schaut er der drehenden Bewegung seines Fußes zu.

»Vergessen wir nicht unseren Brecht«, tönt Heinrich.

»Brecht?«

»›Auf der Flucht vor meinen Landsleuten / Bin ich nun nach Finnland gelangt. Freunde‹ ... irgendwas mit freundlicher Aufnahme durch Unbekannte ... Der Schluss ist noch ganz präsent: ›Im Lautsprecher / Höre ich die Siegesmeldungen des Abschaums. Neugierig / Betrachte ich die Karte des Erdteils. Hoch oben in Lappland / Nach dem Nördlichen Eismeer zu / Sehe ich noch eine kleine Tür.‹«

»Ja und?«, fragt Nelly. »Was ist daran so Besonderes?«

»Sieh an, der Schwips betört mit der Zeit auch den Verstand, meine Gute. Der Brecht ist ein Hundsfott. Siegesmeldungen des Abschaums. Ja, aber Siegesmeldungen! Der stellt es schon ganz richtig dar, die Allgegenwart der Deutschen. Natürlich durch seine Tendenz von den Füßen auf den Kopf gestellt, das Ganze.«

»Der Brecht kommt auch nach Amerika, wie man hört, liebe Alma. Vielleicht kannst du dich schon jetzt damit abfinden. Wir werden uns noch mit ganz anderen Dingen abfinden müssen.«

»Ich finde mich mit gar nichts ab. Das wäre ja Hochverrat an mir selbst. Kommt gar nicht in Frage. Bevor das Römisch-Katholische untergeht, geht Amerika unter, das sag ich dir auf den Kopf zu, und der Brecht kann auch einpacken.«

»Also gut«, sagt Fry schließlich, »ich nehme Ihre Koffer mit, allesamt. Sie sollen aber wissen, dass ich Ihnen keine Garantie geben kann, dass diese Koffer auch alle wieder auf Sie warten werden.«

»Sie werden an mich denken, mein Lieber, und ich bin sicher, Sie werden die Koffer nicht aus den Augen lassen, keine Sekunde.«

Sieg auf der ganzen Linie. Alma dreht sich triumphierend zu Werfel um, der nicht glauben mag, was er da eben gehört hat. Die ganzen Koffer. Der Hitler. Alma, Alma.

Heinrich hat sein Notizbuch hervorgeholt. Hastig schreibt er etwas auf. Der Bleistift bricht ab, Heinrich bringt die Mine mit einem Taschenmesser wieder zum Vorschein. Im Eilschritt kommt Golo gelaufen. »Es ist einfach zu früh für mich«, sagt er. »Die Pünktlichkeit in Person wird immer unpünktlicher«, begrüßt ihn Alma.

»Was schreiben Sie da eigentlich dauernd in Ihr Heft?«, fragt Werfel.

»Tag, Uhrzeit, Anlass, Atmosphäre, Befinden.«

»Und wie ist das Befinden?«

»Gemischt, durchaus gemischt.«

»Die größte Strapaze steht noch bevor, mein lieber Heinrich. Für uns ist es schon fast eine Erholung, hier zu sein. Was wir für eine Odyssee hinter uns haben, das kann man keinem erzählen, nicht wahr, Alma?«

»Allerdings. Schön, dass du darauf zu sprechen kommst,

das wollte ich ja die ganze Zeit schon erzählen. Wo wir mittlerweile alles waren. Hitler also vor Frankreich. Seine Truppen überrollen alles, was sich ihnen in den Weg stellt. Frankreich wird sich ihm nicht mehr in den Weg stellen, nachdem es gesehen hat, wie Hitler der Große Dänemark, Norwegen, die Niederlande, vorher Belgien noch, dann Luxemburg im Handstreich nahm, Frankreich wird ihm einfach nur die Tür öffnen, war uns beiden klar. Also was tun? Das Leben in Sanary war himmlisch, gar keine Frage, der Abschied fiel uns überaus schwer. Nie in meinem Leben habe ich so schnell das Notdürftige gepackt und bin auf und davon. Unsere ›Moulin Gris‹, die graue Mühle, mussten wir hinter uns lassen. Dieser alte Sarazenenturm hatte zwölf große Fenster, und aus jedem Fenster war der Anblick aufs Meer berauschender. Franz hatte ja einen leichten Herzinfarkt erlitten, er hätte dringend Schonung gebraucht, allein es war nichts zu machen, seinem Vater ging es miserabel, er würde wohl in absehbarer Zeit sterben, also fuhren wir ihn vor unserer fluchtartigen Abreise in Vichy noch einmal besuchen. Diese Familie ist mir völlig fremd, ein jüdischer Familienklüngel, mit dem ich nichts zu schaffen habe. Wie dem auch sei, wir fuhren am zweiten Juni von Sanary nach Marseille, in der Hoffnung, alle erforderlichen Reisepapiere zu bekommen, unsere US-Visa waren abgelaufen. Es muss doch nur jemand das Zeug stempeln und seine Unterschrift draufsetzen. Das kann doch so schwer nicht sein. Was passierte? Nichts. Sechzehn Tage lungerten wir auf Konsulaten in Marseille rum, und mit welchem Erfolg? Mit keinem.«

»Ich unterbreche nur ungern«, meldet sich Varian Fry zu Wort, »in zehn Minuten fährt der Zug ein, gibt es noch irgendetwas zu besprechen? Weiß jeder Bescheid, wie es in Cerbère weitergeht?«

Niemand stellt eine Frage. Alma ist das nur recht. Dann kann sie ja noch ein bisschen weitererzählen.

»... Sitzen wir vor einem dieser nichtssagenden Konsulats-
vertreter, kommt das Gerücht auf, die Deutschen stünden vor
Avignon, Paris hatten sie ja bereits besetzt. Wir hatten keine
Papiere, erkannten aber sofort die Gefahr eines längeren Blei-
bens. Wohin? Nach Bordeaux. Und wie kommt man dahin?
Am sichersten mit einem Taxi. Ein Vermögen wollte der Kerl
haben. 8000 Francs. Wenn die Frage wirklich ›Geld oder Leben‹ heißt, spielt Geld eben keine Rolle mehr – wenn man's
hat. Ich hätte mir was Schöneres vorstellen können, als für
8000 Francs im Taxi nach Bordeaux zu fahren, eine Wahl hatten wir aber nicht. Was aber macht der Idiot? Er fährt gar nicht
nach Bordeaux. Von Bordeaux aus, das muss ich noch vor-
wegschicken, wollten wir weiter nach Spanien. Von Marseille
nach Bordeaux ... da fährt man doch klugerweise über Per-
pignan, was wir dem Guten auch sagten. Er wisse Bescheid.
Nichts wusste er, der Trottel fuhr nach Avignon. Und wer war
in Avignon? Die Deutschen. Ich hätte ihm meine Handtasche
auf den Kopf schlagen können, so eine Wut bekam ich. Es
wurde immer schlimmer mit dem Kerl. Er war schließlich so
desorientiert, dass er im Kreis fuhr. Haben wir dieses Städt-
chen nicht vor kurzem schon einmal gesehen, fragte ich Franz,
den ich wecken musste, er hatte es vorgezogen, einzuschlafen
und mir den Ärger zu überlassen. Franz schaut aus dem Fenster, tatsächlich, sagt er, Narbonne, da kommen wir doch her.
Eine Irrfahrt sondergleichen, der Mensch war in die Dunkelheit hineingefahren, wir mussten in Narbonne nächtigen. Und
wo tut man das? In einem Hotel. Und wenn es kein Hotel mehr
gibt oder kein Hotel deutsche Flüchtlinge aufnehmen will?
Dann übernachtet man halt in einem ehemaligen Krankenhaus, was ja auf der Hand liegt. Wenn ich an die Hygiene dort
denke, muss ich mich auf der Stelle wieder übergeben. Ich
konnte es gar nicht erwarten, dass es am nächsten Morgen
endlich weitergeht ...«

Es ertönt eine Durchsage. Aufgrund von Bauarbeiten werde

der Zug nach Cerbère vom gegenüberliegenden Gleis abfahren. Franz wird unruhig, er sehe keine Bauarbeiten, ob das nicht eine krumme Sache sei. Ein normaler Vorgang, versucht Heinrich ihn zu beruhigen, wie in Berlin, da werde auch ständig alles geändert, da müsse man auf alles gefasst sein. Eben, auf das Schlimmste, meint Franz. Alma brennt darauf, ihre Geschichte fortzusetzen, Franz macht aber einen so kümmerlichen Eindruck, da will sie ihn beruhigen.

»Die Deutschen werden es schon nicht sein«, sagt sie.

»Wie kommst du denn auf die Deutschen?«

»An die hast du doch gedacht, da kenne ich dich gut genug für, da muss ich gar nicht lange raten.«

Franz erhebt sich von der Bank, er ist vom bloßen Gedanken an eine Sabotage ins Schwitzen geraten. Während er in kurzen Schritten auf und ab geht, trägt Varian Fry die Koffer zum gegenüberliegenden Gleis. Heinrich hilft ihm, wird aber von Nelly daran gehindert, die ihm diese Mühe ersparen will und lieber selbst mit anpackt. Das ganze Ensemble der Koffer und Taschen lässt auf eine gut betuchte Reisegesellschaft schließen. Kurze Zeit später fährt der Zug ein. Ein Schaffner hilft, die Koffer und Taschen zu verladen.

Alma geht voran. Sie trägt ihren großen Hut und macht auch ansonsten den Eindruck, ein großer Bahnhof könne für sie nicht groß genug sein. Varian Fry hatte sie mehrmals gebeten, kein Aufsehen zu erregen. Was ist seine erste Bemerkung, kaum ist der Zug angefahren? Bitte, Alma, so unauffällig wie möglich. Das muss er ihr gerade sagen. Da muss sie gar nicht lange nachdenken, es ärgert sie über alle Maßen. Das kann sie nicht, das will sie nicht einsehen. »Entschuldigen Sie, Mister Fry, aber warum sagen Sie das nicht mal der Nelly Mann, ein solches Geschwätz wie die kann ich gar nicht an den Tag legen, und Sie werden's schon noch sehen, gegen Mittag hat die Gute wieder was drin, dann ist es bestimmt vorbei mit dem Unauffälligen.« Varian Fry übergibt den Fall an Dick Ball. Dick Ball

spricht nur Englisch, und so muss auch Alma Englisch sprechen. Schimpfen und laut reden macht sich zur Zeit auf Englisch halt besser. Was aber macht Alma? Sie käme gar nicht auf
die Idee, Englisch zu sprechen. Hat sie sich denn sonst so verhalten wie ein um sein Leben fürchtender Exilant? Überhaupt
nicht. Wo sind denn Werfel und die Manns? Ihre Geschichte
müsse sie noch zu Ende erzählen und das wolle sie doch jetzt
auf der Stelle tun. Sprach's und ließ Dick Ball einfach stehen.
Was für ein Name, murmelt sie noch, dann ist sie im Gedränge
der in Marseille zugestiegenen Fahrgäste verschwunden. Man
sieht es ihr doch irgendwie an, dass sie ein Vorrecht auf einen
freien Platz hat. Die Leute machen ihr bereitwillig Platz, ihr
Hut nimmt allein schon die Breite des ganzen Gangs ein. Der
Zug ist übervoll. Die anderen sind nirgends zu sehen. Jetzt fällt
es ihr ein, Varian Fry hatte ein Abteil reservieren lassen, an
dem sie wohl vorbeigegangen ist. Also zurück. Daran könnte
sie sich gewöhnen, auch in die entgegengesetzte Richtung machen die Leute ihr Platz. Wenn es mir zu langweilig wird, denkt
Alma, kann ich ja den Gang auf und ab gehen. Da sind sie.
Werfel hat sich wieder eine Zigarre angesteckt. Er ist unverbesserlich. Alma reißt die Abteiltür auf und fragt in die Runde,
ob sich das alle so gefallen ließen. Fragende Blicke. Dass der
Werfel alles vernebele. Man müsse doch zugeben, dass es entsetzlich stinke, lässt Alma nicht locker.

»Ach so, das«, sagt Werfel, »ich habe aber vorher gefragt,
und niemand hatte etwas dagegen.«

»Dann ist ja gut«, meint Alma patzig, »die Tür bleibt aber
offen, das wäre ja noch schöner.«

Kaum sind zwei Minuten vergangen, die man schweigend
gesessen ist, bittet Alma, die Zigarre unverzüglich auszumachen.

»Aber Alma«, sagt Franz, »das wird ja eine teure Angelegenheit, ich kann doch nicht andauernd eine kaum ange-
rauchte Zigarre wieder ausmachen, und du weißt, dass ich kei-

ner bin, der eine Zigarre ausgehen lässt, um sie später weiterzurauchen.«

»Na eben, lieber Franz, da gibt es nur eine Lösung, eine Zigarre gar nicht erst anzuzünden. Das ganze Zigarrerauchen wird dich eines Tages endgültig das Herz kosten.«

»Wenn's weiter nichts ist«, erwidert Franz nun sichtlich erbost und raucht weiter.

Alma schaut ihn eine Weile böse an, dann fällt ihr die Geschichte wieder ein, die sie erzählen wollte.

»Wo wir jetzt wieder beisammen sind für die nächste Zeit, kann ich ja mit meinem Bericht fortfahren ... Stehtoiletten, stellt euch das vor, Hockklos. Soll ich mal vormachen, wie man darüber hocken muss? Wohl lieber nicht. Und wenn was daneben geht? Man ist sprichwörtlich angeschissen. Aber klar, die Franzosen rühmen gerade den hygienischen Aspekt dieser Dinger, man käme nicht mit einer Klobrille in Kontakt undsoweiter. Widerlich. Ich muss mich vollständig entkleiden, sonst kommt mein Gewand mit der ganzen Stehtoilette in Kontakt ... Unser Taxifahrer, der sich immerhin bereit erklärt hatte, uns durch die Gegend zu kutschieren, nächtigte auch in diesem völlig heruntergekommenen ehemaligen Krankenhaus. Da waren wir uns ganz einig, der Franz und ich, einen Besseren hätten wir an jeder Straßenecke bekommen, aber niemanden, der uns fährt. Obwohl er uns in der Nacht noch hoch und heilig versprochen hatte, sich nach dem genauen Weg zu erkundigen, setzte er am anderen Morgen die Irrfahrt fort, nicht wahr, Franz?«

»Ja, Alma.«

»Das zittrige Männlein saß nicht am Steuer, er klemmte hinterm Lenkrad, stierte aus dem Fenster, als käme ihm alles fremd vor, als sähe er alles zum ersten Mal, schaute verängstigt nach rechts, nach links, versicherte uns fortwährend, es sei alles in Ordnung, er werde den rechten Weg schon finden. So war das doch, Franz.«

»Ja, Alma.«

»In Carcassonne plötzlich Schluss mit der lustigen Fahrt. Straßensperren, erinnerst du dich, Franz?«

»Ja, Alma.«

»Und der Franz, ganz mutig … Was macht eigentlich Heinrich Mann da?«

»Er schläft.«

»Wieso schläft Heinrich Mann denn, wenn ich etwas erzähle?«

»Es hat ihn alles ziemlich mitgenommen, er sammelt sich für die Pyrenäen.«

»Meine liebe Nelly, das ist ja wirklich reizend, wie gut Sie Ihren Mann kennen, seien Sie so gut und wecken ihn. Er wird sich sonst sicherlich ärgern, den Rest der Geschichte verpasst zu haben.«

»Lass ihn doch schlafen, Alma.«

»Das Alter holt uns alle ein, guter Franz, den einen früher, den anderen später. Ihr beide seid eurer eigenen Zeit weit voraus. Es ist eine bodenlose Unverschämtheit, dass dieser Heinrich Mann schläft, wenn ich etwas erzähle, ein Ding der Unmöglichkeit.«

Heinrich wacht auf und fragt, wer denn so ein Geschrei mache, das Abteil sei fürchterlich verraucht, man möge doch bitte alle Türen und Fenster öffnen, an Schlaf sei nicht mehr zu denken.

»Da hast du es, lieber Franz, die Zigarre.«

Totale Vergreisung bei diesem Heinrich Mann, denkt Alma, mit deutlichen Zeichen vorzeitiger Verblödung. Ein Eheensemble mit entschiedenem Seltenheitswert. Er völlig vertrottelt, sie ein grauenhaftes Waschweib. Zusammen ergeben sie die Karikatur eines glücklichen Menschenlebens. Amerika wird ihnen den wohlverdienten Rest geben.

»… Unser Chauffeur war den Tränen nahe. Auf ganzer Linie hatte er versagt, und nun war die Fahrt endgültig zu Ende, gestrandet in einem Ort, den er nie zuvor gesehen hatte und der gar nicht auf unserer Route lag. Der Franz aber, der war ganz mutig, das warst du doch, Franz?«

»So mutig nun auch nicht.«

»Doch, doch. Unter Einsatz seines Lebens hat es der Franz nämlich geschafft, zwei Fahrkarten für den Zug nach Bordeaux zu kaufen.«

»Das ist übertrieben, Alma, unter Einsatz meines Lebens.«

»Es war der letzte Zug, der Carcassonne in Richtung Bordeaux verließ. Hunderte wollten auf diesen Zug. Überall wimmelte es von Flüchtlingen, jeder wollte weg, egal wohin. Noch schlimmer war es ja dann in Marseille. Sitzen wir also im Zug nach Bordeaux und sind ganz ausgelassen. Was man halt so nennen kann, bedenkt man die Umstände. Ausgelassen, das kann man so sagen, was sagst du, Franz?«

»Ja, Alma.«

»Die heitere Stimmung fand ein jähes Ende, als ich das kleine Fläschchen Bénédictine nicht mehr finden konnte, das ich mir extra für diese unfreiwillige Reise mitgenommen hatte. Da fiel mir ein, dass ich es gar nicht in meiner Handtasche, sondern in einem der Koffer untergebracht hatte. Wo aber waren die Koffer? Im Abteil waren sie nicht, im Gang standen sie nicht, der Schaffner konnte auch keinen Hinweis auf ihren Verbleib geben. Ich suchte den ganzen Zug ab. Schade um den Bénédictine, sagte ich mir zunächst, bis mir einfiel, was mir da Unersetzliches abhanden gekommen war: Werfels *Cella*-Fragment, Partituren von Gustav Mahler und die ersten drei Sätze von Anton Bruckners Dritter Sinfonie.«

Das lasse ich erst mal wirken, denkt Alma. Dass ich eben diesen Bruckner dem Führer verkaufen wollte, der ihn so bewundert, tut hier nichts zur Sache. Ich werde die Verhandlungen von Amerika aus noch einmal in Angriff nehmen. In Deutschland ist der Bruckner bestens aufgehoben, und ein gewinnbringendes Geschäft werde ich mit ihm allemal machen.

Heinrich ist wieder eingeschlafen. Er kann sich nicht helfen, diese Frau ist unerträglich. Soll sie nur ihre Geschichten erzählen, ich schlafe unwillkürlich dabei ein.

»Jedenfalls«, setzt Alma ihre Geschichte fort, nachdem sie Heinrich ausgiebig missbilligend angeschaut hat, »die Koffer waren spurlos verschwunden. Ich dachte zunächst, es könne sich um einen planmäßigen Coup der Deutschen handeln…«

»Wieso denn der Deutschen?«, fragt Werfel, sichtlich irritiert.

Richtig, das ist ja Unsinn, das ausgerechnet dem Franz zu unterbreiten, da müsste ich die Vorgeschichte ja nachliefern, was ich doch tunlichst unterlassen sollte. »Vielleicht hatte man dich erkannt, Franz, oder mich, und wollte prüfen, was wir in unserem Gepäck so dabeihaben…« Eine völlig dämliche Erklärung, das ist Alma sofort selber klar.

Werfel sitzt da und starrt vor sich hin. Wem kann man da noch trauen, fragt er sich. Geschichte ist Geschichte, und jeder hat seine eigene Version von ihr.

Alma ist bemüht, die Sache mit den gestohlenen Partituren unter den Tisch fallen zu lassen. Nelly, ansonsten nicht sonderlich an Almas Erzählungen interessiert, kann sich des Eindrucks nicht erwehren, Alma sei ins Schwimmen geraten, sie habe den Faden verloren oder rede um den heißen Brei herum.

Die Schiebetür geht auf, der Schaffner tritt herein. »Les tickets s'il vous plaît!« Heinrich wacht auf und versteht nicht recht, was hier vor sich geht. »Veuillez présenter votre billet s'il vous plaît!« Natürlich, auf der Stelle, es findet sich gleich. Alma ist über die Verlagerung des Schauplatzes so erfreut, dass sie dem Schaffner ein Gläschen Bénédictine anbietet, was dieser dankend ablehnt. Eine Abfuhr. So geht das nicht. Auch ein zweiter Versuch scheitert. Heinrich, der Französisch doch wohl am besten von allen spreche, solle sich einschalten. Heinrich winkt ab. Man wolle das doch nicht überstrapazieren, es käme noch genug auf sie zu. Und wo überhaupt Varian Fry stecke. Beim Gepäck, weiß Nelly. Die Fahrscheine sind alle kontrolliert, der Schaffner verlässt das Abteil.

»Ja«, sagt Alma, »und so kamen wir dann mit nur dreizehnstündiger Verspätung in Bordeaux an. Die Stadt war ausgebucht, selbst in der winzigsten Pension kein Zimmer. Wo übernachteten wir diesmal? Ihr werdet es nicht glauben, in einem Bordell. War es nicht so, Franz?«

»Ja, Alma.«

»Ein Bordell passte eigentlich ganz gut, wir hatten eh nichts mehr zum Anziehen, sämtliche Kleidungsstücke waren mit den Koffern abhandengekommen. Bordeaux war am Ende, wir waren es auch. Die Stadt, kurz zuvor von den Deutschen bombardiert, war eine einzige Endstation. Überall liefen völlig orientierungslose Leute rum, man wurde angesprochen, als wisse man Rat und könne helfen, unter die Zivilisten mischten sich genauso umherirrende Soldaten, Flüchtlinge suchten nach einer Bleibe, wenigstens für eine Nacht, und wenn es nur ein Kuhstall war. Franz und ich waren uns sofort einig, diese Untergangsstadt am anderen Morgen sofort wieder zu verlassen. Die Odyssee wollte kein Ende nehmen. Sie schien jetzt erst anzufangen. Wohin wollten wir eigentlich? Nur eines war sicher, da, wo wir ankamen, wollten wir auch so schnell wie möglich wieder weg.«

»Ich wäre ja am liebsten für immer in Frankreich geblieben«, sagt Heinrich. »Dass aber auch gar keine Gegenwehr der Franzosen mehr zu erwarten ist, das ist eine unsägliche Tragödie.«

»Man kann nicht mal sagen, dass wir auf unserer Flucht Frankreich gesehen hätten«, sagt Alma.

»Lourdes schon, Lourdes war die Wende.«

»Auch für dich, lieber Franz, da hast du recht, Lourdes ist eine Bekehrung wert. Vorher aber nichts als Geisterstädte, trostlose Käffer, die sich an Trostlosigkeit überboten. Biarritz, Bayonne, Hendaye, wie hieß es, hier, ich habe alles aufgeschrieben, St. Jean-de-Luz, Orthez, Pau ... und überall rückten schon die Deutschen vor, nirgendwo war ein Bleiben, wir schmissen unser letztes Geld raus für Taxifahrten, die Taxifahrer wurden immer hektischer, sie fürchteten neue Bombardements, also mieteten wir ein Automobil mit Chauffeur, die Chauffeure wollten aber nur von einer Stadt zur nächsten und dann wieder zurück, so ging das Spiel wieder von vorne los, was auf die Dauer unfassbar teuer wurde, Phantasiepreise waren da am Werk, von dem Geld hätten wir gut und gerne wochenlang leben können, und zwar nach unseren alten Maßstäben.«

»Die hat ja der Herr Hitler persönlich außer Kraft gesetzt«, wirft Golo ein.

»Ich hätte ganz andere Entscheidungsmöglichkeiten gehabt, noch heute wäre ich in Wien und überall in Europa ein Inbegriff von Kultur. So aber ... lassen wir das. Wir dürfen ja nicht vergessen, dass Gustav Mahler ein Genie war, er war ein Genie!«

Alle stimmen zu. Was bleibt auch anderes übrig.

»Und das Benzin erst, jetzt fällt es mir ja wieder ein. Man konnte fast nirgends tanken. Das Benzin musste auf abenteuerlichen Wegen beschafft werden, das Auto blieb liegen, und du bist zu Fuß los, Benzin zu holen.«

»Du hast vergessen zu erzählen, dass die von Kahlers ...«

»Richtig, Viktor und Bettina von Kahler, die wir aus Prag kannten, wir trafen sie zufällig in Biarritz, da vertreiben wir uns die Zeit bei einem Spaziergang an der Promenade, und die beiden kommen uns entgegen. Sie wussten nicht so recht, wo sie hin sollten, wir plädierten für Marseille. An Marseille war aber nicht zu denken, die beiden Männer fuhren jeden Tag von Biarritz nach Bayonne, denn ohne Visa ging gar nichts. Sie sprachen täglich in einem anderen Konsulat vor, keines war bereit oder willens, ein Visum auszustellen. Jeden Tag dieselbe Strecke, jeden Tag mit der Gefahr, aufgegriffen und ausgeliefert zu werden. Franz sah mit der Zeit schon überall Gespenster, überall lauerte ihm wer auf, sprach ihn wer an, der ihn nur in eine Falle locken wollte.«

Franz nickt. Er wundert sich, wie Alma ohne Punkt und Komma reden kann und mit welcher Ausschmückung der Einzelheiten, als läge die Sache bereits Jahre zurück und könne nur so für das Gedächtnis konserviert werden. Sie ist halt eine Übertreiberin, und so falsch ist das ja nicht, was sie erzählt, außerdem kann er sich an alle Details gar nicht mehr erinnern. Er wollte immer nur so schnell wie möglich da durch und jede Station auf dem Weg unbeschadet ... ja was denn, überleben.

»Ach ja, und dann die Geschichte mit dem portugiesischen Konsul. Wir dachten, das ist die Rettung, Gott hat uns erhört, einer musste ja mit uns Erbarmen haben, und das war der portugiesische Konsul. Wegen ihm nahmen wir einen weiteren Umweg, diesmal über Saint-Jean-de ... wie hieß das?«

»Was?«

»Dieser Ort, wie hieß der, Saint-Jean-de ...«

»de-Luz.«

»So hieß er. Dem portugiesischen Konsul, so habe ich in Erfahrung bringen können, müsse man nur seinen Pass geben und er besorge ganz ohne Komplikationen ein Visum. Der Mann kam wie gerufen. Allerdings war er spurlos verschwunden, als wir in dem Ort eintrafen. Man zeigte uns ein Strandkabäuschen direkt am Meer, in dem er gesessen habe, umgeben von Stempeln, Papieren, Schreibstiften und sonstigen Utensilien, mit denen er die Papiere ausgestellt habe. Die Leute hätten an manchen Tagen Schlange gestanden. Die in den letzten fünf, sechs Tagen gekommen wären, hätten jedoch Pech gehabt. Der gute Konsul wäre nämlich durchgedreht, einfach wahnsinnig geworden, und hätte, bevor sie ihn einlieferten, die ihm überlassenen Pässe mitsamt den bereits ausgestellten Visa ins Meer geworfen. Diese Hoffnung hatte sich also erledigt.

Für uns wurde es aber noch schlimmer, der Franz erinnert

sich sicherlich ungern daran. In Saint-Jean-de-Luz war nichts mehr zu holen für uns, wir heuerten wieder einen Chauffeur an, der uns nach Hendaye fuhr. Das war ein Fehler. In dem Örtchen herrschte großer Aufruhr, was so gar nicht zu ihm passte. Was war los? Die Deutschen waren da. Ganz nah an der spanischen Grenze – und die vorrückende deutsche Wehrmacht. Nach Spanien rüber war so gut wie aussichtslos, zurück ging nun auch nicht mehr. Da ist der Franz ganz weiß geworden und ist vor meinen Augen zusammengesackt. Ich dachte erst, er hat wieder einen Herzinfarkt, glücklicherweise war es aber nur eine Ohnmacht, kaum wieder bei Bewusstsein, ich hielt ihm nach bewährter Methode Riechsalz unter die Nase, geriet er derart in Rage, dass ich schon dachte, allein durch seinen Wutausbruch wird er uns ausliefern, es war also klar, wir mussten auch hier so schnell wie möglich weg. Franz schwankte zwischen Hoffnung und Verzweiflung, meinte einmal, man könne mit den Deutschen doch sicherlich reden, wenn gar nichts mehr hülfe, ein andres Mal, man müsse alles versuchen, sich bis nach Spanien durchzuschlagen, auf Teufel komm raus, wie er sagte. Nun war das Problem ja nicht unbedingt, keinen Taxifahrer oder Chauffeur zu finden, die waren auch froh um jedes Geld, was sie nicht daran hinderte, horrende Preise zu verlangen, das Problem war das Benzin, es gab nämlich keins. Durch einen Tausch gegen seine wunderschöne Armbanduhr zusätzlich zum sowieso schon überteuerten Preis gelang es Vicky von Kahler, immerhin so viel Benzin zu erstehen, dass es über die gottverlassene Stadt Orthez und Pau, die Hauptstadt der Pyrenäen, bis nach Lourdes reichte. Franz war indes nicht mehr zu beruhigen. Er war außer sich und er blieb außer sich.«

»Ein Kaffee wäre jetzt wunderbar«, sagt Heinrich, »und auch gegen ein Essen hätte ich nichts einzuwenden. Wenn ich an die französische Küche denke, die wir ja bald hinter uns lassen, werde ich ganz wehmütig. Es scheint aber, wir müssen uns gedulden, was Alma mit ihren Geschichten vortrefflich versüßt.«

»Na, wenigstens schlafen Sie jetzt nicht mehr, wenn ich erzähle, wie es uns ergangen ist. Wenn Sie damit aber sagen wollen, dass ich mich hier kürzer fassen soll ...«

»Keineswegs, werte Alma, keineswegs. Wir hören alle gebannt zu. Lourdes muss doch der Ort überhaupt für Sie gewesen sein.«

»Es tut mir leid, Heinrich, aber Sie haben mich so unterbrochen, aus dem Erzählen ist mit einem Mal die Luft raus. Der Rest in Zusammenfassung: In Lourdes hat der Franz ein Gelöbnis abgelegt, nicht, Franz?«

»Ja, Alma.«

»...«

»Ich werde ein Buch schreiben.«

»Welches Buch, Franz, welches? Bücher schreibst du doch immer.«

»Über die Bernadette Soubirous, der bekanntlich die Jungfrau Maria erschienen ist und die man dafür schließlich ins Gefängnis steckte. In den fünf Wochen Aufenthalt in Lourdes – wieder einmal konnten wir nicht weiterreisen, diesmal waren es die Passierscheine, die man uns nicht ausstellen wollte – bin ich öfters in die Grotte von Lourdes gegangen, Alma hatte immer mehr Bücher über Bernadette herbeigeschafft, da fing das an, mich zu interessieren, ich trank sogar von dem Quellwasser, das Wunder bewirken soll ... und wenn ich heil nach Amerika kommen sollte, nach all diesen Strapazen, schreibe ich ein Buch über Bernadette, gelobte ich.«

»Aber das Hotel in Marseille, wo wir dann endlich wieder landeten, das *Louvre & Paix*, das hat vieles wiedergutgemacht, nachdem alles überstanden war. Wir sind eigentlich im Kreis gefahren. Und das sage ich euch, der Franz wird das Buch schreiben, und es wird ein Riesenerfolg. Im Hotel hatten wir einen Schutzpatron, der Monsieur Martin, der Chefportier, mit dem ich mich ja ganz ausgezeichnet verstand. Auch wusste er meinen Bénédictine zu schätzen. Er riet uns, uns unter falschem Namen ins Gästebuch einzutragen, es wären welche von der Gestapo und auch Nazioffiziere im Hotel abgestiegen. Unglaublich, aber wahr. Wir saßen letztlich in einer Falle ohne Entkommen, noch einmal wollten wir uns auf gar keinen Fall davonmachen, wir waren Gefangene und hätten genauso gut darauf warten können, abgeholt zu werden. Was taten wir? Wir saßen in unserem, gemessen an den vorherigen Bleiben, feudalen Plüschzimmer und taten so, als sei gar nichts. Franz verfasste flehende Appelle, uns zu retten. Es hätte noch gefehlt, diese Briefe wären abgefangen worden, dann hätte man gleich gewusst, wo wir stecken. Plötzlich stand eine Lichtgestalt im Zimmer, Mister Varian Fry. Franz war direkt ganz begeistert von ihm, mir war er nicht so geheuer. Vor dieser Lichtgestalt war noch etwas anderes aufgetaucht, das eine mindestens so abenteuerliche Reise hinter sich gebracht hatte wie wir, meine zwölf Koffer.«

»Eine runde Geschichte«, findet Golo.

»Mit der Realität glatt zu verwechseln«, sinniert Werfel.

»So, findest du. Kommst du zu schlecht weg darin?«

»Durchaus nicht, Alma, ich erkenne mich sogar wieder. Das ist doch großartig, wenn etwas mit der Realität zu verwechseln ist.«

»Ja, Franz, wie deine ganzen Bücher.«

»Wie sind denn die zwölf Koffer wieder an Bord gekommen?«, will Heinrich wissen. Aber er will das nicht wirklich wissen, denkt Alma und dann sagt sie:

»Aber das wollen Sie doch nicht wirklich wissen, Heinrich.«

»Schon. Das würde mich schon wirklich interessieren.«

»Geschwätz.«

»Einer von uns hätte die Sache nicht besser schildern können, Alma, das steht fest.«

»Nelly schon gar nicht«, kontert Alma.

»Nelly würde auch nie eine Geschichte aufschreiben.«

»Das weiß ich nicht«, sagt Nelly, »das käme auf den Versuch an, aber der Heinrich hat auch eine Geschichte auf Lager, die hat er vor kurzem erst fertig geschrieben.«

Alle schauen Heinrich an, Alma verlässt das Abteil. Werfel hält es nicht lange, zeigt er sich zunächst interessiert, Heinrichs Odyssee zu hören, springt er plötzlich auf, die Unkontrolliertheit ist ihm selber peinlich, er entschuldigt sich, zieht die Abteiltür auf und geht Alma nach.

»Wir sind unter uns«, stellt Golo fest.

»Und trotzdem sind wir allein.« Heinrich haucht die runden Gläser seiner Brille an, fährt mit dem Tuch nach, hält die Brille ins Dämmerlicht, setzt sie auf, setzt sie wieder ab, hält sie gegen die Deckenlampe, setzt von vorne an. »Hörst du das?«, fragt Heinrich, »der Zug dringt durch, als habe sich etwas abgeschält, und der Kern ist übrig geblieben.«

»Die Räder?«

»Heißt das bei einem Zug auch so?«

»Ich denke schon.«

»Aha.«

»Es läuft immer etwas mit, meinst du das?«

»Noch schlimmer. Wir meinen immer, es käme auf uns an. Wenn wir genauer hinhören, kommt es gar nicht auf uns an.«

»Ich hab's gehört«, sagt Nelly.

»Was hast du gehört?«

»Dein Magen hat geknurrt.«

»Und?«

»Es kommt also doch auf uns an.«

Die Abteiltür öffnet sich, und hereinspaziert kommen Alma und Franz. Er strahlt. Alma ist wie ausgewechselt, geradezu fröhlich. Ein bisschen zuviel Parfum vielleicht, denkt Golo, zu schwer, zu süß.

»Dann wollen wir doch mal hören, was Sie uns zu erzählen haben, mein lieber Heinrich.«

Berlin, Nizza. Ein Bericht

Wenn man sich auf die Straße begibt, muss man ein Ziel haben. Tagelang hatte ich mich nicht mehr hinausgetraut. Nelly machte alle Besorgungen. Dann gab es von einem Tag auf den anderen keine Milch mehr. Ich sagte ihr, dass ich den Kaffee ohne Milch nicht trinken kann. Im Marché um die Ecke gäbe es aber keine. Und ein paar Straßen weiter beim algerischen Händler? Auch nicht. Ohne Milch kann ich keinen Kaffee trinken, ohne Kaffee kann ich nicht schreiben, ohne Schreiben bin ich geliefert. Ich solle doch, bitte schön, nicht die Nerven verlieren. Schon recht. Dann bleibe ich halt hier in der Rue Alphonse Karr in der Wohnung sitzen, bis sie uns abholen. Nelly hatte das gar nicht begriffen, wie man nur so sein kann. Starrköpfig nannte sie mich. Und wer überhaupt uns abholen kommen solle? Da ist was in der Luft, sagte ich ihr, ein paar Tage später habe ich aber selbst schon nicht mehr daran geglaubt. Eine depressive Anwandlung vielleicht, über die ich mir Rechenschaft geben wollte. Ich fragte mich oft, ob wir mit dem Verlassen Deutschlands nicht die Wirklichkeit verlassen hatten. Es geschah ja nicht aus freiem Entschluss, auch wenn Frankreich eine geistige Heimat ist. Wolken. Nelly hatte mich dann zu Spaziergängen überredet, kaum war ich aber hundert Meter von der Wohnung weg, überkam mich Nervosität, die durch nichts zu bändigen war. Wenn du nervös bist, sagte Nelly, dann sollst du erst recht keinen Kaffee trinken, also brauchen wir auch keine Milch. Ich habe mich dann wieder in der Wohnung verkrochen. Ein eigentümlicher Schreibzwang überkam mich. Da war jemand in mir, der dauernd »schreib das auf, das musst du aufschreiben« sagte. Was aber sollte ich aufschreiben? Dass ich vor einem vertrockneten Stück Weißbrot saß, jetzt schon zum fünften Mal zwischen Küche und Schlafzimmer hin- und hergegangen war, da mein Schreibtisch mittlerweile im Schlafzimmer stand, jeder Blick ein Blick in die Vergangenheit ist, schaue ich aus dem Fenster, sehe ich nur zurück, längst untergegangene Gesichter sehe ich dann, deren Namen mir erst nach langem nachbohrenden Überlegen wieder gegenwärtig sind, dann hatte ich sofort den Impuls, diese Person anzurufen, überhaupt war mir das Telefonieren nach Deutschland der größte Wunsch, auch die Vorstellung, den Hitler anzurufen und ihn auf der Stelle von der Notwendigkeit zu überzeugen, den ganzen Wahnsinn abzublasen, abzudanken, verfolgte mich, die natürlich eine allergrößte Naivität war, allerdings langsam, aber sicher zur Zwangsvorstellung geriet. Eine andere Vorstellung war, mich einfach in den Zug zu setzen, nach Berlin zu fahren und das frühere Leben fortzuführen. Diese Vorstellung quälte mich geradezu. Wie lange würde ich unerkannt bleiben? Schon an der Grenze würde man mich festnehmen. Gesetzt aber den Fall, ich käme durch, könnte noch einmal in der alten Wohnung sitzen, in einem Geschäft einkaufen gehen, mit den Nachbarn sprechen. Guten Tag, Herr Mann, wie schön, dass Sie wieder da sind, wir hatten uns schon Sorgen gemacht. Würden die Nachbarn das sagen? Würden spätestens sie zum Hörer greifen oder direkt hinauslaufen, die Polizei zu holen? Wären sie selber überhaupt noch da? Über den Kurfürstendamm spazieren. Die Hakenkreuze wegdenken. Alles Braune wegdenken. Wie lange könnte man das durchhalten? Gibt es nicht Millionen von Deutschen, die das so versuchen durchzuhalten?

Zuletzt hatte es mehrere Tage auch keinen Kaffee mehr gegeben, oder der Kaffee war sofort ausverkauft. Ich hatte mich schon damit abgefunden, den Kaffee schwarz zu trinken. Als dann wieder Kaffee eingetroffen war, zelebrierte ich die Zubereitung in einer Art und Weise, die Nelly zu Tränen rührte. Ich schnitt das Päckchen Kaffee erst auf, als das Wasserkesselvögelchen bereits aus vollem Halse flötete. Das kochende Wasser schäumt das wertvolle Pulver auf, der schwarze Stoff strömt in die Glaskanne. Diesem Vorgang maß ich eine solche Bedeutung bei, dass ich auch einige Minuten später noch keinen Schluck getrunken hatte. Der Kaffee wird kalt, mein Herz geht so, als hätte ich schon zwei ganze Kannen getrunken. Was aber befürchte ich? Lebrun ist nicht zu trauen, Daladier erst recht nicht, diesem Kommunistenhasser, der doch tatsächlich glaubt, die Kommunisten seien eine größere Bedrohung Frankreichs als Hitler! Wenn die Rechten an die Macht kommen, werden sie gemeinsame Sache mit den Nazis machen. So weit aber wird es gar nicht kommen, sagte ich Nelly. Frankreich ist unbesiegbar, das steht fest. Und letztlich ist der Hitler ein Schwächling, eine vorübergehende Sache. Glaubte ich das wirklich noch? Mein tschechoslowakischer Pass? Nichts wert. Das Vögelchen sang noch ein bisschen nach. Es klingt anders als früher bei uns zu Hause. Ob auch die Kunstvögel die Landessprache flöten?

An einem neunten September hatten wir geheiratet. Im Rathaus von Nizza. Zweimal sind wir in der Zeitung gestanden, am Hochzeitstag und sogar einen Tag später in der Sonntagsausgabe. Jeder kannte uns. Was die erhoffte Anonymisierung unmöglich machte. Nelly war wegen eines Briefs von Thomas völlig aus dem Häuschen. Von einer guten und schönen, beruhigenden Handlung schrieb er da und von einem wohlerprobten Verhältnis, das nun besiegelt sei. Das ehrte sie ungemein, war sie überzeugt. Sonst hatte er sie in der Tat immer links liegengelassen. Ich habe ihn selten über einen Menschen abfälliger reden hören als über Nelly. Dennoch konnte der Brief nicht über einen völlig unterkühlten Ton hinwegtäuschen. Thomas sei da richtig aus sich rausgegangen, meinte Nelly. Ich ließ ihr die Freude. Nur wenn es was zu lachen gibt, dann geht er ganz aus sich heraus, dachte ich. Den Brief hat sie seitdem immer bei sich. Das Unterkühlte ärgerte mich dann doch dermaßen, dass ich beschloss, das Bild von Thomas in unserer Wohnung tiefer zu hängen. Er hängt viel zu hoch, fiel mir auf. Wenn ich mich zwischen meinem Bruder und Nelly entscheiden müsste, ich würde keinen Augenblick zögern, es gäbe gar keinen Zweifel, ich würde mich augenblicklich für Nelly entscheiden. Hat er sie nicht überall schlechtgemacht? Sie unausstehlich und deplatziert gefunden, sozial nicht angemessen? Ich hätte ihn von Anfang an nicht so hoch hängen sollen, man muss ja den Kopf in den Nacken legen, als wolle man einen Wolkenkratzer betrachten.

Ich holte die Leiter aus der Abstellkammer, schon war ich auf Augenhöhe. Museumsglas, viel zu teuer. Der Rahmen dagegen viel zu billig. Es gefällt mir nicht, dass er uns dauernd beim Essen zuschaut, sein Blick verfolgt mich, sagte ich Nelly. Das Bild in der Hand verfehlte ich beim Hinuntersteigen eine Stufe der Leiter, konnte im letzten Moment einen Sturz verhindern. Das kolorierte Bild von Thomas, das ich sorgsam aus einer amerikanischen Zeitschrift ausgeschnitten hatte, wollte ich einen halben Meter tiefer hängen. Der einzige Nagel ging aber nicht aus der Wand. Mit der Papierschere geht das nicht, sagte Nelly mehrfach. Es ging aber doch, nur ging die Papierschere danach nicht mehr. Der viel zu grobe Hammer versenkte den Nagel fast in der Wand. Mit der völlig verzogenen Papierschere konnte er ein Stück weit wieder herausgezogen werden. Jetzt war ich mit Thomas wieder auf Kopfhöhe. Nicht wahr, Nelly, er ist doch ein Bruder und kein Heiliger, sagte ich.

Kaum war Thomas tiefer gehängt, schellte es an der Tür. Ich hatte partout keine Lust zu öffnen. Wer sollte es schon sein? Ich stand im Zimmer, da schellte es ein zweites Mal. Ganz langsam ging ich zur Tür. Nelly war im Bad verschwunden.

Draußen stand jemand, ich konnte ihn förmlich riechen. Durch den Spion war aber niemand zu sehen. Ich wollte wieder zurück ins Zimmer gehen, da klopfte es. Wir sind gerade nicht ganz pässlich, vielleicht in einer Stunde?, rief ich, ohne die Tür zu öffnen. Es war Meyer, der Vermieter. Ich ließ ihn einfach draußen stehen, was ihm überhaupt nicht passte. Wenn Sie nicht sofort die Tür öffnen, hole ich die Polizei, sagte er. So kannte ich ihn gar nicht. Worum es denn gehe, fragte ich ihn. Es geht um Vorgänge, auf die ich keinen Einfluss habe, sagte er. Wir müssten ausziehen. Die Sache dulde keinen Aufschub. Herr Meyer, ich kann Ihnen nicht folgen, haben wir uns etwas zuschulden kommen lassen?, wollte ich noch wissen, aber da war er schon weg. Du, der ist einfach weggegangen, sagte ich Nelly. Ich riss die Wohnungstür auf, das wollte ich mir nicht gefallen lassen, diese Demütigung nach all den Jahren der größten Zuverlässigkeit, immer hatte ich pünktlich die Miete gezahlt, sogar für Monate im Voraus, bis September hatte ich die Miete schon im Voraus gezahlt. Im Treppenhaus verhallten Schritte. Ich schaute hinunter. Weißt du, wie man das nennt, fragte ich Nelly, die im Bademantel in der Wohnungstür stand. Arschloch, meinte sie. Schon, ich meinte aber diese Art Treppe.

Alle Treppen haben eine spezielle Bezeichnung. Und die sagt noch lange nichts über ihre Güte. Eine Treppe geht man runter, oder man geht sie hoch, und damit war für Nelly die Sache erledigt. Für mich aber nicht. Es gibt Dinge, für die ich mich so begeistern kann, dass ich rings um mich alles vergesse. Wir haben es hier mit einer Wangentreppe zu tun, sagte ich Nelly, die davon überhaupt nichts wissen wollte. Man könnte denken, es sei eine Spindeltreppe, es ist aber eine Wangentreppe. Wenn man nicht zu Hause ist, muss man sich Dinge suchen, an denen man sich festhalten kann. In Berlin wäre mir diese Treppe gar nicht aufgefallen. Wir beschlossen, den Meyer zu vergessen. Wegen irgendwas wird er Panik bekommen haben und hat dann überreagiert, beruhigten wir uns. Wir konnten was zu essen vertragen. Nelly legte Tomaten, Eier, Zwiebeln und Kartoffeln auf die Anrichte. Der Lauch war noch voller Erde. Geschäftiges Töpfeklappern. Ich setzte mich an den runden Küchentisch, stand aber sofort wieder auf, eilte ins Schlafzimmer, holte Notizblock und Füllfederhalter, setzte mich wieder an den Tisch.

Kartoffeln schälen wollte ich nicht. Man sieht etwas, und sofort ist es bedeutungsvoll, man sieht es und weiß sofort, es steht für etwas anderes. Es hatte etwas mit der Treppe zu tun. Nelly meinte, es sei bloße Angst. Was macht man mit der Angst? Man schreibt sie auf. Aber wie schreibt man sie auf? So, dass von Angst gar nichts zu lesen ist? Muss Angst so im Hintergrund stehen, drohend, aber unsichtbar, dass sie ein Geheimnis ist, man wittert sie, weiß aber nicht, aus welcher Richtung sie kommt? Kinder kamen mit ihren Fahrrädern in den Innenhof gefahren, unterhielten sich, stiegen ab.

Ich bin der Feuerwehrmann, sagte ein Junge, wenn's brennt, lösche ich.

Und ich bin Brandstifter, sagte ein anderer.

Wenn du der Brandstifter bist, bin ich die Polizei, sagte ein Mädchen.

Und was willst du dann machen, fragte der Brandstifter.

Dich verhaften.

Da musst du mich aber erst mal kriegen.

Ich krieg dich schon.

Ich lösche das Feuer und den Brandstifter gleich mit, sagte der Feuerwehrmann.

Mir ist langweilig, sagte die Polizistin.

Sollen wir nochmal auf die Straße?

Auf der Straße ist auch langweilig.

Wir müssen ja nicht wirklich was anstecken, wir können uns das ja vorstellen.

Ist auch langweilig, sagte der Feuerwehrmann.

Wenn wir's uns nur vorstellen, können wir's immer wieder tun.

Das können wir richtig auch.

Glaubst du? Da hast du doch gar keinen Mut für.

O doch, hätte ich wohl.

Also was ist besser, vorstellen oder richtig?

Richtig.

Vorstellen.

In Brand stecken und dann so tun, als stelle man sich das nur vor, sagte der Brandstifter.

Dann versuche ich zu löschen, und wenn das nicht geht, hauen wir gemeinsam ab.

Ja, und die Polizei verfolgt uns.

Die Feuerwehr haut aber nicht zusammen mit dem Verbrecher ab.

Wenn ich's nicht löschen kann, bin ich kein Feuerwehrmann. Und außerdem macht Anzünden mehr Spaß.

Mit Geschichten ist es ganz einfach so, man setzt den Füllfederhalter aufs Papier und sieht ihm beim Schreiben zu, während man der Geschichte zuhört. Zwischendurch hält man inne und liest das zu Papier Gebrachte durch. Man streicht, ergänzt, merkt an. Von Zeit zu Zeit sollte man Wirklichkeit und ... ja was ist das eigentlich, was scheinbar darüber hinausgeht oder drunter durchströmt, was ist das, was ich hier mache?

Ich ging nochmal ins Treppenhaus und schaute mir wieder die Treppe an. Von den Dingen macht man sich unwillkürlich ein Bild, begegnet man diesen Dingen dann eines Tages wieder, ist man enttäuscht. Man kann aber nicht entscheiden, ob man vom Ding oder seinem Bild enttäuscht ist. Angstbannung, vielleicht hatte Nelly recht. Mittlerweile hatte ich Folgendes zu Papier gebracht:

»Als er den Hörer aufgelegt hatte, kam es ihm in den Sinn, sich das Treppenhaus einmal näher anzusehen. Ihm kam eine solche Bedeutung zu, dass er alles stehen und liegen ließ, die Wohnungstür öffnete, fünf Schritte nach vorn machte und tief hinunterschaute.«

Ein Schmarren. Ich knüllte das Papier zusammen und warf es vom Stuhl aus in den Papierkorb.

Die ganze Wohnung roch nach Bratkartoffeln. Über die angebrannten Zwiebeln verloren wir kein Wort. Es schmeckte. Das ist ein großes Wunder, sagte ich, man kombiniert Dinge miteinander, man setzt sie in eine Beziehung zueinander – und es passt, es stimmt. Man stellt Stühle um einen Tisch und nimmt darauf Platz. Keiner wundert sich, dass das möglich ist, die Stühle sind bequem oder unbequem. Man bereitet ein Essen. Die Zutaten zu diesem Essen wählt man aus. Gekocht, gegart, gegrillt und was es nicht alles gibt. Die Dinge harmonieren, oder die Dinge harmonieren nicht. Ich könnte übrigens auch in einem Kuhstall wohnen, sagte ich, wenn er einen Schreibtisch hat, und wenn man in Ruhe gelassen wird. Ich kann auch ganz unten wieder anfangen – wenn man mich dann in Ruhe lässt.

Das zählte aber nicht, du durftest nicht weiter als zur Kirche.

Ich bin doch nur bis zur Kirche.

Du bist hinter die Kirche.

Aber die Kirche zählte noch dazu.

Nein, die zählte nicht mehr dazu.

Das haben wir aber vorher nicht abgemacht.

Doch, haben wir wohl. Du hättest dich da auf keinen Fall verstecken dürfen. Außerdem hast du das Feuer an der falschen Stelle gelegt.

Hab ich nicht.

Doch.

Warum spielt man eigentlich? Schreiben ist auch Spielen. Ein sehr verarmtes. Es ist immer das wenigste, was wir machen können. Wir träumen von etwas Umfassenden, heraus kommt aber immer nur fast nichts. Unvermittelt steht etwas neben etwas anderem, und macht man die Augen auf, ist es in der Welt nicht anders.

Der Mann, so stellte ich mir die Geschichte mit der Treppe vor, zieht sich mehr und mehr zurück, bis er eines Tages seine Wohnung nicht mehr verlässt. Hinunterstürzen will er sich nicht, der Marmorboden im Erdgeschoss zieht ihn aber an, der Sturzblick hinunter macht ihn ganz schwindelig. Mit der Zeit wird die Treppe zu seinem einzigen Vertrauten. Kommt jemand hinauf oder geht hinunter, so will er auf gar keinen Fall, dass er das Geländer anfasst oder zu stark auf die Stufen tritt. Er will überhaupt keinen sehen, von ihm aus brauchte niemand sonst im Haus zu wohnen. Eine gewendelte Wangentreppe. Manchmal ist dieses Deutsch doch zu was nutze. Hier kommt eine Differenzierung rein, wenn das nur mal die Nazis beherzigen würden, dann gäbe es sie gar nicht mehr. Eine Wangentreppe wird auch gestemmte Treppe genannt. Die Trittstufen sind seitlich eingelassen oder eben eingestemmt. Die seitlichen Wangen nennt man die Treppenwangen. Die Stufen können da aber nicht einfach nur so eingelassen oder eingestemmt werden, man muss sie zusätzlich sichern. Man muss sie stabilisieren. Das wird mit Zugeisen, Bolzen, oder mit so genannten Fingerzapfen und Keilen gemacht. Alles Handarbeit. Wichtig auch der Unterschied zwischen Wangen- und Spindeltreppe: Hier herrscht Durchblick, bei einer Spindeltreppe aber fehlt der Durchblick, deshalb heißt sie Spindeltreppe, weil die Spindel in der Mitte steckt und den Durchblick verwehrt. Eine solche Geschosshöhe, wie dieses Treppenhaus sie benötigt, wäre auch gar nicht zu machen, die Treppe windet sich ja um die Spindel, die nur oben und unten befestigt ist. Man nennt das zwischen Fußpunkt und Podestrand einspannen. Wie unsere zurzeit herrschenden Politiker. Die Handwerkssprache ist aber die beste Sprache. Sie ist erfindungsreich und unbestechlich.

Die Geschichte muss dann zeigen, dass der Mann Angst davor hat, die Treppe hinunterzugehen und das Haus zu verlassen. Es macht ihm eine solche Angst, dass er die Vorhänge zuzieht und am helllichten Tag im Dunkeln sitzt. Er achtet peinlich darauf, seinen eigenen Atem nicht zu hören.

»... ohne auf nennenswerten Widerstand zu stoßen. Vorbereitet wurde die Invasion durch Bombardements der Luftwaffe ... Belgien ...« Man verstand immer nur Fetzen, kein Sender war sauber einzustellen. Immer musste man es neu ausrichten, nirgendwo in der Wohnung war der Empfang gut. Wenn man ganz abgeschnitten wäre von der Außenwelt, dachte ich, nachdem ich das Radio wütend aus der Wand gerissen hatte, verlöre man dann nicht auch den Kontakt zu sich selbst? Würde man dann nicht eines Tages anfangen, nur noch auf seine körpereigenen Geräusche zu hören? In eine völlige Starre würde man hineinleben. Ich war auf dem Weg dahin.

Am anderen Morgen verließ Nelly in aller Frühe das Haus. Irgendeine Zeitung solle sie kaufen, hatte ich ihr gesagt. Die Zeitungen waren alle ausverkauft. In der Nähe des Hauptbahnhofs hatte ein für diese Tageszeit merkwürdiges Treiben eingesetzt. Alles lief durcheinander, niemand schien ein Ziel zu kennen, berichtete sie.

Wir beschlossen, spazieren zu gehen. Ich wurde die Vorstellung nicht los, Frankreich sei in Deutschland einmarschiert.

Im Hausflur liefen wir geradewegs dem Briefzusteller in die Arme.

»Heinrich Mann? Sind Sie nicht Heinrich Mann?«, fragte er. In der Tat.

»Hier ist ein Einschreiben für Sie, wenn Sie unten quittieren mögen.«

Ein Einschreiben, seit Tagen keine Post, und dann direkt ein Einschreiben, lächelte ich den Postler an. Der verzog keine Miene.

Nachdem ich den Brief kurz überflogen hatte, steckte ich

ihn in meine Manteltasche. Da muss ein Irrtum vorliegen, sagte ich Nelly, der Meyer hat uns tatsächlich gekündigt. Sie müssen verstehen, schrieb er, dass ich in Anbetracht der jüngsten Ereignisse und der nunmehr eingetretenen allgemeinen Lage die noch von Ihnen gehaltene Wohnung nur noch an Franzosen und Verbündete vermieten werde. Was war geschehen? In einer Bar erfuhren wir Näheres.

»Noch nichts von gehört?«, machte sich eine hagere Gestalt lustig, die sichtlich betrunken gegen den Tresen lehnte, den sie seit der vorangegangenen Nacht nicht mehr verlassen hatte, so schien es. »Wo leben Sie denn? Ungemütlich wird's hier werden, das kann ich Ihnen versprechen. Ach so, Tschechen sind Sie. Keine Deutschen, nein? Na, mal abwarten, wird sich ja noch zeigen. Jedenfalls ist es so, dass die am zehnten Mai pünktlich um vier Uhr dreißig in der Früh da einmarschiert sind, in Belgien und Holland, die Deutschen. Mit Fliegerangriffen und Fallschirmjägern, mit allem Drum und Dran. An Ihrer Stelle würd' ich mich hier vom Acker machen«, empfahl er uns, »entweder verhaften wir Sie, oder die Deutschen lassen alle flüchtigen Deutschen ausliefern.«

Ich verbat mir solche Unterstellungen.

»Guter Mann«, polterte der Hagere los, »da müssen Sie sich gar nicht so aufregen, das geht alles blitzschnell. Wenn's ganz schlecht läuft, das sag ich Ihnen, marschiert ihr Deutschen hier ein. Unsere Armee ist so was von hinterwäldlerisch, ich sag Ihnen was, da setzt hier keiner einen Pfifferling drauf, der traut niemand was zu, die ist doch im Ersten Weltkrieg stecken geblieben.«

Ich schaute ihn groß an.

»Es gibt keine kontinuierliche Front mehr, das werden Sie sehen, Frankreich aber denkt, es gäbe sie. Erster Weltkrieg halt.«

»Die Zukunft Europas ist Frankreich, das will ich Ihnen sagen«, meinte ich.

»Ach was, Herr Deutscher, die Zukunft Europas, das ist Hitler.«

Jetzt waren wir also auch feindliche Ausländer. Da wollen wir unserem Herrn Meyer doch mal das Entsprechende antworten, nahm ich mir vor.

Auf dem Weg zurück zur Wohnung erschien mit einem Mal alles verdächtig, zumindest musste alles daraufhin befragt werden, ob es nicht ein versteckter Hinweis auf die sich anbahnenden Veränderungen war. Als wir nicht mehr weit von unserer Wohnung entfernt waren, sahen wir ein riesiges rotes Plakat. Es musste erst kürzlich angebracht worden sein. Wie einen innerlich widerstrebenden, aber doch neugierigen Hund an der Leine zog es mich über den Platz direkt vor das Plakat. Beim Lesen auf die Brille angewiesen, strengte es mich sehr an, so mit dem Kopf im Nacken, die Augen zusammengekniffen, die Wörter zu entziffern. Bist du schon so alt geworden, Heinrich, fragte ich mich, dass deine Augen immer schlechter werden. Die Wörter waren nämlich keineswegs klein gedruckt, langsam zeichneten sie sich ab: *camps de concentration*.

Ich las die Wörter so, als hätte ich sie im Mund jonglieren müssen, als könnten sie mich sonst verbrennen, als müssten sie, kaum ausgesprochen, auch sofort wieder raus aus dem Mund.

Im Französischen klingt es wenigstens nicht so wie ein Befehl, sagte ich Nelly. Das deutsche Wort, da höre ich schon immer den Hitler, wie er es ausbellt, die Abtransportierten mit dem Wort anbellt. Nichtsdestotrotz, es ist unfassbar. Weißt du, was die wollen, fragte ich Nelly, die wollen, dass alle Deutschen hier, die ja nunmehr feindliche Ausländer sind, sich in diesen *camps de concentration* einfinden, die stecken die Deutschen in Internierungslager, nach dem Motto, deutsch ist schuldig.

Kaum hatte ich diese Wörter gelesen, fühlte ich mich ertappt. Als würde mit dem Finger auf einen gezeigt, der da, der da auch. Kommunistenverfolgungswahn, murmelte ich. Hitler-Stalin-Pakt. Alle Deutschen spionieren für Stalin, denken die, und der sagt es dann dem Hitler. Das Plakat war das größte, das ich je in Nizza gesehen hatte. Leuchtend rot, fiel es schon von weitem auf. Niemand konnte es übersehen. Es zog magisch an. War es einem bis dahin gelungen, nicht für einen Deutschen gehalten zu werden, verriet einen jetzt der erschrockene Blick. Aber verriet das Plakat nicht, dass die Franzosen wirklich Angst hatten? Die glauben uns nicht mehr, sagte ich Nelly. Und sie dulden uns nicht mehr. Der Mann in der Bar hatte augenscheinlich recht. Aber konnte man wirklich uns damit meinen? Die Miete war im Voraus bezahlt, auch noch für den folgenden Monat. Wir beschlossen, nach Hause zu gehen und dem Meyer einen Brief zu schreiben. Zu Hause angekommen, zog Nelly sofort die Vorhänge zu. Ich zog sie wieder auf. Nelly fürchtete, man könne in unsere Wohnung sehen und uns ausspionieren, und zog die Vorhänge wieder zu. Wie soll das gehen, fragte ich sie. Mit einem Fernglas, sagte sie. Es ist verdächtiger, wenn mitten am Tag die Vorhänge geschlossen sind, erwiderte ich und machte sie wieder auf. Erschöpft, als hätten wir eine große Anstrengung hinter uns, saßen wir am Tisch und wussten nicht so recht, was wir tun sollten. Auch wenn wir den Meyer überzeugen können, sagte ich, es bleibt das umfassendere Problem. Ich setzte meine Brille auf, zündete mir eine Zigarette an, stand auf, durchquerte das Zimmer, vom Tisch zum Fenster, vom Fenster zur Tür, von der Tür zurück zum Fenster. Nein, das mache sie nicht nervös, meinte Nelly, überhaupt nicht. Wenn es mir guttue, solle ich einfach auf und ab gehen. Mich machte es selbst nervös. Stehenden Fußes notierte ich etwas in mein Notizheft, strich es wieder durch, setzte neu an, drückte die Zigarette im Aschenbecher aus, zündete mir sogleich eine neue an. Mit aller Sorgfalt und Abwägung muss ihm geantwortet werden, sagte ich Nelly, ich muss mich in die Rolle des Adressaten hineinversetzen, ich bin jetzt Meyer, sagte ich ihr, lese den Brief laut vor, und spätestens da weiß ich, dass er nicht taugt, der Briefempfänger ist da immer im Vorteil, er ist nur der Leser und kann an allem was aussetzen. Der Briefschreiber riskiert immer, dass ihm nicht zurückgeschrieben wird, wenn es dem Meyer aber einfallen sollte, mir nicht zurückzuschreiben, schalte ich das Konsulat ein, dann geh ich zum Botschafter, die Regierung schalte ich ein. Das Herumgehen machte mich müde, ohne dass mir für den Brief etwas eingefallen wäre. Heute ist der dreizehnte Mai, der Meyer soll sofort eine Antwort haben, ich kann nicht ruhig schlafen, wenn wir ihm nicht heute noch geantwortet haben, das muss aus dem Kopf, es macht mich rasend, wie ignorant er sich zeigt, und das ausgerechnet in Frankreich, sagte ich Nelly, seit heute sind wir wirklich Exilanten, wir hatten nichts mehr verloren in Deutschland, und Heimweh hatte ich nie gehabt, Frankreich war immer meine geistige Heimat, die Deutschland nie war, das mache ich dem Meyer jetzt mal klar.

Erst gegen Abend hatte ich etwas Brauchbares zustande gebracht:

»Als tschechische Bürger sind wir Alliierte. Wir tun unsere Pflicht, indem wir mit unseren Mitteln der tschechischen Armee in Frankreich helfen. Wäre ich jünger, würde ich für Frankreich kämpfen. Die stattgehabten Provokationen berühren mich nicht, da man sich in meiner Person täuscht.« Nelly unterbrach, sie meinte, da täusche sich niemand, jeder wisse genau, wer ich sei. Hat man jemanden einmal in seinem Leben gesehen, glaubt man schon zu wissen, wer er sei, sagte ich, nichts wisse man aber, und über mich glauben alle Bescheid zu wissen, die wissen aber nichts, gar nichts, die machen einhundert Meter vor mir halt und rufen »Da ist er ja«, drehen um und verkünden überall, »Der Heinrich, der ist das und das, und zwar ganz genau, ich habe ihn nämlich aus der Ferne gesehen, und da war er ganz gut zu erkennen.« Wenn wir jetzt schon den Verbündeten zum Feind haben, können wir direkt zum Erschießen gehen, sagte ich Nelly und las den Brief weiter vor: »Als Schriftsteller habe ich Frankreich glorifiziert. In Amerika hat mein jüngstes Buch über den französischen König Henri Quatre großen Erfolg gehabt. Meine Frau ist durch die erlittenen Beleidigungen und die feindliche Umgebung ganz krank geworden.« Nelly standen Tränen in den Augen.

Zwei Tage später. Durch den Türschlitz fiel ein Brief. Ich saß gerade an verschiedenen Manuskripten und überlegte, ob ich nicht einfach weiterarbeiten sollte, dann stand ich doch auf, ging zur Tür und nahm den Brief vom Boden auf. Nelly machte Besorgungen.

»... halte ich an meiner Kündigung fest und möchte Sie dringlich auffordern, die Wohnung bis spätestens zum Monatsende zu räumen. Mit freundlichen Grüßen, Meyer.« Ich legte den Brief auf den Küchentisch und setzte meine Arbeit fort. Das beeindruckt mich gar nicht, sagte ich mir. Dann wollen wir dem Herrn Meyer eben einen neuen Brief schreiben, der genauestens darlegt, warum das Ehepaar Heinrich und Nelly Mann in der Rue Alphonse Karr Nummer 2 wohnen bleiben muss, er hat überhaupt keine Handhabe, was will er denn machen, die Polizei schicken?

Nelly wehte herein. Sie habe alles gekauft, was sie in letzter Zeit Schönes gesehen habe. Orchideen, ein blaues Kopftuch aus Seide, den kleinen silbernen Ring mit dem Stein, die Sachen seien alle erstaunlich runtergesetzt gewesen. Und der Cognac? Der sei auch runtergesetzt gewesen, deshalb habe sie gleich fünf Flaschen gekauft. In letzter Zeit trank sie wieder mehr. Sie bestand auf der Formulierung, sie trinke ausgelassener und in Gesellschaft überhaupt gar nicht. Was sollte ich machen? Nelly hatte ihr Problem, wir beide aber ein viel größeres.

Es kam mir langsam wie ein Kräftemessen vor. Wer ich war,

der an der einen Seite des Seiles zog, bildete ich mir ein zu wissen. Es wollte mir aber nicht recht in den Kopf, dass ein Herr Hitler am anderen Ende des Seiles stand. Wo hätte der alles stehen müssen. An wie vielen Seilen hätte der ziehen müssen. Unrecht geschieht, sagte ich mir. Was aber soll das sein, Unrecht? Das ist ja keine Instanz, zu der man hingehen kann, sich beschweren. Es wird von jemandem verübt. Mein lieber Heinrich, sagte ich mir, so simple Gedanken denkst du. Die Gedanken sind so simpel und einsichtig, dass das Unrecht kommen wird und dich am Kragen packt. Die Parallelität der Fälle fiel mir auf. War es nicht in Berlin das Gleiche gewesen? Hals über Kopf aus der Stadt raus, diesmal aber würde ich Nelly nicht allein zurücklassen. Es gab da doch einen großen Unterschied, der für die Zukunft schwarzsehen lassen konnte. Zum Glück, sagte ich mir, ist die Zukunft nicht einfach die Verlängerung der Gegenwart, die wiederum nicht ohne weiteres aus der Vergangenheit deduziert werden kann. Gerade erst dort eingezogen, bin ich in die schöne Wohnung in der Fasanenstraße eines Tages nicht mehr zurückgekehrt. Die Vorfälle legten das nahe, und die Vorfälle konnten klar benannt werden, sie hatten Namen. Diese Namen verhafteten dann auch Nelly, weil sie meiner nicht mehr habhaft werden konnten. Also, wo ist er, haben sie Nelly gefragt. Und was für ein Geld hat er Ihnen da angewiesen? Und Nizza? Wer zog da am Seil? Sehen Sie, meine Damen und Herren, würde ich jetzt sagen, das ist der Unterschied. Da zog niemand am Seil. Da wurde ein Netz aufgespannt. Aber von wem? Von den Deutschen, von den Franzosen, von den Deutschen und Franzosen, von einem, der noch gar nicht da war, der noch nicht vor Ort war?

Die Umstände in Berlin ließen gar keine andere Möglichkeit zu. Nicht einen Augenblick habe ich gezögert. Die Sache war wohlinszeniert, mein Abgang auch. Ganz ruhig bin ich verschwunden aus Berlin am einundzwanzigsten Februar dreiunddreißig. Die feigen Hunde haben mich aus der Akademie der Künste rausgeschmissen, Reden haben sie geschwungen, die Kriecher. Der Gipfel war, dass ich auch noch reden sollte, nach außen hin am besten noch was von gegenseitigem Einvernehmen erzählen und dass es besser so sei.

Gesprochen habe ich schließlich nur mit dem Loerke. Ein anderer stand gar nicht zur Verfügung. Der Loerke hatte die Hosen voll. Ich wusste ja gar nichts von der Sache, dass die mich da demissionieren wollten. Das wurde mir kurzerhand mitgeteilt und dass ich am fünfzehnten Februar kommen solle. Max von Schillings, der so genannte Präsident ...

Dieser Max von Schillings, da habe ich mich nachher ja mal genauer erkundigt, ich gebe zu Protokoll: in Düren geboren am neunzehnten April achtzehnhundertachtundsechzig, Komponist, Ehrenkreuzadliger. Von Schillings hat eigentlich dafür gesorgt, dass ich rechtzeitig aus Berlin raus bin und Nelly hinterher. Ich muss dem eigentlich ewig dankbar sein. Diesen Schillings haben die Nazis vorinstalliert, Oktober neunzehnhundertzweiunddreißig wurde er ja gewählt anstelle von Max Liebermann, auch das nochmal nachrecherchiert.

Also der Schillings, das war ganz klar eine vorweggenommene Anpassung, damit sie das nicht nach der Machtergreifung machen müssen, das war schon vorgearbeitet. Und sie konnten sich auf den ja verlassen, ein Antisemit vor dem Herrn, fragt sich nur, vor welchem. Was war der Grund? Parteipolitische Meinungsäußerung. Zur Erinnerung: Am einunddreißigsten Juli zweiunddreißig waren Reichstagswahlen. Ich hatte nichts anderes getan, als einen Aufruf zur gemeinsamen Aktion von SPD und KPD zu unterzeichnen. Das macht in der Summe eben nicht NSDAP. Alle sind dann raus, ausgetreten oder ausgeschlossen, die Anstand hatten und Witterung, die Kollwitz, die Huch, der Werfel, wer noch, mein Bruder, der Döblin auch, der bei meiner Demission neben dem Baurat Wagner als Einziger protestierte, der Liebermann, der Gute, der gute alte Freund, der war dann auch längstens Mitglied der Akademie, aber er hat genau gewusst, was da läuft, was sich da hinter den Kulissen abspielt.

Und eins der dollsten Dinger, die der Herr von Schillings gebracht hat, der hat den Schönberg schlicht und ergreifend entlassen, der hatte aber einen unkündbaren Lehrvertrag an der Akademie der Künste, und unkündbar heißt immer noch lebenslang, machte aber nichts, der Herr von Schillings hat ihn dennoch entlassen, wie ja auch die Nazis alle entlassen haben auf ihre Art und Weise, die nicht von ihrer Art und Weise waren und sind, von ihrer zusammengelogenen, dahinphantasierten Art und Weise, ihrer unbedingten Austauschbarkeit.

Ob der Schillings dann doch noch gemerkt hatte, was los war, und er ist schnell mal gestorben? Fünf Monate später jedenfalls gab's ihn nicht mehr. Was noch? Der Benn war's, der hatte das ausgebrütet mit dieser Trennung von Politik und Kunst, dass das in der Akademie streng geschieden werden musste und dass ich deswegen den Hut nehmen sollte, freiwillig. Und nach außen diskutiert werden durfte auch nicht darüber, keine Stellungnahme dürfte es zum Fall Mann seitens der Akademie geben. Der Benn, selbst schon Hakenkreuzritter. Die Hosen voll hatten alle. Der anwesende Döblin erzählte mir von dem ganzen Gepokere. Und dann haben die den Laden halt nach und nach übernommen, Grimm, Vesper und Johst rückten nach.

Die SA werde ein Blutbad anrichten, es gebe eine Liste, nach der sie vorgehen würden, wurde bald gemunkelt. Und der Goebbels hat im November dreiunddreißig mit seiner Reichskulturkammer den Laden überflüssig gemacht, da nutzte die ganze Arschkriecherei vorher auch nichts. Listen soll es gegeben haben. Listen, Listen, Listen. Seitdem kursieren auf dem ganzen Globus nur Listen. Auf diesen Listen steht immer ein und dasselbe: muss weg, muss weg, muss weg. In Nizza schien Nizza also mit einem Mal unmöglich zu werden, die Indizien verdichteten sich zu einem zweiten Berlin, nur dass in Nizza die Perfidie der Vertreibung, der Verwahrung, der Austilgung, Ausmerzung anonymisierter vonstattenzugehen schien. Der Virus hatte schon zu viele Wirtstiere, seine Verbreitung hatte bereits das Ausmaß einer Epidemie. Erinnerung ist auch eine Epidemie. Sie frisst sich in den Kopf, sie bleibt stecken wie ein Geschoss. Seine operative Entfernung würde unweigerlich zum Tod führen. Erinnerung ist die Umkehrung der Verhältnisse. Was im Hintergrund stand, steht plötzlich ganz vorn. Und manchmal steht es so weit vorn, dass es den Hintergrund ganz verdeckt. Wir stehen auch weit vorn. Wir sehen den Abgrund und halten uns gerade noch. Windstille, heißt es, ist Vorbote nur. Wir zählen. Ob wir noch alle beisammen sind. Ob eine andere Zeit hereinbricht. Wir sehen nicht ein, einen Schritt zurückzuweichen. Der leiseste Wind, sein Aufkommen, würde uns in die Tiefe stürzen. Still und heimlich.

Und still und heimlich hat man mich auch aus der Akademie hinausgeworfen, pompös war das nicht. Es geschah im sicheren Gefühl, dass niemand was sagt. Außerdem schien es sauberer so. Eine abgemachte Sache, gegen die keiner Widerspruch erhob. Die Antifaschisten hatten Angst. Überall stellten sich Spitzel dazu, man konnte auf keine Gesellschaft gehen, ohne dass der Spitzel schon da war. Die Gesellschaften waren Informationsbörsen. Jeder wusste, hier erfährst du alles Wichtige sofort. Wer merkwürdige Dinge redet, dabei nie direkt, nie offen, hatte Informationen weiterzugeben. Fragen mussten genauso verklausuliert formuliert werden. Besser aber war, nicht zu fragen. Zuhören, keine Fragen stellen. Man war gezwungen, ein Spiel zu spielen, das auf solchen Gesellschaften mit der Zeit jeder gelernt hatte zu spielen: das Spitzelspiel. Nur so konnte man sichergehen, dass man selbst eine potenzielle Bedrohung darstellte. Sich permanent umschauen, den anderen unverwandt in die Augen schauen, den Rücken gerade halten, jedem signalisieren, du gehörst dazu, die da hinten aber nicht, die hinter mir auf jeden Fall, dann wieder erkennen lassen, dass man sich mit seiner Sache nicht so ganz sicher ist, permanente Unsicherheit erzeugen, Verunsicherung erreichen, das ist das Credo, und diese Verunsicherung darf nicht verunsichert werden. Am neunzehnten Februar neunzehnhundertdreiunddreißig auf dem Abendempfang von Georg Bernhard, dem Chefredakteur der *Vossischen*, kam Licht ins Dunkel, wenn auch nur für ganz kurze Zeit. Danach herrschte Finsternis, allerdings eine lichte, unbeschwerte. Sollte es nicht nach Frankreich gehen? Was jeder vorhatte, er behielt es für sich. Es war ein Totentanz. Aber einer mit herrlicher Musik und einem nie da gewesenen Büfett. Diese schwarzen Listen also, da war mir klar, ich muss gehen, aber nicht einfach nach Hause, nein, ganz gehen, Stadt und Land verlassen. Den endgültigen Ausschlag gab der französische Botschafter, Monsieur François-Poncet. Ganz unaufdringlich hatte er mich aus einer Unterhaltung herausgenommen, dirigierte mich mit zwei Gläsern Champagner in der Hand beiseite, dämpfte seine Stimme, wobei er gekonnt unauffällig zu Boden schaute, und sagte diesen scheinbar nichtssagenden Satz, den man zu einer anderen Zeit an einem anderen Ort bloß für eine nicht einzulösende Höflichkeit gehalten hätte: »Wenn Sie über den Pariser Platz kommen, mein Haus steht Ihnen offen.« Das war's. Ich erschrak. Mit diesem Satz war ich schon in Frankreich. Ich musste nur noch durch die Botschaft durch. Der Rest war Schweigen. Nur ja kein Aufsehen erregen. Es musste wie ein Spaziergang aussehen. Keinen zu schnellen Schritt, keine erkennbare Flucht. Nelly und ich hatten einen richtigen Plan ausgearbeitet. Ich sollte alleine fahren. Ein Umstand war dabei ganz günstig: Unsere Wohnung in der Fasanenstraße hatten wir doch gerade erst bezogen, sie war gerade erst eingerichtet worden. So viel Aufwand also, nur, um zu fliehen?

Der eine Spitzel hatte sich verraten, da wussten wir, wir werden überwacht. Er parkte immer an derselben Stelle auf der gegenüberliegenden Straßenseite. Von der Küche aus konnten wir ihn genau beobachten, und er uns. Als er uns dabei entdeckte, ist er weggefahren und nicht mehr erschienen, das war für einen Profi sensationell unauffällig.

Ich hatte immer nur im Kopf, das kann nicht wahr sein, das ist absolutes Unrecht, hier ist der Geist ohnmächtig. Der Geist war abgeschaltet. Es herrschte, vorübergehend, Ungeist. Er herrscht immer noch. Ich kam mir vor wie ein Relikt aus früheren Zeiten. Dabei waren die Nazis Relikte. Sie kleideten sich halt im Gewande des Relikts, sie kochten die Vergangenheit hoch und deklarierten sie als die ihre, die stießen ins Horn der Zukunft, die nur Vergangenheit ist. Alles Camouflage. Kurzes Leben, lange Kunst. Wie immer.

Am einundzwanzigsten Februar nur ein Regenschirm, kein Koffer, keine Tasche. Zu Fuß, im Mantel. Mit Hut. Ohne jede Eile. Mit der Straßenbahn zum Anhalter Bahnhof. Das Ticket nur bis Frankfurt gelöst. Ist doch nicht verboten. Der Zug hatte Verspätung, da bin ich ganz nervös geworden. Nelly hatte bereits am Gleis auf mich gewartet. Selbst das schien mir verdächtig. Nimm meine Hand, schau mich aber nicht an, sagte sie mir. Wenn du mich anschaust, sagte sie, heul ich sofort los, dann ist alles verloren.

Neben mir hatte ich immer einen laufen, der mich fragte, wie schaut man denn jetzt unauffällig, na?, schau doch mal unauffällig, denk nicht zu viel nach, der Zug kommt gleich, es genügt, wenn einer nervös ist, du musst jetzt ganz souverän sein, ganz, ganz unauffällig. Auf dem Bahnsteig sind wir immer hin und her gelaufen. Und wieder diese auffälligen Gesichter.

Alles um uns herum. Da stand was in Flammen. Der Zug kam an, mit einiger Verspätung. Und er sollte noch länger da stehen, wurde durchgesagt. Warum warten die denn? Warten die auf jemanden? Wollen die erst mal den ganzen Zug durchsuchen, wenn alle eingestiegen sind.

Und dann hatte Nelly diesen tollen Gedanken.

Sie ist in den Zug rein und legte ihr Köfferchen, das in Wahrheit meines war, ins Gepäcknetz über meinem Sitz. Im Köfferchen waren meine gesamten Papiere, der Reisepass, ein bisschen Geld. Wir tauschten die Plätze, das heißt, Nelly stieg aus, ich bin rein, ohne Hast, und dann fuhr der Zug gottlob los.

Im Zug zog ich den Mantel aus, dann zog ich ihn wieder an. Ich wusste nicht, was unauffälliger ist. Blöderweise fragte ich einen Mitreisenden, welche Temperatur denn draußen sei. Der schaute mich nur ohne jedes Verständnis an, ich sei doch wohl auch soeben eingestiegen. Klar. Ich zog den Mantel wieder aus, stellte dann fest, dass die Zugheizung ausgefallen war, zog den Mantel, den ich im Gepäcknetz verstaut hatte, wieder an. Da setzte sich der andere weg. Zum ersten Mal in meinem Leben habe ich an den Fingernägeln gekaut. Dann verspürte ich den Impuls, mich beim Schaffner zu melden, um ihm mein Ticket zu zeigen. Nur um das hinter mich gebracht zu haben. Sofort wurde mir der blinde Gehorsam, der Verfolgungswahn dahinter bewusst. Ich wollte aber unbedingt, dass auf der Stelle der Schaffner kommt und das Ticket kontrolliert. Er kam aber nicht. Ich ging auf die Toilette. Unverrichteter Dinge verließ ich sie wieder. So suchte ich unwillkürlich und fand verschiedene Beschäftigungen, bis der Zug endlich in Frankfurt hielt. Ich fand es merkwürdig, dass während der ganzen Fahrt der Schaffner nicht erschienen war.

In Frankfurt zu übernachten ging problemlos. Auf dem Anmeldeformular der kleinen Pension trug ich einen falschen Namen ein. Wer sollte das in der Kürze überprüfen? Da hätte ich ja auf der Stelle verrückt werden müssen, wenn ich niemandem und nichts mehr vertraut hätte. Am anderen Tag weiter nach Karlsruhe, völlig unbehelligt. Hier, im Reisebüro, bei der Deutschen Verkehrskreditbank, einhundert französische Francs eingetauscht, genau sechzehn Reichsmark sechzig. Kein Betrag für eine Flucht. Kehl war das Nadelöhr. Kehl am Rhein. Nichts zu verzollen? Nein. »Commissariat spécial, vingt-deux Février mille neuf cent trente-trois. Pont du Rhin Strasbourg Entrée«. Der Passstempel. Dann zu Fuß über den Rhein nach Straßburg. Wohlbehalten und sicher.

Nelly war inzwischen in die Fasanenstraße zurückgegangen.

Die ganze Wohnung hatten sie auf den Kopf gestellt, sie war völlig verwüstet. Kurze Zeit später hat man Nelly verhaftet. Sie wollten ihr nicht glauben, dass sie meine Sekretärin sei, der ich für zwei Jahre noch Lohn schulde. Sie solle endlich zugeben, dass sie nur meine deutschen Konten leerräume und mir dann nachreise. Wo ich Schwein überhaupt geblieben sei. SA und Polizei harmonierten da ganz wunderbar. Nelly blieb aber störrisch, was ihr zunächst vierundzwanzig Stunden Haft und Verhör einbrachte. Wochenlanges Schikanieren folgte. Neunmalkluge verkündeten in der Zeitung, ich sei bereits gestorben und im Pariser Pantheon beigesetzt. Eine perfide Spitze. Schön wär's gewesen! Die ganzen Intrigen und Scheinintrigen, die zerstörten Freundschaften, den Kopf aus der Schlinge ziehen, seinen Besitz retten, um die Liebsten bangen, hilflos aus der Ferne zusehen, zu letzten Abwicklungen den Bürokratieapparat der Nazis bedienen müssen, Schriftverkehr, Erklärungen, Beschimpfungen, Entehrungen. Wie ein gesperrtes, ein zu Unrecht gesperrtes Bankkonto entsperren? Und vor allem: Wie Nelly hierherbekommen, ohne sie weiter zu gefährden?

Alles im Dunkeln. Was man auch unternahm, es war bereits Anekdote. Von einem Tag auf den anderen glaubte man niemandem mehr, auch sich selbst nicht. Nelly musste immer neue Geschichten auftischen, warum sie das und das getan habe, wohin genau sie wolle und warum denn ausgerechnet da hin, dann wurde sie kommunistischer Umtriebe beschuldigt, sie flüchtete so in fremde Rollen, dass sie schließlich selber glaubte, es sei das wahre Leben, was sie gerade vorgaukelte. Es dauerte bis Mitte Juni, bis sie Berlin und das Land verlassen konnte, das Fräulein Kröger, das doch so verrufen war.

»Sie dürfen glauben, dass ich Ihnen alles erwidere«, hatte ich ihr geschrieben und »Den Vorschlag, den Sie machen, weise ich, soweit es mich selbst betrifft, nicht zurück.« Die Briefe führte sie immer in einer kleinen silbernen Schatulle mit sich.

Von Berlin ist mir nichts geblieben außer einem Eintrag im Taschenkalender: Einundzwanzigster Februar neunzehnhundertdreiunddreißig: »Abgereist.«

Plötzlich verstorben. Ging ein ins Himmelreich. Kommt nicht mehr. Ist abgerufen worden. Der Trauernde hört traurige Musik. Was soll der Trauernde auch sonst tun? Der Platz kann noch gezeigt werden, an dem der Verstorbene bis vor kurzem war. Das Bett ist noch warm, in dem er lag. Alles war wie immer, an diesem Tag aber ist er einfach nicht mehr aufgestanden. Der Tote wird abgeholt. Er wünschte nicht zu sterben, im Falle des Todes aber in der Erde bestattet zu werden. Der Oberkörper bäumt sich auf, der Sterbende sitzt aufrecht im Bett, Schnappatmung setzt ein, die Augen sind weit aufgerissen, der Sterbende sieht aber nichts, es scheint etwas aus ihm zu entweichen, und durch gieriges Atmen will er den Verlust wieder ausgleichen. Kräfte entfalten sich, die Monate zuvor undenkbar gewesen wären, da der Sterbende erbärmlich vor sich hin siechte und keinerlei Nahrung mehr zu sich genommen hat, auch die Fruchtgummis nicht mehr, die kleinen Happen Sahnetorte nicht mehr, auf die er zuweilen noch Appetit hatte. Die Schnappatmung gleicht einer Hinrichtung, die ersten Kugeln treffen nicht das Herz, die lassen das Opfer nur niedersinken, das Opfer wittert deshalb eine Möglichkeit, der Sache zu entkommen, ein nie gekannter Überlebenstrieb erfasst alle seine Sinne, jetzt will ich aber leben, sagt sich das Opfer und rappelt sich hoch, es kann zwar schon nicht mehr auf seinen Beinen stehen, beschließt aber, diesen Zustand zu ignorieren und einfach davonzulaufen. Könnte das eine Lebensform sein? Jeden Tag angeschossen werden, jeden Tag auf die Knie sinken, Schmerz empfinden, der nie abnimmt, der jeden Tag gleich stark empfunden wird, und es kommt die Erinnerung an die Tage zuvor hinzu, dass es denn nie besser wird. Ewig angeschossen. Mit dem Tod kann man keine Absprache treffen. Er hat das letzte Wort, das er nicht mehr ausspricht. Er wendet sich ab und lässt den Sterbenden liegen. Es ist kein Leben mehr im Gestorbenen. Am Leichnam kann man rütteln und zerren wie man will, es kann nicht mehr nach einer Meinung gefragt, ein Verständnis beteuert werden. Es vergeht kein Tag – das stimmt nicht mehr.

Ist es da nicht erschreckend, vom ewigen Leben zu sprechen? Wer maßt sich das an? Ein Trost soll es sein, ein großer Schreck ist es. Es ist die Kehrseite vom ewigen Tod, die man nicht müde wird zu betonen, wenn vom Tod die Rede ist. Das wird man sein. Tot. Das wird einem keiner nehmen, dass man für immer tot ist. Ewig. Und Gott? Ist Gott nicht genau das – das ewig Tote?

Abgereist. Wo man täglich gesehen wurde, erscheint man nicht mehr. An diesem Ort ist man gestorben. Berlin ist gestorben, ich bin in Berlin gestorben. Und jetzt sollte ich in Nizza sterben. Man lernt zu sterben. Ich weiß jetzt, wie das geht, sterben. Ich habe daraus gelernt. Für so einen gäbe es keinen Trost. Ihm hätte sich das Leben ins nicht mehr Haltbare verflüchtigt, ins Unwirkliche, und nichts mehr würde ihn aus seinem Dunkel reißen. Was hätte er noch zu verlieren?

Ich wusste es längst: Nizza war verloren. Ich sterbe also ein zweites Mal. In den nächsten Wochen wollte ich nicht lockerlassen, ich wollte es dem Herrn Meyer so schwer wie möglich machen, meine Briefe an ihn dienten mir zur Standortbestimmung, ich hatte das Gefühl, wenn ich dem Herrn Meyer nur immer deutlicher schriebe, dass er Unmögliches verlange in einer Zeit, die sich gerade anschickte, alles dem Erdboden gleichzumachen und keine Menschen, sondern wandelnde ausgebrannte Ruinen zurückzulassen, dann könne er gar nicht anders, als sich mit uns zu identifizieren. Was aber sollte diese Identität sein, die selber schon verloren war? Jedenfalls wurde in den folgenden Wochen das Briefeschreiben an Herrn Meyer meine Hauptbeschäftigung. Abreisen stand nicht zur Debatte. Dem Herrn Meyer gehören die Dinge einmal so geschildert wie sie sind.

Die für Frankreich verheerenden Kriegsentwicklungen veranlassen mich, mein am achten September neunzehnhundertneununddreißig angefangenes Kriegstagebuch noch einmal ganz von vorn durchzulesen, ob ich vielleicht etwas übersehen hatte in meiner Voraussehung der kommenden Entwicklungen, ob es an konkreten Schilderungen mangelte, auf die es unter Umständen eher ankäme als auf geistige Bilanzen und intellektuelle Bündnisse. Jeder Tag machte den voraufgegangenen zur Antike. Ich las noch einmal meinen Aufruf »Deutsche! Nieder mit Hitler!« vom siebenundzwanzigsten September neununddreißig, den ich am siebenundzwanzigsten September, dem Tag der polnischen Kapitulation, für den *Deutschen Freiheitssender* auf Welle 29,8 geschrieben hatte, den Sender der Exil-KPD. Jener Sender, der sich nach der Volksfrontkonferenz vom April siebenunddreißig auch als *Großdeutscher Freiheitssender* meldete. Als Präsidenten der Sektion Dichtkunst an der Preußischen Akademie der Künste wollte man mich nicht mehr haben, Präsident zu sein des Freiheitssender-Komitees war vielleicht wichtiger. Dann paktierten Hitler und Stalin, der Sender wurde mitsamt der französischen KP verboten. In Madrid hatte dieser Sender einen größeren Einfluss. Wo vermuteten die Nazis den Sender? Mal in Bayern, mal im Saarland. Wie viele Wohnungen haben sie durchsucht und Unbeteiligte verhaftet? Wie man hörte, jedenfalls nicht in Madrid. In Paris wird es brenzliger. Etwas mehr als zwei Jahre konnte der Sender versuchen, mit seinen täglichen Aufklärungen die Menschen zur Umkehr aufzufordern. Konkurrenzirrsinn zu Hitler. Was für einen rhetorischen Aufwand man da betreiben musste, um den Deutschen den Hitler klarzumachen. Hitlers Rede hieß und heißt schlicht und ergreifend: Ich mache das weg. Das sagt er fünf Stunden lang, wenn's sein muss. Was sagte ich? Ich sagte, Hitler macht auch euch weg. Und das glaubte keiner.

Woran glaubt Frankreich noch? Mitte Mai ist Paris schon völlig resigniert gewesen. Die Stadt gab sich selber auf. Churchill registrierte die Kapitulation der Stadt vor der Kapitulation mit Befremden. Die Stadt sollte evakuiert werden, damit die Deutschen sie bei ihrem Einmarsch nicht zerstören, siehe Rotterdam. Dann folgende Stelle, notiert am achten November neunzehnhundertneununddreißig: »Wenn Hitler Deutschland wäre –. Aber er ist es nicht, und das konnte man sich jederzeit sagen, bevor der hingeschleppte, ohnmächtige Krieg des hoch aufgerüsteten Angreifers den tatsächlichen Beweis liefert. Zehntausende sind in Deutschland seit Beginn des Krieges hingerichtet, hundertfünfzig Generäle erschossen oder abgesetzt – eine Militärrevolution mitten im Krieg.« Hundertfünfzig Generäle? Wo hatte ich diese Zahl her? Und werden die Deutschen wirklich vom Ausland bemitleidet für einen solchen Führer, wie ich geschrieben hatte? Und Deutschland? Verantwortet es wirklich diesen Menschen nicht? »Längst habt ihr gefühlt und ausgesprochen: Das kann nicht gut enden«, diktierte ich den Deutschen ins Poesiealbum. Suggestion, Rhetorik. Prophetie war das nicht. Und niedergeworfen haben die Deutschen diesen »bankerotten Schwindler«, wie ich es formulierte, auch nicht.

Wir dachten, einen heiteren Lebensabend zu verbringen, das ganze Auseinanderdividieren von Hitler und Deutschland vergrübelt aber diesen Lebensabend. Wenn Hitler Deutschland ist, dann müssen alle Deutschen untergehen. Solche Grübelspeise zum Beispiel, wie Oskar es nannte. Die Vernunftehe,

die man mit der Gesamtlage eingehen will: »Das ›ewige‹
Deutschland mit dem Kriegskomplex! Aber es kann nicht
Krieg führen.« Tatsächlich nicht? Was zeigten denn die jüngsten Ereignisse? Der Sieg über Frankreich ist nur Vorbote des
deutschen Untergangs. Gegenwartsblinde Überheblichkeiten.
Der eine führt Krieg und irrt sich vielleicht, der andere denkt
darüber nach und irrt sich auch. Frankreich aber, so viel stand
fest, war dabei, seine Republik hinrichten zu lassen. Seine letzten beiden Verbände völlig aufgerieben zwischen der Front
und Paris. Und wo war die Front überhaupt, wo verläuft sie
jetzt? Die französische Regierung geflohen, nach Bordeaux.
Paris vom zehnten Juni an zur »offenen Stadt« erklärt. Eine
Woche später legten die französischen Soldaten ihre Waffen
nieder. Alles total desolat. Und Churchill? Und de Gaulle?
Immerhin. Wollten weitermachen mit allen Anstrengungen
gegen Hitler, immer noch. Das heraufziehende Zeitalter
Churchills. Was faselte ich da? Seit dem fünfundzwanzigsten
Juni neunzehnhundertvierzig um ein Uhr und fünfund-
dreißig Minuten Waffenstillstand. Plötzlich aufflammende
Gewissheit, das alles gar nicht geschrieben zu haben, da hatte
mir wer anders die Feder geführt. In Zukunft muss ich eine
klarere Sprache finden, so wie Thomas zum Beispiel. Oder ich
muss alles ins Zwielicht setzen, ins Gewand der Vergangenheit,
aus dem die Gegenwart sich schält, ein Schlüsselroman des
Abschieds, verlöschende Gedanken und Rückerinnerungen,
Herbeirufungen, eine nach der anderen treten die Personen
ins Zimmer des Sterbenden, es werden noch einmal wichtige
Stationen abgegangen, Zeugen des Lebens aufgerufen, die
Vorgänge des Erinnerns vermischen sich mit denen des bevorstehenden Todes. Und man weiß nicht, hat das Erinnern
diese Gestalten hervorgerufen, die doch schon längst verabschiedet zu sein schienen, die sich gegenseitig Unrecht taten,
sie tauchen wieder auf, sie können mit ihren Verfehlungen
nicht leben. Ist dann der Sterbende gnädig genug zu vergeben?

Spielt er diesen Vorteil aus, zu sterben ohne vergeben zu haben? Was hätte er davon? Will er doch noch einlenken, findet aber keine Worte mehr, der Atem stockt, dann bleibt er aus? Eine Figur zwischen den Zeiten, im Tod wird dieser Zeitbruch aufgehoben, Vergangenheit und Gegenwart werden eins. So etwas müsste ich ins Auge fassen, einen Roman, der in Nizza spielt, angereichert mit Realien, aber das Gegenteil eines realistischen Romans, Ausgangspunkt, auf der Oberfläche, ist Frankreichs Desaster, das ich mir vom Leib schreiben muss, und was ist ein schönerer Trost als die Wiedererweckung historischen Kolorits, das dem Leser den Eindruck vermittelt, diese Stoffe, diese Redensarten und Umgangsformen doch schon einmal irgendwo erlebt zu haben, nicht gelesen, sondern selber erlebt, und der Leser begibt sich mit den Figuren auf eine ebenso traumhafte Reise. Das Ganze wird geschildert nicht als reale Situation, sondern als mit Worten nachgezeichnete Facetten eines Bildes, einer Fotografie, einer Stadtlandschaft in all ihren Farben und Zwielichtern. Der Romanschriftsteller reichert dieses Ensemble mit Selbsterlebtem an, erweckt es durch Selbsterlebtes erst zum Leben. Dieses Selbsterlebte ist das von jedermann Erlebte, sodass der Leser meint, sein eigenes Leben vor sich ausgewickelt zu finden. Und doch ist dieses Leben aufgelöst, jeder kann ein anderer sein und findet sich im anderen, das ist beglückend und beängstigend zugleich. Das Dargestellte scheint entrückt, gleichwohl trägt es ganz die Signaturen der Zeit. Wir sind immer beides, gestorben und gegenwärtig entrückt. Ein theatralisch in Szene gesetzter Traum das Ganze, ein Gesellschaftsspiel des Bewusstseins, ein Totentanz. So ein Buch nahm ich mir vor zu schreiben. Es konnte nur einen Titel haben: *Der Atem*.

Ich lese meine Tagebücher, die ein getreues Zeugnis sein sollen des Erlebten, und aus dem Zeugnis des Erlebten soll eine Prognose auf die Zukunft hervorgehen. In welcher Gegenwart lebst du denn, frage ich mich jetzt. In der Gegenwart der Vergangenheit? Beim Lesen der Tagebücher fragt man sich, ob man sich noch wiedererkennt, ob man nicht ein anderer geworden ist, und stellt erschrocken fest, dass der, den man als sich selbst wiederentdecken soll, längst verblüht ist. Wir sind zwei. Wir sind zwei, die nicht mehr zusammengehören. Ein Zwiespalt – und keine Brücke? Dem Verblühten trauern wir nach, der Vision. Die Gegenwart schaut einem beim Sterben zu.

Dabei hätte es ja andere Lösungen geben können. Thomas fasst seine Tage im Tagebuch immer bloß zusammen, dann und dann aufgestanden, das und das gefrühstückt, die und die Korrespondenz erledigt, das und das gearbeitet, den und den getroffen, das und das lästig, nicht bei bester Gesundheit, das Werk vorangetrieben, Schluss. So hat er mir das mal zusammengefasst, was für ihn Tagebuch heißt.

Zusammenfassen, abheften. Ich kann das nicht. Ich kann nicht zur so genannten Tagesordnung übergehen. Ich kann mich nicht damit abfinden, dass ein Tag dem anderen folgt und mit dem Abriss des Tages das Vergessen einsetzt. Es ist alles eine große historische Kontinuität, die Natur macht keine Sprünge, sagt man, die Geschichte aber macht auch keine Sprünge, Nizza schließt an Berlin an, Hitler ist ein Sprung in der Geschichte. Ein Sprung, der sich angekündigt hat. Es arbeitet lange im Material der Geschichte. Risse tun sich auf. Alles Fiktion. Die größte Fiktion ist die Annahme, dass es Geschichte überhaupt gibt. Es gibt Geschichte nur in den Büchern. Ich frage mich, warum ich das durchhalte, dieses bodenlose Umherhausen. Ich hätte eine Antwort anzubieten. Dass innere und äußere Geschichte eins sind, dass die Welt der Welt und die Welt der Bücher eins sind, das möchte ich noch erleben.

Nelly. Ich hatte Nelly ganz vergessen. Sie schwirrte immer um mich her und behütete mich. Sie war dermaßen da, dass sie mir gar nicht weiter auffiel. Gleichwohl konnte ich ohne sie nicht leben, auch wenn ich mir das nicht mehr jeden Tag sagte. Sie war mein Atem. Und der Atem ist irgendwann verbraucht. Was schreibst du denn immer, klagte sie, du frisst dich durch deine Bücher, schreibst einen Brief nach dem anderen an den Herrn Meyer, du unternimmst aber nichts, lässt den Dingen ihren Lauf. Der Lauf der Dinge. Noch einmal zurück. Die erwähnte Nachricht vom Waffenstillstand brachte alles ins Rollen. Weißt du, was das bedeutet, fragte ich Nelly. Einen Waffenstillstand gibt es nicht. Die werden immer weiter vorrücken mit ihrer Wehrmacht. Und die werden wieder ihre schwarze Liste dabeihaben.

Den Kampf mit Meyer gab ich jetzt auf. Er sollte nicht denken, wir gäben klein bei, also kündigte ich ihm. Ganz förmlich, als sei nichts gewesen. Maître Nicolaï, meinem Anwalt, schrieb ich auch. Er solle die Wohnung auflösen, alles verkaufen, den Erlös für sich behalten, damit wären er und wir ausgeglichen.

Frankreich, ein Debakel. Ein künstliches allerdings. Da ist manipuliert worden, war mir sofort klar. Eine Verschwörung ist im Gange gewesen. Synarchismus herrschte. Eine Art von Korruption. Das sind die Freimaurer, sagte ich Nelly, man muss nur präzise nachbohren, schon erweist sich alles als hohl, das ganze Staatssystem ist unterwandert, die Unterwanderung hat Frankreich zu Fall gebracht. Ein Zusammenschluss deutscher und französischer Intellektueller, Bankiers und Rüstungsindustrieller, prokommunistisch und nationalsozialistisch zugleich. Frankreich hätte triumphieren können, der Synarchismus aber war sein größter Feind.

Sang- und klanglos wollten wir die Rue Alphonse Karr in Richtung Bahnhof verlassen. Auf den Straßen war es merkwürdig ruhig. Die Leute schienen uns mit völligem Desinteresse zu begegnen. Hatte ich nicht meinem Bruder geschrieben, für meinen Teil wäre ich in das Weltgeschehen, auch wo es mir nahe rückte, ziemlich ergeben, ohne dass ich mich besonders standhafter Nerven rühmen dürfte? Wo aber war hier das Weltgeschehen? Du fragst, was ich treibe, hatte ich Thomas noch im Mai geschrieben, ohne eine genaue Antwort zu haben. Was trieb ich die letzten Tage vor unserem Verschwinden? Ich hörte jeden Abend *Radio London* und setzte mein Vertrauen in Großbritannien. Mein französisches Herz konnte es kaum glauben, von französischer Seite aber erwartete ich nichts mehr. Es wäre mir willkommen gewesen, in der schweigenden Menge zu verschwinden. Aber genau das ist ja das Problem gewesen. Ein Spießrutenlauf setzte ein, dem ich nur mit herzklopfenden Selbstgesprächen begegnen konnte.

Erschrick nicht, wenn jemand dich anspricht, sagte ich mir. Der erschrockene Blick, der zusammenzuckende Körper, das pochende Herz in der Stimme, all das macht verdächtig. Es ist merkwürdig genug, durch altvertraute Straßen zu gehen, diesmal aber gebückt, mit dem Vorsatz der Unscheinbarkeit, du drückst dich an den Menschen vorbei, den kenne ich und den kenne ich, jetzt biege ich nach rechts, weil ich ihnen doch nicht guten Tag sagen kann, sitzt beim Bäcker schon der Nazi im Mehl?, die Methode heißt »Tourist spielen«, ich bin jetzt ein hundsgewöhnlicher Tourist, ich schaue mich um, besuche Orte, die ich längst schon kenne, und versuche, Erstaunen zu zeigen, das ist aber sehr schön, dieser Brunnen, und ach, das also ist das Meer?, wie soll ich das nur schaffen, das sieht man mir ja auf hundert Meter an, dass ich ein Einheimischer bin, so läuft das nicht. Die entsetzlichste Vorstellung, der Bäcker spräche mich plötzlich auf Deutsch an. In den letzten Wochen hatte ich mir zwanghaft vorgenommen, nur noch auf Französisch zu träumen, was auf Befehl natürlich nicht geht. Immer wieder mischte sich Deutsch darunter, dann wachte ich manchmal auf, weil ich im Traum ein schönes deutsches Wort entdeckte, das ich in Deutschland nie geträumt oder in den Mund genommen hatte. Da waren also die deutschen Worte, und ihnen stehen die französischen Worte gegenüber. Was machten die deutschen Worte? Sie griffen an. Hätte wer was anderes erwartet? So weit ist es schon. Selbst das Erscheinen der deutschen Worte war zum Klischee erstarrt. Alles Krieg. Alles Angriff. Und die französischen Worte? Zerflossen zu Wörtern, lösten sich auf im Verbund, dann in sich selbst. Die französischen Wörter waren mit einem Mal genauso erschrocken wie ich, sie witterten überall einen deutschen Übergriff. Das Raubtier, das durch die Gasse schallt.

Was hatte ich davon geträumt, in Frankreich zu sterben. Aber auf die Art?

Der ist einer. Ihm ist deutlich anzusehen, dass er einer ist. Diese gewisse Unauffälligkeit. Die Hände in den Hosentaschen. Er sieht, dass ich auf seine Hosentaschen starre. Ich wechsle die Straßenseite. Er folgt. Beruhige dich mal. Auch zu Hause würde man einer solchen Situation genaueste Beachtung schenken, wenn jemand hinterherkommt, dir folgt. Er schaut extra weg. Jetzt bleibt er stehen. Da will ich doch auch mal stehen bleiben und ihn herausfordern. Er dreht sich um, ich halte nicht stand, drehe mich weg, bleibe aber an Ort und Stelle. Ihm scheint das Spielchen zu gefallen, er lächelt mir zu. Sagt man das so? Was weiß ich denn, was man sagt. Da hinten, ist das nicht bemerkenswert? Gar nicht, ich muss aber dahin starren, das kann er nicht überprüfen von da, wo steht. Was ist das hier überhaupt? Eine Ankündigung. Hier wird demnächst ein Geschäftshaus entstehen. Na also, ich bin Investor, da muss man sich an Ort und Stelle informieren. War das auf Deutsch oder auf Französisch? Hört man meinem Französisch nicht das Deutsch an? Ein Nazi hört das vielleicht nicht, ein Vichy-Nazi aber sehr wohl. Weg ist er. Wo ist er? Hinter mir, und geht vorbei. Ein lauer Tag ist das, ein wunderschöner, befreiter Tag. Solche Tage gibt es nur in Frankreich. Der Spruch mit Gott und so. Wie oft habe ich meinem hiesigen Bäcker gesagt, er solle dunkles Brot backen. Hier ist eben alles zu hell, habe ich ihm gesagt. Das Brot muss dunkler sein, habe ich ihm gesagt. Da steht er hinter seiner Brottheke, schaut mich groß an und zuckt nur mit den Achseln. Franzose eben. Die Kruste stimmt, sagt er. Was Kruste, im Innern muss es auch stimmen, sage ich. Wenn die Kruste stimmt, stimmt es auch im Innern, gibt er mir Bescheid. Ich schaue ihn an. Ein neuer Anlauf. Schon, möglicherweise, sage ich, aber wir können da nicht sicher sein. Es ist zu viel Weizen im Brot, sage ich, es muss aber mehr Roggen darin sein. Mein Bäcker versteht nicht, was Roggen im Brot zu suchen hat. Und teilweise ungeschält? Schwarzbrot? Was ist das denn? Er macht sich lustig über mich, kommt hinter der Theke vor, meint, er käme gleich wieder, kommt dann mit dem Delikatessenverkäufer von gegenüber wieder und bittet mich, meine Thesen über das Brot zu wiederholen. Ich wiederhole meine Vorstellung vom Brot, der Delikatessenhändler hat so ein Brot noch nicht gesehen, ich muss ihm versprechen, ein solches Brot hier an Land zu bringen, dann könne er seinen Bäckerfreund vielleicht überzeugen, der Bäckerfreund winkt ab und sagt, demnächst seien sowieso die Deutschen hier, die hätten so was bestimmt im Gepäck. Da schaut er mich groß an, und ich weiß sofort, was sein Blick bedeutet, sein Blick bedeutet, dass ihm soeben klargeworden ist, dass ich ein Deutscher bin, und zwar ein solcher, der bereits vor den Deutschen hier ist, die Vorhut sozusagen, er verabschiedet sich, plötzlich dringende Termine, der Delikatessenfreund muss Delikatessen kühlen, die Straße ist wie alle Straßen.

Ins Paradies gelangt man leicht, man fährt einfach hin und steigt aus. Wie aber das Paradies verlassen? Überall wimmelt es von Agenten. Man weiß schon nicht mehr, in welcher Sprache man sich unterhalten kann. Jede Sprache ist verdächtig, jede Unterhaltung zu verweigern macht ebenfalls verdächtig. So oder so ist man verdächtig. Es ist in dich hineingeparkt, du bekommst das Verdächtige nicht aus dem Blick. Nicht verdächtig sein, nicht verdächtig sein, murmelt es in dir, und gerade das willst du loswerden, dieses innere Warnen und

Gespenstischsein. So weit ist es schon, die bloße Ankündigung, Nazis seien in der Stadt, und der Nachbar könnte ihr Agent sein, genügt, die Stadt bereits besetzt zu sehen, jemand sagt, da und dort sind die Nazis, und die Stadt ist bereits ausgeliefert. Die Einheimischen können dich für einen Nazi halten oder für einen, den die Nazis gerne in die Hände bekommen würden. Sehe ich aus wie ein Spion? Habe ich nicht einen gutmütigen Blick, der nur eine Schlussfolgerung zulässt: Opfer. Opfer kann hier keiner mehr leiden. Das scheint für die Leute hier die Pest zu sein, die sie loswerden wollen. Du bist ein Opfer, sagt der Blick der Leute, und wegen dir sind die Nazis hier. Ich muss meinen Schritt beschleunigen, aber nicht zu sehr. Gehe ich zu langsam, könnte ich als hochmütig gelten, sieh da, sieh da, der feine Herr hat noch nicht begriffen, was es hier geschlagen hat, ihm werden wir jetzt mal Beine machen, dem Schlendrian, gehe ich zu schnell, scheine ich was verbergen zu wollen, die Gangart verrät die Art der Schuld.

Die Vorstellung verfolgte mich, nur einen einzigen Anlauf zum Bahnhof zu haben, verfehlte ich ihn beim ersten Mal, würde es kein zweites Mal geben. Das Ganze hier ist nur für dich inszeniert, alle tun so, als seien sie beschäftigt, stellte ich mir vor, in Wahrheit machen sie nur dies und das, beobachten dich und Nelly aber, ob etwas an euch ist, das euch verrät, ob ihr einen Fehler macht, einen falschen Schritt, das nimmt den Atem, es wird eng in der Brust, alles verengt sich, dein Blick kann schon kein Gegenüber mehr ertragen, er kann sich bei nichts mehr länger aufhalten, muss immerzu abgleiten von allen Dingen, hindurchsehen müsste man können, ich versuche jetzt, durch die Dinge durchzusehen, sagte ich mir. Häuser, die eben noch weit weg zu sein schienen, fliegen auf mich zu, das Gehen scheint aus dem Takt geraten zu sein, ich bleibe kurz stehen, um die Ursache des Schwindels zu finden, der so deutlich spürbar ist, die Mauern schwanken wohl nicht. Verlaufen.

Die Welt wird enger

»Freitag, der Dreizehnte. Versteht ihr das denn nicht? Ich gehe heute keinen Schritt mehr.« Werfel zittert am ganzen Leib, der Atem geht stoßweise, Schweiß rinnt ihm von der Stirn. »Versteht das denn keiner?« – »Das ist Unsinn, Franz.« Alma ist schnell fertig mit ihm. Nur Nelly zeigt Verständnis. »Ich will da jetzt auch nicht hoch.«

»Na fein, dann ist die Mission ja beendet.« Varian Fry kann es nicht fassen, zwar hat es hier in Cerbère Komplikationen gegeben, aber unerwartet waren die nicht. In Marseille hat er die Beamten auf dem Konsulat bestechen und sich mit der Mafia arrangieren können, falsche Pässe waren kein Problem, abenteuerliche Fluchtpläne auch nicht. Aber an der Grenzpolizei ist kein Vorbeikommen, zumindest nicht, wenn man mit dem Zug fahren will. Die letzte Ausfahrt heißt Gebirge.

Fry hat als Einziger ein Ausreisevisum. Die erste Konsequenz daraus war, dass die Staatenlosen Marta und Lion Feuchtwanger alias James Wetcheek, um die anderen nicht zusätzlicher Gefahr auszusetzen, nicht mitgekommen sind nach Cerbère, sondern erst einige Tage später eintreffen werden, ab Marseille reiste man also getrennt. Feuchtwangers würden nachkommen, das wurde Heinrich ganz deutlich erklärt, dafür war gesorgt, es galt eben nur, die spanischen Zöllner zu umgehen, die keine Staatenlosen mehr passieren lassen wollten. Was aber jetzt mit diesem vor panischer Angst stocksteif dastehenden Werfel anfangen, der jeden Moment zusammenzuklappen droht?

»Auf gar keinen Fall, ich geh da nicht hoch, keinen Schritt weiter, außerdem ist es viel zu heiß, die warten da oben nur auf uns, die laufen da überall herum, keinen Schritt werde ich tun, an einem Dreizehnten, das wäre ja noch schöner, ich habe es bislang in meinem Leben geschafft, einem Dreizehnten die Stirn zu bieten, ich werde es auch jetzt schaffen, ich mach's nicht, ich mach's einfach nicht.«

Nein, meine Suppe esse ich nicht. Alma steht mit verschränkten Armen da, ihr Blick verrät, dass sie von Fry erwartet, die Sache in die Hand zu nehmen.

»Und was heißt hier Verfolgungswahn«, brüllt Werfel.

»Sie müssen das einmal so sehen, Mister Werfel«, sagt Fry, »wenn Sie hierbleiben wollen, ist das Ihre Sache, wenn Sie tatsächlich hierbleiben, werden Sie nirgendwohin mehr gehen, das hat der französische Grenzbeamte doch durchblicken lassen, als er uns eben die gestern Nacht einkassierten Pässe wieder aushändigte. Er könne uns zwar nicht ohne Ausreisevisa durchlassen, eine Zugfahrt nach Port Bou kommt also nicht in Frage, aber er hat doch deutlich signalisiert, wir sollten es übers Gebirge versuchen, solange das überhaupt noch ginge. Natürlich hat der die Hosen gestrichen voll, der weiß doch auch nicht, ob sein Vorgesetzter nicht auch schon ein Kollaborateur ist, Krieg wird nicht nur ... aber das wissen Sie ja, der hat es ehrlich gemeint, deutlicher kann man undeutlich gar nicht sein.«

Gar nicht, Werfel versteht das gar nicht. »Das ist alles nicht ganz richtig«, sagt er. »Und wissen Sie was, das ist Ihnen so beigebracht worden, hier in Europa gehen die Uhren anders, das ist nur Ihre merkwürdige Schulung, verstehen Sie das?«

»Mister Werfel, es gibt gar keine andere Wahl. Sie können hier stehen bleiben und auf die Deutschen warten, die werden sich schon auf Sie freuen. Das sagte der Zöllner, ohne es zu sagen.«

»Das ist Erpressung.«

»Das ist keine Erpressung, das ist die Wahrheit. Wenn Sie hierbleiben wollen, bitte schön. Das ist Selbstmord.«

Werfel überlegt. Es sieht nicht gut aus, denkt er, so oder so nicht. Die Strapazen der letzten Tage haben ihn an den Rand eines körperlichen Zusammenbruchs geführt. Wie hatte er Fry angefleht, ihnen zu helfen. Jetzt hilft er, jetzt will ich nicht mehr, wägt Werfel ab. Eine Riesenwut steigt in ihm auf. Das würde er den Deutschen am liebsten auf der Stelle heimzahlen. Ein lächerlicher Gedanke. Er und den Deutschen was heimzahlen. Würde Alma ohne ihn gehen? Würde sie ihn hier einfach stehen lassen? Hin und her, hin und her geht das in seinem Kopf. Es ist zum Verrücktwerden, das ist ja wie bei Kafka, murmelt Werfel.

»Was ist mit Kafka?«, fragt Heinrich.

»Das Ganze hier ist Kafka.«

»Immerhin«, sagt Fry, »das ist schon mal ein Ansatz.«

»Ja, aber kein guter. Der Kafka, den ich meine, geht nämlich so: ›Ach‹, sagte die Maus, ›die Welt wird enger mit jedem Tag. Zuerst war sie so breit, dass ich Angst hatte, ich lief weiter und war glücklich, dass ich endlich rechts und links in der Ferne Mauern sah, aber diese langen Mauern eilen so schnell aufeinander zu, dass ich schon im letzten Zimmer bin, und dort im Winkel steht die Falle, in die ich laufe.‹ – ›Du musst nur die Richtung ändern‹, sagte die Katze und fraß sie.«

Alma ist hingerissen, dass der Franz diese kleine Fabel auswendig hersagen kann. Nelly versteht nicht, was die Geschichte ihnen sagen will.

»Mir scheint«, sagt Heinrich, »da ist ein Fehler drin.«

»Welcher?«

»Es muss, glaube ich, Laufrichtung heißen. ›Du musst nur die Laufrichtung ändern‹, ansonsten passt die Sache tadellos.«

»Richtung, Laufrichtung … kann sein, ich kann es im Moment nicht entscheiden, aber so sind sie, die Exilanten, haben nichts Besseres zu tun, als literarische Fragen zu klären, Sie könnten recht haben, Heinrich, ich glaube, Sie haben recht, es heißt Laufrichtung.«

Immerhin. Werfels Gesicht entspannt sich ein wenig. »Gib dir einen Ruck, damit wir endlich gehen können«, sagt Alma, und so geschieht es. »Ich halte fest«, sagt Heinrich, »wir schreiben den dreizehnten September neunzehnhundertvierzig, Aufbruch in die Freiheit.«

»Das brauchen Sie nicht festzuhalten, werter Heinrich«, wendet Alma ein, »die Freiheit des einen ist das Gefängnis des anderen, und wenn man nicht den Abend vor dem Morgen loben soll, dann gewiss nicht die Freiheit, wenn sie uns wie ein Phantasma erscheinen muss.«

Immer hat sie was, denkt Heinrich. Aber sie hat recht, ich streiche die Parole. Ich will einmal eine Studie über die Luft verschiedener Morgenstunden anfertigen, um drei Uhr sind wir diesen Morgen aufgestanden, in der Hoffnung, unsere Pässe mitsamt den Ausreisepapieren zurückzuerhalten und den Zug nach Spanien nehmen zu können. Daraus wurde nichts. Unvergesslich die Luft. Die unschuldige Morgenluft, die so gar nicht berührt ist vom Gewitter der Zeit. Die ihre eigene Zeit hat, die Gräserzeit, die Kräuterzeit. Die Morgenluft des fliegenden Sommers, und man treibt rettungslos zurück in die Kindertage, als in aller Frühe aufzustehen Qual und Abenteuer war. Riech einmal erst, die geklärte Morgenluft war dein Verbündeter, solange es noch dunkel war, konnte dir die Luft des Morgens niemand nehmen. Ich kann jede Luft zurückrufen, ohne die Luft des Morgens wäre ich sicher verkümmert, sie tankte mich auf und tut es immer noch. Die Luft des Morgens ist mit dem Sommer so eng wie mit dem Schnee des Winters verbunden. Die Unschuld des Schnees am Morgen ist die Unschuld der Winterluft ... So viel Poesie, denkt Heinrich, und Werfel spricht von Kafka.

»Heinrich, können Sie mir eigentlich mal verraten, was Sie da die ganze Zeit machen? Sie sinnieren vor sich hin, Sie stieren vor sich hin, wenn der Franz sich das wieder anders über-legt, wo wir uns doch alle zum Aufbruch entschlossen haben, ist das ganz allein Ihre Schuld.«

Sie schon wieder, denkt Heinrich, und wieder hat sie nicht ganz unrecht. »Was hat unser Unitarier vorgesehen, dass wir als Nächstes tun sollen«, fragt Heinrich.

»Der Unitarier empfiehlt dringend, sich sofort aufzuma-chen, was bedeutet, Sie holen sich unverzüglich Ihre Ruck-säcke, die Koffer und sonstiges Gepäck übernehme ich. Dick Ball wird Sie auf den Berg begleiten, ich nehme den Zug. Zer-berus stehe uns bei, es herrscht leider die schlimmste Mittags-hitze, vielleicht hilft es, daran zu erinnern, dass Sie keine Tou-risten sind.«

»Ich wusste, dass der Ort nichts Gutes verheißt.« Ob es nicht geschmacklos sei, ausgerechnet der Höllenhund als Namens-patron, gibt Werfel zu bedenken. Niemand antwortet ihm.

»Mir fällt noch etwas ein«, sagt Fry, »die Pässe. Alma und Franz behalten ihre tschechischen Pässe, Golo auch. Im Pass steht Ihr richtiger Name, vergessen Sie das nicht. Wenn Sie je-mand nach Ihrem Namen fragt, heißen Sie Alma und Franz Werfel – und nicht Alma und Gustav Mahler, wie Sie sich im Hotel in Marseille eingetragen haben. Bei Heinrich und Nel-ly Mann ist es anders: Sie heißen Herr und Frau Heinrich Ludwig. Auch das dürfen Sie auf keinen Fall vergessen, so steht es in Ihren Pässen. Das sind übrigens amerikanische Pässe, und zwar echt-falsche. Ersteres sollten Sie sich unbedingt mer-ken, Letzteres genauso unbedingt wieder vergessen. Ich darf die Herrschaften nun bitten, Ihre Sachen zu holen, ich gehe mit, es gibt da nämlich in Anbetracht der Namensänderung noch etwas zu erledigen, was Heinrich und Nelly Ludwig be-trifft.«

Bevor Werfel es sich wieder anders überlegt, gehen Nelly, Heinrich, Golo und selbst Alma los, in dem am Bahnhof gele-genen Hotel ihre Rucksäcke zu holen.

Werfel steht da, kann nicht glauben, dass Alma sich nicht einmal zu ihm umdreht. Was bleibt ihm übrig, als sich anzuschließen. »Und wenn ich nicht mehr kann«, fragt er, »wenn ich den Berg nicht ersteigen kann?«

»Sie haben ein Ziel vor Augen, Mister Werfel«, versucht Fry zu beruhigen, »und Sie sind nicht allein. Außerdem sollen Sie den Berg nicht hinaufstürmen, sondern so unauffällig wie möglich ersteigen. Sie haben Alma. Und Heinrich Mann ist fast siebzig, er wird das Tempo bestimmen.«

Werfel fasst neuen Mut. Es ist völlig richtig, wenn hier einer zu klagen hat, ist es Heinrich. »Hier ist noch was«, sagt Fry und reicht Werfel einen Beutel. »Für unterwegs.« Werfel schaut in den Beutel hinein. »Zigaretten?« »Passierscheine für die Grenzpolizei.« Der Mann hat vorgesehen, denkt Werfel und nimmt die Tüte an sich. »Ich werde sie Alma geben, sie kann das bestimmt am besten.«

Im Hotel angekommen, begleicht man zunächst die Rechnung. Fry folgt Nelly und Heinrich aufs Zimmer.

»Sie müssen aus allen Kleidungsstücken und von überall sonst, wo sie zu finden sind, Ihre Namen entfernen, so leid mir das tut«, sagt Fry. Nelly holt die Nagelschere aus dem Etui. Heinrich macht ein so ernstes Gesicht, als ginge es um Leben und Tod. Die herausgetrennten Namen schneidet Nelly in kleine Teile und entsorgt sie in der Toilette. Die Hitze steht bereits im Hotelzimmer. Heinrich lüftet seinen Hut und tupft sich die Stirn mit einem Taschentuch. Ob er den Hut mal haben könne, fragt Fry. Heinrich wüsste nicht, warum. Auf dem Hutband stehe H. M., und nicht H. L. Mit dem Taschenmesser kratzt Fry die Initialen herunter.

»Als wären wir Verbrecher«, sagt Heinrich, »als wären wir Verbrecher und würden als Verbrecher gleichzeitig in einem Film spielen.«

»Das sind nur Buchstaben, Mister Ludwig, das Messer geht durch Stoff, und nicht durch Ihren Körper.«

Nelly flüstert Heinrich etwas ins Ohr, was dieser jedoch nicht versteht. Sie wiederholt es. »Spion?«, fragt Heinrich.

»Er soll das doch nicht hören«, zischt Nelly.

»Aber wer denn, Liebe?«

»Ja, er!«

»Mister Fry?«

»Ach, Heinrich, ja, der will uns doch nur in eine Falle locken ...«

»Sie vergaßen, meine Gute, dass ich jedes Wort verstehen kann«, entgegnet Fry.

Wie gnadenlos peinlich, denkt Nelly und läuft puterrot an.

»Wir brechen auf.« Fry klappt das Taschenmesser zusammen und gibt Heinrich den Hut zurück. An der Rezeption warten schon Alma, Golo und Werfel. »Er hat sich übergeben«, deutet Alma auf ihren Mann. »Reine Vorsichtsmaßnahme«, sagt Werfel, »jetzt ist mir leichter.«

Man gehe jetzt mitten durch den Ort, nicht zu nahe beieinander, keine Unterhaltungen auf Deutsch, man wisse nie, ob sich deutsche Spione unter die Bevölkerung gemischt haben. »Gehen Sie einfach ganz natürlich, meiden Sie Blickkontakte, bleiben Sie ganz gelassen«, sagt Fry. Nelly schlägt vor, etwas Proviant zu kaufen, keine schlechte Idee. Ball erledigt das. Sind die Zigaretten parat? Die Zigaretten sind griffbereit.

Hinter der Schule von Jean Jaurès trennt Fry sich von der Gruppe. Insgesamt siebzehn Koffer und Taschen wird er im Zug nach Port Bou bringen.

Mit dem Auto zur spanischen Grenze wäre es für alle ein Leichtes. Sechseinhalb Kilometer ist Port Bou von Cerbère entfernt. Man führe auf der Hauptstraße einfach die Küste entlang. Das zu passierende französische Zollhaus verhindert diese Bequemlichkeit.

»Wir halten uns links«, sagt Ball. Man geht unter einer Brücke hindurch, folgt den Steinmauern, die zu einem im

Hang gelegenen Friedhof führen. Den Friedhofsmauern entlang geht es auf einen Ziegenpfad.

Keiner sagt etwas. Der Weg führt jetzt steil bergan, ins zerklüftete Gebirge mit seinen Olivenbäumen und Weinbergen. So beschwerlich sieht das Panorama der Gebirgskette nun auch wieder nicht aus. Da hat er schon ganz andere Kaliber vor sich gehabt, denkt Golo, dem Almas Parfümwolke, hergeweht von einer doch wohltuenden Brise, zunehmend zusetzt, was er aber nie so äußern würde, er hat sich in vielerlei Belang Zurückhaltung antrainiert. Geht er halt nicht in ihrer Nähe. Allerbestes Wetter, schwimmen zu gehen, denkt Golo und schaut sich um. Der Hafen von Cerbère, die kleine Bucht mit ihrem Kiesstrand aus Schiefer, vorspringende Felsen, das blau schimmernde Wasser, die Segelboote, der Spätsommer und die fleißigen Bienen, der Wohlgeruch, die munteren Grillen ... und wir. Der Bahnhof viel zu großspurig angelegt, der Grenze geschuldet als Signal nationaler Stärke. Das Problem sind die Grenzen. Wir schlüpfen hier durch ein Nadelöhr, wir sind hier irgendwo, fernab. Und die Häscher sind schon mitten unter uns. Die Grenzen werden verschwinden, eines Tages. Schmiegen sich die grauen, weißen und ockerfarbenen Häuser mit ihren rötlichen Ziegeldächern in die Ebene, wie beieinanderhockende Tierchen tummeln sie sich da, sind die breitauslaufenden Schienen wuchtige Kratzspuren im Gesicht der Pyrenäenlandschaft. Mit seinen beiden Bogenreihen erinnert der Eisenbahntunnel an einen Aquädukt. Aber ist das überhaupt ein Tunnel, beginnt der Tunnel nicht erst da, wo die Schienen durch den Berg gehen? Ein steinernes Hochgleis, das ist es, vom kleinen Strand am Hafen aus in ganzer Pracht zu betrachten. Hier wächst ein famoser Wein, das Auge ertrinkt im Meer. Wenn es doch schon Pazifik wäre. Hier könnte ich bleiben. Einen freien Entschluss gibt es aber nicht mehr. Vorerst nicht mehr. Das Anklammern an herausgehobene Stimmung, ans Idyll, das tief, aber kitschig empfunden wird, das gibt es sehr wohl, stellt Golo fest. Kollabierende Klischees. Wir denken in der Sprache des Zauberers, die ist uns eingepflanzt und wir sind ihre lebenden Aggregate ... Eine kleine Bergwanderung. Und damit tun wir genau das, was hier niemand tut, selbst die Weinbauern machen Siesta. Golo stellt sich vor, in den bayerischen Bergen zu wandern, siebenhundert Meter sind da ein Kinderspiel. Er darf nur nicht Orpheus spielen, das Meer heißt Eurydike. Und sonderlich musikalisch war er nie. Hat er sich am Musikalischen nicht immer recht abgequält, der Zauberer? Und quält sich Michael nicht an der Geige ab, weil der Vater sich am Begriff von Musik so abquälte? Das Kapitel Wagner als deutsche Mentalitätsgeschichte. Wenn ich uns hier so rumkraxeln sehe, habe ich auch Mentalitätsgeschichte ...

Heinrich hat als Einziger einen Hut auf, Alma hatte in letzter Sekunde auf ihren Hut verzichtet, er war ihr dann doch etwas zu breitkrempig erschienen, so hat sie ihn Fry mitgegeben. Nellys Hut ist abhandengekommen, jetzt fehlt er ihr. Golo bietet sich an, den Weg zurückzugehen und ihn zu suchen. Ausgeschlossen. Dick Ball spricht ein Machtwort.

Werfel, der mit Alma vornweg geht, ist ganz rot im Gesicht und atmet schwer durch den Mund, er würde am liebsten unbekleidet gehen, die Hose klebt unangenehm und scheuert, auch wenn er es anders wollte, er könnte nur einzelne Worte hervorbringen, also schweigt er.

Habe ich alles Bargeld mitgenommen?, überlegt Alma. In ihrer Handtasche ertastet sie den Schmuck, auch die darin untergebrachten Originalpartituren von Bruckner und Mahler geben ihr ein sicheres, fast erhabenes Gefühl. Vor die Wahl gestellt, Zigaretten oder Originalpartituren, würden die Zöllner zweifellos die Zigaretten nehmen. Fast beschwingt geht sie. Werfel geht etwas zu sehr gebückt, fällt ihr auf, er hat seinen Kopf vornübergebeugt, das müsste sich ändern, wie will der Gute denn den Höhenunterschied von siebenhundert Metern zum Gipfel des Berges bewältigen, wenn er jetzt schon außer Atem ist? Seine körperliche Verfassung ist dermaßen desolat, denkt Alma, ich kann nicht anders, als das persönlich nehmen. Wie oft habe ich ihm gesagt, nicht so viel zu rauchen. Was macht er? Er raucht das Doppelte. Zigarre auf Lunge, ein Unding an sich. Auch ist er entsetzlich schwabbelig beieinand. Hatte er mir in einem Brief nicht beteuert, »durch Dich nur werde ich wiedergeboren, süße heilige Mutter!«. Und? Was ist aus der Wiedergeburt geworden? Ein Kannnichtmehr. Ein totales Verkommen. Was bloß ist aus meinem Götterliebling geworden? Eine Schwäche. Jemand, dem es beim Anblick blühender Wiesen und atmender Weite nur einfiel, Kette zu rauchen und die Natur als ein Abbild der Idee, wenn es sein muss, der Kunst zu sehen. Er ist im Grunde seines Herzens ein Onanist geblieben, denkt Alma, und zwar in allen Belangen. Es schau sich einer ihn an, wie er da geht. Es ist zum Erbarmen, zum Erbarmen ist dieser Mensch.

Werfel taumelt. Sein Herz. Es geht halt mit. Aber richtig geht es nicht. In Werfel geht es durcheinander, und er spürt das genau. Er kann sich dabei wahrnehmen, wie es durcheinandergeht. Habe das eigentümliche Gefühl, gar nicht mit von der Partie zu sein, ich bin gar nicht hier, ich strecke meine Arme aus, befehle meinem Körper, dies und das zu tun, mache ein paar Schritte, gehe die Schritte wieder zurück, finde mich vor wie gestern, bin aber nicht da. Aber wo bin ich? Ich bin im Wald. Ich träume. Ich, ich, ich. Aber gar nicht ich. Allerweltsweisheit: Krieg ist nicht ich. *Zwei Jahre Ferien* hieß doch mal ein Buch von Jules Verne. Da tauchen am Strand, im Hügel, so merkwürdige Kanonen auf. Ich rase durch mein Gehirn. Nirgends Halt. Ich würde gerne innehalten, finde es aber nicht. Mit Tränen zurück in den Kindheitskasten, mein Vater nervös und immer nervöser, an Prügel kann ich mich nicht genau erinnern, träumte aber von einer Prügelstrafe für etwas, das mir im Traum nicht ganz klar wurde, man muss es ja nur laufenlassen, es läuft von alleine, alle inneren Bilder entladen sich, eine Form von Triebabfuhr ist das, eine Sitzung mit sich selbst, Vater regelrecht jähzornig mit lockerer Hand, aber Prügelstrafe, ich weiß nicht, in Prag war es unausstehlich um die Jahrhundertwende, antideutsch, antijüdisch, Vater gab diesen äußeren Druck nur weiter, man kommt den Nationalisten und Faschisten mit Erklärungen nicht bei, ein Kind verloren, den Tod des Kindes habe ich aber nie nahe an mich herankommen lassen, ich muss mal etwas Neues darüber machen, in einem Theaterstück, einem Einakter zumal, kann ich das nicht leisten, ungeboren abgestorben, das Kind war aber nicht ungeboren, es wurde geboren, es bekam einen Wasserkopf, es musste dauernd punktiert werden, das Wasser bildete sich stets neu, vergiftete Ausgeburten der Autorität, das sind die schwachen Väter, schwach und süchtig, alle Nazis haben schwache Väter, das taugt nichts, man kommt so nicht ran, ich muss mir das jetzt aus dem Kopf schlagen, es ist entsetzlich, dass man aufwacht, kaum zu denken angefangen hat, und sofort alles, was einen bewegt, was einem in den Sinn kommt, niederschreibt, wie angeschlossen ist man, an eine große unsichtbare Maschine, einmal bitte nicht, möchte man ausrufen, auch jetzt, ich kann das nicht lassen, es muss raus, ist aber ein Wasserkopf, der wieder vollläuft, dann muss es wieder raus, dann läuft es wieder voll ...

So ist man bald siebzig Minuten unterwegs.

Was stürzt da ab? Verschwunden. Über die Schiefersteine krabbeln schwarze Käfer. Nie gesehen. Das Schuhwerk ist nicht dafür gemacht, einen Ziegensteig hinaufzuklettern. Die Schuhe sind dazu da, in ihnen geradeaus zu gehen. Possierliche Beschwerden auf dem Weg in die Ferne. Schon wieder. Und wieder weg: Ziegen, die doch mit den Gegebenheiten vertraut sein müssten, rutschen auf den spiegelglatten Schiefersteinen aus und stürzen fast den Hang hinunter. Das macht nicht gerade Mut, dass wir hier ein leichtes Spiel haben könnten.

Heinrich bleibt stehen. Er hat es aufgegeben, Alma und Werfel zu folgen, der sich erstaunlich gut hält, der einfach weiterstiefelt.

»Die Ziegen machen mir Angst«, sagt Heinrich zu seiner Frau. »Die müssten es doch langsam raushaben, scheinen aber nicht zu lernen. Sie stürzen, rappeln sich wieder auf, sind für einen kurzen Moment verdutzt, rutschen wieder aus. Sie leben nur von Moment zu Moment, keinerlei Gedächtnis, nicht mal ein Kurzzeitgedächtnis.«

Heinrich ist es ein wenig schwindelig geworden. Er setzt sich an den Wegrand auf einen Stein.

»Du blutest ja«, sagt Nelly, »beide Hände blutig und nichts, womit ich das abtupfen könnte.« »Die Disteln und die Dornen der Brombeersträucher, in den Füßen habe ich sie auch«, sagt Heinrich. »Ich kann das nicht mehr, so einfach einen Berg hoch. Ich habe regelrecht Angst hinunterzufallen. Die Dornen sind listig, sie lauern auch auf dem Boden.«

Golo kommt zurück, ob er helfen könne. Gestützt auf Golo geht es weiter. Die Werfels seien weit voran, man sehe sich in Port Bou. Die Straße. Wie kann das sein? Zwei Gendarmen gehen auf und ab. Eine wunde Stelle, auf Rufweite. Was tun? Heinrich ist der Schrecken so in die Glieder gefahren, dass er nicht weitergehen mag. »Geh ihnen aus dem Blick«, fordert Golo ihn auf. »Aber sie müssen uns doch gesehen haben ...« Niemand folgt, kein Rufen, der Weg macht eine Wendung nach links, die Straße mitsamt den Gendarmen verschwindet. Heinrich kann sich beruhigen, er hat bald sogar wieder einen Blick für die Natur. Gelb strahlender Ginster, blüht der nicht an Ostern?, fragt Heinrich. Eier am Osterstrauch, die Eier ausgeblasen und bunt bemalt. Und der Strauch? Weidenkätzchen. Aber doch auch Ginster? Der Ginsterbaum als Osterstrauch im Garten. Und der Mohn, hier viel höher als bei uns, der feinste Windhauch würde ihn wiegen, der Mohn aber steht ganz still, als lausche er. Und was ist das? Ein Feigenbaum. Nellys Strümpfe sind mittlerweile völlig in Fetzen. Ihre Waden bluten. Golo will sehen, was die Werfels machen, ob er Heinrich Nelly überlassen könne? Kann er. Aber Heinrich kann nicht mehr. Nelly stützt ihn, so gut sie kann. »Es bringt mich fast um«, sagt Heinrich. »Wenn das nur der Parnass wäre, ich würde auf der Stelle umkehren.« Nelly und Heinrich sind ganz auf sich alleine gestellt. Heinrich überkommt die Angst, vom Berg zu stürzen. Die Sonne steht jetzt am höchsten, die Hitze kümmert Heinrich aber nicht mehr. Im Gegensatz zu Nelly, die beständig nach Schatten sucht. Heinrich hat ihr seinen Hut überlassen, Schatten ist nicht in Sicht. »Wir gehen zu nahe am Abgrund«, sagt Heinrich, »ich kann da gar nicht hinunterschauen.« Sie drücken sich die Felswand entlang, nach wenigen Metern tut sich ein unüberwindbar scheinendes Hindernis auf. »Das war's«, sagt Heinrich, »das schaffen wir nicht.« Nelly geht vor, versucht, den runden, glühend heißen Felsbrocken zu besteigen, der da im Weg liegt. »Wie haben die anderen das denn geschafft«, fragt sie. »Links kann man so gerade vorbei, wenn wir hintereinander gehen.« Heinrich will nicht, er kann nicht. »Dann ist eben Ende«, sagt er. Eine Pause ist vielleicht nicht schlecht, denkt Nelly, Heinrich wird wieder zu Kräften kommen, dass er nicht hinunterschauen will, ist nur ein deutliches Zeichen seiner Erschöpfung. »Wenn nur keiner kommt und uns verhaftet, Heinrich.« – »Kommt keiner. Aber wir sind falsch gegangen, fürchte ich.« Nelly zieht die zerfetzten Strümpfe aus und versucht, mit Spucke das Blut an ihren Waden zu entfernen, das Blut ist bereits verkrustet. »Wir sollten weiter«, sagt sie. Heinrich rührt sich nicht.

Golo hat die Werfels nicht mehr eingeholt und beschlossen, den Weg allein fortzusetzen. Ab und zu schaut er sich um, Heinrich und Nelly kommen nicht in Sicht.

Dick Ball ist ein kräftiger Bursche. Als auch Werfel sich nicht mehr imstande sieht, auch nur einen Meter noch weiterzugehen, nimmt ihn Ball kurzerhand huckepack. »Das wäre ja noch schöner«, sagt er, »kurz vor dem Gipfel schlappzumachen.« Alma, die sich bis dahin von diesem Ball beobachtet und dadurch belästigt fühlte, findet nun Gefallen an ihm. Der Mann heißt ›Eierbursche‹ oder ›Schwanzei‹, denkt sie. Immerhin besser als ›Feuchte Wange‹, das doch sehr ins Indianische tendiere. Nein, das gehe sehr gut, antwortet Ball auf anteilnehmende Rückfragen, er habe schon Schlimmeres durchgemacht. Dass die Tour keine so große Plackerei ist, will Ball seinen Schützlingen nicht sagen. Noch auf dem Rücken von Dick Ball steigert sich Werfel in seine Panik vor den ›guardes mobiles‹, zwei Wörter, die ihm auf dem Weg zur spanischen Grenze zum Inbegriff der Bedrohung geworden sind. »Du, Alma«, sagt er, »ich mag gar nicht hinschauen, jetzt, da ich wie ein Jäger auf seinem Hochsitz hocke. Was sollen die denken, wenn die uns so antreffen? Ich kann sie förmlich riechen, ich sehe sie schon, hinter jeder Krümmung des Weges lauern sie. Ich kann dir gar nicht sagen, was ich für eine Angst habe.« Alma sagt nur »ja, ja« oder »du siehst Gespenster«, schließlich verbietet sie Werfel den Mund. Sie sind auf eine gute Höhe gestiegen, der Kamm des Berges müsste bald erreicht sein. Werfel will nun wieder allein gehen, sein Herz habe sich beruhigt, außerdem wolle er nur noch sich selbst zur Last fallen. »Dass du so munter bist, Alma, ich bewundere dich«, sagt er. Fast zwei Stunden sind sie unterwegs, Dick Ball erblickt als Erster den Gipfel des Rumpissa-Kogels. Den Grenzkamm zu Spanien könnten sie nun alleine erobern, er wolle Heinrich und Nelly suchen. »Es soll nur siebenhundert Meter hoch sein, mir kommt es aber mehr vor, erschöpft bin ich für zweitausend Meter«, sagt Werfel. Alma lacht. »Das sieht dir ähnlich«, sagt sie. Bald sehen sie schräg unter sich die Grenzstation auf spanischer Seite, eine dürftige Hütte. Hat Werfel sich schwergetan, den Berg zu erklimmen, macht es ihm nun fast unüberwindbare Mühen, das kurze Stück Berg zum Zollhäuschen hinabzukriechen. »Soll ich denn fliegen?«, fragt er

Alma. »Das Ganze kommt mir langsam vor wie beim guten Jakob Michael Reinhold Lenz in seinem Theaterstück *Pandaemonium Germanicum*«, sagt er, »da versucht ein jeder beständig, einen Berg zu erklimmen, kaum scheint er den Gipfel erreicht zu haben, rutscht er wieder hinab, und der Kampf beginnt von vorn. Wer schafft es als Erster und ganz mühelos? Goethe.« Auf allen vieren geht es. Der Kriechgang löst Steine aus dem Felsen, die sich überschlagend in Bewegung setzen und teils im hohen Bogen auf den Weg stürzen. Der Lärm ruft die Zöllner auf den Plan, die Alma und Werfel für verirrte Wanderer halten. Werfels eigentümliche Art, den Berg herabzusteigen, erzeugt Verwunderung und Mitleid. Ob man sich verlaufen habe und wo man denn hinwolle? Alma erklärt sich und steckt den beiden Beamten einige der mitgebrachten Zigarettenschachteln zu. Das verändert einiges. Man ist bereit, den rechten Weg zu weisen, auf ein Zeichen hin folgen die verirrten Wanderer.

Golo hat sich verlaufen. Das kommt davon, wenn man sich nicht entscheiden kann, flucht er. Ich hätte wieder zu den Werfels aufschließen sollen, denkt er. Zurück hat keinen Sinn. Ich werde da vorn den Pfad hochgehen, auch wenn da noch niemand zuvor gegangen ist. Habe ich den Kamm erreicht, werde ich mich neu orientieren.

»Wenn Sie einfach Ihren linken Arm um mich legen wollen, werde ich Sie sicher um den Fels führen, Mister Mann.« Dick Ball weiß, dass die Zeit nun drängt, Werfels müssten bereits die spanische Grenze passiert haben und unterwegs nach Port Bou sein.

»Sie sind wirklich unsere Rettung«, sagt Heinrich. »Ohne Sie hätte ich keinen Schritt mehr getan.« Die Hitze ist trocken, und sie scheint mit der Luft gar nichts zu tun zu haben, als sei sie etwas anderes als Luft, eine Materie, die den Zugang zur Luft verwehrt, ohne die Menschen zu ersticken. Sie ist ganz auf der Haut, eine zweite Haut, die in die erste Haut eindringt und sie umwandelt. Er will sie loswerden, abschütteln. Etwas derart nicht kontrollieren zu können, beunruhigt ihn dermaßen, dass er manchmal stehen bleibt, um sich schaut, seine Hände ansieht, seine beiden Begleiter, einmal tief Luft holt, mit einem Bein sich vorsichtig nach vorne tastet, als gäbe es da etwas Undurchdringliches, das sofort angreife, daran man kleben bleibe. Heinrich wird das Gefühl nicht los, etwas risse an ihm wie ein starker Magnet, er würde aus einem Bild herausgenommen, daran er selber gerade male. »Ich bin noch nicht ganz siebzig. Ich bin zu schlecht in Form für mein Alter. Ich muss erst vor den Nazis über die Pyrenäen fliehen, um mir selbst gegenüber einzugestehen: Ich bin für mein Alter zu alt.«

Golo meint etwas wiederzuerkennen, ist sich aber nicht ganz sicher, ob er den Anblick des sich nach oben schlängelnden Wegs nicht mit etwas verwechselt, mit Kindheitswanderungen an der Hand des Vaters, mit auf eigene Faust unternommenen Erkundigungen. Tirol, die Landschaften des Bodensees ... die Bilder verschwimmen. Golo muss sich ermahnen, auf den Weg zu achten, das lädierte Knie meldet sich. Und etwas anderes meldet sich auch, eine gewisse lähmende Stimmung, etwas Einhüllendes, den Magen Verkrampfendes, augenblicklich könnte Golo losheulen, dann kämpft er es nieder.

»Was macht der Trottel denn?«, ereifert Alma sich. »Siehst du das, Franz? Was ist das denn für ein total verblödeter Trottel. Der hat das überhaupt nicht verstanden, was los ist. Franz, nun sag schon was. Merkst du das nicht? Dieser Zollidiot bringt uns zum französischen Grenzposten zurück. Das kann doch gar nicht wahr sein. Auf der Stelle will ich zurück. Alles umsonst. Der führt uns ins Unglück. Sie, hören Sie mal, wir müssen die Richtung ändern, umdrehen, das ist doch die falsche Richtung, andersrum müssen wir, wir waren doch schon da, wo wir hinmussten ...«

Der Zöllner versteht die Aufregung nicht. Was wolle die

Dame denn? Gerade hat Alma sich vor ihm aufgebaut, da erkennt Werfel in zwei sich ihnen nähernden Gestalten die ›guardes mobiles‹.

»Jessas, jetzt ham's uns!« Augenblicklich bleibt Alma stehen. Es fehlte noch, dass sie die Hände hochnimmt und sich ergibt.

Ganz gelassen kommen die ›guardes mobiles‹ auf die beiden Irrläufer zu. Ich wusste es, denkt Werfel, ich habe es von Anfang an gewusst. Fast ist er froh, dass seine Instinkte doch nicht so abgestumpft sind, sich in freier Natur sogar bravourös bewähren.

Was macht der spanische Zollbeamte? Er verhält sich äußerst zuvorkommend und winkt den französischen Soldaten, man solle sie ruhig durchlassen. So geschieht es. Alma erklärt, sie und ihr Mann hätten sich tatsächlich verlaufen, der spanische Grenzposten habe aber nicht richtig verstanden, wohin sie wollten, sie wollten nämlich nach Spanien rüber, auf einen Tagesbesuch, kurz entschlossen. Da beschrieben ihnen die gefürchteten französischen Soldaten so ausführlich den Weg, dass Alma die Beschreibung sofort auswendig konnte. Zwei Fliegen mit einer Klappe, fällt Werfel ein. Die Franzosen neutralisiert, die Spanier ausgeschaltet.

Alle Beschwerden wie abgefallen. Alma schmiedet Pläne für Amerika. Sie will dort einen großen, einen bedeutenden Salon führen, den Amerikanern mal Kultur beibringen. Werfel sieht sich schon am Schreibtisch sitzen. Der *Bernadette*-Roman arbeitet bereits.

»Das Schöne an Literatur ist«, sagt Werfel, »sie arbeitet immer, sie arbeitet alleine, und zuweilen auch ohne den Dichter. Der Dichter geht spazieren, hat scheinbar das Heft aus der Hand gegeben, ist orientierungslos, rast in eine Krise, denkt sich einen Ausweg aus, der wieder nur eine Krise ist, und nachher hält er sein Buch in Händen, das begeisterte Leser signiert haben wollen, weil die Handschrift, da haben sie etwas, an dem sie sich festhalten können.«

Alma kann sich nur wundern. »Wir freuen uns zu früh«, sagt sie.

Und wer steht da an der spanischen Grenze? Der gar nicht vermisste Rest: Golo, Heinrich, Nelly, der Amerikaner. »So«, sagt Nelly. Golo vermutet im zeitgleichen Eintreffen eine Inszenierung von fremder Hand. Heinrich nimmt sich vor, sehr bald schon Notizen zu machen, was hier vor sich gegangen ist.

Am spanischen Zollhäuschen will Heinrich seinem Retter Geld zustecken, was dieser so höflich wie bestimmt zurückweist. »Sie sind ein tüchtiger Junge«, sagt Heinrich. »Ich danke Ihnen, aber behalten Sie Ihr Geld. Sie werden es noch nötig haben, nötiger als ich, mein Geld ist in Amerika.« Und damit war die Sache erledigt. Heinrich möchte sich unbedingt erkenntlich zeigen, die Weigerung, das Geld zu nehmen, beschäftigt ihn. Das aber sind nun wirklich Luxusprobleme, gesteht er sich ein.

Port Bou, die letzte Etappe. Noch einmal müssen die Papiere vorgelegt werden. Ein Stempel bloß, aber der Stempel entscheidet. Hat man etwas verbrochen? Zu Hause war es nicht anders, man fühlt sich schuldig, sobald man einen Polizisten überhaupt nur sieht. Die Flüchtlinge sitzen auf einer schmalen Wandbank, zu sitzen ist unbequemer als zu stehen, niemand wagt es aber, aufzustehen und umherzugehen. Droht ein Verhör? Nelly würde am liebsten rauslaufen, Heinrich muss sie beruhigen. Was macht Golo? Er sitzt da, als warte er auf jemanden, der gleich erscheinen wird, die Zeit vertreibt er sich mit Lesen. Das Buch scheint ihn so zu fesseln, dass er auf Almas Bemerkung, es werde doch hoffentlich alles gut ausgehen, auch beim zweiten Mal nicht reagiert. Die Polizisten überprüfen die Pässe anhand von Kartotheken, hin und wieder schauen sie auf, vergleichen ein Gesicht mit dem Foto, sagen einander etwas, von Heinrich scheint man etwas nicht zu finden, die Kartotheken werden noch einmal überprüft, Heinrich weicht ihren Blicken aus, er räuspert sich, wird ungeduldig. Die Polizisten erheben sich aus ihren Drehstühlen und gehen in einen hinteren Raum. Fünf Minuten vergehen, niemand sagt etwas. Werfel fährt sich mit den Händen mehrfach übers Gesicht, rauft sich die Haare. Alma bittet ihn, das zu lassen, es mache sie ungemein nervös. Seelenruhig blättert Golo eine Seite um. Nichts tut sich. Heinrich steht auf, sein linkes Bein schmerze, er könne nicht mehr sitzen bleiben. In diesem Moment kommen die Polizisten wieder herein, wie auf Kommando erheben sich alle. Heinrich erhält als Erster seinen gestempelten Pass zurück. Keine weiteren Fragen.

Am Bahnhof trifft man endlich Fry wieder. Er schaut ein wenig verlegen, als er die völlig abgekämpften Bergsteiger sieht. Jedoch immerhin, sie haben es geschafft – und sind ganz ausgelassen. Sorgen machen ihm jetzt noch die Feuchtwangers. Beim Abstempeln seines Passes hat Fry erfahren, dass Staatenlose sehr wohl nach Spanien einreisen dürfen. Hat man ihm in Marseille bewusst eine falsche Information gegeben? Jetzt ist es zu spät, die Feuchtwangers zu informieren. Morgen werden sie denselben Weg gehen müssen.

Zur selben Zeit treffen in Marseille fünf Ausreisevisa ein, bewilligt in Vichy. Ausgestellt auf die Namen Heinrich und Nelly Ludwig, Golo Mann, Franz und Alma Werfel. Sie alle hätten in Cerbère in den Zug steigen und ganz bequem durch den internationalen Tunnel nach Port Bou fahren können. Niemand wird davon erfahren.

Was wird man jetzt tun? Morgen geht es nach Barcelona, dann weiter nach Lissabon. Bereits in Marseille hatte Fry ein Schiff organisiert, um nach Nordafrika zu kommen. Allein daraus wurde nichts, das Schiff wurde beschlagnahmt mitsamt dem bereits verladenen Proviant. In Lissabon soll es gelingen, man will mit einem Dampfer nach Amerika.

»Hitze ist wie Schnee«, bekennt Werfel im Überschwang, nachdem er wieder zu Kräften gekommen ist. Niemand kann ihm folgen.

»Beide bedrängen uns, fordern uns heraus. Wir sind ins Mittelmaß geboren, mit den Extremen haben wir keinen Umgang. Jedes Jahr sind wir erneut erstaunt, dass wieder Sommer ist, dass wieder Winter ist. Dazwischen Trauer und Melancholie. Herztage, Atemtage. Das Laub fällt ab. Das Laub ist mal grün, mal welk. Es hängt am Baum, es liegt auf dem Boden. Wir kehren es weg. Das Wegkehren, damit sind wir geboren. Schnee und Hitze überkommen uns jedes Mal neu.«

»Und wer gewinnt?«, will Golo wissen.

»Beide gewinnen. Deshalb kommen sie ja immer wieder. Wir erleben das eine Weile, dann erleben es andere.«

Die Überfahrt

Alma kann es nicht fassen. Das Essen ist das Widerwärtigste, was ich je erlebt habe. Zum Abgewöhnen. Grauenhaft. Ein verdorbener Mist, schreit sie. Und, lieber Franz, hat es Zweck, sich zu beschweren? Das ist ja eine Katastrophe. Jetzt mach mal was, Franz. Das Personal wird doch wohl nicht denselben Fraß zu sich nehmen. Hol die mal her, dann sollen die uns mal erklären, aus welcher Kanalisation diese ausgesuchte Ekelhaftigkeit geholt wurde. Das muss man sich mal vorstellen, bei so unverschämt teuren Billetts. *Nea Hellas* nennt sich der Kahn. Das Neue ist halt immer dem Untergang geweiht, Franz. Also entweder, du bringst jetzt was Vernünftiges an Land, oder ich gehe auf der Stelle in meine Kabine, dann war's das für mich heute.

Heinrich legt Messer und Gabel beiseite und schaut sich das Arrangement auf dem Teller einmal genauer an. Mit bloßem Auge ist da nicht viel auseinanderzuhalten. Er dreht und wendet die Masse, isoliert kleine Portionen, schiebt sie wieder zurück.

Ich freue mich auf die Zigarre danach, sagt Franz.

Nachdem Golo über den Umstand philosophiert hat, dass es möglicherweise auf der gesamten Überfahrt nichts Besseres zu essen geben werde und er deshalb alles aufesse, was auf seinem Teller sei, und zwar jeden Tag, ist Nelly von der Toilette mit leerem Mund an den Tisch zurückgekehrt.

Das ist das größte Geschenk, dass Sie mit an Bord sind, prostet Alma Nelly zu.

Ich weiß schon, wie Sie das meinen, aber da kann man nichts machen, erwidert Nelly, ohne das Glas zu erheben.

Aber schauen Sie, Werteste, man muss doch das Beste aus so einer Situation machen, denken Sie nicht?

Das Beste, ja, aber jeder, wie er denkt, werteste Alma.

Heinrich, nun sagen Sie doch auch mal was, ist sie nicht ein Gewinn, die Nelly, schließlich wären Sie doch ohne sie gar nicht über die Alpen gekommen.

Die Pyrenäen.

Na, sag ich doch, die Pyrenäen, da wären Sie doch ohne Nelly gar nicht drüber hinweggekommen.

Ich weiß gar nicht, was hier plötzlich für eine merkwürdige Stimmung aufzieht, mischt Golo sich ein. Winkt uns nicht die große Freiheit?

Ich sehe nichts, mein Lieber, aber irgendwer wird schon winken.

Alma, ist das Essen denn so schlecht, dass du auch noch das schlechte Essen schlechtmachen musst.

Mein lieber Franz, das Essen ist hundsmiserabel, schlechter kann man es gar nicht machen.

Wie angekündigt, hat Golo seinen Teller tatsächlich leergegessen. Heißt es eigentlich, den Teller auf- oder leeressen, fragt er und lehnt sich in die Runde blickend zurück.

Das ist eine Frage der Gewohnheit, meint Heinrich.

Man isst den Teller leer und das Essen auf, präzisiert Franz.

Den Teller isst man niemals leer, wendet Alma ein, das gehört sich nämlich nicht.

Das war klar, dass Sie das sagen, die Sie ja immer vor einem vollen Teller sitzen konnten.

Ach, Nellykind, Ihr Hunger richtet sich ja nicht nach dem, was auf dem Teller liegt.

Ihrer aber auch nicht, nur liegt halt nicht mehr so viel neben dem Teller, nicht wahr.

Heinrich, der minutenlang seinen Mund abgeputzt hat, erhebt sich und verlässt ohne sich zu verabschieden den Raum. Nelly folgt ihm.

Ist dieser Speisesaal nicht völlig verwahrlost?, fragt Alma.

Wie man's sieht. Wenn man in diesem Raum einen Speisesaal sieht, nur weil man hier sitzt und etwas isst, dann ist er völlig verwahrlost, da gebe ich Ihnen recht, sagt Golo.

Franz gibt zu bedenken, dass ein solches Schiff gar nicht eingerichtet ist für solche Zumutungen.

Welche Zumutungen denn, lieber Franz?

Na, dass wir hier essen. Das war doch gar nicht vorgesehen. Die haben dich gesehen und sich gedacht, wir haben eine Königin an Bord, da muss doch was zu machen sein, da wollen wir doch das Beste draus machen, da muss doch aufgedeckt werden, was das Zeug hält, auch wenn gar kein Zeug an Bord ist.

Schweigen.

Vor-sich-hin-starren.

Heinrich liegt in seiner Kabine auf dem Bett und zeichnet nackte Frauen. Die nackten Frauen haben große Brüste. Die Gesichter der nackten Frauen erwecken nicht sonderlich Heinrichs Interesse, er ist sich sicher, dass man solche Gesichter allenthalben schon gesehen hat. Die Brüste allerdings haben es ihm angetan, da ist er besonders kritisch, Brüste sind sein Steckenpferd. Wenn mir die Brüste nicht gelingen, kann ich einpacken mit der Zeichenkunst, das ist sein Credo. Wenn ihm da was danebengeht, bittet er Nelly, sich doch einmal kurz zu entblößen, er habe ihre Brüste zwar stets vor Augen, doch müsse er noch einmal genaueres Maß nehmen. Nelly hatte schon mal zu bedenken gegeben, dass alle von Heinrich gezeichneten nackten Frauen mit der Zeit ihre, Nellys, Brüste hätten, und dass das einmal ihm, Heinrich, zum Nachteil gereichen würde, weil, es mag zwar jemand keine Ahnung von Literatur haben, diese Ähnlichkeit der Brüste sähe aber jeder sofort. Heinrich versucht sich seitdem in Variationen, jedes Mal aber, wenn ihm die Variation zu anders erscheint, bittet er

Nelly, das Original auftrumpfen zu lassen. Und dann ist das Original wieder dermaßen stark, dass da für Variationen kaum was zu machen ist.

Golo, seien Sie doch so gut und schauen einmal nach, was der gute Heinrich macht. Er hat sich doch hoffentlich nicht aus Ärger hier verzogen. Alma hat für sich entschieden, dass es wohl besser sei, mit ausgesuchter Freundlichkeit die Situation zu meistern. Kaum ist Golo aufgestanden, um nach seinem Onkel zu schauen, überkommt sie das Gefühl einer für alle sorgenden Mutter, die aus Gründen, die sie eigentlich nicht zu vertreten hat, ihren Fürsorgepflichten nicht nachkommen konnte. Diese kurze Phase ist gottlob nun vorüber, und so sitzt Alma, über den Tisch blickend, mit einem Lächeln da, das ihrer Leiblichkeit in nichts nachsteht.

Als Golo wiederkommt, haben Alma und Franz den Speisesaal mit Zigaretten- und Zigarrenqualm eingeräuchert. Entgegen seiner Gewohnheit hatte Franz das Rauchen für Stunden eingestellt, jetzt raucht er die zweite Zigarre direkt nach der ersten. Und, fragt Alma, was macht der Gute? Er zeichnet. Was zeichnet er denn? Oberkörper. Verstehe, nackte, selbstverständlich. Selbstverständlich. Nackte weibliche Oberkörper. Selbstverständlich. Zuweilen auch nur Momentaufnahmen derselben? Auch das. Und er will nicht gestört werden? Er ist in diese Tätigkeit sehr vertieft. Aber doch wohl nicht böse auf uns? Keineswegs, er lässt sogar herzlich grüßen. Und seine Frau? Nun ja, Nelly assistiert ihm sozusagen. Sie zeichnet mit? Sie korrigiert, wenn ich so sagen darf. Interessant. In der Tat. Das heißt, sie … Sie macht die Sache anschaulich, wenn der Meister sich zu sehr in Details verliert. Aha, wenn ihm die Sache nicht ganz gelingt. Kann man so sagen. Dann präsentiert sie sich als *Tableau vivant*. Sie haben es, werte Alma, Sie haben es. Dann schlage ich doch vor, wir wollen alle zusammen den Meister besuchen gehen, vielleicht hat er etwas Abwechslung nötig, Franz und ich haben uns schon mal nach dem Bestand der

Schiffsbar erkundigt und das eine oder andere Gläschen probiert. Ich denke, Heinrich ist da nicht abgeneigt. Dann kommt in seine Zeichnungen vielleicht ein ganz anderer Schwung.

Als Alma Heinrichs Kabine betritt, hat er den Zeichenblock bereits weggelegt und einen Brief zu schreiben begonnen. Irgendwie stockt die Feder, sagt er. Dafür aber tanzte der Zeichenstift, nehme ich an, ermuntert ihn Alma. Man muss sich mit positiven Dingen beschäftigen, wer weiß, was uns in Amerika erwartet, meine Liebe. Golo, Franz und ich haben beschlossen, es uns ein bisschen gut gehen zu lassen. Meine Kabine ist die geräumigste, wollen wir es uns da nicht alle gemütlich machen und plaudern? Einverstanden, sagt Heinrich und springt vom Bett auf. Kurze Zeit später hat man sich in Almas Kabine eingefunden.

Für einige Augenblicke scheint es so, als könnten Alma und Nelly noch beste Freundinnen werden. Ein gewisser Platzmangel, den Alma viel deutlicher als Nelly spürt, mag das Seine dazu beitragen, dass beide sich näher rücken. Heinrich und Alma sitzen in den beiden Kabinensesseln, der Rest sitzt auf den beiden sich gegenüberstehenden Betten.

Vierter Oktober, an sich kein besonderes Datum.

Eins aber, das wir nicht vergessen werden.

Wäre nicht so ein Seegang, könnten wir uns doch vorstellen, in einem Wiener Hotel zu sitzen.

Könnte ich mir nicht vorstellen. Abgesehen von den Sesseln ist hier alles viel zu schäbig. Mich würde nicht wundern, wenn das Schiff in wenigen Minuten untergeht, so schäbig ist das.

Weiß denn niemand was über die deutschen U-Boote?

Welche U-Boote?

Die überall Schrecken verbreiten.

Der Kapitän meinte, hier seien keine, deshalb nehme man auch diese Route, die eigentlich viel zu lang sei.

Stunden also nichts als freie Zeit.

Jetzt stellt euch einmal vor, das bliebe so. Wir kommen in

Amerika an, verlassen das Schiff, jemand überreicht uns ein paar Blumen, wir suchen unsere Unterkunft auf, stellen die Blumen in eine Vase, schauen ihnen beim Verwelken zu, niemand ruft an, niemand schreibt einen Brief, und so sitzen wir dann da bis an unser Lebensende.

Was heißt denn da Lebensende? Wenn du dir so sicher bist, nicht mehr zurückzukommen, springst du am besten über Bord. Wie willst du es mit solchen Gedanken auch nur einen Tag da aushalten?

Ihr seid mir die Richtigen. Noch nicht mal von Bord gegangen und schon übers Lebensende spekulieren.

So werden die sich da drüben uns ganz genau vorgestellt haben. Borniert, hochnäsig, unerschütterlich im Glauben an sich selbst, der aber nur im eigenen Saft so unerschütterlich ist, in der eigenen Küche.

Der Deutsche ist nicht für die Fremde gemacht.

Eine sehr schöne These. Was ja auch die beträchtliche Zahl deutscher Kolonien beweist.

Wie hieß das nochmal, am deutschen Wesen soll die Welt genesen?

Heißt es immer noch, nur schlimmer.

Pfui Geibel!

Das stammt nicht vom Geibel.

Sondern?

Von unserem Wilhelm dem Zweiten.

Sicher?

Absolut.

Die typische Wilhelminische Fanfare, dass kein Gras mehr wächst.

Wer sagt das denn?

Theodor Wiesengrund.

Und der Geibel?

Der fabulierte: »Und es mag am deutschen Wesen / Einmal noch die Welt genesen.«

Ja, einmal noch, und dann nie mehr.

Kriegt es noch jemand zusammen?

Krieg, das ist richtig, das stimmt.

Überhaupt nicht richtig, der Geibel hat es genau andersrum gemeint.

Und der Wilhelm wieder andersrum verstanden.

Ist ja auch einfacher.

Moment, ich hab's gleich, das ist ein Rattenschwanz von Überbau, bevor die beiden letzten Zeilen kommen. »Soll's denn ewig von Gewittern«, so geht's los.

Der Franz, der weiß das, ganz sonnenklar. Und weiter?

»Soll's denn ewig von Gewittern / Am umwölkten Himmel braun?«

Braun?

Von brauen, etwas braut sich zusammen.

Kann man wohl sagen.

Ich wusste es mal auswendig, und dann haben es die Nazis okkupiert, die haben es in Beschlag genommen, da traut man sich dann nicht mehr so. Es klemmt, kommt aber. Ein bisschen Geduld, dann kommt's.

Ja, mit ein bisschen Geduld kommt's immer.

Die Nelly, sieh an, gnä' Frau, sind Sie auch noch da.

»Soll denn stets der Boden zittern, / Drauf wir unsre Hütten baun? / Oder wollt ihr mit den Waffen / Endlich Rast und Frieden schaffen? / Daß die Welt nicht mehr, in Sorgen / Um ihr leicht erschüttert Glück, / Täglich bebe vor dem Morgen, / Gebt ihr ihren Kern zurück!«

Was soll das sein?

Na, der Geibel!

Welcher Geibel?

Der Deutsches-Wesen-Geibel, da reden wir doch die ganze Zeit von. Schon zu viel intus?

Welchen Kern meint denn der?

Des Pudels Kern.

Den Erdkern, den haben sie nämlich geklaut.

Wer, die Deutschen?

Die, die der Geibel mit »ihr« meint.

Aber wen meint er denn, lieber Franz?

Die Deutschen meint er, aber nicht im Sinne der Nazis, er trauert dem untergegangenen Deutschen Reich nach, achtzehnhundertsechzig rum ist das geschrieben, da geht's ihm mehr um Bestandswahrung und Ordnung halten. Das haben die Braunkittel ja nicht kapiert, dass der Geibel nicht zu den Waffen ruft, um munter draufloszumarschieren und alles kurz und klein zu hauen. Kaum hat man ein paar Zeilen, kommen die andern gleich nach.

Werfel erhebt sich vom Bett, schreitet in die Mitte der Kabine, nimmt Haltung an und rezitiert mit der ganzen Macht seiner Stimme den restlichen Geibel. Seine linke Hand liegt auf der Brust, mit der rechten führt er seine Zuhörer durch deutsche Landen. Es geht hügelauf und hügelab, man steht allein, man steht zusammen, man weiß nicht, ob man weinen oder lachen soll, die Bäume stehen kahl, dann wieder ganz im grünen Blatt.

Mein lieber Werfel, wer hätte das gedacht, dass Sie uns hier in dieser Lage den Geibel machen. Trompeten Sie das doch mal rüber zum Hitlerkragen, dass er was nicht ganz verstanden hat, dass ihn der Geibel doch gar nicht gemeint hat mit der schwerterprobten Hand, dann nämlich müsste er ohne Unterlass den güldnen Apfel halten und des Reichs in Treue walten. Der Schnurrbart haut aber alles in Stücke, sagen Sie ihm das mal, er hat's einfach nicht begriffen.

Außerdem heißt es doch, »Wenn die heil'ge Krone wieder / Einen hohen Scheitel schmückt«. Von Krone kann da keine Rede sein, und einen hohen Scheitel hat der auch nicht, sondern einen impertinenten Vorhang, den er immer entschlossen beiseitekehrt, und genauso entschlossen geht der Vorhang wieder runter.

Die Unsicherheit des Geschmacks, das ist das deutsche Problem.

Der deutsche Spruch, der kehrt sich doch einen Dreck um den Völkerrat, das hat der Hitler auch überlesen, überhaupt wird da alles überlesen, was nicht das braune Sieb passiert ...

Der deutsche Spruch, verehrter Heinrich, der erschallt aber tatsächlich neu, und wenn ich mir so die Schlaffhälse anschau, die dem Hitler doch kein Paroli werden bieten können, der wird sie alle fertigmachen, in Stücke haut er sie, das sind alles Weicheier gegen ihn, es ist kein Wunder, dass der durch Europa geht wie das Messer durch die Butter.

Alma, kannst du dich bitte ein bisschen zusammennehmen, das gehört sich nicht.

Papperlapapp, gehört sich nicht, alles Quatsch, das gehört sich sehr wohl, das muss angehört werden, das sagt es ja schon, gehört sich nicht, gehört sich nicht, der Wahrheit muss man ins Auge schauen, das war schon immer mein Credo.

Man könnte meinen, du stündest auf der anderen Seite, Alma.

Was, andere Seite. Ich habe nie einen Hehl daraus gemacht, und das auch immer und überall klar herausgesagt, ich bin unlösbar mit den Geschicken der Juden verbunden, und ich habe meinen gerechten objektiven Blick nicht verloren. Und auch wenn er uns hier mit seinen U-Booten erwischen sollte, Hitler hat momentan keinen Gegenspieler, aus, basta, es sind alles Marionetten. Sein Fehler ist nur, er spricht es aus, und das macht ihn größenwahnsinnig.

Das ist sein Fehler, und sonst keiner?

Er hat ein Ziel, eine Idee ...

»Macht und Freiheit, Recht und Sitte, / Klarer Geist und scharfer Hieb« heißt's beim Geibel. Macht, ja, Freiheit, nein, Recht, nein, Sitte, nein, klarer Geist, fraglich, scharfer Hieb, ja. Welches Ziel also und welche Idee?

Solange ihm keiner in die Quere kommt ...

Ist alles recht, oder was?

Ich weiß nicht, was du willst, Franz, schließlich bin ich mit dir hier.

Jammerst aber ununterbrochen darüber, deine Heimat, deine geistigen und materiellen Güter verloren zu haben, und besonders Letztere. Dein Leben zu verlieren wäre dir wahrscheinlich lieber als das.

Aber eins ist doch klar, darauf können wir uns doch einigen, dass es um die geistigen Errungenschaften, um das, was in unseren geistigen Besitz übergegangen ist, um keinen Deut besser bestellt ist als um die materiellen. Dir wird der Pfennig rumgedreht, und schon ist er verschwunden, deine Bücher landen im Feuer, der Rest wird auf seine Brauchbarkeit hin zurechtgehitlert.

Als ob sich alles nur um den dreht. Der Führer ist eine Konsequenz, nicht eine plötzliche Erscheinung, der dann am Ende selbst noch vom Papst für eine solche gehalten wird.

Und wir sind die Konsequenz der Konsequenz.

Heinrich, du redest Unsinn. Wir waren vor der Konsequenz schon da. Wir haben angeborene Verdienste, der Braunkopf verdient nur seine Beerdigung.

Angeborene Verdienste, das kann ja wohl nicht wahr sein. Dir ist wohl die Schiffsfahrt in den Kopf gestiegen ...

Ich wüsste nicht, dass wir per du sind.

Das spielt gar keine Rolle, bei einer solchen Dummdreistigkeit ist das schier egal. Und ich setze noch eins drauf: Auch wenn wir allen Grund haben, uns davonzumachen, wir sind auch ein Teil dieser Konsequenz.

Also jetzt ist der Gipfel wohl erreicht, bei Alma könnte ich das ja noch verstehen.

Heinrich, wie meinen Sie das denn?

Nun, ich erinnere nur an Ihre vor nicht allzu langer Zeit geäußerte Meinung.

Sehen Sie, Heinrich, das habe ich schon immer an Ihnen zu

schätzen gewusst, dass Sie Meinungen von Fakten nicht unterscheiden können.

Alma, mach mal halblang. Was erzählst du mir denn dauernd? Liegst mir immer in den Ohren mit deinem Bekehrungseifer. Ein Katholik wäre dir lieber. Ein Katholik, der könnte sich vor dem Hitler ja noch sehen lassen, nicht?

Das muss man sich einmal vorstellen, was hier los ist. Da sitzen wir im Bauch eines gar nicht mal so vertrauenswürdigen Kahns, schippern über die große See, dieser Führer sitzt uns im Nacken, und da kriecht dieses Führerding schon aus jedem Mund raus, liebe Eheleute, zum Geibel mit dem Kerl.

Geibel hin, Geibel her, hieß er nicht eigentlich Jean-Jacques Hoffstede?

Mein Bruder beliebte ihn so zu nennen als Poet der Stadt, wie er in Lübeck leib- und lebte. Die Karikatur eines kratzfüßigen Hofpoeten. Angelegentlicher Liedschreiber, Einweihungsfest-Verworterer. Wenn ich mir erlauben darf, der sehr verehrten Akademie mitzuteilen, dass er auch in meinem Roman *Eugenie oder Die Bürgerzeit* als Dichter namens von Heines ein Auskommen hat, so will ich dies gerne mitteilen.

Was er hiermit getan hat.

Jawohl, was ich hiermit getan habe.

Also dann, meine Damen, meine Herren, hoch die Tassen!

Jawohl, prost! Das deutsche Wesen hat die Heimat verlassen und steuert Richtung Amerika.

Da geht es dann von Bord und zeigt aller Welt, dass es gar nicht so böse ist.

Sondern für den Rest der Welt völlig unbrauchbar.

Es kann sich nur selbst bemitleiden und einander um den Hals fallen.

Wobei es argwöhnisch darauf bedacht ist, am schönsten um den Hals zu fallen.

Und jeweils am bemitleidenswertesten.

Es ist am Boden zerstört und hat deshalb weltweite Aufmerksamkeit verdient.

Der Zuspruch aus den eigenen Reihen ist und bleibt aber das Maß aller Dinge, die Welt mag zuschauen, interessiert aber weiter nicht.

Das deutsche Wesen ist das Tragische an sich.

Wenn man zu tief ins Glas geguckt hat, könnte man das denken. Ein betrunkener Franzose würde das nie sagen.

Kinders, ich schlage mal vor, wir machen's wie zu Zeiten der Pest. Zwar haben wir kein Landhaus in der Nähe von Florenz zur Hand, in das wir uns zurückziehen könnten, fast sechshundert Jahre später sitzt man in einer Schiffskabine, und der Schwarze Tod hat ein wenig die Farbe geändert. Bevor wir uns hier über Wesen und Unwesen zu Tode räsonieren, mache ich euch den König und gebe folgendes Thema vor: »Ein Ereignis von Rang«. Der Ehrgeiz mag uns anstacheln, im Laufe der Zeit über die Ausbreitung der braunen Pest die vielleicht umfangreichsten Angaben vor der Welt machen zu können. Vorerst soll es da genügen, eine kleine Geschichte zu erzählen. Schließlich wollen wir ja bei Sinnen ankommen und nicht kopflos. Das würde dem Schnurrbart so passen. Wir heben die Runde auf und sehen uns morgen zur selben Zeit am selben Ort wieder.

Golo ist dabei, Franz und Heinrich auch. Alma meint, das Ihre schon beigetragen zu haben in der schönen Auseinandersetzung mit Nelly, das könne ja mal aufgeschrieben werden, was sie vielleicht einmal selbst besorgen werde. Nelly ist damit einverstanden, so muss auch sie keine Geschichte erzählen. Für die nächste Stunde herrscht heitere Stille in der Kabine. Alma betrachtet innig ihren sofort ans Werk gehenden Franz, Nelly schläft. So will sie ihren Franz immer haben, denkt Alma, er soll immer arbeiten, dazu wird sie ihn in Amerika stets anhalten, keinen Tag soll er vertrödeln dürfen, Amerika heißt, die Arbeit wird übergangslos fortgesetzt.

Golo, der ist ja eigentlich kein Schriftsteller, Golo macht sich einen Spaß daraus, die selbstgestellte Aufgabe zu bewältigen.

Es sollten Tiere darin vorkommen, in der Geschichte, denkt Golo. Die uns etwas vormachen. Gäbe es die Vögel nicht, wir hätten keine Vorstellung von einem Flugzeug. Und auch keine von Ökonomie. Die Welt ist für die Tiere eingerichtet, nicht für die Menschen. Der Mensch schaut sich immer die Natur an und wundert sich. Wie kann das gehen, denkt er. Die Tiere wundern sich nur über die Menschen.

Was sollte nicht zu klein sein, aber größeres Gewicht haben? Was übersieht man nicht so leicht, wenn der Rest auch überwiegend größer ist? Was bekommt man zuweilen nicht mehr aus dem Kopf, auch wenn es manchmal gar nicht da drin ist? Was kann die ganze Welt ersetzen? Franz ist schon mittendrin. Er erinnert sich an goldene Buchstaben. Damit lässt sich doch was machen.

Untergehen, denkt Heinrich. Wenn jetzt das Schiff unterginge, sie wären spurlos verschwunden von der Welt. Mit bloßem Willen muss das Schiff auf dem Wasser gehalten werden. Das geht, denkt Heinrich. Mit Gedankenkraft ist es schon zu bewerkstelligen. Für einen kurzen Moment macht es ihn stutzig, dass dieser Hitler das Schiff nicht einfach aus dem Meer herausnehmen und in Stücke reißen lässt. So wie er redet, müsste ihm das doch möglich sein. Etwas Münchhausenartiges schwebt ihm vor. Sich selbst am Schopfe herauszuziehen. Man stirbt und sieht, dass die Dinge nicht gut laufen, dass sie sich einfach nicht fügen wollen. Also entschließt man sich, wiederzukommen und die Dinge zu richten. Der Untergang der *Titanic*. So was eben, nur kleinspuriger. Er zögert noch, eigentlich will er lieber weiterzeichnen, zeichnete sich doch gerade ein Busen ab, wie er noch keinen gesehen hat, und nun droht die Vorstellung verlorenzugehen.

Franz hat die Nacht unruhig geschlafen. Mein Herz, sagte er Alma nach dem Aufwachen, macht keinen guten Eindruck. Es ist unruhiger als ich selbst. Ich habe ja die Ruhe weg, nach außen hin, ich könnte einfach immer nur dasitzen und zuschauen, ich bräuchte gar nichts zu unternehmen, eine Zigarre, und die Welt dreht sich. Dem Herz scheint das aber nicht zu gefallen. Es denkt viel zu sehr nach. Eine Stunde hab ich ihm heute Nacht gut zugesprochen, allein umsonst, es hat sich nur umso mehr beschwert. So weit ist es schon, liebe Alma, dass ich mit meinem Herz spreche. Findest du das nicht sonderbar? Es ist mir so fremd geworden.

Franz, du solltest ganz mit dem Rauchen aufhören. Immer machst du mir Versprechungen, und dann wird alles noch ärger. Denk an die Pyrenäen, da bist du kaum hinaufgekommen, so hast du schnaufen müssen. Heinrich Mann ist alt, älter als er ist, du aber hast mehr gerastet, und der Gipfel war, dass du dir bei nächstbester Gelegenheit sogleich wieder eine Zigarre anstecken musstest.

Das Ganze hat aber auch sein Gutes, Alma. Während ich nämlich mit meinem Herz mich unterhalten habe, und das störrische Ding sagte kein einziges Wort, ist mir die ganze Sache für den Golo eingefallen. Und schon war das Herz gelöst. Ich muss also nur immerzu drauflosschreiben, und das Herz gibt Ruh.

Denk lieber an den *Bernadette*-Roman, Franz, das hast du versprochen, und mit Gelöbnissen spaßt man nicht!

Franz sitzt bereits an der kleinen Kommode der Schiffskabine und schreibt die Sache nieder. Um ein Gedicht geht es, liebe Alma, darin eine Blume nicht mehr leben will. Sie ist von ausnehmender Schönheit und lässt aus freien Stücken den Kopf hängen. Der Dichter kann das nicht ertragen und bringt sie um. Das Gedicht habe ich mal in einem eigenartigen Buch entdeckt. Seit Jahren ist es im Kopf, nun will es raus und besprochen werden. Ich brauche die Sache bloß abzuschreiben.

Das Herz hat sie mir diktiert. Ich nehme ihm also eine Last ab. Irgendwas ist an dem Gedicht, das das Herz bedrückt. Und weißt du, welchen Titel mein Vortrag haben wird? *Die Hinrichtung.*

Alma springt auf. Das kannst du nicht machen. Das musst du ganz schnell ändern. Komm, bevor es zu spät ist. Da sind ganz negative Energien. Komm, Meister, stopf dem Herz das Maul und schlage andere Töne an.

Schade. Aber du wirst sehen, dass der Titel passt. Vielleicht dann ohne Titel. Eine Blume des Bösen ist es ja nicht. Eher ein Echo ohne Echo. Das kranke Herz, das ist es, es hat etwas mit dem Herzen zu tun.

Vier Stunden später hat Franz die Niederschrift beendet. Na, die werden Augen machen, sagt er.

Es klopft. Alma, bekleidet mit einem wallenden schwarzen Kleid, öffnet die Kabinentür. Golo. Wir könnten dann anfangen, sagt er, alle sind so weit. Schön, sagt Alma, dann hereinspaziert. Golo und Heinrich bringen eigene Stühle mit, Nelly tritt als Letzte herein. Franz hatte Herzbeschwerden, empfängt Alma ihre Gäste. Alle schauen Franz an, der mit dem Kopf schüttelt und zu Boden blickt. Dabei bist du nicht mal so alt wie ich, gibt Heinrich zu bedenken. Eure Anteilnahme freut mich, ihr Lieben, sagt Franz, es ist aber nicht halb so schlimm wie es klingt, es ist eigentlich gar nichts. Alma macht sich halt bei allem sofort große Sorgen, das ist ehrenwert. Wenn es bloß Sorgen wären. Mal schaust du ganz blass aus, im nächsten Moment ist dein Gesicht ganz rot. Dann bleiben kreisrunde rote Flecken im Gesicht, und deine Augen sind tief eingefallen. Zwischen Alma und Franz geht das Gespräch noch ein wenig hin und her, während Golo zunächst vergeblich daran zu erinnern versucht, dass doch Geschichten vorgelesen werden sollen. Jetzt wird ihm das zu viel mit dem Gezanke, Franz ist in der Tat ein wenig rot im Gesicht geworden, der enge Hemdkragen tut sein Übriges. Schweiß läuft ihm die Stirn herunter.

Hitler oder Zahl? Heinrich mag nicht. Ich bitte dich, Golo. Wir fahren nach Amerika, und du hast diesen Dreck in der Tasche. Gib her das Ding, ich werde es eigenhändig über Bord werfen. Golo kann es selbst nicht fassen, wie diese Münze plötzlich in seine Hose kommt. In der Tat, sagt er, das ist doch ziemlich peinlich.

Das wahre Gastgeschenk, nicht wahr, Alma?

Mein lieber Franz, so schlecht sieht er gar nicht aus auf der Münze, da gaben schon manche Hausherren ein schlechteres Bild ab.

Genau, Alma, bis das Haus so wankt, dass es zusammenstürzt, dann gibt auch dein Hitler kein Bild mehr ab.

Können wir jetzt vielleicht wieder normale Umgangsformen pflegen und uns nicht von diesem Irrtum den Ton diktieren lassen?

Zu Befehl, Herr Mann!

Wir werfen eine Münze, und wer nach einem Stechen die richtige Seite hat, fängt an.

Franz windet sich auf dem Bett, die Rechte in der Hosentasche, dann die Linke, er steht auf, prüft die Gesäßtaschen, nichts. Fehlanzeige, sagt er. Und die anderen? Schulterzucken. Das kann doch nicht sein, dass niemand eine Münze hat. Eine haben wir schon, die gilt aber nicht. Lass uns Streichhölzer ziehen. Das geht leider nicht, da sind nur noch so wenige da, die brauche ich für meine Zigarren, wenn niemand was dagegen hat. Niemand Streichhölzer außer Franz? Und Heinrich? Wollte Franz schon fragen, ob er nicht … aber so … da sei er auch drauf angewiesen. Dann schreiben wir eine Zahl auf, und wer der am nächsten … Jetzt nehmen wir den verdammten Hitler her und machen's mit ihm. Typisch, Alma, ganz, ganz typisch, das hätte ich dir gleich sagen können. Ich versteh nicht, wie ihr hier … aber bitte, dann denkt euch mal schön was aus, und wenn wir dann in Amerika an Land gehen, da seids ihr immer noch dran.

Also Hitler. Alma macht die Schiedsrichterin. Die Reichsmark wird stumm in die Luft geworfen. Niemand sagt ein
Wort. Franz unterliegt Golo. Heinrich unterliegt Golo ebenfalls. Golo liest zuerst. Heinrich unterliegt Franz. Franz liest als
Nächster.

Nun denn, beginnt Golo: Ein Schriftsteller bin ich ja nicht,
sitze mit euch aber im selben Boot. Ich habe hier etwas Handfestes, war selber vor Ort, weiß also, wovon ich rede. Das
Ganze spielt auf einer Insel. Golo sortiert die Blätter, in der
Kabine wird es ruhig.

Brandganter Erwin

Am unteren Ende des Hanges wohnt seit Generationen ein
Fuchs in seiner Höhle. Kein Wind und kein Wasser hatten der
Höhle etwas anhaben können. Ringsum hat das Wasser schon
viel Land gegriffen, über seinen Bau wacht jedoch eine gütige
Hand. Einen Feind hat der Fuchs noch nie gesehen. Etwas zu
fressen allerdings auch schon seit längerem nicht mehr. Die
Lieblingsspeise des Fuchses ist die Gans, die in diesen Breitengraden häufig anzutreffen ist. Die Gans aber weiß genau, da
wohnt der Fuchs. Um seinen Bau macht sie einen gehörigen
Bogen. Der Fuchs läuft vor seiner Höhle auf und ab, ob sich
nicht doch eine Gans in die Gegend verirrt oder sonst ein
wehrloses Tier, er ist da gar nicht wählerisch. Der Stolz, mit
dem er umherstolziert, kostet ihn gehörige Anstrengung, ist er
doch durch seine tatsächliche Lage nicht im mindesten ge-
deckt. Auch wenn mich niemand sieht, sagt sich der Fuchs, ich
werde stolz und aufrecht bleiben. Jagen gehen ist bereits unter
seiner Würde. Auf gar keinen Fall, das hat er beschlossen, wird
er sich dafür mehr als fünfhundert Meter von seinem Bau entfernen. Nach Norden hin würde der Fuchs, liefe er fünfhundert
Meter geradeaus, im Meer ertrinken. Nach Süden hin hätte er

die ganze Insel durchmessen. Im Osten gäbe es höchstens den Küchenabfall der Inselbewohner zu erjagen, bliebe noch der Westen. Der Westen, da macht sich der Fuchs gar nichts vor, ist nichts für ihn. Der Westen führt ins Niemandsland. Da herrschen Sitten und Gesetze, die nicht die seinen sind. Im Westen kennt man ihn nicht, hat man einen wie ihn noch nicht gesehen. Es kann gar nicht anders sein, der Westen ist das Jenseits. Fragte man ihn, was denn das Jenseits sei, so würde er sicher antworten, da sei nichts. Und da man sich das Nichts nicht vorstellen könne, sei es bedrohlich. Das Nichts kennt keine Höhle und keinen Wind. Auch Gänse kennt es nicht. Es kennt gar nichts. Und dennoch tut es was, das Nichts, es nichtet, und das sei ganz fürchterlich. Abschaffen könne man das Nichts auch nicht, das sage ja bereits sein Name. Was also tun? Abwarten. Das Abwarten bringt ihn schon an den Rand des Unglücklichseins. Unglücklich will ich nicht werden, sagt sich der Fuchs, ich muss also etwas unternehmen. Nur was? So sitzt der Fuchs vor seiner Höhle und überlegt. Er überlegt so lange, dass er bereits vergessen hat, dass er überlegt. Dann fällt es ihm wieder ein, und er sagt zu sich, ich überlege überhaupt, das ist meine Beschäftigung. Sein Magen knurrt. Sehen Sie, sagt der Fuchs zu sich selbst, das ist der Unterschied zwischen Theorie und Praxis. Es ist so praktisch, überhaupt zu überlegen und nicht etwas, etwas muss aber in den Magen, und das schon rein theoretisch. Verkehrte Welt. Der Magen ist doch in mir drin und nicht draußen. Ich will aber überhaupt nur nach draußen überlegen. Wie soll das also gehen? Wenn ich bloß nach drinnen überlegen wollte, bräuchte ich die Welt doch gar nicht, meine Höhle, den Wind. Dann wäre ich doch selber nichts. Ich wäre ein Teil des großen Nichts, ein Fuchs des Westens. So überlegt sich das der Fuchs. Und er wird ganz traurig, weil er erkennt, es sich nicht anders überlegen zu können.

Da erscheint Erwin, der Brandganter, schaut sich um, entdeckt die Höhle. Der Fuchs hat sich ein Stück weit in seinen

Bau zurückgezogen. So kann er das hübsche Vögelchen beobachten, ohne seinerseits gesehen zu werden. Endlich wieder ein gebratenes Huhn, das zum Fenster hineinfliegt. Ist er weit genug von der Höhle weg, kann er sich anpirschen und auf den stolzen Affen stürzen. Ein bisschen Sport muss sein. Doch der Brandganter droht weiterzuziehen. Diese große Ente in der Verkleidung einer Gans kommt daher wie ein Pfau, ist aber eine Halbgans und keine dumme. Das Gefieder überwiegend weiß mit rotbraunem Brustband, schwarzgrün schimmern Kopf- und Vorderhals, die Handschwingen schwarz. Besonders stolz ist das Männchen auf seinen rot gefärbten Schnabelhöcker. Mit dem macht es mächtig was her. Erwin ist augenscheinlich auf der Suche nach einem Nistplatz. Weit und breit ist aber keine geeignete Erdhöhle in Sicht. Unverrichteter Dinge will er aber nicht zurück zu seiner Gattin. Eine eigene Höhle zu bauen, dazu ist sich der Ganter zu schade. Tatsächlich ist er dazu außerstande, was er sich aber durchaus nicht anmerken lässt. Die Zeit drängt nun sehr. Die Altvorderen übernahmen mit Vorliebe den Fuchsbau – wenn er verlassen war. Was steht auf dem Spiel? Bereits einen Tag nach dem Schlüpfen werden die Küken von ihren Eltern zum Wasser getragen. Das weiß jede Brandgans genau. Bis dahin müssen aber erst einmal achtundzwanzig bis dreißig Tage gebrütet werden. Frauensache. Haben sie selbst keine Lust, die Nachfolge auszubrüten, legen sie ihre Eier einfach ins Nest anderer Enten. Zuvor müssen die sieben bis zwölf Eier überhaupt gelegt werden. In Zweitagesintervallen geht das vonstatten. Der Ganter wacht. Mit Vorliebe in unmittelbarer Nähe zum Nest, ausnahmsweise auch vor dem Eingang zur Brutstätte. Die Eier haben eine glatte Schale und sehen mit ihrer Rahmfarbe so unauffällig wie nur möglich aus.

Das Zurweltkommen der Küken nennt man Schlupf. Und die Küken hocken also jetzt in kleinen Tümpeln entlang des Ufersaumes. Oder sie wurden direkt ins Wattenmeer abgesetzt. Fliegen können die Schreihälschen noch nicht. Ertrinken können sie auch nicht. Aber fressen können sie schon eine ganze Menge. Mitte Juni heißt es Abschied zu nehmen. Die Jungvögel laufen nun kreuz und quer, bilden einen großen Haufen, die Familien haben sich aufgelöst. Kindergärten von bis zu einhundert Grünschnäbeln bilden sich, gehütet von ganz wenigen nichtbrütenden Altvögeln. Die Eltern fliegen nun Mauserplätze an.

So vergeht das Leben der Brandgans zwischen Erdhöhle, Wasser- und Mauserplatz.

Der Fuchs hält es indessen nicht mehr aus in seinem Loch. Der Hunger ist übermächtig geworden, es treibt ihn in den Westen fort. Ausgerechnet in den Westen. Es ist, wie er es befürchtet hatte. Niemand heißt ihn willkommen, er ist hier gar nicht vorgesehen. Er würde ja auch Regenwürmer fressen, hier gibt es aber keine Regenwürmer. Und Engerlinge auch nicht. Er würde nämlich auch Engerlinge fressen, wenn es denn sein müsste. Nichts zu machen. Es lässt sich einfach nichts auftreiben. Kein Frosch gibt Laut, kein Hase, keine Maus lässt sich blicken, keine Echse, kein Krebs. Was also tun? Weiterlaufen. Der Fuchs fürchtet, gar keine Nahrung mehr vorzufinden, so weit er auch laufe. Sollte er unterwegs nicht einfach anhalten, um Kräfte zu sparen für diesen Fall? Du bist ein Angsthase, sagt sich der Fuchs und läuft weiter. Von seiner Höhle ist er mittlerweile so weit entfernt wie noch nie. Vorwärtslaufend versucht der Fuchs, sich den Rückweg einzuprägen. Wenn ich immer nur vorwärts laufe, muss der Weg einmal ein Ende haben. Dann laufe ich einfach wieder zurück. Dieses verflixte Kalkül, sagt sich der Fuchs, dass ich nicht weiß, was in meiner Lage besser ist, stehen zu bleiben und darauf zu warten, dass die Beute zu mir kommt, oder weiterzulaufen in der sicheren Überzeugung, die Beute unterwegs zu erlegen. Ich könnte allein über dieser Frage schon verhungern.

Erwin hat Glück. Die Höhle, die er sich auserkoren hat, ist

geräumig genug, da muss man sich nicht aneinander vorbei-zwängen. Auch kann er sehr schnell mal nach vorne flitzen, wenn Gefahr im Verzug ist, und laut herumschnattern. Er probiert das mal. Verkriecht sich in den hintersten Winkel des Baus ... was liegt denn da? Ein gemachter Schlafplatz. Na dann, gute Nacht. Nach kurzem Schlummer erwacht Erwin in dem sicheren Gefühl, über etwas nachgedacht zu haben. Wie ist er überhaupt hier reingekommen? Richtig, eine Brutstätte wollte er finden. Und, hat er sie nun gefunden? Es schaut so aus. Aber ausprobieren, ob er auch rasend schnell nach vorne an den Eingang stürmen kann, das wollte er noch testen. Es klappt ausgezeichnet. Dann nehme ich die Bude, sagt Erwin sich.

Das gemachte Bett hält Erwin für nicht seines Standes an-gemessen, also rennt er raus, treibt Zweige und Laub auf, rennt wieder rein, lädt das herbeigetragene Material ab, hält kurz inne, weil er nachdenken muss, was so ein Ganter für den Nestbau überhaupt herbeischaffen muss, beschließt dann aber, für solche nichtsnutzigen Fragen keine Zeit zu haben, und rennt wieder raus. Das Spiel geht so eine knappe Stunde, dann ist alles Nötige für das Nest beisammen, Erwin ordnet alles schön an, was er jedenfalls für schön hält, marschiert ein-mal rund um den zukünftigen Schauplatz der Niederkunft – und steht dem Fuchs Auge in Auge gegenüber.

Du weißt schon, sagt der Fuchs, dass wir hier nicht lange um den heißen Brei reden müssen.

Das weiß ich schon längst, antwortet Erwin.

Dann müssen wir ja nicht lange um den heißen Brei reden, sagt der Fuchs.

Das müssen wir nicht, erwidert Erwin.

Na dann, bellt der Fuchs.

Richtig, na dann, meint Erwin.

Na dann was eigentlich, fragt der Fuchs.

Das frage ich dich, sagt Erwin.

Richtig, ich müsste das ja wissen. Also fresse ich dich jetzt.

Halt, das geht nicht, sagt Erwin.

Willst du also doch um den heißen Brei herumreden, wird der Fuchs wütend.

Gar nicht, aber es geht halt nicht.

Wieso das denn nicht, glaubst du, ich laufe mir die Hacken wund, nur damit so ein dahergelaufener Ganter mir erzählt, er könne nicht gefressen werden, weil das eben nicht geht?

So ist es eben.

Und jetzt?

Nichts und jetzt, ich wohne jetzt hier.

Das wird ja immer schöner.

Hoffe ich doch. Meine Braut will's nämlich wunderschön haben.

Verstehe, deine Braut.

Genau, meine Braut. Sie beabsichtigt nämlich, hier in diesem Nest einige Eier zu legen, die ich dann bewachen werde, während sie diese Eier ausbrütet, und für das ganze Procedere ist diese Unterkunft hier ausgezeichnet.

Wenn ich darüber aufklären darf, diese Unterkunft gehört mir. Schon allein für diesen Klau werde ich dich jetzt in Stücke reißen.

Fällt dir nicht was auf?

Was denn?

Normalerweise hättest du das doch schon längst getan.

Tu ich es halt jetzt.

Jetzt ist es aber zu spät, und übrigens wäre es überhaupt nicht gegangen.

Es kann nicht wahr sein, dass mir dieser Ganterlümmel eins vom Weihnachtsmann erzählt.

Es ist nämlich so, werter Herr Fuchs, wir beide leben in derselben Höhle, und das ist gut so.

Wie bitte? Wieso ist das denn gut?

Beißhemmung?

Keineswegs, Tölpel.

Nicht Tölpel, Brandganter.

Völlig wurscht.

Nicht völlig wurscht, erstens gibt es in diesen Breitengraden nur den Basstölpel, zweitens gehört der Tölpel zu den Ruderfüßern und ist eher in der Luft als an Land und da hauptsächlich zum Brüten, er kann vorzüglich fliegen, watschelt aber an Land wie betrunken, ich gehöre zu den Entenvögeln, bin in der Luft zwar keine Flasche, auf dem Boden aber ein Ass, außerdem watschle ich nicht tölpelhaft.

Ob Tölpel oder Ganter, du kannst dich schon mal als gefressen betrachten.

So redet nur einer, dem es ernst ist.

Schluss mit dem Gequatsche, du bist fällig.

Und tatsächlich, niemand redet mehr. Fuchs und Ganter stehen sich minutenlang gegenüber. Nichts geschieht. Der Fuchs dreht sich einmal um sich selbst, der Ganter schaut ihm unverwandt in die Augen. So eine Frechheit hat er noch nicht erlebt. Er ist außer sich.

Warum kann ich nicht, fragt der Fuchs.

Was? Was kannst du nicht?

Warum schaffe ich es nicht, dich ...

Mich zu töten?

Na ja, dich irgendwie ... zu überlisten?

Gute Frage, schließlich bist du schlau wie ein Fuchs.

Aber kein Fuchs, oder?

In diesem Falle muss ich sagen, du hast recht.

Warum schaffe ich es also nicht?

Beißhemmung?

Was? Ich? Das ist ja eine Riesenunverschämtheit.

Wie man's nimmt. Man könnte es auch als eine Riesenvernunftheit sehen.

Sag schon, woran liegt es, oder weißt du es nicht?

Die Sache ist ganz einfach. Füchse erlegen keine Beute im Umkreis von fünf Metern zu ihrer Höhle.

Und in ihrer Höhle?

Erst recht nicht.

Ich kann's nicht glauben.

Glaube ich dir, kannst du aber nachlesen.

Und warum nicht?

Weiß man nicht genau. Möglicherweise, damit nicht aus Versehen die eigenen Sprösslinge verspeist werden.

Und jetzt? Was machen wir jetzt?

Jetzt werden meine Gattin und ich hier in deiner Höhle unsere Jungen zur Welt bringen.

Und ich?

Du wirst bleiben und uns beschützen.

Ich falle in Ohnmacht. Und zu fressen habe ich auch nichts.

Wirst du aber haben. Dass wir in deiner Höhle sind, lockt Scharen von Futtervierbeinern an. Wir sind zu zweit plus Kleinvieh. Unser Geruch wird deinen überdecken, niemand wird dich wittern. Folgender Plan: Wir sind allein in deinem Bau, da kommt wer an und will uns fressen. Ich mache ein ordentliches Geschrei, du eilst herbei und erlegst den Eindringling, nachdem du ihn mehr als fünf Meter von der Höhle fortgejagt hast.

Klingt plausibel, denkt der Fuchs, allein fassen kann er es noch nicht.

So lebten sie dahin.

Franz ist ganz neidisch. Wie hast du dir nur eine so schöne Geschichte ausdenken können? Dir scheint das alles ja ein Kinderspiel zu sein, nur unsereins muss immer darüber hocken und zweifeln. Das ist wohl der entscheidende Unterschied zwischen einem Amateur und einem ... einem wie uns.

Fachwissen und Selbsterlebtes. Beides zusammen macht die Geschichte. Und übrigens war mir ein Buch über das Sozialverhalten von Tieren sehr nützlich, eine kleine Taschenfibel, die ich mir als Reiselektüre mitgenommen hatte. Der Zaube-

Vorschusslorbeeren wenn schon keinen Preis, so doch wenigstens ein bisschen Zeit. Ein gewagter Grenzgang ist das. Der so redet, könnte mit gespaltener Zunge reden. Alles könnte genau das Gegenteil dessen sein, was er behauptet. Er könnte das Publikum erst recht dazu veranlassen, auf jedes seiner Worte zu hören und diese genau zu prüfen, ob der Redner vielleicht vergessen hat, sie abzuwägen. Wir sind schon mittendrin. In diesen unseren modernen Zeiten wissen wir manchmal nicht, ob etwas bereits angefangen hat oder noch Vorspiel ist. Zwischen Krankheit und Sterben sind die Grenzen eingerissen. Die Krankheit ist bereits der Tod. Ein Symptom erscheint, und alle laufen darauf zu, niemand lässt sich den Schrecken anmerken. Es hat bereits angefangen. Es breitet sich aus. Da alles infiziert ist, sucht man nach dem noch nicht Infizierten. Alles wird verdächtig. Und diejenigen, die für den Virus verantwortlich sind, freuen sich, dass die Angst vor ihm größere Macht hat als er selbst. Das bereitet ihm den Boden. Ihm, der kommen wird. Es wird zumindest stets gesagt, er käme, er sei schon unterwegs. Und man findet ihn dann in den unverdächtigen Zeichen.

In einem Antiquariat fällt mir ein Buch mit goldgeprägtem Rücken auf. Mehr noch als die Goldprägung weckt die Typographie mein Interesse. Stilschrift, hat ihr Erfinder sie genannt. Ein tiefblau gefärbtes Buch mit goldenen Buchstaben. Auch die Front des Buches mitsamt der Titelvignette ist goldbedruckt. Die Seiten wie handgerissenes Bütten an den Rändern ausgefranst. Ein Buch von strahlender Schönheit. Beim Durchblättern fällt sofort eine kleine getrocknete Blume ins Auge, die der Vorbesitzer ins Buch eingelegt hat. »Die blume die ich mir am fenster hege« geht das dazugehörige Gedicht an. Rührend. Das Gedicht leuchtet mir sofort ein, augenblicklich wird es mein Lieblingsgedicht. Es beschreibt einen Vorgang, der nur allzu verständlich ist. Ein Stillleben, das keine weitere Übersetzungsleistung nötig zu haben scheint. Recht so, denkt man und hat mit der Blume gar kein Mitleid.

Dann lese ich das Gedicht ein zweites Mal – und verstehe es nicht mehr. Zumindest verstehe ich es jetzt anders. Ist das nun ein Zeichen für ein außergewöhnliches Gedicht oder für das Gegenteil? Das Gedicht fordert mich heraus, es Zeile für Zeile, Wort für Wort zu lesen. Was ist es, das mich herausfordert? Es muss etwas mit der »grauen scherbe« und der Handlung des willentlichen Zerstörens zu tun haben, die doch zunächst so begreiflich zu sein schien.

Was ist eine »Scherbe«? Ein irdener Blumentopf. Darin steht die Blume vor sich hin. Sie ist nicht draußen, sie ist nicht drinnen. Sie ist für sich. Eingefriedet, stillgelegt. Der da spricht, behauptet, sie in der »grauen scherbe« gut zu pflegen. Die Blume reicht aber den Abschied ein, sie will nicht mehr. Reimt sich »Scherbe« nicht schön auf »sterbe«? Das tut es. Graue Scherbe – gute Pflege: da stimmt was nicht, obwohl der Klang der Worte doch so geschwisterlich ist. Was Scherbe war, so weiß es der Alltag, war ein Ganzes. Das Ganze geht zu Bruch, was vielleicht ja keine Absicht war. Hier aber ist es Absicht. Scherben sollen doch Glück bringen. Hier bringt die Scherbe den Tod. Aber was ist mit diesem Tod? Er ist von der Blume selbst gewählt, will das Gedicht uns sagen. Er ist eine Trotzhandlung – ist die Blume, herausgenommen aus ihrer natürlichen Umgebung und dem Zyklus der Natur, nämlich »verwahrt vorm froste«, wie es im Gedicht heißt, doch selber Scherbe.

Der Dichter belässt es nicht bei diesem Stillleben. Er macht den, der da spricht, selbst zum Mörder. Und zu was für einem! Ist der Tod von der Blume selbst gewählt, beschließt der, der da spricht, den Zeitpunkt des Todes selber zu bestimmen. Doch wen mordet er da? Die Blume bloß? Die Blume »hängt das haupt als ob sie langsam sterbe« – wie Jesus sein Haupt am Kreuze. Das blumige Todesbild, überschattet von einem religiösen Wahrzeichen. Der Dichter hat es vielleicht als Stilisierung seiner selbst erkannt.

Ist der, der den Prozess des Blumentodes erzählt, nicht das Alter Ego ebendieser »blassen blume mit dem kranken herzen«? Wer also stirbt dann?

Das Gedicht kündet somit von einer narzisstischen Kränkung, die wiederum selbst aus einer narzisstischen Kränkung resultiert. Die Blume als Echo, die kein Echo mehr geben will: »Die kannst du knicken«, »das kannst du vergessen«, »das wird nichts mehr«.

Was sagt das Gedicht noch? Gibt es Schönheit und Erfüllung nur noch in der Erinnerung, so gilt es, diese aus dem Sinn »zu merzen«, vorzeitig Abschied zu nehmen. Will das Schöne nicht bleiben, soll es hässlich werden. Das Hässliche ist ein letztes Standfoto. Das Hässliche bewahrt uns vor dem Schönen. Weil tatsächlich das Schöne nichts als des Schrecklichen Anfang ist. Mit seinem Mord denkt der Blumenliebhaber, der Liebhaber der Liebe, wieder die Oberhand über das Objekt der Begierde zu erlangen. Aber ist diese Verzweiflungstat nicht Selbstmord? – des betrachtenden Dichters, steht doch die Blume auch für die Poesie.

Allerdings ist der Blick auf die Dinge immer zugleich schon ein Blick auf Vergehendes. Ein Blick, der die Dinge fixieren will auf ihre momentane Erscheinung, ist ein nachhängender Blick, er kommt nicht nach, er ist immer zu spät. Genau das bewirkt das Gedicht: Es hält die Erinnerung fest und gleichzeitig den Willkürakt. Beide lässt es nacherfahrbar werden. Schrift meißelt die Erinnerung ein, anstatt sie auszumerzen.

Droht jetzt Verzweiflung? Gibt es denn keinen Ausweg? Es gibt ihn – als Selbstrettung der Poesie. Die Poesie rettet sich, indem sie überhaupt da ist. Sie bedarf eines Höchstmaßes an Selbstbezüglichkeit. »Die blume die ich mir am fenster hege« ist ein Sinnbild der Melancholie, der Fensterblick der Poesie ihr unveränderlicher Standpunkt. Diese Poesie und ihr Dichter sind augenscheinlich in eine tiefe Krise geraten. Dieser Krise macht der Dichter den Prozess – als gleichmäßig gebautes Gedicht. Disziplin, meine Damen und Herren! Die größte Freiheit ist die Beschränkung. Ein Allgemeinplatz, ich weiß. Was also offeriert uns der Dichter zum Selbsttrost, zur Krisenbewältigung? Er schreibt die ganze Sache auf. Gut abgehangen. Nicht einfach drauflos. Er legt die Sache ins selbstgeleimte Prokrustesbett. Drei Quartette, kreuzweise gereimt, gefugt aus Elfsilbern, die fünfhebig nach dem Jambus tanzen.

Das Gedicht ist Bekenntnis und Rechtfertigung gleichermaßen. Hat der Dichter nun nichts mehr als »leere augen«, so kann er doch ein Seher sein, auch wenn der Verlust der Blume den Verlust der Gestirne bedeutet: Blind schaut er in eine »leere nacht«. Kommt jemand mit »leeren Händen«, kommt er ohne Geschenk. Die »leeren hände« hebt man als Geste des Flehens und Bereuens. Der Dichter hat nun zumindest dieses Gedicht als Geschenk, der Verlust ist in ihm aufgehoben:

Die blume die ich mir am fenster hege
Verwahrt vorm froste in der grauen scherbe
Betrübt mich nur trotz meiner guten pflege
Und hängt das haupt als ob sie langsam sterbe.

Um ihrer frühern blühenden geschicke
Erinnerung aus meinem sinn zu merzen
Erwähl ich scharfe waffen und ich knicke
Die blasse blume mit dem kranken herzen.

Was soll sie nur zur bitternis mir taugen?
Ich wünschte dass vom fenster sie verschwände.
Nun heb ich wieder meine leeren augen
Und in die leere nacht die leeren hände.

Mein lieber Werfel, sagt Golo, ein ganz vortrefflicher Vortrag, der doch einiges auf den Punkt bringt, das heißt, diesen Punkt gekonnt umspielt. Ich gehe mal davon aus, das Gedicht ist aus eigener Feder, und seinen so brennend aktuellen Bezug wollten Sie mit der Einkleidung in längst vergangene, in goldgeprägte Tage verhüllen. Und das ist es ja, was von Deutschland bleibt, eine leere Nacht. Deutschland, eine leere Nacht, muss es heißen. Wo WIR sind, hängen die Sterne. Und mit leeren Händen kommen wir gewiss nicht. Wir bringen den aufgeklärten Abend. Amerika ist unser Morgenland.

Mich macht doch ein bisschen traurig, mischt Heinrich sich ein, dass uns so weihevoll zumute ist. Wir torkeln auf dem Narrenschiff und sind unser eigener Bestatter. Da muss doch eine ganz neue Sprache gefunden werden, mit diesem Arschloch und seinen gläubigen Arschkriechern können wir doch nicht um den Anschluss an die tiefe, die wahre Tradition ringen wollen. Was er nicht will, sind wir. So einfach ist das. Wir müssen aber vorbauen, wir müssen überspringen lernen.

Eine Beerdigung

Ich bin der Koch. Dann stirbt der Kapitän. Das Schiff ist richtungslos. Der Kapitän ist tot. Die Mannschaft tritt vollzählig an. Teilnahmslos. Der tote Kapitän liegt mittig auf Deck. Die Mannschaft umschließt ihn. »Der Tod ist nichts Schreckliches. Man fällt ins Träumen, und die Welt verschwindet«, sagt Norbert, der Älteste. Das ist alles, was gesagt wird. Niemand stellt eine Frage. Alle bleiben da. Auf Deck. Nicht alle erkennen in dem Mann da ihren Kapitän. Zwei geben vor, diesen Mann noch nie gesehen zu haben. Einige wissen nicht recht, warum sie angetreten sind auf Deck. Noch andere geben wortlos zu verstehen, sie seien wohl besser unter Deck geblieben. Unbemerkt wie immer. Andere werden erst jetzt entdeckt, anwesend zu sein. Diese versuchen, nicht anders zu sein. Schau hierhin, schau dahin, sei unsichtbar. Andere sind unverhohlen unverschämt. Was geht mich der Kapitän an. Der ist doch augenscheinlich tot. Und machen Anstalten, wieder unter Deck zu verschwinden. Dann herrscht ein gegenseitiges Zigarette anzünden. Auch Nichtraucher rauchen jetzt. Männer, die sich vor Jahren das Rauchen abgewöhnt haben, rauchen trotzdem. Gut also, der Kapitän ist tot. Wohin soll das Schiff nun fahren? Wer führt das Logbuch? Wer ist das Schiff? Die Augenlider des Kapitäns springen immer wieder auf. Wie sollen wir einen neuen Kapitän bestimmen, wenn unserem Kapitän die Lichter nicht ausgehen, wenn seine Augendeckel immer wieder hochspringen. Der sieht uns ja zu. Keiner will den Kapitän machen. Etwas ganz anderes wäre es ja gewesen, man wäre ohne Kapitän in See gestochen. Ohne Kapitän keine See, was klar ist. Man könne den Kapitän ja zu den Vorräten in die Speisekammer legen. Auf Eis legen, tatsächlich. Beerdigung an Land, selbstredend. Der Kapitän taucht aufgetaut auf und wird beerdigt, ganz wie es sich gehört. Wer aber traut sich dann in die Vorratskammer, die Mannschaft zu versorgen, wenn darin auf Eis der Kapitän liegt. Niemand traut sich da hinein, wenn hinter dieser Tür der Kapitän liegt. Geh nicht dort hinein, hinter dem Verschlag tanzt der tote Kapitän. Das ganze Eis wird er mit der Zeit aufgebraucht haben, das Eis wird unter ihm weggeschmolzen sein, er wird anfangen, ganz übel zu riechen, die Vorräte werden verfaulen, es wird ein unerträglicher Gestank sein überall, der Kapitän wird auseinanderfallen, verfaulte Luft wird ein getreuer Wegbegleiter sein, Ratten kommen an Bord, von überall her, woher wir es gar nicht vermuten, kommen Ratten an Bord, die Ratten werden sich zunächst in alle Ritzen verkriechen, bis es einem von uns dann schwindelig wird, dann kommen sie raus, sie warten nur darauf, dass er umfällt, dann fallen sie über ihn her, sein Körper wird durch die Kleidung gewachsen sein, bei lebendigem Leibe fressen die Ratten ihn auf, nein, ein toter Kapitän ist ein Problem. Der tote Kapitän muss weg. Er soll beerdigt werden. Es stellt sich aber heraus, dass noch niemand so etwas gemacht hat. Der nicht auszurottende Funken Anstand. Nach kurzem Meinungsaustausch beschließt die Mannschaft, der Kapitän müsse versenkt werden. Da man kein sonstiges Holz zur Hand hat, wird die verwaiste Kapitänskajüte hergenommen. Ein Sarg wird gezimmert, der Kapitän hineingelegt und Sarg mitsamt Kapitän über Bord geworfen. Da dies aber bei voller Fahrt geschieht, schlägt der frischgezimmerte Sarg hart auf dem Wasser auf und geht in Stücke. Ein Teil der Mannschaft ist dafür, den bereits nach wenigen Sekunden oben auf dem Meer treibenden Kapitän sich selbst zu überlassen. Der andere Teil der Mannschaft aber sieht schon die Haie und drängt, den Kapitän wieder an Bord zu holen. Nach kurzer Debatte wird dieser aus dem Wasser gehakt und über die Reling aufs Schiff gezogen. Man legt ihn wieder mittig aufs Deck, um das weitere Vorgehen zu beraten. Das Holz wird aus dem Wasser gesammelt, den Sarg zimmert man wieder zusammen. Jemand bemerkt, der Kapitän habe keine Kapitänsmütze mehr. Das schicke sich nicht. Bei seiner eigenen Beerdigung dürfe der Kapitän nicht seiner Kapitänsmütze verlustig gehen. Er könne nur mit Kapitänsmütze beerdigt werden. Ob er denn ins Wasser springen und die Kapitänsmütze vom Grund des Meeres fischen wolle, wird dieser gefragt. Schon gibt er Ruhe. Der Kapitän ist viel zu leicht, freiwillig bleibt der nicht im Meerbett liegen, sagt irgendjemand. Die Mehrheit sieht das ein. Also muss der Sarg innen mit einem massiven Gegenstand beschwert werden. So viel Platz ist da noch, in der Holzbude. Gut, so soll vorgegangen werden. Die Wahl fällt auf die marmorne Weltenkugel des Kapitäns, in deren Betrachtung dieser in Stunden schwereloser Freizeit versunken war: Lief das Schiff gerade in Glogau ein, war der Kapitän schon längst im Kaspischen Meer. Diesmal wird das Schiff angehalten, aus dem ersten Stapellauf des Sarges hat man gelernt. Sachte fällt der präparierte Sarg ins Meer. Noch im Fallen aber durchschlägt die innen am Fußende liegende, beim Anheben des

Sarges jedoch ein Stück weit zum Kopfende wieder zurück gegen die Füße des Kapitäns gerollte Weltkugel den Sarg und
versinkt mit einem Schlag sofort im Wasser, der Kapitän entfleucht durch das Loch, das Unternehmen ist abermals gescheitert. Auf die bewährte Art und Weise wird der Kapitän
wieder an Bord gebracht, allerdings verfängt sich der Haken
im Unterkiefer des hochverdienten Mannes, der das gesamte
Körpergewicht natürlich nicht stemmen kann und ohne Umstände abreißt. Wohin mit dem am Haken aufgespießten Unterkiefer? Man beschließt, ihn beiseite zu legen, um ihn später
wieder an den Mann zu bringen. Ein letzter Versuch soll unternommen werden, den Kapitän artgerecht der Natur zu
überlassen, ohne ihm weiteren Schaden zuzufügen. Man holt
ihn ein zweites Mal an Bord zurück. Derweil hat der Schiffs-
hund den Unterkiefer wiedererkannt, den der Kapitän immer
herunterklappte, den Hund zu kommandieren. Die obere
Reihe seiner Zähne schwimmt seit Tagen in einem Wasserglas.
Das war der Mannschaft immer peinlich. Jeder wusste, dass
dem Kapitän die obere Zahnreihe fehlt. Es hielten sich zumindest Gerüchte. Er hat sich ersatzweise eine neue obere
Zahnreihe anfertigen lassen, hieß es immer. Und zwar inoffi-
ziell. Niemand in Europa hatte zu diesem Zeitpunkt dritte
Zähne. Das Ganze ist ja auch schon ewig her. Es herrschten
raue Sitten. Dritte Zähne – das wäre so was wie Gesichtsverlust gewesen. Eine Revolution. Auch für den Kapitän war das
neu. Mutmaßlich deshalb hat er die obere Zahnreihe stets vergessen anzulegen, wenn er auf Deck erschien. Weil es zu neu
war. Er hätte einen Zahnersatzerinnerer anstellen müssen, ab-
kommandieren müssen. Da fragt sich aber, was peinlicher gewesen wäre. Kapitän sein ist nicht so kompliziert. Ein Kapitän
befehligt ja nur, wohin man geradeaus fährt. Und wer mitfährt. Oder wer nach einiger Zeit noch mitfahren darf. Wer
über Bord muss. Wer noch zur Mannschaft gehört. So einer
war unser Kapitän nicht. Was spätestens mit seinem Tod klar

war. Selbst aber mit seinem Tod war das nicht der ganzen Mannschaft klar. Es gibt immer einige, die nicht wissen, dass sie zur Mannschaft gehören. Auch jetzt, da ein zweiter Versuch gescheitert ist, den Kapitän seemannsgerecht zu beerdigen, knüpfen einige Matrosen ihr weiteres Matrosensein an die Bedingung, dass der Kapitän für immer untergeht. Und zwar restlos. Nicht alle waren Zeugen der Geschichte mit dem Unterkiefer. Unter diesen gibt es Stimmen, die diese Geschichte für übertrieben halten. Andere sehen es als Beweis an, dass der Unterkiefer tatsächlich fehlt. Wieder andere wollen einen Hund an Bord noch nie gesehen haben. Der Hund wird gesucht und nicht mehr gefunden. Seit dieser Geschichte mit dem Unterkiefer taucht er nicht mehr auf. Es hält sich nun die These, das Schiff müsse so schnell wie möglich fahren, damit der Sarg, wenn er über Bord stürzend das Wasser berührt, auf dieses nicht aufschlägt, sondern ganz sacht und ohne Schaden zu nehmen aufgleitet. Diese These wird allgemein für stichhaltig befunden, allein der Plan einer entgegengesetzten Strategie wirkt auf die Mannschaft überzeugend. Das Gegenteil bewirkt das Gegenteil, sagt der Volksmund. Während sich manche über diesen Satz noch die Haare raufen, sind andere bereits wieder dabei, den Sarg für eine neuerliche Bestattung instand zu setzen. Einige Holzlatten des Sarges fehlen, andere erweisen sich mittlerweile als unbrauchbar. Diesmal trügt die Hoffnung nicht, diesmal ist es eine endgültige Seebestattung. So ist man bereit, ein paar Bohlen aus dem Schiffsdeck zu opfern. Das entstandene Loch gedenkt man im nächsten Hafen auszubessern. Bis dahin wird die Stelle als unpassierbar gekennzeichnet. Die Mannschaft ist stolz. Sie hat den schönsten Sarg der Welt gezimmert. Nach fünf Stunden ununterbrochener Arbeit werden Säge und Hammer niedergelegt. Der Boden des Sarges wird mit Eisenplatten aus dem Heizraum ausgelegt. Das macht ihn schwerer. Meeresbodenschwer. Die Platten waren nutzlos am Heizkessel angeschraubt. Mit entsprechendem

Werkzeug ließen sie sich mühelos entfernen. Jetzt muss der Holzlack noch trocknen, dann wird der Kapitän ganz passgerecht ins Sargbett gelegt. Ein Schmuckstück, ein veritabler Sarg. Der Deckel wird aufs Sargbett aufgeschraubt. Am Deckel sind vier Griffe angebracht. An diesen heben vier Männer den Sarg samt Kapitän in die Luft. Der Deckel hält. Das Schiff nimmt Fahrt auf. Der Heizer kommt mit dem Schaufeln nicht nach. Noch nie hat er einen so gefräßigen Heizkessel gesehen. Bald schon drohen die Kolben das Deck zu zerschlagen. Der Rauch, so schwarz. Noch ist es nicht so weit, das Schiff muss an Fahrt noch zulegen. Ein zweiter Mann wird zum Einheizen abkommandiert. Der Wind dreht, es ist stark laut. Es scheint den Kolben an Schmiere zu fehlen, alles schlägt trocken auf, wird bald das Schiff in Grund und Boden hämmern. Als wäre das Ganze ein Aufruhr des Körpers, pressen die an Deck Stehenden ihre Unterarme gegen den Bauch. Der Bauch, darin der Kolben schlägt. Die Walze, die schlagende Welle. Gleich knallt es, gleich fliegt der Besatzung das Schiff um die Ohren. Verpuffung im Heizraum. Ein Heizer ist umgefallen. Nahtlos wird er durch einen anderen ersetzt. So schnell muss das Schiff noch werden, dass niemand mehr den Kapitän, den Sarg beachtet. Es muss noch schneller gehen. Das kann es beim besten Willen noch nicht gewesen sein. Es ist schon so, dass das Schiff die ganze Breite des Meeres einnimmt. Die Kohle, ruft einer, die Kohle geht aus. Richard heißt der neue Heizer. Er ist bärenstark, und so wächst das Schiff über sich hinaus. Es fliegt. Alle sind zufrieden. Man staunt. Das rast das Meer hinunter, das Schiff. Die Kohle, ruft der eine, die Kohle geht aus. Es ist etwas umfassend Schönes, so in Fahrt zu sein. Man schaut sich um. Das Meer, ganz klein. Das Schiff, vornweg. Wohin?, fragt sich die Mannschaft aus einem Mund, geht die Reise, und wer ist unser Reiseleiter? Eben. Der Kapitän in seinem Sarg ist gegen die Reling gerutscht. Jetzt wird der Sarg gestemmt. Gegen den reißenden Wind gestemmt. Führe das Schiff nicht so fliegend schnell, es müsste Windstille sein. Die Kohle, ruft der eine, die Kohle geht aus. Was willst du? Der Rufer ist mittlerweile auf Deck erschienen, die Kohle sei bereits so knapp, dass ein Heizer vor Ort genügte, die Arbeit werde wohl auch ihm bald ausgegangen sein. Der Kapitän müsse augenblicklich über Bord, sonst verliere das Schiff entscheidend an Fahrt. Sofort ist der Kapitän über Bord. Im Augenblick verliert das Schiff an Fahrt. Der Sarg, tatsächlich sacht auf dem Wasser gelandet, schwimmt obenauf. Kurz eingetaucht, ist er aus dem Wasser wieder herausgesprungen. Der Sarg ist ein wasserdichtes Boot. Trotz Eisenplatten kann er nicht untergehen. Der Lack, sagen die einen. Die Rundform, die anderen. Der Sarg ist so dicht, da kann unser Kapitän keinen Atemzug mehr tun. Einige kann er noch tun, es ist ja kein Vakuum innen, es kommt nur keine Luft mehr rein, keine zusätzliche zu der, die schon drin ist, die mit dem Anschrauben des Sargdeckels hineingekommen oder aus dem Gesamtsarg nicht entwichen ist. Ersticken oder ertrinken, diskutiert die Mannschaft. Während der rasenden Fahrt vertäut, damit er auf Deck nicht herumgeschleudert wird, schleppt das an Fahrt verlierende Schiff den Sarg nun hinter sich her. Die Mannschaft steht jetzt vollzählig erschienen an der Reling und starrt auf das Tau, das man in der gebotenen Eile zu kappen vergessen hat. Dann stottern die Kolben, ein letzter Rest Kohle heizt den Kessel ein, ein letzter Dampf, das Schiff hat keinen Antrieb mehr. Windstille. Das glatte Meer, ein Spiegel des Himmels. So verharrt die Mannschaft wohl zehn Minuten, ohne den Blick vom Tau und dem auf dem Wasser treibenden Sarg zu lassen. Selbst mit der Sache nichts zu tun haben wollen ist nun sinnlos geworden. Dem Schornstein entweicht eine letzte Wolke. Das glatte Meer, das antriebslose Schiff. Kein Dampf, der aus dem Maschinenraum dringt. Kein Menschenwort überall. Ein bellender Hund. Der nächste Hafen, ferne Zeit. Das brisenlose Meer treibt nichts voran, die Wanne steht in sich selber still. Der Sarg schwimmt auf den Schiffsrumpf zu. So still. Das Tau ist kaum noch straff, abgetaucht wie eine Wasserschlange. Kohle aus, Wind aus, Meer aus. Wie weiter? »Wer da? Als ob? Nur so?«, ruft Uwe, der Jüngste. »Rausholen«!, schnauzt einer. Rausholen, Ende machen! Diesmal verbrennen. Rausholen. Reinwerfen, reicht. Kommt nicht in Frage. Wenn er aber nicht untergehen will. Den Kapitän trifft keine Schuld. Er ist aber tot und will nicht untergehen. Das hat mit Wollen nichts zu tun. Verbrennen ist aber unmöglich. Das sind wir ihm wirklich schuldig, ihn nicht zu verbrennen. Die Asche übers Meer, das wäre eine ordentliche Seebestattung. Von Seebestattung ist nie die Rede gewesen. Plötzlich ist er aber gestorben. Ein Kapitän stirbt nicht so einfach, sonst wäre er nicht Kapitän. Vielleicht ist er ja gar nicht tot, sondern hat bloß sein Gebiss verloren. Samt Unterkiefer, oder? Es kommt nicht in Frage, eine Feuerbestattung kommt nicht in Frage, unser Kapitän ist ja nur zur See gegangen, weil dort immer Wasser ist, das können wir ihm jetzt nicht antun, ihn bei Leibe zu verbrennen, wo er doch extra zum Wasser gegangen ist, weil er ja Angst vor dem Feuer hatte, und jetzt soll er verbrannt werden auf offener See, mich ekelt. Das geht so eine Weile hin und her. Es tut den Leuten gut, dass etwas hin und her geht, da können sie mit den Augen folgen, da sind sie aufmerksam und abgelenkt. Fliegen sind lästig. Sie irren umher auf offener See. Sie landen. Sie wissen nicht wohin. Das kümmert sie nicht. Sie landen. Man jagt sie fort, sie kommen wieder. Fliegen sind das Meistverjagte. Wer hat die Fliegen an Bord gebracht? Du, Jean-Paul? Warum ich? Der Schraubenzieher wartet. Die letzten Zigaretten sind längst geraucht. Was dem Feuer entkam an Deck, ist nass geworden. Keine Kohle glimmt im Kessel, das letzte Streichholz abgebrannt. Das Tau wird eingeholt. Der Sarg hat jetzt die Schiffswand erreicht. Auch mit vereinten Kräften gelingt es nicht, ihn samt Kapitän an Bord zu ziehen. Kaum anheben, aus dem Wasser hieven lässt er sich. Die Eisenplatten. Deren Wegnahme den Heizkessel schließlich zusammenfallen ließ. Wo schon keine Kohle mehr da war. Kein Kompass, kein Antrieb. Nach einem ohne Eifer geführten Disput lassen sich drei kräftige Matrosen am Tau hinab auf den Sarg. Es gelingt ihnen, den Deckel aufzuschrauben, die Schrauben hatte man mit Leibeskräften so fest als irgend möglich angezogen. Im Innern liegt friedlich der Kapitän. Einer hatte die Sargwände noch fein mit Stoff ausgekleidet. Tischtuch und Polster aus der verwaisten Kapitänskajüte. Kein Kran, den Sarg hinaufzuziehen. Er soll wieder an Bord, er soll wieder unser Kapitän sein, tot oder tot. Das Tau wird vom Sarg gelöst, um den Oberkörper des Kapitäns geschlungen und verknotet. Unser Kapitän will in einem Sarg nicht beerdigt werden, sagt die Mannschaft. Der Kapitän wird jetzt hochgezogen. Nachdem er wieder unter den Seinen weilt, wird das Tau zurück zu den drei Matrosen geworfen, die den Sarg vertäuen und einer nach dem anderen an Bord klettern. Der Kapitän wird neben die kleine Bordkanone gesetzt. Ganz nach vorne an den Bug. Da ist der Hund wieder. Kaum hat der Kapitän eine Sitzposition gefunden, die ihm erlaubt, nicht umzukippen, gesellt sich der Hund zu ihm. Er wird nicht von seiner Seite weichen. Am Abend kommt Wind auf. Über Nacht wird ein Unwetter aufziehen. Die Matrosen gehen irgendwelchen Beschäftigungen nach. Es scheint beschlossene Sache, die Beerdigung des Kapitäns aufzugeben. Der Wind treibt das Schiff an. Warme und kalte Luft im Wechsel. An diesem Abend wird es schneller dunkel als sonst. Wolkenbruch am Horizont. Regenbogen, Wellengang. Die Sonne verglüht. Die Mannschaft fragt, was es zu essen gibt. Es gibt noch getrockneten Fisch. Und Brot. Schnaps macht die Runde. Sonne unter. Der Wind ist nun so stark, dass ein Großteil der Mannschaft sich unter Deck verkriecht. Dunkelheit. Windriss. Das Schiff ist in den Horizont gefahren. Der Wellengang plötzlich so heftig, dass Wasser aufs Deck flutet. Da geht der Himmel auf und schüttet Regen aus, so viel wie das ganze Meer. Blitz und Donner. Den Kapitän hält es nicht mehr auf seiner Position, vom Sturm gedreht, kippt er zur Seite und reißt im Fallen die Kanone herum. Diese zeigt nun auf die Mitte des Schiffs. Im gleichen Moment schlägt ein Blitz in die Kanone ein und setzt die Lunte in Brand. Eine Kanonenkugel von der Größe der Weltenkugel des Kapitäns zertrümmert den Schiffsschlot, durchschlägt Deck und Heck und verschwindet im Meer. Sofort dringt Wasser ins Schiff. Wenige Augenblicke später kann kein Zweifel darüber bestehen, dass das bereits krängende Schiff sinken wird. Die Mannschaft ist besoffen. Ich zögere keinen Moment, mich das Tau hinunter auf den Sarg zu hangeln, der unversehrt geblieben ist. Ich kappe das Tau. Der Sarg entfernt sich vom Schiff. Gleich werde ich nicht mehr zu sehen sein. Ich bin der Koch. So still ist das Wasser nicht.

Heinrich steht da, das Manuskript in der Hand, als habe er soeben das Schlusswort zu einer Sache gesprochen, die noch nicht genau zu erkennen ist. Ohne Zweifel steht etwas im Raum, da ist etwas, an dem keiner vorbeikommt, es ist aber nur in Umrissen zu erahnen, noch kann nicht entschieden werden, ob es ankommt oder wegzieht. Als müsse noch nachgehorcht werden, ob die Signale vielleicht falsch vernommen worden sind, eine erleichtert zur Kenntnis genommene Täuschung, man will aber erst mal abwarten, ob es nicht doch wieder aufzieht, deutliche Zeichen der Erleichterung wären also völlig unangebracht, eine Taktlosigkeit. Eine Abendgesellschaft eben, die untergeht, und das Geschrei ist groß, dann ist sie untergegangen, und kein Schwein fragt mehr nach ihr, so ist das eben, wenn man untergeht, oder die Gesellschaft kommt nochmal davon, rückt die Krawatten zurecht, entdeckt Schuppen im Haar, entfernt die Schuppen so unauffällig wie mit größter Sorgfalt, zückt die ersten harmlosen Geschäftsgespräche zum Wieder-warm-Werden, wechselt schnell Tonlage und Gesicht, schließlich ist ja nichts passiert, und wird endlich wieder genauso unverschämt und prassend wie sie sich selber kennt und dazu steht, so sind wir. Wenn aber dann der so harmlose Zwischenfall sich als wiederholt einstellende und jedes Mal eindringlicher werdende Vorwarnung erweist, die Schatten sind keine Gespinste, sondern Schatten, eine Absenkung, die auch beim wiederholten Hinschauen und Überprüfen genau an derselben Stelle auftaucht, es ist genau da, wo du hinzeigst, dann ist es wieder nicht, dann ist es wieder da, du schaust weg, du schaust hin, da, weg, das Herz beginnt zu rasen, setzt aus, rast, also doch, denkst du, also doch. Es müsste längst Aufbruchstimmung herrschen, aber niemand geht, niemand erhebt sich. Wohin sollte man denn gehen wollen, liefe man ins Verderben doch von überall her mitten hinein. Jetzt kann man noch einmal Souveränität ausstrahlen, Überlegenheit markieren, diese letzten schönen Sekunden gehören einem ganz. Eine letzte Zigarre wird angezündet, wenn auch im Bewusstsein, sie nicht mehr zu Ende zu rauchen. Es wird noch einmal Liebe bekundet und Verzeihung ausgesprochen dem gegenüber, der mit einer solchen Hinwendung nicht hätte rechnen können. Plötzliche Weisheit überfällt einen, und man kann ein wenig lachen, in dem sicheren Gefühl, dass sie auch wieder geht. Solche Dinge stehen im Raum.

Dann wendet sich das Schweigen, zunächst von herrlicher Frechheit, um. Heinrich, kurz zögernd, ob er nicht besser gehen solle, setzt sich.

Na, das sind ja schöne Aussichten, meldet sich Alma zu Wort, nachdem erst einmal ausgiebig Ratlosigkeit herrschte.

Heinrich, wie man ihn gar nicht kennt, lacht Golo.

Wie er sich selbst aber auch nicht kennt, nicht wahr, Heinrich? Franz klingt doch ein wenig verärgert. Die Manns haben ihm heute irgendwie zugesetzt.

Da kannst du ganz beruhigt sein, lieber Franz, die Dichter sind am wenigsten dazu berufen, über die Dichter zu sprechen. Alma hat beschlossen, in dieser Angelegenheit das letzte Wort zu behalten.

Das war doch ein bedenkenswertes Schlusswort, sagt Golo und erklärt die Runde für aufgehoben.

Und unser Florenz?, fragt Alma.

Das haben wir doch heraufbeschworen.

Warum erzählt man Geschichten? Zur Angstbannung. Das ist die ganze Entzauberung.

Das Schiff fährt noch. Heinrich steht an Deck. Kann es sein, dass die Luft wie ausgewechselt ist?, denkt er. Es riecht ganz tadellos.

Nach dem Tod meiner Mitarbeiterin M. S.

Die *Annie Johnson* verlässt am vierzehnten Juni neunzehnhunderteinundvierzig den Hafen von Wladiwostok. Fünf Wochen später wird sie in San Pedro einlaufen. An Bord befindet sich ein Mann, dem es nicht völlig gleichgültig ist, wohin es ihn verschlägt, der aber am liebsten dort, wo er sich gerade aufhält, drei größere Schreibtische vorfindet, an denen er direkt mit der Arbeit beginnen kann. Der Mann heißt Brecht. In Dänemark und Schweden hat es ihm gut gefallen. In Russland wollte er nicht bleiben. Wer Gedanken hat, lebt dort gefährlich. Und der Wind schlägt zu leicht um. Jetzt ist er bald in Amerika. Er kann förmlich riechen, dass dieses Amerika mit dem Amerika seiner Jugend nichts zu tun haben wird. Das Amerika seiner Jugend hat er nie gesehen. Unterwegs wurde zur Gewissheit, was viele vermutet hatten, der Hitler-Stalin-Pakt ist bloße Makulatur, das Papier nicht wert. Die Nazis sind schnurstracks in die Sowjetunion einmarschiert. Schon gehen Wetten, wie weit sie wohl kommen werden. An Bord ist man sich nicht sicher, ob man selbst noch einmal Land sehen wird. Könnte man doch durch das Boot sehen, bis auf den Meeresgrund, dann fühlte man sich sicherer. Im Nordatlantik treiben die U-Boote der Nazis ihr Unwesen, so blieb der schwedischen *Johnson*-Linie nur der Pazifik. Das Frieden schließende, das friedlich machende Meer. Ein langer, schmaler Frachter zwischen Russland und Amerika, zwischen Wladiwostok und San Pedro. Fuhrmann und Fährmann, Pazifik, nicht Lethe. Der

Frachter vermittelt immerhin eine gewisse Sicherheit. Sein weißer Kabinenaufbau hat sogar etwas Mondänes, die schwarze Kabinenfront verleiht dem Unternehmen Würde. Es lässt sich wohl aushalten. Brecht teilt die Sorgen der anderen, sucht nach Beschwichtigungen, rät dazu, viel Tee zu trinken, das beruhige und fasse die Aussicht in ein anderes Licht. Auf Deck mag er nicht lange bleiben, der Wind jagt ihm die Zigarre aus dem Mund, zumindest treibt er die Glut zu schnell in den Tabak oder, schlimmer noch, reißt sie ganz ab. Einmal ist Brecht an Deck erschienen, die brennende Zigarre im Mund, da entreißt ihm der Wind die Glut, die sofort wegschießt und der hinter ihm in einem Liegestuhl schlafenden Berlau durch ihr aufgeschlagenes Tagebuch ein Loch in die Wolldecke brennt. Brecht, gegen den Wind aufgebracht, sucht mit den Augen die Glut, sieht diese, nachdem sie in die Wolle getropft ist, deutlich verlöschen, erkennt Berlau, sieht, dass sie, ohne weiteren Schaden genommen zu haben, ruhig weiterschläft, und steigt die Leiter wieder hinunter. Und die Weigel? Die Weigel, seine Frau, ist bei den Kindern in der Kajüte geblieben. Der Frachter verfügt über eine Art Bordkantine, Brecht bestellt sich einen starken Kaffee und setzt sich an einen Tisch. Wann habe ich eigentlich das letzte Mal geweint, fragt er sich. Er ist sich nicht ganz sicher, ob das nicht jetzt in diesem Moment sein wird. Er wartet. In der Stimmung wäre er schon, allein die Tränen kommen nicht. Gegen seine sonstige Art überlegt er, dem Kaffee einen Whiskey folgen zu lassen. Er steht auf und bestellt sich einen Doppelten. Nicht geübt im Whiskeytrinken, erkennt er sofort, dass dieses braune Gebräu keiner ist. Ich bin hier nur transit, sagt sich Brecht, und dieser Geschmack ist auch nur flüchtig. Noch einen Doppelten, bitte. Whiskey oder nicht Whiskey, beim dritten Doppelten ist das nicht einmal mehr eine untergeordnete Frage. Auf der Suche nach einem Feuerzeug ertasten seine Finger in seiner Jackentasche etwas Raschelndes, Knisterndes: dünnes Papier, das er vor ein paar

Tagen hastig dort hineingesteckt hatte, in der Hoffnung, es so schnell wie möglich zu vergessen. Nachrichten aus Moskau, die er einfach nicht wahrhaben wollte. Warum hat er das Papier nicht gleich weggeworfen? Einmal muss dieser Kinderglauben doch Realität werden können, dachte Brecht, und dann werden sich die Nachrichten zum Guten gewendet haben, wenn er sie das nächste Mal aus der Jackentasche hervorholt. Brecht zögert. Vielleicht ist es noch nicht so weit. Der Wortlaut des Papiers hat sich vielleicht erst mit der Ankunft in San Pedro ins Gegenteil verkehrt. Man soll das Schicksal nicht herausfordern, denkt Brecht, da zieht er schon das Papier aus seiner Jackentasche heraus. Es sind zwei dünne Blätter, mit Schreibmaschine beschrieben. Er legt sie, mit der Schrift nach unten, vor sich auf den Kantinentisch.

Am vierten Juni gegen zweiundzwanzig Uhr, der sibirische Express auf seiner zehntägigen Fahrt von Moskau nach Wladiwostok hat soeben den Baikalsee hinter sich gelassen, überbringt der Schaffner ein russisches Telegramm, das Brecht minutenlang in Händen hält. Während eines Zwischenaufenthalts in Ulan-Ude, die Gelegenheit muss ausgenutzt werden, nun muss man nicht gegen den Lärm der Räder anbrüllen, übersetzt ein Mitreisender Wort für Wort. Brecht schreibt mit, ohne zunächst ganz genau zu begreifen, was er sowieso nur noch zur Kenntnis nehmen kann: »Acht Uhr morgens, Grete bekam Ihr Telegramm und las es ruhig, um neun Uhr morgens starb sie. Mit tiefem Mitgefühl und Gruß, Ihre Hand Fadejew, Apletin.« Kurz und bündig. Und die Hacken zusammen. Michael Apletin, der Leiter der Ausländischen Kommission im sowjetischen Schriftstellerverband, zuständig auch für deren deutsche Sektion; Alexander Fadejew, der allmächtige Generalsekretär des sowjetischen Schriftstellerverbandes. Hat Brecht denn so sicher sein können, dass er unbehelligt in die USA einreisen, dass der Terror nicht auch ihn fressen wird? Mit seiner neunzehnhundertsiebenunddreißig brieflich geäußerten Bitte an Feuchtwanger, er möge sich doch einmal beim Sekretariat Stalin nach der Neher erkundigen, schwante ihm da nicht schon, dass auf nichts so sehr Verlass ist wie auf die Unwägbarkeit. Heute König, morgen tot. Heute Ankläger, morgen Angeklagter. Aber haben die Moskauer Prozesse nicht »mit aller Deutlichkeit das Bestehen aktiver Verschwörungen gegen das Regime erwiesen?«, fragt Brecht. Das Volkskommissariat für innere Angelegenheiten, kurz ›NKWD‹, verantwortlich für den staatlichen Terror und die großen Säuberungsaktionen, führt Brecht in den Akten über Maria Osten als »Trotzkist«. Für Gefängnis oder GULAG reicht das allemal.

Und dann ist da noch das andere Telegramm, das Brecht mit sich führt, das er nie vergessen wird. Auf der Fahrt von Wladiwostok nach Moskau habe er am fünften Juni des Jahres auch eine Nachricht von »Maria Grässhöhner« erhalten, wie er Maria Greßhöner, die Freundin und Sterbebegleiterin von Margarete Steffin, in seinem Arbeitsjournaleintrag vom dreizehnten Juli schreibt. Maria Greßhöner nennt sich selber Maria Osten – eine Hommage an die Sowjetunion. Am sechzehnten September neunzehnhundertzweiundvierzig wird Maria Osten in Saratow wegen angeblicher Spionage erschossen. »Grete wünschte nicht zu sterben, dachte nur zu leben.« So einfach diese Sprache auch ist, denkt Brecht beim erneuten Lesen, so geradewegs führt sie doch ins Herz und fasst da ein ganzes Leben zusammen ohne zu lügen, nur weil sie uns anfasst, die Sprache. »Bat um Bücher. Dachte an Sie. Sie hatte den Wunsch, bald gesund zu sein und Ihnen nachzufahren.« Sie zurückzulassen war unumgänglich, versichert sich Brecht. Sie hätte die Zugfahrt von Moskau nach Wladiwostok nicht überlebt, die Strecke Helsinki–Moskau endete im Zusammenbruch, denkt Brecht, das Risiko war zu groß, in der Moskauer Lungenklinik ihre Versorgung sichergestellt. Maria schreibt weiter: »Nach der nächsten Nacht frühstückte sie ruhig, las gut Ihr Telegramm und bat um Champagner.« Champagner. Für eine Todkranke. Was habe ich ihr nochmal geschrieben? Es löste Champagner aus. Ein letztes resigniertes Aufbäumen, vielleicht. Sie wusste, dass sie Deutschland nicht mehr wiedersieht. Sagt man Sterbenden, die noch bei klarem Bewusstsein sind, nicht nach, sie hätten kurz vor ihrem Tod die hellsten Momente und würden Dinge äußern, über die sich alle wundern, nur sie selbst nicht? Ein letztes Mal ein Wolkenbruch, ein letzter voller Sonnenschein, und manchmal sehen die Menschen so aus, als würden sie gleich ihr Bett verlassen, so gesund sehen sie aus. Wie hat sie in diesen Momenten ausgesehen? Dachte sie wirklich, sie werde nachkommen können? Brecht, ansonsten gefeit vor Gesprächen mit Toten, rückt den Stuhl vom Tisch ab, ausgerechnet ich, sagt er, der ich immer alle bei der Stange halten wollte, und wir hatten vereinbart, keine Sentimentalitäten, keine unkontrollierten Gefühle nach außen, und jetzt ziehst du alles nach innen, jetzt hast du alle Kontrolle aufgegeben, das ist die schlimmste Anklage, mit der ich je konfrontiert wurde, du hast das nicht extra gemacht, das weiß ich wohl, viel lieber wäre mir aber gewesen, du wärest nicht in Moskau gestorben, wir hätten es versucht, du wärst mit in den Zug gestiegen, die Überfahrt hätte vielleicht dein Leben gerettet, in Amerika gibt es doch viel bessere Ärzte, die Weigel hatte schon recht, die Ansteckungsgefahr, hätte es nicht Mittel und Wege gegeben, die Tuberkulose zu besiegen?, und weißt du, Barbara hat sich ja tatsächlich angesteckt, aber was ist eine Ansteckung gegen dein Leben, ich sah dich da liegen, ich wusste, dass das nicht gut ist, dich in Moskau zurückzulassen, das war ein Riesenfehler, die dauernden Strapazen haben dich kaputtgemacht, du hast mich ausgelöscht. Maria schreibt weiter, du hättest dich bald schlecht gefühlt und gezittert und gedacht, es würde besser, schreibt Maria: »In diesem Moment kam der Arzt. Im nächsten Moment wiederholte sie dreimal das Wort ›Doktor‹. Starb ruhig.« Ist das wirklich wahr, Grete, du bist ruhig gestorben? Muss mich das nicht eifersüchtig machen, ruhig zu sterben, als sei das wirklich eine Erlösung. Und ich bleibe hier allein, du warst mein Strom, Grete, und der Helli kann ich das doch gar nicht so genau sagen, dass ich ohne dich nichts mehr zu Papier bringen werde, dein Tod wird das alles zum Versiegen bringen, die Arbeit für mich, die Rücksichtslosigkeit deinem Körper gegenüber, die plötzliche Flucht aus Schweden, dass du dich so ausgezehrt hast, das hat dich umgebracht, und dein Tod wird mich umbringen. Wollte Maria mir beweisen, dass ich nicht schuld sein kann an deinem Tod, dass sie mir penibel genau die Ergebnisse der Obduktion mitteilt? »Die beiden Lungen im letzten Stadium. Große Kavernen, Herz und Leber stark vergrößert. Der Abguß des Gesichts wurde für Sie gemacht.« Eine Totenmaske. Der letzte Ausdruck, zur Permanenz verzerrt. Warum macht man das überhaupt, das Gesicht abnehmen? Zeigt sich da der wahre zivilisatorische Fortschritt, fragt sich Brecht, dass er in Wahrheit gar keiner ist, sondern Ritual, Angstbannung? Ist das vielleicht der echte Kitsch?

Dein Gesicht, wohin damit? Ich will das Gesicht gar nicht haben, ich hab's ja schon. Dein Gesicht steht mir immer vor Augen, deine Augen schauen mich immer an. Dann überkommt mich eine große Lähmung, absolute Windstille tritt ein, und nie wird die *Annie Johnson* ohne dich ihr Ziel erreichen. Was also kann mir da ein Abguss nutzen? Wenn die Weigel die Maske sieht, wird sie unaufhörlich von Totenkult sprechen. Sie wird das Gesicht aus dem Haus haben wollen; dass die Berlau mitfährt, ist ihr zuwider, sie sagt es aber nicht. Dass der Brecht ein Dach überm Kopf hat und ein eigenes großes Zimmer, darin er arbeiten kann, das sei wichtig, wird sie nicht müde werden zu betonen. Da ist die Berlau halt ein unvermeidliches Übel. Und dass die Weigel mal einen Brief von der Berlau gefunden hat, unterschrieben mit »Deine Kreatur«, das war schon eine Schallmauer, daran drohte sie zu scheitern. Diese untragbaren Weibergeschichten da, mit diesen blöden

Frauenzimmern, wird sie später einmal sagen. Und der Brecht weiß das jetzt schon. Der Brecht vögelt mit jeder Gelegenheit, ich bin die Hausarbeiterin, die Besorgerin, die den Blick hat für schönen Trödel, mit dem ich das Haus einrichte, ich kümmere mich um kranke Bäume und eine Tuberkulosetochter, und dann bringt es der Homolka fertig, mich ein Küchenmädchen zu nennen, ich sei selbst nur ein Möbel, allerdings ein intelligentes, das über die anderen Möbel herrsche. Und bei Arbeitssitzungen des großen Brecht sei ich nicht dabei gewesen, ich sei aus dem Zimmer hinaus und für Stunden nicht mehr auffindbar gewesen, nicht ohne vorher für das körperliche Wohlbefinden aller gesorgt zu haben, wird man später einmal berichten. Brecht ordert einen weiteren Whiskey. Er überlegt, ob er, in San Pedro angekommen, direkt ein Stück über die Weigel schreiben soll. Die Weigel würde in diesem Stück natürlich die Hauptrolle spielen, allein das würde ihn ein wenig aus der Schusslinie der Kritik nehmen, die Weigel sei seine Leibeigene, seine Angestellte, Ausgebeutete, er habe ihr Genie zunichtegemacht. Die Weigel spielt also die Hauptrolle in dem Stück, das ein für alle Mal beweisen wird, dass spätere Erinnerungen an unser Zusammenleben, unsere Ehe in Amerika, nur halbgare Anekdoten bar jeder Grundlage sind. Es wird nämlich eine Weigel gezeigt, die nicht nur Haussinn hat, die nicht nur eine gute Mutter ist, eine Weigel wird gezeigt, ohne die Brecht gar nicht existiert, es gibt ihn gar nicht ohne sie, und deshalb werden beide bis an ihr Lebensende zusammenbleiben, sie ist nämlich die Seele. Sie hat ein viel größeres Genie als er, unglückliche Umstände verhindern es aber, dass sie, nur des Deutschen mächtig, in Amerika ihre Schauspielkarriere wird fortsetzen können, *Metropolis* von Fritz Lang, das wird für Jahre ihre letzte Filmrolle bleiben, eine stumme Nebenrolle, in Hollywood wird sie nur stumme Rollen spielen können ihres Deutschs wegen, Englisch will sie nicht so lernen, dass es in Amerika filmfähig wäre, sie verliere Jahre, wird sie sagen, bis sie des Englischen so mächtig sei, dass sie es werde aufführen können, überhaupt sei sie nichts für den Film, sie sei für die Bühne gemacht, nicht aber für den Broadway, sondern für die Charakterrolle, ein Stück werde ich schreiben, denkt Brecht, da wird sie die Mutter sein, die Gesamtmutter.

Dass sie sich offiziell nicht so beklagt, bei wem auch, ich meine, sie lässt die Verzweiflung nicht raushängen, sie ist unglaublich zäh, denkt Brecht, nur in Briefen macht sie hin und wieder Andeutungen, dass sie mehr sei, als sie lebe, das Verletzende dabei ist, ich komme gar nicht vor, denkt Brecht. Ist das ihre Art der Abrechnung, der Zurechtrückung von Positionen? Dem Piscator hat sie im Winter sechsunddreißig/siebenunddreißig einen Brief geschrieben, sieben Jahre nach unserer Eheschließung, ob für sie nichts zu machen sei, und der Piscator kommt mir moralisch, indem er mir einen Brief schreibt mit Passagen aus ihrem Brief: »Meine idiotische Existenz«, schreibt sie, »hängt mir sehr zum Hals raus. Ich war und bin auch immer eine brauchbare Person und der Winterschlaf dauert mir zu lange.« Er hat das gar nicht kommentiert, nur zitiert, was ja das Schlimmste ist. So muss der Brecht sich fragen, warum zitiert er das, denkt Brecht. Sieh her, will der Piscator vielleicht sagen, ich weiß mehr als du, und ich weiß etwas, das dich in höchsten Alarm versetzen müsste. Ich bin nicht derjenige, der das an sich heranlässt, denkt Brecht. Es hat sich alles meiner Arbeit unterzuordnen, und gibt es die Liebe nicht, gibt es immerhin noch meine Arbeit. Hier findet Umwandlung statt, Transformation von Energien. Sex ist auch eine Transformation von Energien. Worauf es ankommt, ist, Widerstände zu beseitigen. Und manchmal ist es eben notwendig, Widerstände da zu erzeugen, wo vorher keine waren. Der Staudamm muss brechen. Voraussetzung dafür ist eine große Kraft, die so gegen ihn angeht, dass er unter der Last dieser Kraft wegbricht, ihr nicht standhalten kann. Gibt es diese Kraft nicht, muss sie erzeugt werden, diese Kraft muss gesam-

161

Wem teilt er das mit? Ist es nicht viel zu nüchtern, das Gedicht? Ist das so seine Art, jede Gefühlsregung weggeätzt? Eine Todesanzeige ist das. So sollten Todesanzeigen gemacht werden, denkt Brecht. Ohne jeden Schnickschnack, und doch ist eine ganze Biographie darin enthalten. Und dennoch ist Brecht nicht ganz zufrieden mit diesem Gedicht. Es ist ihm nichts hinzuzufügen, aber es fehlt etwas. Es zeigt nicht alles. Was sie mir war und ist, das fehlt ganz. Der Whiskey verschafft ihm, der den Whiskey nicht gewohnt ist, einige Klarheit, durch seine Wirkung zwingt er ihn, sich auf den Kern zu beschränken. Ihm ist so weinerlich. Das hat nichts mit Poesie zu tun, ermahnt er sich. Denk an Schiller, wie der den Bürger zusammengestaucht hat. Eine Schweinerei, aber lehrreich. Gefühle müssen gut abgehangen sein, oder so ähnlich, hat der Schiller geschrieben, gegen Bürger. Wie heißt es da noch, beim Schiller? Glückliche Wahl des Stoffs und höchste Simplicität in Behandlung desselben. Hier müsste es aber heißen, aufgenötigte Wahl des unglücklichen Stoffes und keine brauchbaren Ergebnisse. Und ich rufe auch nicht den verlorenen Zustand der Natur zurück, werter Herr Schiller, ich rufe schlicht und ergreifend Grete zurück.

Brechts Räsonieren ist mittlerweile in ein deutlich vernehmbares Selbstgespräch übergegangen. Da hast du schon völlig recht, Schiller, poltert er los, mitten im Schmerz den Schmerz zu besingen, geht halt nicht gut. Ein Steward erscheint. Kann ich Ihnen irgendwie helfen, brauchen Sie etwas?, fragt er. Brecht, der seinen Oberkörper augenblicklich aufrichtet, schaut den jungen Mann verwundert an, als wolle er sich gleich beschweren, was diese aufdringliche Frage solle und wie er überhaupt auf so einen Unsinn komme, besinnt sich aber und nuschelt, alles bestens, ich bin mit allem zufrieden. Es kann nicht wahr sein, er ist völlig außer sich, das ist er ansonsten doch nur bei der Theaterarbeit, wenn etwas nicht nach Plan läuft, es läuft meistens nicht nach Plan, dabei könnte alles so einfach sein, man muss nur machen, was er sagt, hier macht aber jemand, was er will, und damit kann er sich nicht einverstanden erklären, einen Whiskey bitte noch, was?, einen Doppelten, geben Sie mir einfach die Flasche, den Rest, gut, dann eben den Rest. Hoffentlich kommt die Weigel jetzt nicht, denkt Brecht, als er sich wieder an den Tisch setzt. Er nimmt einen neuen Anlauf. Zackzack geht das. Es dauert eine Minute, dann hat er es schon. Schönschrift ist es nicht, er hat sogar ausgesprochene Mühe, die Worte zu entziffern. Sechs Zeilen zu je vier Wörtern, eine saubere Arbeit:

Mein General ist gefallen
Mein Soldat ist gefallen
Mein Schüler ist weggegangen
Mein Lehrer ist weggegangen

Mein Pfleger ist weg
Mein Pflegling ist weg

Fertig. Mehr nicht. Er sieht zwar sofort, dass auch dieses Gedicht nicht das letzte Wort ist, es hat aber genau das, was dem anderen fehlt. Es kommt aus seinem Mund. Es hat eine persönliche Quelle. Es ist kein Plakat, keine öffentlich angeschlagene Bekanntmachung. Er nimmt den Notizblock in die linke Hand und liest sich das Gedicht ein zweites Mal vor. Diesmal ist seine Stimme schon fester, sie weiß, was sie zu sagen hat. Ein Mantra ist es. Eine Totenklage. Alpha und Omega gleichzeitig. Das ist Dialektik, sagt er sich stolz und schlägt mit den Fingern der rechten Hand gegen das Papier. Brecht setzt sofort nach, ein Liebesgedicht muss noch her, etwas unmissverständlich Direktes, das keinen Zweifel über die Verbindung zwischen Beklagter und Klagendem lässt, etwas mit persönlichster Note, das den Verlust klar umreißt, ihn kenntlich macht durch Benennung. Der Titel des Gedichts sollte sachlich sein, mehr oder weniger. In ihm muss alles enthalten sein, was Fragen aufwerfen könnte, und dass es nicht irgendein Verlust ist, dass er das Zentrum verloren habe, davon soll auch die Rede sein, es soll jedem unmittelbar einleuchten, was hier passiert ist – und wenn die Weigel es liest? Ja, was ist denn dann? Die Weigel liest dieses Liebesgedicht, dieses Bekenntnis und Eingeständnis, dass ich ohne Grete zwar weiterhin werde leben, aber nicht mehr arbeiten können, an »Nach dem Tod meiner Mitarbeiterin M. S.« führt kein Weg vorbei, und von den Konsequenzen ihres Todes für mich muss es sprechen, aber auf ein Allgemeines zielend, dass mir etwas entzogen wurde, muss es hervorkehren, und es muss etwas von »Mein General ist gefallen« wieder aufnehmen, ich werde mich für »Lehrer« entscheiden, etwas wie »aus dem Tag bin ich gefallen« sollte zum Ausdruck kommen, aber ohne jeden Kitsch, ohne Selbstmitleid, als Tatsache. Diesmal lehne ich mich aus dem Fenster, ein Denkmal muss es werden. Brecht ordert einen Kaffee, nimmt eine Zigarre aus ihrer Hülle, raucht sie an, bis sich ordentliche Kringel blasen lassen, dann legt er sie beiseite, »Nach dem Tod meiner Mitarbeiterin M. S.« steht jetzt auf dem Blatt und sofort auch die erste Zeile: »Seit du gestorben bist, kleine Lehrerin«, nicht mehr »Lehrer«, was ja aus rhythmischen Gründen geschah, auch die Soldatin, die Pflegerin wären schlichtweg zu lang geraten. Und dass ich neu auf der Welt bin mit einem Mal, ohne Augen, entlassen, ein Arbeitsloser, der keinen Halt mehr hat, und ein Wort muss ganz am Schluss stehen: Unglück.

NACH DEM TOD MEINER MITARBEITERIN M. S.

Seit du gestorben bist, kleine Lehrerin
Gehe ich blicklos herum, ruhelos
In einer grauen Welt staunend
Ohne Beschäftigung wie ein Entlassener.

Verboten
Ist mir der Zutritt zur Werkstatt, wie
Allen Fremden.

Die Straßen sehe ich und die Anlagen
Nunmehr zu ungewohnten Tageszeiten, so
Kenne ich sie kaum wieder.

Heim
Kann ich nicht gehen: ich schäme mich
Daß ich entlassen bin und
Im Unglück.

Jetzt zufrieden, Mister Schiller?, schreit Brecht, jetzt zufrieden?
Distanz, ja?, hat das schon Distanz genug zum eigenen
Schmerz?, ist sie das schon, die sanftere, fernende Erinnerung?, schreit er, bin ich mir denn selbst schon fremd genug,
Mister Klugscheißer und Generalpedant, und ist der Gegenstand meiner Begeisterung nun von seiner Individualität los-
gewickelt? Nein, Mister Gefrierfach, das ist er nicht, ich weiß
auch gar nicht, wieso Sie mir jetzt in den Kopf geschossen
sind, ausgerechnet Sie, das ist alles nichts, ich krieg hier jetzt
gleich das Kotzen, ich hab dich doch schon mal verbessert,
Schillertier, erinnerst dich nicht?, deine ganze beschissene Ide-
alismuskacke, das bringt's alles nicht, und jetzt hau ab, Schil-
lerglocke, es bimmeln ganz andere Kirchen ...

Schwarze Damenschuhe mit halbhohen Absätzen, schwarze
Strumpfhosen, ein schwarzer Faltenrock dreiviertellang, oben
am Bund mit zwei Knöpfen zusammengehalten, eine schwarze Bluse, ein schwarzer Blazer. Um den Hals ein bordeauxro-
tes Tuch. Die Frisur hochgesteckt. Ruth Berlau.

Du machst Lärm. Wir haben dich gesucht.

Wer, wir?

Die Weigel und ich.

Ich bin seit Stunden hier unten.

Und bist völlig außer Atem.

Der Schiller ...

Und hast getrunken.

Ein wenig.

Helli hat oben auf Deck geschlafen.

Hab ich gesehen, wollte sie aber nicht stören.

Hast du etwas arbeiten können?

Nein. Nur nachdenken.

Über die Zukunft?

Über die Vergangenheit.

Willst du mir etwas erzählen?

Man nimmt sich immer vor, die Vergangenheit zu Ende zu denken. Und immer kommt etwas dazwischen, das stört, das einen davon abhält, lallt Brecht.

Möchtest du, dass ich wieder gehe?

Nein, überhaupt nicht. Man selbst kommt sich beim Zuendedenken in die Quere. Wenn es zu heiß wird, unterbricht man sich. Im ersten Augenblick merkt man es gar nicht, dass man nicht mehr bei der Sache ist, man denkt immer noch, man sei bei der Sache, dabei ist man von ihr weggegangen, der Faden ist gerissen ...

Ich, der Überlebende

Die amerikanische Zeitung mit dem Bericht des sowjetischen Volkskommissars für Auswärtige Angelegenheiten, Wjatscheslaw Molotow, geht von Hand zu Hand. Brecht, Viertel, Berlau. Alle drei lesen die Meldung mehrmals. Siebentausend russische Zivilisten umgebracht in der Stadt Kertsch, und einem selber fällt nichts Besseres ein als zu überleben? Siebentausend russische Zivilisten, auf Befehl Nummer 4 der Dienststelle des deutschen Kommandanten auf dem Sennaja-Platz versammelt, aus der Stadt getrieben und dort in Rekordgeschwindigkeit erschossen. Die Rationalisierung des unfreiwilligen Todes.

Jeder will den Eindruck erwecken, die Meldung einfach so hinzunehmen. Das war ja klar, oder so was bleibt nicht aus, oder kann man sich ja an drei Fingern abzählen, soll ihr Mienenspiel verraten. Es verrät aber etwas ganz anderes. Wäre es denn besser, nicht zu überleben? Nur der Überlebende kann sich solche Fragen stellen. Sich schuldig fühlen, weil man überlebt? Der Überlebende stellt sich solche Fragen aus einer Entfernung von mehreren tausend Kilometern. Wäre es denn besser, am Ort des Geschehens zu sein? Jeder Ort ist ein Ort des Geschehens. Es kann nicht alles besprochen werden. Es gehen Länder unter, von denen niemand Notiz nimmt. Ein anderes Land geht unter ähnlichen Umständen unter, und da es viel bekannter ist, wird seiner groß und breit gedacht, es verdient eine letzte große Aufmerksamkeit, dann geht es unter.

Und nie in unserer Erinnerung. Wenn ein Land bekannter als das andere ist, dann ist es auch bedeutender. Was bedeutender ist, ist Welt. Alles andere ist nicht Welt. Über das, was Welt ist, muss blitzschnell ein Konsens erzielt werden können. Dieser Konsens besteht aus einem Nicken. Die Welt wird abgenickt. In diesem Moment gehört also etwas dazu, etwas anderes nicht. Ganze Länder gehören nicht mehr dazu, ganze Erdteile. Wenn es brennt, brennt es unterschiedlich wichtig.

Es herrscht Weltkrieg. Fragen kommen immer zu spät. Wer fragt, war nicht dabei. Wer fragt, hat keine Ahnung. Der Fragende überlebt nicht. Siebentausend russische Zivilisten in Kertsch. Dabei hätte Molotow doch wissen müssen, dass das eine gezielte Aktion gegen die jüdische Bevölkerung gewesen ist. Zehntausende Zivilisten in Kiew und Berditschew umgebracht. Mindestens 35 782 Menschen in den Schwarzmeerhäfen Cherson und Nikolajew ermordet. Und was unternahmen die sowjetischen Streitkräfte? Konnten sie wirklich nicht helfen? Ließen sie die Bevölkerung einfach im Stich? Molotow sei entsetzt über Kertsch, dass es aber gegen die Juden ging und dass die sowjetische Armee vielleicht nicht alles unternommen hat, diese Gemetzel wenn nicht zu verhindern, so doch wenigstens in diesem Ausmaß zu verhindern, dass scheine Molotow zu übersehen, geflissentlich. Was ist von der ganzen Sache zu halten? Gilt es, die Toten zu beklagen oder auf eine bessere Zukunft zu setzen? Ist beides miteinander vereinbar? Die Kriegführenden werden wieder darangehen, die Toten als Zweck für etwas Höheres zu proklamieren. Dieses Höhere kommt allerdings nie in Sicht.

Brecht, der die letzten Minuten mit betonter Gelassenheit im Zimmer umhergegangen ist, hat die Zeitung mittlerweile in seiner linken Sakkotasche verschwinden lassen. Gib doch nochmal her, bittet ihn die Viertel. Als wäre er bei einer Kinderei ertappt worden, händigt Brecht ihr das Blatt aus, nicht ohne ihr durch einen Fingerzeig klarzumachen, dass es an ihn zurückgehen müsse. Das Foto, sagt sie, das Foto ist erst vor kurzem geschossen worden, und dennoch ist dort etwas ganz Altes dargestellt. Dargestellt, das ist das richtige Wort, sagt Brecht. Berlau findet diese Herangehensweise amoralisch, das zielt doch nur auf ästhetische Fragen, sagt sie, hier geht es aber um siebentausend Tote. Um siebentausend tote Zivilisten, betont Viertel. Schließlich ist Krieg, pflichtet Brecht ihr bei. Tote bleiben Tote, ob so oder so, entgegnet Berlau. Siebentausend tote russische Zivilisten, murmelt Brecht. Siebentausend tote russische Zivilisten. Die liegen da einfach so rum. An Ort und Stelle der Ermordung. Eine kleine russische Stadt, eine Halbinsel voller toter russischer Zivilisten. Einfach vor der Stadt erschossen. Brecht will das nicht glauben. Sind sie tatsächlich so umgekommen, oder was ist über sie hereingebrochen? Sofort stehen andere Szenarien vor Augen: Deutsche Besatzungstruppen marschieren einfach in die Häuser rein und erschießen die Hausbewohner. Oder stecken mit Flammenwerfern die Häuser mitsamt Bewohnern in Brand. Was ist ökonomischer, Kugeln oder Flammen? Wie sieht das Büro aus, in dem solche Fragen gestellt werden? Herr Müller, das ist eine sehr lobenswerte Idee, Kugeln durch Flammen zu ersetzen, ich wusste, dass man sich auf Sie verlassen kann, ich werde mich dafür einsetzen, dass Sie eine Gehaltserhöhung bekommen. Anerkennungsnadel. Staatszertifikat. Worte, so scheußlich wie möglich. Wer andern eine Grube gräbt, kommt durch Worte um. Alles läuft rund, alles auf dem Schriftweg. Der Schriftstücküberbringer nimmt das zu überbringende Schriftstück entgegen und Heil Hitler. Der Adressat nimmt das Schriftstück aus den Händen des Schriftstücküberbringers entgegen und Heil Hitler. Beide treten ab und Heil Hitler. Die Grippe kommt über Nacht, der Weltkrieg kommt über Nacht. Brecht bastelt schon an einem neuen Antinazitext. Und ist tief beschämt. Was Geschichte ist, man glaubt es nicht. Da muss die Kunst her und nachhelfen. Kaum hat man eine Neuigkeit aufgeschnappt, verarbeitet man sie schon. Tot ist doch tot, sagt sich Brecht. Egal wie tot. Egal wie? Was ist denn eine Halbinsel? Wo liegt die denn? Krim. Kertsch, das ist bestimmt falsch geschrieben. Eine Eindeutschung. Für die Kertscher ist Kertsch ganz Kertsch. Für die, die nie was von Kertsch gehört haben, und für die, die nie was von Kertsch gehört haben wollen, ist das ganz anderswo. Tatsächlich heißt es Kerch. So jedenfalls der Zeitungsartikel. Da sind Tausende verreckt, was sagst du dazu? Kaum vorstellbar, sage ich dazu, sagt Viertel. Jeder Einzelne ist kaum vorstellbar. Leichthin sagt man, dieses Gesicht habe ich mir ganz genau eingeprägt. Schon das ›ganz genau‹ müsste misstrauisch machen. Als sei das eine Lebensaufgabe, eine Anstrengung überirdischen Ausmaßes, sich ein Gesicht einzuprägen, und dann noch ›ganz genau‹. Wohin wird das denn geprägt? Alle Fotografien aus der Erinnerung heraus, alle Fotografien aus dem Gedächtnis heraus entwickelt, da taucht der Hitler auf ohne Stimme, bloß Foto, keine Stimme, sagt Brecht, das Foto schaut ihm in den Mund, ein Hund springt hoch, diese unvermeidlichen Hitlerhunde, ein Originalfoto, das behütet wird, schließlich ist das ja ein Originalfoto, und ein Foto ist ja nicht böse, das ist völlig gleichgültig, ein Fotopapier fragt nicht danach, wer auf ihm zu sehen ist, wer da entwickelt wurde, und wer weiß, wozu das Foto nochmal gut ist, was mit diesem Foto mal bewiesen werden kann, denn die Beweise, dazu braucht es ja Jahre, die Beweise kommen immer zuletzt, und? Was soll das jetzt beweisen? Und dann kommt der Beweis, niemand aber kann sich an das zu Beweisende erinnern. Ein Hitlerfoto, das ist harmlos.

Brecht berichtet, einmal habe eine Gruppe angeschwemmter Exilanten nicht gewusst, was sie tun sollen. Sie standen da herum, als einer das Wort Weltgeschichte aufbrachte. Keiner wusste Rat. Achselzucken ging in Zigarettenrauchen über. Immer wenn wichtige Fragen anstehen, werden Zigaretten verteilt. Ratloser werden die Zigaretten aufgeraucht. Dann zieht einer ein Foto aus der Tasche, aus dem Jackett. Die aus allen Erdteilen in Pacific Palisades angelandete Exilantengruppe beugt sich über das Foto. Haareraufen. Ein Foto ist ja noch kein Thema. Sieht irgendwem ähnlich, sagt jemand. Keine Ahnung. Schnurrbart, Stierblick. Bisschen altmodisch. Macht man hier ja alles anders. Käme hier nicht vor. Wäre hier nicht wiederzuerkennen. Wo kommt der überhaupt her? Dieses Gesicht, sagt Brecht, muss man eingehend studiert haben, will man etwas von Weltgeschichte verstehen. Dieser Hitler, sagt Brecht, hat alles in seinem Leben getan, nur nie natürlich aus der Wäsche geschaut. Er hat sich das Gesicht abgeschaut, und da war ihm jede drittklassige Pose, jede Erstarrung des Ausdrucks recht. Die deutschen Exilanten kommen hier an und vergessen dieses Gesicht einfach. Sie können es nicht einmal mehr aus der Erinnerung heraus beschreiben. Brecht nimmt sich vor, dieses Gesicht so lange zu studieren, bis der Krieg aus ist.

So geht das nicht weiter, sagt Brecht. Die Nachricht von Kertsch hat eine Lawine von Fragen ausgelöst. Auf diese Fragen soll es keine vorschnellen Antworten geben. Die Lage ist ein bisschen verworren. Wenn Molotow angibt, das Foto sei nach der Wiedereroberung von Kertsch durch die Rote Armee im Februar neunzehnhundertzweiundvierzig entstanden, so müssen die Deutschen Kertsch zuvor noch besetzt gehalten haben. Und danach? Wo sind dann die Armeen der Deutschen und ihrer Verbündeten geblieben? Sind die alle von den sowjetischen Armeen gefangen genommen worden? Wurden sie allesamt vernichtet? Warum zeigt Brecht gerade für diese Frage ein gesteigertes Interesse? Es ist schon zu oft von der bevorstehenden Zerschlagung des Dritten Reichs gesprochen worden, sagt Brecht. Was genau ging da vor, in Kertsch? Er will sich informieren.

Brecht sieht sich das Foto aus Kertsch noch einmal genauer an. Dargestellt, ganz richtig, Salka, sagt Brecht. Da ist was dargestellt. Ein Mann und eine Frau stellen einen Tanz dar, einen Volkstanz. Sie stellen ihn bloß dar, sie tanzen nicht wirklich. Sie posieren vor der Kamera. Sie stellen nach. Der Mann, auf dem Kopf eine große Mütze, ein Ding zwischen Mütze und Hut, steht hinter einer Frau. Die leicht nach hinten gekippte Frau hält die Arme ausgebreitet, sie hat den Kopf zurückgeworfen. Hielte der Mann sie nicht unter ihren Achseln fest, seine Hände wirken wie angelegt, sie würde unweigerlich zu Boden gehen. Wer hat das Bild aufgenommen? Jetzt kommt im oberen Bilddrittel rechts ein weiteres Stück ausgestreckter Arm in den Blick; hier stehen Paare also in Serie. Ein Foto kann nur sich selbst beschreiben. Man muss es gesehen haben, ansonsten weiß man nicht, worüber da gesprochen wird. Und auch Fotos fangen die Realität nicht ganz, denkt Brecht. Ein so genannter Schnappschuss zeigt auch nur die Vorderseite; was aber passiert im Rücken? Es muss das Wort hinzukommen. Ein Foto aber kann nur sich selbst beschreiben. Also weiter im Text. Die Frau in Stiefeln. Denkt man zunächst. In den Stiefeln steht aber nichts. Kein Bein, nur Hintergrund scheint durch. Es sind Stiefel voller Schnee. Unter ihrem dunklen Mantel ein gemustertes Kleid. Auf dem Kopf ein Kopftuch. Was macht das Paar? Ist sie soeben von einer Kugel getroffen worden? Ringsumher Brachland. Im Hintergrund vielleicht das Meer, gefrorene Wellen. Im Vordergrund, jetzt kommt das genauer in den Blick, liegen Leichen, mit dem Kopf Richtung Kamera. Von einem Einzigen ist der Kopf deutlich zu erkennen. Stiefel liegen herum. Dem Artikel ist zu entnehmen, das Ehepaar habe den Leichnam ihres Sohnes identifiziert. Brecht schneidet das Foto mitsamt Artikel aus der Zeitung und klebt es auf schwarzen Karton. Berlau wird dieses und andere Fotos mit dazugehörigen Zeitungsmeldungen zu einem Buch ordnen, das *Kriegsfibel* heißen soll. Für die *Kriegsfibel* verfasst Brecht zu jedem dieser Bild-Texte ein Epigramm. »Photogramme« oder »Foto-Epigramme« wird er diese Vierzeiler nennen.

Er nimmt den auf schwarzem Karton fixierten Zeitungsausschnitt über Nacht mit auf sein Zimmer. Was heißt hier schon ›sein‹ Zimmer. Er hat das Haus Nummer 817 in der 25th Street in Santa Monica von Anfang an nicht ausstehen können. Kein Platz, keine Atmosphäre. Er muss hier raus, aus dieser schrecklichen Kleinbürgervilla mit Gärtchen, wie er schreibt. Rosa Türen hat sein Zimmer, elf mal zwölf Fuß misst es, es ist stickig darin, es stinkt. Woher der Geruch, wo doch alles geruchlos ist, die Luft? Es modert von unten herauf. Brecht hat sich bereits am ersten Tag, nachdem er Anfang August neunzehnhunderteinundvierzig mit Familie in dieses Haus gezogen war, auf den Boden in seinem Zimmer gelegt und an den Dielen gerochen. Es riecht fast europäisch, stellte er fest. Zunächst beruhigte ihn das, es kam ihm fast heimelig vor. Aufgrund der starken Hitze intensivierte sich der Geruch aber mit den Tagen. Da war dann Europa kein Trost mehr. Überhaupt, Deutschland habe er nicht mit ins Exil genommen. Kaum bewegen kann er sich in diesem vollgestellten Raum: An drei Wänden kleine Tische, an der vierten ein Sofa. Eine totale Nichtigkeit, dieses Zimmerchen, und darin werkelt der größte deutsche Dramatiker.

Das Foto mit dem Ehepaar, das soeben seinen ermordeten Sohn identifiziert hat, beschäftigt Brecht, nein mehr noch, es fordert ihn heraus. Berlau hat schon recht, das hat was Unmoralisches, denkt er. Wir können die Toten aber nicht fassen, das Foto hat mit den siebentausend Toten in Kertsch nichts zu tun, es ist nur ein Abglanz, eine Erinnerung. Ein Foto sagt nichts über die Realität, ein Text nichts über ein Foto. Das ist es, denkt Brecht. Das Wort scheint aber näher dran zu sein an der Realität. Also kann das Wort zwischen Foto und Realität vermitteln. Das Gedicht schafft eine Zwischenrealität. Und fertig ist das Emblem. Das Einzige, was wir ja nicht mehr haben, ist die Realität. Die Realität ist schon Geschichte geworden. Ist das Foto ein Zeuge der Realität? Hängt das davon ab, was auf dem Foto zu sehen ist? und schreibt folgendes Gedicht dazu: »Und alles Mitleid, Frau, nenn ich gelogen / Das sich nicht wandelt in den roten Zorn / Der nicht mehr ruht, bis endlich ausgezogen / Dem Fleisch der Menschheit dieser alte Dorn.« Roter Zorn. Vielleicht ein bisschen viel zugemutet. Pazifismus? Der Menschheit den Tod ziehen? Tod, du alter Dorn. Krieg, du alter Dorn. Also ist Töten erlaubt – so lange, bis der alte Dorn ausgezogen. Brecht horcht die eigenen Verse ab. Ja, diese Bedenken kann man haben; hat sie aber wahrscheinlich nicht – auf den ersten Blick. Er macht das Licht aus. Warum soll alles vor Augen gestellt werden? Warum Nachfragen? Wer ist der weltweite Garantieleister? Es geschieht über Nacht, es brennt ab, es explodiert, es wird hingerichtet, es normalisiert sich, es wird irgendwo aufgegabelt, es hält dagegen, es stimmt nicht, alles erlogen, dafür gibt es keine Zeugen, Propaganda, Gräuelpropaganda, und selbst die Alma Mahler-Werfel, selbst die redet was von Gräuelpropaganda, da ist man Tausende von Kilometern abseits, wähnt sich hier im Zentrum der Welt, ist aber abseits, und die Matrone stellt sich hin und quatscht was von Gräuelpropaganda … Brecht explodiert. Das war's mit dem Einschlafen.

Brecht also empfängt die Kertsch-Nachricht abseits, er kloppt einen Vierzeiler drauf, er ist erschüttert, irgendwie nicht am richtigen Ort, weitab, weltab, die Fensterläden geschlossen, und morgens werden sie erst gar nicht aufgemacht, das hat schließlich gar keinen Sinn, es riecht hier nach nichts, wo aber liegt Kertsch, man muss sofort nach Kertsch aufbrechen, Molotow hat ein Beweisfoto, ein pressetaugliches Beweisfoto, das Leiden, das Sterben, und er träumt schlecht, er öffnet morgens erst gar nicht das Fenster, obwohl dringend gelüftet werden müsste, es steht Hitlerluft im Raum, schon beim Aufwachen steht was stramm, die Hollywoodluft aber ist so farblos, da bleibt das Fenster eben zu, schlecht geträumt, »Ich, der Überlebende«, so viele Freunde tot, so viele Freunde überlebt, und der Überlebende träumt von den Freunden, und im Traum sagen die Freunde, »Die Stärkeren überleben«, schreibt Brecht, »Und ich haßte mich«, schreibt Brecht: »Ich, der Überlebende // Ich weiß natürlich: einzig durch Glück / Habe ich so viele Freunde überlebt. Aber heute nacht im Traum / Hörte ich diese Freunde von mir sagen: ›Die Stärkeren überleben.‹ / Und ich haßte mich.« Aber wofür bloß? Weil ich der Schwächere bin? Weil ich das geträumt habe? Weil ich den Toten etwas in den Mund gelegt habe? Weil ich die Bestätigung des Sozialdarwinismus geträumt habe? Weil das geträumter Hitlerianismus ist? Wie schnell und leicht die übelsten Begriffe frei flottieren, denkt Brecht, da gibt es Exilanten, die sich mit Antisemitismus brüsten, und Juden bezeichnen sich gegenseitig als Nazis. Was ihm Max Gorelik stecken wird: Am einundzwanzigsten Januar neunzehnhundertdreiundvierzig beschwert sich Erwin Piscator in einem Brief an Gorelik über Brechts konkurrenzlose Unzuverlässigkeit in Sachen Briefschreiben, Brecht sei immer zur Stelle, wenn es um ihn selbst ginge, trage man aber an ihn eine Bitte heran, deren Nutzen für ihn selbst er nicht sofort einsehe, könne man sein Hab und Gut darauf verwetten, dass dieser Brecht nichts mehr von sich wird hören lassen, überhaupt sei er ein schlechter Genosse, und das sei noch eine unverzeihliche Beschönigung, tatsächlich nämlich habe sich Brecht, wenn er nicht schöntun müsse, wenn nichts für ihn herausspringe, wie ein ›Hitlerist‹ benommen. Brecht sehe die Notwendigkeit nicht, in diesen Zeiten zusammenzuhalten, und das sei ganz und gar unverzeihlich, das könne man nicht entschuldigen. Freundschaft sei das garantiert nicht. Der säße noch immer, wenn und überhaupt, in Helsingfors, wenn er, Piscator, sich als Brecht erwiesen hätte.

Etwas mehr als einen Monat später wird Brecht Bescheid wissen über die Doppelschlacht von Kertsch und Charkow. Kertsch ist tatsächlich nach dem siebenundzwanzigsten April neunzehnhundertzweiundvierzig wieder verloren gegangen: Die Sowjets hatten für das Frühjahr neunzehnhundertzweiundvierzig eine Offensive ausgearbeitet. Es galt, die Deutschen und ihre Verbündeten, die Rumänen, die Italiener, die Kroaten, aus Charkow und der Krim zu vertreiben. In die Zange nehmen, nennt man das. Brecht verbietet sich, hier ein militärisches Verständnis zu verinnerlichen. Hat man erst einmal ein Verständnis militärischer Detailfragen entwickelt und sich vielleicht sogar ein Militärvokabular angeeignet, ist man für menschliche Fragen verloren, denkt Brecht. Einzelheiten ja, Militärsprache auf gar keinen Fall. Weiter. Was geschah dann? Die Deutschen gehen ihrerseits in die Offensive und nehmen in einem Gegenschlag am fünfzehnten Mai neunzehnhundertzweiundvierzig die Halbinsel Kertsch – wieder – ein. Die dahinter liegenden und nachrückend aufmarschierenden sowjetischen Armeen wurden vernichtend geschlagen. Am Boden und aus der Luft. Molotow hatte sich also zu früh gefreut. Die sowjetischen Armeen sollten unzählige Soldaten verlieren, 1600 Panzer, 3500 Geschütze, 900 Flugzeuge. Und über 410 000 Gefangene.

Was ich gern mache, ist das Wässern des Gartens, schreibt Brecht am zwanzigsten Oktober neunzehnhundertzweiundvierzig in sein *Arbeitsjournal*. Mittlerweile ist die Familie in die 26th Street umgezogen, wo sie bis neunzehnhundertsiebenundvierzig wohnen wird. Das politische Bewusstsein wird hier abgedrängt in so idyllische Verrichtungen wie Gartenwässern, denkt Brecht. Und doch wird diese Tätigkeit mit der größten Sorgfalt verrichtet. Habe ich eine Stelle des Rasens übersehen? Ist etwas zu kurz gekommen? Und die kleine Blume da hinten, ist sie lange genug gegossen worden? Ist sie vielleicht schon zu lange gegossen worden? Wird sie nächstes Jahr wiederkommen? Die merkwürdige Nadelbaumhecke, wie heißt diese Pflanze gleich, war sie zu lange der Sonne ausgesetzt, oder ist das normal, dass sie ungleich in die Höhe wächst? Einige der

Bäumchen sind ganz braun und nadeln schon, das ist sicher nicht normal. Kann ich es jetzt unterlassen, sie zu wässern, oder erholen sie sich wieder? Das sind so Fragen, die Brecht einen ganzen Abend lang beschäftigen können. Er legt sich einen Ratgeber für Garten und Pflanzen zu. Er versteht die englische Sprache schon, er liest sie fließend, es fehlt ihm aber etwas, die innige Verbindung zwischen Wort und Ding, zwischen Leben und Wort, er sagt sich zum Beispiel das Wort »tree« zehnmal hintereinander vor und findet doch keinen Zusammenhang zwischen »tree« und »Baum«, durch »Baum« scheint der Baum durch, »tree« bleibt für Brecht eher etwas Hartes, Schlankes. Von »tree« kann Brecht gerade noch zu »Baum« zurück, zur Wirklichkeit stößt er nicht vor. Das Wort ist das Lebewesen, denkt Brecht. Mit der deutschen Sprache kann ich leben, mit der englischen nicht einmal sterben. Die deutsche Sprache formt die Landschaft, die Straßen, man kann mit den Bäumen reden. Hier kann man nicht mit den Bäumen reden, sie verstehen kein Deutsch, es ist hier überhaupt eine ganz andere Landschaft, keine Jahreszeit, weder Rauch noch Grasgeruch, notiert Brecht in sein *Arbeitsjournal* am einundzwanzigsten Januar neunzehnhunderteinundvierzig. Mit dem Auto Richtung Beverley Hills, plötzlich Züge einer Landschaft, und doch nichts als eine Fata Morgana, künstlich Begrüntes, das beschildert sein müsste, hier dieser Zitronenstrauch fünfzig Dollar, oder wie wäre es mit dieser kalifornischen Eiche, einhundert Dollar, und schon ist sie rausgemacht. Auch die Hitze hier ist eine Kunsthitze, nur das Death Valley spricht die Wahrheit. Noch eine andere Hitze ist hier die wahre Pest und erfasst jeden: Geld. Wie will dieses Land eigentlich den Hitler beseitigen? Im Grand Canyon wäre noch Platz, das ganze Tausendjährige Reich in den Grand Canyon hinab und die amerikanische Flagge drauf. Der Grand Canyon wäre bis nach oben hin vollgefüllt, randvoll, die Scheiße würde überquellen. Nationalpark Drittes Reich? Hinten rechts.

Die Welt will von Ihnen wissen

Mir geht es gut. Das Leben ist angefüllt. Aber womit? Dieser Idiot Hitler lehrt uns, ganz schlichte Gefühle zu haben. Hass. Schickt sich das? Ich darf mir sagen, dass ich daran keinen Mangel leide. Ist das nicht Verschwendung? Bevormundung ist das, Zweckentfremdung unserer selbst. Hitler, das ist der Unmögliche, der Untaugliche, Rachsüchtige, hundertmal Gescheiterte und Abgewiesene, und das alles erklärt es nicht. Insgesamt macht es diesen armen Kerl nur interessant. Ich muss es gestehen, dieser Dauer-Asylist, den es so tobend umhertreibt, dieses Rumpelstilzchen fasziniert mich. Als ich das zum ersten Mal an mir bemerkte, dass ich sein Gebaren, sein Rasen und Aufstampfen mit Interesse verfolge als die Auswüchse eines Umherirrenden, einer wenn auch viertklassigen Künstlernatur, beschämte es mich zutiefst. Ich hatte plötzlich das Gefühl, das Haus nicht mehr verlassen, keinem Menschen mehr unter die Augen treten zu können. Ich gestehe es frei, ich bewundere ihn angewidert. Aber schafft Bewunderung ihn ab? Sie baut ihn auf, sie lässt ihn die Welt erobern. Ich sehe ihn vor mir, wie er sich zum Himmel reckt, einen Meter über dem Boden will er schweben. Ein verhunzter, heruntergekommener Wagnerismus ist das. Es ist die Bewunderung für ein Kind, damit dieses sich wieder artig benimmt. Man sagt ihm, ja, Kleiner, das hast du fein gemacht, jetzt beruhige dich wieder. Der Hysteriker beruhigt sich aber nicht. Er wird im Gegenteil immer hysterischer. Bewunderung feuert ihn an, ihm ist nichts genug, hat er doch bereits errungene Erfolge vergessen und wird Erfolge bald gar nicht mehr als solche wahrnehmen. Immer wieder neu muss er sich beweisen, das ist die Krankheit der Liebe. Eine Liebe des Primitiven allerdings, die alle Beifall klatschenden Anbeter nur als gesichtslose Masse wahrnimmt. Wen beten sie an? Wissen sie's? Kennen sie den, der da so gestentriefende Reden schwingt und bei diesen Reden so langsam ins Rollen kommt? Zum Gassenhauer wandelt sich dann die Fratze mit einstudierten Konvulsionen. Man sollte ihn einmal nackt zeigen, ihn, der was redet von »hart wie Kruppstahl«. Er ist ein Staudamm, und jetzt bricht er. Die Entdeckung des Unbewussten ist Hitlers großes Schreckgespenst. Die Benennung seiner Neurosen ließe ihn wieder am Daumen lutschen. Hitler ist, mit einem Wort, ein Genie des totalen Tiefstands. Und wenn alles nur gespielt wäre? Wenn sein Wagnerismus so toll wäre, ein Theater von weltumfassenden Ausmaßen zu inszenieren? Hieße das, ihn gewähren lassen können, wie er nur wolle? Weil es Kunst ist, und der Weltkrieg, das Auslöschen von Leben, alles fiele für ihn unter die Freiheit der Kunst? Irgendjemand wird einmal auf dem Mond landen, würde er sich vielleicht sagen, ich aber mache ein Welttheater, das wirklich eines ist. Ein Genie also. Aber deswegen mein Bruder? Bin ich zu weit gegangen, ihn meinen Bruder zu nennen? Kunst kennt keine Demokratie. Kunst aber macht Kunst und gestaltet das Unbewusste. Sie zettelt Kriege des Geistes an.

Es geht mir gut. Amerika gefällt mir, und ich gefalle Amerika. Ohne ihn hätte ich dieses Land nur als Reisender kennengelernt. Soll ich etwa dankbar sein? Es ist ein großer Unterschied, ob man an einem Bahnhof, einem Flughafen ankommt, am Abend einen Vortrag hält, in einem Hotel nächtigt und am anderen Morgen wieder aufbricht. Man wacht auf und weiß manchmal gar nicht, in welcher Stadt man da gelandet ist. Man hat es vergessen. So aber lebe ich seit dem Frühjahr neunzehnhunderteinundvierzig in Pacific Palisades.

Mir geht es gut. Es ist mir egal, wo ich bin, Hauptsache, ich bin nicht in München, der Stadt des Hochverrats. Heinrich geht es nicht so gut. Heinrich ginge es besser, wenn die Schlampe Nelly nicht wäre. Was er auch erarbeitet, was ihm auch zukommt, sie macht es zielsicher zunichte. Überhaupt, das Erotische. Das lebt der Heinrich ganz ohne Bedenken aus. Er macht sich gemein mit dem Erotischen. Da hat ihm die Schlampe gerade noch gefehlt. Hat er sie denn heiraten müssen? Glaubte er, er werde Nizza nicht lebend verlassen, und Heiraten ist besser als nichts? Er ist und bleibt ein hilfloser Bär.

Es ist nicht übertrieben, wenn ich mich als Amerikaner bezeichne. Der Himmel hier ist überhell. München leuchtet, gewiss, gegen die Weite des Himmels hier vermag es aber nichts. Außerdem ist München schuldig geworden, gegen seine Zerstörung hätte ich nichts einzuwenden. Die Luft ist hier zu allen Zeiten gleich mild. Darauf ist Verlass. Die Orangenbäume gedeihen hier wie nirgendwo. Dass sie zur gleichen Zeit in Blüte und Frucht stehen, verwundert zunächst. Im Winter in Deutschland ein einzelnes grünes Blatt am Baum zu finden, ist ungleich verwunderlicher. Schnee fehlt hier. Aber sonst? Ist es nicht wie immer? Tisch, Sessel, Lampe. Eine Konsole mit Büchern. Es mangelt an nichts. Im Gegenteil, hier erfahre ich erst, wie überflüssig das meiste doch ist. Im Personal gibt es Abwechslung. Da sie die Sprache nicht gut beherrschen, machen meine malaiischen Diener alles von selbst in vorauseilendem Gehorsam, da wollen sie sich gar keine Blöße geben. Sie sind flink, zurückhaltend – und schön. Außerdem bereiten sie einen phantastischen Kaffee. Ansonsten bleiben sie unsichtbar. Heimatlosigkeit? Ich habe Umgang mit mir selbst, hier wie dort. Allein sein zu können, das ist doch das Wichtigste. Meine Heimat sind meine Arbeiten, die ich immer mit mir führe, in die ich mich vertiefen kann, die ich selbst bin. Wir sind bei uns, egal wo. Wenn ich mich nur in meine Arbeiten vertiefe, ist mir das alles Zuhause, das ich mir nur wünschen kann. Meine Arbeiten sind Überlieferungsgut meines Landes und meines Volkes. Deutschland ist in mir. Wo ich bin, ist Deutschland. Das Zentrum Deutschlands ist in mir, weil mein Zentrum in mir ist. Was heißt da, weit weg zu sein? Und weit weg wovon?

Allein sein. Das ist das Erfolgsgeheimnis. Zu wissen, innerlich zu wissen, dass man Geschichte schreibt, die innere Geschichte Deutschlands. Heinrich versucht das auch. Auch er schafft es nicht, zu gestalten. Was er macht, ist gedrechselte Verblendung. Politisch gesehen, ist da der Wurm drin. Seit Jahrzehnten pflegt er eine Theorie, die jedes Mal an den Umständen glatt vorbeigeht. Er hat sich so verbissen in diese Theorie, dass ihm das Erzählen darüber verloren geht. Als ob sich alle Welt nach seiner Theorie richte! Nelly sorgt für das Übrige.

Und ich selbst? Diese Genügsamkeit des Sich-selbst-gewiss-Seins, die manche mit Hochmut und Dünkel verwechseln, ist doch auch sie das Resultat langjähriger Kämpfe, langjähriger Unersättlichkeit und triebhafter Selbstverherrlichung, musste doch auch sie viele Jahre erst angehen gegen das bohrende Nichtigkeitsgefühl, das einen so umtreibt, diese Genügsamkeit ist es, die mich hier das Amerikasein annehmen lässt. Und schlecht bekommt es mir nicht, meine ich doch, eine gewisse Lässigkeit an mir wahrnehmen zu können, wohlgemerkt, keine Nachlässigkeit. Nur darf nicht der Fehler begangen werden, diese Lässigkeit mit Überlegenheit zu verwechseln. Es ist immer noch Krieg, und noch ist nicht ganz ausgemacht, ob die Katastrophe, die dieser Hitler nun mal ist, in den eigenen Untergang führt. Er ist ein Scheusal, der Hitlerismus das größte Verbrechen der Menschheitsgeschichte. Wie oft predige ich das in meinen Dutzenden *Deutsche Hörer*-Sendungen. Probevergasungen von Juden! Probevergasungen! Ende neunzehnhundertzweiundvierzig bereits mehr als 700 000 Juden umgebracht. Sagt man das laut, heißt es gleich, übertreibe doch nicht so. Bei Fakten heißt es immer: Übertreibung. Der Thomas Mann schon wieder, sagen sich viele, die mich hören. Was will der Thomas Mann denn schon wieder. Das hat sich *mein Führer* auch gefragt. Nicht nur ist es wunderbar, auf Deutsch zu schreiben, sondern auf Deutsch auch gehört zu werden, was *mein Führer* ja lieber verhindern würde. Er konnte sich nicht erwehren, selber mit anzuhören, was dieser undeutsche Mann da ins Land schickt. Das hat ihn so aufgebracht, dass er in einer Bierkellerrede in München sofort in Stellung ging. Ich wiegele das deutsche Volk zur Revolution gegen ihn und sein System auf, sagte er da. Recht hat er. Aber ist das ein Trost? Ich könnte mich übergeben bei der Vorstellung, dass mein Name aus seinem Unratmunde fällt. Wie ich aber in seine Ohren gelange mit meiner Stimme, ist vielleicht wert, erzählt zu werden. Hitler hat sehr wohl erkannt, dass eine Stimme Aura hat, dass die Stimme alles ist. Wo er nur kann, hält er Reden, nicht enden wollende Reden. Danach sieht die Welt anders aus, denkt er. Und leider tut sie das tatsächlich. Da habe ich mir gedacht, wieso soll ich nur ihn hören, er und insbesondere das deutsche Volk sollen auch mich hören. Kabelte ich meine Reden zunächst nach London, wo sie von einem Sprecher der *BBC* auf Deutsch verlesen wurden, so kam ich alsbald auf die Idee, ihnen durch meine eigene Stimme mehr Nachdruck zu verleihen. Die hierzu erforderliche technische Anstrengung war zwar äußerst umständlich und anfällig, in Anbetracht der durch sie gewonnenen Präsenz und Unmittelbarkeit unterzieht man sich ihr aber jedes Mal gerne: Im Recording Departement der *NBC* in Los Angeles spreche ich meine Rede auf eine Schallplatte. Die mit einem Flugzeug nach New York transportierte Platte wird telefonisch in London auf eine andere Platte übertragen. Diese läuft dann vor einem Mikrophon ab. So gelangt Thomas Mann in die guten Stuben der Deutschen. Könnte ich doch auch in diese Stuben hineinhören. Ob man mich überhaupt noch kennt?

Und könnte ich, wollte jemand mich abschalten oder den Sender, den Feindsender abdrehen, ich müsste eine technische Erfindung zur Hand haben, dieses Fluchtverhalten zu verhindern. Geifert Hitler durch den Volksempfänger, übertöne ich ihn, will der deutsche Bürger aus falsch verstandener Gefolgschaft nichts von mir wissen, belehre ich ihn eines Besseren. Am schönsten aber wäre, ich könnte mich zu jeder Tages- und Nachtzeit von selbst zu Wort melden, der Bürger sitzt am Frühstückstisch, und ich melde mich, er macht seine Arbeit, und ich melde mich, er geht zu Bett, und ich melde mich. Geist im Handumdrehen, hieße die Parole. Der Bürger erwacht aus seiner selbstverschuldeten Unmündigkeit und . . .

Amerika hat mich verändert, das steht zweifelsfrei fest. Ich bleibe kontinuierlich, da kann sich Amerika auf den Kopf stellen – und Deutschland erst recht. Ich habe mich hierhin mitgebracht, und es sind so viele in mir, dass jetzt alle zum Zuge kommen, da hat Amerika gar keinen Einfluss, da ist es machtlos. Was uns geprägt hat, ist wie ein Brandmal. Wir sind nichts als ein Rind, dem ein Zeichen aufgebrannt wird. Es ist uns eingebrannt. Und dem folgen wir, bis zum Schlachthaus. Es ist kein Verdienst, Deutschland verlassen zu haben, das ist Instinkt. Amerika ist Menschenfremde, die wenig haftende Eindrücke liefert. Das Brandmal ist längst im Geist, es würde also wenig helfen, es von der Haut zu entfernen. Amerika ist trotz allem keine Zukunft, und es hat keine Zukunft, die Vergangenheit ist das, was zählt, und die hat Amerika nicht zu bieten. Amerikas Vergangenheit ist Europa. Das ist letztlich das Einzige, was die Leute hier interessiert. So, Sie kommen aus Deutschland? Erzählen Sie mir, wie es da aussieht, meine Vorfahren kommen auch aus Deutschland. Selbstverständlich kein Wort Deutsch mehr, genauso selbstverständlich wird vorausgesetzt, dass man Amerikas Sprache spricht, die halten die Leute hier für eine Art Ursprache. Da man mich hier kennt, habe ich selbst kaum die Erfahrung gemacht, Heinrich berichtet täglich darüber, wenn ich ihn sehe. Ich bin mein eigenes Amerika, deshalb bin ich auch unempfindlich gegen alle Zumutung und Forderung. Wie verhält sich das mit meinem Ansinnen, amerikanischer Staatsbürger zu werden. Wenn man in Amerika lebt auf unabsehbare Zeit, dann ist es sicherlich von Vorteil, amerikanischer Staatsbürger zu sein. Außerdem ist das dem Hitlerstaat entgegengesetzt. Die Amerikaner sind ja stolz darauf, dass ich hier bin. Merkwürdigerweise halten mich nicht wenige für einen Kommunisten. Was mich gewissermaßen mit diesem Brecht gemeinmacht. Willst du dann einer der ihren werden, hüllt sich Amerika erst einmal in tiefes Schweigen. Du siehst nur eine staubige Bremsspur. Amerika ist mächtig genug, ein halbes Jahr zu schweigen und länger. Wenn die Welt untergeht, geht sie in Amerika zuletzt unter. Adolf-who?, ist da eine nicht selten gehörte Rückfrage. Die Nachbarn spielen das Ganze herunter. Hauptsache, Sie leben hier, das ist doch auch nur ein Papier, diese Staatsbürgerschaft. Einer wurde sogar fuchsig, welcher Amerikaner könne schon von sich behaupten, persönlich mit dem Präsidenten gesprochen zu haben, geschweige denn, von ihm ins Weiße Haus eingeladen worden zu sein. Das sei doch wohl Staatsbürgerschaft genug. Die Sache hatte ich längst abgehakt, wollte auch keine weiteren Schritte in der Angelegenheit unternehmen, da liegt eines Tages ein versiegeltes Kuvert im Briefkasten. Ein Staatsbürgerschaftstest. Wie zu erwarten, wenn auch darauf nicht mehr gewartet wurde. Das Einschreiben legte ich erst einmal auf den Küchentisch. Ist doch klar, dass Amerika nicht jeden reinlässt. Eine Formalie. Jeder muss einige Fragen beantworten, jeder. Reine Formsache. Das ist wahre Demokratie, man achtet nicht auf Verdienste, jeder ist verdächtig. Ich sage es ganz frei heraus, dass mich diese Zumutung an den Rand der Fassung brachte. Katia hat sich in dieses Land ganz hineingearbeitet, was mir aufgrund meiner Romanarbeiten nicht so vergönnt war. Allerdings kann ich sagen, dass mir der

Test auch Spiel war. Was weiß Erzählen?, das war meine Grundfrage. Da ich nichts wusste, wollte ich wenigstens erzählen. Das tat ich im Januar vierundvierzig dann auch fünfzig Minuten lang. Derart ignorante Gescheitheit legte ich an den Tag, dass die prüfende Dame hinterm Schreibpult mich mehrmals erstaunt ansah. Sie musste auf dem vor ihr liegenden Papier nachlesen, was sie mich überhaupt gefragt hatte. Als die Prüfung vorbei war, machte sie mir klar, dass sie mich überlistet hatte, und nicht umgekehrt. Ich weiß nicht, ob es mir zum Lachen oder zum Weinen zumute sein soll, Herr Mann, sagte sie, dass Sie ein großer Geschichtenerzähler sind, weiß ich schon längst. Dann holte sie aus ihrer Schreibtischschublade die *Buddenbrooks* hervor, in die ich ihr artig und verdutzt eine Widmung schrieb. Übrigens dauern solche Prüfungen vor dem Einwanderungsbüro in der Regel nur zehn Minuten, gab sie dem amtlich beglaubigten amerikanischen Bürger noch mit auf den Weg. Eine schöne Sache.

Wenn ich mich umschaue, wohin ich auch schaue, es ist kaum etwas zu verwerten für meine Arbeit. Es ist zu gewöhnlich, es hat nicht diesen Geist, den ich brauche. Mein Geist ist ganz Altertum. Ich höre gerne zu. Wenn Besuch kommt, sitze ich gern im Sessel und höre einfach nur zu, stundenlang. Die Leute sind dann immer enttäuscht, dass sie so wenig von mir erfahren haben. Sie haben etwas ganz Wesentliches erfahren: Ich höre für mein Leben gern zu. Ist es zu verdenken, dass die Rede der Leute bei mir einen inneren Filter passiert, eine Reuse, der schon manch schönes Stück ins Netz gegangen ist? Literatur heißt Studieren. Bücher sind das eine, die andere Quelle aber ist das Mundwerk. Plastisch soll's sein, greifbar; dann sollen sie sich nicht wundern, die Leute, wenn sie vermeinen, dieses und jenes so oder ähnlich doch schon mal gehört zu haben. Kurz: Erinnerung, Bilder, Intuition, das ist es, was ich brauche, woraus ich schöpfe, und das findet man hier nicht. Gewiss, diese Emporkömmlingsgeschichten, die man an jeder Ecke hört, die vergoldeten Tellerwäscher- und Schuhputzerkarrieren ... aber ist das denn Intuition? Ist das nicht eher der verzweifelte Versuch, dem Mythos etwas entgegenzusetzen. Mythos setzt nämlich hier aus. Komplett. Also kreiert Amerika seinen eigenen. Den Tellerwäscher- und Schuhputzermythos. Und der ist schnell erzählt. Und wieder zurück. Bilder aber von größter Schönheit und Tiefe – Fehlanzeige. Und woran soll man sich dann erinnern? Höchstens an gestern. Ich aber brauche das Mittelalter, das kunstvoll geknüpfte Netz aus Anspielung und Zitat, ohne das kein wahrer Stoff zu fischen ist. Und ich brauche mich. Mit allen heimlichen Abgründen. Eine gewisse Lieblosigkeit ist das Leben. Und das ist mein Brunnquell. Dass es keine Erfüllung gibt. Alle Erfüllung ist schleimig. Ein Kuss genügt, und ich fühle mich schuldig. Zur schönsten, traurigsten Romanphantasie reicht das allemal. Das Traurige aber, das spüre nur ich. Es ist mir allgemein am liebsten, wenn es so gänzlich unterdrückt erscheint. Dann habe ich die Trauer ganz für mich. Ich brauche den vorbereitenden Blick, die langsame Aufstapelung, den drohenden Untergang. Mein Kollege Geerken wird nur unwesentlich später etwas schreiben, dem ich durch und durch zustimmen kann. Was auch immer ich lese, ich lese immer auch gleichzeitig meinen Text, schreibt Kollege Geerken. Das Exil, was man so nennt, das hört ja nicht auf, scheint mir, das hört ja nach dem Krieg nicht ganz auf. Die allgemeine Schädigung in Deutschland wird sich zu der Zwangsvorstellung auswachsen, alles sei kontaminiert, das Brot, das Grundwasser, die eigenen Gedanken. Der Spuk ist vorbei, sagen sie dann. Gelernt werden sie nichts haben, die Deutschen. Die Zwangsvorstellung wird ein Gespräch über Vergangenes tabuisieren. Nie wird es etwas Vergangenes gegeben haben, das immer gegenwärtig bleiben wird. Gesetzt den Fall, ja, gesetzt den Fall dessen, der fallen muss.

Ich habe mich oft gefragt, ob es eine innere Emigration geben kann. Ich war und bin der Überzeugung, dass es keine innere Emigration geben kann. Was soll das sein? Ein Stillhalten, Wegschauen? In der Überzeugung leben, der Staat erreicht mich nicht? Wer bleibt, kollaboriert. Es erübrigt sich somit die Frage nach dem Unterschied zwischen innerer und äußerer Emigration. Und dann zurückkehren? Ganz Europa ist ein Albtraum, und Deutschland kann man gar nicht mehr träumen. Heimkehr? Ein halbes Jahr Deutschland, und wir sind kaputt. Es wird da zwar eine dem Deutschen ähnliche Sprache gesprochen, wie aber soll man sich verständigen? Vor München graut mir. Das zerstörte Haus soll nicht wieder aufgebaut werden. Durch seine Trümmer zog ein Geist, der noch Jahrzehnte stinken wird. Da werfen einem die Deutschen vor, wir hätten uns aus dem Staub gemacht, hätten uns gedrückt. Ja wovor denn? Vor dem heimatlichen Untergang? Die glauben wohl, das sei eine Idylle. Andererseits ist es hier auch kaum mehr auszuhalten. Täglich stürmen Journalisten das Haus, welche Prognosen ich über den Ausgang des Krieges habe. Er wird ausgehen, es fragt sich wann, es fragt sich wie. Dann ziehen sie wieder ab. Anderntags stehen sie mit derselben Frage wieder vor der Tür. Was glauben Sie, Herr Mann, wird aus Deutschland werden? Ich kann da nur meinen Satz wiederholen, den ich bei meiner Ankunft in Princeton den Journalisten in den Füllfederhalter diktierte: »Wo ich bin, ist Deutschland.« Und ich bin, ich werde nicht. Das wollen sie nicht so recht verstehen.

Kam doch neulich so eine Fratze einfach über den Garten gestiefelt, die Absperrung interessierte den gar nicht, selbsteingeladen, wollte der Bengel auch schon Platz nehmen im Wohnzimmersessel. Als ich das Zimmer betrat, sprang er behände auf und ging freudestrahlend auf mich zu. »Die Welt will von Ihnen wissen, wann Deutschland kapitulieren wird, Herr Mann«, frohlockte der Knabe. »Sehen Sie«, erwiderte ich, »ich glaube nicht, dass die Welt das ausgerechnet von mir wissen will.« »Das war ein Fehler«, meinte das Bübchen, doch so kenne man mich, immer Understatement. Eine doppelte Frechheit. Ich warf ihn hinaus. Kaum schien er verschwunden, kam er über die Veranda wieder hereinspaziert, der eigentliche Anlass seines Besuches sei ja ein ganz anderer gewesen, ob ich vielleicht die Geduld aufbringe, ihm noch eine Frage, *die* Frage nämlich, zu beantworten. Die Unverfrorenheit dieses Revolverskribenten begeisterte mich allmählich. Ich bat ihn, Platz zu nehmen. Diese Einladung kostete er natürlich aus, rückte erst mal sein Sakko zurecht, räusperte sich, kramte in seiner Ledertasche herum, testete ein Dutzend Stifte an, entschied sich zuletzt für den goldglänzenden Füllfederhalter. »Herr Mann«, hob er endlich an, »der Fall ist klar«. Ich blickte in weit aufgerissene Augen. Eine solche Mimik habe ich noch nie leiden können. »Aha«, erwiderte ich, »und welcher?« »Sie, Herr Mann« ... Kunstpause. So etwas bringt mich immer um. »Herr Mann«, besann er sich, »es steht doch völlig außer Zweifel ...« Das nennt man wohl Rhetorik, den Gegner gefügig machen durch Geraune. »Könnten Sie bitte auf den Punkt kommen«, wies ich ihn zurecht. »Herr Mann, ich muss doch um Verzeihung bitten, aber der Sachverhalt, um den es hier geht, ist von solcher Tragweite, dass man innerlich erst vorbereitet sein muss, man kann ihn nicht einfach so herausschnoddern« (so jedenfalls übersetzte ich mir eine amerikanische Formulierung, die mir bis dahin noch nicht begegnet war). Er räsoniert mich zu Tode, dachte ich. Ein hübsches Gesicht, sobald er aber den Mund aufmacht, rüstet er seine Schönheit ab. Der Bengel räusperte sich, holte tief Luft und machte Anstalten, sich endlich dem so überaus Wichtigen zu nähern. »Sie oder keiner«, brach es aus ihm heraus. Pause. Das Herz ging schnell, auch schien mir Schamesröte ins Gesicht zu steigen. Ich schaute zu Boden. »Wie meinen Sie das?«, schaute ich ihn streng an. »Sie, Herr Mann, sind der Kaiser aller Deutschen, ach was, aller Emigranten. Für Sie müsste in Deutschland wieder die Monarchie eingeführt werden«. Ich brach augenblicklich in ein schallendes Gelächter aus. Das schien den Knaben dermaßen zu verwundern, dass er mir sekundenlang nur noch mit herabgefallenem Unterkiefer gegenübersaß. »Mein Lieber«, tröstete ich den sichtlich Verletzten, »das wäre doch ein grober Rückschritt, und wer verbreitet denn um alles in der Welt solche Botschaften?« »Alle sagen das, Herr Mann, alle«. Was seine Kleidung betraf, hatte er für einen Amerikaner sogar Geschmack, der Anzug saß tadellos am Körper. Wenn man so schmal ist, kann man einen taillierten Schnitt durchaus tragen, dachte ich. »Sie meinen also«, unterbrach ich die ihm mittlerweile vielleicht peinliche Stille, »ich soll Deutschland nach dem hoffentlich bald eintretenden Kriegsende vorstehen?« »Unbedingt«, sagte er. »Ob Sie es glauben oder nicht, mein Lieber«, bremste ich seine Euphorie sogleich, »ich werde Deutschland gar nicht wiedersehen«. »Meinen Sie, Sie werden das Kriegsende nicht mehr erleben?« »Ich hoffe doch, aber ich werde hierbleiben«. Staunen. »Oder wollen Sie mich hier nicht mehr haben?« Keine Antwort. Wie denn auch. Ein kleiner Blattschreiber. Ihm gegenüber ein großer Name, dessen Person dahinter niemand kennt. Ohne den Blick von mir zu lassen, packte er seine Schreibutensilien unverrichteter Dinge wieder ein, stand auf und marschierte bereits in Richtung Veranda. »Dieses Mal«, holte ich ihn zurück, »wäre es doch schön, Sie verließen mein Haus durch die Haustür, was meinen Sie?« Er folgte. An der Haustür konnte ich mir nicht versagen, ihm folgende Sottise mit auf den Weg zu geben: »Wenn durch die Russen jedoch der Brecht an die Macht kommt, wird er mir alles Böse antun«. Sofort hasste ich mich dafür. Das Männlein wollte noch eine Rückfrage stellen, verzichtete dann aber und trottete davon.

Ich als Präsident? Wie kommt er darauf? Ich schaute ihm lange nach. Es sind hier Gerüchte im Umlauf, da wundert einen mit der Zeit nichts mehr. Nur weil ich beim Präsidenten war? Bei solchen Treffen geht es doch um ganz andere Dinge. Wenn man auch nie ganz genau weiß, worum es geht. Um ein stillschweigendes gegenseitiges Ausnutzen. Als Romanfigur taugte Roosevelt allemal, und eine solche Figur hatte ich noch nicht im Repertoire. Was nun hat Roosevelt mir da zu bieten? Naivität, Gläubigkeit, Schlauheit, Schauspielerei, Liebenswürdigkeit ... eine Menge. Was konnte ich ihm bieten? Ein Buch immerhin, *War and Democracy*, mit der plausiblen Widmung »To F. D. R. President of the U. S. and of a coming better world«. So etwas hätte der Brecht nicht fertiggekriegt. Baute ich den Präsidenten in meinen Roman *Joseph der Ernährer* ein, so diente ich dem Präsidenten als repräsentativer Spiegel, als verlässlicher Sparringspartner seiner Verwöhntheit und Gefalllustigkeit, der ihm schon aufzeigt, wie es mit ihm bestellt ist. Na ja, zumindest ein wenig. Eine Hand wäscht die andere. Der Besuch beim Präsidenten am dreizehnten und vierzehnten Januar neunzehnhunderteinundvierzig konnte mich noch einmal eindrücklich und ohne jeden Zweifel von dem merkwürdigen Umstand überzeugen, dass es gar keine historischen Momente gibt, alles geht mit einstudierten Maßnahmen vor sich, erst im Erinnern, und das heißt Verfälschen, heben wir das Niveau, und ein Roman ist schon Verklärung, auf den Roman aber läuft alles hinaus, wir leben bis zum Roman. Der Besuch beim Präsidenten also. Völlig unbedeutend. Herzlich, aber unbedeutend. Da gibt es gar nichts zu beschönigen. Es wird auch da nur mit Wasser gekocht, hätte meine Mutter gesagt. Hätte sie das? Es gibt bedeutendere Momente, beim Zusammensitzen mit Freunden zum Beispiel. Es fragt sich allerdings, mit welchen. Sitze ich doch am liebsten mit mir allein zusammen. Das hingegen ist zuweilen ein wirklich bedeutender Moment. Eleanor Roosevelt? Eine einfach-herzliche und brave Frau. Eigenartig bescheiden, nicht ohne beeinflussen zu wollen. Holte immerhin den Doktor, da ich sichtlich und stärker erkältet war. Gewissermaßen bemüht aktiv ist sie, kann indes auch stärker langweilen, was sich beim privaten Cocktail, der auf besondere Weisung des Präsidenten stattfand, recht unangenehm erweisen sollte. Roosevelt konnte ein Gähnen nicht unterdrücken, ich verstand zum Glück nicht jedes Wort. Wohnungsbeschaffungs-Angelegenheiten etc. Soweit mein zweiter Besuch beim Präsidenten. Der erste vom neunundzwanzigsten Juni neunzehnhundertfünfunddreißig ist mir schon fast gänzlich aus dem Gedächtnis entschwunden. Liegt das am Gedächtnis oder am Präsidenten? Außerdem kann ich ja nicht immer in meinen Tagebüchern nachblättern, um frühere Eindrücke wieder heraufzubeschwören. Für meinen Roman also, das halten wir einmal fest, ist so eine Unbedeutendheit der Vorkommnisse natürlich völlig unbrauchbar. Wie geht man da vor, um die Bedeutung zu steigern? Man schreibt einen Brief. Den habe ich am vierundzwanzigsten Januar der Agnes Meyer geschrieben. Bei der Schilderung der Privateinladung des Präsidenten, mit ihm einen Cocktail zu trinken, verstieg ich mich zu der Formulierung, dies sei der schwindelnde Gipfel der Auszeichnung gewesen. Dabei war es nur ein Cocktail. Mit ganz wenigen Auserwählten aber. Um dieser Auszeichnung mehr Gewicht zu verleihen, schrieb ich wörtlich, dass »die anderen Dinner-Gäste gefälligst zu warten hatten. Und doch hatten wir schon das erste Frühstück mit ›ihm‹ gehabt!« – so macht man das, gar keinen Zweifel an der eigenen Wichtigkeit aufkommen lassen, dabei eine gewisse Bescheidenheit, ja Demut zeigen – »›Er‹ hat mir wieder starken Eindruck gemacht oder doch, mein sympathisches Interesse neu erregt: Diese Mischung von Schlauheit, Verwöhntheit, Gefalllustigkeit und ehrlichem Glauben ist schwer zu charakterisieren« – eben, das erfolgt ja im Roman – »aber etwas wie Segen ist auf ihm, und ich bin ihm zugetan als dem, wie mir scheint, geborenen Gegenspieler gegen Das, was fallen muss.« – Ob die Meyer das verstanden hat? Wahrscheinlich wohl. – »Hier ist einmal ein Massen-Dompteur modernen

stellung? Anstatt in eine Flöte bläst er in einen Handschuh. Die heiße Luft entweicht in Los Angeles in eine Luft, die schon heiß ist, das heißt dann, keine Spuren hinterlassen. Meine Schüler wollen wissen, wie man eine Musik schreibt für einen Hollywoodfilm, sie wollen nämlich alle reich sein, und da ist ein Studium der Musikgeschichte doch eher hinderlich, das sähe ich doch ein, oder? Und dann, neunzehnhundertvierunddreißig, erschien plötzlich dieser Jüngling. Er wolle Privatunterricht, sagte er. Aha, Privatunterricht, so aus purem Interesse, oder was bezwecke er damit? Der Befragte schwieg und schaute mich groß an. Da er nicht ging, wollte ich ihn mit dem Hinweis abschrecken, er könne sich womöglich meine Preise gar nicht leisten. Da antwortet das Bürschchen, die bräuchte ich gar nicht zu nennen, Geld habe er sowieso keins. Da wollte ich ihn vor die schwerste Entscheidung seines Lebens stellen: »Wollen Sie Ihr Leben der Musik widmen?« Und er antwortete mit »Ja, ich will«, und das Herz ging ihm wie verrückt, und er hat »ja« gesagt, »ja ich will«. Ja. So wurde John Cage, dieser merkwürdige Vogel, mein Schüler. Aber sonst? Kaum Licht. Vereinzelte Kometen. Der Exilant bringt seine Tradition mit, und das Exilland will von dieser Tradition nichts wissen. Ich sage, jetzt machen wir mal Beethoven, da fallen die vor Desinteresse fast vom Stuhl. Bei Brahms schlafen sie, bei Schönberg verstehen sie die Welt nicht mehr. Ich bin aber Schönberg, so wahr ich ihnen gegenübersitze. Die bestaunen mich als Relikt einer längst untergegangenen Epoche. Und man ist höflich genug, diesen Untergang nicht anzusprechen, ihn nicht zum Thema zu machen. Da, schau, der Schönberg, eigentlich schon untergegangen, eine Mumie unter Denkmalschutz, Sinnbild ihrer untergegangenen Kultur. Und Amerika präsentiert die Mumie Schönberg ... ach was, gar nichts präsentiert Amerika, das würde ja voraussetzen, ich sei hier bekannt, anerkannt, ein Begriff. Da muss ich doch noch eine Geschichte erzählen, die sich in Hollywood zugetragen hat. Ein gewisser Irving Thalberg von Metro-Goldwyn-Mayer war auf der Suche nach einem Filmkomponisten, der eine nicht alltägliche Musik liefern könnte. Eigentlich hatte Thalberg überhaupt keine Ahnung von Musik, aber wohl ein feines Händchen dafür, die seiner Meinung nach richtigen Leute zusammenzubringen. Eines Tages steht also einer seiner Assistenten vor unserem Haus in Brentwood in der North Rockingham Avenue. Ein drahtiges Kerlchen, den es geradezu juckte, mich zu sprechen. Man habe schon so viel von mir gehört, fing er an, vor allem Mister Thalberg, der ganz angetan sei von meiner *Verklärten Nacht*, die er pausenlos auf Schallplatte höre, und als sein Chef gelesen habe, dass es einen Artikel über mich in der *Encyclopaedia Britannica* gebe, sei er ganz aus dem Häuschen gewesen, Thalberg, der vielmals grüße, habe sich den Artikel kommen lassen, und nach der Lektüre sei ihm völlig klar gewesen, Schoenberg, sonst niemand. Ich ließ das Kerlchen erst mal eintreten. Um die Verfilmung des Chinaromans *Gute Erde* von Pearl S. Buck handele es sich, der großen amerikanischen Schriftstellerin. Den kenne ich doch sicherlich einwandfrei. Keine Spur. Musste nur immer an Träne denken. Keine Zeile von ihr gelesen, was ich das Kerlchen aber nicht wissen ließ. Der hatte mittlerweile mehrere Tassen Kaffee getrunken, und als er erfuhr, dass dies original Wiener Kaffee sei, war er ganz aus dem Häuschen, von Wiener Kaffee habe er schon so viel gehört und so wenig getrunken, jetzt nämlich die ersten Tassen, das könne für ihn zur Gewohnheit werden, in ganz Amerika müsse dieser Kaffee eingeführt werden. Worauf ich ihm antwortete, dass dann ja ganz Wien keinen Kaffee mehr hätte. Er fragte, wo Wien denn eigentlich ganz genau liege. In Österreich. Der ausgelassene Jüngling hielt kurz inne, als wenn er sich auf etwas Schwieriges besinne, riss sich dann aber nach vorne und kam wieder auf den Film zu sprechen, zu dem Mister Thalberg meine Musik schon höre. »Eine aufwühlende, den Zuschauer mitreißende Szenerie wird entfacht«, sagte er,

»ein furchterregender Sturm beginnt, der goldglänzende Weizen wird flach auf den Boden gedrückt, und plötzlich erzittert die Erde. Der Zuschauer ist ganz hineingerissen in diese Atmosphäre, die Kamera schwenkt, und die Heldin gebiert mitten im Erdbeben ein Kind.« Das Kerlchen schaut mich groß an. Ich verziehe keine Miene. Nachdem er eine weitere Tasse Kaffee in sich hineingeschüttet hat, holt er ganz groß aus. »Und dann, mit dem Gebären des Kindes, welches das Erdbeben gewissermaßen ablöst, setzt Ihre Musik ein. Einen besseren Zeitpunkt für eine Musik kann man sich gar nicht vorstellen.« Erschöpft sinkt das Männlein in den Sessel zurück. Um den Mann nicht weiter zu beunruhigen, sagte ich mit ganz ruhiger und gedämpfter Stimme: »Wenn schon so viel vorgeht, wozu brauchen Sie dann noch Musik?« Verwunderung, ungläubiges Staunen. Der Gesandte des Herrn Thalberg verstand die Frage nicht. Schnell sammelte er sich wieder, versprach, sich wieder zu melden, es werde mir schon klar werden, wozu die Musik genau an der Stelle gebraucht werde, und ließ sich zur Tür begleiten. Den siehst du nie wieder, dachte ich. Zwei Tage später fand ich eine Einladung in meinem Briefkasten, Mister Thalberg möchte mich sehen, ob ich ihm nicht die Ehre erweisen wolle, ihn in seinem Büro in Hollywood zu besuchen. Ich wurde neugierig. Am anderen Tag saß ich bei ihm im Büro. Das heißt, ich musste zunächst zwanzig Minuten auf ihn warten. Ich, der ich in meinen einundsechzig Jahren nie auf jemanden gewartet hatte. Noch eine Minute, sagte ich seiner Sekretärin, dann sind wir weg, dann haben Sie mich und meine Frau gesehen. Das sagte ich ihr ungefähr zehnmal. Thalberg erschien endlich, machte großen Kotau, regelrecht Kratzfüßchen, es läge nicht an ihm, die Verpflichtungen, einen solch großen Komponisten wie mich lasse man nicht warten et cetera. Er bat, Platz zu nehmen. Er selbst schien auf einem Podest zu sitzen, so riesig kam er mir vor. Sofort wollte ich wieder aufstehen, besann mich aber und spielte den Unbeteiligten. Deutsche Eiche, bemerkte ich. Nussbaum, erwiderte er. Sein Schreibtisch war eine uneinnehmbare Festung. Das also ist Hollywood, dachte ich. Einschüchterungsmobiliar. Man hätte über den Tisch fliegen müssen, um ihn mit der Faust zu treffen. Was meine Bedingungen seien. Ich verstand nicht sofort, um welche Bedingungen es sich da handeln sollte. Ihre Gage, half Mister Thalberg nach und setzte eine Zigarre in Brand. Das erhöhte meine Bedingungen. Meine Bedingungen sind sehr einfacher Natur, sagte ich nach einer kurzen Pause, fünfzigtausend Dollar und die uneingeschränkte Gewähr, dass meine Filmkomposition genau nur so, wie ich sie abliefere, und keinen Deut anders gespielt wird. In der Partitur darf keine Note geändert werden. So geht man mit diesen Leuten um – dachte ich. Thalberg paffte vor sich hin. Er rührte sich nicht. Meine Honorarforderung war wohl zu viel für ihn. Durch die Sprechanlage rief er seine Sekretärin, bedankte sich, küsste Gertrud die Hand, meine Hand bekam er nicht. Auf dem Heimweg sprachen Gertrud und ich kein Wort. Fünfzigtausend Dollar, das wäre es gewesen, damit hätten wir ein feines Leben geführt. Gertrud vermied jeden Blickkontakt, was mich zunehmend in Rage versetzte. Sie habe mich nicht herausfordern wollen, sicher hätte ich jeden Blick als Vorwurf gedeutet. Zu Hause bin ich sofort ins Bett, habe aber stundenlang nicht schlafen können. Gegen vier Uhr morgens, so erzählte mir Gertrud anderntags, sei ich aufrecht im Bett gesessen und habe geschrien »Schönberg ist mein Name, kapiert?!« Es nutzte alles nichts. Von Eisler erfuhr ich einige Zeit später, dass nicht meine Honorarforderung den Ausschlag gegeben hatte, dass Mister Thalberg nichts mehr von sich hören ließ, vielmehr habe er die Geschichte im Beisein von Eisler auf einer Cocktailparty erzählt, und als die Rede darauf gekommen sei, ich hätte verlangt, dass keine Note geändert werden dürfe, seien alle in schallendes Gelächter ausgebrochen. Eisler, der von der Sache zum ersten Mal hörte, habe nicht mitgelacht. Daraufhin habe man sich mit ihm schlichtweg nicht mehr unterhalten. So einfach ist das. Die fünfzigtausend hätten mir einen komfortablen Weg ins Grab geebnet. So aber musste ich weiter an der Un-Universität UCLA in Los Angeles lauter Ungeistige unterrichten, denen ich obendrein Tipps geben sollte, wie man in Hollywood mit Filmmusik reüssiert. Dafür bekam ich dann nach meiner Emeritierung ganze achtundzwanzig Dollar fünfzig, die später auf vierzig Dollar achtunddreißig erhöht wurden. Fünfzigtausend Dollar. Vierzig Dollar im Monat sind besser, als in die Luft zu fliegen. Ich bin Jude und lebe noch. Vor Hitler wäre das ein unbegreiflicher Satz gewesen.

Unbegreiflich wird mir jetzt etwas ganz anderes. Das Loch hier im Sessel. Eine Kuhle, die nur notdürftig und in aller Eile mit einem Ersatzstoff aufgefüllt worden sein muss. Dass unter mir etwas nicht stimmt, habe ich von dem Moment an gemerkt, als ich in meinem Sessel einfach nicht mehr still sitzen konnte. Dieser Sessel ist mein absolutes Lieblingsstück. Gepolstert mit Pferdehaar. Dass es nur ja nicht zu bequem ist. Er hat Wärme, aber nicht zu viel. Er federt, lässt aber nicht hopsen. Und genau dieses Federn lässt deutlich werden, unter mir ist was faul. Ich kann die Stelle genau angeben, die mich belästigt. Es ist rechts hinten. Da hängt was durch. Ein Loch in der Größe eines Gänseeis. Das reicht nicht, eines Straußeneis. Man hört es nicht, man sieht es nicht. Es ist aber da. Ich bin zu müde, um aufzustehen. Zunächst dachte ich, das liegt an der Sommerhose, die ist viel zu dünn, die hat gar keinen Widerstand. Da geht der Wind glatt durch. Sogar im Sommer ist eine solche Hose eigentlich ganz unangenehm. Es geht kein Hauch, allein das Gehen lässt den Eindruck von Luftbewegung entstehen. Es zieht durch die Hose, selbst im Stillstand. Es zieht, und dann richten sich die Haare an meinen Beinen auf. Sie scheinen die Hose von den Beinen weghalten zu wollen. Jetzt aber ist gar kein Sommer. Und es ist trotzdem da. Es sticht in den Po. Hast du die Garnitur neu beziehen lassen, fragte ich Gertrud. Nein, die Garnitur ist nicht neu bezogen worden. Ledersessel hinterlassen oft einen Schweißfleck, haarige Sessel einen schlechten Traum. Die ganze Zeit denke ich, dieser Sessel muss weg, die nächste Anschaffung ist ein neuer Sessel, dann stehe ich auf, gehe anderen Dingen nach, und anderntags sitze ich wieder drin. Wenn mal eine Feder verrutscht ist, man geht auf Grundeis, ein Bein droht wegzubrechen, die gesamte Konstruktion ist wacklig, das hat man ja im Überblick, dass man aber freiwillig in einem Sitzmöbel Platz nimmt, das ganz offensichtlich etwas daran auszusetzen hat, und man überlässt dem Sitzmöbel die Entscheidung darüber, ob man weiterhin auf ihm Platz nimmt, anstatt es sofort und ohne weitere Umstände wegzugeben oder zu entsorgen, das also ist Nostalgie. Eine Art Umnachtung. Dieser Sessel ist das Einzige, was mit herübergekommen ist. Jahrelang habe ich in Berlin in diesem Sessel gesessen. Dieser aufgescheuchte Max von Schillings, dieser Duckmäuser, der Herr Präsident der Preußischen Akademie, der hat ja sofort Jawohl, Herr Hitler, gesagt, selbstverständlich, Herr Hitler, kein Jude darf in dieser Preußischen Akademie der Schönsten Künste verbleiben, Herr Hitler, der Herr Schönberg hat sich nun lange genug breitgemacht auf seinem jüdischen Sessel, da habe ich den Sessel genommen und bin nach Paris. Wie konnte ich nur so verblendet sein und auf Honorarfortzahlung hoffen! Ein Jude ist eben kein Professor und schon gar nicht in Deutschland und erst recht nicht in Berlin. Ein Ohrensessel, der mir diesen einfach nicht zu begreifenden Schwachsinn vom Leib halten sollte. Ich sehe diesen Max von Schillings vor mir. Ein deutscher Komponist. Eine Provinzposse. Der hat das auf bürokratischem Wege zu lösen versucht. Nach oben gedient. Wie klingt denn eine deutsche Note, Herr von Schillings? Eine braune Duftnote. Ein Geld. Paris also. Kaum bin ich in Paris, setzen mir Asthmaanfälle zu. Als ob ich den Hitler aushusten müsste. Und jedes Husten schnürt mir den Hals ab. In Arcachon ging der Atem besser. Die atlantische Luft wehte schon dem Pazifik voraus. Gertrud war ein Halt und ist es auch jetzt noch. Ohne den Sessel aber wäre ich völlig haltlos gewesen. Ich sitze in meinem Sessel, schließe die Augen. Sitze einfach nur in meinem Sessel. Etwas aber stimmt nicht mit ihm, es ist was verrutscht oder ausgetauscht worden, er riecht anders, lässt mich nicht mehr so bereitwillig in ihm Platz nehmen. Ich könnte in Berlin sitzen, in Paris, Brüssel, in Istanbul, es hätte mich mit diesem Sessel nach Korea verschlagen können, Israel, die ferne Hoffnung ... sitze ich in diesem Sessel, brauche ich einfach nur die Augen zu schließen, sofort läuft alles ganz genau vor mir ab, ich kann in diesem Sessel mein Leben abrufen, erkenne Gesichter wieder, spüre Hitze und Frost, Schnee fällt, häuft sich auf und schmilzt, ich verirre mich, laufe in Berlin auf dem Kurfürstendamm, besuche die Synagoge in der Oranienburger Straße, dieser Sessel ist Heimat. Eine unantastbare Insel im ringsum sinkenden Meer. Und seit dem fünfundzwanzigsten Oktober neunzehnhundertdreiunddreißig heißt dieses Meer Amerika. Die ganze amerikanische Zeit habe ich in diesem Sessel sitzen wollen. Er hat die alte Zeit mit herübergebracht. Ich hatte, kaum ging ich in Le Havre an Bord, keinen Augenblick daran gezweifelt, Europa nie wiederzusehen. Israel ist nicht Europa. Die Freunde haben doch nicht wirklich an mir zweifeln können, an meinem Verstand, dass ich mich so verstärkt wieder dem Judentum zuwende. Marc Chagall ist mein Zeuge, am vierundzwanzigsten Juli dreiunddreißig bin ich zum Judentum rekonvertiert. Es blieb mir da gar keine andere Wahl. Kurze Zeit später habe ich Anton Webern, meinem besten Schüler in Europa, in einem Brief mitgeteilt, dass ich von nun an nichts mehr mit dem Okzident zu tun haben werde, vom Okzident bin ich als gelöst zu betrachten, da habe ich gar keine andere Wahl, der Okzident ist braun angelaufen, verbraunt. Das Komponieren, habe ich dem Webern geschrieben, werde ich aufgeben zugunsten der nationalen Sache des Judentums, ab jetzt bin ich kein Komponist mehr, sondern allein und ausschließlich Jude, und das Hauptziel muss die Gründung eines jüdischen Staates sein. Da haben die Freunde und Bekannten gedacht, ich hätte den Verstand verloren. In Anbetracht der Situation ist das Kleingeisterei, und was soll die Kunst, wenn die Welt auseinandergeht. Muss hier nicht äußerste Flexibilität bewahrt werden, muss man nicht jeden Moment alles über Bord werfen können, um reaktionsfähig zu bleiben? Eine Idee, die wiegt nichts, die ist immer dabei. Jetzt genügt es aber nicht, bloß eine Idee zu haben, es müssen die Taten folgen. Nicht ich verfolge die Idee, die Idee verfolgt mich. Und die Idee ist mein Hoffnungsstern, wohin ich auch gehe. Gehe ich halt weg aus Deutschland, verlasse Paris, finde mich in Amerika ein. Nicht wo ich bin, ist Deutschland. Wo ich bin, ist Exil! Es braucht lange, um herauszufinden, dass er so freundlich blinkt, der Hoffnungsstern, doch er bewegt sich nicht. Er verführt, den Blick vom Boden zu nehmen und stets nur den Himmel anzuschauen. Und manche wähnen sich schon im Himmel, sie stürzen ab wie Hans-guck-in-die-Luft.

Thomas Mann kam ziemlich spät endgültig. Ich hätte es besser wissen müssen. Es war für ihn ja so einfach. Er hat einfach nur hierbleiben müssen. Es genügt, wenn Thomas Mann laut denkt. Zum Beispiel so: »Ich, Thomas Mann, bleibe jetzt in Amerika, und Amerika hat sich gefälligst danach zu richten. Und wer etwas dagegen einzuwenden hat, kann Präsident Roosevelt anrufen. Hitler wird garantiert nicht anrufen.« Arm war er beileibe nicht. Aber meinen Sessel wollte er haben. Sind Sie extra aus Princeton gekommen, um mir das zu sagen?, fragte ich ihn. Er habe auch sonst hier zu tun. Warum ausgerechnet diesen Sessel? Weil alles in Deutschland geblieben sei. Sehr geehrter Herr Mann, habe ich ihm da gesagt, ich bin selbst in Deutschland geblieben, das versteht da nur niemand, wissen Sie, weil ich ja hier in Amerika bin. Äußerlich bin ich in Amerika, innerlich aber in Berlin, in Wien. Er aber, der große Thomas Mann, hatte nichts im Gepäck, keine Erinnerung, kein Möbel. Das war ja alles beschlagnahmt worden vom Heydrich, der ihn ausbürgern ließ. Warum ausgerechnet der Sessel? Mit ihm verbinde ihn etwas, daran er sich abzuarbeiten vorgenommen habe. Mehr sagte er vorerst nicht dazu, machte aber ein Gesicht, als müsse er ohne diesen Sessel auf der Stelle tot umfallen. Seine ganze Körperhaltung hatte eine Dringlichkeit, die schon ein Befehl war. Der Befehl lautete: Rücken Sie jetzt augenblicklich diesen Sessel raus! Da habe ich ihm diesen Sessel halt schicken lassen, eine Leihgabe, eine Geste, nichts weiter, der freundliche Arnold Schönberg, wird er wohl gedacht haben, eine kleine Aufmerksamkeit, was aber macht er, er schreibt in diesem Sessel den *Doktor Faustus*. Sie werden diesen Sessel sobald als möglich zurückerhalten, ließ er mich in einem Brief wissen, überhaupt kehrte er brieflicherseits den Großschriftsteller raus, dem ja schließlich ein großer Sessel gebührt, und wenn er schon auf Einflüsterung angewiesen ist, dann doch gleich den Ohrensessel vom Schönberg, und der Adrian Leverkühn nimmt in diesem Ohrensessel Platz und bringt mich fast um. Ein Schwindsüchtler! Das ist Meuchelmord, Herr Mann, dass Sie mir hier meine Ideen klauen und mich nicht einmal erwähnen, Sie kommen nach Amerika und beuten mich aus, Ihren Exilkombattanden, Sie kombattieren aber gar nicht, Sie schröpfen nur, hätten Sie wenigstens etwas erfunden, das meiner Zwölftonerfindung gleichkäme, aber nichts dergleichen, wenn auch Hauer die Zwölftonsache früher auf den Weg brachte, sie als Modell entwickelt hat, so war es doch kein so fruchtbarer Weg, ich habe die Komposition mit zwölf Tönen zur Entfaltung gebracht. Dieser leidige Prioritätenstreit, wer hat wann was zuerst gemacht, ist hier in Amerika unser täglich Brot. Wenn man nur einen Ohrensessel hat, und das Sitzen in diesem Ohrensessel ist dasselbe Sitzen wie in der Heimat, als Einziges verbindet dieses Sitzen mit der Heimat, dann will man auch eine geistige Heimat haben, und diese geistige Heimat ist die Dodekaphonie, die Zwölftönigkeit, das ist meine Formel, auf die ich mich immer beziehen kann, unabhängig von meiner Umgebung. Dieser Leverkühn ist nichts anderes als ein Amateur, ein Amateur ist das, der meint, das Komponieren mit zwölf Tönen sei einfach nur Komponieren mit zwölf Tönen, nichts weiter, mal so rum, mal so rum, dann mal rückwärts und umgekehrt. Geist ist es, und Geist fehlt! Es genügte Herrn Thomas Mann also nicht, mir meinen Ohrensessel abspenstig zu machen, damit ihm dieser zur Tuchfühlung mit der verlorenen Heimat verhelfe, er muss auch noch den *Faustus* in diesem Ohrensessel schreiben, dessen einzigen geistigen Gehalt er mir obendrein auch noch geklaut hat, um ihn diesem schwindsüchtigen, aus verschiedenen Biographien zusammengeklebten Leverkühn zuzuschreiben, einem Nichtsahner, der einfach die Zeitenwende nicht verstanden hat, der noch ganz nach Nietzsche riecht, nach Tschaikowski, aber doch nicht wirklich nach mir, und das bringt mich dann ganz auf die Palme, Geist geklaut, aber nicht von heute sein, meinen Geist in eine Mumie eingepflanzt hat der Herr Mann, eine Mumie ist dieser Leverkühn, ich aber bin Höhlenforscher, Nordpolfahrer, Ozeanflieger in einem, ich bin eine einzige Minderheit, ich bin Arnold Schönberg. Alle Mittel und, wie hieß es, »Konvenienzen« der Kunst taugten heute nur noch zur Parodie, schwadroniert dieser Leverkühn, der vor lauter Beethoven, Brahms und Berlioz mich einfach nicht verstanden hat, dieser Schwadroneur. Jawohl, ist Hauer ein philosophischer Fabulierer, der auf das Ende der Musik spekulierte, so ist Leverkühn ein Schwadroneur. Ja, Hauer war zuerst. Aber mit was? Mit einer bloßen Idee? Ich war ehrlich genug, ihm zu schreiben, Ende neunzehnhundertdreiundzwanzig, und schlug ihm vor, gemeinsam ein Buch über unsere unabhängig voneinander gemachten Entdeckungen zu schreiben, erkannte ich doch, dass

Hauer den Ruf meiner Originalität gefährdete und ich vielleicht als sein Plagiator hingestellt werden würde, nicht der Sache nach, aber dem Anspruch. So aber hätte der Unterschied zwischen uns klar herausgearbeitet werden können, zumal wir es der Welt gezeigt hätten, dass sie an Österreich nicht vorbeikommt. Das hat ja schließlich ein anderer Österreicher gezeigt. Der Herr Mann hat ja kein Buch mit mir schreiben wollen, dazu hatte er ja meinen Ohrensessel und den Herrn Adorno, der ihm alles Nötige verzapft hat. Es scheint ihm einfach eingeflossen zu sein in den *Faustus*, Thomas Mann schreibt die Adorno-Wörter gähnend in den Text. Wie alle Bücher von Herrn Thomas Mann ist also auch der *Faustus* eine Textsammlung, die sich aus verschiedenen Quellen speist. Den Seinen gibt's der Herr im Schlaf, den anderen gibt's die Bibliothek – und Beute davontragende Spione. Mein Komponieren mit zwölf Tönen ist nichts anderes als die absolute Relativitätstheorie, nur eben praktisch. Verstehe das, wer will. Der Salbader von Leverkühn ist praktisch nichts, und jeder meint ihn zu verstehen. Zugegeben, ich habe mir das meiste von Gertrud vorlesen lassen, auch aufgrund meiner schlechten Augen, die täglich immer schlechter werden, sodass ich an manchen Tagen mit meinem Erblinden rechne, ich stelle mir dann vor, was ich sehe, wenn ich nichts mehr sehe, und ob mir dann die verlorene Heimat wieder vor Augen steht, der strahlende Himmel in Berlin, die waldige Luft am Müggelsee, wenn alle Bäume blühen, der brandenburgische Kiefernduft, die Jugendstilvilla Lepke in Zehlendorf mit ihrem Bogenschützen vor dem Portal steht wieder auf ... Und sterben lässt er mich auch noch, »den teueren Mann«, jawohl, das soll ihn teuer zu stehen kommen. Die Sache ist klar, und je mehr ich darüber nachdenke, umso deutlicher ist mir das, Adorno ist ein Spitzel. Und mir geht die ganze Sache ans Herz. Sie zerfrisst mich. Habe ich schon erzählt, dass der Herr Thomas Mann mir den Sessel wiedergegeben hat? Nein? Also, er hat ihn mir wiedergegeben.

Nachdem das ja eskalierte, mit dem Leverkühn, dem *Faustus*. Das sollte wohl eine überragend gönnerische Geste sein; aber mein lieber Schönberg, nun haben Sie sich doch nicht so, hier haben Sie erst mal Ihren Sessel wieder, nun setzen Sie sich doch erst mal hin und atmen einmal durch, dass wir aber auch immer wieder mit unseren Kinderschuhen durchs Leben gehen, mein lieber Schönberg, ich höre ihn schon. Über Bitternis und Misstrauen solle ich mich erheben etc. Ich sitze wieder in meinem Sessel, den er mir gnädig zurückbringen ließ, und ärgere mich nach wie vor schwarz über seine Piraterie. In diesem Sessel hat Herr Thomas Mann seinen *Faustus* geschrieben, und der Leverkühn plärrt mir die Ohren voll. Dieser angebliche Tonsetzer hat sich in den Ohrensessel hineingefressen, wie sich mir die ganze Sache ins Herz gefressen hat, und aus dem Ohrensessel tönt der Leverkühn heraus, wie der Herr Mann ihn dort eingegeben hat, indem er den Geist der Zwölf Töne aus mir herausspionieren ließ. Mein Herz setzt aus. Von Zeit zu Zeit setzt mein Herz aus. Das sei normal, hat man mir immer wieder versichert. Das ist es auch nicht, was mich beängstigt. Ich sitze in meinem Ohrensessel, brüte über die mir zugemutete Enteignung und möchte aus der Haut fahren, an die Decke springen möchte ich, weiß aber gleichzeitig, dass dies mein sicherer Tod wäre. Ich bin gefesselt an diesen Sessel, in dem ich es nicht mehr aushalte, da ist jemand in meinem Kopf, der andauernd sagt, steh auf, steh auf, erhebe dich, dir ist Unrecht geschehen. Ich kann aber nicht aufstehen, selbst wenn ich es wollte, könnte ich nicht aufstehen. In diese Pattsituation bricht das Asthma hinein, in unheilvoller Allianz mit einem in den Grund fahrenden Husten, der mir die Lunge vor die Füße wirft. Ich bekam darüber einen solchen Schrecken, dass ich erst gar nicht mehr einatmen wollte. Es erschien mir das Beste, das Atmen ganz einzustellen. Zu lebhaft war mir noch der grauenhafte Hustenanfall vom Januar vierunddreißig in Erinnerung, kurz vor einem Konzert mit dem Bostoner

Symphonieorchester, das einige meiner Werke spielen sollte. Damals war ich immer auf Reisen, immer auf Achse, hatte mal in Boston, mal in New York und Umgebung Unterricht zu geben, die Züge waren Gift für mich, immer überhitzt, machte man das Fenster auf, machte ein anderer es garantiert sofort wieder zu, dauernd wechselte das Klima, war es hier zu warm, ging dort ein kühler Wind. Ich sitze in der so genannten Künstlergarderobe, eine Maskenbildnerin betupft mein Gesicht, damit es im Scheinwerferlicht nicht so glänzt. Ob es das kosmetische Pulver, der Pulverstaub oder meine allgemeine Nervosität, mein gesteigertes Lampenfieber oder die Auswirkung des ungesunden Lebenswandels war, plötzlich merkte ich, wie aus dem Boden heraus sich ein Ausbruch anbahnte, eine geysirartige Eruption, da kam etwas ins Rollen, was ich nicht aufhalten konnte, es riss mich aus dem Sessel der Schminkdame, ohne akute Atemnot rang ich nach Luft, um diesen Ausbruch vielleicht doch noch zu verhindern, da donnerte es auch schon los, die Dame ließ ihr Puderdöschen fallen und stürmte aus der Garderobe, der Husten schlug mir sofort in den Rücken, ein lauter Knall, es gab gar keinen Zweifel, der Rücken war gerissen, ich stürzte zu Boden und glaubte mich gelähmt, machte auch gar keine Anstalten, nachdem sich der Anfall gelegt hatte, wieder aufzustehen, ich blieb einfach liegen, bis der Dirigent des Orchesters den Raum betrat und mit bestürzten Gesten versuchte, mich vom Boden aufzuheben. Absagen, sagte ich ihm, wir müssen alle Konzerte absagen.

Zeit meines Lebens wollen mich Asthma und Husten in Stücke reißen. So auch beim letzten Asthmaangriff, der mir das Ende so deutlich vor Augen stellte, dass alles ringsumher klein wurde, ganz klein und unwichtig, nur schnell sollte das Ende kommen, ja, sagte ich vor mich hin, da hast du schon recht, alles ist eitel, ob aber tatsächlich eine Wiese wieder da sein wird, wo bis vor kurzem noch Städte standen, oder vielmehr nur noch und für immer Asch und Bein, das wissen wir nicht, lieber Gryphius, und ob das Spiel der Zeit, der leichte Mensch besteht. Das ist ja alles viel zu niedlich, auch der Gedanke, dass kein wie heißt es noch »einig Mensch« die Ewigkeit betrachtet hat, ist beileibe kein Trost. In den Sessel gedrückt und von der Vorstellung des Einsinkens, des allmählichen Entweichens gepeinigt, dabei äußerlich ganz ruhig, nur eben von diesen Hustenstößen geschüttelt, lief an mir ein karussellartiges Panorama, ein Film früherer Tage vorbei, mit Bildern aus der Leopoldstadt, vom Begräbnis Gustav Mahlers, das ich selber in ein Bild gefasst, der Michaelerplatz in Wien taucht auf, Paris, die Rue de Rivoli, Zeiten und Orte alle durcheinander und übereinander, alles gezogen von einem unsichtbaren Vorführmeister, Lugano, mit Gertrud am See, Mödling, mein Stehpult im Arbeitszimmer, die Reserveoffiziersschule Bruck, die Mariahilfer Straße in Wien mit ihren wunderbaren Geschäften, ein Spaziergang im Pelz in Sankt Petersburg, die Zimmer der Villa Lepke in Zehlendorf, alles ganz lebendig, deutlich vor Augen, die Bilder und die Folgen von Bildern so, dass ich meinte, in sie hineingehen zu können, die alten Bewegungen wieder aufnehmen, hinausspazieren, im See schwimmen, am Stehpult die Noten weiterschreiben, in Wien in die Tram einsteigen zu können. Das und noch viel mehr erzählte ich auch meinem Hausarzt, der mir augenblicklich Benzedrin verabreichte. Aus Enttäuschung darüber, dass das Karussell ebenso augenblicklich anhielt, sagte ich ihm, die Rechnung könne er dem Herrn Thomas Mann schicken und dem Leverkühn, dem solle er auch dieses Mittel geben. Ein oder zwei Stunden später bin ich dann im Sessel eingeschlafen. Gegen zehn Uhr abends reißt mich ein ungeheurer Schmerz aus dem Schlaf, da ist einer, der will dir das Herz aus der Brust ziehen, so arbeitet etwas in mir. Ich war sofort bereit, dem Herrn Thomas Mann alles zu vergeben, das sei ja alles nur eine Kinderei, der Angstschweiß lief mir die Stirn hinab, die Streitaxt hatte mitten in mein Herz geschlagen, denn dass es ein Herzanfall war, davon war ich absolut überzeugt. Der Arzt kommt, kann aber nichts feststellen. Er verabreichte mir eine Dilaudid-Spritze, die Schmerzen verschwanden sofort. Kurze Zeit später aber verschwand auch ich, kein Puls war mehr zu ertasten, rings um mich, so wurde mir berichtet, brach Panik aus, nur der Arzt schien noch die angemessene Ruhe zu bewahren, in der Tat, sagte er Gertrud, der Herzschlag hat ausgesetzt, er zog umgehend eine neue Spritze auf und gab sie mir direkt ins Herz. Ich war praktisch tot. Fünfzehn Minuten tot. Die Spritze setzte das Herz wieder in Gang. Ich bin dann bis zum heutigen Tag mit Hilfe von Sauerstoffflaschen und tadelloser Pflege am Leben geblieben. Ist mir etwas abhandengekommen, habe ich mich gefragt. Fehlt mir etwas Wichtiges? Funktioniert meine Erinnerung noch? Ist mein Herz zerstört? Das sind so Fragen, die einen dann bedrängen, auf die man aber keine Antwort bekommt. Kaum zu Bewusstsein gelangt, war mir sofort klar, mich mit Thomas Mann wieder versöhnen zu müssen. Ich muss ihm diesen Leverkühn zurückgeben, der in meinem Herzen wohnte. Die Quelle der ganzen Angelegenheit entspringt überall dort, wo der Boden unfruchtbar ist, wo keine Wurzeln Erde fassen, dort heißt die Quelle immer Exil, und das lässt uns so überaus aufmerksam werden, wir sind pausenlos damit beschäftigt, alles ringsum zu registrieren. Alles ringsumher sind wir bereit, als heimatlich anzuverwandeln, den kleinen Baum am Wegesrand, dem wir täglich begegnen, und wir sind dann so froh, dass er immer noch unversehrt ist, dass er immer dasteht, das erfüllt uns mit einem solchen Glücksgefühl, dass wir ihn grüßen wie den besten Freund, und bald ist es uns schon ganz egal, ob jemand uns beobachtet, der Baum versteht uns, wir nennen ihn Deutschland, wir taufen ihn Österreich, zwei Schritte weiter kippen wir in eine tiefe Trauer. Was machen wir hier eigentlich, fragen wir uns. Spazieren wir nicht, wie Grillparzer sagte, wie einer, der lebend hinter seiner eigenen Leiche geht? Das Goebbels-Wort vom abgeschnittenen Lebensfaden hat den Pazifik überquert, aber es hat uns stark gemacht, dass wir nichts seien als Kadaver auf Urlaub. Das Schlimme an dieser Formulierung ist nicht Kadaver, das Schlimme ist Urlaub, denn als ein solcher kommt es einem zunächst vor, wenn man sich und seine Vergangenheit hierhin mitbringt, dann will man seine Vergangenheit auspacken vor aller Leute Augen, sehet her, ich bin Europäer, ich packe jetzt mal meine Tradition aus. Abgesehen von Alma Mahler-Werfel und wenigen anderen gab es aber für die meisten nichts auszupacken. Alma Mahler-Werfel hatte es irgendwie geschafft, ihren ganzen Hofstaat mitzubringen, zumindest ihre Hofstaatkleider, in einem guten Dutzend von Koffern verstaut, die Lady wollte halt überall empfangen werden wie die englische Königin. Feuchtwanger ließ sich seine komplette Bibliothek nachschicken, seine Art Heimat. Kann er ein Buch aufschlagen, das er schon in München aufgeschlagen hat, ist er erst einmal zufrieden. Dann läuft er in seinen Garten und empfindet ganz Pacific Palisades seinen Büchern entsprungen. Literarischer Kolonialismus. Und Thomas Mann? Der alternative amerikanische Staatspräsident. Der Goethe Hollywoods. Nur eben ohne diesen Sessel. Welcher Sessel kann schon behaupten, von Los Angeles nach Princeton gereist zu sein? Der Sessel, da war ich stehen geblieben. Sessel. Eben habe ich aber noch ein anderes Wort im Munde geführt, was war das nochmal gleich, Moment noch, es kommt schon wieder, es war Tradition. Da ist mir nämlich noch eingefallen, was der Gustav Mahler mal über Tradition gesagt hat. Er sagte, Tradition ist Schlamperei. Stell man sich das mal vor, der Mahler! Der von Bruckner kam. Und dann so was. Dieser Satz geht mir dauernd im Kopf herum, ich verstehe ihn nicht. Irgendwas mit Orpheus vielleicht, dreh dich nicht um, denn der Buhmann geht um. Vielleicht meinte er, sich auf Tradition berufen, heißt, es sich zu einfach machen. Jedenfalls hat der Thomas Mann den Sessel abholen und in sein Domizil verfrachten lassen, wo er ihn mitten in den größten Raum seines Hauses stellte und erst mal für Stunden da sitzen geblieben ist. Sein Stück Heimat. Das mir gehörte. Das Ding ist mittlerweile richtig durchgesessen, was soll man auch machen, wenn man nicht zu Hause ist, da bleibt man erst einmal stundenlang sitzen, keine Sprache, mit der man einkaufen gehen kann, kein Grammophon, das in München selbstverständlich zum Haus gehörte, Handkurbel, die Nadel ganz frisch, da hat er sich die Musik halt im Kopf ausmalen müssen, auf diese Art und Weise wird der gewöhnliche Musikhörer, der Stimmungsnutznießer zum Komponisten.

Mir selbst ist es in Los Angeles nicht anders ergangen. Auf einem Trödelmarkt habe ich einen Grammophonapparat erstanden, allein es fehlte die abzuspielende Musik. Eine gute Gelegenheit, beim Nachbarn vorstellig zu werden. Eine Flasche französischen Rotwein, einen kleinen Strauß Blumen, die Blumenverkäuferin wusste nicht so recht, ob ich auf eine Belustigung oder eine Beerdigung gehe, Rothschild steht am Hauseingang. Ein bronzener Handzug, die Glocke ertönt, ein Hund schlägt an, der Hausherr erscheint mit rosafarbenen Pantoffeln in der Tür, im Hintergrund läuft ein Fernseher. My name is Schoenberg, I am living in your neighborhood, I would like to say hallo. Er schaut mich freundlich an, ich möchte ihm den Rotwein und die Blumen geben, die Situation scheint ihm allerdings die Sprache verschlagen zu haben. Yes, brummt es aus ihm. Well, schiebt er nach. Ob ich nicht hereinkommen mag, seine Frau sei aber nicht da. Soweit alles wie gehabt, wie zu Hause. Haben Sie vielleicht Wagner?, bricht es aus mir raus, ich kann jetzt noch meine Schamesröte zitieren. Kann doch nicht wahr sein, hat er, Großvater aus Duisburg, ruft er über den Flur, aus der Küche holt er zwei Gläser, wir prosten uns zu, ich stürze das Glas hinunter, kann die Augen nicht von der Scheibe Wagner lassen, die er auf den runden

Wohnzimmertisch gelegt hat. Er hat noch so einiges über seinen Großvater aufgetischt, während der Wein allmählich zur Neige ging. Das war's. See you. Den Wagner hat er mir mitgegeben. Ich solle auf ihn aufpassen. Er wolle meine Meinung hören. Ich solle genau hinhören, ob da ein Einfluss auf Amerika auszumachen sei. In gespielter Ruhe öffne ich die Haustür, versuche, den Lichtschalter zu ertasten, als das nicht gelingt, tatsche ich die Flurwand ab, stochere den Schlüssel ins Schloss und stürze ins Musikzimmer. Von Anfang an hatte ich gewusst, das ist das Musikzimmer, auch wenn noch gar nichts in diesem Zimmer gestanden hat, es genügte, eine Silbe zu intonieren, einmal tief Luft zu holen und mit dieser Luft das Zimmer in Schwingung zu versetzen. Ein Jahrmarktsgrammophon. In Boston war an Musik gar nicht zu denken. Das Malkin Conservatory, an dem ich eine Anstellung gefunden hatte, zeigte mir sofort, was ich in Amerika wert bin: nichts. Eine ordinäre kleine Musikschule war das, die Schüler konnte man an einer Hand abzählen, von Konservatorium, von Orchester keine Spur. Da blieb nur die Flucht nach New York. Kaum in New York, setzte mir das Asthma wieder zu. Im wärmeren Chautanqua im Süden des Staates New York verbrachte ich den Sommer. Da sagte ich mir eines Tages, dieses Pingpongexil ist nicht mehr auszuhalten, Boston ist nicht mehr auszuhalten, New York bringt mich im Winter um, nach Moskau geh ich nun doch nicht, obwohl der Eisler mir da eine Institutsleitung arrangiert hat, ich gehe nach Los Angeles, da ist es im Sommer heiß und im Winter warm. So war das. Wenn schon in Amerika das Geriss um mich nicht sehr groß ist, dann ist die Gesundheit alles. Und zur Gesundheit gehört Musik. Und zur Musik gehört merkwürdigerweise der Wagner. Dem Geriss, das die Nazis um diesen Wagner machen, muss man entgegenhören. Man muss den Nazis den Wagner entreißen. Und da also hatte ich ihn endlich. Meinen Widerstandswagner. Den Schalltrichter ausrichten. Staub rieselt auf den Plattenteller. Der Apparat muss vollständig gesäubert werden. Der Wagner scheint noch nicht sehr oft gespielt worden zu sein, so glänzt er aus seiner Hülle hervor. Zehn Umdrehungen, fürs Erste müsste das reichen, Nadel aufgesetzt, im Sessel Platz genommen. Im Sessel sitzen und Wagner hören gehört zusammen, das geht gar nicht anders. Man kann in einem Sessel sitzen, ohne Wagner zu hören, obwohl auch das für mich mittlerweile undenkbar geworden ist, man kann aber Wagner nicht hören, ohne in einem Sessel zu sitzen. Wagner in Amerika hören, um der Enteignung Wagners durch Hitler in Deutschland Widerstand zu leisten. Und es dauerte nicht lange, da machte das Wagnerhören in Amerika verdächtig. Nazispion. Ich, der Jude, ein Nazispion. Der Eisler findet Wagner ja unerträglich, wie er mir immer wieder versichert. Er versteht auch gar nicht, dass ich Wagner höre. Schönberg und Wagner, das geht nicht zusammen, sagt mein ehemaliger Schüler immer. Dem Brecht, mit dem Eisler hier eines Tages erschien, ist Wagner allein deshalb schon zuwider, weil er, Wagner, für Thomas Mann der Inbegriff von Musik ist. Ich höre Wagner ja sozusagen in der Freizeit. Meine eigene Musik finde ich unerträglich, kaum anzuhören. Wenn ich mir also vornehme, jetzt hörst du zur Abwechslung mal Musik, höre ich Wagner. Da hatte der Adorno schon recht, dass es verschiedene Arten des Musikhörens gibt. Wenn ich Wagner höre, bin ich Adorno zufolge halt in der Amateurklasse des Musikhörens gelandet, wie abwesend, berieseln lassend, nicht nachdenkend, eigentlich gar nicht zuhörend. Und das ging am besten in meinem Sessel. Hätte ich nicht gewusst, dass der Thomas Mann ihn hat, hätte ihn mein Dienstmädchen gestohlen, Dienstmädchen stehlen nämlich immer. Weil sie zu schlecht bezahlt sind. Sie verdienen ja kaum was. Wenn man ein Dienstmädchen einstellt, und in Amerika ist das ja ein Leichtes, an jeder Straßenecke findet man ein Dienstmädchen, man braucht nur irgendeine jüngere Frau anzusprechen, schon ist sie dein Dienstmädchen, auch wenn sie nie im Leben daran gedacht hat, einmal Dienstmädchen zu werden, aber bleiben wir beim Thema. Dienstmädchen klauen. Das habe ich wieder und wieder am eigenen Leib erfahren. Es kommt aber noch schlimmer. Die geistige Enteignung geht um. Der Gershwin hat mich ja gemalt. Und sehen Sie, das ist ja keine Enteignung. Das ist halt einfach ein Porträt, eine Liebesgabe, und er hat mich wirklich sehr gut getroffen. Das Porträt sieht mir ähnlich, ich kann es ohne Gesichtsverlust betrachten, alle Welt sieht, das ist ja der Schönberg. Jetzt kommt aber der Thomas Mann mit seinem Leverkühn und stiehlt mich. Und zwar in seinen *Doktor Faustus* hinein. Ohne meinen Namen zu nennen. Ich bin ein namenloser Teil dieses Leverkühn, der auch noch Nietzsche sein soll und was vom Hitler hat. Grotesk. Ich habe das selber gar nicht lesen können. Gertrud hat es mir vorgelesen. Aber immer nur dosiert, immer nur bis zur Unerträglichkeitsgrenze, dann bin ich im Wohnzimmer herumgelaufen auf der Suche nach etwas Zerstörbarem. Nicht die Suppenschüssel, sagte Gertrud, als ich den Geschirrschrank, den Wiener Geschirrschrank öffnete, der uns auch in Berlin nicht verlassen hat, die Suppenschüssel bereits in Händen hielt, sie umdrehte, um den Hersteller zu erfahren, die Kristallgläser bitte auch nicht, gab sie zu bedenken, ich schloss den Schrank und lief zehn Minuten im Kreis. Spätestens bei den Ausführungen zum Komponieren mit zwölf Tönen, spätestens da hätte er mich einführen müssen, sagte ich Gertrud, die nur nickte. Wo war ich stehen geblieben? Diebstahl, jawohl. Ich hatte mal einen Umzugsunternehmer, der sagte dauernd jawohl. Was man ihm auch sagte, was man ihn auch fragte, er sagte stets jawohl. Seinen Auftrag erledigte er glänzend. Das wilhelminische Jawohl war sein biologischer Motor. Diebstahl. Es ist neuerdings ja so, dass Dienstmädchen zum Diebstahl bestochen werden. Zum geistigen Diebstahl. Warum Dienstmädchen? Weil sie nichts wissen. Ganz einfach. Und hier in Amerika sprechen die Dienstmädchen höchstens Amerikanisch. Sie kommen also erst gar nicht in Versuchung, mit dem Bestohlenen, in der Regel ein Exilant, zu verhandeln. Man verliebt sich ja auch nicht auf den ersten Blick, erst wenn Sprache ins Spiel kommt, und zwar eine von beiden Parteien geteilte Sprache, kann Liebe entstehen. Der Eisler war diesbezüglich ja nicht zu beruhigen vor Begeisterung, er war ja sowieso nicht auf den Mund gefallen, kommt also der Eisler eines Tages mit dem Immanuel Kant hier an, mit dessen Definition der Ehe. Das heißt, der Eisler kam mit dem Dichter Brecht hier an, und da sitzen also diese ausgemachten Marxisten hier in diesem bescheidenen Exilheim in der North Rockingham Avenue und feilen sich ihren Marxismus zurecht. Der Brecht war ja überaus höflich, was irgendwie nicht zu seiner Visage passte. Und der Eisler plustert sich auf. Es ging, wie gesagt, um die Ehe, weil der Brecht wohl verheiratet war, aber, undsoweiter. Ich weiß jetzt gar nicht, ob der Eisler, mein Schüler, zu dem Zeitpunkt auch verheiratet war, aber nehmen wir das mal an. Um die Ehe ging es. Da zitiert der Eisler aus dem Stegreif den Kant. Für Kant, so Eisler, ist die Ehe ein Vertrag, geschlossen zum gegenseitigen Gebrauch der Geschlechtswerkzeuge. Der den gesamten Abend über um stärkste Contenance bemühte Brecht fiel vor Lachen fast vom Stuhl. Eisler wendet ein, dass diese Definition vom Kant ein Riesenfortschritt sei, ziehe sie doch die Kirche endlich auf den Boden der Tatsachen, und zwar trocken und nüchtern. So ganz trocken sei der gegenseitige Gebrauch der Geschlechtsorgane nun doch nicht, erwiderte da der Brecht. So ging das. Und so ist das immer. Es wird etwas aufgesagt, etwas herbeizitiert, etwas erinnert, und immer ist es falsch, immer ist da der Wurm drin. Der Faden. Es tut mir leid, aber der Faden ist momentan verwickelt. Sagen wir so: Erinnern ist eine Tätigkeit, die dem Sammeln von Regenwasser in einer großen Regentonne nicht unähnlich ist. Das Erinnern ist angeschlossen an ein Gebirge namens Kopf, und es sammeln sich merkwürdige Dinge darin. Das Regenwasser rinnt durch eine rings um das Dach laufende Rinne, stürzt durch ein lotrecht schießendes Rohr geradewegs in einen auf dem Kopf stehenden Kopf, die besagte Regentonne, die im Gegensatz zum Regen keinen Schritt tut. »Vierzehn Arten, den Regen zu beschreiben«, dass wir das nicht vergessen, das hat der Eisler hier in Amerika komponiert, und das trifft es, das ist das Sammelbecken aus Gemütsregung, Kompositionsstarrsinn, Richtigkeit und Treue. Liegt das Regenwasser also in der Regentonne. Und es regnet wieder. Die Tonne läuft über. Wir können uns nicht mehr richtig erinnern. Wir sind aber der Überzeugung, dass es eine Erinnerung für alle tut. Wenn ich auch was vergesse, es wächst etwas Gleichgültiges nach. Jetzt kommt aber der Winter. Die Tonne der Erinnerung friert zu. Das Eis treibt die Rinne hoch. Die Rinne platzt. Und der Kreislauf ist unterbrochen.

Genau diesen Sessel hat Thomas Mann von Princeton über New York nach Los Angeles wieder mitgebracht, ohne ihn mir zunächst herauszurücken. Er hatte da eine perfide Methode entwickelt, diesen Sessel auf unbestimmte Zeit zu behalten. Er hat mich nämlich in unregelmäßigen Abständen zu sich in sein Haus in Pacific Palisades eingeladen, um mit mir, wie er immer betonte, ein Stück gemeinsame Heimat zu teilen. Diese gemeinsame Heimat bestand aus meinem Sessel, in dem allerdings er Platz nahm, und dem Abhören der immerselben Stelle Wagner, wobei Thomas Mann sich möglicherweise durch Gedankenübertragung die Technik angeeignet hatte, durch viel Wagnerhören den Nazis Widerstand zu leisten, wie er ausdrücklich betonte.

Einen Nachmittag habe ich noch sehr gut in Erinnerung. Ein schüchterner malaiischer Hausbediensteter führt mich in ein großes Zimmer. Mitten in diesem Zimmer sitzt Thomas Mann in meinem Sessel. Der Sessel und ich, sagt er, als ich den Raum betrete, sind einfach unzertrennlich. Ich hätte Ihnen gerne selbst die Tür öffnen wollen, allein der Sessel hat mich daran gehindert. Ich solle dies als Kompliment verstehen, die Sujets seiner Romane wechseln beständig, allein der Sessel bleibt. Eine Drohung. Das freue mich außerordentlich, tapse ich in die Falle. Ich habe noch eine weitere Freude für Sie, mein verehrter Schönberg. Thomas Mann erhebt sich, macht einige elegante Schritte in den hinteren Teil des Zimmers. Mit einem Mal ist das ganze Zimmer erfüllt von Wagner. Erfüllt von Wagner, sagt Thomas Mann. Außer Wagner ist das Zimmer ganz leer. Ich bin Ihnen so dankbar, dass Sie mir diesen Sessel zur Verfügung stellten, er ist mein Jungbrunnen, in ihm arbeite ich wie nie zuvor. Mit diesem Sessel bin ich gar nicht weg von Deutschland, kaum sitze ich in diesem Sessel, bin ich wieder zu Hause, dann stelle ich mir das ganze Zimmer hier vor, als sei es in München, und ich könnte gerade mal eben in den Schellingsalon, zwar war ich ganz selten im Schellingsalon, jetzt aber, kaum sitze ich hier in Ihrem Sessel, stelle ich mir vor, es sei wieder einmal an der Zeit, in den Schellingsalon zu gehen. In München war ich in jungen Jahren ein Phantom, eine Legende, aber ein Phantom. Hier bin ich deutlich erkennbar. Ist es nicht immer so, werter Schönberg, es genügt ein einziger Gegenstand, und wir sind wie zu Hause, und mit der Zeit ist dieses wie zu Hause tatsächlich zu Hause, wir sitzen in einem Raum, mit diesem geliebten Gegenstand, und es gibt kein Außerhalb mehr, alles ist innerhalb, dann gehen wir wie aus Versehen vor die Tür, wir erkennen nicht sofort die Frauenkirche, die Feldherrnhalle, auch die Autos und Menschen sind uns nicht sofort vertraut, in Amerika erinnern wir uns an Amerika, während wir Deutschland im Kopf haben, in den Fingerspitzen, wir werden mitunter nervös, wollen schlagartig die vertraute deutsche Umgebung in die amerikanische Gegend hineinsehen, es wäre doch das Schönste, werter Schönberg, wir könnten mit unseren Augen die inneren Bilder nach außen strahlen, und schon sähen wir die Oktoberfestwiese, den Nockherberg, den Ammersee. Wie ginge das aus? Könnten wir tatsächlich schwimmen gehen im See? Das Starkbier anstechen? Die Maß übertreiben auf dem Oktoberfest? Könnten wir in der Frauenkirche eine Kerze anzünden für die Verstorbenen? Und die Nachrichten aus der Heimat reißen ja nicht ab, Tausendjähriges Reich heißt nicht ewiges Leben.

Bleibt die Frage, warum ich ihm den Sessel überhaupt geliehen habe. Kaum geliehen, glaubte er ihn schon geschenkt, Eisler hat berichtet, er hätte darin gesessen wie hineingeboren. Weil er diesen langen Atem hat, und weil ich in ihm den Deutschen gesehen habe, der es vielleicht einmal bewirken könnte, dass das Wort deutsch aussprechbar bleibt. Er aber setzt sich in meinen Sessel, weil er ihn dringend gebraucht hat, nicht weil er sich keinen solchen Sessel hätte leisten können, er setzt sich hinein, weil er genau wusste, er setzt sich in ein Symbol. Und der Schönberg ist so blöd und vertraut ihm. Immer wieder muss ich mir das alles vor Augen führen. Nur in diesem Sessel hat er arbeiten können, das ist es. Warum aber nur in diesem Sessel? Es gibt da mehrere, unterschiedlich gewichtige Gründe. Zum einen ist das ja eine Art Herrschaftssessel in dem Sinne, dass eine Herrschaft darin Platz nimmt, eine Person von unbestrittenem Ansehen und Stand. Dieses Ansehen und diesen Stand hatte ich mir selbst verliehen mit meinen musikalischen Erfindungen. Zum anderen richtet dieser Sessel eine solche Person ihrem Stand gemäß aus in der Welt. Sie sitzt aufrecht, mit beiden Armen auf den wohlgeformten Lehnen wie auf einem elektrischen Stuhl, eine gewisse Kreuzigungshaltung im Sitzen, der Sessel ist so pompös, dass er nur in großen Räumen untergebracht werden kann, am besten, er steht allein im Raum, der Raum ist lichtdurchflutet, durch seine Fenster sieht der im Sessel Sitzende, was vor sich geht in der Welt.

Und dann ist da noch ein spezieller Grund.

In dem Sessel soll einmal der Wagner gesessen haben. Das war dem Thomas Mann zu Ohren gekommen. Das gebrauchte, aber tadellos erhaltene Möbel hatte ich vor langer Zeit bei einem Berliner Antiquitätenhändler erstanden. Ich hatte einen anderen Sessel im Auge, der direkt neben diesem stand, ein viel schöneres und gleichteures Stück, da sagt der Händler, Musiker sind Sie also, dann müssen Sie den hier nehmen, da hat nämlich der Wagner mal drin gesessen. Ich glaubte ihm kein Wort. Kaum aber stand der Wagner im Raum, bekam ich ihn nicht mehr los und kaufte das Stück. Seitdem hieß der Sessel der Wagnersessel. Und noch lange nicht jeder durfte in ihm Platz nehmen. Dann sagte ich immer, das geht nicht, da sitzt der Wagner drin oder der Sessel ist leider schon besetzt, da sitzt der Wagner. Und nahm dann meist selber Platz. Hätte ich doch geschwiegen.

Diesen Grund, den wichtigsten, habe ich verdrängt. Dass ich das ganze Desaster der geistigen Enteignung auch noch selber schuld sein könnte. Das alles von mir ausging. Was heißt hier verdrängt? Man kann ja auch nicht immer den Hintergrund all der Dinge und Zusammenhänge mitdenken, mit denen man täglich ohne Unterlass konfrontiert ist. Allein schon die Straße überqueren wäre eine unüberwindbare Hürde. Wer hat sie gebaut, wann wurde sie fertig gestellt, was musste der Straße weichen, war es überhaupt nötig, sie zu bauen? Gewaltige Archive müssen eingerichtet, in Betrieb genommen und unterhalten werden, um all diese unentwegten Hintergrundfragen beantworten zu können. Die Menschen müssten immerzu recherchieren, irgendwo nachlesen, sich versichern, dass es auch genau diese Frage ist, die sie stellen wollten, die sie genötigt sind zu stellen, um eines Tages vielleicht doch noch mal vom Fleck zu kommen, von dem sie sich seit geraumer Zeit nicht mehr gerührt haben. Geraume Zeit, das sagt doch schon alles.

Kaum in Amerika angekommen, erinnert sich Thomas Mann also an den Wagnersessel und ist sofort davon überzeugt, mit und in diesem Sessel den Verlust der Heimat verschmerzen zu können. Ja, sehr geehrter Herr Mann, der Sessel befindet sich noch in meinem Besitz, schrieb ich ihm auf seine Anfrage hin, und ich könnte ihn für einige Zeit zur Verfügung stellen. Auch lasse es sich sicher bewerkstelligen, ihn von Los Angeles nach Princeton zu verfrachten. Und da ist er gekommen, den Sessel persönlich in Augenschein zu nehmen.

Ich habe ihn unterschätzt. Anders kann ich mir meine Unterwürfigkeit nicht erklären. Ich glaubte, wenn er erst mal in meinem Sessel sitzt, wird er mir immer dankbar sein. Ich mache da keinen Hehl draus. Hehl draus machen. Das ist Heimat. Verhüllen. Nicht preisgeben. Schützen. Eine jede Heimat eine Halle. Der haubenartige Blütenkelch des Eukalyptus verhüllt. Meine Heimat ist die Antike. Die Keimzelle. Die Hölle, der Helm, die Hülse. Ich rufe das so ab. Und niemand glaubt mir. Das ist auch Heimat. Niemand glaubt. Auf Heller und Pfennig. Ich habe tatsächlich nichts zu verbergen. Ich bin ganz nackt. Man kann mich einsehen. Und dennoch bin ich hier ganz im Dunkeln. Seitdem ich in Amerika bin, tappe ich im Dunklen. Der so genannte Exilant ist hier Biedermann und Anstifter zugleich. In Wahrheit ist er Gimpelstifter. Hilflos umherhüpfender Vogel federlos. Und doch sind das alles keine Bilder für das, was hier wirklich ist. Meine Bilder zeigen da mehr. Sie sind sofort verfügbar. Einmal angeschaut, sind sie unbegrenzt abrufbar. Farbe täuscht, brennt sich aber ein. Egal. Im Sommer denke ich immer, hoffentlich wird der Winter nicht zu kalt. Vielleicht fehlen mir die Mittel zum Heizen, der Ofen bleibt kalt, die Kompositionsschüler bleiben aus. Die Amerikaner betreten mein Haus, weil sie irgendeinen europäischen Absonderling wittern, sie nehmen Platz, betrachten die Einrichtung des Hauses, machen sich so ihre Gedanken darüber, vergleichen, kommen zu dem Schluss, der wird nie ein Amerikaner, der ist stehen geblieben mit der untergehenden Zeit. Ich hatte das Glück, dass mir immer zugehört worden ist. Ich blühte da ganz auf. Konnte frei atmen. Wenn ich auch zuweilen den Alltag nicht bewältigte, so war mir die Kunst doch immer ein freier Atem. Aber Herrgott, ich bin doch auch noch da, das hat mich immer verfolgt, ich habe mich immer verfolgt, dass ich keine seelenlose Maschine bin, ich habe mich gleichzeitig aber immer ins Zentrum der Welt gesetzt.

Die Verbindung zu Wagner hatte ich längst vergessen, er nicht. Der hat ihn Deutschland gekostet, allerdings hat er das erst sechsunddreißig dingfest gemacht. Deutschland zu verlassen, hat er nicht lange gezögert. Er ist nach dem elften Februar dreiunddreißig einfach nicht mehr zurückgekehrt. Alles war erst einmal in der Schwebe, der Lebensfaden gerissen, sein Haus der Lebenskunst eingestürzt, alles beschlagnahmt. Und was hat ihn in Deutschland so verrufen gemacht? Sein Vortrag »Leiden und Größe Richard Wagners«. Das hat ihm einen Protest der Richard-Wagner-Stadt München eingebracht. War den Honoratioren zu psychoanalytisch, die Sache, zu jüdisch also. Ein dauerndes Hin und Her schließt sich an. Deutschland nicht mehr betreten, aber sich und sein Werk nach wie vor zum deutschen Schrifttum gehörig betrachten. Da hatte er aber die Rechnung ohne den Wirt gemacht. Anfang sechsunddreißig dann die öffentliche Lossagung, von der Schweiz aus: »Weit klüger ist's, dem Vaterland entsagen«. Na, immerhin. Was hat Amerika mir zu bieten, wird er sich gefragt haben. Wird mir ein Staatsempfang beim Präsidenten dort genügen? Was wird von Dauer sein? Ich kann ja nicht jeden Tag vom Präsidenten empfangen werden. Was also hält mich dort und vor allem am geistigen Leben? Worauf ist kein Verzicht zu leisten? Auf die eigene Herkunft. Auf die Heimat. Auf etwas, das immer vor Augen stehen muss, das immer im Ohr sein muss. Es ist immer die allererste Erfahrung, die uns ein Leben lang begleitet, die wir mit allem, was uns im Laufe des Lebens zustößt, abgleichen, die wir nie hinter uns lassen können, wir rufen sie uns immer wieder wach, und wie aus heiterem Himmel erscheinen uns Ortschaften, Straßenzüge, Gegenden, die uns seit Kindheitstagen vertraut sind, die wir seit Jahren schon haben einmal wiedersehen wollen, wir erinnern uns an einen gemeinsamen Spaziergang mit dem tiefsten Freund an der Elster, dem Rhein, der Ruhr, der Spree, alt erschienen wir uns da, dass wir nicht mehr lange leben würden, war uns sonnenklar, in der sicheren Überzeugung, uns das letzte Mal gesehen zu haben, gaben wir uns die Hand, umarmten uns mehr flüchtig als innig, drehten uns auf dem Absatz um, gingen in die entgegengesetzte Richtung. Wir sehen uns tatsächlich nicht wieder, leben aber beide noch, nichts würde uns mehr langweilen, als uns noch einmal zu begegnen. Wir leben gemäß der festen Überzeugung, einander nicht mehr zu sehen, zu sterben, ohne sich noch einmal gesehen zu haben, und dass dies das letzte Händeschütteln war, und an dieses Händeschütteln erinnern sich beide sehr genau, es steht gewissermaßen vor Augen, die Hand des anderen ist sehr deutlich zu sehen, es war genau am neunzehnten August neunzehnhundertsechsundzwanzig, da sind wir kilometerlang der Spree gefolgt, die Sonne war unerbittlich, keine Naturbeschreibung, hast du gesagt, es genügt, dass die Natur da ist, wir müssen sie nicht auch noch permanent beschreiben und mit dem Finger drauf zeigen, von der Spree nichts Neues, der fahle Schotterweg, der Weg immer geradeaus, andauernd wollte ich auf die Vögel zeigen, die Gänse und vereinzelten Nebelkrähen, die das Spreeufer säumten, wollte aber deinem Wunsch entsprechen und verkniff es mir, man sehnt die Wegbiegung herbei, dass man nicht mehr immer nur geradeaus schauen muss, dass man sich endlich umdrehen kann ohne zu sehen, von wo man gerade hergekommen ist, es ist so heiß, dass das Gebüsch erzittert, es fängt gleich Feuer, es steht still, alles Zitterlaub, kein Insekt belagert den Strauch, es ist diese namenlose, sich einbrennende Stunde, da ist keiner da, du bemerkst, keiner ist da, gesenkten Hauptes gehst du neben dir, du schleppst die Beine über den

Boden, der Rumpf vornübergebeugt. Hier in Amerika reißen die Abschiede nicht ab. Soundso ist gestorben. Wir betrachten unsere Hände. Mit unseren Händen halten wir das fest. Ist gestorben. War ja auch alt. Was soll das, das Altrechnen? Hätte ja noch weiterleben können. Anonymer Strandspaziergang. Venice Beach. Herr Thomas Mann, sagt man, hat eine Freude da, auf der Bank zu sitzen im feinen Zwirn, eine Zigarette zu rauchen, auszuspannen. Schaut er denn tatsächlich den Jüngelchen nach? Treibt es ihn nicht fort in den venezianischen Tod? Ist denn nicht immer von allem, das wir erblicken, immer nur, genau im Moment des Erblickens, der Tod da, der Rückblick? Kommt da nicht die Redewendung her, »ich schau gar nicht erst hin«? Die zusammengetragenen Tode des Exils. Das ist ja etwas, was geradezu aufrechterhält. Ist gestorben? Merkwürdig, war doch ein Jahr jünger als ich. Und dann ist Oskar, der geliebte König der Poesie, gestorben. Im Haus eines Freundes in Boston. Oskar sagte immer, er sei gar nicht im Exil. Er sei halt nie zu Hause. »Where I am, there is Germany.« Hat er immerhin bei seiner Ankunft in New York den Journalisten auf Englisch ins Mikrophon diktiert, der Thomas Mann. Und prompt hat der Satz die Welt umsegelt. Heinrich Mann hat den Satz dem Brecht erzählt: »Wo ich bin, ist Deutschland«. Der Brecht, erzählte mir der Eisler, habe gekontert mit dem Satz, »Wo ich bin, ist links«, und der Oskar sagt einfach nur, »Ich bin da«. Wenn ich an diesen Satz denke, kommen mir die Tränen. Ein Satz von größter Schönheit. Dagegen seine Poesie! Von allergrößter Schönheit, aber nicht eben einfach. Dabei vollkommen – einfach. Man muss nur zuhören können. Können aber die wenigsten. Schriftsinn und Stimmsinn und Sinnsinn. Oder so ähnlich. Ein Fall für Adorno. Der soll ein schlaues Buch schreiben über den Oskar und für seine Sünden büßen. Seine *Philosophie der neuen Musik* spielte dem Thomas Mann direkt in die Hände. Dieses Buch hatte ihm gerade noch gefehlt. Da hat dann der Thomas Mann den Adorno immer

wieder eingeladen, um mich gemeinsam mit ihm zu verraten.
»Ich bin da«, sagte Oskar. Was meinst du mit da, Oskar? Heimat. Was kann das sein, Oskar? Was Heim ist, weiß ich wohl,
sagte Oskar, aber -at? Verrat, ja, Thermostat. Sein Tod hat mir
das Herz gebrochen. Mit Toden bin ich ja nicht so unerfahren.
Der stille Weggang des Oskar allerdings, das hat auch etwas
mit Enteignung zu tun. Warum weinen wir beim Tod eines anderen? Zwei Antworten: Weil wir beim eigenen Tod zwangsweise nicht mehr weinen können: weil wir übrig sind, und
einer schließlich weinen muss. Im Tod des anderen, der uns
übrig sein lässt, kommen Echo und Narziss zusammen – und
weinen. Der Tod des geliebten anderen lässt uns laut rufen, er
lässt uns fragen, als Antwort erhalten wir aber nur unsere
Frage zurück. Wochenlang rufen und fragen wir. Um ein Gegenüber zu haben, das noch etwas vom Toten an sich hat, uns
selbst, schauen wir in einen Spiegel – und erkennen uns nicht.
Wir sehen den anderen in uns und haben Mitleid. Mit uns.
Gesellschaft ist da unerträglich. Hast du schon gehört, der
Oskar ist tot. Ja, habe ich gehört. Und fange an zu weinen. Na
bitte, nun hab dich doch nicht so, sagt der dann. Es kommt
einem so vor, als sei das Weinen eine Prostitution der Trauer,
und Prostitution gehöre verboten. Man wolle sich wichtigmachen, sich mit dem Tod des anderen brüsten, sehet her, das
ist mein Tod, nehmet davon. In der Fremde, die unausweichlich bleibt, steigert sich der Tatbestand des Sterbens zu einem
Maskenball der siechenden Trauer und geschminkten Eitelkeit. Hab dich nicht so, das ist der Schlüsselsatz. Was sollen die
in Deutschland sagen, die mit dem Trauern gar nicht mehr
nachkommen? Die mitten im Trauern selber weggerissen werden. Er ist doch wenigstens eines natürlichen Todes gestorben.
Solche Sätze halt. Oskar starb sanft. Im Sessel seines Freundes
Charles, seine Brille auf der Nase, die Zeitung noch in den
Händen, als lese er vor sich hin und müsse nur einmal etwas
länger nachdenken, was denn der Grund für diese ganze Exis-

tenz sei. Sein Vorteil war, dass ihm dieser Sessel nicht gehörte. Er hatte lebenslanges Gastrecht auf diesen Sessel. Charles hatte ihm immer gesagt, du brauchst bloß vorher anrufen, dann kannst du für ein paar Tage kommen. Wenn er kam, war der Sessel da, und nur für ihn. Der Sessel stand im so genannten Oskarzimmer, das den Bedürfnissen dieses Königs der Poesie entsprechend eingerichtet war, karg, aber funktional, und alles in Griffnähe, die Bücher, das Handtuch, die Zeitung, das Obst. Sein Gastgeber, als Übersetzer ein Mittler zwischen den Sprachen, ein Literaturkenner ersten Grades und als Schriftsteller in allen Genres bewandert, ging jeden Tag, wenn Oskar zu Gast war, zu ihm hinauf ins Oskarzimmer und unterhielt sich mit ihm über das Wesentliche – die Sprache. An diesem Tag, als Oskar starb, war Oskar nach Sprache nicht so ganz zumute, er wolle sich nur einmal kurz erholen von den Strapazen des Nichtzuhauseseins, auf der Flucht sei er nicht, er sei auch jetzt einfach nur da, aber etwas in ihm flüchte, das merke er deutlich, auch habe er in letzter Zeit doch stark abgenommen, was wohl an seiner Umtriebigkeit liege, schließlich habe er Pläne für fünf neue Bücher im Kopf, und wenn er schon nicht zu Hause sein könne, so könne er doch immerhin in der Sprache zu Hause sein, aus der ihn noch keiner vertrieben habe. Und dann kommt der Tod und nimmt uns den Oskar. Das Herz. Oskar, komm, lass uns gehen, einen Spaziergang machen, berichtet Charles. Keine Reaktion. Er sitzt einfach da. Er ist schon gegangen.

Beerdigungen sind Lebensabschluss nach außen hin. Bis zur Beerdigung ist der Mensch noch nicht ganz tot. Es ist da noch etwas. Oskar wurde an einem grauen Donnerstag im November beerdigt. Ich hatte mit Regen nicht gerechnet. Die Beerdigung war auf dreizehn Uhr angesetzt, und da ich über eine Stunde früher da war, versuchte ich noch, einen Regenschirm zu kaufen. Eislers vierzehn Arten, den Regen zu beschreiben, fielen mir ein. Hier gibt es nur eine Art, er ist nass und fad. In einem Café unweit des Friedhofs saß ein Mann vor einer Tasse Kaffee, als brüte er über etwas. Als ich in ihm den Dichter Schaufel erkannte, ging ich rasch vorbei. Schaufel ist wie sein Name. Er gräbt immer so tief, bis er im gegrabenen Loch verschwindet. Will aber stets erkannt werden. Jemand, der sich auf frühe Verdienste beruft. Anstatt stolz zu sein auf den wunderlichen Aushub, spricht er nur vom Loch. In der Tat hat er ganz außerordentliche Verdienste. Ich kann mich an einen Text erinnern, da geht es um einen Mann, der sich partout an ein Wort nicht erinnern kann. Er umschreibt es, tappt im Dunkeln, findet Vergleiche, aber das alles ist es nicht. Es will ihm nicht einfallen. Das Wort heißt ›Tod‹. Schaufel gehört hier zu den Exilanten, die auf alte Rechte pochen. Niemand hier kennt sie. Das bringt sie auf, darüber können sie sich tagelang empören, und sie wissen es nur zu gut, dass sie hier niemand kennt und dass sie niemand kennen wird, sie sind hier völlig unbekannt. Zu Hause aber, das heben sie dann hervor, kenne sie jeder, auch wenn sie vielleicht nur drei, vier Liebhaber der Sache gekannt haben. Schaufel hockt vor seinem Kaffee, auf dem Tisch liegt sein schwarzer breitkrempiger Hut, den langen schwarzen Mantel aus glattem Tuch hat er anbehalten. Den Kaffee lässt er kalt werden. Er steht auf, zahlt. Und das alles mit einer vollendeten Kälte, einer Herablassung sich selbst gegenüber, die in Europa ihresgleichen nicht finden wird. Das Werk, jawohl, das ist der Schauplatz, und ich bin nur sein Vollstrecker, der sterbliche Überrest. Meine Damen, meine Herren, können wir mit dem Zirkusdirektor im *Woyzeck* sagen, wenn Sie einen Deutschen sehen wollen, hier sehen Sie einen. Zum Erbarmen. Als ich an mir feststellte, dass ich selbst ein Schaufel geworden bin, beschleunigte ich meinen Schritt. Verrottete europäische Verdienste. Unser Deutschlandbild, zum Erbrechen hochgesteigert. Es entspricht ihm und hat ihm nie in der Realität entsprochen. Aber gemein konnte man sich mit den Leuten machen, wenn man es darauf anlegte. Weil man ihre Sprache zumindest imitieren konnte. Das war der Ausgleich. Übersteigerte Intellektualität, Elitetum bis zur Schwindelei. Wenn aber alles nichts nutzt und nicht gleich der Kanzler anruft, höchstpersönlich zu gratulieren zu diesen notwendigen Entwicklungen, die man maßgeblich auf den Weg gebracht hat, macht man sich gemein mit dem Volk, dem Nachbarn. Eine Revolution hat man gelandet, nur freilich eine solche, die niemand bemerkt, die spurlos ist. Ich selbst bin Schaufel. Und kann mich der Tränen nicht erwehren. Der Himmel reißt auf, die Nässe wirkt ein. Anstatt eines Regenschirms kaufe ich eine Rose. Die Rose ist viel zu lang, ich lasse sie kürzen. Wo fängt die Rose an? Ist es nur die Blüte? Ist die Blüte der Leib? Mit diesen Gedanken halte ich mir die Tränen vom Leib. Etwa einhundert Leute sind gekommen. Die Kapelle füllt sich rasch. Bei der nächsten Beerdigung sehen wir uns wieder. Jetzt beweist sich dieser Spruch. Charles hält eine mehr als passable Rede. Oskar lebte in der Sprache. Oskar hatte keine Zeit zu verlieren, weil Sprache keinen Aufschub duldet. Die Differenz ist die Wahrheit. Wahrheit gibt es nicht, jedenfalls nicht ausdrücklich. Der Tod ist kein Sprachspiel. Mehr wissen wir nicht über ihn. Über Oskar weiß nur das Herz. Und das Ohr. Oskar ist eine schöne, dem Deutschen verwandte Sprache. Der Vorgang des Essens, seine Zubereitung und seine Einverleibung, das sei Oskars Passion gewesen, insbesondere seine Einverleibung. Bei ihm, Charles, in der Küche stehend, habe er oft den Eindruck vermittelt, die Zubereitung des Essens sei der Zubereitung eines Gedichts verwandt. Ein Gedicht schreiben, heißt handeln, habe Oskar gesagt. Aus diesem Grund habe er des Öfteren in den Vorgang des Kochens eingreifen müssen, seien doch manche seiner Gedichte Rezepten zum Verwechseln ähnlich. Oskar habe sofort gesehen und gerochen, wenn etwas nicht stimmte, seiner Meinung nach. Hier muss das noch und da das. Ein bisschen Kurkuma noch, vielleicht. Und hier eine schnelle Nelke. Die Aubergine hat zu viel Aubergine. Vom Nachtisch nimm dreimal, weil es keine Gänge mehr gibt.

Oskar war ein Geheimnis. Ein solches, dass niemand seine Beerdigung zum Anlass nehmen konnte, den großen Zampano zu spielen. Selbst Schreiber nicht, der nur so heißt. Der immer große Festivals in die kalifornische Erde pflanzt mit lauter deutschen Kulturgrößen. Die gegen die internationalen Größen, die sich Schreiber nicht verkneifen kann, auch einzuladen, im Boden versinken. Niemand will sie, niemand versteht sie. Das wirklich Lustige dabei ist, auch die so genannten amerikanischen Kulturgrößen will niemand, die machen dann aber Entertainment und überhecheln die Show. Dann ist es eine. Gerade die Knarzigkeit der deutschen Beiträge soll beweisen, welch bedeutende Kulturnation die Deutschen sind, und Hitler nur Kabarett. Da treten Hitlerimitatoren auf, und zumindest fünf Prozent des Publikums lacht. Über den verrutschten Schnurrbart.

Eine lange Kolonne hatte sich gebildet, einzeln vor das geöffnete Grab zu treten. Das ist der gefürchtete Moment. Stein, der Oskar stets begleitet hat, der als Erster seine Gedichte verlegte, hielt am Grab die Abschiedsrede. Abstand und Wind machten daraus ein Oskargedicht, silbenschütter und voller Dreh. Die Kolonne nimmt ab. Eine Schlaufe nach rechts. Eine Biegung. Ging man nebeneinander, geht man nun für sich. Gibt es einen angemessenen Gedanken, der genau dann durch den Kopf gehen muss? Ist ein Wort würdiger als das andere? Muss man augenblicklich all seine Liebe zusammenfassen und auf den Punkt bringen? Wie machen es die anderen? Sieht man ihnen etwas an? Jetzt du. Das Nachbargrab hat ein Holzkreuz. Oskars Grab hat gar nichts. Der Blick verschwimmt. Das soll Oskar sein? Wohin mit der Rose? Das Grab ist gar nicht so offen, die Urne benötigt fast nichts. Ich werde mich nicht verbrennen lassen wollen. Die Rose lege ich zu den anderen Blumen, ans Fußende des Grabes. Jetzt nicht weiter wichtigmachen, sondern gehen. Abtreten. Man kann sich kein Bild machen. In diesem Moment ist nichts vor Augen. Ich komme wieder, Oskar.

Seitdem der Sessel zurück ist, ist er wie ausgetauscht. Ich finde mich nicht mehr darin. Ich setze mich hinein, versuche meine alte Position zu finden, rutsche hin und her, als könne so eine Kuhle gegraben werden wie vor Jahrzehnten am Strand, als wir noch ohne Kinder mit viel Zeit für nichts vor uns hin lagen und dem Meer so lange zuhörten, bis wir es nicht mehr sehen wollten. Der Anblick eines Meeres, dem man lange zugehört hat, kann nur enttäuschen. Nicht anders ist es mit Menschen. Ich bin manchmal froh, Freunde aus Deutschland und Österreich nicht mehr und wohl nie mehr wiederzusehen, ihre Stimme ist mir stets im Ohr, ich kann ihre Stimme, kommt mir ihr Name in den Sinn, sofort abrufen, der Anblick der Freunde würde mich zutiefst erschrecken, wie mich alleine der Gedanke an den Tod in Grund und Boden schreckt. Mit jeder Sekunde sähe ich den Freunden beim Sterben zu, denn nichts anderes ist es ja, zu leben. Den Verfall der Menschen zu erleben, und vom eigenen Anblick im Spiegel erholt man sich bis zum Abend nicht, dieser stets nur gegenwärtige Verfall, der ununterbrochen ist, es gibt keine Pause im Verfall, an manchen Tagen lähmt mich dieses Verfallen so, dass ich gar nicht auf die Straße gehen kann. Als ich nach Amerika kam, war ich schon alt, ich fühlte mich aber nicht alt. Kaum war ich in Amerika, war ich schlagartig alt. Schau ich mir heute Fotos aus dieser Zeit an, sehe ich einen Greis, der bald hinüber ist. Jetzt ist es hier so ruhig ringsumher, dass der Greis wohl schon gestorben ist. Es ist abends hier so still, dass ich das Gefühl nicht loswerden kann, man habe mich in das Geheimnis dieser Stille nicht eingeweiht, ich sei der Einzige weit und breit, dem man das Gesicht dieser Stille verschwiegen habe. Und dennoch, ich kann nicht anders, es ist lächerlich bis zur Groteske, ich kann aber nicht anders als in Wien, Berlin oder Baden-Baden, in Paris, Meran oder Barcelona, ich muss den Kopf senken und die Hände hinter dem Rücken ineinanderlegen, immer die Linke in die Rechte, erst dann kann ich einen Schritt geradeaus tun. Diese Art Spaziergang, ob in ebenem oder hügeligem Gelände, ist das Komponiergehen. In Berlin und Wien war der Fall klar, da geht der Schönberg spazieren, dem muss man jetzt vom Hals bleiben, da geht was in seinem Kopf vor. Der Kopf war sozusagen meine Größe. Meine ganze Körperhaltung war derart, dass man mich, hätte ich einen Pudel dabeigehabt, für Schopenhauer, wäre ich ein wenig schmaler gewesen, für Kant gehalten hätte. Hier hält man mich für niemand. Hier wie dort war und bin ich der körperlich Kleinste. Selbst der Komponist Ernst Toch ist größer. Und der ist schon klein. Kaum in Amerika, bin ich irgendwie eingelaufen, vielleicht aus Respekt vor der Unermesslichkeit dieses Landes. Ein Kniefall nach innen, wenn man so will. Auch hier aber gehe ich ausschließlich nach vorn gebeugt, der Kopf ist nach vorn gekippt, die Hände hinter dem Rücken. Niemand denkt, aha, der Schönberg. Dieser Mann da hat das Haus da gekauft, das ist wahrscheinlich schon das Höchste, was man hier über mich denkt. In Spanien ist mir Hochachtung förmlich entgegengeschlagen, ich hatte Menschen gegenüber, die mir durch ihr Verhalten, ihr Zuhören glaubhaft machen konnten, dass Schönberg für einen unverwechselbaren Weg steht, der gegangen werden muss, den Schönberg gehen muss. Hier geht ja niemand einen Weg. Sondern alle denselben. Da fällt man dann nicht so auf. Einmal bin ich knapp einer Einlieferung entkommen, als mir die Lösung für ein musikalisches Problem partout nicht einfallen wollte. Schließlich bin ich nurmehr im Kreis gelaufen. Ich dachte, ich gehe dieses Stück Hügel auf und ab; um Kräfte zu sparen, die ich schon lange nicht mehr in mir verspürte, bin ich aber immer nur im Kreis gelaufen, selbst der Kreis wurde immer enger, sodass ich mich Augenzeugen zufolge nur noch um die eigene Achse drehte. Es war einfach keine Lösung in Sicht. Das Problem des Komponierens mit zwölf Tönen, und zwar ausschließlich mit zwölf Tönen, war ich, das bemerkte ich sofort, in Amerika augenblicklich los, kaum hatte ich die Landesgrenze überquert, die innere Kontinentalsperre, flog das von mir weg. Jetzt kannst du auch mal ein bisschen Tradition probieren, die gibt es hier nämlich auch nicht, so erkläre ich mir das jetzt. Jetzt kann man komponieren, was man will. Jawohl, frei wie ein Vogel im Wind, tatsächlich aber immer nur um die eigene Achse gedreht. Die wurden direkt untergriffig, wollten mich in ein Auto verfrachten, was ich aber unter Hinweis auf meine uneingeschränkte Mobilität dankend ablehnte, mich, ohne die Leute weiter zu beachten, in Bewegung setzte und den Hügel schnörkellos hinultereilte. Der Loos hätte seine hellste Freude gehabt, so funktional war das. Das ist das Traurigste, auf der Flucht vor einer fremdbeherrschten Kulisse, die man beim ersten Anblick freudig begrüßt, was ja etwas Zauberhaftes hat, man möchte sich die Umgebung gewogen machen, ein bisschen Heimat fließt durch die Augen, von innen nach außen ... auf der Flucht vor dieser ins Dunkel gesenkten Kulisse, die sich nur wenig preisgibt, deren Schatten Abstand halten, flüchtet man wieder in die Flucht vor sich selbst. Man hat den Bewegungsdrang ja nur, weil man stillsteht. Menschenskind, ich weiß das doch sehr wohl, dass ich hier immer rückwärts schaue, das muss mir doch keiner erst erklären, da mache ich mir doch gar nichts vor, ich will wieder zurück, das ist doch sonnenklar, und zwar dahin, wo ich abgebrochen bin, beim Blick aus meinem kalifornischen Fenster kann ich alles liebgewinnen, jeden Strauch, jeden Kiesel, alles was kriecht und fleucht, das ist aber doch nur Ersatzliebe und Ersatzhinwendung. Alles hier, was so vor die Augen tritt, ist doch nur ein Parkplatz, ein Platzhalter, und die größte Anstrengung ist es, diesen Platzhalter gegen die beim Anblick ausgelöste Erinnerung einzutauschen, diese Anstrengung ist auf die Dauer eine tödliche Amputation. Weinen? Ja Herrgott, die einzige Fassung, die man hier bewahren kann, ist doch wohl die Moral. Moral? Ich gehe zu Bett und sage mir, ich bin das wahre Österreich, ich bin das wahre Deutschland, ich bin eben nur kurzfristig ausgelagert, ich bin bald zurück. Es dauert nicht lange, dann kehrt man nicht zurück. Eines Tages bin ich in Los Angeles in ein Fotogeschäft hinein, legte dem durchaus neugierigen Ladenbesitzer mehrere Fotobände auf den Tisch, schlug zwei oder drei der Bücher auf, suchte, zeigte mit dem Finger auf das Bild hier oben links und auf das hier auf der rechten Seite, schlug das Buch zu, legte ein anderes vor, blätterte, hier, diese Doppelseite, dann dieses und jenes, und wissen Sie, was das ist?, fragte ich den Ladenbesitzer, das ist Wien, und zwar Leopoldstadt, aha, sagte der Ladenbesitzer, jawohl, sagte ich, und das möchte ich jetzt vergrößert haben, und zwar riesengroß, also wenn das möglich ist, dann hätte ich diese Fotos gerne als Tapete, vom Boden bis zur Decke. Noch besser, korrigierte ich mich, ich hätte dieses Foto gerne so groß wie die Lettern von Hollywood auf dem Mount Lee. Na immerhin, der Ladenbesitzer schmunzelte. Fünfzehn Meter hoch, knapp einhundertvierzig Meter lang, sagte er, machen wir. Machen wir? Welcome in America. So ist das also, von meiner Musik will man hier nichts wissen, aber das machen wir. Und schaut einen unverwandt an. Gelassen. Er hat Zeit, das signalisiert er auch. Das ist eine Riesenunverschämtheit, finde ich. Einmal muss hier doch Schluss sein mit dem Machenwir. Der Ladenbesitzer hat seine Hände aufgestützt und schaut mich an. Sein Körper wippt leicht vor und zurück. Er verliert langsam das Interesse an mir. Ja dann, vielleicht, Höhe mal Breite, und in Ein-mal-ein-Meter-Teilen. Ich ziehe eine kleine Damenpistole, die sich leicht in der Manteltasche mitführen lässt, und schieße den Knilch über den Haufen. Ich schlage ihm mit voller Wucht die Faust ins Gesicht. Ich stoße ihm ein Messer

235

zwischen die Rippen. Ich schlage die Bücher zu, packe sie in meine Tasche und verlasse den Laden.

Dass man hier nichts gilt. Ich könnte mich ja damit abfinden, dass man nichts gilt. Dann müssten aber die Umstände stimmen. Ich selbst müsste derjenige sein, der versagt. Etwas gelten, das ließ in der Heimat noch hoffen. Hier kann man sich mit keinem Nachbarn über kleine Einschnitte, über totales Übersehenwerden unterhalten, weil der Nachbar hält das nicht für Übersehenwerden, er hält das für Lebensart, So-ist-man-hier, eine Mentalitätsfrage ist das, und während der Nichtnachbar hier die Mentalitätsfrage ausspricht, schaut er dich ausschließend an, weil du bist ja damit nicht gemeint. Unterdrückt, aber ein Volk. Volksgemeinschaft. Volk macht gemein. So ist das auch zu erklären mit dem freiwilligen Vor-die-Hunde-Gehen. Die sterben einander weg wie die Fliegen, und die Trauer findet statt zu Ehren und vor den Füßen des Untergangsführers. Der Schoenberg kommt, das will ich hier hören. Stattdessen Totenstille. Das ist der Unterschied. Hier macht dich der Inhaber eines Fotogeschäfts fertig. In Deutschland brauchte es dafür einen Befehl. Preußische Tradition. Und auch das sagt man so leicht, preußische Tradition. Preußen. Was das war und ist, das wissen doch die wenigsten. Und die Österreicher? Sind gar keine Preußen. Benehmen sich aber so. Und die Preußen? Machen da gar keinen Unterschied mehr. Sammeln einfach ein. Hauptsache, es ist nachher was drin im Preußensack. Und den kann man dem Hitler vor die Füße werfen: Hier, mach was draus, mach was!

Ich bin Minderheit. Zu Hause bin ich aber mündige Minderheit. Da kann ich die Maßstäbe setzen, von denen zwar auch zu Hause noch niemand gehört hat, da kann sich dann aber keiner rausreden. Der Zwölftonschönberg. Dieselbe Herkunft, dieselbe Sprache. Auch das hängt mir schon zum Hals raus, dass man das sich selbst gegenüber, und das ist ja zumeist das einzige Gegenüber, dass man sich selbst immer sagen muss, hier spricht man halt anders, das ist eine ganz andere Sprache, wie und weil es ja auch eine ganz andere Denkungsart ist, aber jetzt stell man sich mal vor, die latschten alle in Wien im vierten Bezirk rein, wie Schwämme, wie hingeworfen, na danke. Da hält man sich lieber von vornherein für das überlegene Kulturgut, das hier, kaum vor Ort, nicht bloß geduldet werden dürfte, das müsste sofort die Regierung übernehmen. Hier sind wir, und ihr jetzt weg da.

Die Straßen. Die werden einem langsam zum Freund. Ich könnte alles aufreißen hier, den Boden zerstören, alles aufreißen hier, wegbaggern, da erscheint in diesen Schluchten mal einer, der Geist hat, der glüht, und dann heißt es gleich, machen wir. In der Musik, da habe ich Ausdruck, der aber kein althergebrachter mehr ist, das ist der zurzeit notwendige Ausdruck, das ist das Notwendige, und jetzt das hier. Soll ich denn plötzlich auf die Straße fallen, so wie man zwangssterilisiert wird? Und die Schluchten schlucken alles. Amerika, das ist ein Grand Canyon. Die Hineingestürzten sind vergessen, aber Helden.

Das Loch im Sessel ist gar keine notdürftig mit Ersatzstoff gefüllte Kuhle, das ist schlichtweg ein verlassenes Loch, da ist was gebrochen unterm Sessel. Man merkt diese Dinge immer zu spät. Ins Grab nimmt man das mit. Das ganze Erzählen. Das Ganze erzählen. Etwas von vorne nach hinten erzählen, glatt durcherzählen, das geht gar nicht. Das ist meine Erfahrung. Schon im Leben. Es ist nicht natürlich, wenn man nicht vom Weg abkommt. Man muss sich verirren, nur das ist menschlich. Kommt man vom Weg ab, schaut man genauer hin, was alles ringsum ist. Zieht noch keine Dämmerung auf, wird man so leicht auch nicht in Panik geraten, die Dunkelheit überkomme einen unverhofft. Da einmal zu stehen, so ganz alleine, und es braut sich was zusammen, es strahlt aus und zielt auf dich, es strömt etwas in dich ein ... Ich bin zu müde, um aufzustehen. Unter mir ist was faul. Ich kann die Stelle genau angeben, die mich belästigt. Immer wenn ich in diesem Sessel sitze, ist es rechts hinten. Man hört es nicht, man sieht es nicht. Es ist aber da. Das merken wir uns. Ist es dann eines Tages nicht mehr da, ist es trotzdem noch da, weil wir es uns gemerkt haben, dass es da ist. So auch mit den Lebenden und Toten. Erst gestern zum Beispiel ist mir aufgefallen, dass der Nachbar von gegenüber nicht mehr da ist. Tagtäglich sind wir auf unserem Spaziergang aneinander vorbeigelaufen, grüßend, den Hut lüpfend, den Stock hebend. Innerlich führt man diese Gesten weiter aus, auch wenn da gar kein Gegenüber mehr korrespondiert. Der Nachbar also ist nicht mehr. Viele Worte gewechselt haben wir ja nie. Er hat mich sicher immer merkwürdig gefunden, aus dem Weg gegangen ist er mir nicht. Ich war vielleicht der Einzige, dem er tagein, tagaus begegnet ist. »Der Herr Mayer ist nicht mehr«, rief mir gestern Frau ..., die Nachbarin zur Linken, zu. Ich bleibe stehen, drehe mich um, schau nach rechts, nach links und wieder geradeaus, tatsächlich, um diese Zeit müsste Herr Mayer hier auftauchen und an mir vorbeigehen. Ich grüße die Nachbarin und gehe weiter. Dass Mayer nicht mehr da ist, ganz ohne Vorteil ist das nicht. Eines Tages hätte er sehr viel Zeit gehabt, er hätte nicht einfach nur seinen Spaziergang gemacht, um den Kreislauf in Schwung zu halten, sich den Nachbarn und potenziellen Einbrechern zu zeigen, er wäre eines Tages stehen geblieben, hätte mich auf grundsätzlichste Dinge angesprochen, mich ausgefragt, er wäre ins Plaudern gekommen, seine Stimme hätte mir das Gefühl gegeben, mich schon zwanzig Jahre zu kennen, und ich hätte ihm auf die meisten Fragen keine Antworten geben können, man denkt in einer Fremdsprache immer zu kompliziert, mir hätten die Worte gefehlt. Da kann man sich in der hineingeborenen Sprache die Welt zu Füßen legen und neu ordnen, die Dinge beleuchten und wieder an ihren alten Platz stellen, die Sprache aber, die einem zustößt, in die man hineingestoßen wird, will nichts von dir wissen, und Worte sind alles. Erinnerung ist das Seil, heruntergelassen vom Himmel, das mich herauszieht aus dem Abgrund des Nicht-Seins. Wer sagte das nochmal?

Es müsste doch jeden Moment
um alles gehen

Die Sache ist klar: Er wird sich nicht extra chic machen. Hingehen ja, aber auf keinen Fall als ein anderer. Ich gehe da als Brecht hin, sagt Brecht seiner Frau. Die Weigel betrachtet ihn von oben bis unten, einhundertdreiundsiebzig Zentimeter in weniger als fünf Sekunden, einen kurzen Moment verweilen ihre Augen auf den Schuhen, dann zuckt sie mit den Schultern. Auf keinen Fall werde ich vorher die Hose bügeln, sagt Brecht. Das würde noch fehlen, ausgerechnet in Hollywood zum ersten Mal die Hose zu bügeln. Außerdem hat das gar keinen Zweck, die Hose ist ja extra viel zu weit, würde ich sie jetzt bügeln, ginge sie ganz aus der Form, die Hose hat sich an mich gewöhnt und nicht ich mich an die Hose. Wenn ich die jetzt bügle, wenn du die jetzt bügeln würdest, verbessert sich Brecht, ich wüsste gar nicht, wie ich mich in ihr verhalten sollte, das wäre ein ganz anderes Beingefühl, ich würde mich überaus komisch in dieser Hose bewegen. Das passte auch gar nicht zu mir. Und Zigarre werde ich da auch rauchen. Dieselbe Marke wie immer, klarer Fall. Dick, lang, schwer. Denen werd ich Kultur beibringen! Was sah ich neulich, da stach ein ungehobelter Hollywoodianer doch glatt das Ende der Zigarre mit einem Taschenmesser an. Als ihm das nicht gelang, hat er einfach das Ende ganz abgeschnitten. Wie man eine Wurst zerteilt. Dann verwandelte er das Stück in eine Feuersäule, indem er eine Kerze direkt an das Brandende hielt und gierig an dem schief gewickelten Stumpen saugte. Der Heinrich Mann findet am Churchill ja so besonders erwähnenswert, dass er seine Zigarre in Brandy stippt. Eine Katastrophe. So etwas macht man überhaupt nicht. Oder jemanden um Feuer bitten. Entweder man hat ein eigenes Feuer, nämlich ausnahmslos Streichhölzer, oder man fange das Zigarrerauchen gar nicht erst an. Der Hollywoodaffe machte zudem noch ein Riesenaufsehen um sein Zigarreanzünden. Gestenreich sorgte er dafür, dass alle sehen, was für ein dickes Ding er sich da flambiert. Ein Lackaffe vor dem Herrn. Noch was: Jeden, der eine Zigarrenspitze benutzt, sollte man zum Teufel jagen. Wer mit einer Zigarrenspitze raucht, hat nicht allein das Zigarrerauchen nicht verstanden, er begreift auch die Welt nicht. Ich kann das nicht deutlich genug sagen, wer mit Zigarrenspitze raucht, ist augenblicklich und für immer erledigt. Er ist sozusagen vorbestraft. Im Wiederholungsfalle verliert er seine Bürgerrechte. Und wenn ich einen erwische, der den letzten Rest auszuzeln will, indem er die nach höflichem Ermessen beendete, aber noch glühende Zigarre mit einem Zahnstocher oder Ähnlichem an den Mund führt, der fliegt sofort achtkantig raus. So werd ich's machen auf der Cocktailparty, die sollen mich kennenlernen. Was nun den Vorteil des Zigarrerauchens betrifft, es hüllt dein Gegenüber in Schweigen, dein Gegenüber kann dir nicht mehr in die Augen schauen, nur das hartnäckigste Gegenüber, das nicht selber Zigarre raucht, sucht deine Gesellschaft, der Rauch macht dich für Sekunden unsichtbar, und du kannst diese Sekunden dazu nutzen, dich auf und davon zu machen. Solltest du Rede und Antwort stehen müssen, so gibt dir das Rauchen einer Zigarre möglicherweise die lebensrettende Zeit, dir deine Antworten gründlich zu überlegen, der Rauch hüllt dich ein, die Meute wartet sehnsüchtig darauf, dass du wieder auftauchst. Selbst dann noch hast du locker zehn Sekunden, mit aller gebotenen Gemächlichkeit die Frage wiederholen zu lassen, die du mittlerweile, und wen sollte das wundern, gelinde vergessen hast.

Die Maria Mancini werde ich nie in meinem Leben rauchen, die soll der Herr Thomas Mann weiter rauchen, die mach ich ihm nicht streitig. Außerdem ist die so gut nicht. Es sollte vielleicht hinzugefügt werden, dass dieser Mann gar nichts, aber auch gar nichts vom Zigarrerauchen versteht. Es ist bei ihm mehr so eine Unentschlossenheit. Außerdem inhaliert er zu viel. An der Oberfläche betrachtet mag es so scheinen, er habe bessere Zigarrenmanieren als ich, in die Tiefe gesehen ist er aber nichts anderes als süchtig. Die Edlen sind die Schlimmsten. Da ist die innere Zerrüttung am weitesten. Die innere Zerrissenheit geht bei denen so weit, die sind schon so zerrissen, dass man ihnen schon nichts mehr anmerkt.

Was meinst du dazu, Helli? Helli? Dass sie aber auch nicht eine Minute mal zuhören kann. Sicher ist sie wieder Löcher stopfen. Was soll ich denn sagen? Ich müsste so viele Löcher stopfen, dass ich vor lauter Löchern nicht mehr den Rand sehen würde. Helli?

Hier bist du. Was machst du denn hier? Du kannst da doch nicht einfach so vor dich hin sitzen. Gibt es denn gar nichts, was dich aufmuntern könnte?

Weißt du, was im Moment mein Problem ist? Und du weißt, ich kann übergangslos ein Problem an das andere hängen. Ich weiß noch nicht genau, ob ich das im Vergleich zur Hose nicht minder weite graue Flanellhemd anziehen soll. Auf keinen Fall eine Krawatte. Ich geh da so hin, wie mir der Schnabel gewachsen ist. Die anderen können meinetwegen einen Riesenkotau machen, ich mache keinen Riesenkotau. Und wenn ich keine Lust dazu habe, werde ich mich vorher auch nicht rasieren. Wahrscheinlich kommen außer den Gastgebern sowieso nur Filmleute und Amerika in den Hintern kriechende Exilanten, da tut das mal ganz gut, wenn so einer wie ich kommt. Das wäre das schönste Kompliment, das man mir machen könnte: Da kommt einer, der kommt als er selbst. Wer von den Amerikanern kann das schon von sich behaupten?

Das graue Flanellhemd, ich lege mich jetzt fest. Ich probier es mal. Kannst du dir einen Brecht vorstellen, der mit der Mode geht? Wer von uns Exilklabautern geht überhaupt mit der Mode? Nenne mir einen! Die Mahler-Werfel. Ausgerechnet. Die geht mit was umgehangen, das war selbst im achtzehnten Jahrhundert, wo der Fummel herkommt, nicht in Mode. Das Hemd ist nicht sauber. Es muss ja nicht sauber sein, es ist aber auffallend nicht sauber, es ist gewissermaßen schmutzig. Soll ich es noch waschen, Helli? Kannst du es mir noch waschen? Draußen hat man ein besseres Licht, ich schau mir das mal im Garten an. Helli, es ist Eigelb! Bei Tageslicht deutlich zu erkennen. Eier von amerikanischen Hennen. Vorhin in der Küche, bei diesem elektrisch natürlichen Zwielicht, sah es noch aus wie Schimmel. Blendender Schimmel. Das wäre ein schlechtes Zeichen. Die Gäste der Cocktailparty hätten sofort erkannt, dass es Schimmel ist. Der größte deutsche Dramatiker, der womöglich bedeutendste deutsche Lyriker läuft mit einem Schimmelfleck auf dem Hemd herum. Kommt in Amerika hereingeschneit und ist direkt unappetitlich. Ist Eigelb schon eine Zumutung, vor der sich jeder ekelt. so stellt Schimmel eine direkte Bedrohung dar. Das spricht sich sofort herum, und man bekommt hier für Jahre keinen Fuß mehr auf den Boden. *Der Schimmelfleck*, eine Novelle. Mal sehen. Mit dem Finger lässt sich das Eigelb fast gänzlich entfernen, siehst du. Es genügt aber nicht. Ungebügelt ist eine Haltung, Eigelb auf dem Hemd ist genau das Gegenteil, eine Nachlässigkeit, Verlust der sozialen Würde, beginnendes Greisentum, Demenz, ein Exilant mit einem Eigelbfleck auf dem Hemd hat den sozialen Boden unter den Füßen verloren, und das in Amerika. Mit warmem Wasser müsste es gehen. Aber Helli, das ist doch nicht zu viel verlangt. Du könntest doch ... was tust du denn sonst? ... da hast du doch mehr Erfahrung ... dann lass ich das Ei halt da drin und geh so. Willst du mich eigentlich begleiten? Du wärst doch sowieso nicht mitgekommen, hab ich recht? Was sollst du da auch wollen? Im Theater müssen wir dich hier unterbringen, aber doch nicht auf einer Cocktailparty. Das Wort würgt mir im Hals. Ich bring es kaum über die Lippen, ohne mich übergeben zu müssen. Auf der Bühne zeigst du den Leuten den wahren Brecht. Jetzt sei doch nicht so misstrauisch. Es gab keine Einladungskarte. Mundpropaganda, verstehst du. Die Münder sind immer auserwählt. Ich sehe schon die Auserwählten vor mir. Zum Halsabschneiden. Nein, keineswegs. Keineswegs wartet da ein Luder auf mich. Aber wenn du es genau wissen willst, ich brauche Auslauf. Ich kann mit mir nichts anfangen. Ich muss ein Feindbild vor Augen haben, und es wird mir eine große Freude sein herauszufinden, ob die Amerikaner oder die Deutschen die größeren Feinde sind. Die Amerikaner werden sich sicher nicht großartig anstrengen müssen, die sind es gewohnt, Feind zu sein, in all ihrer Herrlichkeit. Neulich habe ich doch einen kennengelernt, der konnte das auf Deutsch: »Viel Feind, viel Ehr.« Und er schickte gleich hinterher, dass Amerika sich immer nur an den zweiten Teil des Spruches erinnert. Nein, alleine, Helli. Dafür aber rasch wieder da. So können wir uns freier bewegen. Sich freier bewegen. In Amerika. Ich werde hier nichts, überhaupt gar nichts zustande bringen. Hab ich dir das schon erzählt? Morgens wache ich auf, um mich herum geruchlose Luft. Selbst dich rieche ich nicht. Du bist so unwirklich neben mir. Ich öffne das Fenster, die Luft wird den ganzen Tag über geruchlos bleiben. Hätte man mich mit verbundenen Augen hierher verbracht und mitten in den Raum gestellt mit der Aufforderung, so, nun rieche mal, hol mal tief Luft, und dann sag uns, wo wir uns befinden. Ich wäre völlig ratlos gewesen. Es riecht hier, als wäre es überall, nur ohne Geruch. Oder, als würde man hier etwas anderes atmen als Luft. Wir selber riechen ganz anders. Einmal bin ich morgens verschreckt aufgewacht, weil ich meinen eigenen Geruch nicht mehr riechen konnte. Mein Kopf lag auf meinem rechten Arm, irgendetwas verfolgte mich, der Atem ging schwer, ich musste mich selbst pausenlos anfeuern, nicht aufzugeben, schneller zu laufen, da hinten gab es Rettung, die Mauer würde ich auf jeden Fall als Erster erreichen, und da sie nicht so hoch war, wäre es ein Leichtes, mich mit einem Satz über sie zu werfen, etwas hinderte mich aber weiterzulaufen, es war die beängstigend geruchlose Luft, mein Schlafanzug roch nach nichts, mein Arm roch auch nach nichts, obwohl ich schwitzte, der Schweiß war völlig charakterlos.

Also, Helli, auch das Eigelb bleibt drin. Das sind so miserable Zigarrenraucher, die Amerikaner, da lohnt sich die Mühe nicht. Man muss von vornherein Kontraste schaffen. Respektive entsprechend reagieren. Du meinst also nicht. Dabei hat kindisch ja auch was Gutes. Das Kindische ist das Weise. Siehst du in diesem Fall nicht so. Ich sehe es aber schon so, nichtsdestotrotz ziehe ich mich um. Ich werde mir ein schwarzes Hemd anziehen. Aussehen wie ein Pfarrer, und der lehrt sie dann Mores. Weißt du was, Helli, ein schwarzes Hemd geht nicht, das schlägt mir immer so aufs Herz. Schon in Augsburg ist mir ein schwarzes Hemd dermaßen aufs Herz geschlagen, dass ich nicht wusste, wie mir geschah. Nach einem Tag mit dem schwarzen Hemd habe ich geträumt, ich bin tot. Also bitte dann doch das graue Flanell, und wenn ich dich bitten dürfte, das Ei da herauszuholen, wenn's keine Umstände macht. Du bist zu lieb.

Was soll mit meiner Unterhose sein? Die lasse ich natürlich an. Entschuldige bitte, aber wenn du dich erinnerst, war ich gestern in der Badewanne, und wenn ich schon mal bade, lasse ich der Einfachheit halber die Unterhose an, das weißt du doch ganz genau, wo nun schon mal Seife verwendet wird beim Baden, die Lauge reicht vollkommen. Baden ist Lügen. Man streitet seinen Körper ab. Körper ist ja nicht nur was zum Sehen, liebe Helli, das ist auch was zum Riechen. Ich will, dass die Leute sagen, Achtung, der Brecht kommt. Die sollen mich schon auf hundert Meter wittern. Eindeutig Brecht. Das fände ich ganz außerordentlich wunderbar. Stell dir vor, hier in diesem heruntergekommenen Amerika, und man erkennt den Brecht unter Millionen allein am Körpergeruch. Ich komme mir immer so nackt vor, wenn ich gebadet habe. Es dauert mindestens zwei Wochen, dass ich mich wieder selbst wahrnehme. Weitere zwei Wochen, dass ich mich im philosophischen Sinne erkenne.

Ich danke dir. Sieht ja jetzt aus wie eine Sonne, eine kleine Flanellsonne. Meinst du nicht, die denken, das sei Ei? Schon recht. Ich geh dann mal.

Kaum hat Brecht das Haus verlassen, beginnt es zu regnen. Er überlegt kurz, ob er zurückgehen und einen Regenschirm holen soll, beschließt dann aber, dies nicht zu tun. Die Weigel beobachtet ihn durchs Fenster. Ginge er jetzt zurück, würde sie ihn womöglich zu überzeugen versuchen daheimzubleiben. Sie weiß genau, wie anfällig er ist, bei aller Entschlossenheit, eine getroffene Entscheidung zu überdenken, wenn die Umstände widrig sind. Keine Zeit verlieren, das ist sein Lebensmotto. Würde er jetzt umkehren, er täte gewiss keinen Schritt mehr vor die Tür. In die Schreibmaschine hat er gestern ein Blatt Papier eingespannt, das die ganze Nacht über weiß geblieben ist. Kaum fällt ihm nichts ein oder er ist zögerlich bis zum Stillstand, denkt er bereits, die Lage sei aussichtslos. Anstelle des Gedichts hat er einen Brief angefangen. Es ist zum Verzweifeln, lauten die ersten Worte. Was aber genau zum Verzweifeln ist, darüber nachdenkend ist er eingeschlafen. Eine halbe Stunde später ist Brecht wieder aufgewacht, hat den angefangenen Brief zerknüllt und in den Papierkorb geworfen. Ein wenig kühl ist es. Er könnte auf der Stelle einschlafen, das ist es vielleicht, einmal eine ganze Woche lang schlafen.

Hat auf der Einladung nicht »Bracht« gestanden? Hat er sie deswegen Helli nicht zeigen wollen? Er kann sie nirgends finden. Ich bin mir sicher, dass »Bracht« draufstand, denkt Brecht. Was soll's, ein kleiner Druckfehler. Ob Eisler schon da sein wird? Zum Glück hat er sich lang und breit erklären lassen, wie man die Adresse von seinem Haus aus findet. Ein Spaziergang von mindestens eineinhalb Stunden stünde bevor, das könne man aber nicht genau sagen, weil hier niemand spazieren gehe. Keine Erfahrungswerte im Spazierengehen, notierte Brecht. Das kurze Stück zur Montana Avenue hoch, dann links runter Richtung Pazifik. Die Straße höre nicht mehr auf, hat man Brecht gesagt. Er solle doch mit dem Auto fahren oder ein Taxi nehmen, das sei keine Maßnahme, zu Fuß. Nein, ich gehe zu Fuß. Die Montana Avenue münde in die Ocean Avenue, wo er nach rechts gehen müsse. Sechs Straßen blieben rechts liegen, die Ocean Avenue ginge dann auch nach rechts, die erste links sei die Mabery Road, Nummer leider vergessen, rechterhand eine große freistehende Villa mit einem großen Ziergarten davor, in dem geschrumpfte Nachbauten des Eiffelturms, des schiefen Turms von Pisa und des Kölner Doms stehen sollen. Wenn er an die denkt, kommt ihm die Galle hoch. Warum hat er die Einladung bloß angenommen? Um es den Amerikanern mal so richtig zu zeigen, was es heißt, ein weltberühmter deutscher Dramatiker zu sein, der zurzeit wohl bedeutendste Dramatiker überhaupt. Wenn alle meine Stücke in Amerika gespielt würden, wäre es um Amerika besser bestellt. Und das Reptil Thomas Mann würde vom Präsidenten persönlich dazu verpflichtet, den Aufführungen beizuwohnen. Es darf nicht wahr sein. Was erblicken meine Augen da? Wie kann es sein, dass die nicht zu Hause stehen? War ich so überstürzt? Wenn der Regen keiner war, so ist das jetzt der hinreichende Grund umzukehren. Brecht bleibt stehen. Er ist fassungslos. Eine Wut steigt in ihm auf, die sich gleich Bahn brechen wird, gleichzeitig vermag er sich nicht von der Stelle zu rühren. Heiß von Zorn und Feuer, in der Gurgel ein Aufschrei bitterer Entrüstung, zugleich gehemmt durch peinliche Scham, steht Brecht wie ein gemalter Wüterich da und – wie parteilos zwischen Kraft und Willen – tut nichts. So sieht Brecht sich und so steht's im Shakespeare und so hat er's im Hoffmann gelesen, und Brecht dankt es seinen Hausschuhen, deren Anblick ihn so verharren lässt, dass ihm der Shakespeare jetzt einfällt, den wird er die nächsten Tage mal auseinandernehmen, ob vielleicht noch anderes darin brauchbar ist. Man muss das Zeug nehmen und umschreiben, denkt Brecht. Das erzähle ich dem Eisler, und damit er's glaubt, lasse ich die Hausschuhe an.

Zwar stellt sich schnell schon das Gefühl ein, als zöge es von unten hinauf und würde seine Füße fassen, Brecht sagt sich aber, wenn er nicht wüsste, dass er immer noch Hausschuhe trägt, würde das Gefühl sich gar nicht einstellen. Vieles erledigt sich von einem rein logischen Standpunkt aus. Brecht kommt ins Grübeln. Da ist doch ein Widerspruch zwischen dem Dramatiker und den Hausschuhen. Andererseits muss es da doch einen Zusammenhang geben. Da will ich doch immer hin, zu den Zusammenhängen. Der Herr Thomas Mann, der Realist des Bürgertums, will immer zu den Verkaufszahlen. Eine Sache lässt ihn zurzeit nicht los, da träumt er schon von. Die Sache mit der Kausalität, den Gründen. Determinismus hin oder her, der Physiker sagt so, der Philosoph sagt so, es lässt Brecht nicht in Ruhe.

War die Sache mit den Hausschuhen determiniert, das frage ich doch einmal ganz geradeaus. Und ich weiß auch schon die Antwort: Die Fragestellung Determinismus oder Indeterminismus ist völlig hoffnungslos. Wenn alles, was geschieht, determiniert ist, sind die Ketten der Determinierung unendlich, und unendliche Ketten können wir nicht überblicken. Soweit ganz klar. Und so ist also ein völliges Ausdeterminieren unmöglich. Auch klar. Irgendwelche Ausblicke? Die Wahrscheinlichkeitskausalität der Physiker erlaubt jedenfalls gewisse Aussagen auch bei unregelmäßigen und komplexen Ereignissen.

Zweifellos ist das hier ein ziemlich komplexes Ereignis, die Hausschuhe stehen einerseits für Kontinuität, ich habe sie bereits im Haus angehabt und bis jetzt nicht ausgezogen. Der Tag stellt also insofern eine kontinuierliche Kette von Ereignissen dar. Durch das Tragen der Hausschuhe hat sich das Innen des Hauses in das Außen der Straße gekehrt. Es gibt da nur ein Problem, ich hätte nicht in die 22nd Street abbiegen dürfen. Entweder denke ich falsch oder ich gehe falsch. Wenn es da kein Entweder-oder gibt, denke *und* gehe ich falsch. Immerhin bin ich einer, der das sofort bemerkt. Thomas Mann schreibt dicke Schwarten, die Deutschland nicht braucht, und merkt es immer noch nicht. Thomas Mann gestaltet doch wohl, das ist doch wohl anzunehmen, und weiß doch wohl nichts. Fünf Minuten Lebenszeit durch Falschgehen verloren. Wenn das Falschgehen durch ein Falschdenken verursacht war, ist diese Lebenszeit durch Falschdenken verloren gegangen, was klar ist. Durch Denken geht man aber nicht, also muss es am Falschgehen gelegen haben. Was lernt man hieraus? »Die Welt ist ausdeterminiert« ist ein leerer Satz, da er nicht für die Menschen gilt und eigentlich nur sagt, wir könnten immer Gründe finden, wenn wir finden könnten. Immerhin habe ich jetzt auf die Mabery Road zurückgefunden. Für einen kurzen Moment überlegt Brecht, ob er nicht doch ein Taxi nehmen soll. Siehst du, Brecht, sagt er sich, das ist es, was ich an anderen nicht ausstehen kann, sie setzen sich zur Ruhe, wenn irgendwo in der Nähe ein Kamin an ist. Und das eigene Auto? Kommt nicht in Frage. Für amerikanische Straßen ist das eigene Auto zu schade. Eigentlich. Kein Ziel haben, das ist das schönste Fahren. Meistens hat man aber immer ein Ziel. Und zwar ein solches, das man sich nicht selbst gesetzt hat. Ich will gar nicht vor die Tür, nur wenn es sein muss. Und wohin dann? Erledigungen, Ämter, Unwohl. Meistens schick ich die Weigel, die sich aber nicht mehr so ohne weiteres schicken lässt. Mein Auto ist zu schade für den amerikanischen Boulevard. Jemand in Berlin, dessen Namen ich vergessen habe, meinte mal, für nichts würde ich so viel Zärtlichkeit verraten wie für mein Auto. In der Tat brach mir eine Schramme am Opel vier/vierzehn das Herz, dem Steyr hat ein Laster das Herz gebrochen, bei Fulda war's, den Rest besorgte ein Baum. Das wird nochmal in die Unfallgeschichte eingehen als instinktiv vorbildliches Verhalten, was ich da geleistet habe. Gegen den Baum oder eine Schlucht hinunter oder ein Frontalzusammenstoß mit dem Lastwagen. Ich wählte den Baum, musste aber dafür sorgen, dass ich ihn mittig mit dem Kühler treffe. Etwas in mir sorgte dafür. Der Steyr schmiegte sich um die Rinde, der Baum hatte einen neuen Jahresring. Fassungslos. Dabei hatte ich ihn gerade erst erdichtet. Wie ging's nochmal. Am Schluss ein Slogan, den Rest hat man wahrscheinlich vergessen können. Heißt das nicht ›werbeträchtig‹, wenn etwas hängen bleibt? »So lautlos fahren wir dich / Daß du glaubst, du fährst / Deines Wagens Schatten.« Der Tod, deines Wagens Schatten, fährt immer mit, das wusste ich seitdem. Was sind das für Zeiten, da eine Firma drei schlechte Zeilen gegen ein Auto tauscht? Gute. Zumal sich die Firma nicht lumpen ließ und mir in tadelloser Kooperation mit meinem Verlag einen neuen Steyr zur Verfügung stellte. Den mir dann – samt Führerschein – die Nazis beschlagnahmten, »weil er zu kommunistischen Umtrieben benutzt worden ist«. Die Mabery Road nimmt einfach kein Ende. Der Eisler wird Augen machen. Was, den ganzen Weg zu Fuß? Das glaubst du doch wohl selber nicht. In Swedenborg hast du selbst den Weg zu mir, von Nachbar zu Nachbar, mit dem Auto zurückgelegt. Ich gestehe, zu Fuß zu gehen ist Entzug. Ich kann mir einreden, zu Fuß kein Kind überfahren zu können wie mit dem Ford in Dänemark, oder in ein vollbesetztes Auto zu fahren wie neunzehnhundertachtunddreißig. Aber all das wiegt es nicht auf, dass mich die Mabery Road langsam an den Rand der Verzweiflung bringt. Nie wieder, nie wieder gehe ich in Amerika zu Fuß.

Gäbe es wenigstens etwas Schönes zu sehen, an dem die Augen verweilen könnten, die Augen starren bloß ins … in nicht mal nichts starren sie, man eilt vorbei und vergisst es sogleich, nur so kann man überhaupt einen Fuß vor den anderen setzen. Eines Tages fahre ich quer durch Amerika, das schwöre ich mir. So lange muss mein Buick in der Garage warten. Allein sein Lenkrad ist so groß wie in Deutschland ein ganzes Auto. Jetzt aber gehe ich zu Fuß. Und wenn Brecht zu Fuß geht, hat das was zu sagen, ganz zu schweigen davon, dass es etwas zu bedeuten hat. Es ist ein Gesinnungswandel. Ist er das tatsächlich? Ist es nicht vielmehr ein Zufußgehen gegen Amerika? Die gehen doch nie zu Fuß. Da muss Vorsicht walten, dass man sich nicht gemeinmacht. Wer nicht zu Fuß geht, ist Amerikaner.

Und jetzt entwickele ich den Clou. Das werde ich heute Abend der unbrauchbaren Bande da mal klarmachen: Beim menschlichen Handeln ist es so, werde ich sagen, wenn sich eine bestimmte Quantität von Gründen aufgehäuft und durchgesetzt hat, entsteht eine neue Qualität, und ein Entschluss erfolgt oder eine Handlung, durch die Qualitätsänderung können die Gründe dann nicht mehr rekonstruiert werden. Fertig. Der Hammer. Jetzt habe ich noch geschätzte zwei Stunden Zeit, mir den Kopf darüber zu zerbrechen, ob die Schlussfolgerungen nicht mein ganzes Theater- und Gesellschaftsdenken torpedieren und ob man, wenn man Auto fährt, schneller denkt. Es soll ja Leute geben, die behaupten, das Gehirn des Autofahrers sei weitgehend abgeschaltet, je schneller er fährt, desto stillgelegter sei sein Gehirn. Das glaube ich nicht. Die Weltgeschichte fliegt mir zu, wenn ich rase. Ganze Gedichte.

Es nimmt kein Ende, das ist die längste Straße, auf die ich je einen Fuß gesetzt habe. Wenn ich wählen könnte, zu Fuß noch unterwegs oder bereits da zu sein, ich wählte Letzteres. Dann müsste ich mir auch nicht dauernd die dummen Gesichter der

Autofahrer gefallen lassen, die einen anglotzen, als ginge eine Kuh auf der Straße spazieren. Selbst zum Einkaufen um die Ecke holen die ihren Schlitten aus der Garage. Die sitzen lieber zehn Stunden im Stau, als zu Fuß zu gehen. Wer weiter als nur zu seinem Auto geht, ist verdächtig. Das muss man einmal miterlebt haben, mit welcher Gemütsruhe die im Stau stehen. Kein Hupen, kein angestrengtes Gesicht, es wird hingenommen wie ein Gesetz Gottes. Wie es sich jetzt in Berlin wohl lebt? Nie im Leben wäre mir eingefallen, auf dem Ku'damm spazieren zu gehen. Wie eine Schildkröte auf dem Weg zum Wasser komme ich mir vor, so zielstrebig und auch so langsam … Die merkwürdige Angewohnheit, keine Briefe zu beantworten … Bin ich denn wirklich ein Pfandleiher, der alles direkt nach seinem Wert bemisst, auch die Menschen? … Und die Frauen? Eigentlich zu nichts gut. Gehen einem dauernd auf den Geist. Die Steffin war eine Ausnahme. Und die Weigel ist es auch. Der Rest Fehlanzeige. Dauerndes Kompliziertsein. Eine Katastrophe. Irgendwie fehlkonstruiert, körperlich und geistig. Ein Auslaufmodell der Natur. Andererseits zum Mitformulieren und Abtippen geeignet. Ob sie wissen, dass ich so über sie denke? Geht man in die Nacht hinein, werden die Gedanken nicht mehr abgelenkt von Störnissen, der so genannte Alltag ist eine einzige Störung, wenn ich nicht ununterbrochen fabrizieren kann, werde ich nervös, dann könnte ich nach kurzer Zeit schon ausfällig werden. Es geht eine Viertelstunde nicht um mich? Um wen geht es denn? Auch die nächsten fünf Minuten nicht? Noch fünf Minuten, und ich verklage diese Leute wegen Verletzung der Menschenrechte. Welche anderen Rechte habe ich denn? Man muss die Betriebstemperatur hochhalten. Wie das geht? Die Gier muss bei Laune gehalten werden, den Objekten der Begierde muss man sich aber so lange wie möglich enthalten. Es muss kochen in dir. Und du bereitest daraus ein ganz anderes Süppchen, du biegst es um, die Erfüllung des Naheliegenden versagst du dir. Abstürze gehören zum Programm. Und das Zerknirschtsein. Verstimmt sein, depressiv sein, das sollte als Reinigung genutzt werden. Jede Sekunde des Lebens ist Rohmaterial, deshalb kann es eine negative Sicht der Dinge gar nicht geben. Habe ich das gerade gedacht? Man denkt viel zu viel Unsinn. Wenn man nur immer geradeaus läuft, geht man unweigerlich in die Falle. Die Richtung ändere ich aber nicht mehr. Selbst diese unendliche Straße bringt mich nicht von meinen Absichten ab. Es taucht was auf, es taucht was unter. Die ewigselben Schattenrisse. Das ist die amerikanische Demokratie, alles ist überall dasselbe für alle. Nur für die Geldhaber unter den Kapitalisten wird es immer geldhabender. Dasselbe Haus, das du hier zur Linken erblickst, wirst du einen Meter weiter zur Rechten erblicken. So näht sich eins ans andere. Diese Monotonie ist schon Ideologie, sie versetzt dich in Schlaf. Um das Gehen hier überhaupt auszuhalten, muss ich den Tunnelblick trainieren. Nur wenn man nicht genau hinschaut, wo das Ewigselbe einen durch die Beruhigung betören möchte, dass es immer das Ewigselbe bleibt und nichts Böses passiere, hat man noch die Kraft, bei den unsichtbaren wesentlichen Dingen genau hinzuschauen. Das ist Erniedrigungsarchitektur mit im Vergleich zu Moskau umgekehrten Vorzeichen. Was dort die großen Plätze mit ihren Einschüchterungsstatuen und geradezu verschwenderischen Raumdimensionen sind, ist hier die geruchlose Unendlichkeit der Straßenfluchten. Ich denke da schon viel zu lange drüber nach. Man müsste Musik bei sich tragen können. Oder unterwegs telefonieren. Etwas diktieren. Das Leben, oder was man dafür hält, mitschreiben. Es macht mich ganz verrückt, dass ich gehend nichts dergleichen tun kann. Jetzt stell man sich den alten Heinrich mal auf diesem Weg vor. Ich muss mich nicht mehr beweisen, würde er sagen, ich bin über die Pyrenäen gekommen. Ich will einmal versuchen, einen Punkt in der Ferne zu fixieren, nur ihn im Auge zu behalten, bis ich ihn oder mein Ziel erreicht habe.

Und ich sah ein Licht von weitem, und es kam gleich einem Sterne, hinten aus der fernsten Ferne. Eben als es zwölfe schlug.

Der Kölner Dom. Fast wäre ich an ihm vorbeigelaufen. Da steht der Kölner Dom. Der Schiefe Turm von Pisa umgefallen. Da ist die Kunst der Natur mal wieder einen Deut voraus. Und im Eiffelturm brennt Licht. Entzückend, wenn es nicht so traurig wäre. Irrlichternde Schatten, Gestalten huschen an den Fenstern vorbei, als seien sie von fremder Hand gezogen. Die sehen alle aus wie der Teufel. Hier wird Amerika zum Schattenspiel. Und alles so hübsch aufgeräumt. Es fehlt an wahrem Boden. Du siehst, wohin du siehst, nur Duplikat auf Erden. Was Europa heute baut, wird morgen Amerika sein: Wo jetzt noch Wiesen stehn, kehrt wieder Wüste ein, auf der kein Gras mehr wächst für Cowboys wilde Herden. Undsoweiter. Das Spiel der Zeit, der leichte Mensch. Und noch eine tolle Zeile findet sich da: Noch will, was ewig ist, kein einig Mensch betrachten! Aber wer will das schon. Man müht sich halt.

Ach Sprachschatz, hier fährst du vor die Wand. Heute Morgen wachte ich auf und war erschrocken über einen Traum, den ich in der Nacht geträumt hatte. Ich konnte mich nicht mehr erinnern, was genau es war, das ich träumte, doch das war nicht das Erschreckende, der Traum als solcher nicht und auch nicht das Vergessen, erschreckend war die Rede des Traums, die Sprache, in der er sich fasste. Schon die Weigel bemerkte, ich spräche so komisch seit einigen Tagen, als ich sie fragte, was sie denn meine, sagte sie bloß, ich spräche wie das wandelnde achtzehnte Jahrhundert. Wenn's dabei doch geblieben wäre. Die Sätze gespreizt, ein Vokabular wie nicht von jetzigen Sinnen, alles aus der Versenkung heraufgeholt, nur sähe man die Versenkung nicht. Aus irgendwelchen Gründen kann ich das nicht ablegen, und es geht mir ja auch jetzt noch so. Ich sehe was, mir fällt dazu was ein, und es entgeht mir nicht, wie gestochen merkwürdig ich darüber in einen Sermon verfalle. Es fehlt nicht viel, dann sage ich »Euer Durchlaucht« zu mir. Alles Notwehr. Man entdeckt hier Dinge wieder, die längst schon entfleucht waren. Der eine geht achtlos daran vorbei, unsereiner muss davor verweilen und nachsinnen. Woher kenne ich das, dem bin ich doch schon mal begegnet, das ist mir doch dann und dann abhandengekommen, und jetzt begegnet es mir wieder. Soll ich darüber nun traurig oder froh sein? Aber wer ist unsereiner? Die da drinnen? Wie die da auf und ab gehen. Es gibt unsereinen gar nicht. Alles parzelliert, bereit, übereinander herzufallen. Es muss nur das Stichwort geliefert werden. Da will ich doch mal reingehen und das Stichwort liefern.

Brecht zieht an der Hausglocke. Die Hausglocke tölpelt los. Mixt da jemand einen Cocktail, und eine metallene Kugel scheppert gegen die Innenwand des Shakers? Kaum ist sie verhallt, füllen die Stimmen wieder das Haus. Niemand öffnet. Wenn niemand öffnet, kann man jede Höflichkeit fahren lassen. Brecht reißt am metallenen Handzug bis zum Anschlag. Ein stumpfer, sofort ausgebremster Ton. Gleich nochmal. Eine Hausglocke, wie prätentiös, denkt Brecht. Wo gibt es denn noch so was? Passt zum Kölner Dom. Und jetzt nochmal mit Fingerspitzengefühl. Die Glocke steht für Demokratie. Du hast das Recht, auf dich aufmerksam zu machen, nur haben Heerscharen von Millionen von Milliarden das auch. Wie also kannst du fordern, gehört zu werden? Brecht tritt einen Schritt zurück und schaut sich die Bimmel nochmal ganz genau an. Französisches Empire. Also geklaut. Eine feine Sache, geladen und nicht gelassen. Nochmal mit Hauruck, dann bemerkt er, dass die Haustür nur angelehnt ist. Ein Mann, den er noch nie in seinem Leben gesehen hat, eilt im Flur an ihm vorbei. Links haben sich einige Gäste in einem etwas abgedunkelten Raum versammelt, aus dem gar nicht mal so unfeine Gerüche kommen. Halbrechts geht es in einen größeren Raum. Trockene Steifheit, das Ganze. Anstelle ihrer Geschlechtsteile präsentieren die Auserwählten halbleere Rotweingläser. Die Weltherrschaft des Rotweins ist ausgebrochen. Französisch. Völlige Impotenz. Zu deutlich präsentierte das Jüngelchen auf dem Tablett nichts als Flaschen. Smalltalk ist überhaupt das Entsetzlichste. Wie kann den Leuten nur so was einfallen? Haben die noch alle Tassen im Schrank? Es müsste doch jeden Moment um alles gehen. Es geht aber jede Sekunde um nichts. Jetzt ist Vorsicht angebracht. Nicht einfach reinplatzen und sich zu erkennen geben. Du tauchst hier auf, und die Gäste wissen schon, was es geschlagen hat. Hat dir nicht jemand geflüstert, die Amerikaner hätten auch ihre Waffen? Die »Beiunskis« nennen sie uns. Bei uns sei alles besser, würden die »Beiunskis« nicht müde zu betonen. Mal alle hergehört, wir repräsentieren die europäische Kultur, sagen die »Beiunskis«, und sie selbst, die »Beiunskis«, spielten im Beiunskisland eine bernhardinergroße Rolle, dagegen seien alle Amerikaner ohne Kultur und recht eigentlich nur Dackel. Merkwürdig nur, dass aus den Bernhardinern im Exil selber Dackel geworden sind. Überhaupt die Verklärung. Die Verklärung Weimars hat hier schon hollywoodreife Dimensionen angenommen: Es geht um nichts, das bitte schön muss aber ganz groß gezeigt werden. Und die Dackel reden sich so lange ein, dass sie ein Bernhardiner sind, sie schmücken ihr Leben in der alten Heimat so lange mit glorreichen Taten, wichtigsten Begebenheiten und bedeutsamen Auszeichnungen aus, bis sie es selber glauben.

Auch der grüßt nicht. Bei uns heißt es wenigstens noch, viel Feind, viel Ehr. Hier scheint es zu heißen, viel berühmt, viel übersehen.

Da stehe ich nun, denkt Brecht. Ein ineinander verschlungenes Pärchen nimmt Kurs auf ihn, ohne ihn allerdings weiter zu beachten. Ob der Eisler schon da ist? Brecht schaut vorsichtig in den größeren Raum und lässt den Blick durch die Runde schweifen. Er hat gesagt, er käme, ich sehe ihn aber nicht. Dem Rest hier scheint es egal zu sein, ob man da ist oder nicht. Kein Gastgeber in Sicht, niemand, der überhaupt den Anschein macht, ein Wort mit einem wechseln zu wollen. Für die bin ich wohl ein Unsichtbarer. Das wird sich schon noch ändern, wenn ich ihnen erst mal was erzähle. Die da vorne, wie wär's denn mit der? Was denn? Na, was wohl? Vielleicht ein bisschen zu verkniffen. Toller Arsch, von vorne aber auch Arsch. Niemand raucht? Dann wollen wir uns doch mal eine Zigarre anzünden. Mit einem eigens dafür mitgebrachten Streichholz, wohlgemerkt. Und in den Türrahmen stellen. So, das ist doch für den Anfang schon mal nicht schlecht. Wollen doch mal sehen, wer sich beschwert. Da lässt sich leicht ein Streit entfachen. Und man ist im Gespräch.

Nach einigen Zügen erinnert Brecht die Situation an das Läuten vorhin. Es scheint hier niemanden etwas zu interessieren, niemanden etwas zu stören. Brecht schlendert zur Küche. Wie ich Eisler kenne, ist er als einer der Ersten beim Essen. Wir können nicht ohneeinander. Jahrelang getrennt, genügt ein Brief vom Eisler, uns das bewusst zu machen. Eisler ist nicht in der Küche. Dafür aber ein nettes Mädel, das ihm wenigstens ein Lächeln schenkt. Und eine Tasse mit Suppe. Da ist er im Moment nicht wählerisch. Brecht fasst sich ins Gesicht. Ob's daran liegt, dass ich heute unrasiert bin? Oder die Haare? Die Haare sind zu lang. Für meine Kleidung bin ich doch weltbekannt. Der Brecht ist in Hausschuhen gekommen, in Berlin wüsste das schon der Bürgermeister. Der Brecht ist wie gewohnt rücksichtslos, gestern Abend rauchte er auf einer Party als Einziger, das würde morgen schon in der Zeitung stehen. Hier müsste ich mich nackt ausziehen. Mit dem Eisler ist es mir so, als könnte ich einmal laut mit mir selber sprechen, was ja das deutlichste Zeichen einer Freundschaft ist, den einen mit dem anderen ganz und gar zu verwechseln, der andere ist ganz anders, und doch vervollständigt er einen, setzt einen allererst in sich, als würde er etwas Entscheidendes mitbringen, das er in einen hineinsetzt, und indem er dieses Entscheidende in einen hineinsetzt, nimmt er ihn allererst in Betrieb, und ich muss hier aufpassen, ich muss in Betrieb bleiben, der Eisler erzählte, er sei hier auf ganz merkwürdige Ideen gekommen, habe Sachen entdeckt und wieder entdeckt, an die er vorher nie gedacht habe, nie im Leben wäre er in Deutschland darauf gekommen. Ist der Eisler also nicht anwesend, kann ich auch nicht anwesend sein, die Anwesenheit des einen ist also ohne die Anwesenheit des anderen mit der Zeit gar nicht mehr zu denken, ist der eine abwesend, ist der andere garantiert nicht anwesend, sodass man auch beide einladen muss, eine Einladung des einen ist, ohne den anderen einzuladen, ein Affront, eine Unmöglichkeit, also kommen immer beide oder keiner von beiden, und so schaut der Eisler immer zuerst, wo denn der Brecht ist, wenn er irgendwo hinkommt, und der Brecht ist noch nicht sofort zu sehen, wo ist denn der Brecht, fragt der Eisler dann immer, und jemand deutet ihm den Brecht, der seinerseits sich wundert, dass der Eisler noch nicht da ist. Das ist jetzt schon ein wenig peinlich, dass ich hier so ein wichtigtuerisches Zeug denke, die Selbstbeimessung von kulturhistorischem Wert ist aber eine gängige Krankheit unter Exilanten, die sich sogleich als Verschlagene fühlen. Also wenn nicht gleich jemand kommt und den Brecht auf sein weltbedeutendes Theater anspricht, kann ihn die Welt hier mal am Arsch lecken. Brecht steht mittlerweile wieder im Türrahmen zum größeren Zimmer, die Beine über Kreuz, eine frische Zigarre im Mund. Brecht zählt. Langsam von zehn rückwärts. Dann nochmal. Es muss etwas geschehen, aber was?

Jetzt reicht's, sagt sich Brecht, jetzt werfe ich mich ins Getümmel, die werden schon ihre vornehme Zurückhaltung aufgeben und den Brecht begrüßen wie es sich gehört. Die sind einfach nur zu schüchtern, das muss an meiner Strenge liegen. Jetzt will ich einmal ganz unstreng sein und den Charmebolzen machen. Ein Gläschen Wein dazu, vielleicht. Brecht dreht sich abrupt herum und will Richtung Küche, da stößt er mit Eisler zusammen.

»Fünf Minuten stehe ich schon hinter dir, was machst du denn für ein Gesicht?«

»Kann nicht sein, eine Minute stehe ich ja erst hier.«

»Fünf.«

»Wo sind denn unsere Gastgeber?«

»Hinten im Zimmer.«

»Und wer sind unsere Gastgeber?«

»Sie haben sich mir noch nicht vorgestellt.«

»Und wo warst du?«

»Auch hinten im Zimmer.«

»Und wieso kannst du dann plötzlich hinter mir stehen?«

»Mein lieber Brecht, der Flur macht eine zarte Biegung nach rechts, da folgen weitere Zimmer.«

»Natürlich war ich euer Hauptthema ... War ich doch, oder?«

»Natürlich.«

»Wer Bekanntes?«

»Niemand.«

»Nur Amerikaner?«

»Und ein Haufen Deutsche.«

»Aha.«

»Eine unvorstellbar beschränkte Truppe. Die musst du dir gleich mal ansehen. Da bedarf es eines Auges, welches wirklich schaut.«

»Von wem ist das denn?«

»E. T. A. Hoffmann.«

»Du musst dir auch was ansehen.«

»Mensch, Brecht, die Flucht ergriffen?«

»Peinlich, was?«

»Aber doch dem Brecht nicht.«

»Nicht zu fassen, aber die Hausschuhe haben mich auf den Shakespeare gebracht. Ich muss den mal ganz auseinandernehmen, ob da noch was brauchbar ist. Ich entdecke mitten auf der Straße die Hausschuhe an mir, und vor lauter Zorn darüber, über mich selbst, verwandle ich mich in den Pyrrhus, wie er im Hamlet steht.«

»Und wen hast du erschlagen?«

»Dazu kam ich nicht, ich verharrte völlig tatenlos. Aber das meine ich, stell dir das mal vor, das Exilsinnbild, der Exilant, so von seiner eigentlichen Größe besessen, kann sich zu nichts mehr durchringen, da er mit einem Schlag nichts mehr ist, dieses Nichtsmehr fährt dann mächtig in ihn, er muss da Platz machen in sich, das Nichtsmehr kollidiert mit der sich selbst beigemessenen Übergröße, beides ringt miteinander, es kommt, vor dem Zusammenbruch, zum völligen Stillstand, mit gehissten Segeln steht das Schiff auf dem See, den man sich zum Meer gemacht hat, und nichts geht weiter, dann bricht der Sturm los, den Rest kennt man.«

»Entsetzlich, mein lieber Brecht, ganz entsetzlich. Mit dem Pyrrhus liegst du gar nicht so falsch, ich habe den Anakreon wieder aus der Schachtel geholt und will ihm ein frisches Kleid verpassen. Der braucht, um gerettet zu werden, neue Funktionen. Und vorher Infusionen.«

»Vorher komponierst du aber Brecht.«

»Wenn der Brecht was hat, ist mir recht.«

»Wir reden hier, als wär's ein Stück.«

»Ist doch schön. Das schärft die Sinne ... Jetzt lass uns mal in den Salon, du wirst deinen Augen und Ohren nicht trauen. Die deutschen Narren inszenieren Society, dass dir schlecht wird. Die machen ein bisschen Deutsches Theater und wagen sich auf höchste Gipfel, sind aber allesamt miese viertklassige Schauspieler, denen schon auf gerader Ebene die Puste ausgeht. Die Amerikaner wollen eigentlich nichts von ihnen wissen, verhalten sich aber höflich. Da folgt dann Gegeneinladung auf Einladung, und immer wollen die Deutschen dann repräsentieren. Ich frage mich nur, was? Leerlauf folgt hier auf

Leerlauf. Die Leute werden ihr eigenes Symptom, das musst du dir anschauen. Eben habe ich zwei belauscht, die sich über die von ihnen nach Los Angeles importierte Kultur unterhielten. Es ging um einen von ihnen gemeinsam veranstalteten Abend, wo anscheinend die gesamte deutschsprachige Exilprominenz versammelt war – außer uns. Man las und sang sich was vor, schmiedete himmelhoch jauchzende Pläne, wollte ein deutschsprachiges Theater mitten in Los Angeles gründen, auch ein neues Konzerthaus soll aus dem Boden gestampft werden undsoweiter. Da verstieg sich der eine doch glatt zu der Behauptung, nicht Paris noch das München um neunzehnhundert hätte einen Abend von intimerer Kunststimmung, Verve und Heiterkeit zu bieten gehabt. Die Deppen ... So, Brecht, jetzt gute Miene aufgesetzt, sonst sind wir sofort entlarvt.«

Brecht und Eisler betreten den Salon, niemand nimmt von ihnen Notiz. Hinten am Fenster finden beide noch Platz auf zwei hölzernen Drehstühlen, die sich bei näherer Betrachtung als richterstuhlartige Sessel entpuppen. Von hier aus, meint Brecht, würden sie diese Gesellschaft regieren. Eisler hat nicht übertrieben. Hier findet sich eine ganze Horde brauchbarer Bühnentypen. So muss Theater sein, denkt Brecht. Die Typen erzeugen sofort Staunen und Neugier. Man könnte diese Figuren, diese Niemands, einfach als Pantomimen engagieren, ohne dass sie von ihrem Engagement wüssten, und ein Erzähler auf der Bühne beschriebe den Vorgang. So zum Beispiel:

»Die meiste Zeit hält er die Augen einfach geschlossen, wobei sich sein Gesicht so entspannen kann, dass sich sein Mund leicht öffnet. Die trockenen Lippen, die so innig zusammenzuhängen scheinen, dass nichts sie trennen kann, reißen voneinander ab, und ein Gähnen später seilt sich vom linken Mundwinkel ein Speicheltröpfchen ab, dem sich eine Pfütze hinterherstürzt. Dann öffnet er die Augen, sieht an sich herunter, überprüft, ob auch sein Gegenüber den Sabber auf seinem Sakko entdeckt hat, um verschämt zu den jungen Frauen hinüberzuschauen, die einige Meter entfernt über die Mode vor Ort, den angesagten Film, eine Zukunft ohne Arbeit sprechen. Wie kann ein Mensch nur so starren. Das ganze Gesicht ist ihm heruntergefallen. Das mit dem Sabber passiert ihm in immer kürzeren Abständen. Er hat wohl einen See in sich, der jedes Mal, wenn er die Augen schließt, aktiv wird. Die Speiseröhre dient als Pumpe, die zunächst einzelne Tropfen, dann ganze Pfützen nach oben befördert.«

Im weiteren Verlauf des Stückes wird der Mann als vielgespielter Dramatiker vorgestellt, den das Schicksal ins Exil verschlagen hat, wo er stets von alter Größe träumt. Gespielt wird er nicht mehr, der Sprache seines Zufluchtslandes mächtig ist er auch nicht. Er wird von niemandem gegrüßt, nicht einmal der Einkauf von Lebensmitteln will ihm problemlos gelingen. Er wird sich aufhängen.

»Ich sehe«, sagt Eisler, »du arbeitest schon.«

»Es arbeitet in mir, oder besser, mit mir.«

»Dein Eindruck von der Mischpoke?«

»Der Anblick ist in der Tat seltsam und überraschend.«

Wenn doch zur selben Zeit, das heißt am helllichten Tage, damit man besser sieht, denkt Brecht, das heißt also in Berücksichtigung der weltweiten Zeitverschiebungen, alle Behausungen durchsucht werden würden, und man würde drohende Gefahren sofort herausfinden, aber das ginge ja so weiter, geht es Brecht durch den Kopf, der das Szenarium mal durchspielen will jetzt, nur mechanisch antwortet er noch »ja« und »nein« auf Fragen eines ihm soeben vorgestellten, neu hinzugekommenen Gastes, dessen Namen er sofort wieder vergessen hat, er blickt durch ihn durch, schüttelt verwundert den Kopf, auch wenn es gar nichts gibt, was ihn verwundern könnte, um sich mit ganzer Aufmerksamkeit diesen Zusammenhängen widmen zu können, die ihm augenblicklich großen Spaß machen. Herauszufinden, wie weit das gehen könnte, wenn alle Privathaushalte dem Staat uneingeschränkten Zutritt gewähren müssten, alles wäre transparent, jede Gefahr könnte im Keim erstickt werden, und wenn die Gefahr der Mensch ist? ... ein Überwachungsstaat, so viel ist klar, Brecht fragt sich, wer denn dann die Überwachenden überwacht, das müsste ja eine Spezialeinheit sein, und was dann alles nicht plötzlich verdächtig wäre, gäbe es die Schweiz noch, die so genannte neutrale Schweiz, wie würde die an die Überwachungsfrage herangehen, und was das für ein gigantischer Aufwand wäre, eigentlich gar nicht zu bewältigen, lässt man einmal Menschenrechts- und bürgerliche Freiheitsfragen beiseite, das wäre dann die perfekte Zweiklassengesellschaft, und am Ende der Fahnenstange stünde wieder nur einer, der nicht überwacht werden könnte, oder wer sollte den überwachen, Gott?, das Militär würde so nur gegen Landsleute vorgehen können, für andere Aktivitäten wären sofort die Kapazitäten erschöpft, es würde geputscht, eine Revolution würde nach der anderen vom Zaun gebrochen, das Wort Revolution würde verboten werden, da es nicht mehr zutrifft, Revolution, das war einmal, und eine Revolution in Permanenz, was sollte das schon sein außer Stillstand, der einen dauernd die Hand vor den gähnenden Mund halten ließe. Aber das hier mit diesen Leerlauf quatschenden Eierköpfen durchdiskutieren? Zum Heulen.

Der jugendliche Appetit des Augenblicks, wie's so schön beim Hoffmann heißt, hier ist er schnell schon satt. Diese unerträglich interessierten Gespräche. Dieses sinnverwirrende Gewühl des in bedeutungsloser Tätigkeit bewegten Volks. Nichts zu sagen haben und andauernd reden. Quer durch das Zimmer kommt ein Mann auf seinem rollenbewehrten Stuhl angefahren. Soeben ertappt sich Brecht bei der Vorstellung, die Rollen würden das schöne Parkett zerkratzen, da sitzt dieser Mann ihm auch schon gegenüber. Immer ich, denkt Brecht. Läuft jemand durch die Straßen und hält wirre Ansprachen, wird er garantiert mich ansprechen und niemanden sonst. Bei einer Polizeikontrolle wird mit Sicherheit mein Wagen herausgefischt. Brecht schaut kurz auf. Der Mann hat engstehende Augen. Das genügt Brecht bereits, Ekel zu empfinden. Dieser Mann ist sogleich bemüht, mit über der Brust verschränkten Armen, kaugummikauend, kein Ring an seinen Fingern, dauernd nickend und grobgestisch fuchtelnd, Brecht in ein Gespräch zu verwickeln. Das heißt, er verwickelt Brecht erst gar nicht in ein Gespräch, er zwingt es ihm auf. Ein Gespräch aufzwingen ist eine viel zu wenig beachtete Körperverletzung. Die Augen dieses Mannes stehen nicht nur eng beieinander, bei genauerem Hinsehen, das sich Brecht ein einziges Mal nur erlauben zu können glaubt, fällt ihm auf, dass sie auch schielen. Der Geschwätzige ist kein Amerikaner, was unschwer zu hören ist, ein Schwabe vielleicht, Brecht weiß es nicht zu sagen, mit vorangestrecktem Kopf radebricht dieses Schweinsauge eine dem Englischen verwandte Sprache, wobei er hin und wieder versucht, seinen feisten Bauch hinter den Gürtel zu ziehen. Was will dieses Gesicht von ihm? In Deutschland wäre ihm das nicht so aufgefallen. Hier legt man alles auf die Erscheinungswaage. Deutschland, sagt sich Brecht vor. Und nochmal, ganz langsam: D e u t s c h l a n d. Deutsch. Ein Herr Deutsch hat für seinen Vater gearbeitet. Herr Deutsch war Fahrer und Autoliebhaber. Hätten die den Herrn Deutsch umgebracht? Ein Ding der Unmöglichkeit. Herr Deutsch, von den Nazis umgebracht. Die hätten doch seinen Namen ändern müssen ... Schweinsauge sucht immer Augenkontakt. Brecht vermutet, dass Schweinsauge kurzsichtig ist. Er kann sich nicht vorstellen, dass jemand einen so mit Vollkontakt anstiert, ohne einen Augenfehler zu haben. Wenn jemand einem so dicht vor Augen steht, fängt man unwillkürlich an, seine Zähne zu untersuchen. Der hier macht aber den Mund nicht auf. Er spricht in Intervallen und dann pausenlos, wobei er einen dauernd anfassen muss. Beim Sprechen wölbt er seine Oberlippe wie einen Rollladen geschickt übers Gebiss. Sein Mund, ein Aktenschrank. Kaugummi. Dass dieses Arschloch, das hier selber Exilant ist, sich so aufposaunt. Automobilbranche, das könnte ja immerhin ein Anknüpfungspunkt sein, einen Gesprächsstoff abgeben, aber doch nicht mit dem. Der hat die Lage noch gar nicht recht begriffen. Macht hier auf Partylöwe. Einhundertsiebenundsiebzig Angestellte undsoweiter. Laufende Verbesserung des Kündigungsschutzes, selbstverständlich. Abschaffung der ... der was? Egal. Dem sollte ich mich mal als Mustermarxisten zu erkennen geben. Ein unfassbares Potenzarschloch. Noch fünf Minuten so weiter, dann muss er mir ein Auto schenken. Einen Steyr. Auf keinen Fall einen Ford, wie Ruth mir in Dänemark einen schenkte. Wie habe ich da so schön gedichtet: »Ford hat ein Auto gebaut / Das fährt ein wenig laut / Es ist nicht wasserdicht / Und fährt auch manchmal nicht«. Aha, natürlich. Der tolle Hecht gedenkt hier in absehbarer Zeit ein Imperium aufzubauen. Wäre ich Paul Samson-Körner, ich würde ihm auf der Stelle eine reinhauen. Warum quatscht der nur die ganze Zeit Englisch mit mir?

Brecht erhebt sich. Einen Schritt zur Seite. Einen kleinen Schritt nach vorne. Noch einen. Und noch einen. Wusste ich's doch, das bekommt der gar nicht mit. Außer Reichweite. Der hat mich nicht ungestraft dauernd mit seinen Wurstfingern angefasst. Der Schwadroneur schaut Brecht kurz hinterher. Als er bemerkt, dass er nicht mehr vor ihm sitzt, wendet er sich nach rechts und richtet sein Selbstgespräch einfach an Eisler. Der will das alles auch nicht so genau wissen, erhebt sich ebenfalls und geht, nach einem flüchtig gemurmelten Entschuldigen-Sie-bitte-ich-muss-ihn-was-fragen, dem Brecht nach.

Beide stehen nun an die dem Fenster gegenüberliegende Wand gelehnt. Was ist von dem da zu halten? fragt Brecht. Eisler mustert die Type, will sich aber keine Meinung erlauben. In dem kann man sich täuschen, sagt er. Möglicherweise durchschnittlicher als es den Anschein hat. Brecht ist anderer

Meinung. Er wolle den mal belauschen gehen, entschuldigt er sich. Wer ohne Unterlass vor sich hin brabble wie der da, könne unmöglich gar nichts Interessantes von sich geben. Da wird schon was dabei sein, was sich verwerten lasse, meint Brecht. O-Ton des Exils, Selbstgespräch als Existenzbeweis. Der liefert mir Zubehör für meine Hollywooder Elegien. Kaum aber ist Brecht neben dem Mann aufgetaucht, stellt der das Brabbeln ein und kaut an seinem rechten Daumen. Bei näherem Hinsehen ist das Kauen ein Knabbern. Der Mann knabbert Stücke von seinem rechten Daumennagel ab. Unterstützt wird dieses Knabbern durch ein perlhuhnartiges Voranzucken des Kopfes: dreimal Knabbern, einmal Rucken. Ist diese Kombination drei-, viermal durchgespielt, setzt zur Freude Brechts das Brabbeln wieder ein. Brecht rückt dem Mann auf die Pelle, ist nun kurz davor, ihn aufzufordern, deutlicher und vor allem lauter zu brabbeln, allein der Mundgeruch des Mannes hindert Brecht, ihn anzusprechen. Brecht hält den Atem an, als könne er so den schlechten Atem des Mannes wettmachen. Eigentlich ist ihm diese Art der Nichtkommunikation lieber als das ewige Exilantengespräch um nichts. Er will Eisler vorschlagen, diesen Mann für die hiesige Bühne zu engagieren, vom Fleck weg, wenn die Leute hier schon nichts verstünden, so hätten sie dann allen Grund dazu. Bärentatze, fällt Brecht ein. Der Mann hat bärenfellbewachsene Hände. Auf dem Kopf hat er fast keine Haare mehr. Er hat sie sich ausgerupft, denkt Brecht. Es war also ein Dreiertick, Knabbern – Rucken – Raufen. Fürs Raufen ist das Material ausgegangen. Brecht wartet, ob ein neues Drittes hinzukommt. Verwunderlich, dass der Mann ihn nicht bemerkt, ihn nicht fragt, was er denn wolle. Der hat sich hier abgestellt und wartet auf neue Anweisungen, denkt Brecht. Würde man den Mann höflich bitten, sich anderswohin zu begeben, er würde ohne zu zögern der Bitte Folge leisten. Die kennen mich hier alle, denken aber, der Brecht ist jetzt ihresgleichen, er ist nichts weiter als ein Exilant wie alle, deshalb beachten sie mich nicht, sie meiden den Blickkontakt, lassen mich abblitzen, drehen den Spieß um. Das werde ich ihnen ordentlich heimzahlen. Was der Stehkragen kann, kann ich schon lange.

»Warst du mit dem Mann unter vier Augen, als er dir das zugesagt hat?«, fragt eine Frau mit deutlich vernehmbarer Stimme. Wieder ist Brecht genötigt zuzuhören. Bereits als die Stimme aufgekommen ist, war er gegen sie eingenommen. »Scheidung«, sagt die Frau, »das ist mein Jahresprojekt.« – »Meine Eltern sind eigentlich kein Vorbild. Die haben sich nur nicht scheiden lassen.« Flieht nach Amerika, um sich scheiden zu lassen, denkt Brecht. Hält hier Hof, als sei nichts passiert. »Aber das geht doch in Amerika gar nicht«, wendet ihre Gesprächspartnerin ein, »Sie müssen sich doch in Deutschland scheiden lassen«. – »Mein Mann wird das schon hinkriegen«, erwidert die andere.

»Von der würde ich mich allein wegen ihrer Stimme scheiden lassen.« Eisler hat gar nicht zugehört.

»Beim Hoffmann gibt's eine Stelle, da erzählt der an den Rollstuhl gefesselte Vetter dem Ich-Erzähler, er könne sich zwar nicht mehr von der Stelle rühren, dafür aber könne er sich mit seinem Räderstuhl hin und her karren, und zwar auf anmutige Weise, die Räder haben seine nicht mehr funktionstüchtigen Beine ersetzt. Der Vetter hat einen Gehilfen, den alten Invaliden. Und jetzt stelle man sich mal folgende Szenerie vor, die sofort auf die Bühne gehört: Der Vetter rollt durch die Gegend, durch sein Zimmer, und der alte Invalide pfeift dabei die schmissigsten Melodien, die tollsten Märsche, die er als Kriegsteilnehmer gehört hat, bevor der Krieg ihn zum Ebenbild machte.«

»Eine schöne Szene«, sagt Brecht und ist sofort wieder mit der Frau beschäftigt.

Der Mensch kann nichts für seine Stimme, sagt sich Brecht. Er kann alle Anstrengung unternehmen, sie künstlich zu verformen, er kann sich vornehmen, an ihr zu arbeiten, es wird zu gar nichts nutze sein, er muss sie hinnehmen und der Stimme und sich ein einheitliches Aussehen geben, mehr steht nicht zu erwarten. Eine Handschrift, die quer zur Natur steht, kann höchst unangenehm sein, denkt Brecht, eine Stimme aber, die Glas zerspringen lässt, die ein Gebäude niederreißt, reißt auch den Körper nieder, aus dem sie herausschießt. Schauspielern genügt es meist, dass sie Schauspieler sind. Damit glauben sie schon, in den Himmel zu kommen. Die Vorstellung eines in den Himmel auffahrenden Schauspielers hasst Brecht am meisten. Schauspieler haben keine Stimme, sie haben einen Blasebalg, der den Text beatmet, ihn versuchsweise bei Glut hält. Wenn jemand ein Naturorgan hat und will Schauspieler werden und wird dann auch Schauspieler, ist sein Naturorgan meistens kastriert. Wie nicht mehr vorhanden. Eingeeicht. Zentriert. Verwechselbar. Man muss den Schauspielern, damit sie das nicht vergessen, beizeiten sagen, dass alles, was sie machen, Scheiße ist. Totale Scheiße. Wenn dann ein Schauspieler nach vorne an die Bühne tritt und aus heiterem Himmel anfängt zu deklamieren, und jede Spelze seiner Stimme lässt erkennen, dass er nicht einen Penny verstanden hat von dem, was da seinem Körper entweicht, da könnte Brecht sofort einschreiten, die Bühne stürmen und den Schauspieler ohrfeigen. Belässt es der Schauspieler nicht dabei, nach vorne an die Bühne zu treten und ohne erkennbaren Grund zu deklamieren, sondern brüllt er auch noch, ohne erkennen zu lassen warum, würde er am liebsten direkt von der Schusswaffe Gebrauch machen. Es gibt nichts ›an sich‹, denkt Brecht, es hat alles seinen Grund. Dieser ganze Mist muss völlig umgekrempelt werden.

Brecht kommt in Fahrt. Plötzlich steht ihm Hitler vor Augen. Ist das nun ein Trugbild oder die Wirklichkeit? Wie kann Brecht ihn wieder loswerden? Wo er auch hinschaut, der Hitler ist schon da.

»Und dann kommt der Schnurrbart und schneidet durch die Münchner Luft.«

»Was ist los?«

»Und dann kommt der Schnurrbart und schneidet durch die Münchner Luft.«

»Welcher Schnurrbart?«

»Der Hitlerschnurrbart. Und dann schneidet der Hitlerschnurrbart durch die bayerische Luft. Er belässt es schließlich nicht dabei, durch die deutsche Luft zu schneiden, die deutsche Luft ist ihm zu dünn. Da schreit einer was von Kraft und Stärke und sieht aus, als könne man ihn umstandslos zusammenfalten.«

»Bei dir ist das so eine Sache«, sagt Eisler, »da weiß man nie, ob du die Gesellschaft mit dem Zustand oder den Zustand mit der Gesellschaft verwechselst. Du brauchst nur in ein einziges Gesicht zu sehen, und schon liest du aus dem Gesicht den ganzen Staat ab.«

Brecht hört gar nicht zu. Die Stimme, denkt er, die Stimme nimmt den ganzen Körper ein. Mit seiner Stimme macht der Schnurrbart den Muskelmann. Und so eine Stimme auf dem Theater? Schon vorstellbar. Allerdings könnte sie immer nur Monologe geben, sich selbst. Die Stehkragenstimme ist bereits Theater, denkt Brecht. Eine Provinzposse, die auf Welttheater macht. Das ist das Gefährlichste. Provinzpossen aller Welt, vereinigt euch. Und alle Welt hört zu und wundert sich. Alle Welt wundert sich, was für eine tolle Karriere dieser einfache Mann aus dem Volk doch gemacht hat.

»Jetzt stell dir vor«, sagt Brecht, »der Schnurrbart wäre mitten unter uns, hier, in diesem Raum, in voller Nazikluft, ein Star, ein von Freund und Feind gefeierter Broadwaystar. Er käme an einem Samstag herübergeflogen, stattete der Party einen Blitzbesuch ab, würde Englisch sprechen, sich volllaufenlassen, Zigarre rauchen, tanzen. Am Sonntag wieder zurück, Krieg führen.«

»Du denkst halt immer nur ans Theatermachen, mein lieber Brecht. Da musst du dir aber was einfallen lassen, bei dem wirklichen Theater.«

»Warst du mit dem Mann unter vier Augen, als er dir das zugesagt hat?« Brecht malt sich diesen Mann aus. Und wünscht sogleich, dass er diese Frau da ordentlich fertiggemacht hat. Brecht schaut sich um. Eine durch nichts zu erschütternde Party. Man lässt sich treiben. Als gäbe es das da drüben gar nicht. Ans Land geworfene Boote. Faltenwurf der Gestrandeten. Knapp davongekommen, hier aber sofort die Klappe aufreißen. Einen auf Gesellschaft machen. Als ob man die amerikanische Gesellschaft verstehen könnte. Und dieses gequirlte, irgendwie an die Oberfläche gespülte Englisch, das Amerikanisch sein soll. Ein paar Cocktails helfen da ungemein. Hahnenschwänze. Schlimmer als dieses Imitatamerikanisch ist das Deutsch. Ein solches Deutsch mitsamt Deutschen ist unangenehmer als ein assimilationsschwangerer Exildeutscher, der sich, wenn er den Mumm hätte, in die amerikanische Flagge hüllen würde und sich fortan mit nichts anderem als dieser durch die Einbahnstraßen von Los Angeles bewegen würde, an jeder Straßenecke um Zustimmung und Beifall heischend, ein Fall für das Kuriositätenkabinett. Immer im Keller. Schande neben Schande. Ausstellungstücke, Schautafeln, Kommentare. »Deutscher, ca. neunzehnhundertdreiundvierzig. Heimatlos, ideenlos, großkotzig, verzweifelt.« Die Gegenwart ist ratlos, die Vergangenheit vergangen. Zukunft ungewiss.

Allein für diese Frau, denkt Brecht, wäre ein amerikanisches Oktoberfest erfunden worden. Welcher Alltag läuft bei den Nazis? Die finden etwas vor, übernehmen es oder schaffen es ab. Verfolgen es oder taufen es ihr Eigen. Brecht schaut sich diese Frau einmal näher an. Blondgesträhnte Haare wie ein nach jahrelangem Gebrauch in den Fasern erstarrter Mopp. Aus dem Mopp starrt der Dreck. Allein der Dreck macht den

Unterschied. Dicke Brauen. Stierende Augen hinter schmalen randlosen Rechtecken. Eine lindgrüne Joppe mit schwarzem Samtkragen. Eine schwarze Stoffhose. Redet dauernd was von »kultureller Hintergrund«, »Kinder aus dem Haus«, »ein Drittel, zwei Drittel«, »das bringt nichts«, »alles hinterfragen«, »Sicherheit geht vor Alarm«. Der Hölle entkommen, und diese Frau beschäftigen kulturelle Fragen. Die Hölle ist nicht total. Sie ist nur hier und da. Man entkommt dem einen System und fliegt in ein anderes. Und diese deutschen Kulturnarren glaubten, sie liefen hier über einen roten Teppich ein. Guten Tag, Kultur, ab jetzt wird alles anders. Kommt ein Antinazi geflogen und fragt, wo waren wir stehen geblieben. Gestern noch standrechtlich, heute schon Kopfschütteln. Wohin denn auch. Das als Antwort auf die Frage »Warum Amerika?«. Die soll ganz vorne auf der Bühne stehen und drauflosphilosophieren, immer hart am Rand, immer kurz vor dem Absturz, deutlich kippeln, schwadronieren. »Wie diese Dinge greifen ...« Kurz geschnittene Fingernägel, rechts ein silberner Armreif, links eine runde silberne Uhr mit feingeketteltem Metallarmband, Damenbärtchen, jede Bemerkung ihres Gegenübers mit »Ja« quittierend. Ich höre einem Menschen zu, und dieser Mensch ist innerhalb von wenigen Minuten verbraucht. Er langweilt mich. Es ist nichts mehr in ihm. Die Dame hat es bereits nach wenigen Sekunden geschafft. Selten hat ihn eine Frau so kaltgelassen.

Wer ist das denn? Sieht aus wie ein Pudel. Ein bebrillter Pudel. Ondulierte Locken. Doziert über die nicht ausrottbare Angewohnheit deutscher Schriftsteller, die Rechtschreibung nicht zu beherrschen – die deutsche, wohlgemerkt. Fühlt sich als großer Korrektor. Jeder Schriftsteller, der veröffentlicht, ist ihm verdächtig. Da will er gleich alle Bücher korrigieren. Will auch selber schreiben. Hat wegen der vielen Korrekturen nur Zeit für kurze Gedichte. Findet diese nicht genug gewürdigt. Sähe sie liebend gern täglich in einer deutschen Tageszeitung abgedruckt. Tatsächlich wird kein einziges gedruckt. Macht in Satire. Sucht ernsthaft Themen. Findet sie nur bei anderen. Stets im Sakko. Doch selbst das Sakko ist Zitat. Ist vierzig Jahre alt. Angesehene fünfzig. Gefühlte sechzig. Schickt immer Kindheitsfotos ein, die ihn nur wenig jünger machen. Die auch nicht veröffentlicht werden. Hofpudel einer großen Berühmtheit. Berühmtheit verstorben. Hofpudel verzweifelt. Hatte zwar nie ein Selbst, vermisst es aber jetzt. Eine wandelnde Ruine. Ein ausgebrannter Kläffer. Nicht der Rede wert.

Übrigens, bevor ich es vergesse, sagt Brecht und steckt Eisler kommentarlos ein Bündel Gedichte zu, Eisler nimmt das Bündel und geht hinaus in den Garten. In der hintersten Ecke des Gartens wickelt Eisler das Bündel aus und beginnt sofort zu lesen. Das sind bei Brecht und Eisler ganz selbstverständliche Vorgänge. So haben sie es immer gehalten. Über Selbstverständlichkeiten verliert man keine Worte. Schließlich sagen sie sich auch nicht groß guten Tag, dafür haben sie gar keine Zeit, man gibt sich gar nicht erst die Hand. Wo sind wir gestern stehen geblieben, bedeutet der flüchtige Blick, auch wenn man sich nach Jahren das erste Mal wiedersieht. Die Sachen sollen verbessert und komponiert werden. Vielleicht finde er ja etwas Brauchbares. Eisler ist angesteckt von den Gedichten, findet sie tadellos, Brecht besteht aber auf Verbesserungsvorschlägen, die er ihm auch verspricht. Da es schon kühl geworden ist, beschließen beide, wieder hineinzugehen.

»Ich kann die Fratzen nicht mehr sehen«, sagt Brecht, »die sind mir zuwider, lass uns bald abhauen. Vorher würde ich aber doch zu gerne die Gastgeber kennenlernen. Die würden es doch ewig bedauern, dem weltberühmten Brecht nicht die Hand geschüttelt zu haben.«

»Du bist und bleibst zutiefst bürgerlich, lieber Brecht.«

Der gemeinsame Arbeitsprozess ist stets derselbe: Eisler liest alles sofort ganz durch, was Brecht ihm gibt, für Gedichte hat er ein Auge, ein Gedicht von Brecht passt gut hinein in sein

Auge, seine Augen haben das Brechtmaß, sie sehen genau, wie es klingt, wie es klingen müsste, wie es besser klingen könnte, was nicht in dieses Auge passt, muss verändert werden, wie überhaupt das Politisch-Weltanschauliche und das Ästhetisch-Kompositorische eine Eisler-Einheit bilden, und der Brecht hat das auch, der hat auch dieses gewisse Ästhetische bei aller Weltanschaulichkeit, der Brecht wird bleiben, wenn auch alles andere untergeht, Brecht bleibt. Wenn wir an die Stimme denken, wenn das Gedicht als Lied erscheint, wenn das Lied brauchbar sein soll, Brecht brachte immer die Vokabel ›brauchbar‹ ins Spiel, ist es zu weitschweifig?, kann man folgen?, verliert man das aus den Augen, was sich als Ganzes nicht in den Ohren bewahren lässt? Das Gedicht dann anpeilen, als Gestalt begreifen, die einen ebenfalls anschaut, die Frisur muss sitzen, auch eine schiefe Frisur kann sitzen, es ist vorne vielleicht noch zu lang, der Anfang kann ja auch der Hinterkopf sein, mit schnellen Schnitten modifiziert Eisler das Gedicht, macht es zum Lied, der Brecht ist fleißig und notiert alles mit, alles Für und Wider, und dann hat er auch schon seine Notizzettel verloren, er will mit Eisler das soeben Besprochene einmal durchgehen, ob man nicht den Faden verloren hat, ob das Ganze noch einen Sinn hat oder bloß einer Augenblickslaune gefolgt ist, die sich mit der ersten Überprüfung in Nichts auflöst, kein Organismus mehr, das Ganze, bloße unzusammenhängende Grillen, die nicht mal dieselbe Bewegung ausführen, wenn man mit den Augen das Feld der Wörter pflügt, also von vorne. Brecht findet aber die Zettel nicht mehr, er hat sie sich doch in seine Jacke gesteckt, in der Jacke sind sie aber nicht, zu Boden gefallen können sie nicht sein, schließlich liegen auf dem Boden keine Zettel, Staub müsste mal gewischt werden, der Wischmopp müsste mal hier durch, von den Zetteln aber keine Spur, die können doch nicht einfach verschwunden sein, Eisler versucht, den Satz zu wiederholen, hat aber selbst schon Bedenken, ob es genau dieser

Satz war, war das nicht der Satz danach, nach diesem einen nicht mehr aufzufindenden Satz, also so kann man das ganze Unternehmen vergessen, wenn die Zettel mit den Änderungen nicht mehr auftauchen, ist das gelaufen hier, ich weiß genau, dass ich sie nicht in ein Buch gesteckt habe, sagt Brecht dann immer, und die Bücher wären schnell durchsucht, schließlich liest Brecht keine dicken Romane von Thomas Mann, und er schreibt auch keine dicken Romane, man greift die Bücher am Rücken, hält sie kopfüber nach unten und schüttelt sie durch, da müssten die Zettel herausfallen und zu Boden gleiten, wenn man nicht zu Hause ist, hat man eine merkwürdige Freude an dem Wort ›trudeln‹, die Zettel trudeln zu Boden, ein ganzes Tischgespräch kann sich plötzlich an einem Wort wie ›trudeln‹ aufhängen, die amerikanischen Freunde verstehen die Welt nicht mehr, ein amerikanisches Äquivalent wird gesucht, die amerikanischen Freunde verstehen erst recht die Welt nicht mehr, kommen hierher, weil sie da weg mussten, haben doch ernsthafte Probleme und tauschen sich jetzt schon zwei Stunden über ein Wort wie ›trudeln‹ aus, das anscheinend zu wahren Begeisterungsanfällen, zu bedenklichen Lachzusammenbrüchen reizt, wie soll man sich denn da verstehen können, wenn selbst die Deutschen das Wort ›trudeln‹ nicht verstehen, das geht noch soweit, dass zwischen den Deutschen und ihren amerikanischen Freunden das selbstverständlichste Wort überhaupt, das Wort ›und‹, verhandelt wird, das führt zur schlimmsten Verunsicherung, Brecht aber findet seine Zettel nicht, hast du gemeint, »…« solle in »…« abgeändert werden, ja und nein, was meinst du mit ja und nein, ich meine, es sind zu viele Worte in der Zeile, man muss die Zeile straffen, das ist für das Gedicht besser und für das Lied erst recht, Brecht könnte rasend werden, er hat jetzt alle Bücher durchsucht, außer einem alten Brief seiner Mutter hat er nichts finden können, eine getrocknete Blume hat er auch gefunden, die er meinte, vor Eisler verstecken zu müssen aus

Scham, ein Brecht kann doch keine getrocknete Blume in seinen Büchern haben, zeig mal, sagt Eisler, hast du was gefunden, hast du den Zettel?, Brecht friemelt die Blume in seine
Hose, sagt nein, nein, nichts, und dann schämt er sich, dass er
es so jammerschade findet, die zerfriemelte Blume in seiner
Hosentasche, die hätte doch bleiben können, wo sie war, und
er hätte nie erfahren, dass eine getrocknete Blume in seinen
Büchern liegt. Seit Augsburger Kindertagen hat Brecht diese
Blume aufbewahrt. Ausgerupft am Wegesrand. Weil sie so
leuchtete, so strahlte. Und dahin ist die Kindheit.

Späte Gäste sind eingetroffen. Man steht sich auf den
Füßen. Das Glas muss man eng am Körper halten, sonst kann
man es nicht mehr an den Mund führen. Brecht will gar nichts
trinken, mechanisch hat er das ihm angebotene Glas ergriffen
und weiß nun nicht wohin damit. Er gibt es Eisler, der nun aus
zwei Gläsern trinkt, rechts einen Rotwein, links einen Whiskey. Brecht steckt ihm ab und zu eine Zigarette in den Mund,
Eisler zieht daran, in schönen Ringen verlässt der Rauch seinen Mund. Brecht findet Gefallen daran, also wiederholt sich
das Spiel. Dann sind die Gläser ausgetrunken, Eisler holt aus
seiner Anzugsjacke einen Faltprospekt.

»Hollywood, mein lieber Brecht, schau dir das an. Das kann
sich ja keiner vorstellen, wie trübsinnig dieser ewige Frühling
in Hollywood ist. Alle Welt will nach Hollywood und fällt
schon auf die Knie, wenn er in einer Zeitschrift die fünfzehn
Meter hohen und einhundertsiebenunddreißig Meter langen
Buchstaben sieht, den neunzehnhundertzweiunddreißig er-
bauten, von viertausend Glühbirnen nächtlich beleuchteten
Schriftzug HOLLYWOODLAND, der doch eigentlich nur
eineinhalb Jahre da stehen sollte, am Mount Lee im Griffith
Park.«

Brecht starrt auf den Prospekt. In der Tat, so gesehen nichts
Besonderes. Geradezu lächerlich. Ein großes Täuschungs-
manöver das Ganze.

»In Hollywood, da ist man nicht ungestraft, lieber Brecht, da ist man nicht ungestraft. Es ist Elegienzeit. Wir sind beide auf derselben Spur. Was ist eine Elegie? Das mal dahingestellt, aber hier ist Elegienzeit, ganz klar, nicht Sommer, nicht Herbst, immer nur Frühling, die Ohren eingelullt, umrauscht von strahlender Wärme, Vögel im Baum, der Baum unsichtbar, aber wo sollen Vögel denn sonst sitzen, Vögel sitzen zunächst im Baum, dann wechseln sie aufs Dach, dann richten sie was an, dann warten sie, ob es jemand bemerkt, dann bemerkt es keiner, dann werden sie immer frecher, warten erst gar nicht mehr, machen sich selbständig, nehmen das Ruder in die Hand, rudern ohne zu fliegen, stehen still in der Luft, und kurz vor ihrem Absturz schaust du hin, weil etwas stillsteht schaust du hin. Eine Distanz ganz außerordentlicher Art, ja, *Diese Stadt hat mich belehrt*, das wird keine sechzig Sekunden lang, ich höre es schon, und deutlich Swing oder was, jedenfalls nicht so tonhöhenfixiert, eine Elegie, was ist das denn, hier ist Elegienstimmung, Exil, Hollywoodelegie, der ewige Frühling in Hollywood ganz trübsinnig, lieber Brecht, warum soll denn der Goethe mit seinen Römischen Elegien alleine im Regen stehen? Ich mache den Hölderlin, den Anakreon, den Eichendorff – und deine Gedichte, die du mir eben gegeben hast; macht summa summarum ein komplettes Bündel quer durch die Jahrhunderte, ein Jahrhundertliederbuch.«

Brecht versteht nicht ganz. Den Eisler hat da irgendwas gepackt. Ein bisschen wirr scheint er zu reden. Bestens. Bestens, dass er da ist. Dann geht die Arbeit voran. Dafür aber gleich in die Antike abwandern?

»Völlig falsch, Brecht. Elegie, das ist Widerspruch, Kontrast. Es ist noch mehr, es ist Widerstand. Das total Querstehende. Was niemand vermutet. Und der Eisler wartet damit auf. Natürlich habe ich nicht die Hoffnung, dass die Sache hier und heute zum Zuge kommt, das braucht schon seine Jahrzehnte, dann aber wird man sehen, was der Eisler da gemacht hat, er hat sich mit seinem *Hollywooder Liederbuch* auf die Stufe Schuberts gestellt und den Rest vom Sockel gestoßen. Hoffen wir, dass ich noch vor dem Tod eine Aufführung erlebe.«

»Ist nicht wahr, Eisler, wie nennst du das Unternehmen? *Hollywooder Liederbuch*?«

»Ganz recht. Da staunst du, was?«

»Ich bin regelrecht vom Hocker, wenn ich ehrlich bin. Ich dachte immer, du schaust nach vorne, wir ziehen gemeinsam an einem Strang. Lied, Liederbuch, und auch Hollywood, das sind doch die falschen Massen, die du da im Visier hast, du schreibst doch nicht für den Feind, oder?«

»Mal Luft anhalten. Ich sage dir, es ist genau das Richtige für uns. Hölderlin und Anakreon werden selbstverständlich umfunktioniert. Eigentlich doch ein schöner Widerspruch, Hollywood und Liederbuch. Das will gar nicht zusammengehen. Übrigens erlaube ich mir, für das Liederbuch selber zu dichten, und vom Berthold Viertel will ich auch was reinnehmen.«

»Es geht nicht anders, als immer aufs Ganze zu setzen. Will sagen, in Chicago gibt es doch ein Reiterdenkmal, in der Nähe des großen Sees. Wer sitzt da auf dem Pferd? Unser Goethe. Und was erfährt der kundige Leser? ›Goethe, the leading spirit of the German people‹, steht unter dem Goethe zu lesen. Da hab ich mich gefragt, seit wann reitet der Goethe denn? Das Ziel ist klar, lieber Eisler. Der Goethe muss da runter, der Brecht muss drauf! Wenn du schön meine Gedichte komponierst, sind wir dem Pferd ein Stückchen näher. Ich meine, der Goethe war schon ein Hund. Ist ja nicht so, dass ich den gar nicht gelesen hätte. ›Auf klassischem Boden begeistert‹ ... geschenkt. Und die Werke der Alten muss ich auch nicht gleich durchblättern. ›Aber die Nächte hindurch hält Amor mich anders beschäftigt‹, das ist schon was, und mit fühlendem Auge sehen, mit sehender Hand fühlen ... einverstanden. Der Knabe weiß halt Dichten und Ficken gehörig miteinander zu verbinden. Des ›Hexameters Maß‹ . . . ja, meinetwegen, ist halt der Zeit geschuldet. Die Schlusszeilen allerdings, du siehst, lieber Eisler, der Brecht kann auch seinen Goethe, die sind doch wunderbar in ihrer Umschreibung, das muss man schon zugeben, der alte Fuchs, und da sei ihm auch der Schlussschlenker zurück in die Antike verziehen: ›Amor schüret die Lamp’ indes und denket der Zeiten,/Da er den nämlichen Dienst seinen Triumvirn getan.‹ Die Lampe schüren . . . da muss man erst einmal draufkommen.

Hollywood-Elegien . . . Wieso muss ich immer diesen abgehalfterten bürgerlichen Formen nachhängen? Die *Steffinische Sammlung*, Naturgedichte, Liebeselegien? Die Liebesgedichte sind mir so passiert. Ich hatte den Eindruck, das erste Gedicht enthalte etwas nicht, ihm fehle etwas. Die zweite Elegie hatte wiederum etwas anderes nicht, undsoweiter. Je länger ich darüber nachdenke . . . ich schreibe keine Elegien, ich schreibe Anti-Elegien. Ich stelle die gesamte Elegiengeschichte auf den Kopf. Weg mit den vermischten Empfindungen, ich will klare Empfindungen. Dieser ganze Krautgarten der deutschen Lyrik. Das tapert und wabert, da brauchst du als Leser wirklich einen Blindenstock. Und einen Hund. Rilke kommt nicht mehr in Frage, der projiziert alles auf Gott. Ohne ein entstellendes Grinsen kann zukünftig keiner mehr Rilke lesen. Jetzt hab ich es ganz genau: Meine Elegien sind Umkehrungen, sie haben das Klöppelwerk des Metrums abgeschüttelt und zeigen Realität, die Realität der Verzweiflung, radikale Diesseitigkeit, Sichtbarkeit. Und deine Musik ist mein Testfall, sie ist die Aufführung meiner Gedichte.«

»Na also, wir denken in dieselbe Richtung. Das Kunstlied, was ist das Kunstlied? Was ist das Kunstlied anderes als eine durch und durch bürgerliche Kunstform? Das Kunstlied ist durch und durch künstlich. Kein Aufbruch, höchstens ein künstlerischer. Eine Kunst der Reichen. Bei Schubert verhält es sich anders. Schubert ist die große Ausnahme. Eisler ist auch die große Ausnahme. Den Schubert hat die Wiener Gesellschaft verhunzt. Das amerikanische Exil wird aber nicht den Eisler verhunzen, das sage ich dir, mein lieber Brecht. Die Reichen vertragen den Alltag höchstens als Zitat. Stillleben heißt die Losung, alles Stillleben. Stillhalten. Und wenn etwas stinkt, wenn etwas weh tut, dann muss das ein Sinnbild sein. Die reichen Kunstgenießer. Die mit erhobenem Kopf. Mit einer Prise Herablassung nähern sie sich dem Dargebotenen. Im Sitzen. Die Reichen sitzen immer. Stehen ist ihnen zu langweilig. Außerdem schlägt Stehen auf den Kreislauf. Deshalb die Konzertstühle. Die Opernhäuser. Das sind alles Sitzhäuser. Klosetts. Mozart im Sitzen. Es reicht, dass gesessen wird, das ist Verstehen genug. Wer sitzt, versteht. Dagegen der Song und das Massenlied! Das wird im Stehen gehört. Aber nicht von den Reichen. Von den anderen. Von den meisten. Das ist schon ein anderes Publikum, die Arbeiterbewegung schafft ein dem Kunstlied entgegenstehendes Publikum, das sich formen lässt, nicht so wie die sesselprallen Reichen, denen alles ein Gedicht ist, ob Mord oder Totschlag, Weltkrieg oder Apokalypse. Die lesen die biblische Apokalypse und geraten glatt ins Schwärmen. Ist das zu kurz gedacht? Egal, hier kann man nur schwarzweiß zeichnen. Was macht der Eisler? Ich kehre nun, da keine brauchbare Masse mehr vorhanden ist, keine Erde, zum Kunstlied zurück. Und die reichen Amerikaner? Denen serviert er das *Hollywooder Liederbuch*, auch wenn die es nicht hören wollen. Zerstreuung in Permanenz, das ist nicht sein Ding. Ich will Konzentration in Permanenz. Deshalb der Hölderlin auch gekürzt. Kunstlied, das ist die Konsequenz des Exils. Das Kunstlied geht auf direktem Wege aus der Isolationshaft hervor, es ist eine Vision, hier sollen Kunst und Politik sinnfällig zusammenkommen. In einer Gesellschaft, die ein solches Liederbuch versteht und liebt, wird es sich gut und gefahrlos leben lassen. Im Vertrauen auf eine solche sind diese Stücke geschrieben. Und wird später jemand erfahren wollen, was Exil in Los Angeles heißt, braucht er nur das *Hollywooder Liederbuch* zu hören. So. So viel zum eigenen Anspruch. Den Goethe habe ich auch mit reingenommen, ›Der Schatzgräber‹. In diesem Gedicht schlägt's zwölfe, in vielerlei Hinsicht. Krank am Herzen ist er, der Schatzgräber, und sein beschworener Ort nur eine Illusion. Lies das Gedicht mal, dann sag mir, was er wohl getrunken hat.«

»Du solltest Kulturminister werden, dann könntest du immer solche schönen Reden halten.«

»Wenn wir hier schon alle so schön versammelt sind, mein lieber Brecht, dann spinn ich doch mal weiter, denn irgendwo müssen wir eines Tages ja bleiben, und wo bleiben wir, wenn nicht auf dem Friedhof, ich sage dir auf den Kopf zu, wir werden alle in Berlin auf dem Friedhof landen, auf dem Dorotheenstädtischen Friedhof werden wir landen, als unser eigener Nachlass. Und der Hegel, der wird da auch landen, in einem kleinen Hegelgrab. Und die Leute werden uns besuchen kommen, mit dem Finger werden sie auf uns zeigen: Schau mal an, wird einer sagen, der Hegel, der hat es auch nicht weiter gebracht, als in Fußferne vom Eisler zu liegen. Da liegt der Hegel nun, der doch so viel nachgedacht hat in seinem Leben, da liegt der Fichte, der Windbeutel des Nicht-Ichs, als Stein an die Wand gelehnt der Brecht, Eisler irgendwie außer der Reihe, querständig, als gehöre er nicht dazu, und das ist es ja, nicht dazugehören, eigentlich werden wir uns immer wildfremd geblieben sein, lieber Brecht. Man sieht das ja schon an dieser notdürftigen Party: Kommt der eine, kommt der andere garantiert nicht, einer spricht eine Einladung aus, und bring doch den und den mit, der andere hat diese Einladung sofort vergessen, weil er hört, der und der seien auch eingeladen und hätten bereits freudestrahlend zugesagt. Kommt der Mann, kommt der Brecht nicht, kommt Brecht und der Mann sitzt schon da, der Brecht wusste aber nicht, dass der Mann bereits da sitzt, setzt sich der Brecht halt da hin und beide schauen sich garantiert nicht an, aber das hat mit Pazifik und Exil gar nichts zu tun, das ist halt immer so, eine jede Familie kennt das, es gibt immer zwei, die sich überhaupt nicht ausstehen können, dann aber, mit einem Mal, was heißt hier mit einem Mal, das bereitet sich ja stillschweigend vor, das nimmt einen langen Anlauf, manchmal ist es sogar schon von Anfang an klar, dass diese beiden Gockel sich eines Tages noch um den Hals fallen werden, nun komm doch, zier dich nicht so, natürlich zieren sich beide geradezu unersättlich, wäre ja auch noch schöner, hier klein beizugeben, das hält jeder von beiden erst einmal ein paar Jahre aus, diesen Kleinkrieg, mein lieber Brecht ist gegen den Mann von einer Renitenz sondergleichen, man kann sich gut vorstellen, dieser Brecht trägt ein Renitenzgeweih vor sich her, das er jederzeit gewillt ist, gegen den Mann einzusetzen.

Ich lese auch sehr dicke Bücher, du nicht. Mir macht's ja nichts aus; denn der Abend ist oft lang, und am Abend kann ich nicht komponieren. Du hingegen kannst dicke Bücher überhaupt nicht lesen, und folglich nicht die dicken Bücher vom Thomas Mann, sondern nur die dünnen Bücher. Und daher kommt das auch, eure kriegsähnliche Situation.«

»Er ist und bleibt ein Kurzgeschichtenschreiber«, unterbricht ihn Brecht, »meine Bücher sind gar keine Bücher, sondern Eingriffe, zunehmend vergrößernde Bilder des Weltschiefstands, und alle rutschen bald ab, so schief steht die Welt, da fallen alle übereinander her und müssen herunterrutschen, jedenfalls hat der Stehkragen seine Romane gar nicht als Romane geplant, sondern als Novellen. Da hat er dann die Kontrolle drüber verloren. Man darf aber nie die Kontrolle verlieren.«

Es sei übrigens überhaupt nicht einzusehen gewesen, fällt dem Brecht da ein, dass in Feuchtwangers Villa das Foto vom Stehkragen über seinem hing, also habe er höchstpersönlich bei seinem letzten Besuch den Brecht über den Stehkragen gehängt, der Stehkragen schaue auf dem Foto immer geradeaus, der Brecht, also er selbst, schaue seitlich, die grauenhafteste Vorstellung beim Umhängen der Fotos sei ihm gewesen, er würde neben dem Herrn Thomas Mann hängen und ihm geradewegs ins Antlitz blicken, diese Schmach sei ihm vom Feuchtwanger gottlob nicht angetan worden, dann wäre die Freundschaft hin gewesen, vom Betrachter aus gesehen schaue Brecht nach links, was auch gut so sei, tatsächlich habe er also nach rechts geschaut, wohlweislich, dass er dann vom Betrachter aus nach links schaue, und die dicke Zigarre habe selbstverständlich auch nicht gefehlt, sondern sei schön ins Foto platziert worden. Der Herr Thomas Mann, sagt Brecht, wohne ja schon in einem höher gelegenen Haus, das sollte genügen. Brecht verspricht, jedes Mal, wenn er sich in Feuchtwangers wunderbarer Villa aufhalte, werde er nach oben in das große Schreibtischzimmer gehen und nachsehen, ob Feuchtwanger die Fotos vielleicht wieder vertauscht habe, und er werde nicht müde, das jedes Mal zu kontrollieren und gegebenenfalls zu korrigieren.

»Ja, mein lieber Brecht«, sagt Eisler, »das sind doch nun die wirklich großen Probleme eines bürgerlichen Literaten.« Das sitzt. Brecht ist beleidigt. »Dann erst recht«, sagt er. Man könne dieses Panoptikum hier sich selbst überlassen. Da sei nichts zu retten, nichts zu beschönigen. Untergeher solle man nicht am Untergang hindern. Nicht die Amerikaner machen es einem so schwer, sich mit dem Pazifik abzufinden, es sind die Landsleute, denen man zu Hause noch großräumig aus dem Weg gehen konnte, hier konzentrieren sie sich, tauchen überall auf, es wimmelt geradezu von diesen Sekundanten des Durchschnitts, diesen Musketen Sütterlins, wo ein Deutscher ist, ist garantiert ein anderer Deutscher nicht weit entfernt. Er schlage auf das dringendste vor zu gehen. Außerdem wolle er zeitig schlafen gehen, so zeitig es eben noch möglich sei, den Komponisten Schönberg wolle er morgen hellwach mitbekommen.

»Wo hast du das denn her?«

»Was?«

»Das mit den Musketen Sütterlins.«

»Habe ich gelesen.«

»Sieh an, der Brecht liest.«

»Klar lese ich, nur eben keine Schinken. Das hat ein Kollege geschrieben, der eigentlich so gar nicht mein Fall ist. Aber ein Sprachgenie ist er halt, dieser Oskar. ›Anrufung des Realismusproblems‹ heißt das Gedicht, aus dem ich das habe. Eine Art Avantgardebarock. Wunderbarer Vorrat an Schimpfwendungen. Gezielt eingesetzt, bringen sie die Runde zum Schweigen, und dir ist alle Aufmerksamkeit gewiss.«

»Ich sehe schon. Aber wenn du dich gehen lässt«, sagt Eisler, »und gegen Schönberg grob wirst, dann muss ich dir sagen – bei aller Freundschaft –, ich breche mit dir sofort den Verkehr ab. Dieser vogelhafte Mann ist kein Dummkopf, sondern ein genialer Kleinbürger, der genialste Lehrer, lieber Brecht. Als ich ihm vorschlug, ihn zu besuchen und du kämest mit, da hat er mich gefragt, wer denn der Brecht sei, was der denn so mache, und ich habe ihm gesagt, der Brecht, der ist eine gelungene Mischung aus Ignatius von Loyola und einem römischen Konsul von Bayern, das konnte er sich lebhaft vorstellen und war einverstanden. Was erwartet dich? Eine Zwölftonhölle auch privat, gelebte Zwölftonfamilienverhältnisse«, sagt Eisler.

Hoch und heilig verspricht Brecht, sich zu benehmen. Eisler solle nicht meinen, er wisse nicht, wie das gehe. Da der Gesprächsstoff über die anwesenden Dummköpfe erschöpft sei, bittet er Eisler, mehr über Schönberg zu erzählen.

»Da kann man mit dem Erzählen gar nicht mehr aufhören, sage ich dir. Über den Schönberg kannst du einen Film drehen. Politisch kommen wir uns in die Quere, aber das macht nichts, das heißt, dem Schönberg macht das schon was aus, er will mich immer maßregeln, das wirst du erleben, aber das kenne ich schon, da werden wir uns nicht mehr ändern. Neulich sagte er mir, er werde bald sterben, ich aber werde nochmal vor einem Tribunal landen – wie ich denke, das sei mit Amerika in keiner Weise vereinbar.

Der Schönberg, der ist schon ganz anders. Er hat mal einen Militärmarsch komponiert, der nie aufgeführt worden ist. Den werden sie garantiert eines Tages im Nachlass finden. Den Marsch hat der neunzehnhundertfünfzehn eingezogene und geradestehende Schönberg für sein Regiment Deutsch- und Hochmeister Nummer zwei geschrieben. Zu ›dissonanzreich‹, wie der Militärfeldwebel beschied, aber das hat er immerhin erkannt, der Herr Militärfeldwebel. Was soll das auch sein, guten Tag, ich bin der Herr Komponist, ich bin nicht freiwillig hier, ich schreibe jetzt erst mal einen Militärmarsch, dann werden wir weitersehen. Was soll da weiterzusehen sein? Eine Musik ist ja keine Prophezeiung. Kann keiner behaupten, weil der Schönberg einen Militärmarsch geschrieben hat, habe er den Zweiten Weltkrieg vorausgesehen.«

Ob er alleine lebe, will Brecht wissen. Oder ob er das Familienleben eines typischen Spießers führe.

»Mit siebzig hat der Schönberg einen sechsjährigen Sohn, musst du dir vorstellen. Dieser Sohn hat eine vierundvierzigjährige Schwester. Und die Kinder der vierundvierzigjährigen Tochter von Schönberg müssen den kleinen Mann als Onkel begrüßen. Stell dir das mal vor. Guten Tag, Onkel. Onkel sechs Jahre. Kinder auch sechs Jahre. Der Onkel weiß alles viel besser, Onkel gibt auch mal Geld, Onkel stirbt bald, das ist euer Onkel, sagt eurem Onkel mal guten Tag, gute Nacht schon um neunzehn Uhr, also immer dieser Spagat zwischen Familie und Kunst. Zwölftonhölle. Zwölftonfamilie. Wie klingt denn so eine Familie? Du Zwölfton, du! Kurz, es ist eine Hölle, lieber Brecht, das wirst du genau spüren.«

Ein alter Tyrann, also, sagt Brecht. Er müsse diesen Mann sehen, allerdings habe er keinen blassen Schimmer von der Materie. Zwölfton, das klinge ja wie ein Abzählvers.

»Der Schönberg wird's dir stundenlang erklären, wenn du ihn fragst, da kannst du ganz beruhigt sein. So, und jetzt gehen wir. Vorher sagen wir den Gastgebern noch auf Wiedersehen. Aber sag mal, Brecht, bist du wirklich zu Fuß hierhergekommen?«

Brecht steht da und grinst.

»Sie hat hochtoupierte Haare.«

»Wer«, fragt Brecht.

»Die Gastgeberin. Eine so überschwängliche Freundlichkeit, dahinter nichts als frisierte Leere gähnt, ist dir noch nicht untergekommen, sag ich dir.«

Brecht hat den Eindruck, als sei mit einem Mal die ganze Szenerie eingefroren, eine Missstimmung, die ihn immer überkommt, wenn eine unangenehme Situation schon zu lange währt oder dem Ritual des Abschiednehmens Genüge getan werden muss, nur weil es das Menschsein so verlangt. Er und Eisler sagen sich doch auch nicht auf Wiedersehen, man sieht sich halt wieder, und alles ist in Ordnung so.

»O Misses Achtel, this is Mister Brächt. We want to go, but it was wonderful.«

Brecht ist fassungslos. Nichts war wonderful, das ist ja schlimmer als der Kratzfüßchen machende Hofmeister beim Lenz, was der Eisler hier veranstaltet.

Ja ja, man müsse jetzt gehen, und vielen Dank. Fertig. Die Dame hat aber nicht recht verstanden, wer da vor ihr steht.

»Could you please spell your name, Mister . . .«

Feindlicher Ausländer

Was genau machen eigentlich die Amerikaner, fragte sich Brecht noch bis vor kurzem. Ob in Dänemark, Schweden oder Finnland, Brecht findet nur simpelste Losungen: Die tun vieles einfach so ab. Die wollen lieber nicht betroffen sein. Eine Welt für sich wollen die Amerikaner sein. Dabei ist hier das Kapital von so durchschlagender Kraft, dass Amerika jederzeit dem Schnurrbart Paroli bieten könnte. Die Nazis wüssten ja gar nicht, was ihnen da bevorstehe. Aber Amerika hält still. Bis zum siebten Dezember neunzehnhunderteinundvierzig. Da ist dann Schluss mit der Welt für sich. Mit der Katastrophe vom siebten Dezember muss die mehrheitlich pazifistisch und isolationistisch eingestellte amerikanische Bevölkerung einsehen, dass Neutralität nicht mehr auf der Tagesordnung steht. Amerika ist vom Zweiten Weltkrieg überfallen worden, denkt Brecht, und er hat dagegen auch gar nichts einzuwenden. Brecht ist so in seine Arbeit vertieft, dass er seinem Tagebuch anvertraut, tatsächlich erst am achten Dezember neunzehnhunderteinundvierzig vom japanischen Angriff gehört zu haben. Immer wieder habe er überlegt, ob nicht der Krieg auch dann als Weltkrieg zu gelten habe, wenn nicht die ganze Welt an ihm beteiligt sei und die ganze Welt unter ihm leide, er könne aber nicht abwarten, bis sich die ganze Welt im Kriegszustand befinde, vielmehr dränge es ihn ohne Unterlass, sich selbst fortzusetzen, sein Werk, und ausgerechnet am siebten und achten Dezember neunzehnhunderteinundvierzig habe er mit Fritz Kortner an einem Drehbuch gearbeitet, das ihn über die Maßen anstrenge, der Film solle ausgerechnet *Days on Fire* heißen, wieder so ein Projekt, aus dem nichts werden wird, da sei der kleine Kortner ins Zimmer geflogen, habe etwas von Schlachtflotte hinausgeprustet, welche Schlachtflotte denn, habe Kortner senior von seinem Sohn wissen wollen, der aber sei gar nicht mehr zu beruhigen gewesen, habe stets nur »Schlachtflotte« von sich gegeben, was den Vater auf den verzweifelten Gedanken brachte, es könne sich vielleicht um ein Spiel handeln, das sein nervlich überreizter Sohn jetzt augenblicklich mit dem Vater und ihm, Brecht, spielen wolle, was ihn zu der Bemerkung herausgefordert habe, »Schlachtflotte« sei angesichts des Krieges ein doch nicht so geeignetes und für beruhigende Unterhaltung sorgendes Spiel, worauf ihn der junge Kortnerbengel nur blöd angeschaut habe, er meine ja, die amerikanische Schlachtflotte, die sei untergegangen, und zwar wegen den Japanern, die alles zerstört hätten aus der Luft. Das setzte dem Drehbuch dann doch ein vorläufig deutliches Ende, Brecht wollte die Sache sofort der Berlau mitteilen, die es jedoch schon wusste. Wunderbar, wenn auch tragisch, für den Moment, für die Toten, war Berlaus Meinung, erinnert sich Brecht. Brecht sieht noch nicht ganz die Zusammenhänge, da präzisiert die Berlau ihre Ansicht: Die USA sitzen in der Falle, jetzt können sie nicht mehr anders, sie müssen mitmachen, und zwar gegen die Nazideutschen. Das aber sieht man bis dahin in Amerika ganz anders.

Seit dem elften Dezember neunzehnhunderteinundvierzig aber, knapp fünf Monate nach seiner Ankunft, ist auch Deutschland selbsterklärter Kriegsgegner. Zu ersten Kampfhandlungen zwischen US-amerikanischen und deutschen Truppen kommt es Ende neunzehnhundertzweiundvierzig in Nordafrika. Brecht ist nun ein »feindlicher Ausländer«. Das scheint ihn wenig zu kümmern. Als feindlicher Ausländer muss man sich jetzt registrieren lassen, und wenn das so ist, dann macht er das halt. Am zweiten Februar neunzehnhundertzweiundvierzig lässt sich Brecht also als feindlicher Ausländer registrieren, und der Einzigartige, das Genie, erhält die Nummer 7 624 464. Brecht schaut sich die Registrationskarte an, die er fortan wie einen Ausweis mit sich führen muss, und versucht, die Monsterzahl zu lesen. Siebenhunderttausend, nein, siebenhundertzweiundsechzigtausend, auch nicht, jetzt aber: sieben Millionen sechshundertvierundzwanzigtausendvierhundertvierundsechzig. Ein wenig hochgegriffen, die Zahl macht Brecht aber stolz. Wenn schon nicht die Nummer eins, dann was ganz Hohes. Im März neunzehnhundertzweiundvierzig erlassen die Amerikaner ein Ausgangsverbot für feindliche Ausländer. Auch das stört ihn wenig. Es kommt auf die größeren Zusammenhänge an, ein Ausgehverbot geht vorüber, es bedeutet aufs Ganze gesehen nichts. Zunächst wird man es penibel befolgen, dann wird es zunehmend weniger Beachtung finden, eines Tages hält sich niemand mehr daran, bis es schließlich wieder aufgehoben wird. Um acht Uhr abends muss man zu Hause sein, frühestens um sechs Uhr morgens darf man die Wohnung oder das Haus wieder verlassen. Das fördert die Gesprächskultur, denkt Brecht, der die Umstände zu zahlreichen Übernachtungen bei Freunden nutzt. Das FBI ist ihm auf der Spur. Jedenfalls denkt das FBI, es sei ihm auf der Spur. Denunziationen durch die lieben Nachbarn sind an der Tagesordnung. Die einen halten Brecht für einen kommunistischen, die anderen für einen Nazispion. Das FBI notiert alles mit größtem Interesse. Auch den größten Unsinn. Brechts Theaterstück *Die Maßnahme* und sein Filmskript *Hangmen Also Die* werden sehr genau studiert. Das FBI findet Ähnlichkeiten. Beiden Werken, so das FBI in seinem eintausendeinhundert Seiten starken Brevier über Brecht, läge die Frage zugrunde, wie sich Menschen im Untergrund zu verhalten haben. Ein klarer Fall von Publikumsunterwanderung.

Das Publikum sieht das Theaterstück und den Film und kann nur eine Lehre daraus ziehen: Da ist was zu machen, wir unterwandern jetzt Amerika. Im Falle Brechts liegt diese Auslegung auf der Hand. Schließlich ist man ja einem kommunistischen Spion auf der Spur, mindestens aber einem Konspirateur, der den Weg zur Wurzel allen amerikafeindlichen Übels weisen wird.

Was also macht das FBI? Es sucht Brecht am neunundzwanzigsten Mai neunzehnhundertzweiundvierzig in dessen Haus, 25th Street, Santa Monica, auf. Aus welchem Grund aber knöpft man ihn sich vor? Hat die elfjährige Tochter Barbara die Douglas-Flugzeugwerke ausspionieren wollen? Schließlich ist sie in einem diesen Werken nahegelegenen Lokal gesehen worden, in dem sich die Arbeiter regelmäßig treffen. Brecht erfährt es nicht. Ihn interessiert es aber auch nicht. Feindlicher Ausländer halt. Dem FBI wird Brecht ein Buch mit sieben Siegeln bleiben.

Am zweiten Juni neunzehnhundertzweiundvierzig sendet das BBC in London einen Bericht, demzufolge allein in Polen von 700 000 ermordeten Juden auszugehen sei. Brecht liest diesen Bericht in der *New York Times*. Zum Glück hat Deutschland Amerika den Krieg erklärt, denkt er. Jetzt kann nichts mehr überhört, nichts mehr überlesen werden.

Das FBI scheint so in das Studium von Brechts Werken vertieft, die Akte ähnelt zunehmend einer kommentierten Werkausgabe statt einem minutiösen Bericht über einen potenziellen Spion, es scheint alle Kräfte für diese großangelegte vergleichende Studie aufzubrauchen, dass es eine ganz heiße Spur aus dem Blick verliert. Denn tatsächlich gäbe es etwas zu finden – ein Jahr später.

Das Manhattan-Projekt, Los-Alamos. Die Entwicklung der Atombombe. Eine Waffe, die alles bisher Dagewesene sprichwörtlich in den Schatten stellt. Geeignete Ziele: Mannheim und Ludwigshafen. Industriezentren. Da soll die Bombe abgeworfen werden, ginge es nach dem amerikanischen Verteidigungsministerium. Berlin sei noch besser, da verbinde sich die Vernichtung von Machtzentrum und Symbol, melden sich andere Stimmen. Als wohlbehütetes, nach außen abgeschirmtes Geheimnis soll die Atombombe entwickelt werden. Gäbe es da nicht Klaus Fuchs, Fachmann für Uran-Isotopentrennung und Implosionstechnik. Einen Fehlversuch darf es nicht geben. Also testet man den Untergang erst einmal an entlegener Stelle. In der Wüste New Mexicos. Da macht das nichts. Da kommt kaum jemand hin. Und seit dem sechzehnten Juli neunzehnhundertfünfundvierzig um fünf Uhr neunundzwanzig Minuten kommt da auch niemand mehr hin. Ein großer Erfolg. »Dreifaltigkeit« wird die Mission genannt, »Trinity«. Zu Ehren Gottes, dem Allmächtigen, dem bislang allein die Entfesselung der gewaltigsten Energien zum Guten wie zur Vernichtung vorbehalten war. So jedenfalls sieht das ein führender Kopf des Manhattan-Projekts. Brigadegeneral Farreil, stellvertretender Militärchef in Los Alamos, fasst die Stimmung vor der Explosion in Sätze voller Inbrunst: »Wir erreichten das Unbekannte, und wir wussten nicht, was daraus entstehen würde. Es kann mit Sicherheit gesagt werden, dass die meisten der Anwesenden beteten – und zwar heißer beteten, als sie je zuvor gebetet hatten.« Was beteten sie denn? Lieber Gott, lass die Vernichtung grauenhaft sein, lass nichts mehr da stehen, wo jetzt noch was steht, mach die Erde an dieser Stelle unbewohnbar, lösch alles Leben und alle Spur einfach aus, lass uns noch einmal gottverlassene alttestamentarische Wüsten sehen. Und wahrlich, die Wirkung der Testbombe wird alle wissenschaftlich akribisch erarbeiteten und mehr als einhundertmal nachgeprüften Berechnungen als falsch erweisen, der Testfall Untergang erzielt eine zehn- bis zwanzigfach höhere Effizienz. Das erklärt rückwirkend auch, warum die meisten der Anwesenden heißer beteten als zuvor. Ein Naturereignis, kontaminiert mit Heiligem Geist: »Das ist die größtmögliche Annäherung an das Jüngste Gericht«, taumelt der Sprengstoffexperte und hervorragende Chemiker George Bogdan Kistiakowky, der Leiter der Explosionsabteilung im Los Alamos National Laboratory von Los Alamos. Ein Mann also, der es wissen muss. Kleinstmöglicher Raum, größtmögliche Wirkung, der Jüngste Tag komprimiert auf eine flächengreifende Kettenreaktion.

Mein Land verfügt über eine Waffe von ungeheurer Zerstörungskraft, flüstert Truman am vierundzwanzigsten Juli neunzehnhundertfünfundvierzig Josef Stalin ins Ohr. Und der ist ganz unbeeindruckt. Er solle sie gegen Japan einsetzen, gratuliert er Truman. Truman glaubt, Stalin sei von dieser welthistorischen Mitteilung so beeindruckt, dass er sich nur in Understatement flüchten könne. Stalin aber verliert kein einziges Wort mehr über diese amerikanische Sensation. Truman versteht die Welt nicht mehr. Während der restlichen Tage der Potsdamer Konferenz behält er Stalin stets im Auge. Wie kann der nur so cool sein? Hat er ein noch größeres Ei gelegt? Stalin lächelt ohne Unterlass. Der Mann ist eine uneinnehmbare Festung. Nur Stalin weiß, dass Klaus Fuchs ihn bereits neunzehnhundertzweiundvierzig in das Manhattan-Projekt eingeweiht hatte. Das konnte das FBI ja nicht wissen. Und Brecht auch nicht. Nach einer so erfolgreichen Premiere soll die Welt nun endlich wissen, was Amerika draufhat. Da ist Sportsgeist gefragt, schließlich stehen die Nazis unter dem Verdacht, die Kernspaltung ebenfalls zu Ende zu denken. *Thin Man* wird geboren, ihm folgt *Fat Man*. *Thin Man* wiegt viertausendsiebenundsiebzig Kilogramm, *Fat Man* vierhundertdreiundzwanzig Kilogramm mehr. Der Codename *Fat Man* soll eine Anspielung auf Churchill sein, weil dieser in geheimer Mission durch Amerika reisen sollte. Der Name *Thin Man* wird als nicht prägnant genug empfunden. Man beschließt, die kleinere Bombe fortan *Little Boy* zu nennen. Ein Liebesbeweis.

Am sechsten August neunzehnhundertfünfundvierzig, um

acht Uhr fünfzehn Minuten und siebzehn Sekunden Ortszeit, wird *Little Boy* über Hiroshima abgeworfen werden. Um acht Uhr sechzehn Minuten und zwei Sekunden detoniert die Bombe. *Enola Gay* nennt der Pilot Colonel Paul W. Tibbets seine B 29, die das Baby an Bord hat. Schau mal, Mama, dein Sohn fliegt die Atombombe, und das Flugzeug trägt deinen Namen. Und wie kam die fidele Enola zu ihrem Namen? Enola Gays Vater las einmal einen Roman, der ihm sehr gefiel. Die Romanheldin hieß Enola Gay, und so schließt sich der Kreis aus Dichtung und Wahrheit.

Hiroshima? »Ein Topf von kochendem schwarzen Öl«, notiert ein Besatzungsmitglied der *Enola Gay*. Ein Topf auch von mindestens siebzigtausend auf der Stelle verdampften Menschen. Noch fünfhundertsechzig Kilometer entfernt kann der in die Vergangenheit blickende Heckschütze der *Enola Gay* den Atompilz sehen.

Am neunten August neunzehnhundertfünfundvierzig gegen elf Uhr vormittags Nagasaki.

Warum? In einer Radioansprache bleibt Truman keine Erklärung schuldig: »Nachdem wir die Bombe gefunden haben, haben wir sie auch eingesetzt.« Was weiß man über die Folgen? Man sieht sie. Man hat einen Testfall. Man kann endlich am Menschen studieren. Man wird die Frage, was richtet eine Atombombe am Menschen an, mit wissenschaftlicher Genauigkeit beantworten können. Wissenschaftliche Hypothesen werden endlich empirisch nachweisbar sein. Man wird sich verbessern können. Man sieht, was man falsch gemacht hat, und wird daraus lernen können. Man hat jetzt etwas in der Hand. Etwas Handfestes, das fähig ist, alles aufzulösen. Man wird die Krankheitsfolgen studieren können. Man wird ein Gegengift erproben. Man wird sich die Frage stellen, ob so etwas in Zukunft zu verhindern sein wird. Man ist erst einmal froh, so etwas erfunden zu haben. Dann wird man froh sein, so etwas unternommen zu haben. Dann kommt das Rote

Kreuz. Dann erstellt die amerikanische Armee eine Dokumentation. Dann verneint man die radiologische Wirkung. Eines aber macht stutzig, wofür es zunächst keine rationale Erklärung zu geben scheint. Dass innerhalb des Epizentrums der Explosion, der Explosionsnabe, des eigentlichen Explosionsradius, kein Überleben sein wird, damit hat man gerechnet, das hat man ausgerechnet, das hat sich nun bestätigt, das ist also nicht anders zu erwarten gewesen. Wie aber sind diese weißen Flecken zu erklären, die unmittelbar nach den Explosionen in Hiroshima und Nagasaki auf dem Boden erschienen? Die Experten rätseln. Versengte Erde sieht anders aus. Das hier ist das Gegenteil von versengter Erde. Dass hier aber Erde nicht versengt sein soll, wo ringsum und noch in einigen Kilometern Entfernung alles versengt ist und nichts mehr über dem anderen steht, das ist verwunderlich. Weiße Flecken. Eine Umkehrung. Die weißen Flecken waren vorher dunkel. Es waren die Schatten von Menschen, die den Boden vor der Versengung schützten. Von den Menschen nichts mehr. Die Menschen sind verdampft. Und später? Hibakusha.

Und noch später? Ganz in der Zukunft? Da wo Brecht nicht hinzudenken wagt? Da wird das US National Atomic Museum in Albuquerque zur schönen Jubiläumserinnerung an Hiroshima und Nagasaki *Little Boy* und *Fat Man* als echt silberne Ohrringe anbieten, zwanzig Dollar das Paar. Der Werbeslogan ist einleuchtend: »Wo sonst kannst du ein Paar Fat-Man- und Little-Boy-Ohrringe finden?«

Warum war Stalin gegenüber Truman so gelassen geblieben, und warum hatte er sich nicht eingehender nach der Wunderwaffe erkundigt? Weil er schon alles wusste. Als sowjetischer Spion wird Fuchs erst neunzehnhundertfünfzig enttarnt werden. Auch einen zweiten Spion wird man enttarnen, ganze fünfundvierzig Jahre später. Der heißt allerdings auch nicht Bertolt Brecht, sondern Theodore Alvin Hall. Und der bestritt alles und beließ es dabei. Und Brecht? Am zehnten sie nach seinen Angaben allererst aus, und doch bringen sie das Bewusstsein für ein Thema mit sich, das Brecht als die hinderlichste und gefährlichste Mitgift jeder Form von durchorganisierter Gesellschaft ansieht: Bürokratie. Weißt du, was Bürokratie ist?, fragt er die Weigel eines Tages. Was kommt wohl jetzt wieder, denkt die Weigel. Wichtiger wäre es doch, über die Hauseinrichtung nachzudenken. Eine dem Deutschen verwandte Sprache, sagt Brecht. Das Deutsche, erklärt er, das gehe so: »Der Tod stellt aus versorgungsrechtlicher Sicht die stärkste Form der Dienstunfähigkeit dar.« Ja, das ist noch gute alte deutsche Bürokratentradition, sagt Brecht. Mit solchen Sätzen werden Verwaltungsbeamte geschult. Ein Musterbeispiel sei auch folgende Sentenz: »Stirbt ein Bediensteter während einer Dienstreise, so ist damit die Dienstreise beendet.« Das ist ein wahres Schmankerl aus der Welt der Reisekostengesetze. Ist die Dienstreise beendet, muss der Dienstherr die weitere Reise nicht mehr zahlen, denn für diese andere Reise sei ein anderer Dienstherr zuständig, so Brecht. Das hessische Personalvertretungsgesetz habe aber auch was zu bieten: »Besteht der Personalrat aus einer Person, so entfällt die Trennung nach Geschlechtern.« In mancher Ehe, so Brecht, entfalle die Trennung nach Geschlechtern auch. Die Nazis, sagt er, sind da doch sehr gewissenhaft. Das wird ihnen nochmal das Genick brechen, dass sie alles kleinordentlich und haarfein aufnotieren und archivieren. Die bringen Millionen von Menschen um und dokumentieren das sofort für die Nachwelt. Die Nachwelt ist morgen. Die Reichspost betätigt sich derweil als Dichter der wahren Werte: »Der Wertsack ist ein Beutel, der aufgrund seiner besonderen Verwendung nicht Wertbeutel, sondern Wertsack genannt wird, weil sein Inhalt aus mehreren Wertbeuteln besteht, die in den Wertsack nicht verbeutelt, sondern versackt werden. Sollte es sich bei der Inhaltsfeststellung eines Wertsackes herausstellen, dass ein in einem Wertsack versackter Versackbeutel statt im Wertsack in einem der im Wertsack versackten Wertbeutel hätte versackt sein müssen, so ist die in Frage kommende Versackstelle unverzüglich zu benachrichtigen.« Jawohl, wird gemacht. Das muss man sich mal vorstellen, sagt Brecht, Sie fragen jemanden nach seinem Beruf, und er antwortet »Versackstellenleiter«. Auch das sei eine Lösung: Das Dritte Reich versackt. Brecht hat auch eine ältere Version ausfindig gemacht, die einen folgenschweren Nachtrag hat: »Nach seiner Entleerung wird der Wertsack wieder zu einem Beutel, und er ist auch bei der Beutelzählung nicht als Sack, sondern als Beutel zu zählen. Verwechslungen sind insofern im Übrigen ausgeschlossen, als jeder Postangehörige weiß, dass ein mit Wertsack bezeichneter Beutel kein Wertsack, sondern ein Wertpaketsack ist.« Das weiß jeder. Darum ist ein mit Tausendjähriges Reich bezeichnetes Tausendjähriges Reich auch kein Tausendjähriges Reich, sondern ein kurzfristiges Reich und auch kein Reich, sondern ein totales Verbrechen. Insbesondere eine andere verwaltungspraktische Feststellung wünscht sich Brecht als vorbildlich für das Dritte Reich, man müsse nur den Kothaufen durch ebenselbiges ersetzen: »Durch das Abkoten bleibt der Kothaufen grundsätzlich eine selbständige bewegliche Sache. Er wird nicht durch Verbinden oder Vermischen untrennbarer Bestandteil des Wiesengrundstücks. Der Eigentümer erwirbt also nicht automatisch Eigentum am Hundekot.« Die Deutschen haben das nur noch nicht erkannt, sagt Brecht. Bei seinen Theaterrecherchen für brauchbares Totaldeutsch sei er dann noch auf eine infinitesimale Weichenstelle gestoßen, die an Hinterhältigkeit kaum noch zu überbieten sei. Von wirtschaftsministerieller Seite werde Folgendes dekretiert: »Ausfuhrbestimmungen sind Erklärungen zu den Erklärungen, mit denen man eine Erklärung erklärt.« Wenn das das ganze Geheimnis der Nazis ist, dann nach ihnen die Morgenröte!

willst du denn?«, fragt Werfel, »willst du meine Ahasvera werden?«

Dieser Streit ist sinnlos. Beide wissen es. Ich weiß es, und Alma weiß es. Das ist nichts Neues. Ein Streit wird ausgefochten. Das erst ist ein Streit. Es kann überhaupt nur zu einem Streit kommen, wenn beide wissen, dass der Streit völlig sinnlos ist. Alle wissen das. Sonst ist es ja kein Streit. Sonst ist es total beschämend. Blindlings hineingestochert, aufs Geratewohl angezettelt. Das hat aber mit Streit nichts zu tun. Ein wahrer Streit sagt immer trotzdem. Nur dann geht man aufrecht. Wenn das nicht genügt, sagt der wahre Streit trotzdem trotzdem trotzdem. Ein wahrer Streit zeichnet sich dadurch aus, dass er von vornherein weiß, das langt nicht. Er weiß, das hat alles mit Sagen und Aufsagen nichts zu tun. Das Geheimnis liegt im Überleben. Und das Überleben setzt Nichtmehrleben voraus. Sich behaupten heißt enthaupten. Der Streit greift an. Er ist eine Trutzburg. Nachdem alle Gegner beseitigt worden sind, geht der Streit ganz nach vorn, ganz von vorn los. Er führt das schönste deutsche Wort im Schilde. Und. Und trotzdem und trotzdem und trotzdem, wettert der Königsstreit. Es gibt gar keine Widerrede, weil der Streit die Widerrede ist. Er ist die Widerrede. Er kommt die Treppe herunter. Er ist höflich. Er sagt »und trotzdem muss ich einwenden« oder er sagt »das sehe ich ein und trotzdem« oder er sagt »aber trotzdem« oder er sagt »und trotzdem« oder er sagt gar nichts, und es dauert nicht lange, da fragt sein Gegenüber »und?«, da atmet der Streit einmal tief durch und wirft seinen Kopf nach hinten, nach Nacken, da hat der Streit plötzlich gar keinen Kopf mehr, es ist so kopflos in der Gegenwart, Alma, in deiner Gegenwart bin ich so kopflos, ich plustere mich auf, ich sollte mich aber gar nicht aufplustern, ich verliere noch meinen Kopf, ich weiß, ich weiß und habe gelernt, jemandem Glauben schenken und sein Gesage für bare Münze nehmen, das sind zweierlei Schuh, aber du willst immer sagen können was du sagen willst, und ich soll dein stummer Zuhörer sein, ich soll dir kopflos zuhören, und du ziehst mich sofort aufs Schafott des Gesagtgetan, wer aber ist dieser Gesagtgetan, und wenn es dir gefällt, ist es halt Getangesagt, das wir uns aber auch überhaupt nicht greifen können, wir wagen einen Zugriff, und der andere verwirft ihn mit großer Geste, pah!, und hüllt sich in eine Wolke, ich rieche dich, du tauchst auf als Wolke und steigst die Treppe hinab, gleich regnen deine Worte, aber schlimm ist es, wenn du gar nichts sagst, du schreitest einfach die Treppe hinab, wuchtest dich an mir vorbei, lässt mich stehen, nicht mal, dass ich im Weg sei, sagst du dieses Mal, dein Duft, der vorbeizieht, hast du dieses Mal besonders dick aufgetragen?, ich verkneif es mir, auch dein Alter lasse ich so stehen, keine Bemerkung, nichts sage ich, nichts kommt raus, und genau das wirst du mir eines Tages in den Grabstein meißeln, du bist die Bogenlampe, du bist die Einträufelung, wie hast du immer gesagt?, die Zapfsäule, das Energiewunder, das Mutterhufeisen, die Tankstelle, das Unbedingte, das Riesenloch, die Speicherstätte, die Wiederauferstehung, diese Zeitlupe habe ich noch nie an dir beobachtet, du hättest die Szene verstreichen lassen können, ausgleiten, beerdigen. Dass ich immer um Luft ringe, und neuerdings bei jeder Gelegenheit, das hast du doch selbst bemerkt, du hast mich doch gar nicht darauf aufmerksam machen müssen, dass mir die Luft ausgeht, bevor ich überhaupt einen Schritt gemacht habe, du triumphierst die Treppe herunter, seilst dich an mir vorbei, Kampfzone Nichts, ich unterdrücke jede Seele, dein Körper gar nicht mehr fassbar unter diesem Gewand, hattest du dich eigentlich herumgedreht, als du mir den Dreck ins Gesicht geschleudert hast?, ich käme nie auf den Punkt, ich schwämme immer im Abstrakten, mein Jesus sei gar keiner, sondern Hollywood, dein Jesus sei aber einer, nämlich zu Hause, und wo dein Jesus sei, sei er zu Hause gekreuzigt worden, und ich solle nur ja nicht das Wort Kreuz in den Mund nehmen, aber das

Kreuz, das käme noch früh genug zu mir, dein geliebtes Kreuz, an das man dich zu nageln vergessen hat, ich entschuldige mich für alle, die dich vergessen haben, die dich ans Kreuz zu nageln vergessen haben, warum und für wen hast du dich eigentlich so schön gemacht, als schritte dein Foto die Treppe hinab, die Treppe, das bin immer noch ich, du kannst gar nicht die Treppe sein, du kannst gar nicht die Treppe hinabschreiten, wenn ich es darauf anlege, verschwindest du, ich lösche dich aus, es gibt dich gar nicht. Das meine ich damit. Dass dieser Streit so sinnlos ist. Und das lässt mir keine Ruhe. Ich sei so abstrakt. Sagst du. Und dein Nazigeplärre? Schüttelfrost? Bist nicht du es gewesen, die du bist, die hier ist, die mit mir hier ist? Ach ja, verstehe, genau das machst du mir zum Vorwurf, hier und jetzt. Was soll ich tun? Du hast Mitleid, wenn du mich siehst, du machst mich größer als ich bin, wenn andere mich sehen. Ich habe das doch gar nicht nötig, das wissen wir doch beide, und dann sagst du immer, ich nähme so gar keine Rücksicht auf dich, nur ich sei mir wichtig, und wenn du dir gar nicht mehr zu helfen weißt, ziehst du den Mahler aus der Erde, dann steht Mahler im Raum wie gegossen, und wenn Mahler nicht hilft, du wolltest mich ja nicht verletzen, dämmert Kokoschka undsoweiter. Ich will das gar nicht weiterspinnen, aber wenn Kokoschka nicht mehr kann, nimmst du den Gropius aus der Kiste. Dass der Gropius aber so lange nun auch nicht zappelt, das hättest du auch nicht gedacht. Das Kind, das Kind. Von wem ist das Kind. Von wem ist das Kind, und verheiratet sein. Als ob das Kind es wüsste. Das Kind weiß es aber bald sehr wohl. Es dreht sich im Kindbett um wie im Sarg. Es kommt zu früh, es geht zu früh. Der Ehemann, die klassische Figur. Der Liebhaber. Das Kind. Die Frau.

Die Frau bleibt auf der Treppe stehen. Werfel kennt das. Dauerte das Gespräch noch länger als fünf Minuten, Alma würde auf der Treppe Wurzeln schlagen.

»Und die Deutschen?«, fragt Werfel. »Was sind die Deutschen?«

»Die Deutschen sind Supermänner«, sagt Alma, mitten auf der Treppe stehend.

»Und Hitler?«, fragt Werfel, »was ist mit Hitler?«

»Hitler ist auch ein Supermann«, sagt Alma.

»Und die deutschen Siege?«

»Supermännersiege.«

»Die Deutschen siegen also, weil sie Supermänner sind.«

»Ganz genau, weil sie Supermänner sind.«

»Und Hitler ist auch ein Supermann?«

»Hitler ist der größte Supermann, der Obersupermann.«

»Und die Supermänner siegen überall?«

»Die siegen stundenlang und tagelang und wochenlang und jahrelang, die siegen immer.«

»Weil sie Supermänner sind.«

»Ganz genau, Werfel, du hast es, weil sie im Gegensatz zu euch Juden Supermänner sind.«

»Ich danke dir, Alma«, sagt Werfel, »weil du so bist, und nur weil du so bist, kann ich überhaupt arbeiten, der Unsinn, den du dauernd redest, treibt mich tief in die Arbeit, ich muss mir deinen Unsinn vom Hals schreiben.«

»Du brauchst eben eine Katholikin, die dir Juden zeigt, wo es überhaupt langgeht, mein lieber Werfel.«

»Eine Katholikin, die überhaupt nicht weiß, wovon sie redet, wenn sie ›Jude‹ sagt.«

»Franz, sei doch mal ehrlich … im Grunde deines Herzens bist du doch selber Katholik.« Alma schreitet die Treppe runter und begibt sich ins Wohnzimmer. Dort wird sie auf dem Sofa sitzen, der Hausdiener wird ihr einen starken Kaffee bringen, einen wohlbemessenen Schluck Likör, Alma wird dem Hausdiener Komplimente machen, die seine Hausdienerschaft nicht direkt betreffen, der Hausdiener wird seine Arbeit mit der gleichen wohlbemessenen Aufmerksamkeit verrichten wie alle Tage, es vergehen keine zwei Stunden, da wird Alma wehmütig ums Herz, sie wird Werfel heranzitieren, es sei alles gar nicht so gemeint, er wisse doch, dass sie ihn liebe, das mit den Deutschen sei eine Sache, das mit ihm, Werfel, eine ganz andere, und ob man sich nicht wieder gut sein könne. Werfel will zurück an die Arbeit, er zögert keinen Moment, Alma zu sagen, dass es wieder gut sei, Alma wird kurz nicken, bevor Werfel dann zurückgeht zu seiner Arbeit, wird Alma ihn noch mit dem mehrmals wiederholten Tadel »Du mit deinem deutsch-böhmischen Judentum« necken, dem sich stets die fast liebevolle Floskel »Du mit deiner Begeisterung für die italienische Oper« anschließt.

Wie er es schon beim Einlösen seines Gelübdes aus Lourdes getan hat, so wird Werfel diesen Tag wie jeden Tag in sein Notizbuch notieren, was auch immer er schreibe, er bringe es in täglicher, stündlicher Selbstüberwindung zustande. Hat er die Auseinandersetzung mit Alma in einer erträglichen Stabillage, holt ihn die Scham und das Mitgefühl mit den erfolglosen Kollegen ein: »Ich betrachte meinen Erfolg und Ruhm hier als ein *unverdientes* Glück; den meisten andern geht es schlecht, und sie müssen hart und mit wenig Hoffnung kämpfen.« Heinrich Mann, zum Beispiel. Alfred Döblin, zum Beispiel.

Es ist nicht zu fassen, denkt Werfel. *The Song of Bernadette*, mein Gelöbnisbuch, mein Errettungsdank, mein Wunder von Lourdes, gefeiert als die wichtigste Neuerscheinung auf dem amerikanischen Buchmarkt, mehr als dreihunderttausend verkaufte Exemplare binnen kürzester Zeit, nach drei Wochen auf dem vierten Platz der amerikanischen Bestsellerliste, bald darauf für Monate »National Bestseller Number One«, Heinrich Mann: völlig unbekannt, Alfred Döblin: nahezu vergessen.

Was soll ich noch schreiben, was soll da noch folgen können? Nur wenn ich mich mit Alma versöhnen kann, mag die Auseinandersetzung auch unerträglich sein und die Vergeudung der Kräfte völlig unangemessen, nur wenn da nichts mehr in mir kauert, was auf Versöhnung drängt, kann ich an die Arbeit denken.

Heute allerdings, wird Werfel plötzlich klar, hat die täglich praktizierte voreilige Versöhnung einen so bitteren Beigeschmack, dass sie schon an Kollaboration grenzt, es ist eine Einverständniserklärung, und Werfel überlegt, wie er da wieder herauskommen kann. Geschickt hat sie das gemacht, das muss ich ihr lassen, denkt er, sie geht zum Angriff über, wo sie doch gestern Abend erst allen Kredit endgültig verspielt hat. Sie hat diesen Totalschaden einfach zugedeckt mit ihren anfallsartigen Vorwürfen, mit ihrer täglich infamer werdenden Treppenrede, deren einziger Angeklagter und meist auch einziger Protokollant ich bin.

Wer war alles da? Kortner, Torberg, Bruno Frank, Schönberg, Korngold mit Frau. Als hätte sie soeben erkannt, dass alle Gäste ausschließlich Juden sind ... Ernst Deutsch und Ehefrau waren auch zugegen ... und natürlich kein Amerikaner, das wäre ja viel zu viel Einlass gewesen, sie will halt immer und überall an ihre Wiener Salons erinnert werden ... gestern also eine ihrer so geliebten Tea-Parties, und da wurde ihr wohl so recht bewusst, dass sie es bei diesem Kreis, der oft zusammenkommt, nur mit Juden zu tun hat, »Ein Katholik hebt ja gleich das Niveau«, hat sie bei einer solchen Gelegenheit einmal gesagt, es herrschte eine aufgeräumte Stimmung, die ihr vielleicht zu aufgeräumt war, Alma setzte ihre Tasse Kaffee auf dem Beistelltisch ab, erhob sich, stellte sich in die Mitte des Wohnzimmers, als wolle sie Kaffee nachschenken, und als sie aller Aufmerksamkeit gewiss war, sang sie ein Loblied auf die Nazis, denn nichts anderes war es, als sie, zunächst so leise, dass man sie bitten musste, lauter zu sprechen, was selbstredend ihre Absicht war, als sie sich über die Errungenschaften des Dritten Reichs ausließ, dass nicht alles zu verurteilen sei, was Hitler auf den Weg gebracht habe. War da nicht Hitler mitten unter uns? Meine Frau Hitler. Schönberg erwiderte nur, allein das Faktum der Konzentrationslager müsste jeden, der im Dritten Reich etwas Lebenswertes erkennen wolle, unter Strafe stellen lassen.

Was erwidert da meine Frau Hitler? »Ach was«, ereiferte sie sich, »was heißt hier Faktum, lieber Arnold Schönberg, das ist doch wirklich nicht zum Aushalten, was Sie da sagen. Dieses Faktum habt ihr Emigranten doch selber in die Welt gesetzt, das sind doch von euch Emigranten aus schierer Hilflosigkeit ausgedachte Gräuelpropagandageschichten.«

Schönberg war bedient. Er saß da wie erschossen. Man sah ihm den Entschluss an, aufspringen und sofort das Haus verlassen zu wollen. Das hatte ihn mit solcher Wucht erwischt, da war er ganz sprachlos und hatte mit einem Mal kein Gewicht mehr, er, der schon so verschwindend war, das ganze Gegenteil von mir.

Alma war das indes nicht genug. Wo sie schon mal dabei war und durch die wie gelähmte Reglosigkeit ihrer Gäste bestätigt fand, was sie immer von den Juden dachte, dass diese nämlich zur Politik nichts taugen, was sie nicht müde wurde, immer und überall zu betonen, holte sie jetzt im großen Stil aus, der ja manchmal als kleine Erzählung daherkommt, und berichtete von einer Oberschwester, mit der sie bestens befreundet sei, die ihr nach und auf mehrfache Rückfrage versichert habe, dass die so genannten Konzentrationslager in Wahrheit Schutzeinrichtungen für Gefangene seien, in denen sie eine medizinische Betreuung erführen, von der sie andernorts nur träumen könnten. Nur in solchen so genannten Konzentrationslagern könne das Rote Kreuz stets vor Ort sein und sich eingehend, ausgestattet mit aller nötigen Medizin, um die Gefangenen kümmern. Als daraufhin niemand mehr willens war, das von Alma servierte Thema aufzugreifen, was Alma durchaus nicht einsehen wollte, holte sie tief Luft und entließ, bevor sie wieder auf dem Sofa Platz nahm, noch folgende Botschaft in die Welt: »Das Konzentrationslager ist Hitlers zukunftsweisende Neuerfindung der Massenklinik in Zeiten des Krieges.«

Vollständige Paralyse aller Anwesenden. Alma schenkte sich zur Belohnung einen Schluck Likör nach. Sie zeigte die Flasche in die Runde, ob jemand vielleicht auch ... niemand beachtete sie.

Eine alte Frau, dachte ich nur. Da sitzt eine alte, vom Leben enttäuschte Frau, die im Leben alles gehabt hat. Diese alte, vom Leben enttäuschte Frau, die im Leben alles gehabt hat, ist deine Frau, dachte ich. Und während ich das dachte, während mein Denken im Kreis fuhr, füllte mich etwas an, das ich sofort als mir fremd und zugleich doch so notwendig, so überfällig empfand. Ein Schwindel ergriff mich und schraubte mich in die Höhe, ich fragte mich noch, Werfel, was tust du?, da stand auch ich plötzlich in der Mitte des Wohnzimmers, drehte mich einmal im Kreis, fixierte Frau Werfel, und ehe ich mich versah, sprang es aus mir raus, eine Wortfontäne, ein monströser Geysir. War ich nicht immer sanft und liebenswürdig? Galt ich nicht als zuvorkommend? Ich spürte mein rasendes Herz, das aus der Fassung geriet, der Druck in meinem Kopf war von solcher Stärke, dass er meine Augen aus ihren Höhlen trieb, das ganze Blut muss in diesem Moment in den Kopf geschossen sein, ich hörte Schönberg noch sagen, »aber er wird ja ganz violett«, da hörte ich mich schon selbst die unflätigsten Worte brüllen, als ob jemand aus mir spricht, den ich nicht kenne, der mit diesen Worten aus mir entfliehen will, der jahrelang eingesperrt war. Kurz, ich hatte jegliche Kontrolle über mich verloren und war, kaum hatte der Geysir sich beruhigt, auch schon nicht mehr fähig, mich an irgendeins der Worte zu erinnern. Die Gesellschaft, hatte sie mich währenddessen angestarrt, als sei ich ein gefährliches Tier?, in den Gesichtern mischten sich Abscheu und Mitleid, aber mit wem bloß, die Gesellschaft ging sofort zu entwaffnenden Themen über, die nur eines bedeuteten: Wir sind schon gegangen. Alma zeigte keinerlei Regung. Sie saß die ganze Zeit über da, als habe sie ein paar interessante Beobachtungen machen können, die doch nicht interessant genug waren, als dass sie darüber auch nur ein Wort noch hätte verlieren wollen. Sie schaute mich an mit Augen, die einen kleinen ungezogenen Lümmel vor sich hatten. Alma Mahler-Werfel besaß sogar die Souveränität, die Gesellschaft kurze Zeit später für aufgehoben zu erklären, sicher müsse jeder noch seinen Geschäften nachgehen, was Schönberg mit der Bemerkung quittierte, »aber liebend gerne, wenn Sie mir sagen, um welche es sich da handeln soll«, sie komplimentierte die Runde hinaus, ließ die Haustür hinter sich ins Schloss fallen und entschwand, ohne ein weiteres Wort zu verlieren, hinauf in ihre Gemächer.

Es war aber ein Zeichen

Ich habe recherchiert und eine paradoxe Entdeckung gemacht, sagt Lion Feuchtwanger.

Wir müssen nicht recherchieren, fällt ihm Brecht ins Wort, um Hitler zu stürzen, müssen wir was unternehmen, dafür sind wir ja da.

Das eine muss das andere ja nicht ausschließen, schlichtet Heinrich Mann.

Ich weiß schon, wie das Recherchieren endet, vom Dritten Reich werden wir nachher jeder eine eigene Version haben, und jeder lässt sich vom anderen die andere Version erzählen, dann wird jeder sagen, nicht schlecht, auch eine interessante Version, aber leider unbrauchbar, sagt Brecht.

Funkstille. Man hat sich vorerst nichts mehr zu sagen. Die Herren kennen das. Der Krieg macht mürbe, vor allem, wenn nicht eintrifft, was man sich erhofft. Insbesondere Feuchtwanger tut sich durch wilde Spekulationen hervor. Brecht interessiert sich schon mehr für die Gestaltung Nachkriegsdeutschlands. Heinrich ist der ganzen Sache überdrüssig. Er habe zu dem Thema genug gesagt und geschrieben, allein die Wirklichkeit komme nicht nach. Was für ein Luxus, sagt er, was für ein Luxus, dass wir uns hier ungefährdet streiten, während alles ohne uns ausgemacht wird. Und doch, so Lion, können wir nichts anderes tun, als unser Ritual aufrechtzuerhalten, uns jeden Mittwochabend hier zu treffen, eine Art Schattenkrisenstab.

Brecht holt eine Zigarre heraus, Heinrich schlägt vor, im Garten der Villa zu rauchen. So ist das also, wenn man die Kollegen zu einem Gespräch außerhalb der sonst üblichen Tagesgeschäftigkeit einlädt, denkt Lion. Immerhin ist die Villa geräumig genug, dass man sich für ein paar Minuten aus dem Weg gehen kann. Thomas Mann war anfangs auch eingeladen. Als Brecht davon erfuhr, drohte er Lion, die Freundschaft aufzukündigen. Lion hätte es ahnen können. Thomas Mann war souverän genug zurückzutreten. Brecht verlor über die Angelegenheit kein Wort mehr. Wo ich bin, ist kein Thomas Mann, hatte er Lion einmal gesagt. Zwischen Heinrich und Brecht ist Thomas kein Thema. Heinrich hatte da mal schlichten wollen, worauf Brecht nur mit dem Hinweis auf die früheren elenden Zwistigkeiten zwischen den Brüdern konterte. Brecht und Heinrich gehen im Garten auf und ab, in entgegengesetzter Richtung. Ihr Gehen hat etwas Marschierartiges. Brecht die Hände in den Hosentaschen, die Zigarre im Mund, Heinrich die Hände hinterm Rücken verschränkt, den Kopf gesenkt. Da ist etwas in der Luft, sagt Heinrich, nachdem sie so eine Weile auf und ab gegangen sind. Brecht hebt ruckartig den Kopf und sucht den Himmel ab. Es ist da vorne in Richtung Blumenbeet, sagt Heinrich.

Ich sehe nichts, und hören tu ich auch nichts.

So etwas Sirenenartiges, aber leise, wie ein kleiner Feuerwerkskörper, der erst in die Luft schießt und dann wieder zu Boden pfeift.

Und was ist es?

Ich weiß es nicht. Ich sehe es nicht.

Die beiden nähern sich vorsichtig dem Blumenbeet. Hier muss es sein. Heinrich putzt seine Brille, was Brecht ermuntert, seine aufzusetzen. Stille. Nichts rührt sich. Vielleicht sind wir zu nahe dran, meint Heinrich und schlägt vor, in den vor dem Beet stehenden Gartenstühlen Platz zu nehmen. Sie beschließen, nichts mehr zu sagen und nur noch flach zu atmen.

Heinrich hat es als Erster und deutet mit der rechten Hand auf die Geräuschquelle und ihr Treiben. Ungefähr so groß nur, deutet die Spanne zwischen Daumen und Zeigefinger an: Kolibris. Ein Rothals inmitten von roten Lippenblütlern. Ohne Unterlass umkreist er sein Reich und verteidigt es gegen seinesgleichen. Der grüne Kollege soll sich um die grünen Blumen kümmern! Schraubt sich meterhoch in die Luft und stürzt, ganz Wurfpfeil, prompt zurück. Das Pfeifen der durchschnittenen Luft. Das meiste sehen wir nicht, das meiste dringt nur ans Ohr, sagt Heinrich.

Lion, der in der Balkontür der Küche gestanden ist, bittet Marta, einen Kaffee zu kochen, möglichst stark, dass die Herren wieder zur Besinnung kommen. Da ist eine Nervosität im Spiel, sagt er, das geht mir langsam, aber sicher auf die Nerven. Und wenn der Brecht sich nicht langsam mal am Riemen reißt, werde ich ihn nicht mehr einladen. Nach einer Weile sitzen die drei wieder vereint am runden Tisch in Lions großem Bibliotheksraum. Das muss man Ihnen lassen, Feuchtwanger, Sie haben so viele Bücher, das ist auch schon eine Form von Widerstand. Es fragt sich nur, ob ausschließlich gegen die Nazis oder nicht auch gegen Amerika, das beim Anblick so geballter europäischer Kulturgeschichte zusammenbrechen muss.

Marta bringt den Kaffee. Du bist heute so indianisch, so indianischer als sonst, stellt Lion fest. Heinrich mit seinem Herzen solle den Kaffee vielleicht doch nicht trinken, rät Marta. Er soll den Herren mal ruhig den Kopf frei machen, da muss das Herz eben mal ordentlich pumpen. Heinrich gibt Lion vollkommen recht.

Heinrich Manns Zeitdiagnose sei völlig schiefgewickelt, sagt Brecht, da ist kein Standpunkt drin, nur Selbstbespiegelung – im Gewande des neunzehnten Jahrhunderts.

Womit wir also beim Thema wären, poltert Lion los, wissen Sie, Brecht, Ihr V-Effekt-Gequatsche, Ihre endlosen Indoktrinierungen übers epische Theater im Allgemeinen und das epische Prinzip im Besonderen, damit bringen Sie nicht nur die Amerikaner auf die Palme, von deren Theater Sie so gar nichts halten wollen, damit können Sie auch mich mal am Arsch lecken. Ich kann dem Zeug schon nicht mehr zuhören. Gehen Sie weiter!

Heinrich rückt die Brille zurecht. Meine Herren, es darf doch wohl nicht wahr sein, dass wir hier anfangen, uns gegenseitig anzufallen. Genügt es denn nicht, dass wir überhaupt hier sind, anstatt daheim? Das wäre dem Schnurrbart doch die größte Freude, wenn er wüsste, wie wir hier miteinander umgehen. Ganz meiner Meinung, erwidert Lion. Und Brecht? Brecht räkelt sich.

Sogenannterweise artrein ist die braune Suppe jedenfalls nicht, greift Lion den Faden wieder auf. Der Führer habe einen jüdischen Großvater, sagt man. Weiß da jemand was? Das Hakenkreuz wird ihr Untergang sein. Die haben sich da ein Symbol ausgesucht, das sich an ihnen rächen wird.

Wie bitte? Wer behauptet denn so was? Das ist doch die Höhe, wer so einen Scheiß in die Welt setzt, ist für den Widerstand verloren, so was verliert sich im Sektierertum.

Eins ist klar: Die Halunken haben da so eine Art Deutungsverbot verhängt, das ist doch aufschlussreich, die wollen sichergehen, dass die Deutungshoheit ganz bei ihnen liegt. Das ist ihr einziges Argument. Weil die das Zeichen gestohlen haben. Ursprünglich bedeutet es etwas ganz anderes, und die Nazis machen ein Mordzeichen daraus. Die verdrehen es ein bisschen und schon wird aus dem Lebenszeichen ein Zeichen des Todes. Wenn das rauskäme, wenn alle das wüssten, die hätten doch an Glaubwürdigkeit verloren. Jetzt tun sie so, als hätten sie's erfunden.

Haben sie's nicht?, fragt Heinrich.

Nicht die Bohne, sagt Brecht, die haben doch gar nichts erfunden, die haben alles geklaut, selbst ihr Antisemitismus kommt aus dem Pfandhaus.

Brecht! Reden Sie nicht so. Es ist doch wirklich zuweilen eine Katastrophe mit Ihnen.

Lieben Dank, mein guter Feuchtwanger, für Ihre aufbauenden Worte.

Da sehen Sie einmal, lieber Brecht, bemerkt Heinrich, dass eine Theorie zu haben eben doch manchmal besser ist als bloß Ressentiments.

Wer hat denn hier Ressentiments? Ich stehe doch nur auf dem marxistisch-dialektischen Standpunkt. Und dass das Ganze in der Ursuppe des Kapitalismus kocht, das wird doch nicht ernsthaft jemand bestreiten. Die Industriellen sind doch froh um ihren Hitler, der kam ihnen doch gerade zur rechten Zeit, und den herrschenden bürgerlichen Schichten ebenso. Von den Generälen ganz zu schweigen. Sie aber, werter Heinrich Mann, Sie dämonisieren den Untergangsführer und rufen die Götter Englands und Frankreichs an. Churchill, komm und steh uns bei undsoweiter.

Will Brecht jetzt wieder Zigarre rauchen gehen? Marta tritt ins Bibliothekszimmer. Schweinebraten mit Rotkraut und Kartoffelklößen, in etwa zwanzig Minuten, sagt sie. Heinrichs Gesicht klart sich auf wie eine im Nebel versunkene Landschaft, die von der Sonne befreit wird. Die Aussicht auf ein gutes Essen besänftigt ihn, jetzt ist ihm alles egal, Hauptsache, Lion erzählt interessante Dinge, und Marta zaubert in der Küche nebenan.

Bis dahin kann ich den beiden Herren ja erzählen, was ich bei meinen Recherchen rausbekommen habe, sagt Lion. Das Zeichen, das die Nazis geklaut haben, war über die ganze Erde verbreitet. Manchen Völkern diente es als Glückssymbol, anderen als Sexsymbol. Schliemann aber, nein, der wusste das nicht, der hatte da von Tuten und Blasen keine Ahnung. Woher aber sollte ein gewisser Burnouf es wissen. Keine Ahnung. Emile Burnouf jedenfalls sagte, er wisse es. Wer überhaupt war denn dieser Burnouf? Ein französischer Archäologe, ein Orientalist und ehemaliger Direktor des französischen Archäologischen Instituts in Athen. Burnouf war davon überzeugt, dass eine Rasse der anderen überlegen sei. Ein Rassist also, mit großem Einfluss auf die Theosophie.

Auf die was?, unterbricht Brecht.

Die Theosophie ...

Werter Feuchtwanger, das ist doch hier völlig uninteressant, worauf es doch ankommt, ist die rückhaltlose Aufklärung der Massen, das ist doch alles viel zu theoretisch, was Sie uns hier erzählen, so kommen wir da nicht weiter.

Wenn Sie mich mal weitermachen ließen, dann kämen wir schon weiter. Wo wollen Sie denn hin? Über den Pazifik? Weitermachen oder nicht?

Weitermachen, nickt Heinrich.

Burnouf wollte Buddhismus und Hinduismus mit der westlichen Kultur kreuzen. Der Antisemit Burnouf war der Überzeugung, die arische Rasse sei die höchste von allen und müsse folgerichtig in einer rassischen Hierarchie die Herrenrasse sein. Schliemann hat ihn achtzehnhundertneunundsiebzig zur Teilnahme an der fünften Grabungskampagne in den Ruinen von Troja eingeladen. Und was macht dieser Burnouf? Findet in den von ihm, Schliemann, entdeckten Ruinen Swastika-Motive.

Was für Geräte?, knurrt Brecht.

Swastika ... Der Schliemann geht zu ihm hin und befragt ihn nach seinem Fund. Was das sei und was es bedeute. Wo es herkäme und wie alt es sei. Und dieser Herr Burnouf erweist sich als ein Spaßvogel von Phantasie, jedenfalls ein spaßiger Phantasievogel. Dieser Herr Burnouf ist ganz augenscheinlich ein französischer Archäologe mit Sinn für das Falsche zur unrechten Zeit, und so gibt er dem Herrn Schliemann unmissverständlich zu verstehen, dieses Dings da, dieses uns allen bis heute wohlvertraute Teil, also die Vorfahren, auf die sich beizeiten berufen wird, haben dieses an und für sich völlig nutzlose, es sei denn, man glaubt daran, an dieses Zeichen, die hätten Gestelle in solcher Zeichenform als weibliche Bohrer, nein, als weibliche Bestandteile ihrer Bohrer verwendet, um ihr Feuer, ihr sogar heiliges Feuer zu entfachen, das also sei dem leichtgläubigen Deutschen, dem Herrn Heinrich Schliemann, von diesem Spaßfranzosen eingeflüstert, eingetrichtert worden, und der nicht gerade vertrauenerweckende Schliemann vertraute dem Geschichtenerzähler voll und ganz.

Weibliche Bestandteile ihrer Bohrer. Da wird dann immer so hineingebohrt, fragt Brecht. Da kommen dann die Kindlein zur Welt.

Genau, sagt Heinrich, unter diesem Zeichen, da kommen dann immer nur die reinen Kindlein zur Welt. Lasset die reinen Kindlein zu mir kommen.

Das ist ja recht eigentlich ein indisches Fruchtbarkeitsemblem, wie Lion richtigzustellen weiß. Aber nein, die deutschen Deutschen sehen jetzt nichts als ein Heilszeichen. Ein reines deutsches Deutschheilszeichen sehen die deutschesten Deutschen. Wenn man das Wort ›deutsch‹ lange genug anschaut, wird es ganz undeutschlich. So wurde das sexuelle Glückssymbol zum Eckstein deutscher Deutschlichkeit. Schliemann sei Dank.

Brecht bläst in die Backen. Und?

Mensch, Brecht. Er will immer die Antwort schon vor der Frage haben, die Lösung vor dem Problem.

Ich finde die Geschichte auch nicht gut erzählt, wendet Heinrich ein. Ich verstehe noch nicht ganz, wieso gerade die Swastika, die hätten doch auch eine Leiter nehmen können.

Der Burnouf hat dem Schliemann erklärt, die Swastika sei die stilisierte Darstellung eines Feueraltars, von oben betrachtet, und somit das Ursymbol der arischen Rasse. Da war der ganz aus dem Häuschen, der Schliemann, weil er darin den Beweis sah, dass es die arische Rasse überhaupt gibt.

Wie bitte, fragt Brecht, erst das Zeichen, dann die Rasse?

Hat das der Hitler seinem Schleimvolk auch erzählt, woher die deutschen Nichtjuden dann alle kommen?

Wieder mal so ein Hegelfall, eine Verdrehung von Sein und Bewusstsein, wobei hier auch das Sein falsch ist. Wenn ich arische Rasse höre, krieg ich Durchfall.

Eben, lieber Heinrich, aus Galiläa kommen die Arier.

Das ist alles eine völlig verworrene Angelegenheit, lieber Feuchtwanger, ich weiß nicht, was wir jetzt zu lernen haben. Dass das Nazipack sich alles zusammengeklaut hat, das wussten wir doch schon vorher.

Wenn aus Galiläa die Arier stammen, dann ist Jesus doch auch einer.

Sehen Sie, Heinrich, das sehen die Nazis auch so. Die Swastika wurde also eingedeutscht. Klebemarkenkonterfei in Leipzig ist es geworden, »reinstes Blut, höchstes Gut«, hat auf den Klebemarken gestanden, das ist ja aus der Erinnerung heraus kaum mehr nachzuvollziehen, nachzureichen, dieser Vierheber umrankte das Markenzeichen inniglich, das auch sogleich schon in den Sammelalben der Schuljungen klebte, dann machte es als Krawattennadel Furore, es wurde sittlich schöngedeutet. Und in München ist es sogar zum Wahrzeichen dieser wahrzeichenreichen Stadt geworden, neben den Haubenkuppen des fragmentarischen Doms und dem als Mönch verkleideten Kind, es erlangte zunehmend eine Massenpopularität, Knie knieten vor ihm nieder, Brüste hefteten sich's an als Busennadel, populärvoller Fahnenschmuck ist es geworden, was vorher japanische und chinesische Salons zierte und vielgliedriges Tempelzeichen indischer Götter war, die bekanntlich nicht minder vielgliedrig sind.

Der Herr Schliemann, der war so vertrauensselig, Burnoufs kulturgeschichtliche Gleichschaltung überall hinauszuposaunen, und dann hat sich der Ring ja geschlossen, das Zeichen. Und dieser Kutzner Rupert folgte dem Zeichen auf dem Fuß, meine Herren, zum Kutzner Rupert zogen die Münchner in Scharen, unter dieses neudefinierte Vorzeichen gebückt, wenn der Kutzner Rupert wieder mal Versammlung machte, allmontäglich, zuerst im Kapuzinerbräu, dann wurde das zu klein, dann mussten es die riesigen Biersäle sein, eine Großbrauerei war sich weniger zu schade als die andere, dass da der zukünftige Führer spricht zu seinem Volk, und wohin das führte. Gerichtssäle hat es überschwemmt, der Virus verbreitete sich, dann hat es die ganze Welt überschwemmt.

Und der Nazi muss dann ja weltweit nur Nazis sehen, wo immer dieses Zeichen auftaucht, selbst in Seoul nur Nazis, in Australien nur Nazis, wo immer sich das Zeichen zeigt, und jetzt kommt es nämlich, meine Herren, wenn Sie Ihren Blick einmal wenden mögen und hier auf diese Bücher richten wollen. Die nehme ich jetzt mal aus dem Regal, und was zeigt sich da? Ich habe gedacht, jetzt kannst du niemanden mehr einladen, wenn die amerikanischen Behörden eines Beweises bedürfen, jetzt haben sie ihn: Auch in meiner spanischen Villa sind nur Nazis, in der Aurorabibliothek nur Nazis, ich bin ein Nazi, ein in Holz gemeißeltes Hakenkreuz mitten in Amerika, man kommt aus der Küche ins Bibliothekszimmer und erkennt, kaum hat man den Blick durch den Raum schweifen lassen, sofort rechts diese unmissverständliche Verschränkung im Bibliotheksholz. Das Haus ist kontaminiert, meine Herren. Von oben bis unten, von hinten nach vorn, überall tut sich dieses Zeichen auf. Hier weiß doch erst recht keiner, woher das Zeichen kommt und was es bedeutet und welchen himmelweiten Unterschied es da gibt zwischen der Swastika und dem Hakenkreuz, der Synkretismus verdrängt das Original, so ist das doch, der Ersatz wird zur Ikone. Was jetzt? Den Kauf des Hauses etwa wieder rückgängig machen, die infizierte Stelle herausreißen, das ganze Regalstück wegnehmen lassen? Ich habe die ganze Bibliothek untersucht, die ganzen Bücher wieder rausgenommen, das war ja das Schöne für mich, dass der Vorbesitzer ein großer Bücherwurm war und die Bibliothek extra für dieses Zimmer hat anfertigen lassen, und siehe da, es wimmelt im Bibliotheksholz von Swastiken. Jetzt stelle man sich einmal vor, dieses Zeichen würde getilgt, es würde aus der Welt gestrichen, man könnte es nirgends mehr finden, Mauern würden eingerissen, die es verziert, Tassen, Fahnen, Hemden und Bücher würden eingestampft, und wäre es auch nur in einem einzigen Kopf noch, und von diesem Kopf könnte glaubhaft gemacht werden, es sei tatsächlich noch in ihm, die Massen kämen in Scharen und wollten einen Deut, einen Wink haben, wie es denn aussieht, was man sich denn vorstellen müsse, es wird dafür gesorgt werden, dass dieser eine am Leben bleibt, gut essen soll er, mit dem Tod bedrohen kann man ihn nicht, man wird ihm schmeicheln müssen, auf Umwegen versucht man es zu erfahren, er wird der reichste Mensch der Welt sein, die Angebote werden sich weltweit übertrumpfen, derjenige wird am Überfluss zugrunde gehen, nur ableben darf er nicht.

Brecht hat die Zigarre wieder in Gang gesetzt. Ich kann es nicht fassen, mein sehr verehrter Feuchtwanger, irgendetwas stimmt mit Ihnen nicht, oder arbeiten Sie gerade an einem solchen Buch, wo das alles eine Rolle spielt. Wenn Sie mich fragen, aber Sie haben mich ja nicht gefragt, Sie haben ja einfach nur diese Geschichte erzählt, wenn Sie mich fragen, spielt das alles keine Rolle, was Sie hier erzählen, das geht voll am gesamten Problem vorbei, das Problem ist doch, wie kriegen wir den Hitler endlich wieder los, und was machen wir mit diesem Nazivolk und der ganzen Naziseuche, und was kommt danach, das ist doch das Problem, und nicht dieser herbeiphantasierte Swastikascheiß, das klingt ja so, als sei der Nazidreck eine Geburt aus dem Geiste.

Ist er das denn nicht?

Der Nationalsozialismus, eine Konsequenz aus der Entdeckung Trojas ...

Die Tür geht auf, Marta betritt das Zimmer. Schweinebraten, Rotkraut, Kartoffelklöße. Kein Zweifel.

sche unter lauter Amerikanern, mit denen er während des Baumpflanzens kaum ein Wort gesprochen hat. »Typisch deutsch«, sagt Randy, und Brecht versteht nicht, was er meint, ist aber angenehm überrascht, dass hier etwas typisch deutsch sein soll, das hätte er einem Amerikaner gar nicht zugetraut, dass er das unterscheiden kann, dann führt Randy die Gruppe an den Rand des Areals, auf das Randy in den letzten Jahren an die hundert Bäume hatte pflanzen lassen, von dort aus könne man am besten sehen, was er meine mit typisch deutsch: Brechts Baum stehe pfeilgerade, als Einziger. Das Pflanzen des Baumes bleibt ein einsamer Höhepunkt dieser durch und durch langweiligen kalifornischen Zeit, die nach nichts schmecke, auch das Essen schmecke nicht, die Langeweile zehrt ihn aus, macht ihn körperlich krank, an tägliche Arbeit ist gar nicht zu denken, hier in Amerika müsse er sich innerlich vormachen, nicht hier in Amerika zu sein, er versuche sich in einen europäischen Zustand zu versetzen, so zu tun, als könne er wie sonst an den Schreibtisch gehen, frühmorgens, und loslegen, es gelingt ihm aber nur ganz kurze Zeit, die billige Hübschheit ringsumher vergessen zu machen, dann sei er plötzlich wieder Franz von Assisi im Aquarium, Lenin im Prater, eine Chrysantheme im Bergwerk, wie er am dreiundzwanzigsten März neunzehnhundertzweiundvierzig seinem *Arbeitsjournal* anvertraute. Es ist nichts zu machen, der heraufbeschworene Europazustand hält nicht lange vor, und tatsächlich sei das ja typisch amerikanisch, nämlich künstlich, sich etwas vormachen zu wollen, die Vorgärten hier sind auch nur vorgemacht, kann der Hauseigentümer das Wasser nicht mehr bezahlen, ist der Garten über Nacht vertrocknet, und Wüste bricht wieder aus, die Wahrheit. Eine andere Wahrheit ist, zugegeben, Randy macht die besten Steaks der Welt, und dafür verehrt er ihn fast, jedenfalls kommt er immer wieder gerne auf Randys Steaks zurück, was er ihm auch sagt. Was ist das Geheimnis deiner Steaks, fragt ihn Brecht. Das siehst du und das schmeckst du, sagt Randy. Brecht beschließt, ein Gedicht über Randys Steaks zu machen. Ihm wird jedoch schnell klar, dass kein Gedicht das Steak je wird erreichen können, kein Gedicht wird es auch nur annähernd mit der Güte von Randys Steaks aufnehmen können. Das Steak ist ein Gedicht, so einen korrumpierten Unsinn zu verkünden wird Brecht sich sein Leben lang verbieten, das ist der schlimmste und widerlichste Kapitalistensatz, den es gibt.

In Gesellschaft von Randy kommt Brecht immer wieder auf die Fremdsprachenproblematik zurück. Ist es im Deutschen schon schwer genug, eine Konversation dergestalt zu führen, dass man nicht nach jedem zweiten Satz Rückfragen stellen muss, so stolpert Brecht im Englischen, im Amerikanischen über jedes zweite Wort. Randy gegenüber empfindet Brecht diesen Umstand als beschämend, was er sich aber nicht anmerken lässt. Zudem kann er diese Problematik Randy nur auf Englisch vermitteln. Randy hört dann ganz freundlich zu, nickt ab und zu, entlässt hin und wieder ein »don't worry«, wobei er Brecht die Hand auf die linke Schulter legt, davon abgesehen scheint es Randy aber weder tatsächlich zu interessieren noch macht er den Eindruck, als sehe er darin ein gravierendes Problem. Entspanne dich, Bert, sagt Randy, und Brecht ärgert sich mächtig, dass dieser Steakbräter ihn Bert nennt, müssen alle anderen ihn doch Brecht nennen. Allerdings hat Randy mit seinen Steaks einen Trumpf im Ärmel ... Brecht hält inne. Ein Steak im Ärmel? Wie zum Beispiel hieße das auf Amerikanisch? Nicht auszudenken. Hier fängt es schon an, mit Randys Steaks fängt das Problem schon an, also futtern und Fresse halten. Die Steaks sind dicker als gewöhnlich. Sie sind nichtsdestotrotz ungemein zart. Die Zähne gehen durch dieses Fleisch wie durch Butter. Also Fleisch von besonderen Rindern oder es liegt an der Art der Zubereitung, dass das Fleisch so zart ist. Die Zubereitung: Die bereits marinierten Steaks werden ... Brecht durchschaut es nicht. Eine besondere

Geschmacksnote zeichnet sie aus, Kirschgeist?, das ist jedenfalls zunächst gewöhnungsbedürftig, räumt Brecht ein, das aktiviert massive Vorurteile in Bezug auf Amerika, gegen die man sich als Europäer so schlecht wehren kann, vielleicht doch kein Kirschgeist, aber etwas Geistiges, das durchaus, kurz und gut, das sind die besten Steaks, die ich in meinem Leben gegessen habe, sagt Brecht, wenn doch alle Amerikaner so meine Theaterstücke und Drehbücher verstehen würden wie ich die amerikanischen Steaks von Randy, denn das sind zweifellos amerikanische Steaks, so Brecht, durch und durch übertrieben, vollmundig und von allem zu viel, Ausstellungsstücke ohne Museum. Brecht läuft das Blut im Mund zusammen, und das gefällt ihm. Er kann nicht sagen, das schmeckt mir, er hat nur das deutliche Gefühl des Wohlgefallens, nein, das ist es noch nicht ganz, der Zufriedenheit. Brecht kann es nicht glauben. Zufriedenheit. Ein durch und durch spießiges Wort. Ein Wort, das Spießigkeit an Spießigkeit den Rang ablaufen könnte. Wann bin ich mit meinen Theaterstücken zufrieden? Nie. Warum schreibe ich meine Theaterstücke immer wieder um, melde mich bei Freunden und Verlegern, bei Agenten und Regisseuren, das Stück sei endlich fertig, dann ist der Brief aufgegeben, ich sitze gleich an einem neuen, ich sei voreilig gewesen, das Stück sei überhaupt noch nicht fertig, jetzt fange die Arbeit erst an, es müsse von Grund auf neu geschrieben werden, und dann bitte ich Reyer, Auden, Bentley, Laughton, mit mir zusammen eine neue Übersetzung anzufertigen, die Uraufführungen und Aufführungen werden alle eine Katastrophe sein, weil das amerikanische Theater unbrauchbar ist. »Furcht und Elend« würden all diese Theaterabende mit seinen Stücken verbreiten, am meisten bei ihm selbst. Er wüsste das von vornherein, und deshalb müsse er von Grund auf Kontrolle über alles haben, nichts dürfe er aus der Hand geben, bevor nicht alles geklärt sei, Licht müsse in das Ganze.

Zufriedenheit sieht anders aus. Bei Zufriedenheit stellt man sich ein Zurücklehnen vor, ein Innehalten und Genießen. Das ist vielleicht der Fundamentalunterschied zwischen Literatur und Essen. Letzteres kann zufrieden machen. Wie sagte es noch der gute Albert-Birot: »Setzt euch hin und redet nicht so viel über Dinge, die man nicht essen kann.« Das sollten sich die Herren und Damen Exilliteraten mal ins Stammhirn schreiben, denkt Brecht, und Randy fragt ihn,

»Was denkst du gerade, Bert?«

»Ich dachte gerade, die Deutschen hier und ihre Literatur, das ist doch alles nur ein Provisorium, auf ein Später gerichtet, und später wird man das ganze Zeug nicht mehr gebrauchen können, ich aber, ich schreibe fürs Nachkriegsdeutschland, da wird man meine Stücke brauchen, man wird sie erkennen.«

»Das Beste wird also sein, du bleibst gleich hier«, meint Randy.

»Hierbleiben? Hier gibt es nur Entwicklung, aber nichts, was sich entwickelt«, erwidert Brecht.

»Das Einzige, das dir in deinem Nachkriegsdeutschland wirklich helfen würde, werden nicht deine Stücke sein, sondern meine Steaks. Aber die gibt es nur hier, lieber Bert.«

»Da ist Kirschgeist drin, oder?«

»Rotwein.«

»Rotwein?«

»Nur ein kleiner Spritzer.«

»Rotwein, kein Kirschgeist?«

»Entschuldige, aber das schmeckt doch nicht nach Kirschgeist.«

»Ich habe lange keinen mehr getrunken, ich kann den Geschmack nur mit meiner Erinnerung vergleichen, und da kam ich auf Kirschgeist.«

»Überleg doch mal, Rotwein ist doch von der gleichen Farbe wie Blut, Rotwein färbt ab, die Farbe färbt ab, der Geschmack färbt ab, was Besseres als Rotwein wirst du für ein Steak nicht finden.«

»Doch, Calvados.«

»Hier nicht.«

»In Frankreich aber.«

»Da ja, aber diese Steaks haben dann irgendwie so etwas Spitzfindiges. Ich liebe das Sanfte, Zarte, und das bringt nur ein weicher, dabei vollmundiger Rotwein.«

»Weißt du, was ›faire le trou normand‹ heißt?«

»Keine Ahnung, etwas mit Wahrheit.«

»Den Magen aufräumen.«

»Das ist schon eine gute Wahrheit.«

»Wörtlich heißt es, ›das normannische Loch machen‹.«

»Aha, also doch was mit Krieg.«

»Wenn du mir das Rezept verrätst, Randy, dann verrate ich dir das Rezept der *Dreigroschenoper*.«

»Das langt nicht.«

»Dann verrate ich dir etwas über den Film *Hangmen Also Die*.«

»Hast du einen Film gemacht?«

»Ja, hier, zusammen mit Fritz Lang.«

»Wovon handelt der?«

»Über die Ermordung von Heydrich in Prag.«

»Und wer ist Heydrich?«

»Reichsprotektor für Böhmen und Mähren.«

»Sagt mir nichts.«

»Und Fritz Lang?«

»Der sagt mir was, der wohnt ja hier fast um die Ecke, Summitridge Drive, Beverly Hills.«

»Wenn ich dir eine lustige Geschichte vom Lang erzähle, verrätst du mir dann das Rezept?«

»Lass hören!«

»Da er als Regisseur einige Projekte verloren hatte, bat Lang seinen Verwalter, ihm die 80 000 Dollar zurückzugeben, die er für ihn verwahren sollte. Der gesteht, das Geld über die Jahre für sich selbst verbraucht zu haben, und unternimmt einen

Selbstmordversuch. Daraufhin geht Lang zum Augenarzt. Der macht nichts anderes, als was ein Augenarzt eben so macht, er deckt Langs eines Auge ab und will ihn ein paar Ziffern vorlesen lassen. Das will ich gerne tun, sagt ihm da Lang, nur müssten Sie die Lampe anmachen. Die Lampe aber brannte längst. Es droht ihm völlige Blindheit.«

»Das war's?«, fragt Randy.

»Das war's«, sagt Brecht.

»Aber das ist doch überhaupt nicht lustig!«

»In gewisser Weise schon, finde ich.«

»Ich finde das überhaupt nicht lustig.«

»Nun rück schon raus mit dem Rezept, Randy!«

»Die Steaks, unbedingt Filets, sind besonders dick. Bevor sie auf den Grill gelegt werden, werden sie mariniert. Ganz wichtig ist, dass sie während des Grillens immer wieder vom Grill genommen und in der Marinade gewendet werden. Die Sauce für 8 Steaks besteht aus folgenden Zutaten: $1/3$ cup Sojasauce, 5 Knoblauchzehen, 2 ounces Balsamico und der besagte Rotwein, aber nur ein Spritzer. Manchmal nehme ich auch Teriyakisauce, aber eher selten.«

»Werden die Knoblauchzehen zerdrückt?«

»Der Knoblauch wird gepresst. Das muss man mögen. Wenn er eine Zeit lang in der Sauce liegt, verliert er aber an Schärfe.«

»Ein tolles Rezept«, sagt Brecht. »Ich will in Zukunft nur noch Steaks essen, ausnahmsweise auch Schweinebraten, Rotkraut und Kartoffelklöße bei Feuchtwangers, eine Lederjacke tragen, Zigarre rauchen und mit einem tollen Schlitten durch die Hollywood Hills fahren, und dann will ich nach New York fahren, quer durch Amerika, und ich werde nur noch Bäume pflanzen, überall. Und ich werde den Hollywoodfilm revolutionieren.«

Randy macht große Augen.

Der zeitgenössische Hollywoodfilm sei gar nicht zeitgenös-

sisch, setzt Brecht nach, er sei Opium fürs Volk und trage maßgeblich zu dessen Verblödung bei.

»Weißt du, dass Hollywoodfilme ein Teil des Weltrausch-
gifthandels sind, dass Hollywood das Zentrum des Welt-
rauschgifthandels ist und Hollywoodfilme durch die Bank das
Publikum verblöden?«

Nein, sagt Randy, das sei ihm nicht aufgefallen. Er, Brecht,
wolle aber doch nur selber ein Teil dieses Handels sein, oder?

»Der Hollywoodfilm, mein lieber Randy, ist ein seelisches
Abführmittel, und wenn die Leute keine Seele mehr haben,
verblöden sie.«

»Du machst dir zu viele Gedanken, Bert«, sagt Randy.

Jetzt muss ich es ihm aber wirklich verbieten, mich andauernd
Bert zu nennen, dieses Bertnennen ist ja schon ein Teil dieser
Masseneinlullung. Brecht sieht sich schon als Lederjacken tra-
gende, Zigarren rauchende, Schlitten fahrende Comicfigur.

»Randy«, sagt Brecht, »du weißt doch, Hollywood ist nun-
mehr zweifellos das kulturelle Zentrum von vier Fünfteln der
Welt, und für unsereins ist hier alles zu haben, außer den Dol-
larchen. Ich mach hier einen Hollywoodfilm, dass es nur so
kracht, nehme ich mir immer vor. Niemand will ihn haben.
Weil er nicht entspricht. Wem entspricht er denn nicht? Der
Vergangenheit. Hier wird alles über Vergangenheit definiert.
Schickt sich etwas nicht, so schickt es sich nicht in der Vergangenheit. Ich habe eben keinen Hollywoodgeschmack, nur
Brechtgeschmack. Ich fahre eine Filmstory nach der anderen,
ein Drehbuch nach dem anderen gegen die Hollywoodwand,
ich mache aber trotzdem weiter, es gilt, neben dem Theater-
publikum auch das Filmpublikum zu erziehen, basta.«

»Ja, Bert«, sagt Randy, »da bin ich ja beruhigt, dass du bis an
dein Lebensende zu tun hast.«

»Ich habe aber auch schon mal Glück gehabt«, sagt Brecht,
»der Feuchtwanger hat das eingefädelt . . .«

»Kenne ich leider auch nicht.«

»Ein Kollege. Wir haben zusammen an einem Drama gesessen, Feuchtwanger machte für sich einen Roman daraus,
für mich war die Sache mit der Fertigstellung des Stücks erledigt. Da hat der Feuchtwanger das Stück und seinen Roman
dem Goldwyn gegeben, diesem Hollywoodfilmmogul, dessen
Name schon alles sagt. Jedenfalls, unser Drama verstand niemand, Feuchtwangers Roman gefiel, Goldwyn erwarb die
Filmrechte. Selbstverständlich wurde nichts draus. Es gab aber
einen Vertrag, und ich bekam 20 000 Dollar. Ich erfuhr davon
in New York. Was habe ich daraufhin gemacht? Zur Feier des
Tages kaufte ich mir eine neue Hose.«

»Damit lässt sich doch leben, Bert. Da bist du ja mit einem
Mal Großverdiener geworden, Hollywood ist also ganz auf
deiner Seite.«

Herrlich, die neuen Steaks sind fertig. Steak essen ist für
Brecht eine Aufforderung, etwas weiter auszuholen.

Ist der gängige Hollywoodfilm für Brecht unausstehlich, so
machen ihn Kriminalromane geradezu an, sagt er. Als wäre
das eine ohne das andere nicht zu denken, wolle er englische
Kriminalromane nur auf Englisch lesen. Es treibe ihn durch
die Seiten. Die Jagd nach dem Mörder mache ihn rasend, er
wolle es endlich wissen, er wisse es längst, er wolle aber, dass
das Buch es ihm sage, und das sei ja das ausgesprochen Tolle,
bereits auf der ersten Seite zu wissen, Harry ist der Mörder,
und das auch die nächsten zweihundert Seiten noch zu wissen, dieses Wissen sei dauernd präsent, auf Seite zweihunder-
tundeins heißt es dann endlich, durch den Zigarrenstummel
konnte Harry als Mörder überführt werden, und da falle ihm
auf, wie das der Kriminalroman bewerkstellige, das sei nämlich kein Schriftenglisch, das sei kein geschliffenes Englisch,
sondern in einem wunderbaren Umgangs-, in einem plasti-
schen Milieuenglisch geschrieben.

Bei der Lektüre von Kriminalromanen habe er festgestellt,
dass er bei Diskussionen nicht das sage, was er sagen wolle,

sondern das, was er sagen könne, und das sei bei weitem zu wenig, er sei zwar beim Gedichte schreiben kein Metaphernschwurbler, keiner, der den protzigen Metaphernspoiler brauche, aber selbst das Deutsche beherrsche er nicht, das mache ihn manchmal fix und fertig, würde er Randy gerne zu verstehen geben, er kann es aber nicht, schaut ihn bloß an mit dem Ausdruck, weißt eh, was ich meine, und Randy legt wieder die Hand auf Berts Schulter, »You are a nice fellow«, und diesen Ausdruck kann der Brecht am wenigsten leiden.

Es lässt ihn nicht los. Brecht versucht, sich in die Fremdsprache hineinzudenken, hineinzusimulieren. Er beschließt, fortan mit sich selber nur noch Amerikanisch zu sprechen, was ihm vielleicht die unüberwindbar erscheinende Arbeitshürde nimmt. Dann hält er sich vielleicht nicht mehr mit dem quälenden Verdacht auf, in Amerika nichts mehr zuwege zu bringen, weil er eben ausschließlich ein Deutscher sei, ein Ausschließlichkeitsdeutscher fern der Heimat, den also Heimatweh plage und sonst gar nichts.

»Weise sein heißt produktiv sein, das ist meine Parole«, sagt Brecht, nachdem er das zweite Steak aufgegessen hat. »Die beste Medizin ist eben Arbeit. Und selbst als ich vor der Gestapo floh, habe ich nie meine tägliche Arbeit versäumt.«

Die Deutschen! Randy kann nur den Kopf schütteln. »Wie mit dem Baum, Bert, alles aufrecht und nach Plan.«

»Da fällt mir was ein«, sagt Brecht, »wo du den Baum wieder ins Spiel bringst, das zweite Haus, das wir in Santa Monica hatten, verfügte über einen kleinen Garten. Das Haus habe ich nicht ausstehen können, ich konnte dort nicht arbeiten, für einen großen Tisch war kein Platz. Ich war praktisch jeden Tag in Gedanken damit beschäftigt, wieder auszuziehen. Ein Jahr lang sind wir in dem Haus geblieben. Wie gesagt, konnte ich dort nicht arbeiten, und so ging ich oft, wenn es nicht zu kalt war, in den kleinen Garten. In dem Garten habe ich es aber auch nicht ausgehalten, bis ich eines Tages eine Stelle entdeckte, die einen würdigen Ausblick gewährte. Was sah man? Nur Grünes, Büsche und großblättrige Feigenbäume. Die Feigenbäume hatten es mir besonders angetan. Die konnte ich stundenlang anschauen, ohne dass mir langweilig wurde. Ein ganz starker Baum, der Athlet unter den Bäumen. Wenn man nun den Stuhl an dieser Stelle richtig setzte, blieb einem obendrein noch der Blick auf die nuttigen Kleinbürgervillen mit ihren deprimierenden Hübschheiten erspart. Ein wahres Geschenk, dachte ich. Man sah nur ein winziges Gartenhäuschen, vielleicht eineinhalb Quadratmeter Grundfläche. Dieses Gartenhäuschen war die Krönung, es war nämlich zerfallen, und der Zerfall veredelte es, es erinnerte an den Zerfall europäischer Häuser, die gerade noch so die Zeit überstanden hatten. Dieser Anblick ließ mich überlegen, in dem Haus vielleicht doch noch zu bleiben. Arbeit geht vor Natur.«

Brecht ist müde. Beglückende Steaks. Gerne komme er wieder, sehr gerne. Wenn Amerika doch so wäre wie die Steaks ... Dann wäre Amerika ja völlig widerstandslos ... Das Gegenteil sei der Fall ...

hohe Zeit gewesen, dass dieses Bündnis durch den Tod gelöst worden sei. Es sei ruinös gewesen, und jetzt habe man viel zu sanieren. Sanieren! Denkt er denn, ich würde nichts erfahren?

Immer ist sie ihrem Ziel ein Stückchen näher gekommen. War das denn ihr Ziel? Bereits der vierte Versuch wäre tödlich gewesen, wenn ich sie nicht gefunden hätte. Es war wohl ihr Ziel. Hätte sie sonst dafür gesorgt, dass sie dieses Mal niemand rechtzeitig finden kann? Nachts abgehauen ist sie. Auf Spritztour. Kein Wunder, mit mir war ja nicht mehr allzu viel anzufangen. Aber geliebt hat sie mich. Und ich sie. Ich habe sie geliebt, das hat Thomas nie begriffen. Er dachte wohl, man könne sich davon einfach so lossagen. So wie er sich diesbezüglich von sich selber losgesagt hat. Jetzt vertrete ich mir hier die Beine, richte die Stühle neu aus, lösche die Kerzen, damit sie nicht ganz herunterbrennen, und niemand kommt. Haben sich alle verfahren? Haben sich alle verschworen? Kaum aus der Wohnung schaffe ich's. Ich will auch gar nicht mehr. Und an Orte, wo ich mit ihr war, will ich auch nicht mehr zurück. Zurückkehren an Orte, wo ich sie hatte, und bringe sie nicht mehr mit? Allein die Wohnung, die ich mit ihr teilte, will ich behalten. Ohne Nelly wäre ich untergegangen. Das wissen doch alle. Das genügt ihnen aber nicht. Im Gegenteil. Das zeugt ihrer Meinung nach von Nellys Unselbständigkeit.

»I have to paye matsch«. Das sage doch alles, meinte Thomas, als ich ihm voller Rührung den von ihr mit diesen Worten beschriebenen Umschlag eines Briefes zeigte, den ich ihr im Januar neunzehnhundertvierundvierzig ins Krankenhaus geschickt hatte. Ihren erneuten Selbstmordversuch hatte sie überlebt, was sie vielleicht bedauerte. Als ich sie im Krankenhaus besuchte, sprach sie die ganze Zeit über nichts, gab mir bloß den Umschlag mit ihrem wunderlich die Wahrheit sprechenden Satz. Thomas betrachtet diesen Umschlag eingehend, reicht ihn mir zurück. Da sei gar kein Standpunkt drin, außerdem: ihre Handschrift ... Das müsse man mit den Umständen entschuldigen, wendete ich ein, immerhin sei es eine Überdosis gewesen. Wie sie schreibt, so redet sie, belehrte mich Thomas. Ich nahm den Briefumschlag wieder entgegen, las noch einmal stumm diese fünf Worte, die mir alles sagen, die mich schon damals hätten endgültig wachrütteln müssen. Aber wem sage ich das? Dir sage ich das, Nelly. Und weil ich mich schäme. Ich schäme mich so dafür, dass sie nicht den Anstand aufbringen, wenigstens zu deiner Beerdigung pünktlich zu erscheinen, wenn sie schon nicht von ganzem Herzen kommen, das weiß ich ja, ich weiß doch nur zu gut, wie sie über dich denken, aber zu spät kommen, man kann doch nicht einfach eine halbe Stunde zu spät kommen.

Drei Sprachen, sagte Thomas, drei Sprachen, und keine beherrscht sie. Doch, erwiderte ich, die Sprache der Liebe. Ich höre ihn schon, und mich: Sie hat dich zugrunde gerichtet. Sie hat mich überleben lassen. Sie war unerträglich. Sie war mein Ein und Alles. Sie war unter jedem Niveau. Sie war halt eher einfach. Der Umgang mit ihr war aber nicht einfach. Mein Bruder redet sich in Rage. Ohne Unterlass redet er auf mich ein, er hat sich im Ton vergriffen, er weiß ganz genau, dass er so nicht mit mir über sie sprechen kann, von Anfang an hat er sich verrannt, was Thomas aber nicht einsehen wird, während er weiterredet, um kein Zögern, kein Abweichen aufkommen zu lassen, das war schließlich von Anfang an seine Meinung. Thomas, ich bitte dich, so kannst du nicht mit mir reden, da sind wir eben grundverschieden. Sollte ich mich entscheiden müssen zwischen dir und Nelly, ich zögerte keinen Moment, mich gegen dich zu entscheiden. Erst Tränen machen Thomas weicher. Sie war mein Ein und Alles, sage ich ihm.

Ich weiß.

Man konnte sie nicht ändern.

Du hast es versucht.

Öffentlich hat sie ja kaum was getrunken, nur eben immer heimlich.

Du warst die ganze Zeit sehr tapfer.

Aber ich habe sie nicht retten können. Ich war zu naiv. Zu glauben, es renke sich alles wieder ein. Schon während ich ihr diesen Brief schrieb, glaubte ich nicht so recht daran. Irgendetwas zog sie runter, zerstörte sie. Sie hat eigentlich zu Hause bleiben wollen. Gar nicht weg von Berlin. Vielleicht hätte sie nicht herkommen sollen. Aber wie hätte das gehen können, wir hätten uns unweigerlich getrennt. Den Ärger, den sie in Berlin noch hatte, die Verhöre. Das ist ihr sicherlich wieder vor Augen gestanden, als der Verkehrspolizist sie verhaftete. Der Gedanke, Schande über mich zu bringen. In Nizza war sie immerhin noch Modistin, hier in Los Angeles fand sie nur noch Arbeit als Wäscherin und billige Arbeitskraft in einem Krankenhaus. Sie war doch keine Romanfigur. Ich beschwöre dich, sei gut!, schrieb ich ihr. Wie naiv zu glauben, dass Beschwören etwas rette. Europas Zukunft im Kopf, dem eigenen Leben aber hilflos ausgeliefert, die nahe liegendsten Gefahren nicht erkannt, einfach nicht genau genug hingesehen. Englands Verantwortung, Frankreichs Versagen, die undurchschaubare Entwicklung der Sowjetunion, die europäische Föderation, immer die Parole von der europäischen Union im Kopf gehabt, das Ideelle, das endlich reell gedacht werden muss, das Reelle war und ist aber der Mangel an Geld, das habe ich wohl überdenken wollen, dass es nicht so nahe herankommt, an Nelly ist es aber die ganze Zeit über tödlich nahe herangekommen, es hat sie schließlich aufgefressen. Sie, die Schönheit, die üppige Schönheit mit den roten Lippen und blauen Augen. Eine Haut hatte sie, gebaut war sie ... Das war doch immer Thomas' Sehnsucht, jemanden zu haben, der so viel jünger ist. Nelly war dreißig Jahre jünger als ich. Es ging doch. Anscheinend aber nicht.

Ob sie es nicht finden? Dabei weiß doch jeder, wo der Woodlawn-Friedhof in Santa Monica liegt. Sechs Stühle neben dem Grab. Der aufgeschüttete Erdhügel mit einer künstlichen Grasmatte bedeckt. Der Sarg mit Gladiolen verziert. Zwei junge Männer haben ihn im Leichenauto hierhertransportiert und abgestellt. Sie zögern, Heinrich anzusprechen. Während sie rauchen und sich über ein Baseballspiel unterhalten, schauen sie immer wieder nach ihm, ob er nicht doch mit ihnen ins Gespräch kommen möchte. Heinrich macht keine Anstalten. Jetzt stehen sie, die Hände in den Hosentaschen, wie verloren in der Gegend rum. Es ist trostlos. Nellys Tod ist trostlos. Mein Leben ist trostlos, denkt Heinrich. Wenn ich's mir so vorstelle, ich kann nicht in die gemeinsame Wohnung zurück. Der Schreck, sich bei der Erwartung zu ertappen, Nelly könne jeden Moment wieder ins Zimmer treten. Ihre Sachen ... Ihre Freundin wird die haben wollen, ich hoffe es zumindest. Warum ist die nicht gefahren? Immer hat sie Nelly fahren lassen, getrunken hat auch sie. Nelly gab das ein bisschen Glamour, nach Los Angeles rein, ihrem Vergnügen nachgehen, das aber gar keines war, es war die Verzweiflung darüber, hier verschlissen worden zu sein von Kontaktlosigkeit, Geldmangel, Suff. Noch einmal ins Licht fliegen, bevor man verbrennt.

Heinrich Mann erhebt sich von seinem Stuhl und macht ein paar Schritte auf das Grab zu. Da könnte ich eigentlich direkt hinein, denkt er. Sollte ich mir Vorwürfe machen? Ist die Zeit reif dafür? In Russland bin ich weltbekannt, in Hollywood nicht gerade ein oscarverdächtiger Drehbuchautor. Hollywood. Kaum auszusprechen. Vielleicht wird mir ja heute noch jemand verraten, wer das Drehbuch zu dem miesen Film geschrieben hat, der hier gerade läuft ... Hundert Dollar in der Woche, das war gar nicht mal so schlecht. Wer von den amerikanischen Filmautoren verdient denn schon sechstausend Dollar die Woche, wie immer das Gerücht ging? Ein bisschen zu lange in ihren Vorzimmern haben sie mich schmoren lassen, die Herren Produzenten, aber was sollten sie auch mit mir reden, wenn ich um eine Unterredung gebeten hatte? Alles Scheingefechte. Wenigstens Geld gab es. Aber wofür? Für Leerlauf, völlig Unbrauchbares. Ich habe meine Zeit abgesessen, ein Jahr lang. Was von vornherein klar war. Auch mir. Dieses merkwürdige Gefühl, zur Schicht zu gehen, herumzusitzen, Zeit abzusitzen, nach Hause zu gehen in dem sicheren mulmigen Gefühl, morgen wiederzukommen. »Good morning!« – »Good morning!«; »Good bye!« – »Good bye!« Das ist die short version meines Alltags als Drehbuchautor. Man sollte das aber nicht zu hoch hängen. Skandal? Unsinn. Wir waren halt keine Könige mehr. War ich je ein König? Beizeiten vielleicht ein ... ach was. Scheitern? Ich war bereits im *Kopf* gescheitert. Man muss den *Kopf* nur richtig zu lesen wissen. Und privat? Als in Amerika gestrandeter Schriftsteller schreibe ich Hunderte von Seiten für die Schublade. So sieht es aus. Das nennt man Rückzug ins Private. Und Mimi? Im KZ Theresienstadt. Meine liebe Mimi in einem deutschen Konzentrationslager. Sie hätte mit nach Amerika kommen müssen, Scheidung hin oder her. Fünf Jahre Theresienstadt mittlerweile. Fünf Jahre »Vorzugslager«. Was für eine herrliche Sprache haben wir doch. Die ganze Welt beneidet uns um eine so präzise Sprache. Es ist halt wahrhaft eine philosophische Sprache. Eine Sprache, die niemand korrumpieren kann. Selbst die Nazis nicht, wie man sieht. Ein Sauladen ist dieses Deutschland. Was vermag der Geist? Kann er etwas in die Luft sprengen? Das Schlimme ist, dass man selber Vernichtungsphantasien entwickelt. Der mit seinem ›halte die andere Backe hin‹ kann jedenfalls einpacken. Wir sitzen hier und essen unseren Braten, und ein inniger Mensch wird systematisch vernichtet. Was stellen sie mit ihr an? Langsames Verhungern? Medizinische Experimente? Heißkaltes Wechselduschen bis zum Tod?

Heimat? Ende der Nationen, Auflösung ins Planetarische, das ist es, was bevorsteht. Und ich selbst? Ich habe kein ›ich selbst‹. Ein Berliner Arbeiter schreibt mir einen Brief. Nach

Belanglosem, dies aber in einem angenehm zu lesenden Ton, der Mann wollte Lokalkolorit mitteilen, rückt er endlich raus mit der Sprache: »Am meisten hat mich gewundert, dass Sie noch leben.« Ja, in der Tat, wundert mich auch. Der hatte die Lage erfasst.

Was sich hier abspielt, denkt Heinrich, sind die kümmerlichsten, die jämmerlichsten Augenblicke meines Lebens. Und die lächerlichsten. Was soll ich denn den beiden Burschen da sagen? Die wagen mich ja schon gar nicht mehr anzuschauen, so peinlich ist die Sache mittlerweile. Der Witwer steht vor dem leeren Grab seiner Frau. Er steht allein da. Die Trauergemeinde verspätet sich. Oder es gibt gar keine Trauergemeinde. Niemand, der eine Rede hält. Ein kümmerliches Erdloch. Das ist es, was das Leben uns zu bieten hat. Der Mensch ist weg und seine Stimme auch. Die Stimme ist im Ohr, man vergegenwärtigt sie und vermeint, sie zu hören. Große Angst, sie eines Tages nicht mehr heraufbeschwören zu können. Was soll ich bloß den beiden Burschen sagen? Ich bekomme keinen Fuß mehr weg vom Grab. Jeder Schritt ist viel zu peinlich, als dass ich mich überhaupt noch bewegen möchte. Ich werde es vorziehen, von jetzt an zu schweigen. Kein Wort mehr. Zu niemandem. Wenn Thomas nicht erscheint, werde ich die verpfändeten Möbel nicht auslösen können. Hat Nelly denn wirklich alles versoffen? Ihre unselige Politik der ungedeckten Schecks, ein Graus. Vielleicht sollte ich von jetzt an einfach nur noch in meinem Arbeitszimmer sitzen und korrespondieren. Und lesen. Voltaire, Flaubert. Das wär's dann, Feierabend. Feierabend? Ist es nicht Zeit für ein paar unzeitgemäße Romane? Höchste Zeit. Wir sind wie in einem Grab, sagte Nelly öfters. Und schrieb das auch so in ihren Briefen an Freunde und Bekannte. »Victim of Drug Overdose« stand ausgerechnet in der *Los Angeles Times* über ihren Tod. In mir krampfte sich alles zusammen, als ich das las. Die offizielle kalifornische Zusammenfassung eines Lebens, von dem nur noch der Tod geblieben ist. Wir haben teuer dafür bezahlt, am verkehrten Ort geboren zu sein. Und, natürlich, Thomas hat alles so vorausgesehen. Wie Thomas ja überhaupt alles gut im Griff hat. Wer sein Leben so gut im Griff hat wie Thomas, kann auch kilometerlang Tagebuch führen wie Thomas. Ein solcher hat auch neben dem Verfassen von Weltliteratur genug Zeit, die Belanglosigkeit des Tages penibel zu erfassen. Im Stottersatz. Protokollarisch bis zum Tod. Immerhin werde ich jetzt öfters bei Katia sein, das hat sie mir versprochen. Und keine ekelhaften Kommentare von Thomas mehr.

Was hat Heinrich denn da in der Hand? Eine Zigarette, stellt er verdutzt fest. Vor dem offenen Grab rauchen? Er kann sich gar nicht erinnern, die Zigarette aus dem Silberetui hervorgeholt und angezündet zu haben. Das Schlimmste sind die Automatismen, denkt er. Haben die beiden Burschen ihn beobachtet, wie er da steht und raucht? Die beiden sind nicht zu sehen. Was sollen sie auch die ganze Zeit da rumstehen. Ist die Beerdigung denn abgeblasen? Hat er selber sich im Tag geirrt? Wohl kaum, dann wäre nicht schon alles vorbereitet. Vielleicht aber ist das in Kalifornien ein ungeschriebenes Gesetz, dass das Beerdigungsunternehmen nach einer gewissen Verspätung der Beerdigungsgesellschaft den Geschäftsvorfall abbricht und sich vom Ort des Geschehens entfernt?

Ein Hut. Ein Kopf. Ein Mantel. Eine etwas steife Haltung. Ein überaus ernsthafter Gesichtsausdruck. Den Kopf gesenkt. Thomas. Heinrich hat ihn wohl bemerkt, will ihm aber zu verstehen geben, dass seine Verspätung mehr als nur eine flüchtige Kränkung ist. Katia folgt dicht hinter ihm, dann Helene Weigel, Döblin mit Frau, Ludwig Marcuse und Liesl Frank. Und Nellys Freundin, Nadine Appling. Die Burschen sind auch wieder da. Beschämend, das Ganze. Einfach nur beschämend. Man sieht es ihren Schritten an, wie lästig ihnen das hier ist. Sie haben so etwas Schwankendes, als seien sie mit einem Mal gebrechlich, hinfällig. Es muss ein innerer Widerstand in ihnen arbeiten, der alle Konzentration erfordert, nicht wegzukippen, umzufallen.

Drei Stühle zu wenig. Niemand will die aufgestellten Sitzgelegenheiten in Anspruch nehmen, bis endlich Heinrich Platz nimmt. Die Herren stehen. Auf einen Priester ist verzichtet worden. Nur der ebenfalls verspätet eingetroffene Bestatter ist da. Er flüstert den Sargträgern etwas ins Ohr. Dann geht er zu Heinrich und sagt ihm, dass noch zehn Minuten Zeit wären, falls jemand eine Rede halten wolle. Heinrich gibt sich ungehalten. Wieso noch zehn Minuten Zeit? Zunächst will er dem Bestatter sagen, er solle doch seinen Bruder Thomas fragen, ob der nicht eine Rede halten wolle, sieht aber sofort wieder davon ab. Heinrich schüttelt unwirsch den Kopf, der Bestatter tritt zur Seite. Nadine Appling, mit einem Hut wie ein Blumenbeet, so schwer, dass beständig etwas auszubrechen und herabzustürzen droht, ergreift die Gelegenheit und stellt die Anwesenden einander vor. Das macht sie mit einer solchen Souveränität und fast erheiternden Selbstverständlichkeit, dass weder die drohende Havarie ihres Kopfschmucks noch die Weigerung der einander Vorgestellten, die sich doch alle längst kennen, einander die Hand zu reichen, sie von ihrer Mission abhalten können. Heinrich kann dem Treiben nicht zusehen. Hat er ernsthaft erwartet, dass jemand eine Rede hält? Was soll man zu Nelly auch sagen?

Der Bestatter holt ein Gesangbuch hervor. Der Herr ist mein Hirte. Er spricht mit monotoner Stimme, verliest sich andauernd. Heinrich stehen Tränen in den Augen. Der Bestatter hält inne, liest den Psalm von vorn. Wolken ziehen auf. Richtig kalt ist es nicht, Liesl Frank ist sogar im leichten Kostüm erschienen. Dennoch scheinen alle zu frösteln, Thomas Mann kann ein dauerndes Räuspern nicht unterdrücken.

Heinrich sitzt zusammengekauert in seinem Stuhl und zieht sich allmählich aus dem Geschehen zurück. Erster Wohnsitz Rue du Congrès 11, zweiter Rue Rossini 18. Oder war es umgekehrt? Wo nochmal genau? In Nizza. Wieso jetzt Nizza? Dritter Wohnsitz Rue Alphonse Karr, in der Nähe die Altstadt und das Meer. Krischan und Kaspar, wer waren die nochmal? Wellensittiche, nein, Kanarienvögel. Nellys Gefährten. Und Nelly lockte immer Vögel an mit Körnern und Wasser in Tonschalen, die wurden dann ganz zutraulich, flogen durchs geöffnete Fenster ihr auf die Hand. Die Vögelchen locken wieder andere Vögel an, die fliegen dann munter im Zimmer herum, gut zwanzig Vögel sind es manchmal, ich sitze am *Henri*, versuche Schreibmaschine zu schreiben, habe ich ja nie gelernt, wechsle wieder zu Federkiel und Tintenfass, bilde mir ein, die Piepmätze sehen das und wollen mich dafür bestrafen. Es gab doch noch zwei andere Kanarienvögel, den Heinrich und den Tito ...

Heinrich buchstabiert sein Leben durch. Alles, wenn es nur ablenkt. Nelly, meine leibhaftige Vergangenheit. Selbstmitleid? Wäre es unverdient? Ein Bruder der Trauer. Am Himmel ein Vogelschwarm. Die hat er immer lieb gehabt, die Krähen. Wie sie unnachahmlich über die Wiese schwanken auf der Suche nach etwas Brauchbarem. Wie sie gemächlich abheben und langsam ihr Fahrwerk einziehen. Auch in der Luft schwanken sie, wie ein Schiff bei hohem Seegang. Die Natur hat sie vielleicht gar nicht für den Flug bestimmt, sie fliegen aber trotzdem. Heinrich schaut den Vögeln nach. Merkwürdig, denkt er, sehe ich eine Krähe, überlege ich, wann ich zuletzt eine Krähe gesehen habe. Wo Krähen sind, sind Leben und Erinnern beieinander. Kommen sie von rechts, kommen sie von links? Wie ging das nochmal? Und muss ich mich im ungünstigen Falle einfach herumdrehen, die Richtung ändern?

Der Psalm ist alles, was zu Nelly zu sagen war. Die Gesellschaft löst sich auf. Jeder hat genug damit zu tun, auf seine Schritte zu achten. Trauergäste sind das nicht. Das sind Mitleidsgäste. Erst wenn alle gegangen sind, wird der Sarg hinabgelassen, darüber ist Heinrich informiert worden. Brauchtum in Los Angeles. Die Maske des Delinquenten. Der böse Blick. Irgendein Abwehrzauber halt.

Das Hinablassen können sie gut, die beiden Burschen. Ganz gleichmäßig geht das vonstatten. Ob er ihnen was in die Tasche stecken soll? Ist vielleicht geschmacklos. Der Bestatter gibt Heinrich die Hand. Das hohle Klatschen der Erde auf den Sarg. Das Erdloch füllt sich. Beten? Was denn? Eine Minute einfach so dastehen. Er wirft die roten Rosen ins Grab, gibt einem der Burschen einen Klaps auf die Schulter, dann wendet er sich zum Gehen. Eine Frau kommt auf ihn zu, ein wenig außer Atem. Das ist schon eine Sonderleistung, denkt Heinrich. Die Diseuse Blandine Ebinger, noch später als zu spät. Das geht jetzt nicht. Das geht überhaupt nicht.

Heinrich knöpft seinen Mantel zu, stellt den Kragen hoch. Die nächsten Jahre werde ich unerreichbar sein. Ich lebe nur halb, in sich verdichtendem Dunkel.

Wir leben nur geradeaus

Der Baum im Vorgarten hat keine Blätter bekommen. Die alten Blätter waren, kaum dass sie auf der Wiese lagen, weggekehrt worden. Als ginge einer dauernd drunter durch und mache sauber. Der Baum steht strahlend schön. Seine Äste recken sich empor, als wollten sie in den Himmel greifen. Eigentlich fehlen die Blätter gar nicht, denkt Werfel. Blätter verdecken Schönheit nur, weil sie selber, ja was denn, weil sie selber schön sind. Was habe ich doch für unvereinbare Wandlungen gehabt, denkt Werfel. Ich bin durch die Wandlungen hindurch und doch nicht ich selbst geblieben. Aber wo bin ich dann hin? Wo bin ich jetzt? Dieser merkwürdige Summton im Heizkörper. Das Herz. Wir hören es schlagen und denken doch nur an seinen Stillstand. Was weiß das Herz? Nichts weiß es. Es weiß nur von sich selbst. Wenn man ihm nun einfach sagen könnte, lass es bleiben, gib auf, tritt auf der Stelle. Wenn das so einfach ginge, dass es dann eben nicht mehr schlägt. Ein Leben lang bereiten wir den Herzstillstand vor, und davon haben wir ja nichts, dass es dann plötzlich stillsteht.

Werfel geht noch einmal zurück ins Bad, der summende Heizkörper macht ihm Sorgen. Vom Badfenster hat er einen schönen Blick auf den Baum. Die Vorbesitzer des Hauses haben ihn immer wieder gestutzt, ohne einem Ziel zu folgen. Jetzt haben seine Äste überall knorpelartige Verwachsungen, als hätte man an ein Endstück immer noch ein Endstück drangesetzt. Der Baum ist hierüber erhaben geworden, denkt Werfel.

Er ist zwar das schief in die Welt gewachsene Resultat blind-wütiger Beschneidungen seiner vielen Besitzer, die alle nicht wussten, wie man einen Baum beschneidet, und einer verschlimmerte den Fehlschnitt des anderen, da hat er schließlich seine Äste von der Erde abgewandt und sie zum Himmel erhoben. Seinen Stolz hat man ihm immerhin nicht wegschneiden können. Was aber hätten wir davon, wenn wir unser ganzes Leben als einen Herzstillstand betrachteten? Wir könnten uns darüber zu Tode denken, aber fühlen würden wir es nicht. Wir fühlten dann eine sonderbare Leichtigkeit, eine Nichtschwere. Das gibt es eben nicht, dass wir etwas vorausfühlen. Das Vorausgefühlte würde allen Schrecken nehmen oder in permanenten Schrecken versetzen. Es gäbe dann keine Mitte mehr. Jeder Atemzug wäre die Einübung in die Atemlosigkeit.

Werfel vermutet einen Schaden des Heizkessels. Der Heizkessel ist das Herz des Hauses. Der Heizkörper im Bad der oberen Etage ist die Schulter des Hauses. Der Summton ist das Ziehen in der Schulter. Wie kommt es, dass das Herz dann im Keller ist? Es ist längst Sommer geworden. Im Winter sind die Regentonnen geplatzt. Das gefrorene Regenwasser fand nach oben hin keinen Ausweg, der Deckel hätte abgenommen werden müssen, so aber ist er sofort angefroren. Das Wasser hätte abgelassen werden müssen, es hätte nicht in den Tonnen verbleiben dürfen, eine ist an der Schweißnaht aufgeplatzt, das Eis hatte einen Rückstau gebildet, nach unten hin hat es den Boden der Tonne gesprengt. Der Summton des Heizkörpers ändert sich je nachdem, wo man im Badezimmer steht. Geht man ganz nah an ihn heran und legt das Ohr an, meint man in eine mächtige Tiefe hinabhören zu können. Klagende Kinder. Feuerofen. Wer treibt die Flammen hinaus? Ist da wer? Geht da ein taufrischer Wind?

Der Baum steht kahl. Wie im Spätherbst die Blätter abgefallen sind. Man schaut hinaus, nimmt es zur Kenntnis, macht weiter. Wenn ich nicht hinschaue, kommt der Gärtner und nimmt sie weg. Ein einziges Mal bin ich dem Gärtner hier begegnet. Er hatte im Garten einen Feuersalamander gefunden, den er mir zeigen wollte. Das Tierchen lag auf seiner flachen Hand und stellte sich tot. Der Gärtner hielt bloß seine Hand hin und nickte. Ein bedrohliches Einverständnis. Wer hat ihn bestellt? Alma vielleicht. Der feuchtwarme Geruch hier im Haus. Dieser Geruch nimmt nichts von dir an. Rasierwasser, Essensgerüche, alles verfliegt. Dieser Geruch, der so deutlich in der Nase steht, nicht unangenehm, aber auch nicht den Eindruck erweckend, als sei er unbedingt notwendig zum Leben, er ist vielmehr kein Alltagsgeruch, er riecht parallel zum Alltag, ein Gemäuergeruch, die Wände gefrieren im Winter fast und bilden in den Innenräumen schwarze Flecken. Gäbe es keine Kunde vom Tod, dieser Geruch wäre Kunde genug. Der plötzliche Schreck, der uns das wissen lässt, wenn wir frohen Schrittes die Treppe hinuntereilen, kein Tritt verfehlt die Stufe, die vielen Dinge im Kopf, die gleichzeitig bedacht werden wollen, und es ist eine Lust, dass dies nicht möglich ist, und eine größere Lust ist es, wenn die Gedanken dann, die Fische im klaren Wasser, durch schnelle Hand nicht fassbar sind, alles stiebt auseinander, was wir eben noch froh verloren bedachten, nichts davon ist haften geblieben, und dennoch macht sich eine große Erleichterung breit, das Wissen, dass es von alleine wiederkommt. Was ist denn schon verloren, wenn ein Gedanke verloren ist? Wollte ich in die Küche gehen? Zum Briefkasten? Zum Telefon? Ein Geruch nach Apfel. Der Apfel bereits angebräunt. Seit gestern liegt er zerteilt auf dem Teller. Morgen schon sind Fliegen dran. Es gibt aber keinen Apfel im Haus. Von Zeit zu Zeit weicht der Geruch ins Gemäuer zurück. Schon Großmutter hatte ihn. Auch sie hat ihn nie beschreiben können. Sie sagte dann nur, da ist er wieder, riechst du ihn? Dann gingen wir in alle Räume und Kammern, öffneten jede Tür, suchten den Keller ab. Ich habe nie etwas gefunden, sagte Großmutter. Ein solcher Apfel treibt Jahrzehnte zurück, ein Jahrhundertapfel, der da durchs Gemäuer dringt, Generationen von Nasen haben ihn vererbt, Generationen von Nasen sind nach ihm suchen gegangen.

Werfel erinnert sich, wie er eines Tages in der Havlíčekgasse 11 in der Prager Neustadt aus seinem Zimmer herausstürmte, die Treppe runter, die Küche fast verfehlte, mit der linken Hand knapp noch den Rahmen der Küchentür zu fassen bekam, sich mit ganzer Kraft zurückzog auf die Türschwelle und mit einem Schritt vor der Mutter stand. Was war es noch? Was für eine Flause hat ihn aus seinem Zimmer getrieben? Es war wie weggeblasen. Die Mutter stand da und machte ein ernstes Gesicht. Auf dem Herd kochte eine Suppe vor sich hin. »Ach ja, wir alle müssen sterben«, hatte er noch aufgeschnappt. Die Mutter hatte das so vor sich hin gesagt. Außer ihm und ihr war niemand im Raum. Augenblicklich hatte sich der freche Schwung verloren, Werfel zögerte kurz, ob er wieder hinauflaufen sollte in sein Zimmer, die Mutter, als wäre sie bei etwas ertappt worden, lächelte ihn verstohlen an und wandte sich wieder der Suppe zu. Hast du schon Hunger, fragte sie Werfel. Was ist Sterben, fragte er. Das ist später, erwiderte die Mutter. Und wann? Jetzt nicht. Und was muss man da machen? Man macht nichts, es kommt dazu. Und was ist dann? Dann ist nichts mehr. Es ist also nicht weiter wichtig? Für die anderen schon. Also muss man keine Angst haben? Es hat keinen Sinn, Angst zu haben. Ich habe aber abends immer Angst. Das ist eine andere Angst, sagte die Mutter, die wieder an Hoheit gewonnen hatte. Und wieso heißt das »Sterben«? Weil wir alle sterben müssen. Gibt es da noch ein anderes Wort für? Tot sein, kann man sagen. Tot sein, dass hatte Werfel schon mal gehört. Es war für ihn aber immer etwas Umherliegendes, ein Stein zum Beispiel, der am Wegrand liegt, ein benutztes Taschentuch, ein Paar Socken, die gewaschen werden müssen, und frisch gewaschen sind sie nicht mehr tot. Auch das Wort Auferstehung kam ihm in den Sinn, auferstanden von den Toten.

Wenn wir sterben, stehen wir dann von den Toten auf? Im Gegenteil. Werfel war nun doch stärker beunruhigt. Wieso hatte die Mutter das überhaupt gesagt in der Küche? Ist jemand gestorben?, fragte Werfel. Wie alt bist du?, fragte ihn die Mutter. Vier. Dann stell nicht solche Fragen. Was so viel hieß wie, verlass die Küche. Sterben. Sterben, murmelte Werfel vor sich hin, als er bereits wieder den Rückweg angetreten hatte hinauf in sein Zimmer. Sterben. Das ging ihm nicht aus dem Kopf. Tot sein. Sterben. Wo ist der Unterschied? Was ist das überhaupt?

Werfel geht vom Fenster zurück Richtung Bett. Sollte er sich wieder hineinlegen? Auf der Anrichte liegt ein großer runder Apfel. Werfel hatte beschlossen, nicht in ihn hineinzubeißen. Es gibt Dinge, die muss man verfallen lassen, die sind einfach nicht dafür bestimmt, verwendet, aufgebraucht, verzehrt zu werden. Man muss sie immer anschauen, von Zeit zu Zeit in die Hand nehmen, sie betrachten, ihren Zustand überprüfen.

Der Apfel fängt schließlich an, von unten zu faulen. Die Druckstelle wird immer dunkler und weicher werden, der Apfel scheint ein Stück nach unten zu sacken, er ist wohl im Begriff, in sich selber zu verschwinden. Was kann es Schöneres geben, als in sich selber zu verschwinden? Rote strahlende Backen hatte der Apfel, selbst als er von unten schon faulte und ringsum gelb und braun geworden war, schlugen diese roten, von Sommersprossen übersäten Backen durch. Werfel beschließt, dem Apfel beim Versinken zuzusehen. Sein Auge soll nicht eher vom Apfel weichen, bis dieser abgesackt und kaum mehr als Apfel zu erkennen ist. Ein Haus, das gesprengt wird und in gerader Linie versackt, Kollapssprengung, ein stehendes Haufwerk. Und der Apfel, wie bringt er sich zum vertikalen Einsturz, zum sprengtechnischen Abbruch? Nitroglyzerin, Kieselgur und Soda sind da nicht am Werk, auch werden keine Schächte gegraben und Schläuche verlegt. Fragen nach der Stückigkeit des Bruchgutes wirft dieser chemische Gärungsprozess auch nicht auf. Würde der Apfel ein kleines

Wölkchen Staub entlassen? Werfel überlegt, ob er nicht eine Studie über Verfaulung verfassen soll, eine innere Beobachtung also. Eine fruchtreife Studie ganz aus Äthylen. Schlagwort Konsistenz. Etwas kann sich über einen gewissen Zeitraum in sich selber halten. Die Dinge sind so eingerichtet, dass sie nicht sofort zusammenfallen. Werfel nimmt einen Spiegel zur Hand. Hat das Äthylen mir die Röte ins Gesicht getrieben? Ist es die Röte, die dem faulenden Apfel entweicht? Solange dieser Geruch hier im Zimmer ist, werde ich nicht sterben. Es ist der Geruch meiner Kindheit. Demnach hat Schiller stets die Kindheit gerochen, die ihn so inspirierte, dass schließlich seine ganze Schublade voll von faulenden Äpfeln war. Riecht so nicht der Tod?

Werfel befindet sich in einer aussichtslosen Lage: Da er ununterbrochen raucht und das Rauchen einfach nicht aufgeben will, nimmt er den süßlich faulen Geruch des Apfels zu keiner Stunde des Tages trennscharf wahr, auch morgens, nachdem er für wenige Stunden geschlafen hat, hängt der Rauch noch schwer im Raum, mit dem Lüften entschwindet auch der Apfelduft. Müht er sich, seine Lungen so tief als möglich mit dem Duft des Apfels zu füllen, überfällt ihn der Hustenreiz, dem er keine fünf Sekunden widerstehen kann. Dabei könnte ihm die duftende Fäulnis das Atmen entsperren. Der faule Apfel der Kindheit als Lungentrost. Zeitlebens ein Lebemann, der alles wegsteckte, auch wenn das Herz schon früh schwach war. Und das ist jetzt die Quittung. Auch Quittung kommt vom Goldenen Apfel, und diese Quittung schlägt ein wie eine Granate. Es nicht lassen können, Leben und Tod gleichzeitig praktizieren und sich für keines von beiden entscheiden können, vielleicht auch aus dem wenig tröstenden Bewusstsein heraus, dass diese Entscheidung von vornherein keine ist. Havanna und Atemnot. Lustig sein und Erstickungsanfall. Werfel hat jetzt den Eindruck, das Herz ziehe sich mit jedem ringenden Atemzug zusammen, ein Blasebalg, der sekündlich an Volumen verliert, das nennt man wohl Ersticken. Um den Hustenreiz zu überlisten, atmet Werfel jetzt durch die Nase. Er erinnert sich an den Ratschlag seiner Großmutter, wie man richtig atmet, wenn man sich verschluckt hat: Ruhe bewahren und durch die Nase atmen. Diese Prozedur macht Werfel schwindelig. Das bedrängte Herz verursacht solche Schmerzen, dass Werfel vom Sessel sinkt, mit dem Kopf auf den Boden schlägt und kurzzeitig das Bewusstsein verliert. In dieser Gebetshaltung, die Hände seitlich vom Kopf auf den Boden gestützt, die Beine angewinkelt, den Hintern hoch erhoben, verharrt Werfel etwa dreißig Sekunden. Wo genau ist der Tod? Wartet er? Der Tod ist in uns. Er kommt nicht von außen in uns hinein, er ist schon da. Das Herz geht noch. Ein Herzanfall ist noch kein Herztod. Zwei Herzanfälle sind schon deutlicher. Es beginnt sich etwas abzuzeichnen. Es kann am Herzen abgelesen werden. Das abgehörte Herz kann nichts verstecken. Dann löst es sich. Das Herz gibt ihm eine Atempause. Kaum aus der Ohnmacht erwacht, gebietet ihm sein Stolz, nicht seitlich umzukippen. Es ist, es ist, es ist als ... Werfel fehlen die Worte. Alle Weisheit, wo ist sie jetzt, was nutzt sie jetzt? Ja, wie ist denn das, was ich da empfinde, und bin ich das denn ganz, nur weil der Muskel streikt? Ich bin doch nicht nur Herz, ich kann doch auch anders. Ich bin doch noch ganz da, ich sage doch noch ich, da kann doch nicht plötzlich alles abfallen von mir.

Kann man das, fragt sich Werfel, kann man sich an solche Anfälle gewöhnen? Herzschwäche seit frühester Jugend, die sich dann zu Herzattacken auswächst, nachdem eine Kammer gar nicht mehr mitarbeitet, linkes Herz, rechtes Herz, als hinge das Herz an einem Faden und risse bald ab, dann wieder hat Werfel das Gefühl, es schlage überall in der Brust, nur nicht am richtigen Ort. Zwei Herzanfälle bereits überlebt, Brustenge heißt das Schreckgespenst. Bevor Alma ihn so entdeckt, sitzt er wieder auf seinem Sessel, die Lippen bläulich, das Gesicht tiefrot und aufgedunsen.

Werfels Anblick treibt Alma zweiunddreißig Jahre zurück. Schon wieder das Herz. Später wird Alma notieren: »Mahler hatte einen ererbten doppelten Herzklappenfehler und war vom ersten Moment an verloren.« Der erste Moment endet am achtzehnten Mai neunzehnhundertelf. Das Herz zwingt in die Knie. *Endocarditis lenta*, Herzinnenhaut subakut entzündet durch Streptokokken. Im Hotel in New York verlässt Mahler das Bett nur, um sich aufs Sofa zu schleppen, Übersetzung per Schiff nach Europa, Palace Hotel Elysée in Paris, das Herz wird einer Serumbehandlung unterzogen, ein weiterer Spezialist wird aus Triest herbeigeholt, vorübergehende Hoffnung, kurze Besserung, täglich veröffentlicht die Wiener *Neue Freie Presse* Mahlers Herzzustand, Herzpaparazzi, dann Überführung in ein Krankenhaus in Wien. Zum Zeitpunkt des Todes einundfünfzig Jahre alt. Mahlers Wunsch gemäß wird sein Herz durchstoßen. Sicher ist sicher.

Alma muss ihren Blick korrigieren. Da hockt nicht Mahler, da sitzt in sich zusammengesunken Werfel, der sie anschaut, als habe er etwas verbrochen, und soeben hat sich herausgestellt, dass sein Verbrechen doch nicht so schlimm ist. Werfel lächelt bereits wieder. Ist er zu scherzen aufgelegt? Werfel legt die linke Hand auf die Brust und atmet tief durch. Was ist passiert? In Ohnmacht gefallen ist er früher auch schon. Und dieses Mal? Er muss an eine in der Fassung flackernde Glühbirne denken, die noch nicht locker genug sitzt, um gänzlich herauszufallen, den Kontakt mit der Erde aber schon so weit verloren hat, dass sie aus eigenen Stücken nicht mehr strahlend aufzuleuchten vermag. Der dünne Faden wird dieses Wechselspiel nicht mehr lange mitmachen können. Der Implosion geht dann ein insektenhaftes Sirren voraus, hörbar gemachter Strom, der aus dem Hintergrund tritt. Wie er so dahockt, muss Alma an einen Satz denken, den sie in ihr Tagebuch schrieb: »Franz ist ein winziger Vogel in meiner Hand.«

Dieses Mal wird kein Postbote die Totenmaske bringen

müssen, wie neunzehnhundertvierzehn, dieses Mal ist kein Kokoschka da, der beim Anblick von Mahlers Maske die Fassung verliert, der einen kolossalen Wutanfall bekommt, und trotzdem stellt Alma die Totenmaske im Mahlerhaus am Semmering auf, mit großer Freude stellt sie diese Maske auf, jeder soll sie sehen können, kaum zur Tür herein, muss sie für jeden gut sichtbar sein.

Alma kann sich des Gedankens nicht erwehren, der Werfel sei gefallen. Hießen seine Vorfahren väterlicherseits nicht Wörfel und Würfel? Und aus Würfel wurde Werfel. Es hat etwas mit Schicksal zu tun. Es darf nicht wahr sein, denkt Alma, alle meine Männer sind früh schon vom Verschwinden bedroht.

»Der winzige Vogel wird sich jetzt ins Bett begeben, sonst kommt ihm das Fliegen ganz abhanden.«

Werfel versteht nicht recht, er sitze doch ganz gut. Es gibt keine Widerrede. Eine Bitte habe er nur, sagt Werfel, er wolle den Apfel dort auf der Anrichte vom Bett aus sehen können, ob Alma ihn nicht auf die Nachtkommode legen könne. Der gute Junge, denkt Alma, was hat er doch für kleine Wünsche. Da liegt der Apfel nun. Und Werfel kann ihn vom Bett aus ganz genau betrachten. Nach einigen Minuten kann Werfel den Apfel kaum noch im Blick behalten, seine Augen tanzen nach links, nach rechts, der Apfel ist nicht mehr so recht zu fassen. Zum ersten Mal seit langer Zeit hat Werfel das Gefühl, sich zu entspannen. Und sofort beschleicht ihn Panik, ob das dem Herz wohl zuträglich sei, ob das Herz eine Entspannung überhaupt vertrage. Wenn das Herz nun langsamer schlage, wird es nicht plötzlich stehen bleiben? Schon pumpt es wieder schneller. Werfel schwitzt. Es muss etwas geben, das mich ablenkt. Ich sollte an ganz andere Dinge denken. Bei allem, was ich tue, kann ich doch nicht immer an mein Herz denken. Das Herz soll schlagen und damit basta. Alles andere ist ein Wahn. Ein Herzwahn. Ob es schmerzt, ob es geradeaus geht, ob es stark genug ist, das kann ich doch nicht ununterbrochen beobachten. Jetzt hat er etwas, an das er denken, das er sich ausmalen könnte. Werfel hat da etwas gelesen, über absonderliche Arbeitsrituale und deren Folgen, und ihn überkommt eine Vorfreude, sich an das Gelesene wieder erinnern zu wollen.

Es gibt Leute, die an ihren eigenen Socken riechen müssen, damit sie arbeiten können. Andere versetzt der Geruch schimmelnden Brotes so in Verzückung, dass sie allen Warnungen zum Trotz stets einen alten Laib verwahren, der von einem weiß-gräulichen Schimmelpelz bereits vollständig eingekleidet ist. Das Brot ist schon gar nicht mehr zu sehen, allein die chamäleonartig wechselnde Farbpracht des ins Brot gefahrenen und dessen Kruste besetzenden Schimmels lässt seine Gestalt erahnen. In zwei Jahren wird das Brot das ganze Haus befallen haben. Der Schimmel wird in der Lunge wohnen, seine Sporen sind nicht mehr aus der Welt zu schaffen. So ist es mit dem Unglück, mit der Liebe. Sie sitzt in einem kleinen Kasten und schmachtet. Wird sie gar nicht erhört, erhebt sie sich. Aber wohin bloß? Auch die Lebenslüge sitzt in einem solchen kleinen Kasten. Dieser Kasten war nur für sie bestimmt. Der Kasten muss nicht mehr verschlossen werden, er kann von Anfang an nicht mehr geöffnet werden, hat die Liebe, die Lüge erst mal in ihm Platz genommen. Aber wir wissen sie an einem sicheren Ort. Dass sie da ist, macht uns Angst. Aus dem Haus schaffen können wir sie nicht. Wir haben keinen Zugriff. Wenn wir auch alles vergessen sollten, was uns ausmacht, wofür wir gelebt haben, diesen Kasten vergessen wir nie. Von Zeit zu Zeit beschleicht uns dann eine heimliche Übelkeit, welche sich nach und nach steigern wird, wir fallen in Ohnmacht, dann besinnen wir uns und setzen von vorn an. Wir können lernen, damit umzugehen, mehr nicht. Jetzt stellt sich der Blick wieder ein, der große runde Apfel ist beängstigend nah. Ich halte mich daran fest, denkt Werfel. Obwohl er mittlerweile völlig erschöpft ist, will er den Apfel nicht mehr aus den Augen lassen. Ist das alles, ist mir allein der Apfel geblieben? Er hat da so eine Ahnung, auf der Stelle sterben zu müssen, wenn er den Apfel dieses Mal aus den Augen verliert. Zimmertemperatur, geht es ihm durch den Kopf. Gibt es eine ideale Zimmertemperatur, um nicht zu sterben? Das Restleben, das Aufaddieren, diese Ausatmungen, Aushustungen, und man macht sich selber vor, wie vital man noch sei, dabei verlöscht es bereits, die Hüfte ein Durchschuss, der Atem wird immer dünner, die Lungen machen langsam die Schotten dicht, der Atem, ein Lebensroman.

Wie unsterblich werden? Ein goldener Apfel braucht keine roten Backen, er fürchtet die Sonne nicht. Der goldene Apfel der Sonne heißt Quitte oder Granat. Mein Apfel fault, sagt sich Werfel, er legt seine Kerne bloß. Es ist etwas faul mit der Liebe, wenn sie so offen zutage tritt. Heißt das, ein Geheimnis lüften? Wer wirft mir einen Apfel zu? Niemand war im Wald Avalon, die Insel Emain hat auch noch keiner gesehen, aber wir schreiben uns das Leben schön, wir denken ans Elysium und sterben. Unsere Verklärung kennt keine Grenzen, überall sehen wir Anzeichen der Besserung. Ich bin nicht alt, denkt Werfel. Könnte ich doch wieder jung sein an einem immerjungen Ort. Alma ist eben keine Iduna, und meinem Apfel schwinden die Kräfte.

Der Atem geht schlecht. Werfel setzt sich auf, will augenblicklich aber wieder liegen. Als ob man ihn auspresse. Alma setzt ihm die Sauerstoffmaske auf. Die Sauerstoffflasche hat in letzter Zeit immer gute Dienste getan. Es geht ihm schon besser. Er will etwas Sinnvolles tun. Fünf Minuten Sauerstoffzufuhr reichen. Seine größte Freude wäre auch jetzt das Studium der geliebten Weltpartituren. Alma, ruft Werfel, bringe mir doch bitte den Verdi. Alma bringt Werfel sofort eine Verdipartitur. Der winzige Vogel, denkt sie, er kennt keinen Ton, er weiß von keinem Intervall. Wie macht er das bloß, wenn er keine Note lesen kann? Liest er die Partitur wie ein Bilderbuch? Werfel, im Bett ausgestreckt, nimmt die Verdipartitur entgegen wie eine Hostie, seine Augen gehen sogleich in ihr spazieren, scheinen da hineingehen zu wollen, überfliegen den Verdi zunächst komplett, die Seiten komplett durch, die schon aus der Klammer gehen, Werfel möchte aufspringen, wenn er das hier sieht, er möchte da mittun, ein starker Hustenanfall zwingt ihn zurück, flach ausgestreckt begnügt er sich damit, leise zu summen, aber was summt er denn, er summt eine Melodie, die er seit Jahren schon im Ohr hat, eine Verdimelodie, korrigiert sich aber, als er den Arientext der Partitur vor Augen hat, auf Seite 6 endlich setzt die Stimme ein, und Werfel setzt sogleich mit ein, seine Augen treten hervor, sein Kopf, die verklebten Haare streng nach hinten gekämmt, wird augenblicklich rot, die Adern an den Schläfen schwellen an, nach etwa zwanzig Sekunden angestrengtem Mitsingen des ihm seit Jahren vertrauten Verditextes sinkt er völlig matt ins Kissen zurück, die Partitur gleitet ihm aus der Hand, alle Verdis sind ihm so vertraut, er kann, egal wann und egal wo, in den Verdi einsteigen, jetzt aber nicht, Alma muss ihm wieder die Sauerstoffmaske reichen, der Verdi bringt ihn noch um den Verstand, das Herz verträgt keinen Verdi mehr, jetzt ist es wieder so weit, aber es ist dieses Mal kein Herzkasperl, sagt Werfel.

In der Nacht überkommt ihn mit unerklärlicher Lebhaftigkeit ein Traum, der vollkommen anders ist als alle seine früheren Träume. Sein Traum gleicht den Fortsetzungen eines Zeitungsromans, jede Fortsetzung scheint in sich geschlossen und ist doch offen genug, mit den vorangegangenen und den folgenden eine Einheit zu bilden. In keinem Moment wehrt sich Werfel gegen das Gefühl der Körperlosigkeit, das ihm ein nie gekanntes Wohlbefinden vermittelt. Schwerelos schwebt er an den Dingen vorbei, die ihm der Traum so deutlich wie unfassbar zeigt. Gleichzeitig nimmt er eine nie gekannte Bewusstseinstätigkeit im Schlaf wahr, die das ihm Gezeigte genau registriert und begreift. Ja, so ist es, träumt Werfel. Und wie ist es? Auch durch Landschaften fährt man endlich und will nichts mehr anrühren, das Betasten der Landschaft mit den Augen greift in die Landschaft ein, befürchtet man. Es muss alles für sich stehen, nichts darf sich mehr bewegen. Durch den vollkommenen Stillstand zieht eine frische, die Oberfläche abkühlende Luft. Würde alles verstauben? Wo ginge der Staub hin? Würde überhaupt noch Staub produziert? ... Am anderen Morgen kann Werfel sich an nichts mehr erinnern, er fühlt sich jedoch frisch genug, seinen Roman wieder in Angriff zu nehmen, den er nach all den Herzgeschichten schon glaubte, nicht mehr fortsetzen, geschweige denn beenden zu können. Der herzstärkende Fingerhut habe ihm die Kraft verliehen, die beiden letzten Kapitel seines Reiseromans zu schreiben, und werde ihn auch noch ein siebenundzwanzigstes Kapitel in Angriff nehmen lassen, einen Epilog, der eine Apologie ist, davon ist er überzeugt. Werfel arbeitet sich an den Rand des Bettes vor, das linke Bein zuerst, dann das rechte, nun sitzt er schon, die Füße stehen fest auf dem Boden, langsam richtet er sich auf, es geht ja, er fällt nicht um.

Die Sauerstoffflasche neben seinem Bett steht kahl und fremd. Die Flasche ist meine Boje hier im Zimmer, mein Baum auf hoher See, sie ist meine Lunge, meine eiserne Lunge, wenn ich im Bett liege, steht sie da wie aus einer fremden Welt, ein Raumschiff, ich war mit der Zeit ganz auf sie fixiert wie jetzt auf den Apfel, die Kratzer im Lack haben gemäldeartige Qualitäten angenommen, Gesichter zeichneten sich ab, ein ganzes Panorama tat sich auf, Klassenkameraden, nie mehr wiedergesehene Freunde versammelten sich, eines Morgens, kurz nach dem Aufwachen, konnte ich die Eltern erblicken, denkt Werfel, und das alles ist jetzt in die Flasche geschrieben, auf die ich Tag für Tag, als ich das Bett nicht verlassen konnte, gebannt starren musste, ich lag ganz starr, wagte nicht, mich zu rühren.

Werfel dreht sich einmal um sich selbst, Holz, Stein, Eisen, Luft, die Welt ist wunderlich, alles ist zurechtgebogen, flachgelegt, hingestellt, ausgetrocknet, was eben uns verfolgte, wir wollen nichts mehr davon wissen. Tapsende Schritte übers Holz. Das Herz. Dann eben zurück. An der Sauerstoffflasche angehalten. Das Stück beschaut. Wie viele Male hat man es aufgefüllt. War es jemals leer? Ist jemand gestorben? Wie verhält man sich im Angesicht eines Sterbenden? Immer wenn ich die Sauerstoffflasche kreuze, habe ich mein ganzes Leben vor Augen, denkt Werfel. Aufzuckende Momentaufnahmen, bittersüßes Abschiednehmen. Lebenserinnerungen sind immer Erinnerungen anderer, denkt er. »Es stört ihn, dass immer Erinnerungen da sind.« Wo hat er das nochmal gelesen? Ich erinnere mich immer an das Leben von anderen, an mein eigenes Leben erinnere ich mich immer als ein anderes. Die Jugend, der unansehnliche Vorheizer der Hölle. Ein Hölle aber, in der nun die Menschheit brät. Merkwürdig, denkt Werfel, ich fühle meinen Körper nach vorne verschwinden, er wuchtet sich ganz ans äußere Ende, wo er dann aussetzt, ich weiß, ich wusste schon vor vierzig, vor fünfundfünfzig Jahren, dass ich sterben muss, ich bin aber nie damit einverstanden gewesen. Wir leben nur geradeaus und schleppen alles immer gleichzeitig mit uns herum. Das ist eine viel zu große Last. Bis unsere Maschine kaputt ist. Das Denken hinterlässt immer kleine Krater. Aus allem wollen wir ein Museum machen. Wir könnten uns seelenruhig in einem Krater einrichten, aber nein, wir springen in Marschstiefeln aus ihm heraus, wir eilen nach vorne, nach nirgendwo.

Warum sollte er nicht versuchen, ein paar Schritte zu tun, jetzt gelingt es, die letzten Meter zum Schreibtisch werden ein Kinderspiel sein, nichts tut weh, nichts hält ihn auf, Werfel nimmt auf dem hölzernen Drehstuhl Platz, zieht den rollenbewehrten Stuhl an den Schreibtisch, irgendwo in den elf Schubladen muss das Manuskript liegen, hier hat er es, Werfel will sich einen Überblick verschaffen, der ihm das Unterfangen wieder in Erinnerung ruft, er fürchtet, so manches könne seinem Gedächtnis entschwunden sein.

Der *Stern der Ungeborenen*, ein Reiseroman in ferne Galaxien, die ganz auf Erden sind. »Mein Amerikaroman! Meine Warnung an die USA!«, ruft Werfel laut. Werden ihn die Partisanen aller Lager dafür aufhängen, wie Mussolini, verkehrt herum, weil der Roman so apolitisch ist? Diese Angst treibt ihn um. Ungeboren. Sind das nicht die Untoten? Kaum zwanzig Wochen alt, können die Föten schon weinen. Soll ich es nicht doch *Kurzer Besuch in ferner Zukunft* nennen? Das Kalenderblatt wechseln ist eine Form von Abtreiben. In den Tag hineinleben, das versuche ich ja andauernd, das wäre auch das Schönste, es gelingt allerdings nicht. Was ich auch tue, ich suche den Prätext. Das schon Vorgelebte, Vorgemachte. Anstatt einen Blick zu haben. Nur einen Seitenblick haben. Dass ein anderer etwas vorgemacht hat, das ich ja nicht nachmachen will, ich will es anders machen, aber nicht alleine dastehen damit. Dann können wir dahin zeigen, der ist schuld. Dante, Gulliver. Wenn wir unseren Vergil nicht hätten! »Sancta illusio, ora pro nobis.« Werfel ist froh über den letzten Satz. Werfel ist nicht wohl bei der Sache. Doch dann gelingt ihm dieser Satz: »Die Chronosophen aller Lamaserien, Fremdfühler, Verwunderer, Sternwanderer und die Schuljugend der Planetenklassen waren in einem weiten Bogen, dessen Enden man nicht absehen konnte, um den tragischen Untergang versammelt.«

Vergeude ich meine Zeit, fragt sich Werfel. Werde ich bald sterben? Ist nicht die kleinste Besserung Anlass genug, von einem neuen Anfang zu träumen? Ich müsste doch allein kraft meines Willens leben können. In Ruhe ein- und wieder ausatmen und hierbei nicht an ein baldiges Ende denken. Solange ich ein- und ausatmen kann, werde ich nicht aufhören, ein- und auszuatmen. *Stern der Ungeborenen*, ein Reiseroman, über sechshundertfünfzig Seiten lang. Wir schreiben das Jahr 101943. Genügt das denn, um von Science-Fiction zu sprechen? Ich bin »F. W.«. Und wie begründe ich, dass ich »F. W.«

bin? »...ich konnte leider keinen ›Er‹ finden, der mir zugänglicher Weise die Last des ›Ich‹ abgenommen hätte.« Das klingt plausibel. Warum aber habe ich damit angefangen? Sechshundert Seiten! Es steht mir vor Augen, also muss ich es schreiben. Ich muss es mir wieder vor Augen stellen, ich muss es sehen, auslagern. Mich in mir selbst bespiegeln. Forschungsreisender sein. Muss man denn alles erklären? Kann ein Märchen nicht ein Märchen sein? Es wird philosophiert, weil schon immer philosophiert wurde, ist die Letztbegründung der Philosophie. Macht der Gewohnheit. Macht der Gewohnheit, ›ich‹ zu sagen. Und das schöne Spiel, sich als ein anderer zu begreifen. Ist es nicht denkbar, mit jemandem zu sprechen, und dieser spräche mit mir über mich, ich aber würde seine Aussagen überhaupt nicht auf mich beziehen, ich beobachtete mich, wie ich Fragen stelle und Antworten gebe, die grammatisch einwandfrei sind, und es kann nur den Schluss geben, wir unterhielten uns über mich, ich aber wäre der festen Überzeugung, wir unterhielten uns über jemand ganz anderen. Das wäre aber kein Fall von so genannter Schizophrenie, es wäre vielleicht eine tiefe Einsicht in die Fragwürdigkeit von Selbsterkenntnis und dass wir uns überhaupt kennen können, wenn wir ›ich‹ sagen. Ich bin Franz Werfel, sagt Franz Werfel laut und vernehmlich. Soeben hat Franz Werfel gehört, dass Franz Werfel gesagt hat, ich bin Franz Werfel, sagt er. Wer sonst könnte gemeint sein? Wäre es überhaupt möglich, dass ein anderer gemeint sein könnte, wenn ich, wie jetzt, ganz allein hier in diesem Zimmer bin? Der Reiseroman *Stern der Ungeborenen* ist eine Art Autobiographie. Wusste ich das von Anfang an? Ferne Welten, eine merkwürdige Namengebung, die Naturgesetze teilweise außer Kraft gesetzt, im Grauen Neutrum die Existenz des Lichtes beinahe schon vergessen, Beethoven taucht auf, taucht unter, eine Quintessenz aus Niegesehenem und dem Hier und Jetzt, tausend verwirrende Bezüge, eine Forschungsreise hinter die Welt, und alles nur eine inszenierte

Autobiographie, eine Satire? Von Anfang an war mir klar, es geht zu sehr in die Länge, es muss noch gekürzt, gestrafft werden. Ich werde das Gefühl nicht los, mit dem Ende des Romans am Ende zu sein. Nach einigem Hin und Her habe ich mich gezwungen gesehen, folgenden Satz ins erste Kapitel zu setzen: »So ist also das Ich in dieser Geschichte ebenso wenig ein trügerisches, romanhaftes, angenommenes, fiktives Ich wie diese Geschichte selbst eine bloße Ausgeburt spekulierender Einbildungskraft ist.« Etwas will, dass ich stehen bleibe. Dass ich vorwärts gehe nur noch im Kopf. Und dieses Vorwärts geht rückwärts. Ich sitze in einem unsichtbaren Zug und fahre an längst stillgelegten Stationen vorbei. Kein Halt. Ein Kindheitsfoto stellt sich ein. Die alten Spaziergänge. Vergeude ich Zeit? Wo befindet sich Franz Werfel? Franz Werfel befindet sich vor allem in sich selbst. Dieses Ichselbst ist aber ein anderes als es vorher war. Seine Zunge stößt links oben nicht mehr an Gold, sondern an eine normale Zahnreihe. Franz Werfel ist jünger, er ist jung. Das merkt er am Herzschlag, an der Spannung aller Muskeln, und es ist einen Blitz lang ein erquickendes Bewusstsein, ehe es sofort wieder zur Selbstverständlichkeit geworden ist. Und dann reißt es einen zehntausend Meilen von »Hier« und viele Jahre von »Jetzt« weg, was einen zugleich anzieht. Nachdem Franz Werfel am eigenen Leib diese Erfahrung gemacht hat, schreibt er sie auf. Im fünfzehnten Kapitel, »worin nach einem Gang durch die Lamaserien der Sternwanderer, Verwunderer und Fremdfühler die Djebelepisode in der Zelle des Hochschwebenden endet, der mich mit der wahren Gestalt des Universums und mit dem wichtigsten Augenblicke meines früheren Lebens bekannt machte«. Und was ist der wichtigste Augenblick seines früheren Lebens? Wie jeder Sterbliche darf auch F. W. dem Hochschwebenden drei »wohlerwogene« und »scharfdurchdachte« Fragen stellen. F. W. stellt dem Hochschwebenden zunächst die Engelfrage: »Gibt es Engel und eine allverkleidungsfähige Protomateria, aus welcher sie geschaffen sind?« Der Hochschwebende zeigt sich enttäuscht. Augenscheinlich hat er andere Fragen erwartet. Dieser F. W. taugt nichts, wieso will er eine Frage beantwortet haben, die sich doch aus dem heraus beantwortet, was man mit eigenen Augen gesehen hat. Eine lupenreine Antwort. Nun heraus mit der zweiten Frage: »Welche Gestalt hat das Universum?« Das wollen wir alle gerne wissen. Ich und das Universum. Wenn das Ich sich aber nun außerhalb des Universums befinden muss, um von einer Gestalt des Universums überhaupt sprechen zu können, um diese überhaupt erkennen zu können, wo befindet sich dann das Ich? Kinderfragen. F. W. wird sie später beantworten. Der Hochschwebende zeigt sich auch von der zweiten Frage nicht angetan, im Gegenteil. Ein Geheimnis soll ein Geheimnis bleiben. Der Unterschied der Toten zu den Lebenden ist, dass die Toten ein Geheimnis nicht mit ins Grab nehmen, wie man so sagt, sondern mittendrin sind im Geheimnis. Der Tod ist das ärgste Geheimnis. Zumindest das dauerhafteste. Der große Pächter des Todes ist der Katholizismus. Auferstanden in Jesus Christus. Jawohl. Der Hochschwebende scheint die Antwort nicht preisgeben zu wollen: »Welche Gestalt hat das Universum«. F. W. bereitet bereits die dritte Frage vor, als er folgende Antwort erhält: »Das Ganze hat die Gestalt des Menschen.« Was auch immer F. W. weiter nachzufragen hat, der Hochschwebende antwortet stets: »Das Ganze hat die Gestalt des Menschen.« Und, gibt es dann ein männliches und ein weibliches Universum?, will F. W. noch wissen. Die Antwort kommt so prompt wie paradox: »Das Ganze ist mit sich selbst verheiratet.« Mit sich selbst verheiratet, das war Alma auch immer. Der Hochschwebende möchte jetzt sofort die dritte Frage gestellt bekommen. »Was war der wichtigste Augenblick meines Lebens?«, fragt ihn F. W. Die Antwort ist nachzulesen. Der wichtigste Augenblick steht F. W. bald dicht vor Augen, herausgesponnen aus seinem Herzen, mit einem Lichtstrahl als

Faden. Der wichtigste Augenblick seines Lebens ereignet sich neunzehnhundertachtzehn, steht zu vermuten, und er endet auch neunzehnhundertneunzehn nicht.

Werfel muss innehalten. Auf der Flucht über die Pyrenäen war ihm doch der Kafka eingefallen mit seiner Maus-Parabel. Die Laufrichtung ändern. Auf »Laufrichtung« hatte Heinrich Mann bestanden. Nicht Richtung, sondern Laufrichtung. Die Welt wird enger mit jedem Tag, sagt die Maus, und sie wisse gar nicht mehr, wohin sie noch gehen könne. Vor ihr stehe, im letzten Zimmer, bereits die Falle. In die Zukunft schauen können wir nicht, die Vergangenheit frisst uns auf, die Katze der Erinnerung. Warum fällt mir das wieder ein, mit der Maus? Da gab es eine merkwürdige Begebenheit, gerade waren Alma und ich in Los Angeles angekommen, Bruno Frank lud uns sofort in sein Haus ein, wir gingen auch hin, läuteten an der Haustür, die Tür wurde uns aufgemacht, wir sollten nur ruhig durchgehen ins große Wohnzimmer, alle anderen seien schon da, wir öffneten die Tür, die Anwesenden schauten alle zu Boden, auf dem der Frank herumkroch, auf allen vieren, er machte sich kleiner und kleiner, war wieselflink – und ganz stolz: Er stellte eine Maus dar.

Hier steht es ja. »Wo befinde ich mich? Ich befinde mich vor allem in mir selbst. Dieses Ichselbst ist aber ein anderes als es vorher war. Meine Zunge stößt links oben nicht mehr an Gold, sondern an eine normale Zahnreihe. Ich bin jünger, ich bin jung. Das merke ich am Herzschlag, an der Spannung aller Muskeln, und es ist einen Blitz lang ein erquickendes Bewußtsein, ehe es sofort wieder zur Selbstverständlichkeit geworden ist.« Die Stelle muss ergänzt werden. Werfel taucht den Füllfederhalter ein und setzt zwischen »geworden« und »ist« »und vergessen«. Kaum kann ich wieder japsen und schon in der Tinte!, denkt Werfel.

Ich habe die Pyrenäen geschafft, ich schaffe den Rest auch noch. Mein Vergil heißt Willy Haas, der alte Freund. Ich erkläre mich hiermit, nach monatelanger Bettruhe zuletzt und niederschmetternden Herzanfällen, für kuriert. Was jetzt zählt, ist die Sicherstellung der Existenz. Ich springe. Geht der Körper nicht voran, fliehen die Gedanken. Gäbe es einen Gedanken-Parlographen, was hielte er fest? Eine Mitschrift des Gehirns? Ist das Gehirn eine Schreibmaschine? Wie klingt das Gehirn? Die tönende Stimme, nur der Körper ist nicht mehr da. Wenn das Herz nur Ruhe gäbe. Es soll ja keine Ruhe geben. Er hat ja nicht gesagt, es läge am Rauchen. Kaum ist das Herz aus dem Takt, rauche ich unmäßiger als zuvor. Ich schwöre, es mir abzugewöhnen, aber nur mir schwöre ich es. Ich schwöre mit innerer Stimme, die so leise ist, dass selbst ich sie nicht vernehme. Was, wenn wir eines Tages unsere innere Stimme nicht mehr vernehmen? Jetzt hör aber mal auf mit dem Rauchen, Franz Werfel, sage ich mir von Tag zu Tag. Kaum habe ich die dicke Havanna ausgemacht, weil sie einfach zu viel ist, weil sie erbärmlich stinkt, wie Alma sagt, rauche ich eine gewöhnliche Zigarette, sagt Alma immer, es stinkt, eine Havanna aber stinkt erbärmlich, habe ich also die Havanna ihrem Wunsch gemäß ausgemacht, stecke ich mir einen Zigarillo an, alles Angstmachen nutzt bei mir gar nichts, die innere Stimme sagt mir, du rauchst einer Herzattacke entgegen, der Zigarillo schmeckt mir nicht, nach drei Zügen sehne ich mich nach meiner Havanna zurück, ist die Havanna erst mal im Mund, bleibt der Whiskey nicht aus, kaum ist Alma aus dem Zimmer, nehme ich die kalte Havanna wieder aus dem Aschenbecher, zünde sie an und paffe den Stumpen weiter. Unterdrücke ich für längere Zeit den Trieb zu rauchen, rauche ich dann Zigarre, Zigarette und Pfeife gleichzeitig. Was ich auch tue, was auch immer ich mir vornehme, »man bleibt immer in seinen eigenen Fußstapfen«, wie Alma so treffend sagt. Ist die Welt ein unbrauchbar gewordenes Archiv, je weiter sie sich vom Jüngsten Tag entfernt? Lass den Gedanken freien Lauf. Diesen Satz sagt sich Werfel jetzt ununterbrochen auf. Den Titel *Hinter dem Rücken der Zeit* hat er mittlerweile endgültig verworfen, er hat sich jetzt deutlich für *Stern der Ungeborenen* entschieden. Eine neue Zeile bringt er nicht zuwege, die Tusche ist eingetrocknet.

Wie können wir sicher sein, dass nicht alles, was wir sagen und schreiben, missverstanden wird? Habe ich meine letzte Zeit vergeudet? Ein stolzer Baum, der seine Blätter gehen ließ. Der nichts in der Hand hält, kein Blatt, keine Aussicht. Lautlos hat der Gärtner alle Blätter mitgenommen. Er will ihn nie mehr sehen, er kann sein Nicken nicht ertragen. Werfel steht auf und zieht die schweren, mit eingewebten Bleifäden am Boden gehaltenen Vorhänge zu. Am helllichten Tage ist es im Zimmer duster. Blickdicht, denkt Werfel. Die Schreibtischlampe wirft einen gewaltigen Schatten. Einen Epilog? Ein siebenundzwanzigstes Kapitel? Werfel sitzt auf dem Drehstuhl und starrt den Vorhang an. Und was sieht er da? Die Umrisse der Pyrenäen. Seine Augen wandern über den Höhenkamm. Die kolossale Mühsal, das Mäusetum der Flucht ist ihm sofort wieder präsent.

Über die Pyrenäen konnte ich gar nicht. Da musste ich schließlich getragen werden. Ich hatte das dringliche Gefühl, einmal durch mein Gesicht verschwinden zu müssen, so ging das Herz, die Pyrenäen waren mein Kreuzgang, das Herz war die Strapazen nicht gewöhnt, die Höhenluft war so dünn, dass es mir manchmal den Atem verschlug und schwarz vor Augen wurde. Von einem System verfolgt werden, als sei es das Normalste von der Welt, verfolgt zu werden, es gibt eben die Systeminhaber, die Systembewohner und die Systemfeinde, die zu solchen erklärt werden oder die sich selbst zu solchen erklären, mit allen Konsequenzen; Systemfehler gibt es nicht. Das System erklärt sich für richtig und verhindert, widerlegt zu werden. Deshalb unternimmt es fürsorglich alle nötigen Vorkehrungen, den Baum gerade zu schneiden, dass er Frucht bringe den Mitmachern und blattlos bleibe den erklärten

Feinden. Wie aber kann man Gewissheit erlangen, verschont zu bleiben, fragte ich mich ohne Unterlass, selbst als der Höhenkamm erreicht war, hatte ich das Gefühl, mich pausenlos 360 Grad herumdrehen zu müssen wie ein Wirbelwind, um alle Gefahren rechtzeitig zu erkennen. Eine groteske Vorstellung, wo mir mein Körper bereits der ärgste Feind war. Das Schlimmste, man ist auf der Flucht vor den Verfolgern und fühlt sich schuldig, man hat den schuldigen Blick, man kann nicht ungestraft die Dinge erblicken, anschauen heißt schuldig sein, das ist das Schlimmste.

Tatsächlich war ich es, der an diesem Freitag, dem Dreizehnten, davor warnte, die Pyrenäen zu überqueren. »Gehen wir nicht an einem Dreizehnten!«, bat ich die anderen inständig, an einem Freitag, dem Dreizehnten, kann man die Pyrenäen nicht überqueren. Alma sprach was von Aberglauben, das war aber kein Aberglauben, es war das deutliche Gefühl, das Schicksal, das uns auf diese Weise herausgefordert hatte, nicht unsererseits herausfordern zu dürfen. Sieh an, diese Menschen wollen an einem Freitag, dem Dreizehnten, die Pyrenäen überqueren, jetzt werde ich für einen großen Wind sorgen und sie wegblasen, so ein Gefühl hatte ich damals, sagt sich Werfel. Die Alma hat aber nicht lockergelassen, ich konnte mich bei solchen Gelegenheiten zwar deutlich auf sie verlassen, war aber hin- und hergerissen zwischen diesem Vertrauen und dem doch sehr unguten Gefühl, zumal eine Schlechtwetterfront aufgezogen war, direkt auf uns zu und wir direkt in sie hinein. Dein Aberglauben bringt uns den völligen Stillstand, mahnte Alma. So habe ich das in Erinnerung. Alma hatte es anders in Erinnerung. Nelly Mann habe vor dem Freitag, dem Dreizehnten, gewarnt. Und Golo Mann? Welche Version hat er? Habe ich nicht gesagt: »Nein! Lasst uns bis morgen warten! Gehen wir nicht am Dreizehnten!« Aber man kann ja nicht von vornherein nur in Richtung Erinnerung leben, so als könne man jeden Schritt, den man tut, maßstabsgetreu wiedergeben, dann hätte man von allem immer auch eine Dublette, keiner könnte sich mehr irren, es gäbe nur Aussagende und Zustimmende, die Welt würde an Langeweile zugrunde gehen. Wir lebten nicht um des Erlebens, sondern um der Erinnerung willen. Könnte da nicht einer sagen, nein, das will ich jetzt nicht erleben, da werde ich mich nur ungern dran erinnern?

Hat Alma mir das nicht zugetraut, dass ich abergläubisch bin? Hat sie da in ihrer Erinnerung etwas retouchiert? Wie oft wird sie diese Geschichte schon erzählt haben, bevor sie sie aufgeschrieben hat? Sie ist ihr vielleicht unter der Hand eine andere geworden. Nicht die Geschichte hat sie aufgeschrieben, sondern ihre eigene Erinnerung daran. Aber wen könnte das interessieren, wo da der Unterschied ist. Alma ist Alma, weil sie an diese Geschichte glaubt, in ihrer Version. Und ich? Gibt man sich denn mit dem Hinweis auf den Freitag, den Dreizehnten die Blöße? Es hatte keinen Sinn, auf die Macken der anderen zu verweisen. Nelly hat aber den und den Tick, Heinrich ist auch nicht gerade frei von merkwürdigen Anwandlungen, da darf ich doch wohl an den Freitag, den Dreizehnten glauben, das wäre doch nur kindisch gewesen. Und dann gibt es ja auch noch deren Erinnerungen! Alles durcheinander. Da wird neben dir jemand erschossen, und du erinnerst dich nur an den für diese Jahreszeit ungewöhnlichen Krokus, der eigentlich gar nicht blüht um diese Zeit. Käme dir der Krokus nicht mehr in den Sinn, würdest du dich an die Erschießung gar nicht mehr erinnern. Bei einhundert Billionen Synapsen im Gehirn ist es kein Wunder, wenn Alma und Golo verschiedene Versionen abgespeichert haben. Ein noch größeres Wunder ist es, dass unsere Existenz nicht eine einzige Fehlschaltung ist. Und ich selbst? Ich stand da wie ein kleiner Junge, dem etwas nicht gegönnt wird, der etwas Ersehntes nicht bekommt, allerdings wollte ich ja nicht etwas haben, ich wollte etwas nicht haben, das war der Unterschied. Ein Geschenk war es aber nicht, was ich ablehnte, obwohl das Leben schon Geschenk genug war, dass man überhaupt noch am Leben war. Vor den Pyrenäen hatte ich keine Angst, es war nur diese seit Generationen vererbte Angst vor dem Dreizehnten, und dann noch ein Freitag, da stand mir das Unheil direkt vor Augen. Ich hatte plötzlich das Gefühl, meine ganze Familie gegen diese Überquerungsgruppe verteidigen zu müssen, und als Alma dann von Aberglauben sprach, kränkte mich das ungemein, was ich in dem Moment natürlich nicht zugeben und schon gar nicht nach außen hin zeigen wollte. Also willigte ich ein, wechselte künstlich das Thema, und wir nahmen die Pyrenäen in Angriff. In der Heimat wurde bekanntlich was anderes in Angriff genommen, das immer gegenwärtig war. Es schien eigenartig, den Fuß auf einen bald schon neu definierten Boden zu setzen, der braune Stiefel verbreitete schon deutlich Schatten. Wir hatten das Gefühl, dass es am Mittag bereits dunkel wird. Die Überquerung griff den Körper und den Geist gleichermaßen an. Ich hatte ständig das Gefühl, schweigen zu müssen, wozu mir einerseits aufgrund der starken körperlichen Anstrengung nichts anderes übrig blieb, andererseits aber verfolgte mich die fixe Idee, jedes von mir gesprochene Wort werde direkt abgehört und könne die in Frankreich verbliebenen Emigranten, die auf ihre rettende Flucht hofften, unmittelbar gefährden, als würde es ihren Aufenthaltsort verraten.

Die schönsten Gespräche sind doch beileibe die, wenn einer etwas behauptet und der andere strikt das Gegenteil behauptet, da vergehen schon mal gerne zwei, drei Stunden, ohne dass einer einlenkt. Dann wird nach einem Zeitzeugen gerufen, der Zeitzeuge wird ausfindig gemacht und über die Sache befragt. Will sich der Zeitzeuge nicht äußern, da er sich nicht erinnern kann oder Ungemach fürchtet, wird ein anderer Zeitzeuge herbeigerufen. Dieser entscheidet die Sache nach der einen oder der anderen Richtung. Es verwundert kaum, wenn er dem einen, dessen Behauptung er sich nicht anschließen kann, parteiisch, ja unwissend erscheint. Findet sich aber kein Zeitzeuge, wird jemand gesucht, der einen Zeitzeugen kannte. Dieser muss sich in das Gedächtnis des Zeitzeugen versetzen und wird um Auskunft gebeten, wie sich der Zeitzeuge wohl entschieden haben würde. Dem einen gilt dieser Zeitzeugensimulator als Experte und Spezialist, dem anderen schlicht als Scharlatan. Zweifellos tut der Experte dem, der ihn für einen Scharlatan hält, Gewalt an, er stellt ja nicht nur fest, dass dieser Unrecht hat mit seiner Behauptung, er löscht ihn vollständig aus. Deshalb beharren ja alle auf ihrer Behauptung, auch wenn sie sich als nicht stichhaltig, als falsch herausgestellt hat. Bis zu einem gewissen Grad ist halt alles Verhandlungssache. Und der Zeitzeuge? In der Regel unbrauchbar, aber intensiv, erzählt das tausendmal Gesehene, redet wie im Film, hat wohl Angst, sonst keinen Glauben zu finden. Der Zeitzeuge erzählt eine Geschichte, und ein anderer sagt, kenne ich. Damit ist der Zeitzeuge ja eigentlich erledigt. Man braucht ihn nicht mehr. Ein Zeitzeuge ist nur dazu da, einen bereits abgedrehten Film zu bestätigen, denkt Werfel. Individuelles Erlebnis? Nicht die Geschichte, sondern der Erzähler ist erfunden. Die Geschichte hat ihren Erzähler erfunden. *Stern der Ungeborenen.*

Und dann kommt der Reiseroman in der Gegenwart an: »Verfluchter Astigmatismus! Wo ist meine Brille! Ich tastete alle Taschen meines Fracks nach der Brille ab, obwohl ich wußte, daß man sie mir fortgenommen hatte. Es waren aber wirklich zwei Knabengesichter übereinander. Ein graues totes oben und ein blühend lächelndes darunter, etwa so, wie bei Abziehbildern ein graues Häutchen die Farbenpracht darunter zudeckt.« Werfel ist ganz gerührt über dieses schöne Bild. Das graue Häutchen, der zarte Schleier des Todes. Der übereinandergeschichtete Januskopf. Aber das will er nicht selber noch auslegen.

Die Heimreise von F. W. ist nun schon zwei Jahre und vier

Monate her, liest Werfel: »Hingegen verstand ich plötzlich die Bedeutung des Geflüsters und warum man meine Adresse erfragt hatte und daß Io-Knirps beauftragt war, mich an der Ecke von Bedford Drive und April 1943 abzusetzen oder abzuwerfen, denn um sich dem Ende zu nähern, mußte er zum Anfang zurückfliegen in unserm kleinen gemütlichen Universum. Und irgendwo im ersten Viertel oder bestenfalls Drittel, von Anfang gerechnet, lag der Bedford Drive.«

Wie lautet der Schluss? »Er betrog alle, denn ich sah zwischen den halbgeöffneten Lidern seinen verschmitzten Blick. Und in diesen Blick schritt ich hinein, bis ich nichts mehr wusste.« Dabei soll es bleiben. Kein siebenundzwanzigstes Kapitel mehr. Er setzt jetzt »Ende« drunter und das Datum, das er einem auf seinem Schreibtisch stehenden immerwährenden Kalender aus Metall entnimmt, von Alma jeden Tag vorgestellt, sechsundzwanzigster August neunzehnhundertfünfundvierzig. Die Arbeit am Roman war schlimmer als die Besteigung der Pyrenäen. Es war ein Ritt über den Bodensee, denkt Werfel, physisch und psychisch und geistig. Die quälenden Wochen, als er im Bett liegen musste, ohne weiterarbeiten zu können. Schluss damit.

Auf dem Schreibtisch liegt ein Buch. Werfel blättert ziellos darin herum. »Du aber, der du ja glücklicher trinkst aus dem Borne der Dichtkunst.« Weiterblättern. Mit Dichtkunst hat das schon lange nichts mehr zu tun, sondern mit dem Leben. Werfel legt das Buch aus den Händen. Was soll er tun? Er überprüft sein Herz, misst seinen Puls. Es wird einem im Leben nichts geschenkt, hat seine Mutter immer gesagt. Was soll einem auch geschenkt werden, wenn nicht das Leben? Ab sechzig wird nur noch kondoliert, sagte der Vater eines Schulfreundes, bevor er mit sechzig gestorben ist. Ich bin amerikanischer Staatsbürger und fünfundfünfzig. Werfel betrachtet die Innenflächen seiner Hände. Die Lebenslinie und ihre Tangenten. Ich habe nie etwas davon verstanden, denkt er. Was war da mit Dichtkunst? Werfel kann die Seite nicht mehr finden, will aber nicht eher vom Schreibtisch aufstehen, bis er den genauen Wortlaut kennt. Für alles ist es viel zu heiß. Er könnte den Vorhang beiseiteziehen, Tür und Fenster öffnen. Der Vorhang ist viel zu weit weg, er kann sich gar nicht vorstellen, ihn ohne größte Mühen zu erreichen. Etwas mit 470. Hier, 479. »Du aber, der du ja glücklicher trinkst aus dem Borne der Dichtkunst,/liebe die Arbeit, die schönen Erfolg dir gewährt,/weih dich – du darfst es – dem Dienste der Musen, und schaffst du ein neues/Werk, so schick es alsbald, daß ich es lese, zu mir!« ... du darfst es? Ich darf es auch, Ovid am Schwarzen Meer durfte es nicht. Briefe aus der Verbannung. Heutzutage stünden Briefe aus der Vernichtung an. Die Überlieferung – wertlos. Zu viele Leerstellen. Zu viele falsche Ergänzungen. Die Editoren des Universums schweigen. Werfel klappt das Buch zu. Zu wem schicke ich mich? Und womit mache ich weiter?

Werfel ist völlig erschöpft. Für Momente glaubt er zu halluzinieren. Der zugezogene Vorhang hält die Blicke von außen ab, nicht aber die mörderische Hitze. Vielleicht doch noch einen Epilog? Wo liegt Amerika? Keinen Epilog mehr. Vorerst. Werfel steht auf, wankt aus dem Zimmer und legt sich, wie von einem Magneten gezogen, ins Bett.

Mitten in der Nacht erwacht er, Alma sitzt neben ihm. Da sei eine Biene hinter dem Vorhang, die höre er dauernd summen. Das sind deine Ohren, die du hörst, sagt Alma. Am folgenden Tag lässt sie den Arzt kommen, der ihm eine Herzinjektion und eine Morphiumspritze verabreicht. Ein Fehler, vielleicht. In der folgenden Nacht erleidet Werfel einen Kollaps. Er müsste zur Ruhe kommen, er kommt aber nicht zur Ruhe. Fortwährend bricht er in Schweiß aus, seine Hände und Füße werden immer kälter, sodass sie schließlich völlig unempfindlich gegen alles sind. Werfel stellt sich vor, Hände und Füße würden auf immer taub bleiben, nichts könne sie mehr auftauen. Alma legt kalte Wickel an. Sie soll nicht von seiner Stelle weichen, bittet Werfel. Und noch jemand ist da, der nicht von der Stelle weicht. Auf dem kahlen Baum sitzt eine Eule, Tag und Nacht. Ein sehr schönes Tier, das ihn beharrlich anstarrt. Er will ihrem Blick standhalten. Die Eule macht gar keinen Gebrauch von ihrer akrobatischen Fähigkeit, den Kopf wie den Scheinwerfer des Polizeischiffs drehen zu können, sie sitzt einfach da und starrt ihn an. Die Eule kann ihre Augen nur mitsamt dem Kopf bewegen, was ihrem Gesicht etwas Maskenhaftes verleiht. Mit einem oberen und einem unteren Lid kann sie die Augen verschließen. Und noch etwas ist da. Ein feines Häutchen, das sie von Zeit zu Zeit übers Auge zieht, eine schützende Nickhaut. Mein schlechtes Gewissen hockt auf dem Baum, denkt Werfel. Das Wilde Heer wird Einzug halten. Wüsste ich es nicht besser, ich glaubte an ihren tötenden Blick. Mein Tod sitzt da im Baum, sagt Werfel. Solange der traurige Wächter seinen Schnabel nicht aufmacht, bin ich beruhigt. Werfel bittet Alma, den Shakespeare zu holen, Macbeth. Sie solle ihm die Stelle mit der Eule vorlesen, mit Shakespeare könne das Tier da draußen vielleicht gebannt werden.

Am folgenden Morgen ist auch diese Krise überwunden. Werfel muss allerdings im Bett bleiben, das er erst eine Woche später wieder verlässt. Er scheint erholt. Ihm ist der Gedanke gekommen, seine Gedichte in Angriff zu nehmen, ein kleiner, aber feiner kalifornischer Verlag will einen Auswahlband veröffentlichen. Jetzt, da die Hitze langsam abgeklungen ist, will er die kleinen Dinge angehen, die zu korrigieren sind. Er sucht nach einem ganz bestimmten Gedicht, bei dem er Bruno Walter immer vor Augen hatte, das Sonett »Der Dirigent«. Irgendetwas gefällt ihm daran nicht, der Strophenbau ist ordentlich, der *vers commun* läuft schnurrig durch, alles geht tadellos auf, allein die Bildersprache macht ihm noch Sorgen. Ist das Ganze nicht zu sehr durch die Blume gesprochen? Die allzu eilfertig den Geigen gereicht wird?

Mit einem Dreisilber lädt er die Geigen zum Tanz. Alles Blech. Kein Glanz. Jemand ist verzweifelt. Glanz soll kommen. Den Flöten aber, was macht er mit denen eigentlich? Da heißt es was von Batzen oder Bruchstück oder Bettel oder Brocken, den er den Flöten hinstreut, Krume muss es heißen, Werfel ändert das. Wie ist es jetzt? Kindlich. Also gut. In der zweiten Strophe macht der Dirigent einen Kniefall, irgendwas soll heilig sein. Wenn etwas kaum noch zu hören ist, sagt man pianissimo, dann das Höhenwort der »Klangmonstranz«, das ist ja monströs. Sturm kommt auf, Schwalbenschwanz flattert, er lässt den ganzen Laden zugleich loslegen, und mit ruhmreich soll auch noch was sein.

Der Bürger kommt ihm in den Sinn. Er wird den Bürger konsultieren, wie er die Sache löst. Der Bürger steht griffbereit im Bücherregal. Gottfried August Bürger, »Das Blümchen Wunderhold«. Das Blümchen kann was!, denkt Werfel. Es ist ein Heilmittel. Bürger nimmt doch eine ganz bestimmte Instrumentierung vor ... »Es teilt der Flöte weichen Klang / Des Schreiers Kehle mit, / Und wandelt in Zephyrengang / Des Stürmers Poltertritt.« So etwas würde Werfel auch gerne haben ... Hier die Stelle mit dem Herz als Klangkörper: »Der Laute gleicht des Menschen Herz, / Zu Sang und Klang gebaut, / Doch spielen sie oft Lust und Schmerz / Zu stürmisch und zu laut: / / O wie dann Wunderhold das Herz / So mild und lieblich stimmt! / Wie allgefällig Ernst und Scherz / In seinem Zauber schwimmt!«

Braucht mein Gedicht nicht auch eine solche Blume? Wie gehen denn die Terzette? »Mit Fäusten hält er fest den Schlußakkord; / Dann harrt er, hilflos eingepflanzt am Ort, / Dem ausgekommnen Klange nachzuschaun. / / Zuletzt, daß er den Beifall, dankend, rüge, / Zeigt er belästigte Erlöserzüge / Und zwingt uns, ihm noch Größres zuzutraun.« Dem Klange nachschauen? Eingepflanzt? Erlöserzüge? Ans Kreuz genagelt vom Applaus? So geht das nicht, das muss beiläufiger, geschmeidiger sein. Nein, es ist nichts zu retten, Werfel sollte das Gedicht zerreißen und ganz von vorne anfangen. Bruno Walter wird sich ja bedanken, was aus ihm geworden ist. Mit Musik hat das nichts zu tun, das ist ein großer Mist. Oder? Es ist überladen wie die Musik, die es treibt ... Klangmonstranz fliegt raus ... katholischer Donnergott ... katholisch ... eine metaphorische Gnadentaufe ... der Gestus stimmt, die Bildwahl nicht ... hier setzt Werfel neu an ... mit einem Bleistift ... ganz von vorn ... »er reicht« ausgesprochen zu nahe an »erreicht« ... was könnte Ersatz sein? ... ein feiner Strich durch die Blume, mittig durch den Schmeichelblick, durch die Flöten und das Pianissimo, ein nach links hin verzogener Strich vom Papierbogen weg auf die Schreibunterlage, die Bleistiftspitze bricht ab, Werfel, den Kopf gesenkt, wird vom Gewicht seines Körpers auf die Seite gedreht, der Stuhl folgt der Bewegung, das Polster rutscht von der Sitzfläche, Werfel kippt langsam nach vorn und sinkt vom Stuhl leblos auf den Boden.

In zwei Sprachen schweigen

Am anderen Morgen hat Brecht das deutliche Gefühl, nicht aufstehen zu wollen. Ein kurzer Blick ins bereits taghelle Zimmer verrät ihm, dass etwas in Unordnung geraten ist. Als habe er in der Nacht noch nach bestimmten Unterlagen gesucht, liegen einzelne Blätter auf dem Boden verstreut, sein Schreibtisch ist nicht wiederzuerkennen.

Der Schreibtisch ist heilig. Bei seinem Schreibtisch ist Brecht stets auf größtmögliche Ordnung bedacht, kein Blatt darf auf der falschen Seite liegen, keins auf dem falschen Stapel, überhaupt muss der Schreibtisch nach der Arbeit akkurat aufgeräumt und abgeräumt werden, der morgige Tag soll nicht mit Suchen begonnen werden, Brecht will sich auf den Stuhl setzen und stets sofort loslegen, sofort muss Übersicht sein, Übersicht ist das letzte Werk von gestern, und das Telefon muss immer mitten auf dem Tisch stehen, nur dann ist er ganz bei der Sache, wenn das Telefon läutet, das Telefon stört ihn nie, wenn es sehr oft läutet, treibt es ihn an, es spornt ihn zu Höchstleistungen an, er nimmt den Hörer ab und ist innerlich wie äußerlich ganz ruhig, und während er telefoniert, diesen schweren Bakelithörer am Ohr, während er spricht, formuliert er bereits weiter, führt den Satz fort, ist umso konzentrierter, es gelingt ihm dann spielend, sich wechselweise auf das Gespräch oder den Text und schließlich sogar auf beide gleichzeitig, und zwar gleichzeitig gut, zu konzentrieren. Und noch etwas: Ein Telefongespräch gibt ihm immer die allerbeste Gelegenheit, auf die vor ihm an der Wand hängende Weltkarte zu schauen, ein Blick genügt, und er ist in der Welt, das geht beim Telefonieren am besten, nur zu kleingestrickt darf die Karte nicht sein, deshalb ist seine Weltkarte auch besonders groß, sie lässt einen in Sekundenschnelle die Welt überblicken, umfassen, das gibt ihm immer das Gefühl, dass alles, was er schreibt, hört, liest und sieht, von größtmöglicher Wichtigkeit ist, es ist dann immer alles wichtig. Und wenn niemand anruft? Dann rufe er an. Der Schreibtisch des ihm doch in manchen Arbeiten so verwandten Dichters und Übersetzers Auden, des Ehemanns der Stehkragentocher, ist ihm ein Grauen, ein einziges Durcheinander, auch in seinen Sätzen will Brecht größtmögliche Ordnung haben, ein Satz, der nicht mehr enden will, geht nicht an, Brecht, in seiner privaten Korrespondenz auf das Geschäftliche bedacht, Emotionalität ist schon emotionale Erpressung, Brecht empfindet keine Wehmut beim Betrachten des kleinen Gartens, nichts lässt ihn beim Anblick der Feigenbäume an das Rauschen der Bäume in der Heimat denken, auch und insbesondere in der Erinnerung nicht, das hier ist ein ganz anderes Rauschen, ein künstliches Rauschen, bis auf wenige Ausnahmen sind die Büsche und Sträucher und Bäume so nämlich gar nicht da, das ist ein hingestelltes Grün, das Heimatgrün aber, darin kann man sich verlieren, hier ist man tatsächlich verloren, dem Rauschen der Heimatbäume entnimmt man Vergangenheit und Zukunft, diesen Bäumen hier entnimmt man nichts, man staunt bloß über sie, verstehen kann man sie nicht.

Und jetzt, denkt Brecht, sehe man sich mal dieses Zimmer, diesen Schreibtisch an. Ein Orkan ist letzte Nacht hier durchgefegt.

Finnland, das war das Stichwort. Im Traum. Es war etwas mit den Bäumen und Wäldern und Winden und Wässern in Finnland: Wenn schon Inventur, dann auch die alten Blätter raus! War das die Losung gestern Nacht? Wieso hat er überhaupt hier im Zimmer übernachtet? Das Bett ist ein Sofa. Alkohol? Fehlanzeige. Von innen ist da etwas aufgestiegen, ein Aufhocker, der innen saß. Das feuchte Kissen bemerkt Brecht erst jetzt. Keine Zudecke. Ist es kalt gewesen in der Nacht? Er hat den Lichtschalter nicht gefunden, hat sich die Wand entlanggetastet in der Überzeugung, die Schreibtischlampe ertasten zu können, was ihm augenscheinlich nicht gelungen ist, jedenfalls nicht auf Anhieb, aber das erklärt es noch nicht ganz. In der Dunkelheit wollen die Augen an Land gehen, sie fürchten nichts mehr als ein ortloses Irrlicht. Vergangene Nacht ist Brecht an Land gegangen. Finnland.

Finnische Landschaft. Brecht musste lange suchen, bis er das Gedicht gefunden hat. Die meiste Zeit unseres Lebens verbringen wir damit, uns abzulenken. Den Rest der Zeit suchen wir etwas, fürchten aber, es tatsächlich auch zu finden. Wir suchen es nicht mit der letzten Konsequenz, weil uns das Finden ans Sterben erinnert, etwas gefunden haben ist sterben, denkt Brecht. Ich habe nie Angst gehabt, etwas zu finden. Meine Ordnung war immer dergestalt, dass ich sofort wusste, wo etwas zu suchen ist. Sofort habe ich das Gesuchte dann auch gefunden. Bis gestern Nacht. Da ist auf Anhieb etwas verloren gegangen.

Dahinten liegt es, das Gedicht. Ein Sonett. Meine finnische Landschaft ist ein Sonett. Auf dem Boden verstreut eine Kladde mit maschinengeschriebenen Manuskripten, die *Steffinsche Sammlung.* Merkwürdig, dass wir von Erinnerungen eingeholt werden, denen wir glaubten, einen gültigen Ausdruck verliehen zu haben. Wir erinnern uns an diesen Ausdruck – als Erinnerung. Auch eine Form von Verkürzung, das Leben geronnen zu einem Sinnbild. Und die Erinnerung inszeniert das Leben nach. Ich muss das dauernd abgleichen, die Bewältigungsversuche im Gedicht mit den Realien des Erinnerns. Und wozu führt das? Zu Vandalentum, zu einem auf den Kopf gestellten Zimmer. Ich glaubte doch, einen gültigen

Ausdruck gefunden zu haben von Gretes Tod. Jetzt muss ich das Ganze neu anpacken, es muss alles in schärfere Worte gefasst werden. Und auch ein Sonett von ihr ist letzte Nacht wieder aufgetaucht, das ich immer nur in Bruchteilen im Kopf hatte. Hier ist es ganz: »Liebe liebte ich, doch nicht das Lieben. / ›Ob der Junge nicht bald fertig ist‹? / Dachte ich und haßte diesen Mist. / Wenn die Liebe ohne Lust geblieben. // Durch vier Jahre spürte ich nur einmal / Selber die Begierde, selber Lust. / Daß es so war, hatt ich nie gewußt. / Doch es war im Traum und darum keinmal. // Und nun bist du da. Ob ich dich liebe / Weiß ich nicht. Doch daß ich bei dir bleibe / Wünsch ich jede Nacht. // Rührst du mich nur an, muß ich mich legen. / Weder Scham noch Reue stehn dagegen. / Und was sonst da wacht.« Aber es wacht nichts mehr.

Einen Ring habe ich ihr geschenkt, der viel zu billig war. Am Tag vor der Abreise aus Moskau war er nicht mehr auffindbar. Ihre Habe konnte in zwei Koffer verpackt werden, das war nicht viel, es war leicht genug, dass sie sofort hätte nachkommen können.

Das Moskauer Sanatorium *Hohe Berge*. Sie sieht völlig abgearbeitet, beinahe nicht wiederzuerkennen aus. Zerschlagen. Zeitweise setzt ihre Atmung aus, sie muss ans Sauerstoffgerät. Der Sauerstoff weckt zumindest für kurze Augenblicke ihre Lebensgeister. »Schreib mir«, sagt sie oft, als sei ihr klar, dass sie nicht mitkommen wird. Ich kaufe ihr einen neuen Ring, am anderen Tag bringe ich ihr auch ein Kopfkissen und einen kleinen Elefanten mit, sie nimmt ihn und weint. Sie sagt: »Ich komme nach, nur zwei Dinge können mich abhalten: Lebensgefahr und der Krieg.« Als ich ging, war sie wieder ruhig und lächelte.

Ein Mensch stirbt, und alles fliegt auseinander. Man hält sich an völligen Nebensächlichkeiten fest. Zeigt auf die Natur, wo man sie eben vermutet, wo sie vielleicht aber gar nicht ist. Zumal hier keine Natur ist. Man legt sie sich an. Die Natur kommt hier eher von oben, aus der Luft, die es hier ja auch nicht gibt. Stürme, Tornados, heftigster Wind, das meine ich. In Deutschland kommt die Natur mittlerweile auch aus der Luft. Eine andere Natur. Wüste will wieder Wüste werden. Ein Mensch stirbt, und man zeigt auf eine Blume am Wegrand, wie entzückend die ist, auf einen Käfer, der über den Boden krabbelt. Ein plötzlicher Sonnenschein, der beruhigend wirkt. Die Sonne scheint noch, das sagt doch, die Sonne ist mit diesem Menschen nicht für ewig untergegangen. Und die Tränen. Die man taktvoll zurückhält. Hier habe ich Leute gesehen, die schon beim bloßen Wiedergeben von einfachsten Sachverhalten in ein Pathos der Geste verfallen, das nicht mehr zu überbieten ist. Sie müssten bei der Nachricht vom Tod eines geliebten Menschen selber tot umfallen. Was soll da noch zu steigern sein? How are you? Und das mit der Theatralik einer Aufnahmeprüfung vorgebracht. Will denn hier alles nach Hollywood?

Namenlose Helden ohne Gesicht, das sind die amerikanischen Nationalhelden. Außer Lincoln. Der kommt als Lincoln, als Gesicht, als ewiges Gesicht, mit seltsam eingefrorenen Gesichtszügen, die Mimik ist stets dieselbe, und an dieser Mimik erkennt dann jedes Kind den Lincoln. Käme er leibhaftig, er würde nicht wiedererkannt.

Nach dem Tod von Grete hatte ich mir vorgenommen, nur noch an sie zu denken. Das ist mir nicht gelungen. Nicht mehr an jemanden zu denken ist dessen zweiter Tod. Und die Einsamkeit nach dem Tod dieses Menschen? Ist der Zwillingsbruder des Todes. So lange müsste man an den geliebten Menschen denken, bis man selber stirbt. Dieses Verfahren könnte man die Novalistaktik nennen, denkt Brecht. Also an Aufstehen ist heute wirklich nicht zu denken. Für heute soll's genügen, im Kopf aufzustehen und sich dort die Gegend anzusehen. Was finde ich dort?

Wir Europäer, Brecht denkt noch nach über dieses Wort,

das ihn auf dem falschen Fuß erwischt hat ... haben immer eine falsche Vorstellung von Amerika. Das liegt vielleicht daran, dass Amerika gar keine Vorstellung von Europa hat. Es baut Europa nach, in den Gärten, den Städten, im Wohnzimmer wie im Geschichtsverein. Europa oder Amerika? Huhn oder Ei? Auf die alten Formen zurückgreifen? Geschichte links liegen lassen? Geht nicht. Amerika existiert nicht. Das »Neue Atlantis« meiner Jugend existiert nicht. Los Angeles existiert nicht. Los Angeles ist eine Einbahnstraße, ein unfassbarer Kreis, in dem man sich nur hindurchfließend bewegt. Amerika, das Neue Atlantis, das hätte mal schön im Kinderkopf bleiben sollen. Als hätte das kein System, dieses Amerika, dieses Großkapitalismusamerika, in dem alles verschwindet und als Erstes der eigene Anspruch. Kommst du nach hier, gibst du dein Gesicht ab. Alles nur Mythos. Die Vorstellung einer Morgenröte, in der alles aufscheint, was in Deutschland unmöglich schien, ja, Amerika, das Land der unbegrenzten Langeweile. Deutschland, ein verfetteter Mittelstand und eine matte Intellektuelle! »Bleibt: Amerika!«? Das war doch meine Losung. Und dann kommt Amerika, dann kommt mein Exil im Paradies – sieht man denn hier keinen verfetteten Mittelstand? Und matt ist hier gar kein Ausdruck. Angedienerte Filmindustrieintellektuelle. Arschkriechende Abwäger. Geldabwäger. Zu wenig, zu wenig! Bleibt: Amerika! Ich Trottel. Der Anstreicher hat mich hierhin verschlagen, du bist nicht freiwillig gekommen, sage ich mir das nicht tagein, tagaus? Kaum war der Erste Weltkrieg deutlich sichtbar vernäht, riss der Anstreicher alles wieder auf.

O Aasland, Kümmernisloch!, geht es Brecht durch den Kopf. Aasland, Aasland, das hat er doch schon mal, das kommt doch woher, jetzt muss er doch runter vom Sofa. Brecht kriecht zur Kladde, blättert in seinen Manuskripten, Aasland. Es muss etwas Anderes sein, etwas Früheres, das ist jetzt nicht das Thema. Aber hier ist Finnland.

Wie anders doch das Luftschiff der Gerüche in Finnland! *Finnische Landschaft*. Finnland, da wäre ich geblieben, vorerst. Augsburg war schon zu Hause mehr als weit weg. Berlin, das versprach Aufklärung, war Kontaktbörse, wechselte täglich sein Gesicht, stachelte an, ließ mich in die Gänge kommen. Und hier in diesem sich ewig auf Menschenrechte berufenden, alle Geschichtsverfälschung geschichtslos von sich weisenden Amerika, da wird man mit dem Gesicht immer auf das mühsam errungene Menschenrecht gestoßen, und das ist – schaut man nicht auf den real existierenden Staat Amerika, aufs wüstenhervorgepumpte Land –, das ist … nicht so schlecht, ertappt sich Brecht.

Dieser Sommermorgen macht mich ganz kirre. Immer muss ich daran denken, tatsächlich in Amerika zu sein, und zwar nicht zum Spaß. Andere machen hier Party, hier ist aber keine Party, hier wäre immer noch Geschichtswüste und ewige Bill of Rights, hätte ein alle Grenzen überschreitender Schnurrbart nicht, ja was denn eigentlich. »Finnische Landschaft«, ein reaktionäres Idyll?, eine Verlustanzeige? Brecht blättert im *Arbeitsjournal*. Ich habe eigentlich immer alles unter Kontrolle, denkt er, ein Satz übrigens, den ich nie und nimmer aufschreiben würde, und selbst wenn ich einen solchen Satz jemals aufschreiben würde, ich würde ihn nie und nimmer veröffentlichen. Es gibt Sätze, gegen die nutzen auch hunderttausend andere Sätze nichts, die scheinen immer durch. Einmal verraten, immer verraten. Und schon dringt die Fremdsprache ein, fordert den Kompetenznachweis, dass man nicht nur Landschaft genießt, Größe bewundert, sondern diese auch in Worte, in Szene zu setzen weiß. Brecht fällt aber nichts Entsprechendes ein. Jeden Morgen wache ich hier auf, und mir fällt nichts Entsprechendes ein. Es gibt überhaupt nichts Entsprechendes, das ist das offene Geheimnis, nichts hier ist vergleichbar, und Kindheitsträume bleiben Kindheitsträume. Das sind Träume, für die es keinen Ort gibt, die aber an einem

mal in München ein Bier trinken, jetzt, sofort. Und dieser Zigarrenladen, hat der überlebt? Wie geht es dem Mittelstand unter Hitler? Gibt es eine arische Zigarre? Brecht weiß, dass die Zigarre schadet. Er gelobt keine Besserung. Zigarre ist besser als keine Zigarre. Ich bin die Zigarre, denkt Brecht. Er hat da etwas in sein *Arbeitsjournal* eingetragen, das ihn tagelang nicht ruhig sitzen lässt. Ein Volltreffer. Brecht weiß genau, dass er was gelandet hat. Er hat etwas vorweggenommen, was so allerhand zusammenfasst. Gedicht hin oder her, Zeitmitschrift im Gedicht hin oder her, hier hat er wirklich das Kondenswasser aufgesammelt und sofort wieder den fruchtbaren Wolken zugeführt. Beim Wiederlesen will er nicht weiterlesen. Brecht steht für gewöhnlich frühmorgens auf und geht an die Arbeit, was er sich auch in Amerika nicht abgewöhnen kann, im Gegenteil, es hilft ihm über die luftlose Luft, über die allerorten ausgebrochene Wüste Amerika hinweg. An diesem Morgen kann er sich genau erinnern, die Nacht zuvor in wenigen Worten markiert zu haben, darum noch Generationen von Nachkarten ringen werden, eine Zusammenfassung der laufenden Ereignisse, die noch Jahrzehnte später in die Zukunft weist. »In gewissem Sinn haben die Nazis ein Recht«, hat er geschrieben. Er klappt die Kladde zu. Die haben gar kein Recht, fällt er sich selbst ins Wort. Wenn schon die Amerikaner stufenlos dazu übergehen, die Nazis mit den Deutschen gleichzusetzen, und zwar ausnahmslos, dann haben die Nazis erst recht überhaupt kein Recht, »ihre Leistungen eine Revolution zu nennen«. So, taten die das? Und was genau meint er mit »dieses Schwabinger Potsdam«? Vielleicht doch kein Volltreffer. Also den Eintrag in aller Ruhe von vorn: »In gewissem Sinn haben die Nazis ein Recht, ihre Leistungen eine Revolution zu nennen. Das deutsche Bürgertum vollzieht da eine Revolution in Form eines Versuchs der Welteroberung. Es emanzipierte sich sofort als Sklaventreiber und meldete sich zur Stelle – als Räuber. Im Grund konnte es allerdings auch jetzt noch seinen Adel nicht erledigen, und so begann es sogleich seinen Raubkrieg; übersprang seinen Robespierre, unterwarf sich sogleich seinem Napoleon (der danach ist, ein Fötusnapoleon!), daher diese eiserne Misere, diese minutiös geplanten Amokläufe, dieses Schwabinger Potsdam.« Und? Hat das Bestand? Hitler ein neuer Napoleon? Fraglich. In gewisser Weise ist Deutschland auch an der Atombombe schuld. Und dadurch sieht das Ganze wieder ganz anders aus. Wieder mehr wie in alten Tagen. Eigentlich beide erledigt, Deutschland und Amerika.

Also doch sentimental, denkt Brecht. Wenn man allein ist, kann man sich das ab und zu gönnen. Sentimentalität ist eine Form von Selbstverwaltung. Wie wäre es denn, im Alter seine Jugendgedichte umzuarbeiten? Alter? Ist ja unglaublich. Das Alter kommt noch, ich bin ja mittendrin … wo drin? Im Kümmernisloch. Jetzt hat er's, hier steht's ja: »O Aasland, Kümmernisloch!« Und wie fängt es an? So:

DEUTSCHLAND, DU BLONDES, BLEICHES
Wildwolkiges mit sanfter Stirn!
Was ging vor in deinen lautlosen Himmeln?
Nun bist du das Aasloch Europas.

Das kann man so stehen lassen. Aber Aasloch? Was ist das? Ein toter Körper, vom Geier ausgeweidet. Aas, ein toter Körper. Das Loch ist das, was fehlt. Totes fehlt. Und weiter im Text, da heißt es ja auch schon: »Geier über dir! / Tiere zerfleischen deinen guten Leib / Dich beschmutzen die Sterbenden mit ihrem Kot / Und ihr Wasser / Näßt deine Felder. Felder!« Also deutlich mehr als Arschloch. Klingt zwar mit und liegt nahe, ist aber zu wenig, zu eindeutig. Grässlich, denkt Brecht, sich das einmal eingehender vorzustellen, ein vollgekoteter Verwesungshaufen. Man hat es ja nicht wissen können, dass es noch schlimmer kommt. Der Anstreicher, ein Bilder-Finder. Er spornt die

Poesie zu größeren Höhen an. Aber das Gedicht ist doch von neunzehnhundertzwanzig. Umso besser, das beweist gewisse Kontinuitäten.

Tatsächlich müssen wir weg von einer solchen Bildersprache. Es muss Klartext gesprochen werden. Die Bilder sind ausgewälzt. Die hängen schon schief im Rahmen. Man kann das alles so nicht mehr machen. Es muss Klartext her. Merkwürdig, dass wir immer in der Erinnerung so bildschwanger gehen, dass überall ein Fluss fließen muss, wo keiner fließt, wir schwingen uns auf, gleiten über Wiesen und Felder, riechen die Luft der Freiheit, bewispern mal hier mal da eine Kleinigkeit, und das nennen wir Erinnerung, von Sehnsucht durchschmolzene Erinnerung. Immerhin habe ich in der Schlussstrophe selbst noch ein wenig eingelenkt. Die Schlussstrophe ist gar nicht so schlecht, denkt Brecht.

Das ist die Phantasie-, die Einbildungsfolie, in die dann die Realität einbricht. Der Realität ist es ein Leichtes, diese Folie zu zerstören. »O Aasland, Kümmernisloch! / Scham würgt die Erinnerung / Und in den Jungen, die du / Nicht verdorben hast / Erwacht Amerika!« ... und geht Amerika auch unter, müsste es heute heißen, denkt Brecht und schläft wieder ein.

Das andere Zimmer

Nein, es ist nicht einzusehen. Ob etwas der Phantasie entsprungen ist oder der bestehenden Ordnung der Welt, der Dinge, der Wirklichkeit, ob etwas bloß erdacht ist oder leibhaftig, das ist doch letztlich einerlei. Und das ist eben nicht einzusehen. Es ist nicht einzusehen, dass es ein Ende überhaupt gibt, wie oft soll ich das denn noch sagen, sagt Schönberg. Beethoven, Bach, Brahms, die sind doch gar nicht gestorben, sonst könnten wir doch nicht über sie reden. Es muss an ihnen ja etwas Herausragendes dran sein, sonst wären sie in Amerika gar kein Begriff. Da habe ich doch wieder einmal vollkommen recht, was meinst du, Gertrud. Gertrud sagt nur ja ja, man solle aber bedenken, dass vielleicht nicht alle dieser Meinung seien.

Schönberg tut dieses Gerede ab, Meinung ist genau das, was gar nicht zählt. Eigentlich bin ich weltberühmt, es hat sich nur noch nicht überall herumgesprochen. Weil der Krieg dazwischengekommen ist. Ohne den Krieg wäre ich jetzt ganz irgendwo anders. Und mein Komponieren mit zwölf Tönen hätte sich überall durchgesetzt. Ja ja, sagt Gertrud, das ist so sicher wie das Amen in der Kirche. Was sie denn mit Amen in der Kirche meine. Eine Redewendung halt. Aber doch nicht hier, nicht in diesem Haus. Er sei so empfindlich in letzter Zeit, alles bringe ihn auf, ob ihm denn etwas fehle. Amen und Kirche, also katholisch, das sei in diesem ihrem Hause völlig paradox, das müsse sie erst einmal aus der Welt schaffen, dann gehe es ihm schon besser. Ja, Kruzitürken nochamal, Gertrud ist das so rausgerutscht. Schönberg richtet sich so gut es eben geht auf dem Sofa auf. Das könne man nun wirklich nicht sagen, sagt er, das habe er vor Jahrzehnten das letzte Mal gehört, und da habe er schon gehofft, es das letzte Mal in seinem Leben gehört zu haben. Aber es habe gar nichts mit gekreuzigten Türken zu tun, beschwichtigt Gertrud. Das Kreuz ist aber drin. Eine österreichische Redewendung, mehr nicht. So, dann erkläre mir das mal, was es damit auf sich hat. Kuruzen und Türken, die kriegerisch gemeinsame Sache machten, und zwar gegen Österreich. Wenn die ankamen, hieß es nicht, da marschieren die Kuruzen und die Türken an, sondern schlicht Kruzitürken. Schönberg will das nicht mehr hören. Seine Arme können den aufgerichteten Oberkörper nicht mehr stützen.

Meinst du nicht, ich bin stark mager geworden? Ausgezehrt, weniger geworden, man sieht ja die Adern auf den Schläfen, wenn das nicht mal ein Zeichen ist, die Wangen ganz eingefallen, der Hals ausgezehrt, dem Hals sieht man schon das Ende an, es ist alles auf dem Weg nach innen, alles geht nach innen, da stehen dann die Sehnen des Halses wie kahle Bäume ... der Gesamteindruck dürftig und mager, Gertrud, meinst du nicht?

Schon, aber eben auch älter geworden.

Älter geworden, es wird halt weniger, einzusehen ist das nicht ... Wer ahmt hier eigentlich wen nach? Der Tod mich oder ich den Tod? ... Das ist durchaus kein Spaß, Gertrud, habe ich jemals gespaßt? ... Was ist denn mit den himmlischen Einflüssen, den Engelszungen? ... Die Erfindungen im Kleinen, die Erfindungen im Großen, müssten sie einander nicht entsprechen? Muss die Welt im Kleinsten nicht die Welt im Größten bereits sein? ... So wie es doch möglich sein müsste, die Wasserleitung als Triebkraft für kleine Motoren zu verwenden, ohne dass Wasser verloren geht, so müsste doch möglich sein, dass wir von Gott beatmet werden, ohne dass Lebenskraft verloren geht ... Wir wären unendlich ... Unendlich, Gertrud ... Und jetzt schau dir mich mal an, Gertrud ... Ich weiß, dass ich dir in den Ohren liege. Energieerhaltungsgesetz ... leider nicht drin, in meinem Falle außer Kraft gesetzt ... Ich habe schon Dinge nachgeahmt, die ich bei anderen noch gar nicht gesehen hatte. Und jetzt ahme ich zum ersten Mal ... ach was, so einfach ist das nicht, da werde ich noch ein Wörtchen mitzureden haben ... Zum Beispiel das Problem mit der Schreibfeder, die nie so tief ins Tintenfass eingetaucht werden kann ... nie so tief, dass sie auch die der Schreibfeder entsprechende Tauchtiefe erreicht ... All diese Dinge sind nie *ideal*. Also habe ich früh damit begonnen, sie idealer zu machen. Idealer, Gertrud. Mittels eines zu patentierenden Schraubmechanismus wird der Tintenstand angepasst, das Tintenfass ist so konstruiert, dass der Federhalter nicht in der Tinte ertrinkt, außerdem ist es nachfüllbar, die Feder ist zudem mit einem Eintauchrohr ausgestattet ... Das Notenschreiben ... eine Qual ... Das Notenkopieren eine unausstehliche Drangsal, die einen vor Wut die ganzen, bereits kopierten Noten in Fetzen reißen lässt ... Was habe ich gemacht, Gertrud? Eine Notenschreibmaschine erfunden mitsamt Tastatursystem und in alle Himmelsrichtungen beweglichen und kippbaren Schreibflächen, gegen die Nietzsches Kugelmaschine ein Witz ist. Schreibflächen, Nietzsche ... Man muss aus dem Allerwenigsten das Allermeiste machen ... Das Allerwenigste ... Wenn nichts zur Hand ist, muss aus diesem Nichts alles gemacht werden ... Das nennt man Basteln. Und zeitlebens habe ich gebastelt ... ach was, gebastelt, ich habe konstruiert. Erfunden, konstruiert, gestaltet. Praktisch sollte es sein ... Bastelarbeit gehört halt dazu ... Mein Rastral zum Ziehen von Notenlinien, erinnerst du dich, Gertrud? Fünf schwarze Stifte, zwischen zwei Pappen geschraubt, die Stifte auf gleicher Höhe, selbstverständlich ... funktionierte wun-

derbar ... weniger Arbeit ... Und was nicht alles ... so allerhand ... Spiele ... aber immer das Regelwerk abgeändert,
sonst macht es keinen ... keinen ... es macht sonst keinen
Spaß ... Flohhüpfen ... Flohhüpfen, Gertrud ... Flohhüpfen
... abgeändert ... Plastikscheibchen unterschiedlich groß ...
Punkte werden gezählt ... gar nicht so unkompliziert ... das
schöne Flohhüpfen-Spiel ... die Flöhe kommen in einen Kasten ... sie müssen in einen Kasten springen, geschnipst werden
... oder anders? ... im Kasten nur aufbewahrt ... das Fahrkar-
tensystem verbessert, kam aber erst gar nicht an, die Post ...
Frankierung vergessen ... nicht angenommen worden von der
Straßenbahn ... Schicksal ... Schicksal, Gertrud ... hab's dabei bewenden lassen ... jetzt habe ich keine Konstruktionen
mehr ... Ich schaue nur noch zu und greife nicht mehr ein ...
Meine beiden Arbeitszimmer ... unberührt. Das Kompositi-
onszimmer ... das Bastelzimmer ... verwaist ...

Ich habe nie ein Abbruchunternehmen gewollt oder heraufbeschworen, allerdings war mir die Gefühlsgeschwätzigkeit
tatsächlich immer zuwider, da spricht mir der Nietzsche aus
tiefstem Herzen ...

Wieso ein Abbruchunternehmen ... es handelt sich hier um
meine Musik ... Rechenschieber für das Komponieren mit
zwölf Tönen ... Zwölftonreihenschieber ... Zwölftonreihen-
box ... damit ging das wunderbar ... a g f ges as e d c b des es
h ... 1 2 3 4 5 6 7 8 9 10 11 12 ... eine Grundreihe ... alles da
... und natürlich die Umkehrung der Grundreihe ... aber erst,
wenn die Grundreihe einmal durch ist ... und die Umkehrung
der Umkehrung ... und der Krebs der Umkehrung ... das ist
der Himmel von Svedenborgs ... Transdimensionalität ...
Entsprechungen durch die Jahrhunderte hindurch ... man
kehre nur H, C, A und B einmal um ... meine Klaviersuite
opus 25, da ist das alles schon drin, der Bach, die Dudelsack-
quinten ... Musette ... was aber die Umkehrung der Grundreihe anbelangt, das haben die meisten gar nicht begriffen ...

außerdem ist es doch beileibe keine bloße Methode, es ist ...
hierzu später ... die Umkehrung der Grundreihe ... am besten
erklärt durch folgenden Sachverhalt ... wir haben die Grundreihe a g f ges as e d c b des es h, daraus resultiert ... a ces des
c b d e ges as f es h ... oder? ich müsste es aufschreiben ... aus
aufwärts wird abwärts bei gleichem Abstand der ... der Inter-
valle ... die Lage der Töne müsste aber festgelegt sein ... auch
eine Zwölftondrehscheibe konstruiert ... je nach Anlass ...
eben nicht umsonst, wie man sieht ... Komposition ... Rechenschieber praktischer ... alles direkt untereinander ... Die
richtigen Götter dämmern nie, allerdings sind die Götter die
Noten und nicht die Menschen. Meine Fenster, liebe Gertrud,
gehen nicht mehr nach außen, sondern nur noch nach innen.
Gingen sie jemals nach außen? Zwei Arbeitszimmer, wer hat
das schon? Beide mit Blick in den Garten, der Gegenblick
durch Bäume verstellt. An Wien erinnere ich mich schon
längst nicht mehr, ich erinnere nur die Erinnerung an Wien.
Das ist ja das, was uns so sehnsüchtig macht, Sehnsucht ist
eine Selbstsucht, weil wir uns ausschließlich an uns selbst erinnern. Wien, Wien ist mir doch längst schon entschwunden.

Eine bedrohliche Stille im Haus, denkt Gertrud. Schönberg
ist über die Frage des Älterwerdens eingeschlafen. Ob sie ihn
wecken soll? Schnelle Bewegungen der Augen, Zucken unterm
Augenlid. Zwar ist Schönberg seit Wochen unverändert, er
sieht unverändert schlecht aus, die kleinsten Verschlechterungen registriert er aber doch. Er stellt etwas fest, beobachtet sich
eingehend, kommentiert seine Wahrnehmung, fragt nach,
vergleicht. Seine Erinnerung trügt ihn manchmal, er neigt
dazu, Verschlechterungen mit Verbesserungen zu verwechseln. Vielleicht aber hat das System, denkt Gertrud, eine
Art Krebs-Rückwärtsgang der Sinneswahrnehmung. Die Um-
wertung aller Werte.

Das Fenster steht offen. Ein leichter Wind geht. Auf dem
Kiesweg gibt es für die Nebelkrähen nichts zu holen, das ler-

nen sie aber nicht, sie kommen immer wieder. Entdecken sie
eine verloren gegangene, auf dem Boden liegende Walnuss,
unternehmen sie alles, die Schalen zu öffnen, nichts ist ihnen
zu anstrengend, kein Versuch wird unterlassen. Die Nuss wird
zwischen die Füße geklemmt, kann sie nach hinten nicht mehr
so schnell aus, hacken sie mit dem Schnabel auf sie ein. Hat
der Wind die Nüsse gebracht? Im Garten und in der näheren
Umgebung steht kein einziger Walnussbaum. Wie also kommen die Nüsse hierher? Die Krähen selbst verschleppen sie.
Die Nuss im Schnabel, suchen sie möglichst steiniges Gelände,
die Nuss wird, damit die Schalen zerspringen, aus großer
Höhe fallen gelassen. Ein zweiter Versuch ist nicht selten, dann
aber wird die Sache auf dem Boden fortgesetzt. Das sind gar
keine Nebelkrähen, stellte Gertrud erst kürzlich fest, Nachfragen bestätigten, dass die Nebelkrähe am Pazifik nicht verbreitet ist. Was für ein Vogel aber ist es dann? Für Gertrud ist es
trotzdem eine Nebelkrähe.

Durchs geöffnete Fenster hatte Schönberg eines Morgens
einen Raben beobachtet, der sich ihm näherte. Der Rabe stol-
zierte über den Kies und schien Schönberg ohne Unterlass zu
beobachten. Wie gebannt stand Schönberg am Fenster, erschrocken über diesen einzelnen Raben, der geradewegs auf
ihn zu marschierte. Schau mal, Gertrud, sagte er, der Rabe ist
mir unheimlich, er kommt mich holen. Gertrud stellte sich zu
ihm ans Fenster, der Rabe flog sofort davon. Schönberg war
davon überzeugt, Hitler hätte den Raben geschickt. Es ist wieder schlimm, schrieb Gertrud noch am selben Tag dem Eisler.
Überall Gefahr, überall ein Zeichen. Eisler rief sofort an, er
habe schon mit Brecht darüber gesprochen, Schönberg habe
das Exil in den Wahn getrieben, die dauernde Geldnot und die
doch fehlende Anerkennung habe sich bei ihm in die Überzeugung verkehrt, ausspioniert zu werden. Eisler erinnere sich
genau, er sei mit ihm öfters bei ihnen im Garten spazieren gegangen, jedes Mal habe Schönberg ihm, wenn auch in Varia-

tionen, erklärt, dass er jetzt endlich so weit sei, zu erkennen, dass es eine internationale Konspiration von Autografenjägern gebe. Diese Autografenjäger würden die Dienstmädchen bestechen, damit sie in den Häusern der größten Denker unserer Zeit sich eine Stellung suchten, um dort die Manuskripte zu stehlen. Schönberg sei nicht von der fixen Idee abzubringen gewesen, so Eisler, dass es sich hierbei um einen internationalen Ring handele. Und er sei deshalb nicht umfassend anerkannt als das, was er sei, nämlich ein geistiger Erneuerer der Musik, weil außerdem seine Methoden ausspioniert würden, er wisse aber nicht genau, von wem, er gehe davon aus, dass die Amerikaner insgeheim mit den Nazis kooperierten. Schönberg sei nicht müde geworden zu wiederholen, was genau da vor sich gehe. Eisler erinnere sich an eine Version besonders. Kaum habe er, so Schönberg, eine Note niedergeschrieben, sei sie auch schon kopiert. Er, Schönberg, mache sich Sorgen, dass sein Notenpapier präpariert worden sei, deshalb habe er nur noch weißes unliniertes Papier in Verwendung, auf das er selber die Notenlinien ziehe. Dann sei er dazu übergegangen, gar keine Noten mehr zu schreiben, sondern die Musik im Kopf zu behalten. Die dazu erforderliche Konzentration habe ihn aber zunehmend überfordert, sodass er mit der Zeit sich gar nichts mehr merken könne – und wolle. Dies wiederum habe ihn auf den Gedanken gebracht, von seiner Musik als der vollendeten zu sprechen, sie könne nur gedacht, nicht aber gehört werden, das heißt, sie könne eigentlich gar nicht gedacht, sondern nur gehört werden, was er selber zunächst auch nicht verstanden hätte. Denken ist schon Beschränkung, habe er daraufhin gesagt. Hören ist Einbildung, und wir hören immer etwas anderes, und das sei alles seine Musik. Das habe er so bewerkstelligen müssen. Wenn alles, was gehört werden könne, seine Musik sei, wenn also alles Hörbare ausschließlich Schönberg sei, dann habe es gar keinen Sinn, etwas zu kopieren, denn auch das Kopierte sei ja unmissverständlich Schönberg, nur eine Kopie eben, was ja jeder höre. Auch diesen auf die Spitze getriebenen Sachverhalt sei Schönberg nicht müde geworden auszuschmücken. Er fühle sich also verfolgt, und dieser Verfolgungswahn okkupiere langsam, aber sicher jeden nur erdenklichen Seinsbereich. So meine Schönberg, um ein weiteres Beispiel zu geben, Stimmen und Gesichter aus Wien wahrzunehmen, die er nur mit Mühe der Vergangenheit zuordnen könne. Etwas reiße ihn hinunter, habe er mehrfach betont. Wien sei überhaupt sehr präsent im Denken Schönbergs. Er stelle zwanghafte Vergleiche an zwischen Dingen, die er aus Wien kenne, denen er aber auch in Brentwood begegnet sei. Jede Kleinigkeit fordere ihn zu einem Vergleich heraus, und dieses Vergleichen gipfle schließlich in einem Wettbewerb zwischen Österreich und Kalifornien. Das kalifornische Licht sei sehr von Vorteil, resümiere er dann, Wien brauche noch Jahrzehnte, um seinen braunen Himmel wieder loszuwerden. Und plötzlich, ganz unvermutet, habe er während des Spaziergangs lichte Momente, da sei er wie ausgewechselt, in solchen Momenten spreche Schönberg zum Beispiel über die Unverschämtheiten der Exilanten hier, die größte Ansprüche stellten, sich unablässig beschwerten, nie mit etwas zufrieden seien, sich allesamt für den Messias hielten, aber kein Dankeswort wäre über ihre Lippen gekommen, immer nur Stänkerei, und gegen sich selbst am meisten. Kaum habe er die unermessliche Vielfalt Amerikas gelobt und dass die Zukunft der Welt Amerika heiße, verfalle er sogleich wieder in eine Art Zungenrede und fordere, in Deutschland und Österreich müsse die Monarchie wieder eingeführt werden. Diese seine Vorstellungen, die er bald systematisieren wolle, habe er im so genannten anderen Zimmer entwickelt, wollte aber auf Rückfragen nicht sagen, wo und was denn dieses andere Zimmer sei. Zu der Zeit sei Schönberg noch stabiler auf den Beinen gewesen. Es würde ihn, so Eisler, nicht wundernehmen, wenn sich Schönberg eines Tages von Schönberg selbst verfolgt fühle, darauf laufe es hinaus. Sollte dies allerdings der Fall sein, habe die Kraft ausraubende, alles besetzende Paranoia ihn bereits gezwungen, seine Identität aufzugeben. Brecht habe auf seine, Eislers, Schilderungen nur gemeint, Schönberg sei eben eine sehr spezielle Mischung aus Genie und Verdrehtheit.

Gertrud schließt das Fenster. Sofort ist der Moment in eine andere Zeit versetzt. Als sei das da draußen nur Kulisse, eine zufällig gemachte Filmaufnahme ohne Ton, ein Umschalten, das nicht mehr rückgängig gemacht werden kann. Das ist es noch nicht ganz, denkt Gertrud, das Beunruhigende an der zerstörten Atmosphäre ist noch etwas anderes. Es passt nicht mehr überein. Mit dem Schließen des Fensters steht Schönberg für das Draußen, denkt Gertrud. Das Draußen hat seine Unschuld verloren. Der Kiesweg ist derselbe Kiesweg, es stehen noch dieselben Bäume da, derselbe Schatten fällt. Ich schließe das Fenster, denkt Gertrud, und draußen wird endgültig, die Nebelkrähe hüpft über den Kies wie ein Zitat. Ich komme der Sache schon näher. Wir sind schon nicht mehr hier, das ist es. Der Blick aus dem Fenster ist schon Erinnerung, das Schließen des Fensters die Geste des Abschieds. Als würden die Farben weichen, die Krähe im nächsten Moment tot umfallen. Im Zeitraffer verschwindet das Haus.

Das weiße Hemd macht mich ganz blass.

Gertrud dreht sich mit einer ruckartigen Bewegung um. Schönberg sitzt aufrecht auf dem Sofa und betrachtet sich. Er hält mal die eine, mal die andere Hand gegen sein Hemd, das ein Schlafanzug ist. Was soll ich ihm jetzt sagen, denkt Gertrud, er ist so eingelaufen, geschrumpft, auch er gehört schon zu dieser eben angeschauten Vergangenheit. Es kommt ihr vor, als könne sie nicht mehr mit ihm sprechen, zu deutlich zerre es schon an ihm. Schönberg aber ist ganz munter, er macht den Eindruck, gleich aufstehen und an die Arbeit gehen zu wollen.

Die letzten Wochen habe ich meine Hemden immer bis zum letzten Knopf zugeknöpft. Ich kann es nicht ertragen, meinen dürren Hals zu sehen, ich möchte so viel wie möglich von mir verstecken. Beim bloßen Wort Spiegel bekomme ich einen Schweißausbruch, ich kann in keinen Spiegel mehr sehen. Wann habe ich das letzte Mal Tennis gespielt, weißt du das noch? Unser Sohn Ronny kann's ganz gut. Ich sollte mein System zur Aufzeichnung des Verlaufs von Tennisspielen perfektionieren, meinst du nicht? Man sollte ein Tennisspiel lesen können wie ein Buch. Schach kann man doch auch lesen. Das Problem ist die Zeitachse. Oder die Aufschlagstärke. Da sind einige Parameter noch offen. Fußfehler, Netzball, Volley, placement, Drop Shot, Einstand, Doppelfehler, alles ist notierbar, Ronnys Spiele bei weitem kein Kinderspiel, wenn man sie mit meinem Symbolsystem aufzeichnen will, es geht aber, man kann das so machen, man hat nicht alles so vor Augen, wie es gewesen ist, man sollte vielleicht dabei gewesen sein, bestenfalls, dann dienen die Symbole immerhin als Erinnerungsmarken, ausgelagertes Gedächtnis, verstehst du, wo bist du denn? Es hat mich immer nur ein System interessiert, das ganz zurückhaltend ist ...

Gertrud kann wirklich nichts sagen, Schönberg ist ganz nah und doch so fern, er sitzt auf dem Sofa, gestikuliert, scheint Pläne zu schmieden, an Vergangenes anknüpfen zu wollen, sein Erinnerungsvermögen ist ganz außerordentlich, er scheint noch alles im Kopf zu haben. Gertrud macht ein paar Schritte rückwärts, will etwas sagen, kann aber die Stille nicht unterbrechen, die trotz der munteren Rede Schönbergs vorherrschend bleibt.

Es soll Musik sein, Spiel sein, nicht System. Die Lackaffen haben das ja nie kapiert. Die meinten immer, es gehe mir ums System. Ums System geht es mir aber überhaupt nicht. Um die Musik geht es mir. Dass die vorankommt. Und ohne die Alten kommt die halt nicht voran. Haben die Lackaffen auch nicht kapiert. Da sind sich die Alte und die Neue Welt ja völlig einig, im Nichtkapieren. Da verstehen die sich sofort.

Kannst du mir eigentlich mal verraten, warum ich immer liegen muss? Ich kann das nicht ganz verstehen, dass ich nicht aufstehen soll, dabei würde ich nichts lieber tun als das, aufstehen, ans Klavier gehen, in den Noten blättern, einen Tee trinken, und zwar sitzend am Tisch, ich würde gern einen längeren Spaziergang machen, dieses Haus hier endlich wieder einmal verlassen, mich in ein Auto setzen und irgendwohin fahren lassen.

Wie krank bin ich eigentlich, Gertrud? Sag doch mal, auch wenn wir in Wien geblieben wären, wäre ich doch krank geworden, oder? Das verwechselten diese Exilanten dauernd, die meinten, ohne Amerika gottweißwas geworden zu sein. Die meinten auch, vor Amerika gottweißwas gewesen zu sein. Die meisten haben weitergearbeitet. Ist das der Unterschied zwischen Literatur und Musik, dass die Literatur ununterbrochen auf die äußere Umgebung reagieren muss, die Musik aber nicht? Ich meine, ich kann nur das komponieren, was in mir drin ist, war. Was meinst du, Gertrud, eigentlich haben wir doch immer die Fenster geschlossen und den Vorhang runter, das, was zählt, ist doch dieser Raum hier, und der könnte doch überall stehen, deshalb muss ich auch gar nicht nach draußen schauen, meine beiden Arbeitszimmer aber darf ich unter keinen Umständen aus den Augen verlieren ...

Ich fühle mich besser. Mein Geist funktioniert. Die eigentliche Katastrophe des Lebens ist der Körper. Weißt du noch, wie oft ich die Vorstellung von einem Körper hatte, der beizeiten in Wartung gegeben wird, während das geistige Zentrum zu Hause bleibt und komponiert? Dann kommt der Körper zurück, der Geist wird wieder an den Körper angeschlossen, in den Körper eingehängt. Darauf müsste man hinarbeiten. Amerika wird das eines Tages bewerkstelligen können, da bin ich mir ganz sicher ...

Ich muss das jetzt mal ganz deutlich sagen, liebe Gertrud, mir geht es schon besser, vielleicht auch deswegen rede ich ununterbrochen, du hingegen schweigst, das ist dein gutes Recht. Ich möchte alles aufschreiben, was um mich herum vorgeht, was in der Vergangenheit vorgegangen ist, ich möchte ein Gesamtbild haben, in Händen halten und mich darein vertiefen bis ich tot umfalle. Ich möchte reine Anschauung haben, etwas Meditatives, darein ich mich versenken kann, und meine Musik ist letztlich nichts anderes ...

Ehrenbürger in Wien, war es nicht die Ehrenbürgerschaft?, aber eine Ehrung war es doch sicher, was war es nochmal, Gertrud?, und in Israel, da hat man mich vor kurzem ehrenhalber zum Präsidenten einer Musikakademie gemacht, ich kann aber nicht hinfahren, ich habe ihnen geschrieben, dass ich gerne für immer in Israel leben würde, der Heimat, ich werde aber nicht mehr hinkommen. Meine einzige Freude, wenn du mir den Gefallen vielleicht tun könntest, Gertrud, dass ich am Tisch sitzen könnte, ich will hier nicht mehr in den Tag hinein rumliegen, wenn man rumliegt, kommt man auf komische Gedanken, man kommt immer auf dieselben Gedanken und muss diese Gedanken jeden Tag vor sich hin denken, es kommt aber keine Neuigkeit hinzu, das denkt sich von Tag zu Tag fort, und endlich ist der Zeitpunkt erreicht, da man nicht mehr genau weiß, was man da eigentlich denkt, es denkt von selber, willst du hineingreifen und einen Gedanken herausziehen, ihn zum Stillstand bringen, entweicht er dir, du siehst dich einer ungeheuren Maschine gegenüber, deren Räderwerk dir sogleich jeden Mut nimmt, etwas begreifen zu können, wie eine Trutzburg steht es da und du davor, dann wendest du dich um, willst den Rückzug antreten, da ist aber nichts als dasselbe, es ist nur die Kehrseite des Räderwerks, du drehst dich wieder in die andere Richtung, bis du die Orientierung verloren hast, es ist rings um dich abgeschlossen, du stehst mittendrin, du siehst den Gedanken bei ihrem bewusstlosen Spiel zu, wie ein Gedanke dem anderen folgt, ohne dass darüber Rechenschaft abgelegt würde, das spinnt sich so fort, multipliziert sich, umstellt dich. So etwas, weißt du, Gertrud, so etwas träume ich jede Nacht, und wenn ich aufwache, dauert es Stunden, diesen Traum bloß als Traum zu erkennen. Jeden Tag aber kommt diese Einsicht später, vor kurzem habe ich angefangen, mir selbst gegenüber richtige Überzeugungsarbeit zu leisten, ich sagte mir, dass das nur ein Traum sei, den ich zudem schon oft geträumt hätte, so kommt also zum Traum jeden Tag mehr die Angst hinzu, die Vorstellung, das Blatt könne sich bald wenden, und der Traum daure dann länger als der übrige Tag, bis sich die Einsicht einstellt, es sei eben nichts anderes als ein Traum. Es hat etwas mit meinem Herzen zu tun, da bin ich ganz sicher, es muss eine Überlebensstrategie des Herzens sein, das Herz ist es, das so denkt, das diese sich umstellenden Gedanken denkt, es hat sich hinter den Gedanken verbarrikadiert, eine Trutzburg sind sie ihm. Zu gern würde ich den Gedanken eine Richtung geben, einen frohstrahlenden Sinn, dass ich wenigstens an schöne Dinge denke, an, ja an was, man sieht das schöne Ding und ist ganz angetan, dann sagt man, das ist aber eine schöne Sache, zuerst ist also das Sehen, dann die Freude daran und das Benennen, ich kann jetzt nicht mehr hier rumliegen, Gertrud, tu mir doch den Gefallen, wo steckst du eigentlich die ganze Zeit, tu mir doch den Gefallen, ich meine, ich müsste es auch selbst schaffen, ich stehe einfach mal auf und mache was, früher bin ich doch auch einfach aufgestanden, man steht halt auf und regelt seinen Tag, es ist überhaupt nicht einzusehen, dass ich, und das von heute auf morgen, ich weiß schon, was der Arzt gesagt hat, ich stehe jetzt aber trotzdem mal auf.

Schönberg überlegt kurz, wie er das am besten anstellen soll. Er selbst hatte darauf bestanden, das Sofa so in den Raum zu stellen, dass er nicht aus dem Fenster schaut, ich will immer meine beiden Arbeitszimmer im Blick haben, sagte er, jetzt ist diese Position jedoch hinderlich, da er sich erst mal auf den

Bauch legen muss. Es geht auch so, Gertrud muss da gar nicht helfen, alles gut. Das linke Bein berührt fast den Boden. Ganz erreicht es den Boden jedoch nicht.

Ein Kampf ist das, ein ewiger Kampf. Was ist denn mit meinem Becken los. Gertrud, das Becken funktioniert nicht, es ist so kraftlos. Ich kann es keinen Zentimeter nach vorne bringen. Würdest du vielleicht mal kommen und mir aufhelfen?

Keine Gertrud, nirgends. Schönberg rollt sich vom Sofa, der weiche Teppich mildert die Wucht des Aufpralls. Schönberg will sofort wieder aufs Sofa zurück, hat aber keine Kraft, sich an der Sitzfläche hochzuziehen. Schritte auf dem Kies, ein Schlüssel geht ins Schloss, der falsche, ein zweiter passt. Kurz darauf steht Gertrud im Wohnzimmer, ohne Schönberg zunächst zu bemerken.

Hier bin ich, sagt Schönberg, auf dem Boden.

Gertrud traut ihren Augen nicht. Ich war doch nur mal ums Haus, was die Pflanzen machen, hast du nicht geschlafen?

Gar nicht habe ich geschlafen, ich habe immerzu geredet, damit ich bei mir bleibe. Und du hast nicht zugehört, du bist einfach gegangen, hast dich hinausgeschlichen.

Eine Minute war ich weg. Was wolltest du denn? Warum bleibst du denn nicht einfach liegen?

Genau das ist der Punkt, ich will ja nicht mehr liegen bleiben, ich will mein altes Leben fortführen, spazieren gehen, Leute sehen . . .

Leg den Arm um mich.

Es kostet Gertrud keinerlei Anstrengung, so leicht ist Schönberg. Auf seine Frage, ob er nicht wieder abgenommen habe, antwortet sie, davon merke sie nichts. Ob er nicht einen neuen Schlafanzug anziehen wolle.

Ich will gar keinen Schlafanzug mehr anziehen, und auf dem Sofa liegen will ich auch nicht mehr, ich will putzmunter an einem Tisch sitzen, und dann will ich aufstehen und umhergehen.

Schönberg hockt auf dem Sofa, merkt aber schon nach kurzer Zeit, dass er sich sitzend nicht halten kann. Etwas scheint ihn auseinanderzufalten.

Kann ich dir etwas erzählen, und du hörst zu?

Ich höre zu und du erzählst.

Es wird aber besser auf dem Sessel gehen. Das Sofa erniedrigt mich, es nimmt mir meine Selbstbestimmung, da es mich immer zum Hinlegen zwingt. Ich will jetzt in den Sessel. Außerdem ist der Sessel gegen das Asthma besser, im Liegen habe ich immer das Gefühl, ersticken zu müssen. Gestern habe ich meinen derzeitigen Zustand mal in Worte gefasst. Aus ihnen geht klar hervor, dass ich in einem Sessel sitzen muss, das Sofa wird mich umbringen.

Kaum sitzt Schönberg im Sessel, scheint er wie ausgewechselt. Die letzten Wochen hatte er sich geweigert, im Bett zu schlafen. Auf dem Sofa schlafen wollte er schließlich auch nicht mehr, das Sofa sei nur wenig anders als das Bett, wenn er liege, müsse er immer ausprobieren, ob er noch aufstehen könne, das Ergebnis des letzten Versuchs ließ Schönberg umso mehr an der Richtigkeit eines weiteren Verbleibs auf dem Sofa zweifeln, Gertrud bereitete eher die zunehmende Hinfälligkeit Sorgen. Schönberg sitzt da, als habe er nie zuvor in einem Sessel gesessen, er rutscht ein wenig hin und her, als unterziehe er den Sessel einem Test, rutscht ein Stück nach vorne, dann wieder nach hinten, überlegt kurz, hält inne.

So ist es ganz gut, jetzt. Weißt du, was ich gestern notiert habe? Du weißt doch, dass ich vor einiger Zeit angefangen habe, alles in ein Buch zu schreiben. Geht es mir schlecht, gewinnen die Selbstwahrnehmungen die Oberhand, geht es mir besser, will ich die Welt umarmen. Gestern habe ich folgendes in das Buch geschrieben: »Mein Asthma hat sich etwas gewandelt: Ich habe selten schwere Anfälle, aber der Zustand der Atemnot ist mehr oder weniger chronisch. Nur vier oder fünf Stunden am Tag fühle ich mich frei, und fast jede Nacht erwache ich mit Atemnot. Ich huste dann oft drei oder vier Stunden, und nur, wenn ich erschöpft genug bin, kann ich wieder einschlafen – nur, um am Morgen die gleiche Reihenfolge wieder durchzumachen. – Seit einigen Monaten wage ich nicht mehr, in meinem Bett zu schlafen, sondern nur auf einem Sofa. Verschiedene Behandlungen wurden mit mir durchgeführt. Ich wurde auf Diabetes, Pneumonie, Niere, Bruch und Wassersucht behandelt. Ich leide an Kraftlosigkeit und Schwindel, und meine Augen, früher außerordentlich gut, erschweren mir das Lesen.« Aber ich kann noch lesen, Gertrud, und ich finde, das liest sich gar nicht so schlecht, es könnte alles noch viel schlechter sein. Ist das denn eine Krankheit zum Tode? Ich beobachte mich, ob ich noch bewegungsfähig bin. Siechtum und Schmerzen sind das Schlimmste. Wenn es so werden sollte wie bei Christiane, die immer weniger wurde. Man erkennt eine Krankheit zu spät, man erkennt sich selbst zu spät. Und jetzt stell dir vor, du musst tatenlos deinem eigenen Verschwinden zusehen, du kannst nichts dagegen unternehmen, bist bei klarem Verstand, weißt, was mit dir und in dir vorgeht, nicht mal mehr die eigene Hand kannst du gegen dich erheben, um diesem Siechtum ein Ende zu machen. Es wird noch dies und jenes an dir ausprobiert, insgeheim aber haben die Ärzte dich längst aufgegeben, sie haben dir einen todsicheren Platz in der Statistik zugewiesen, und die Statistik sagt, dass du ganz bald sterben wirst. Der Krebs ist ein eigenes System. Er sucht sich sein Wirtstier und weidet es aus, er verdrängt es regelrecht. Der Krebs wächst dir über den Kopf, er ist ein Trojaner.

Jetzt weiß ich es wieder. Gertrud, ich weiß es wieder, irgendetwas fehlte doch, da war doch was mit dem Sessel, der hatte was, und jetzt ist es mir gar nicht mehr aufgefallen, der hatte doch ein Loch, da war er doch durchgesessen, eine Kuhle, die nur notdürftig ausgebessert zu sein schien, erinnerst du dich, ich konnte doch keine Minute still sitzen auf ihm – und nun?

Nichts, das Loch scheint spurlos verschwunden zu sein, ich spüre es nicht, und weißt du, warum ich es nicht spüre? Weil ich leichter geworden bin, weil ich im Sessel nicht mehr versinken kann, Levitation nennt man das, wenn ich noch ein paar Pfund abnehme, schwebe ich tatsächlich.

Wo bin ich stehen geblieben? Die Welt wird kleiner, die Gedanken werden enger. Die Welt wird schließlich nur ein kleiner Ausguck noch sein, einen Gedanken zu Ende denken wird man möglicherweise gar nicht mehr. Selten bin ich so traurig gewesen wie zurzeit. Ich habe angefangen, das einmal aufzuschreiben. Ein kleines Notizbuch, unliniert. Das geht besser im Sitzen, das Schreiben. Außerdem, fällt mir gerade ein, der Sessel ist ein durch und durch literarischer Sessel, auch wenn Thomas Mann, so habe ich das ja schon lange im Verdacht, dieses Loch, das ich nicht mehr spüre, in den Sessel hineingemacht hat.

Hier, diese Stelle: »Alles zeigt sich noch einmal, taucht nochmal auf. Stimmungen, die man früher hatte, durchlebt man nach Jahresfrist ein zweites Mal. Wir erinnern uns an unsere Erinnerung, stand irgendwo zu lesen. Ein überaus kluger Satz. Und mit diesen Erinnerungen dringt auch jene merkwürdige Substanz wieder in mich ein und macht mir Gänsehaut. Sie kleidet die Magenwand aus und schießt in die Augen. Eine Lähmung bewirkt sie. Es ist mir in einem solchen Zustand überhaupt nicht möglich, Bewegungen auszuführen, die ich mir zur Selbstvergewisserung vornehme. Ich möchte nämlich herausfinden, ob mich nicht jemand langsam abschaltet. In solchen Fällen denke ich zuweilen, ich sterbe. Gefühlsschnösel, geht es mir durch den Kopf. Aber ich kann nichts machen, es füllt mich an, ich muss mir das alles mitansehen, was sich vor meinen Augen auftut. Eine Art Anfall, dachte ich das erste Mal, Halluzination. In diesem Zustand ist mir Schlucken fast unmöglich, was mir ansonsten nur im Schlaf passiert. Aus dem Schlaf jage ich hoch, schlucke gleich mehrere

Male, beim zweiten Mal ist bereits der Speichel versiegt, der Mund ganz trocken, die Zunge kratzt so rau am Gaumen, eine Schluckbewegung kommt aber nicht zustande, der Mechanismus ist völlig blockiert, auch die Tränen habe ich hinuntergeschluckt, der ganze Körper trocknet aus. Ich würde das gerne begreifen und beschreiben lernen, was mich da angreift. Es kommt mir so vor, als gehe da ein Tausch vonstatten, dem ich nicht zugestimmt habe. Etwas nimmt mir Substanz, und gibt mir die innerlich abzugehenden Stationen Traurigkeit ein. Das Haus der Kindheit, das längst verabschiedete, der Klassenkamerad Norbert, der im Alter von sechs Jahren mit seinen Eltern verunglückt ist, was würde er machen, heute, übrig blieb nur seine Großmutter, die jeden Tag in die Schule kam, auf Norberts Platz saß, bei jedem Ausflug dabei war. Seinen Nachnamen habe ich mittlerweile vergessen. Schramm hieß er, glaube ich. Sind wir nicht der wahre Friedhof der Toten? Was würde Norbert heute machen? Würde er sich meiner erinnern, wenn ich vor ihm gestorben wäre? Eine Katze, die aus dem Fenster fällt. Sie setzt ihre Pfoten neben den Sims und stürzt ab. Ich hatte gerade das Haus verlassen, da sah ich sie. Auf dem Bürgersteig schlug sie auf wie ein … wie was? Und blieb liegen. Beim ersten Fenstersturz hatte sie ein Auge verloren, jetzt den Rest. Erste Küsse, zaghaft, beschämt, man will das nie wieder tun, das steht sofort fest. Die Erfahrung hat man gemacht, jetzt kann man zu den wichtigen Dingen übergehen. Der feste Entschluss, sich hinunterzustürzen. Das nächste Mal stürze ich mich hinunter, versprochen, sagte ich mir. Ein kleiner Felsvorsprung, den man erwanderte. Die Absperrung war nicht der Rede wert. Zierrat. Ein Künstler, der sich nicht wenigstens einmal in seinem Leben umbringen will, ist kein Künstler, sagte ich mir damals. Von da an hatte ich, als auch der nächste Besuch dieser idyllischen Bürgererholung ergebnislos verlief, nur noch Angst vor dem Tod. Ich muss den Dingen anders Herr werden, nahm ich mir vor. Wenn ich nicht hinunterspringe, will ich fortan den Schrecken bannen, der ich selber bin. Und begann um neunzehnhundertsechs mit der Malerei. Was aber malte ich? Mich. Mit allem Schrecken. Das ins Licht schießende Gesicht. Es platzt förmlich. Selbstporträts des Inneren, innere Bilder. Keine Vorzeichnungen, direkte Realisation. Instinktiver Ausdruck, das galt es umzusetzen, kein Drittes zwischen dem Inneren und der ausführenden Hand, keine kalkulierende Geste, kein Pathos, aber Malerei als konfrontatives, gleichzeitig meditatives Tagebuch der Selbstbefragung. Malen wie Komponieren. *Blicke, Visionen* und *Fantasien*, Fixierungen des Momentanen, Improvisationen auch, aber kein Zufall, sondern nach außen gekehrtes Seelenleben, das frei zu wuchern droht, das also eingeschlossen werden muss. Parallel zur freitonalen Musik, nicht zufällig, sondern aufgrund innerer Verwandtschaft. Im Arbeitszimmer immer wieder der Blick auf das grüne und das blaue Selbstporträt, auf *Der rote Blick* und die *Vision von Gustav Mahler.* Und im schwarzen Schrank, der die Flucht überlebt hatte, der über Berlin und Paris nach Kalifornien gekommen war, liegt im großen Fach der Großteil meiner Bilder, von mir selber gerahmt. Dienen die Bilder mir immer noch als Anregung, gemalt habe ich in Los Angeles nichts mehr. Zeichnungen noch, ab und an, Selbstdarstellungen, mit Bleistift oder Tusche.

Roter Blick von neunzehnhundertzehn, da schält sich das Gesicht aus der Erde, schaut aus einem Erdvorhang hervor, will das ausgesetzte Gesicht denn erschrecken? Die Augen scheinen zu leuchten wie Lampen, sie haben ihre Leuchtkraft aus der Erde, der Mund ist einen Spalt breit geöffnet, wie die Erde, die ihn umgibt. Einundvierzig Jahre liegen zwischen dem *Roten Blick* und mir, ich bin mir ähnlich geworden, ins Bild hineingewachsen, das Licht der Augen aber droht zu verlöschen, ich, der Blickbesessene, drohe zu erblinden, der glühende Blick hat sich verzehrt. Ich bin mein Bild geworden.«

Was meinst du, Gertrud, bin ich da wiederzuerkennen, werden spätere Leser mich da begreifen können? Du nickst. Ich kann das also so stehen lassen. Trotzdem werde ich den Gedanken nicht los, die Malerei zu früh drangegeben zu haben. Das ist wieder ein anderes Thema. Da wäre noch mehr zu holen gewesen. Vielleicht hatte der Kandinsky recht, dass ich weniger mit meiner Maltechnik unzufrieden gewesen war als mit meinem Innenleben. Es hat sich dann halt verlagert. Frontal wie die Bilder waren, ist meine Kunst aber geblieben, Gertrud, das kann man doch so sagen. Meine Musik war immer von vorn, wie auch meine Selbstdarstellungen, Gesichter und Gesichte immer von vorn waren, Frontalkunst.

Zehn mal zehn Felder auf dem Schachbrett, das ist noch ein ganz anderes Thema. Das Schach steht auf einem anderen Blatt. Das ist bereits ein Lied aus einer anderen Oper, wie es bei Tschechow heißt. Vielleicht hätte ich dem Lasker doch meine Erfindung zeigen sollen. Was hätte ich schon zu verlieren gehabt? Hätte er mir dann seine Harmonielehre gezeigt? Er hätte ja mal eine Partie mit mir machen können. Allein die sechsunddreißig selbstgebauten Figuren in Schwarz, Rot, Gelb und Grün waren sehenswert. Koalitions- und Bündnisschach habe ich das Spiel genannt. Gelb und Schwarz sind die Großmächte, Rot und Grün die Kleinmächte. Die müssen sich untereinander verbünden, was ja nicht immer gelingt. Gelb und Grün gegen Rot und Schwarz oder Rot und Gelb gegen Schwarz und Grün. Das Spiel, die Erfindung ist so komplex, dass ich die Regeln erst wieder lernen müsste. Bei den Figuren habe ich mir besondere Mühe gegeben. Hörst du, Gertrud, die Figuren, die Figuren haben mich immer gefreut, die hätte ich dem Lasker doch mal zeigen können, daran hätte er sicherlich auch seine Freude gehabt. Man hat sich erst an sie gewöhnen müssen. Mit dem König fängt es schon an, der war einfach groß, wie ein Stempel oder eine mit dem Kopf auf dem Brett stehende Taschenlampe. Dann gibt es den Flieger. Der Flieger kann das, was ein Springer kann, das allerdings zweimal hintereinander, verstehst du. Allein auf den Ausgangspunkt zurückkehren darf der Flieger nicht. Er scheint also irgendwo notlanden zu müssen. Dann gibt es das Unterseeboot, das alle Züge von Dame und Springer macht. Der Tank entspricht der Dame, die Artillerie dem Turm. Dann gibt es den Ingenieur, der das kann, was der Springer kann. Aus dem Läufer wurde ein Radfahrer. Im Rückblick merkwürdig erscheint mir das Maschinengewehr. Was das alles kann, weiß ich nicht mehr genau. Es war eine Vereinigung von König und Bauer, ohne selber König zu sein, aber mit den gleichen Rechten. Der Bauer heißt bei mir Schütze. Über diese Figuren verfügt aber nicht jeder Koalitionspartner. Gelb und Schwarz haben klarerweise je einen König, über Flieger, nämlich zwei, verfügt alleine Rot. Schade. Der Lasker hätte noch wen organisiert, und die Partie wäre über die Bühne gegangen.

Schönberg macht eine lange Pause. Er hat vorerst alles gesagt. Gertrud hat dem nichts hinzuzufügen. Sie schaut Schönberg an, Schönberg sitzt ganz zufrieden in seinem Sessel.

Was der Eisler erzählte, davon finde ich keine Spur, er ist klar im Geist, nichts deutet auf eine irgendwie geartete Paranoia hin. Zeit seines Lebens, solange ich ihn kenne, hat er sich mit sich selbst beschäftigt, darüber seine Familie und mich nicht vergessen, denkt Gertrud. Jetzt würde sie gerne wissen, was im selben Moment Schönberg denkt, über sie denkt, möchte ihn aber bei seiner Inventur nicht stören. Es tut ihr gut, wenn er erzählt. Er ist konzentriert, auf die Sache gerichtet. Mit ihr ist er jünger geblieben, jetzt trennen sich die Wege, er ist deutlich alt. Gertrud verbittet sich den Gedanken, sie könne lernen, was Alter heißt. Wenn ich nur ehrlich genug mir selbst gegenüber bin, fällt es mir überaus schwer, Schönberg da im Sessel sitzen zu sehen. Er sieht sich in Ideen, Realisierungen, Vorhaben, Versäumtem; ich bin ganz Gegenwart, beobachte ihn, wie er sich Vergangenes vor Augen führt, seine

Zeitsprünge sind Maßnahmen des Abschieds, ich beobachte ein Vorübergehen. Und nie kann man sich in allen Einzelheiten darüber unterhalten, was dringend gesagt werden müsste. Das Leben verrinnt, und wir vertändeln es. Wir heben uns das Leben auf, genießen aber selbst das Aufheben nicht. Etwas zu sich nehmen wird zur Flucht, etwas genießen zur Beschämung, all die Zeit zuvor nur auf der Flucht gewesen zu sein. Jetzt hat er so viele Dinge erfunden, eine Art zu leben aber nicht. Mal loslassen, habe ich ihm das nicht immer gesagt und im gleichen Atemzug wieder Verständnis für ihn aufgebracht, für sein Getriebensein, seine Ungeduld, seine Rechthaberei, die doch auch nur der Kunst dient, wie ja alles nur der Kunst dient, alles dient der Kunst, immerhin hat er Kunst und Kinder miteinander vereinbaren können. Leben heißt instrumentieren, hat er mal gesagt. Fühlte er sich mit dem Rücken an der Wand, glaubte er sich verteidigen oder rechtfertigen zu müssen, er sei ein Autonomist, ein Ausschließlichkünstler, der fern der täglichen Praxis sei, brachte er die mehr als sechstausend Seiten Partiturinstrumentierungen ins Spiel, die er für erfolgreiche Kollegen bei der Wiener Operette anfertigte, aus Geldnot. Instrumentierung des Überlebens, wie er es nannte. Was tun? Ab einem gewissen Zeitpunkt herrscht Stillstand. Man hofft auf Besserung, Besserung ist aber nicht in Sicht.

Vielleicht eine Tasse Bovril und dann irgendwann schlafen gehen, sagt Schönberg.

Wieso gehen? Du kannst doch wieder im Sessel schlafen.

Ich dachte, heute mal im Bett zu schlafen, der Sessel rädert mich, ich kann nicht zwei Wochen ununterbrochen auf dem Sofa oder im Sessel schlafen. Ich habe übrigens ein Wort ausfindig gemacht, ich dachte mir immer, dass so ein Wort existieren muss, und jetzt habe ich's gefunden.

Da bin ich aber mal gespannt, was es ist.

Es ist doch Folgendes: Dass man über seine Malaisen bestens Bescheid weiß, und es lindert trotzdem nichts, das ist nicht einzusehen. Weißt du, was ich zum Beispiel habe? Du weißt es genau. Die Dreizehn bringt mich um den Verstand. Sie bringt mich um. Zeitlebens ist die Dreizehn mein Feind gewesen. Das Wort also. Durch Zufall im Lexikon gefunden. Jetzt habe ich's amtlich: Zeitlebens schon leide ich unter einer verschärften Form von Triskaidekaphobie. Dreizehnfurcht. Es klingt wie die schlimmste vorstellbare Krankheit. Würde mich das Herz nicht so auszehren, das Asthma, der Magen, die Dreizehn genügte, mich unter die Erde zu bringen. Ich sollte Chinese werden, dann hätte die Dreizehn mir nur Glück gebracht. Als Jude hat sie mir nur Furcht eingeflößt, obwohl das Gegenteil hätte der Fall sein müssen. Was aber bringt sie mir? Den sicheren Tod. Ein kaputtes Herz allein genügt nicht, ein sich selbst zersetzender Magen allein genügt nicht, ein die Lunge nach draußen beförderndes Asthma allein genügt nicht, es muss auch schon noch die Triskaidekaphobie sein, die sich so harmlos klingend an die Dodekaphonie schmiegt, als könnte sie kein Wässerchen trüben. »Zwölftonmusik«, das ist ja ein Irrsinn, dieses Wort, da bin ich dem Leibowitz schon dankbar, dass er den Begriff »Dodekaphonie« ins Spiel gebracht hat für meine Methode des Komponierens mit zwölf aufeinander bezogenen Tönen. Der Begriff »atonal« hatte ja einen vernichtenden Feldzug angetreten. Und jetzt, liebe Gertrud, das Monster »Triskaidekaphobie« ...

Die dreizehnte Person ist der Verräter. Wer ist denn mein Judas Ischariot, dass die Dreizehn mir so zusetzt? Dutzend des Teufels. Schlag nach bei Grimm. Bei Stäubli. Heute wurde Jesus gekreuzigt.

Ich weiß sehr wohl, dass allgemein von einer Krankheit gesprochen wird. Noch bin ich nicht tot, noch will ich wissen, was es mit diesen Merkwürdigkeiten auf sich hat. Der Schönberg, der Sonderling. Das hat man doch in Wien und Berlin gedacht, und sie waren froh, dass dieser Sonderling endlich weg ist, dann hat man es bis auf den heutigen Tag in Los Angeles gedacht, Schönberg, der Sonderling. Dass man aber mit meiner Methode des Komponierens mit zwölf Tönen Musik machen kann, eine notwendige Musik, dass diese Musik keineswegs kalt ist und auch nicht kaltlässt, das haben sie aber nicht gedacht, die Musik des Sonderlings Schönberg ist kalt, das haben sie gedacht, und sie lässt uns kalt, ich habe aber nie gesagt, dass man nur mit zwölf aufeinander bezogenen Tönen komponieren darf, ich selbst habe doch auch weiterhin mit Dur und Moll komponiert, oder habe diese Systeme gemischt, wenn es die Musik notwendig machte. *Ein Überlebender aus Warschau*, das haben mir einige übel genommen, die Thematik, die Musik. Acht Minuten, die ganze Opern ersetzen. Acht Minuten, Totenstille nach der Uraufführung. Die Zuhörer hatten es begriffen. Begreifen heißt auch ergreifen. Etwas ergreift dich, und mich ergreift der Tod. Er sitzt im Herzen und denkt. Mein ganzes Denken kreist nur um ihn. Es gibt nichts zu begreifen, Gertrud. Es gibt nichts, was man sich klarmachen, nichts, was einen trösten könnte. Ich hatte früher immer die Vorstellung von einem Tod, der einen das Leben noch zu Ende denken lässt. Man denkt das Leben stringent zu Ende, und dann setzt der Tod ein. Es hat aber mit dem Denken gar nichts zu tun. Wem die Gnade zuteil wird, bei vollem Bewusstsein zu sterben, der kommt vielleicht in die Versuchung, das Leben zu Ende denken zu wollen. Er denkt und denkt, und weiß dann nicht, was, was soll ich denn jetzt denken, soll ich jetzt denken, dass ich bald sterbe, also gut, ich denke jetzt, dass ich bald sterbe, ich sterbe bald; schön, denkt dann, das habe ich jetzt gedacht, was aber weiter? Was soll ich danach denken?

Ich habe das Exil als ein allmähliches Abschied nehmen begreifen gelernt. Man darf sich nicht mehr ablenken lassen, muss seine Zeit kompromisslos nutzen, mit aller Anstrengung das Wichtigste zu Ende bringen. Das war eine andere Vorstellung, die ich schon in jungen Jahren hatte, dass der Tod eintritt in dem Moment, wenn die Überzeugung, das Wichtigste erledigt zu haben, die Anspannung nachlässt, und mit der nachlassenden Anspannung entlädt sich der Körper, alle Energie fließt ab, man vergeht. So linear ist der Tod aber nicht. Er reißt dich fort wie der Bussard seine Beute. Er lässt dich noch ein wenig zappeln, weil er Spaß daran hat. In der Luft hängen lässt er dich, und du schaust in den Abgrund. Solche Abgründe hast du schon dutzendfach geträumt mit einer geradezu anrüchigen Lässigkeit, mein Hochmut kommt nicht vor dem Fall, es ist ein geträumter Abgrund, eine Spiegelung. Und aus den Träumen nimmt man diese Unsterblichkeit mit in den Tag. Du gehst von Tag zu Tag. Der Tag aber wird kommen, da du nicht einfach die Richtung wechseln kannst, das Gefühl ist in dich hineingewachsen, in dir selbst zu verschwinden, du erkennst dieses Gefühl als den Abgrund, von dem du die Augen nicht lassen kannst, weil dieser Abgrund aus den Augen heraussieht, er steht dir vor Augen, wohin auch immer du den Blick richtest. Und langsam geht es darauf zu, jeden Tag einen kleinen Schritt, mal in Kinderschuhen, in deinen geliebten blauen Kinderschuhen über den kühlen Wiesenhain, da gehst du ganz vorsichtig, ein Storch bist du und stakst durchs Pflanzenmeer, keine Blume darf zertreten werden, keine Biene in ihrem Flug gestört. Die Hummeln, die Hubschrauber. Sie driften weg, sie landen an und hängen über. Sie haben sich mit der Zeit wohl arrangiert, die bei ihrer Landung zu Boden gerissene Blume weicht ihnen nicht aus, sie gibt sich hin. Das Klacken der schwarzen Lackschuhe. Bist du wieder zu spät von zu Hause weg und schaffst es kaum in den Unterricht? Wie lange willst du denn noch studieren? Nasskalte Witterung. Der angesagte Regen ist ausgeblieben. Es treibt dich durch die Stadt, die noch etwas hergeben muss, heute. Nur, was? Bohrende Suche nach diesem Etwas. Für heute ist da nichts mehr zu machen, morgen aber wirst du die Suche fortsetzen. Damals hast du den Begriff »Intensität« für dich entdeckt. Leben konnte nur noch Konzentration sein. Eine Zeit lang verfolgte dich der Zwang, alles auszusprechen, was du gerade dachtest. Du hattest Angst, darüber den Verstand zu verlieren. So bist du durch zwei Jahrzehnte geritten. Wohin ist diese Angst entschwunden, und die Intensität, Gertrud, wann ist die Intensität erloschen? Eine Lampe, die auf dem Grab steht. Vor Wind und Wetter geschützt, nicht aber vor dem Verlöschen. Wer ist es, der immer nachgießt, der das Behältnis immer auffüllt? Wenn auch der wegbleibt ... jetzt werde ich ein bisschen zu traurig, meinst du nicht, Gertrud, hilf mir lieber, mich vom Liegen ins Sitzen zu befördern, ich kann so nicht liegen bleiben, ich will zehn Kilometer am Stück gehen, gegen den Wind, nicht zu warm angezogen. Ich will mich ganz zusammennehmen, es muss doch drin sein, dass ich mich noch einmal aufrapple, ich falle zusammen, das siehst du ja, eine Stimme in mir setzt sich fort, und diese Stimme ist so jung, niemand ist alt, wenn er stirbt, ein jeder hat eine junge Stimme noch, die Stimme ist immer zu jung zum Sterben, oder es sind die Augen, die zu jung sind, die noch nicht gehen wollen, die noch nicht alles gesehen haben, auch wenn sie längst nur noch nach innen schauen ...

Ich sehe dich gar nicht, Gertrud. Ich bin mir unsicher, ob ich überhaupt zu verstehen bin. Das Herz kann so schwach sein, dass ich es nicht mehr spüre. Dann ist es so leer in mir, nichts dringt nach draußen, und da habe ich am meisten Angst davor, in mir selbst gefangen zu sein, mich nicht einmal mehr umbringen zu können, wenn ich es wollte, keine Kraft mehr zu haben, dahinzusiechen, vollkommen wehrlos, nicht mehr sprechen zu können, nicht mal mehr mit bloßem Kopfschütteln oder Nicken zu signalisieren, was ich will, was ich überhaupt noch wollen könnte, die Wünsche und der Wille nehmen ja ebenfalls mehr und mehr Abschied.

Schönberg ist sich plötzlich nicht mehr sicher, überhaupt laut zu sprechen. Vielleicht denkt er nur, und Gertrud sitzt bloß da und sieht ihn ab und zu an. Was aber wäre daran so schlimm? Seit Jahren sitzt er schon gefangen in sich selbst. So einer wie ich, hat sich Schönberg immer wieder gesagt, hat in Amerika nichts verloren, weil er in Amerika alles verloren hat. Es ist mir hier nie gelungen, hat sich Schönberg immer wieder sagen müssen, die kalifornische Landschaft zu betrachten, ohne die europäische sehen zu wollen. Es hat keinen einzigen Spaziergang gegeben, ohne dass ich so eine Wehmut verspürt hätte, die alten Wege in Wien zu gehen. Und nie habe ich mich da jemandem mitteilen können, so sehr ist mein Empfinden schon selber Klischee, ist es doch gemeinhin das, was der Außenstehende unter Exilempfinden versteht. Der Schönberg, das ist zwar ein komischer Kauz, seine Sehnsucht aber ist wie die Sehnsucht aller Exilanten, von der jeder eine genaue Vorstellung hat, dass sie so und nicht anders ist. Heimat im Stillstand. Die Heimatlandschaft ein einziger erinnerter Abzug, die restlichen Bilder verblasst.

Da fällt mir gerade ein, sagt Schönberg, wo wir eben bei der Dreizehn waren, der Werfel, der hatte doch partout gestreikt, wie sich nachher herumgesprochen hatte, ihm fiel ein, dass es Freitag, der Dreizehnte war, da wollte er nicht mehr über die Pyrenäen, so weit kann es kommen, da setzt man lieber sein Leben aufs Spiel, so oder so. Hast du dich nie gefragt, welches Leben wir in Europa geführt hätten? Der Werfel hat es sich hier gutgehen lassen. Roman geschrieben, dickes Auto gekauft, Haus gekauft. Die einen so, die anderen so. Da hatte er schon recht, der Thomas Mann, wenn er vom Herzasthma des Exils, der Entwurzelung und den nervösen Schrecken der Heimatlosigkeit sprach. Wir basteln uns das ja auch zurecht. Leute, die hier gar nichts mehr zuwege bringen, denken sich in der Heimat groß. Laufen hier rum und erzählen jedem, der es nicht hören will, was für ein toller Hecht sie zu Hause waren. Auch beim dritten Nachfragen kann man sich hier beim besten Willen nicht an den Namen erinnern, man hat ihn noch nie gehört, tut mir leid, aber wenn Sie es sagen, dass es so war ...

Wenn ich zum Beispiel den Namen Schönberg auftischte, bei einer Gesellschaft, die mich noch nie gesehen hat, und ich warf plötzlich den Namen Schönberg in die Runde, als ginge er mich gar nichts an. Who? Aber vielleicht noch ein Stück Torte. Klar, noch ein Stück Torte. Aber Schönberg? Beautiful Mountain?

Du aber weißt, wovon die Rede ist, Gertrud, oder? Nun sag schon.

Ja ja, sagt Gertrud, das sind alles Ignoranten.

Die Rede ist von Arnold Schönberg, sagt Schönberg, und niemand versteht das. Im Haus hier ist es wie immer. Im Sommer ein wenig zu warm, im Winter zu kühl. Zurzeit ausgesprochen kalt für die Jahreszeit. Haben wir nicht Juli, Gertrud? Und ist es nicht zu kalt? Wir könnten auch irgendwo sein. Dieses Haus könnte auch in Hongkong stehen. Wir halten die Fenster geschlossen, die Vorhänge sind zugezogen, wir kümmern uns nur um uns, als wären wir mit verbundenen Augen in dieses Haus hineingebracht worden, das in Hongkong steht. Wir stünden halt irgendwo, und tatsächlich stehen wir ja auch irgendwo.

Wenn jemand so mager ist wie ich, hat er dann vielleicht zu wenig Blut im Körper, nimmt auch das Blut ab, wenn jemand mager ist? Eine Sache hat man ja nirgendwo genau verstanden, die Frage ist doch, gibt es ein Gesamtsystem, aus dem sich alle anderen Systeme ableiten lassen. Deswegen Musik, deswegen Schach, deswegen Malerei, deswegen Tennis. Es kann alles notiert werden. Und ist es erst mal notiert, wird sich hoffentlich ein Notationssystem finden lassen, das diese Dinge allesamt einbegreift. Wir sind doch nur Stellvertreter, die Genielackaffen hier sind von sich so überzeugt, die haben von Europa noch gar nichts gehört, wo das Genie ja herkommt, die haben auch vom Geniegedanken noch nichts gehört, geschweige denn, dass sie je einen solchen selber gedacht hätten, aber sie laufen als Geniegockel herum, die können eine Note geradeaus schreiben, wenn auch keine zweite vorausdenken, und feiern sich als Genies.

Gertrud versteht jedes Wort. Seit längerem hat sie sich abgewöhnt, auf detaillierte Fragen einzugehen. Es hat nur Sinn, ihm zu antworten, denkt Gertrud, wenn es um große und entscheidende Existenzfragen geht. Alles andere hat keinen Sinn, die Frage würde sogleich verpuffen und Schönberg nur für einen kurzen Moment im Erzählfluss unterbrechen. Irritationen hat er nie leiden können, eine Detailfrage würde ihn zornig machen. Schönberg taumelt, er denkt immer dasselbe, er stellt immer dieselben Fragen, er quält sich mit Problemstellungen, die unmöglich gelöst werden können.

Wie wäre es jetzt mit einer Tasse Bovril?

Das Herz hat Schönberg gezeichnet, und Schönberg hat das Herz gezeichnet. Meine Gesundheit, liebe Gertrud, ist seit längerem ein eminent fraglicher Punkt, ein Knackpunkt, und es wird doch wohl die Frage erlaubt sein, ob mein Herz in Wien nicht besser aufgehoben gewesen wäre, wenn ich von Wien aus weltbekannt geworden wäre. Du hörst schon, Gertrud, es ist zu viel Wenn und Aber. Dabei möchte ich betonen, nur von mir zu sprechen, ich spreche nur von Schönberg als Mensch, nicht von Schönberg als Künstler. Das Herz des Schönbergkünstlers hat durchgehalten, es hat seine Sache gemacht. Mehr noch, es hat Amerika als eine wohltuende Befreiung empfunden, auch. In Berlin die Meisterklasse-Professur für Komposition an der Preußischen Akademie der Künste, der lange Name demonstriert geradezu die europaweite Bedeutung der Sache, in Los Angeles ein Lehrstuhl an der University of California – wie soll man das anders als einen beruflichen Abstieg nennen. Über eine Sache will und kann ich mich nicht beruhigen. Wieder und wieder habe ich den Studenten gesagt, Bach, Beethoven, Brahms und dann noch Mozart, das ist alles, habe ich ihnen gesagt. Hören Sie da genau zu, studieren Sie diese Musik. Da kommt dann einer von den Studenten in meine Sprechstunde, druckst erst lange herum, na, mal raus mit der Sprache, ermuntere ich ihn, und was kommt raus, er habe nun tagelang Bach, Beethoven und Brahms eingehend studiert ... nun, sage ich, das ist ja lobenswert, allerdings, fährt der Student fort, sei ihm eine Sache nicht ganz klar, das will ich doch hoffen, entgegne ich, und dann sagt er, was ihm nicht ganz klar ist, wie man mit so was Filmmusik machen könne, das ist ihm nicht ganz klar, und das also kommt raus, das wäre aber besser dringeblieben. Schönberg, Schönberg, was ist aus dir geworden, sagte da der Schönberg in mir, händeringend, wenn Sie Filmmusik komponieren wollen, da müssen Sie nicht bei mir studieren, habe ich dem Studenten gesagt. Er war empört, ich sei doch sein Lehrer, wie könne ich denn so etwas sagen. Eben weil ich Ihr Lehrer bin, sagte ich ihm, da habe ich doch eine gewisse Verantwortung, ich unterrichte Komposition und nicht Kapitalismus. Kopfschüttelnd ist er gegangen, gesehen hab ich ihn nicht mehr. Ist es denn schade drum? Er hat seine ganze Bagage gegen mich mobilisiert, die seitdem ausblieb. Da hatte dieses Bürschchen doch tatsächlich seine Anhänger. Was hat uns in Wien eigentlich so stark gemacht, habe ich mich gefragt. Dass Druck von außen kam, zweifellos. Undeutsch, unarisch sei unsere Musik, das Semitische darin höre man geradezu, sie sei kalt, berechnet und seelenlos, keine Spur von Romantik mehr, und manche Schlauberger meinten gar, sie sei asiatisch. In Wien war ich ein Genie, hörst du, Gertrud. Ein Außenseiter war ich gleichwohl auch. Ist es nicht so, Gertrud, in Wien war ich auch ein Außenseiter. Aber ich hatte meine Zirkel. Da gab es Kritiker, die hörten sich meine Musik an, und was kritisierten sie? Meine monarchistische Grundhaltung. Wie kann man denn den Monarchismus aus der Musik heraushören? Hat man das dem Wagner angehört? Ich war ja gar kein Wagnerianer, ich war eher Brahmsianer. Auskomponierte Kabbala, schrieb so ein Dämel. Was er nicht verstand, war Kabbala. Nix Kabbala! Hätte ich mit meiner Musik ein wenig Geld verdient, jetzt ist ja alles zu spät, jetzt käme auch das Geld zu spät, hätte ich hier jemals Fuß fassen können und Geld verdienen, ich hätte meinen »Verein für musikalische Privataufführungen« wieder aufleben lassen, das sag ich dir. Nur Werke von mir und meinen Schülern wären gegeben worden. Aber welche Schüler? Kein Berg, kein Webern. Nicht einmal ansatzweise. Jetzt kann ich's ja sagen, der Webern ist insgeheim verloren. Dass ich ihn überlebe, ist eine Groteske der Weltgeschichte.

Gertrud steht in der Küche. Sie ist unschlüssig, ob sie nicht einen Tee kochen soll. Die kleinen Dinge, die an zu Hause erinnern. Ronny spricht kein Wort Deutsch, denkt sie. Wer also hört Schönberg zu? Es muss noch jemand im Raum sein. Seit Tagen redet er so. Ich halte es auf dem Sofa nicht mehr aus, klagt er seit Tagen. Dann sagt Gertrud ihm immer, dass er krank sei und liegen müsse. Das ist zu einfach, das ist viel zu einfach, beharrt Schönberg. Also hat der Arzt es ausnahmsweise erlaubt, ihn nach unten ins Wohnzimmer zu verlegen. Liegen muss er auch hier, kann aber das Klavier sehen und tagsüber hinaus in das parkähnliche Gelände vor dem Haus. Er will immer nur das Klavier sehen, den Garten habe er im Kopf. Das Haus, sagte er mal, ist gar nicht so groß. Wenn man davor steht, könnte man meinen, es sei viel größer. Sieht man durchs Fenster hinaus, denkt man wieder, dass es doch sehr groß sein müsse, dieser Vorhof passt eigentlich gar nicht zum Haus, er lässt etwas Schlossartiges erwarten. Das ist nun wirklich übertrieben, sagte Gertrud. Schönberg ließ sich aber nicht von der Vorstellung abbringen, in einem Schloss zu wohnen, mit Bediensteten, und der Präsident höchstpersönlich bittet um ein Privatkonzert. Da lässt Schönberg den Tibor Varga kommen, der die beste Aufführung seines Violinkonzerts auf Platte brachte, und Tibor Varga lässt Schönberg ganz beschämt zurück, so mehr als reif, mehr als wohlgestaltet, einfach himmlisch spielt er sein Violinkonzert, jetzt kann ich ruhig sterben, dankt Schönberg ihm, mehr steht nicht zu erwarten, das war's, allein der Präsident, der Bedeutung Schönbergs gewiss, findet keine Worte, weil er die Violine ganz anders kennt und ihm manche Stelle nicht ganz getroffen scheint, er schaut den Varga an, den Schönberg, und jetzt weiß er nicht, wem er zuerst die Hände schütteln soll, das macht man doch so, wer hat jetzt den Applaus verdient, woher soll er das auch wissen, jedenfalls ein famoses Konzert und nur für ihn, da dankt er erst mal allen beiden. So träumt sich Schönberg das.

Er hatte angebandelt, ruft Schönberg.

Wer denn, ruft es aus der Küche zurück.

Der Webern, der Webern hatte angebandelt. Er ist mir persönlich in den Rücken gefallen. Ein Wetterfähnchen der Nazis ist er. Grausam genug. Zu gern würde ich ihn mal fragen, was er denn zu Auschwitz sagt. Aber wer weiß, was da Falsches über ihn kolportiert wird. Zutrauen würde ich's ihm. Vielleicht tu ich ihm ja unrecht. Es wird ans Tageslicht kommen. Er war immer so einvernehmlich. Mit allen. Und dann diese Geschichte! Webern, der große Pflanzenfreund, der Pilzexperte, der Verehrer der gregorianischen Choräle, der Religiöse, verliert im Februar fünfundvierzig seinen Sohn Peter. Bombardiert in einem Zug in Jugoslawien. Webern verliert die Fassung, zweifelt an Gott und der Menschheit. Deutschland so gut wie am Ende, die Rote Armee dringt vor, die Amerikaner besetzen weite Teile Österreichs.

Wer besetzt was?

Österreich. Die Amerikaner. Die Amerikaner besetzen Österreich ... Wir sitzen hier fest, in Europa verschiebt sich alles, ist alles auf der Flucht, keine Verdienste zählen, der Krieg ist völlig gleichgültig gegen den Einzelnen, es gibt den Einzelnen gar nicht mehr, in Amerika fühlt sich jeder Exilant als ein ganz herausragender Einzelner, Webern packt die Furcht um seine Töchter und Enkel, schrieb ... wer schrieb das noch? diese merkwürdigen Umstände, in die ein Leben mit einem Mal überführt wird, man kann nicht früh genug damit anfangen, sich auf das Ende vorzubereiten, alle Dinge müssen frühzeitig geordnet sein. Webern also macht sich sofort, nachdem ihn die Nachricht vom Tod seines Sohnes erreicht hat, auf nach Mittersill südwestlich von ... wo liegt das nochmal ...?

Wie bitte?

Mittersill, das liegt doch ganz in der Nähe von ... hilf mir doch mal.

Salzburg. Gertrud ist das Zuhören auf Rufweite leid, hat mittlerweile auf einem Stuhl im Wohnzimmer Platz genommen.

Genau, Salzburg, es liegt bei Zell am See, jetzt fällt es mir wieder ein. Und dort, in Mittersill, hielten sich seine drei Töchter und deren Kinder seit einiger Zeit bereits auf ...

Schönberg ist nicht ganz da. Er träumt vor sich hin, dann wieder ist er hellwach, schaut Gertrud mit großen Augen an. Gertrud beobachtet ihn eine Zeit lang, dann setzt sie eine vor kurzem begonnene Strickarbeit fort. Zwischendurch hält sie inne, vergleicht ihre Arbeit mit der Anleitung in einem Heft, schüttelt den Kopf und löst eine Reihe wieder auf.

Der Webern, sagt Schönberg. Zu gerne würde ich ihn wiedersehen. Außerdem muss ich noch mein Streichtrio Opus 45 erklären, ich höre ganz genau mein Herz darin, das ich hineinkomponiert habe, das aussetzende Herz. Das Leben ist solange ein Fluss, bis das Herz anfängt zu poltern, das Herz ist der Fluss, dann setzt es aus. Hinübersetzen, den Fluss überqueren, Charon ist der Herzschlag. Mich quält die Vorstellung, das Herz könnte aussetzen, bevor wir den Fluss überquert haben. Wir sind auf dem Weg, auf halber Strecke, dann verebbt alles, setzt aus. Diese Vorstellung ist ganz und gar unerträglich für mich. Mitten auf dem Fluss bleiben wir stehen. Wir trudeln so dahin, keine Fahrt mehr, keine Luft. Wir treiben ab. Jemand erwartet uns am anderen Ufer, winkt uns zu, eine große Freude ist in seinem Gesicht, das sich verändert, wenn er der Situation gewahr wird. Es treibt ab.

Wie wäre es denn jetzt mit einer Tasse Bovril?, fragt Gertrud. Oder doch lieber einen Tee?

Webern, mein Meisterschüler. Jetzt fällt es mir wieder ein, Bresgen hat mir das geschrieben, in allen Einzelheiten, und er wollte einen allgemeinen Bericht folgen lassen. In seinem Brief kündigte Bresgen an, Webern hätte von einer Musik gesprochen, die nicht mehr aufgeführt werden müsse. Sie sei Klang an sich, nein, das Werk töne in sich, der Klang sei ständig da. Webern hätte über eine Musik philosophiert, die gehört werde, als sei sie immer gewesen, diese Musik werde eine Morgenluft sein, eine Befreiung. Da hatte ich wieder das Gefühl, in Amerika nicht am rechten Ort zu sein, abgetrennt zu sein. Wie kann sich dieser Webern herausnehmen, nicht in Amerika zu sein. Er spricht mir aus dem Herzen, Webern spricht mir aus dem Herzen, ist aber nicht greifbar. Da hatte ich nun mal einen Schüler, einen Eigenstarrsinnigen, der sofort loslegte, der sofort eigen war, den man gar nicht unterrichten konnte, schon eignete er sich alles an, machte sich alles zu eigen, und wenn er es wiedergab, klang es so, als habe er es erfunden und nicht aufgegriffen, es war alles sofort exklusiv, und wie mir das gutgetan hat. Er hat mir in Europa allerdings den Rang abgelaufen, nicht ganz verdient, gewissermaßen, und der Fuchs wusste das.

Es ist bereits dunkel geworden. Das gelbe Licht der Vorgartenlaterne erfasst eine Katze auf der Jagd. Alle Katzen kommen aus Europa, sie haben sich hier so gut oder schlecht arrangiert wie wir, denkt Gertrud. Schönberg pendelt zwischen Schlafen und Wachen.

Erschossen worden, fährt Schönberg hoch. Und an allem schuld war eine Zigarre. Der Webern, der brachte es fertig, eine Einladung nur unter der Bedingung anzunehmen, dass er Zigarre rauchen darf. Ein Zigarrenbrecht der Musik. Die Zigarre hat ihn umgebracht. Versehentlich. Bei dem Konsum wäre er sowieso gestorben. Die Frage ist ja immer nur, wann man stirbt. Würde ich anders komponieren, wenn ich wüsste, wann ich sterbe? Oder würde mich dieses Wissen verrückt machen? Diese Spielchen sind wie die Wundertüten. Man weiß nie, was drin ist, freut sich riesig, ist aber von vornherein enttäuscht. Man reißt die Tüte auf, und wirft in den meisten Fällen die aufgerissene Tüte samt Inhalt gleich weg. Dieser Moment aber, dieses Nichtgenauwissen, hat sich gelohnt, das ist es, dafür leben wir …

Und der Webern?

Ja, der Webern. Der war ganz schwach auf den Beinen. Er hatte gerade eine schwierige Krankheit überstanden, war ganz abgemagert, fünfzig Kilo wog er noch, und freute sich unverbesserlich auf die Abendzigarre. Das Rauchen ist eben das, was uns Musiker der Reihe nach umbringt. Man müsste dem Tod das Umbringen nach Zwölftonmanier beibringen, dann wären Wiederholungen vor dem Durchlaufen der gesamten Reihe ausgeschlossen. Was hieße, der Webern oder ich, der Berg oder der Webern undsoweiter.

In der Küche pfeift der Wasserkessel. Eine zuletzt selten gehörte Stimme, eine Wasserkehle mit ganz eigenem Idiom. Schönberg hatte schon überlegt, dieses hochmusikalische Vögelchen in eine seiner Kompositionen einzubauen. Schlittengeläute und Peitschenknall bei Leopold Mozart, Beethovens Schlachtgetümmel in *Wellingtons Sieg oder Die Schlacht bei Vittoria* mit Metronom-Mälzels donnerndem Panharmonikon, dabei solle es die Musikgeschichte belassen, entschied er dann. Er erkannte sich in diesem unbeugsamen Federvieh wieder, das es vorgezogen hatte, die Federn gegen eine Rüstung einzutauschen. Dem Vögelchen ist siedend heiß, es schreit jedoch nicht wie am Spieß, es frohlockt umso mehr, je heftiger der Dampf durch seine Kehle treibt. So muss es sein, denkt Schönberg und wendet sich wieder seinem Meisterschüler Anton Webern zu.

Also, das mit dem Webern war so, erzählt Schönberg seiner Frau, am fünfzehnten September neunzehnhundertfünfundvierzig sind er und seine Frau Wilhelmine zur Tochter Christine und deren Schwiegersohn ... wie hieß er gleich ... Benno ... Benno Mattel eingeladen ... zum Abendessen. Wie gesagt, Zigarre inklusive, sonst wär er ja nicht gekommen, die Zigarre hatte der Schwiegersohn von den Amerikanern besorgt. Der Mattel hatte dummerweise ... also er wusste nicht, dass die Amerikaner ihn des Schwarzmarkthandels verdächtigten. Er läuft rüber zum Gasthaus und fragt den amerikanischen Kompaniekoch, ob der ihm nicht ein paar schöne Delikatessen besorgen könne, seine Schwiegereltern kämen zum Abendessen und außerdem ein paar Amerikaner, da wolle er was Besonderes bieten. Der Kompaniekoch, der von den Verdächtigungen wusste, meldet es dem Offizier, was die ganze Lawine ins Rollen brachte. Amerikaner zu Besuch? Ein klares Indiz, dass Mattel tatsächlich Schwarzmarktgeschäfte betreibt. Der Offizier ordnet einen Haftbefehl an, zu vollstrecken durch seinen Sergeanten. Was sich danach abspielte, ist eine Posse, wäre es nicht so tragisch. Die Razzia ging nun folgendermaßen vonstatten: Zusammen mit dem Koch erscheint der Sergeant am Abend bei Mattel, der Koch hat für die widrigen Umstände rare Delikatessen mitgebracht. Man will den Mattel auf frischer Tat ertappen. Webern und seine Frau brachten die Kinder zu Bett. Währenddessen trafen der Sergeant und der Koch Mattel in seiner Küche an und verhafteten ihn mit vorgehaltener Waffe. Webern stand mittlerweile vor dem Haus, um die Zigarre zu rauchen, seine Frau war noch bei den Kindern. Den Mattel verstanden die beiden Amerikaner nicht, also verließ der Koch, den Revolver noch in der Hand, das Haus, um einen Dolmetscher zu holen. Wen trifft er vor dem Haus? Webern, den er aber für Mattel hält, der sich anscheinend vom Sergeant losmachen konnte. Mattel, der Webern war, entzündet ein Streichholz, der Koch, in Panik, hält das Feuer für eine gefährliche Waffe und drückt ab. Tödlich getroffen, kann sich Webern gerade noch ins Wohnzimmer schleppen und mitteilen, er sei getroffen worden. Kurze Zeit später ist er tot. Den Amerikanern war die Angelegenheit, wie man erfahren konnte, fürchterlich peinlich, Weberns Witwe Wilhelmine, ohne jegliche Unterstützung fortan in Armut lebend, bei Androhung von Gefängnis, wenn sie den Fall nicht endlich ruhen lasse, nahm die Tragödie neunzehnhundertneunundvierzig mit ins Grab, ohne jemandem etwas über die Umstände des Todes von Anton Webern erzählt zu haben.

Wechseln wir das Thema, liebe Gertrud. Themawechsel, das ist ja überhaupt eine sehr interessante Sache. Was nämlich nicht unwesentlich ist, denken wir zum Beispiel einmal an Bach, an Bach kann das wunderbar gezeigt werden, Bach ist der Höhepunkt des kontrapunktischen Stils, und was heißt in diesem Zusammenhang Kontrapunkt? Das Thema …

Gertrud lässt ihn reden. Es ist in letzter Zeit nicht so oft vorgekommen, dass Schönberg wie aufgekratzt dasitzt und munter draufloserzählt. Wenn man über das Thema spricht, bleibt es nicht aus, dass man das Thema auch mal wieder wechselt oder vom Thema abkommt, denkt Gertrud. Bei Schönberg weiß sie, dass Themenwechsel und Abirrungen Methode haben. Außerdem ist er halt immer ein Lehrer geblieben.

… was ja auch in der Architektur dieser Musik begründet ist. Wenn also, wie bei Bach, dem allergrößten Kontrapunktiker, das Thema so gut wie unantastbar ist, es, wie gesagt, so gut wie gar nicht verändert wird, das Thema ist das Thema, das hört jeder, das prägt sich ein undsoweiter, wie kann diese Musik von der Stelle kommen? Es braucht Kontraste. Ganz einfach. Und wie schaffe ich diese Kontraste? Ich füge eine oder mehrere Stimmen hinzu. Was machen dagegen die homophonen Komponisten, was machen Haydn, Mozart, Beethoven, Schubert, Mendelssohn, Schumann nicht zu vergessen, Brahms natürlich und selbst Wagner noch, die wir ruhig einmal die klassischen Komponisten nennen können? Ihre Kontraste entwickeln sie aus Variationen – des Themas. Was aber ist das eigentlich Überraschende? Diese homophonen Meister schalten trotz ihres homophonen Stils sehr oft strengen Kontrapunkt ein als Hommage an die Vorgänger. Sie werden dadurch nicht zu Bachnachäffern, sie bleiben Beethoven oder Brahms. Durch diese Maßnahme werden sie erst Beethoven und Brahms ... Und der Schönberg ist erst recht auch dann Schönberg, wenn er tonale Musik schreibt, ich bin halt immer noch mehr Komponist als Theoretiker. Struktur, innerer Zusammenhang und innere Logik, das ist es, was zählt. Vom Unterbewusstsein, das hier am Werke ist, ganz zu schweigen. Alles andere ist Erbsenzählerei, Korinthenkackerei. Tonal, nicht tonal, das ist doch kein Wert an sich ... Außerdem soll man sich meine amerikanischen Kompositionen mal genau ansehen, da gilt es noch einiges zu entdecken, da wird man sich noch wundern. Ich werde nicht müde zu betonen, dass eine Komposition, die auf ein tonales Zentrum verzichtet, nicht »atonal« ist, »Atonalität«, dieser Begriff ist der allergrößte Unsinn, er ist Schmierfinkerei. Ein Letztes noch: Es wird zu entdecken sein, dass im Komponieren mit zwölf aufeinander bezogenen Tönen eine Zentralkraft obwaltet, vergleichbar der Anziehungskraft einer Tonika im tonalen System, dem so genannten Grundton. Diese Zentralkraft ist eben die immer gegenwärtige Grundgestalt der Grundreihe, sie ist die Ordnung der ausgewählten zwölf Töne zu einer Reihe, deren Teilstücke sich stets auf dieselbe, auf eben diese Grundgestalt rückbeziehen. Rückbeziehung heißt auch Dissonanz, diese muss notwendig aus ihr resultieren. Aber wem erzähle ich das. Mir ist das ja klar. Das Komponieren mit zwölf Tönen bedeutet indes nicht, dass ein Komponieren mit anderen Methoden abgelehnt würde. Gustav Mahler war und ist, und er wird es immer bleiben, ein ganz wunderbar großartiger Komponist. Ende.

Gertrud ist nun doch erleichtert, dass Schönberg die Kurve gekriegt hat. Sie bringt die Tasse Bovril wieder ins Spiel, den abendlichen Schlaftrunk, das Wasserkesselvögelchen hat sich die Kehle aus dem Hals geschrien, allein umsonst.

Um es kurzzufassen, das Bovril hätte ich auch erfunden, das ist schon eine sensationelle Sache, die wiederum gewisse Ähnlichkeiten mit der Erfindung der Null aufweist.

Wir befinden uns im Deutsch-Französischen Krieg, Bismarck, Emser Depesche, Napoleon der Dritte, Ausgang bekannt. Ein Schotte namens John Lawson Johnston hatte den Auftrag erhalten, eine Million Büchsen Rindfleisch zu liefern, die Napoleon zur Versorgung seiner Hunger leidenden Truppen orderte. Britannien verfügte aber über eine solche Menge an Rindfleisch nicht. Was also machte Johnston? Er erfand eine wundersame Rindfleischvermehrung, Johnstons salziger Rinderextrakt, Flüssiges Rindfleisch, das er später »Bovril« nannte. Wie aber kam es zu diesem hässlichen Namen? »Bos« ist einfach hergeleitet: Bovis ist der Genitiv von lateinisch »bos«, das nichts anderes heißt als Rind, Kuh. »Vril« ist da schon interessanter.

Schönberg blättert in seinem Notizbuch, in das er vor wenigen Tagen Stichworte eingetragen hat.

Hier: Achtzehnhundertsiebzig, also genau zur Zeit des Deutsch-Französischen Krieges, erschien der Roman *The Coming Race* eines gewissen Edward George Earl Bulwer-Lytton, 1st Baron Lytton, *Die letzten Tage von Pompeji* sind auch heute nicht ganz vergessen, ansonsten kennt man sicher noch »Es war eine dunkle und stürmische Nacht«, der Rest ist Schweigen. *The Coming Race* jedenfalls hatte den ursprünglichen Titel *Vril: The Power of the Coming Race*, eine Science-Fiction, wie unser Werfel mit *Der Stern der Ungeborenen* ja auch eine Science-Fiction geschrieben hat. An Bulwer-Lyttons

Buch entzündete sich eine internationale Diskussion um Verschwörungstheorien, Okkultismus, theosophische Theorien, Geheimgesellschaften bis hin zu Nazigesellschaften, um Gedankenübertragung und Telekinese, es gab sogar Leute, die das Buch für bare Münze nahmen. Was ist »Vril«? In Bulwer-Lyttons Buch eine Art Energie in Form einer elektrischen Flüssigkeit, die überall eindringen kann. Vril ist in Besitz der Vril-ya, einer unterirdischen Rasse, die von Atlantis abstammen soll. Du siehst, da kommt einiges zusammen. Die Macht dieser Energie ist janusköpfig. Die Vril-ya nutzen sie als zerstörerische Kraft und als Heilsubstanz. Wenn zwei aufeinandertreffende Armeen Macht über diese Kraft haben, heißt es, würden sie beide vernichtet. Und wir, liebe Gertrud, trinken jetzt dieses Zeug. Im letzten Jahrhundert wurde es gegen Bismarck eingesetzt, es half nichts, ich trinke es, um einschlafen zu können.

Einschlafen, sagt Gertrud, das ist doch ein gutes Stichwort. Du hast viele schöne Sachen erzählt, wir könnten uns jetzt auf morgen freuen und schlafen gehen.

Auf morgen freuen ... Dass ich überhaupt schon beinahe siebzehn Jahre in Los Angeles bin, das dreizehnte Jahr also weit überlebt habe, grenzt schon an ein Wunder. Worauf wartet es also? Abergläubisch, hast du immer gesagt, ich solle nicht so abergläubisch sein. Ich gebe zu, vor jedem Dreizehnten hat's mir gegraust. Immer wenn der Dreizehnte naht, bin ich lieber nicht zu Hause. Und zu sprechen schon gar nicht. Wer sollte mich sprechen wollen? Geht es um künstlerische Fragen, bitte schön, wofür gibt es denn das Briefeschreiben? Aber mich sprechen, mich persönlich? Wenn das mal keine Falle ist. Der Totentanz, Gertrud, das war doch zu allen Zeiten schon ein Thema, und hast du gesehen, wie berauschend schön der Basler Totentanz ist? Aber mich sprechen? Lieber schweige ich für ewig. Ich bin ja mit der Zeit schon immer kleinlauter geworden. Erinnerst du dich an das Interview, das ich hier neunzehnhundertneunundvierzig gegeben habe? Wie hieß der

Mann noch? Etwas mit Stevens, Stevens hieß er, Halsey Stevens. Auf Schallplatte wollte er das Interview veröffentlichen. Ob jemals was daraus geworden ist?

So viele Dinge bleiben im Leben unbesprochen, sagt Gertrud. Wir nehmen immer Anlauf, dann kommt mit Sicherheit wieder etwas dazwischen. Das Schöne ist doch, dass wir etwas hinterlassen. Auch wenn wir es nie als eigentlich empfinden. Irgendwer greift es auf, belebt es. Den Schönberg wird man noch geben, wenn man sich an Schönbergs Leben kaum noch erinnert. So etwas könnte man zum Beispiel über dich berichten. Millionen von Leuten wird kein Gramm Aufmerksamkeit geschenkt, die leben ihr Leben, dann sterben sie, werden verscharrt, zur Beerdigung kommen nicht mal ihre Feinde, weil sie selbst Feinde nicht haben. Die sind aus dem Weltgedächtnis ausradiert. So zu denken ist vielleicht ein Teil unserer Kultur. Leben und Sterben im Sinnkreis der Kulturen ... Schlafen gehen?

Jetzt schlägt's aber dreizehn. Was will ich denn von Millionen von Leuten wissen? Fünfzig Zuhörer sind mir letztlich genug. Wenn einer darunter ist, der wirklich zuhört ... Hast du das jemals verstanden, Gertrud? Wo kommt das her, dass man das sagt. Es schlägt ja nie dreizehn. Oder sagt man, es hat dreizehn Uhr geschlagen? Man sagt doch immer nur, es hat ein Uhr geschlagen ... Null Uhr, das sagt man auch ... Was ja das Allermerkwürdigste ist, bedenkt man, dass Null überhaupt keine Zahl ist. Null ist kriegsentscheidend. In Europa eingeführt hat die Null ... warte mal, das habe ich auch neulich notiert ... Zwölfhundertzwei Leonardo Fibonacci mitsamt den übrigen arabisch-indischen Ziffern, was eine Revolutionierung des menschlichen Denkens zur Folge hatte. Zum Rechnen war das römische Zahlensystem völlig untauglich. Und es war der Hohenstaufer-Kaiser Friedrich II., der zwölfhundertsechsunddreißig mitten zwischen kriegerischen Auseinandersetzungen während der Kreuzzüge in Pisa einen Gelehrtenkongress einberief. Unter den Wissenschaftlern befand sich auch Fibonacci. Auf sein dringendes Anraten hin machte Friedrich II. die Verbreitung des arabisch-indischen Systems zur Chefsache. Die Null verbesserte die wirtschaftliche Situation des Kaiserreiches entscheidend. Die Null als geistige Macht. »Du bist eine totale Null« müsste also nochmal überdacht werden ... Womit man sich alles so beschäftigt, wenn man alle Zeit der Welt hat. Wenn man nichts mehr unternimmt. Sonderlich wird man.

Man könnte ihn so, wie er ist, auf eine Bühne stellen, denkt Gertrud. Was er nur alles im Kopf hat. Als habe er Angst, dass sich alle Fäden lösen könnten, und er müsse Sorge dafür tragen, dass Dinge zueinander in Beziehung gesetzt werden. Wenn jemand gar nichts erzählt, hat er vielleicht gar nichts zu erzählen. Es geht ihm gut dabei, und er wirkt trotzdem unterhaltsam. Wenn aber jemand wie Schönberg ununterbrochen draufloserzählt, hat er vielleicht etwas zu verbergen, unweigerlich fragt man sich, was er NICHT erzählt und ob das nicht das Wesentliche sei. Weit kommt Gertrud nicht mit diesen Spekulationen ...

... Immer nur bis zwölf Schläge, dann wieder nur ein Schlag. Und kein Schlag? Das völlige Aussetzen? Mit Gewissheit kann nicht gesagt werden, ob ein nächster Schlag nicht doch noch erfolgt. Nur wann? Heißt das der Tod? Vielleicht bin ich ja nur ein ... aber das Symmetrische hört man ja nicht, oder findest du meine Kompositionen aus zwölf Tönen zu symmetrisch, das hört man aber nicht, oder? Wegen der Dreizehn. Sonst wären es dreizehn Töne geworden. Das hätte ich nicht überstanden. Ich hab da auch schon mal an die zwölf Jünger gedacht, aber dann wäre ich wohl Jesus, der Dreizehnte, dann wäre Jesus aber der Teufel, hol ihn der Teufel, der Teufel ist die Dreizehn ...

... Der Dreizehnte vergeht jedes Mal so langsam, als müsse ein großer Fels auf einen Berg gewälzt werden, nur ist der Fels viel zu schwer und der Berg viel zu hoch. Der Fels kann immer nur ein kleines Stück bewegt werden, er kommt kaum von der Stelle. Und dennoch kann man diese vergebliche Anstrengung nicht aufgeben. Ich schaue dem Dreizehnten beim Vergehen zu, wie gelähmt bin ich, da er nicht vergehen will. Beständig schaue ich auf die Uhr, zähle die Sekunden mit, muss mich künstlich ablenken, kann das Fortschreiten der Minuten nicht erwarten, stelle manchmal die Minuten vor, damit die Zeit schneller vergeht, stelle die Uhr wieder zurück, weil es mich verrückt macht, zwei Zeiten im Kopf zu haben, das heißt, eine im Kopf und eine vor Augen. Ich mache keinen Hehl daraus, dass es mir besser geht, wenn du meine Hand hältst. Der Dreizehnte zerrt an mir, er saugt mich aus. Wenn aber der Dreizehnte vergangen ist, kann nicht viel passieren, der Vierzehnte kann mir nichts anhaben und der Zwölfte erst recht nicht. Alles, was nicht der Dreizehnte ist, ist völlig ungefährlich. Es ist nicht zu fassen, Gertrud, ich bin sechsundsiebzig Jahre alt. Was heißt das? Sieben und sechs macht dreizehn. Man kann alles ausrechnen, wenn man will.

Und was mache ich jetzt? Ich schaue auf die Uhr. Ich schaue zu, wie auch dieser Dreizehnte vergeht. Heute, Freitag, den dreizehnten Juli neunzehnhunderteinundfünfzig. Ich habe nichts mehr zu erzählen und schaue auf die Uhr. Ich bin ausgelaufen. Ausgepresst. Ich habe mich um Kopf und Kragen geredet, was mir auch Spaß gemacht hat, nun bin ich zu Ende geredet. Es bleibt mir nichts anderes zu tun übrig, liebe Gertrud, als auf die Uhr zu schauen, du siehst es ja. Es ist bald zwölf, auch diesen Dreizehnten habe ich bald wegerzählt. Den Dreizehnten ist nur durch Erzählen beizukommen. Auch das könnte man groß und breit auslegen, Maßnahmen der Angstbannung und solche Dinge.

Dreizehnter Juli neunzehnhunderteinundfünfzig. Schönberg behandelt das Datum wie ein rohes Ei, von dem man nicht genau weiß, ob man es noch braten, mächtig durcherhitzen, oder aufgrund seiner abgelaufenen Haltbarkeit mit aller Vorsicht in den Abfall befördern soll. Ein besonders langsam vergehender Dreizehnter, findest du nicht?

Gertrud findet das nicht. Ein ganz normaler Tag, sie ist vielleicht stärker erschöpft als sonst, sie hat viel zugehört.

Ich gehe in die Küche und setze das Wasser wieder auf. Vielleicht magst du die Tasse Rinderextrakt trinken oder du lässt sie stehen ...

Schönberg ist wieder ganz woanders. Er sinniert über das Phänomen Kindbettfieber. Gertrud steht auf und begibt sich in die Küche.

Kubin, sagt Schönberg. Jetzt fällt es mir wieder ein. Der glaubte doch glatt, am Kindbettfieber zu leiden. Kubin behauptete, Kindbettfieber zu haben, wie es im Buche steht. Zu beruhigen war er erst, als man ihm die abenteuerliche Selbstdiagnose bestätigte.

Ich kann die Uhr förmlich picken hören ... Gertrud, hörst du das auch? ... Wie die Uhr pickt?

Was soll ich hören, ruft Gertrud aus der Küche.

Die Uhr, die so vor sich hin tickt ... und das Ticken wird immer lauter, mit jeder Sekunde wird es lauter ...

Gertrud kommt aus der Küche zurück und stellt sich mitten in den Raum. Wie immer, sagt sie, ganz normal wie immer.

Man muss ein Gehör dafür haben, ein Gespür, es ist nie dasselbe, was man hört, das Ticken des Metronoms ist auch nie dasselbe, der Pendelschlag links ist ein anderer als der Pendelschlag rechts, mir schien links immer lauter zu sein, vielleicht weil das Metronom links näher am Ohr ist ... die Augen schließen und sich nur auf das Ticken der Uhr konzentrieren, das ist überhaupt ein bizarrer Gegensatz, das spitze, scharfrandige Ticken der Uhr und diese hohen, oben gerundeten Fenster, die mir an unserem Haus immer ganz besonders gefallen haben. Als würde das Ticken die Fenster mit ihren Rundbögen zum Zerspringen bringen können ...

Das Vögelchen. Gertrud eilt wieder in die Küche. Schönberg fährt mit den Augen die Fenster ab, eine schöne Abwechslung gegen die Uhr.

Ein dumpfer Schlag. Endlich Mitternacht. Schönberg ist hundemüde. Er erhebt sich aus dem Sessel, schreitet den kurzen Weg zur Treppe, das Hinaufgehen macht ihm große Mühe. Nach jeder Stufe muss er eine Pause einlegen. Würde das geschwungene Holzgeländer es ihm nicht ermöglichen, sich hochzuziehen, er müsste die Unternehmung abbrechen und wieder zurück zum Sessel gehen. Vier Stufen noch, noch drei, eine kleine Pause, das Schlafzimmer ist schon in Sichtweite, jetzt ist Schönberg ganz oben.

Mit einer Tasse Bovril in der Hand kommt Gertrud aus der Küche. Schönberg öffnet die Tür des Schlafzimmers und geht hinein. Gertrud macht im Wohnzimmer das Licht aus, ihr Mann wird wohl oben sein. Schönberg stellt etwas fest. Mit der wie allabendlich trinkfertig zubereiteten, wenn auch möglicherweise noch zu heißen Tasse Bovril hat Gertrud die Tür zum Schlafzimmer erreicht. Sie öffnet die Schlafzimmertür. Im Schlafzimmer kann sie Schönberg nirgends erblicken. Die Schlafzimmeruhr ist absolut zuverlässig. Es hat noch gar nicht zwölf geschlagen. Die Wohnzimmeruhr geht vor. Dreizehn Minuten. Jahrelang. Mitternacht ist noch gar nicht vorbei. Für die Tasse Bovril ist es also entschieden zu früh. Die Tasse fällt zu Boden.

Von da an quält sich Frau Schönberg, berichtet Katia Mann. Schönberg, an einem Dreizehnten geboren, stirbt in einem Alter mit der Quersumme dreizehn an einem Freitag, dem Dreizehnten, dreizehn Minuten vor Mitternacht. Die entscheidende Differenz jedoch, das so genannte Quäntchen: Gertrud Schönberg habe sich seitdem mit der Idee herumgequält, die Differenz sei an allem schuld, die Uhr. Dass es eben zwölf Töne sind, und nicht dreizehn. Dass es in Wahrheit aber nicht zwölf geschlagen hatte, sondern dreizehn. Dass die Uhr unten vorgegangen ist. Dass er nach Mitternacht erfahrungsgemäß nicht gestorben wäre.

Der großen Geschichtsumgeherin Alma zufolge ist Schönberg erst am fünfzehnten Juli neunzehnhunderteinundfünfzig gestorben. Dann stimmt die ganze Geschichte natürlich nicht. Schönberg habe man das Kinn hochgebunden. Gertrud habe danebengesessen und ihren toten Mann gestreichelt. Die Kinder hätten die Leiche verständnislos angestarrt. Anna Mahler hat die Totenmaske abgenommen. Ein nach hinten auf die Ohren zu gezogenes Gesicht, die Lippen schmal, die Augen zugeklappt. Den Hals zeigt die Maske als knorrigen Pfahl, darauf man den Kopf gesetzt hat. Der Schädel kahl. Wangen keine vorhanden. Die Nase aufgebläht, als hole er gerade Luft.

Pelikane

Ruderfüßer, denkt Lion Feuchtwanger, als er die Vögel sieht. Immer wieder hat er sie beobachtet. An manchen Tagen konnte er sich nicht sattsehen an ihnen. Das sind die klügsten Tiere, die ich kenne, denkt er. Gänse sind schon klug. Wenn sie in den sommerlichen Winter ziehen, sammeln die Gänse sich an Land und in der Luft, bilden eine unverwechselbare Fluglinie, einen Pfeil, der sie sicher ans Ziel bringen wird. Aber wie? Wie schaffen sie das? Es müssen die Sterne sein, denkt Lion. Die Gänse müssen die Krümmung der Erde spüren, eine Art Magnet muss sie dahin zurückziehen, woher sie gekommen sind. Lebenslang. Bei der Führungsarbeit rotieren die Gänse, eine Art Mannschaftsrennen, ein Radrennfahrer definiert die Geschwindigkeit, die anderen fahren in seinem Windschatten. Auf ein Zeichen hin lässt sich der Führende zurückfallen und setzt das Rennen am Ende der Kolonne fort. Lion meint beobachtet zu haben, dass es die Gänse in ihren Formationen genauso machen, sie besitzen eine geheime Strömungslehre, eine innere Uhr, die es ihnen erlaubt, im Tross Tausende von Kilometern zurückzulegen. Sie fliegen im Windkanal, denkt Lion. Oder außerhalb? Er kann sich das nicht ganz erklären. Ihn überkommt Schwermut bei dem Gedanken, den Flug der Gänse nie wieder beobachten zu können, ihren schnatternden Keilflug, bei dem sie pausenlos auf Stimmfühlung sind. »Die Bundesrepublik ist gewiß kein verlockender Aufenthalt und auch Westberlin in keiner

Weise«, hat Arnold Ende April neunzehnhundertsiebenundfünfzig geschrieben. Gewiss. Dennoch aber solle ich kommen, denkt Lion. Er stellt sich vor, gemeinsam mit Brecht, Döblin, Eisler, den Manns und Werfels, den Schönbergs und all den anderen am Himmel zu fliegen wie die Gänse, Brecht und Thomas Mann streiten andauernd über die Führungsarbeit, Brecht gibt dann klein bei, gesellt sich ans Ende der Formation, Thomas Mann verliert nach Stunden die Orientierung, Brecht wundert sich gar nicht, die Gruppe beschließt, keinem der beiden zu folgen, Thomas Mann fliegt zurück, Brecht weiter geradeaus, Heinrich Mann wird Präsident. Lion meint fast schon, sie am Himmel zu sehen. Wie hat der Brecht noch so schön formuliert: »Da darf man sich auf keinen Fall gehenlassen, wenn die Luft so milde ist.« Gearbeitet haben wir alle hier. Eisler hat's auf den Punkt gebracht, wenn er von der quälenden Langeweile eines Emigranten sprach, der zwölf Stunden nur sich betrachten kann. Hätten Sie in Deutschland dieselben Bücher geschrieben, fragte vor Wochen eine deutsche Studentin in einem Brief. Ich habe ihr bis heute nicht geantwortet, denkt Lion. Wir haben zumindest alle den Hitler wegschreiben wollen. Europäer halt, Deutsche, die an die Macht des Wortes glauben.

Und die amerikanische Staatsbürgerschaftsfrage? Nichts hat sich getan. Ich bin und bleibe Dauerexilant. Aus dem amerikanischen Pass wird ja dann wohl nichts. Ich werde die Gänse nicht mehr sehen, ich werde Deutschland nicht mehr sehen. Aber ich muss es ja beteuern, dass ich kommen werde, was für einen Grund soll ich denn haben, nicht mehr zurückzukommen, für einige Tage wenigstens. Jedes Mal aber, wenn ich darüber nachdenke, jetzt in einem der Flugzeuge zu sitzen, die über mich hinwegfliegen, stellt sich das sichere Gefühl ein, dass es nicht geht, heute nicht, morgen nicht, gar nicht mehr. Ich habe ja meine Bücher, denkt Lion, der Fotoband vom zerstörten München, kein Stein auf dem anderen, allein die Frauenkirche ... die Gedanken driften weg. Wirklich zugesagt habe ich niemandem, ich halte sie alle hin, zwölf Jahre nach dem glorreichen Ende des Dritten Reichs bin ich immer noch und ausschließlich hier in Pacific Palisades, gehe den Paseo Miramar hinunter, am Strand spazieren bis Venice Beach, denselben Weg zurück und den Paseo Miramar wieder hinauf, das hat mich ein wenig in Form gehalten, die Krankheiten aufgehalten hat es nicht. Zu viel geht durch seinen Kopf, er will da einmal Ordnung schaffen. Lion legt eine Pause ein. Keine Bänke wie in Deutschland, keine Landschaftsmalerei. Er hat Leute kennengelert, die gar keine Notiz vom Meer nehmen. Erzählte er ihnen, er sei heute wieder am Strand spazieren gegangen und seine Frau gehe jeden Morgen den Weg hinunter, ein Bad zu nehmen, jeden Morgen, verstehen Sie, auch wenn es noch so kalt ist, das Pazifikwasser, da schauen sie ihn nur groß an und verstehen die Welt nicht mehr, das kommt für sie gar nicht in Frage, das Meer sei eben da, da könnten sie auch nichts machen, das sei eben was für Ausländer, der Amerikaner fährt Auto und guckt, dass er nach Hause kommt. Ganz geglaubt hat er ihnen das nie, das hat er stets für Angeberei gehalten. Auf einem Betonpfeiler macht Lion Rast. Er will den Brief von Arnold noch einmal ganz genau lesen, und er will den Pelikanen beim Fischfang zuschauen. Ich habe die Gänse gegen die Pelikane getauscht, sagt er sich. Den Ammersee gegen den Pazifik, den Schnee gegen den immergrünen Sand. Und mein Leben? Mein Leben habe ich gegen die Erinnerung daran getauscht. Der April hat hier schon eine solche Hitze, dass man sie unmoralisch nennen könnte. Dass der Arnold aber nicht lockerlassen kann. Lion zieht sein blaues Jackett aus, aus der Innentasche holt er den Brief. Sie können sich auf dem Wasser und an Land bewegen, bis zu zwei Meter Flügelspannweite, bis zu anderthalb Meter groß. Fressen Unmengen von Fisch, sechs bis sieben Zentner pro Jahr. Aber die hier nicht, die sind kleiner.

Heinrich Mann ist auch nicht mehr zurückgekehrt, wollte er ihm zunächst antworten, was aber doch wohl ein bisschen trotzig gewesen wäre. »Liebster Feuchtwanger«, schreibt Arnold Zweig, »war das der Sinn unseres Lebens, daß Sie Ihre Tage in Kalifornien beschließen und ich nicht imstande bin, Sie zu besuchen wie in Sanary?« Die Tage beschließen ... Heute beim Spazierengehen hat sich tatsächlich das Gefühl eingestellt, nicht mehr lange zu leben. Das heißt, den Kopf zu ordnen, deshalb geht darin alles drunter und drüber, Gedanken werden angedacht, aber nicht zu Ende, der Anblick einer beliebigen Sache weckt direkt Erinnerungen. Auch habe ich seit längerem das Gefühl, kein Primärleben mehr zu haben, denkt Lion. In meinem Kopf verwalte ich das Leben bloß noch. Ich habe Angst, Erinnerungen zu verlieren. Bilder des unzerstörten München. Bilder des zerstörten München haben sie ganz verdrängt. Dennoch habe ich den inneren Zwang, mir diese Bilder anzuschauen. Ich schlage das Buch zu und beschwöre Erinnerungen an Straßenzüge und Gebäude von vor dem Krieg herauf. Das ist es, lieber Arnold, die Reise geht nach innen, wir sind Zugvögel der Erinnerung. Kaum ist es mir gelungen, den Odeonsplatz, die Universität, das Glockenbachviertel oder den Marienplatz vor Augen zu stellen, rutschen diese Bilder weg, und es baut sich eine Kulisse der Zerstörung auf. Seit Wochen trainiere ich das jetzt, diese Bilder festzuhalten, sie sofort abrufen zu können, wie der geübte Kartenspieler auf verabredeten Zuruf stets die gewünschte Karte zur Hand hat. Lion konzentriert sich wieder auf den Brief. »Wollen Sie wirklich nicht versuchen, einen westdeutschen Paß zu erwerben und Ihre sicherlich wunderschöne Bleibe in Pacific Palisades wenigstens zeitweilig stehen zu lassen?« Könnte ich das? Das ist doch meine Burg. Kaum hätte ich einen Fuß auf deutschen Boden gesetzt, bekäme ich doch schon wieder Heimweh. Bloß nach welchem Heim? Was ich am meisten fürchte, ist die Entfremdung da, dass ich mich nicht mehr auskenne und das Gefühl verloren habe, ganz selbstverständlich durch die Straßen zu gehen. Seht her, ich bewege mich ganz natürlich, ich bin von hier, ich war nur kurz weg, das alles würde nicht gelingen. Wie heißt es so unmissverständlich: Es ist in die Brüche gegangen, und dieser Bruch wird immer erkennbar bleiben. Was also soll ich mit einem westdeutschen Pass? »Die Bundesrepublik ist gewiß kein verlockender Aufenthalt und auch Westberlin in keiner Weise, aber Freundschaft, persönlicher Kontakt, das tägliche Miteinanderlachen und -schwatzen und Einanderberaten in literarischen und politischen Dingen, hätte das nicht Gewicht genug in Ihrem Leben, Sie aus Ihrem Paradies herauszulocken?« Vertreibung ins Paradies. Was für merkwürdige Schnäbel die Pelikane haben, denkt Lion. Der Unterkiefer mit seinem von biegsamen Ästen gehaltenen Kehlsack dient als Kescher, der Oberkiefer als sein Deckel. Der Kehlsack ist so dehnbar, dass er fast fünfzehn Liter Wasser transportieren kann. Ich muss dem Arnold das einmal ganz genau schildern und begründen. Es gibt keine Kontinuitäten. Nur Altherrengeschwätz. Der Heinrich hat ja immer Versprechungen gemacht zurückzukehren, in den russischen Sektor. Der wollte das nur vom Hals haben, das dauernde Drängen seines Bruders. Tatsächlich wusste das aber jeder, der geht nicht zurück, dem ist das nur lästig, trotz allem Pläne schmieden, allen Utopien. Heinrich war einfach zu alt. Er war schon nicht mehr jung, als er hier ankam... Die Bücherei mitnehmen? Der gute Arnold weiß ja gar nicht, was das heißt. Meine Bibliothek kann mir nicht nur alles andere ersetzen, sie ist das Fundament meines Hauses, mein Anker, den ich nicht mehr lichten kann. Da nutzt mir eine Wiedergutmachung gar nichts, die Bücher über Goya, die Reprints seiner Zeichnungen, das alles hat nur hier seinen Wert, es ist meine Neudefinition, die Bücher, die ich hier geschrieben habe, hätte ich in Deutschland gar nicht schreiben können. Aber wie weit kann man ehrlich sein, bis wohin? »Jedenfalls, liebster Feuchtwanger, ist es schmerzlich für unsereinen, sich mit der Wahrscheinlichkeit abzufinden, Sie ebenso wenig noch einmal persönlich nahe zu haben wie unsern Brecht oder Th. M.« Abwarten. Das ist ja das Merkwürdigste, das ganze Bücherschreiben hier dient nur der Ablenkung von einem selbst, von der Frage nach einem selbst. Wie diese Vögel hätten Thomas Mann und Brecht nie gemeinsam in einer Kolonie leben können. Sie könnten überhaupt nie in einer Kolonie leben und so friedlich schon gar nicht. Abendrot. Die Sonne geht hier flacher unter. Wie wäre es jetzt mit Mahlers Neunter Symphonie, hinausgeblasen, hinausgestrichen aufs Meer? Das ist die Sehnsucht der Europäer, die Amerikaner würden damit gar keine Sehnsucht verbinden, sondern Filmmusik. Mahlers Neunte würde erklingen, und die Amerikaner sähen den Strand, das Meer, die untergehende Sonne als Filmkulisse. Verlöschender erster Satz. Ich bin plötzlich in der Verfassung von Heinrich Mann. Mit dem Verlust seiner Frau ist er nie fertig geworden, Amerika war mit ihm aber schon längst fertig, Nelly hat ihn nur die Dunkelheit nicht wahrnehmen lassen. Sie ist daran zugrunde gegangen. Da ist ja richtig der Teufel los, dass alle da plötzlich hinstürzen. Lion geht einige Schritte Richtung Wasser, er bemerkt zunächst gar nicht, dass seine Schuhe schon nass sind, das muss er sich einmal genauer anschauen, wie die Pelikane sich da reihenweise ins Wasser stürzen, auftauchen und nach wenigen Sekunden erneut Anlauf nehmen, kopfüber ins Meer zu schießen. Ein richtiger Tumult ist das, einen so hartnäckig und rasant jagenden Schwarm von Pelikanen hat er noch nicht gesehen. Braune Meerespelikane sind das hier, die einzige der sieben Pelikanarten, die nur am Meer leben können. Es gibt sie nur hier in Amerika, an der amerikanischen Pazifik- und Atlantikküste. Und mich gibt es auch nur hier. Die Treiber haben mich hier an Land gespült. Die Pelikane bilden arbeitsteilige Jagdgemeinschaften. Das werde ich einmal in einer Geschichte verarbeiten müssen. Ist ein Fischschwarm ausgemacht, schließt sich der eine Teil, bestehend aus bis zu einhundert Vögeln, zu Treiberketten zusammen, die den Fischschwarm vor sich her treiben, wobei sie eine Linie oder einen Halbkreis bilden und so ein Entkommen der Fische verhindern. Der andere Teil braucht bloß im seichteren Wasser auf die fliehenden Fische zu warten, die einfach nur mit dem Kescherschnabel herausgeschöpft werden müssen. Und wie gelingt es den Pelikanen, die Fischschwärme so voranzutreiben? Es hat eine Weile gedauert, bis Lion in der Bibliothek ein Buch auftreiben konnte, das diese Frage eingehend erörtert. Die Treiberkolonne schlägt wie wild mit den Flügeln, tritt mit den Beinen und stößt mit den Schnäbeln ins Wasser. Die Fische ergreifen instinktiv die Flucht. Da die Pelikane den Weg ins offene Meer abgeriegelt haben, bleibt ihnen nur das rettende Ufer.

Lion faltet den Brief zusammen und steckt ihn wieder in die Innentasche seines Jacketts. Lieber Arnold, ich werde dir schreiben müssen, dass ich nicht mehr komme und dass wir uns nicht mehr wiedersehen. Als er diesen Satz denkt, ist Lion gar nicht traurig. Das macht ihn traurig. Ich habe mir am Strand immer die Zeit vertrieben. Man denkt immer an den Erholungswert, an die Gesundheit, aber eigentlich ist es eine gewisse Langeweile. Es ist dieser Wartezustand, dass sich mit einem Mal vielleicht doch noch schlagartig die Lage ändert, dass man empfangen wird wie schon so manches Mal zuvor, Empfänge zu Ehren des Herrn Feuchtwanger, aber das ist nur eitles Tun und Denken. Der Werfel hatte einen tollen Empfang in New Jersey, neunzehnhundertvierzig, als er mit dem Schiff ankam. Werfel kommt nach Amerika und erlebt nur wenige Tage später das triumphale Erscheinen seines *Veruntreuten Himmel*. Weit mehr als einhundertfünfzigtausend Exemplare von *The Embezzled Heaven* werden verkauft. Das sprach sich schnell herum. Alle gaben sich gönnerhaft, nach außen hin zumindest. Döblin und Heinrich Mann verkauften hier nichts.

Heinrich ein bisschen was in Russland. Was sie wohl über Werfel dachten. Der Brecht hat ja nie einen Hehl aus seiner Abneigung gegen Werfel gemacht. Wie nannte er ihn, und das auch öffentlich? Das Geschwerfel. Das sollte Überlegenheit markieren, war aber nur Neid. *Jakobowsky und der Oberst*, Werfels Theaterstück, und sein Roman *Das Lied von Bernadette*, den Werfel dem lieben Gott versprochen hatte, wenn er denn nur über die Pyrenäen käme und also gerettet werde, und den er dann tatsächlich auch geschrieben hat, mit aller Hingabe und aller Pein ... Lion will jetzt etwas anderes denken, er ist heute länger als gewöhnlich am Wasser, es wird langsam kühl, der Magen macht ihm zu schaffen, er verspürt eine ständige Reizung, Arbeit ist Ablenkung, Spazierengehen ist Ablenkung, der Brecht ist manchmal mit ihm gegangen hier unten, war aber immer zu geschäftig, hatte keinen Blick für die Dinge hier ringsum, musste dauernd debattieren, kaum in der Villa wieder angelangt, Marta hatte Kleinigkeiten zum Essen vorbereitet, setzte er die Debatte fort, alles Äußere war ihm hinderlich, er wollte eine möglichst neutrale Umgebung. So ist das mit dem Brecht, kaum will man einmal nicht mehr an ihn denken, fällt er einem wieder ein, als wäre der Brecht noch da und übe auch jetzt noch Kontrolle aus, er führt in unseren Köpfen Regie, so schnell gibt er nichts verloren. Brecht erzählte mir, am fünfundzwanzigsten Juni neunzehnhundertvierundvierzig habe er den Horkheimer getroffen, den er ja als Luxuslinken bezeichnete, den er eigentlich überhaupt nicht habe sehen können, Brecht hat immer den Horkheimer nachgemacht in seiner Manier, und das war wirklich unnachahmlich, nämlich abstoßend, der Horkheimer habe ihm also erzählt, der Werfel sei ein Ausbeuter. »Der heilige Frunz von Hollywood, das Geschwerfel«, wie Brecht ihn titulierte, habe für seinen Broadwayerfolg *Jakobowsky und der Oberst* die Erzählungen eines Emigranten ausgeschlachtet, der dafür nichts bekommen habe. Und da sei der Werfel hingegangen und habe dem Horkheimer, der ihm diesbezüglich Vorhaltungen gemacht habe, gesagt, »Genügt es Ihnen nicht, dass ich den Erzählungen ein unsterbliches Denkmal gesetzt habe?«, worauf Horkheimer abgezogen sei, Brecht aber sei vor Lachen in die Knie gegangen. Der Brecht muss nur reden, er war zwar gewissermaßen mein Freund, aber wen der alles ausgebeutet hat, das macht ihm so schnell keiner nach. Das alles werde ich dem Arnold schreiben. In Wahrheit aber hat der Brecht dem Werfel diesen kolossalen Erfolg geneidet, denn am Broadway hätte er selber gern groß rauskommen wollen, das hat er ja immer angestrebt. Wie der Schönberg war er seiner Zeit voraus, zumindest der amerikanischen, vom europäischen Standpunkt aus gesehen, nicht vom amerikanischen, in dem kam der Brecht genauso wenig vor wie der Schönberg, aber sind die Leute erst mal tot, kann man sie ehren, dann macht man eine Gedenkveranstaltung hinter vorgehaltener Hand, Brecht tot, Schönberg tot.

Lion quält dieses gebetsmühlenartige Wiederholen der Sachverhalte, die letzten Tage hat er während des Spaziergangs am Strand immer dasselbe gedacht, und Arnolds Brief kam da gerade recht, dass er auch heute wieder dasselbe denkt. Sind das diese zwölf Stunden, die der Emigrant nur sich selbst betrachtet, weil ihn sonst niemand betrachtet? Mir ist es aber doch nie langweilig gewesen, ich hatte doch immer meine Bibliothek, meinen Goya, und hat Langeweile einmal tatsächlich gedroht, habe ich meine Bibliothek komplettiert, dann bin ich wieder auf Reisen gegangen in fernen Folianten. In letzter Zeit hat das Auf-sich-selbst-verwiesen-Sein Überhand genommen, das merkt Lion deutlich. Auch hat er gar keine Lust mehr, sich eingehend in seine Bücher zu vertiefen. Heimat ist ein Haus, das hat er hier gelebt, und sein Haus war ihm immer Heimat. Villa Aurora, sein wahres Schloss am Meer.

Er hat das Gefühl, sich mit dem täglichen Spaziergang zum Meer selbst zu zitieren. Die Selbstwahrnehmung ist eine feine

Einrichtung. Sie ist kaum zu überlisten. Wenn aber die Selbstwahrnehmung das Wahrnehmen der Dinge ringsumher ... in
den Schatten stellt ... verdrängt ... das hat etwas mit Angst zu
tun, ich habe angefangen, mir beim Sprechen genauestens zuzuhören, ich denke manchmal, ich rede in einer anderen Zeit,
und es sind noch alle da. Auch beobachte ich ständig meine
Hände, ich schaue sie an, als ob an ihnen die Zeit sichtbar
wäre, die ohne Unterlass vergeht. Nichts mehr ist unbeschwert, und dauernd meine ich, auf etwas achtgeben zu müssen. Warum soll ich also Pacific Palisades verlassen, ist es nicht
das Exil nach dem Exil? Ich bin zu alt für ein Schiff namens
Deutschland, das erneut das Ruder rumreißt. Andererseits
sind die Kulissen hier deutlich erkaltet. Kein Brecht mehr, kein
Heinrich Mann, kein Thomas Mann mehr, kein Schönberg.
Der Magen. Ich spreche andauernd mit mir selbst. Die anderen haben mich ja für eine Frohnatur gehalten, der Lion, das
ist ein Netter, ein durch und durch freundlicher Typ, der hat
die Sonne im Herzen. Der Lion versteht sich aber selbst nicht
mehr. Mit der Marta habe ich das einmal zu erörtern versucht,
wie das bei ihr ist, spazieren gehen am Strand und nachdenken, wie sich das verhält, und sie hat nur gesagt, kein Problem.
Was tu ich also? Spazieren gehen am Strand und nachdenken
also, das alte Kantproblem, nur dass der keinen Strand kannte.
Ich gehe am Strand spazieren. Ich sehe, wie ein Bein nach
vorne kommt, mein Bein. Das wäre ja normalerweise keiner
Feststellung wert. Wie schaffe ich es, mir das nicht auch noch
immer sagen zu müssen? Ich muss mich selbst vergessen. In
einem schlauen Buch habe ich einmal gelesen, dass wir um
Himmels willen froh sein können, nicht auch noch unseren
Blutkreislauf selber regeln zu müssen, und auch Leber und
Niere funktionierten ohne unser Zutun. Dafür habe man
dankbar zu sein. Also nicht so tun, als könne man jederzeit
eingreifen ins Körpergeschehen. Und permanente Selbstbe-
obachtung kennt ja nur eine Befreiung: eingreifen. So hat je-

der seine Macken. Mir hat man immer nachgesagt, ich sei ver-
mögend und teile nicht die Probleme der anderen Exilanten,
die materiellen schon gar nicht. Wir sind hier auf Abstand. Zu
mir selber habe ich erst einmal Abstand lernen müssen. Ich
suchte nach Worten, nach Gedanken, die mir diesen Abstand
verschaffen helfen. Verhaltensmaßregeln kann man ja in Trop-
fenform, als Zäpfchen oder ganz suggestiv mittels Worten infiltriert bekommen. Tropfen und Zäpfchen vergehen, Worte
bleiben. Wie ein Morgengebet lernte ich früh einige Zeilen aus
dem Talmud. Diese Zeilen waren so kreisförmig, dass man sie
schnell auswendig lernen und ebenso schnell abrufen konnte.
Und hier sind sie also wieder, die mich auf die Kinderbeine
stellten, die mich überdauern ließen, Geduld einübten, aber
auch diese verflixte Selbstwahrnehmung:

Achte auf deine Gedanken,
denn sie werden Worte.

Achte auf deine Worte,
denn sie werden Handlungen.

Achte auf deine Handlungen,
denn sie werden Gewohnheiten.

Achte auf deine Gewohnheiten,
denn sie werden dein Charakter.

Achte auf deinen Charakter,
denn er wird dein Schicksal.

Worauf soll ich achten, wenn ich auf meinen Charakter achte?
Das wäre ja das Schönste, wenn die Selbsteinschätzung das
Maß aller Dinge ist. Der Brecht hat sich darum nie geküm-
mert, zumindest nach außen hin nicht. Er war das Maß aller

Dinge, der Thomas Mann natürlich auch. Deswegen mussten die sich auch aus dem Weg gehen. Ich ging da eher so durch. Auf meinen Spaziergängen am Strand hat mich Thomas Mann nie begleiten wollen, zu mir in die Villa den Paseo Miramar hinaufkommen schon, den Spaziergang am Meer finde er aber langweilig, hat er mir mehrfach versichert. In meiner Villa könne er befreit von aller Last im Schaukelstuhl sitzen und mit meinen anderen Gästen reden, das heißt, die anderen reden, Thomas Mann hört zu …

Während er hier am Strand sitzt und auf seine alten Tage noch ein Pelikanforscher werden will, erinnert Lion sich an ein Gespräch mit Thomas Mann über die Wunder der Natur. In seinem Kopf arbeitet bereits folgendes Dramolett:

Die Villa von Feuchtwanger. Thomas Mann und Feuchtwanger befinden sich allein im größten Raum. Thomas Mann schaukelt im Schaukelstuhl und raucht eine Zigarre.

Die Pelikane, werter Feuchtwanger. *Thomas Mann bemüht sich, gleichförmige Rauchzeichen abzugeben.*

Die müssen Sie endlich einmal in natura anschauen, werter Mann, das ist schon ein gewaltiger Unterschied, ob man sie nur im Buch sieht, und das auch noch schwarzweiß, oder ob man sie leibhaftig vor Augen hat.

Bei den Moslems gelten sie als heilige Vögel.

Auch wieder nur aus Büchern.

Jawohl, aber ansehen kann man ihnen das nicht, das heißt, wir sehen ihnen das nicht an.

Wollen Sie nicht wissen, warum das bei den Moslems so ist? Schon.

Es ist ihre ausgesprochene Friedfertigkeit. Und ihr soziales Engagement.

Thomas Mann schaut Lion erwartungsfroh an. Lion ertappt sich dabei, kurz vor der Kapitulation zu stehen. Das ist die vermaledeite Strategie dieses Manns, überall nur Wissensquellen anzuzapfen, Brauchbares für seinen aktuellen Roman. Und da-

*nach wieder alles zu vergessen, um Platz zu schaffen für das
nächste Durchgangssyndrom. Weil Feuchtwanger nichts sagt,
setzt Thomas Mann seine Rede fort.*

Die Moslems sehen im Pelikan nicht den Pelikan, der interessiert die gar nicht als Pelikan. *Thomas Mann denkt nach,
Lion wartet auf den moslemischen Pelikan.*

Es geht hier allein um die Schwachen, Alten und Kranken.
Bei den Pelikanen ist Darwin nämlich ausgestorben. Darwin,
mein lieber Feuchtwanger, der missverstandene, aber dessen
ungeachtet hintergründige Star des Dritten Reichs.

*Jetzt schaltet sich Feuchtwanger ein, den das kalifornische
Klima sichtlich besänftigt.*

Wie das?

Er möchte gerne einwenden, dass dies doch ein überaus luxuriöser, keineswegs am real existierenden Volk geschulter Standpunkt sei, winkt aber innerlich ab.

Was machen die Pelikane denn anders?, *fragt er.*

Man wird alt, krank und schwach. Man kann nicht mehr
man selbst sein, so wie man unwillkürlich man selbst war mit
zwanzig, mit dreißig oder vierzig, *erwidert Thomas Mann.*
Und jetzt versetzen wir uns mal in den Pelikan. Wir als Pelikan
können nur noch dahintreiben, getrieben von einer Luftblase.
Auf der sitzt er nämlich, lieber Feuchtwanger, wenn er auf dem
Meer sitzt und nicht gerade Fische fängt. Oder wir als Pelikane
müssen an Land bleiben, wir haben nicht mal mehr die Kraft,
ins Wasser zu gehen.

Thomas Mann schaut Lion durch seine vornehme Brille an.

Kommt denn dann der Notarzt, oder was machen die Pelikane anders?

Der Pelikan lebt vom Fischfang, werter Feuchtwanger.
Wenn er dem Fischfang nicht mehr nachgehen kann, stirbt er.
Genau da aber setzt das besondere soziale System der Pelikane
ein. Der Pelikan bildet gemeinhin eine Kolonie, und zwar eine
sozial bestens austarierte. Da übernimmt jeder Verantwor-

tung. Wenn der Pelikan also einmal alt und krank und schwach ist und selber nicht mehr auf Fischfang gehen kann, und jetzt kommt's, werter Feuchtwanger, dann wird er nicht etwa allein gelassen, dann muss er nicht etwa allein gelassen am Strand verhungern, sondern er wird von seinen Artgenossen mit Nahrung versorgt. Das ist ein Ding, mein Lieber, was?

Und deswegen gilt er den Moslems als heiliger Vogel?

Exakt. *Thomas Mann lehnt sich in seinen Schaukelstuhl zurück und tut einen tiefen Zug. Lion muss sich jetzt etwas einfallen lassen, dass er ihn vielleicht doch noch zu einem gemeinsamen Spaziergang am Strand überreden kann, eine Attraktion muss her.*

Wissen Sie denn auch, mein lieber Herr Mann, was die Pelikane in der Balzzeit so treiben?

Sie werden es, um Ihren Ausdruck aufzugreifen, vermutlich treiben.

Schon. Aber bevor es so weit ist, geben sie sich wirklich Mühe.

Das will man doch auch von einem zivilisierten Volk erwarten.

Aha. Jedenfalls, ob sie es wollen oder nicht, und meistens ist es ja so, dass die Natur das einfach entscheidet, zunächst machen die Geschlechter da keinen Unterschied …

Mein sehr verehrter Feuchtwanger, vielleicht können Sie auf den Punkt kommen. Das geht am besten so: Sie lassen das Beiwerk beiseite und steuern direkt die Details an.

Sehr wohl. Es ist also Balzzeit. Und wie sehen da unsere Pelikane aus? Beide Geschlechter sehen fast gleich aus. Auf dem Kopf tragen sie plötzlich gelbe Federn, sie haben gelbe Augen mit einem rosa Rand, der Schnabel hat sich innen blutrot gefärbt.

Das muss es doch jetzt sein, denkt Lion, das muss ihn doch zutiefst beeindrucken.

Das sind halt keine Draufgänger, lieber Feuchtwanger. Die Wimpel auf ihrem Kopf signalisieren dem anderen Geschlecht, es ist soweit. Da wird dann nicht so ein Federlesen gemacht. Die Sache ist klar, die Sache geht klar.

Während Feuchtwanger Ausführungen macht über die Bedeutung des fast unkontrollierten Kopfnickens der Pelikane als Signal des nicht mehr zu bremsenden Begattungsdrangs und dass schließlich der Nestbau sowohl vom Weibchen als auch vom Männchen erledigt wird, erhebt sich Thomas Mann, ein Gähnen unterdrückend, aus seinem Sessel.

Aber jetzt kommt es doch erst: beide Meerespelikane bebrüten die Eier. Und nach sechs Wochen kommen die Jungen raus. Die Eier sind überproportional zu klein für solche Vögel. Hier wird an Raum gespart, wo es gar nicht nötig wäre.

Thomas Mann dreht Feuchtwanger bereits den Rücken zu. Er hat die Tür hinaus zum Flur fast erreicht.

Die Altvorderen würgen die Nahrung hoch, das tolldreiste Junge wächst über sich hinaus, springt immer höher und verschwindet dann im Schnabel des Alten. Es fällt plötzlich in den Schnabel des Alten hinein.

Thomas Mann reagiert nicht. Die Haustür ist bereits offen, Thomas Mann macht Anstalten hinauszugehen. Feuchtwanger setzt nach.

Der Alte könnte das Junge jetzt hinunterschlucken –

Thomas Mann wendet sich um und schaut Feuchtwanger ein wenig indigniert an.

– und daran ersticken ...

Wohl kaum, mein lieber Feuchtwanger, wohl kaum.

Feuchtwanger ist froh, diesen Ausflug ins Reich der Einbildung beenden zu können.

Zehn Wochen alt, bringen die Jungtiere, kaum satt zu kriegen, mehr auf die Waage als die Eltern und überragen sie um Kopfeslänge.

Man kann das nachlesen, *erwidert Thomas Mann und reicht Feuchtwanger die Hand zum Abschied. Feuchtwanger ist erleichtert, dass der Abend ein Ende hat.*

Außerdem ist das bei dieser Nahrungspolitik ganz logisch, dass die Alten abnehmen, *setzt Thomas Mann nach. Trockenes Händeschütteln, die Tür fällt ins Schloss.*

Merkwürdig, dass die Kollegen alle nicht so für die Natur waren. Der Brecht brauchte ein Gärtchen, das schon. Also fand die Weigel ein Haus mit Gärtchen. Und da hat der Brecht eine Reihe von Gärtchengedichten geschrieben, rührenden auch.

Der Eisler hatte ein eher zwiespältiges Verhältnis zur Natur. Literatur und Musik, das ja, jederzeit. Aber Natur? Naturschwärmereien konnte er gar nicht ausstehen, der Eisler. Man konnte ihn damit regelrecht aufziehen, dann ist er fast aus der Haut gefahren. Sätze wie »Es ist für mich das größte Glück, im goldenen Licht des Herbstes ins Tal hinabzublicken, es weht ein leichter Wind, die Blätter sind gülden, rot und braun, das Auge weidet, wohin es auch blickt, im Paradies der unberührten Natur«, solche Sätze brachten ihn auf die Palme, da merkte er gar nicht, wenn man ihn bloß zum Besten hielt. Eisler geht im Raum auf und ab, artikuliert, gestikuliert, vertieft sich in ungeheure Probleme der Kontrapunktik, er ist nicht zu stoppen, er macht den Eindruck, als spräche er vor einem Auditorium maximum, dabei sind nur Thomas Mann und ich noch anwesend, und der Mann betont stets sein heiteres Gefallen, das er an Eislers sprühendem Selbstgespräch findet – dann ist es höchste Zeit, dem Eisler von der Natur vorzuschwärmen, das bringt ihn ganz aus dem Konzept. Und der Thomas Mann? Den Thomas Mann amüsiert auch das, er bekommt sich gar nicht mehr ein, wenn der Eisler nicht nur über Kontrapunktik doziert, sondern diese auch praktizieren muss, Musik und Natur, das geht für den Eisler nicht zusammen. Ich will Ihnen mal was erklären, baute sich der ein Meter fünfundfünfzig Zentimeter große Eisler eines Tages vor mir auf, als ihm wieder einmal zu viele Quellen in die Musikbetrachtung flossen, ich sage Ihnen jetzt einmal was: Drei Bäume sind schon fast zu viel, und zwischen denen und mir wünsche ich ein Fenster. Den Thomas Mann hat es zerrissen. Ein Fenster, wieherte Thomas Mann. So war das.

Die Bienen

Ich wäre sehr froh, wenn wir uns verstehen wollten, anstatt einander zu durchschauen, hat der Werfel einmal gesagt. Da ist was dran, sagte Thomas, der über diesen Satz noch tagelang nachdenken musste. Thomas stand auf und ging weinen. Der Satz schlägt ein wie eine Bombe, sagte er, als er sich wieder an den Tisch setzte. Jetzt ist der Krieg aus, und beide sind tot, schreibt Katia. Wir kommen nie an, schreibt sie. Auf einsamen Spaziergängen mag es uns noch gelingen, zu uns selbst zu kommen, wenn wir uns ermahnen. Kaum finden wir in Gesellschaft zurück, sind alle Vorhaben verflogen. Wir flattern weg, wie alles Gemüse verfault auf jenem Gemälde, das einen nur aus Gemüse bestehenden Menschen darstellt. Wir stieben auseinander. Unsere Angst besteht darin, uns nicht halten zu können. Wir leben auf ein Ziel hin, und haben wir dieses Ziel erreicht, stellt sich keine Zufriedenheit ein, im Gegenteil, wir sind um eine Enttäuschung reicher. Zeit unseres Lebens fragen wir uns, was wir falsch machen. Wie lange kann es denn auch andauern, sich zufrieden zurückzulehnen und das Leben entspannt zu genießen? Eine Woche? Einen Tag? Eine Stunde? Keine Minute? Dauernd auf dem Sprung, etwas zu unternehmen, das die Unruhe vertreibt, die Angst, dem Sterben immer näher zu kommen. Ich schreibe, um noch nicht zu sterben. Schreiben konserviert den Tod. So könnte ich das, was ich tagtäglich an dem von mir bis zur Selbstverleugnung geteilten Schriftstellerleben von Thomas beobachtet habe, in wenigen Sätzen zusammenfassen, schreibt Katia. Unser Fazit ist, wie man sieht, äußerst erbärmlich, wir haben auch gar keine Zeit mehr, etwas zu revidieren, unser gesamtes Leben haben wir damit zugebracht, etwas zu revidieren, und dann kommt der Tag, an dem wir des Revidierens überdrüssig sind. Wir geben unumwunden alles zu.

Es lässt sich nicht leugnen, dass ein Leben, das man so ausschließlich in den Dienst eines anderen gestellt hat, nach dessen Erlöschen nicht mehr recht sinnvoll erscheint. Ich sage es frei heraus: Ich bin rüstig und lebe nicht gern.

Was das Sterben anbelangt, so sind fast alle schon gestorben. Bertolt Brecht ist gestorben, Lion Feuchtwanger ist gestorben, Heinrich Mann ist gestorben, Thomas Mann ist gestorben, Franz Werfel ist gestorben, Arnold Schönberg ist gestorben. Man bleibt allein zurück. Die Erinnerungen drängen sich auf, sie branden an, und man hat Sorge, dass die Dämme brechen. Nichts aus unseren Erinnerungen finden wir in der Realität wieder. Dort erscheint alles ausgetauscht, neu besetzt. Wir sind halt aus einer anderen Zeit, müssen wir uns eingestehen. Das scheint auch der Blick der anderen zu bedeuten, den wir als mitleidig empfinden, auch wenn er vielleicht nur gleichgültig ist. Die Zeit ist abgelaufen, wir sind nur unsere eigenen Überhänger. Dass aber so gar nichts abzulesen ist an unserer Umgebung, nichts deutet darauf hin, dass es uns gegeben hat.

Es ist merkwürdig, durch Straßen zu gehen, durch die man vor Jahren mit Freunden und Bekannten gegangen ist, und diese Freunde und Bekannten sind nicht mehr da. Als fehlte das Zentrum. Die Straßen sind auch jetzt belebt, und es gehen viele Leute umher, allein es wirkt ganz unbelebt. Und alle Leute müssten wissen, das hier jemand fehlt, aus Rücksicht sagt es aber niemand. Das Tageslicht ist schwächer, die Farben der Hausfassaden sind matter geworden. Die Bäume stehen da, als stünden sie ein letztes Mal voll Laub. Und in der Luft liegt ein Geruch, den man von der Kindheit her zu kennen meint, der sofort traurig macht.

Nach dem Tod von Franz Werfel traf ich Alma im Atelier ihrer Tochter Anna. Was ist aus Werfel geworden? Eine Büste. Auch aus Mahler ist eine Büste geworden, und aus Schönberg ist auch eine Büste geworden. Selbst aus Gropius ist eine Büste geworden, und aus Kokoschka ist auch eine Büste geworden. Inmitten dieser Büsten sitzt Alma. Jetzt hat Alma sie alle ganz. Mit den Büsten ihrer Tochter Anna und der Mahler-Büste kann sie ganz neue Konstellationen heraufbeschwören. Der abgemagerte, gespenstische Schönberg. Er kann sich nun Mahler in aller Ruhe zuwenden. Keine Spur eines Streits in ihren Gesichtern. Die Büsten schauen sich an, Alma schaut die Büsten an. Werfels Kulleräugigkeit ist mit einem Mal eingefroren. Er scheint an diesen Gesprächen nicht beteiligt zu sein. Mahler hatte Schönberg zunächst nicht kennenlernen wollen, den Jüngeren hatte Mahler zunächst nicht treffen wollen, erzählte Alma. Sie hat Schönberg aber als Genie erkannt, wie sie selber nicht müde wird zu berichten, und da er nun mal schon ein Genie war, sollte Mahler ihn auch kennenlernen. Was hatte man sich zu sagen. Ein Genie gibt einem anderen Genie die Hand. Danach hat man sich schon nichts mehr zu sagen. Man schaut sich in die Augen, erkennt die Augen des Gegenübers eindeutig nicht als die eigenen, schon verliert man das Interesse. Wie hieß der nochmal? Ach ja, Schönberg, richtig. Das ist ja ein ganz anderes Musikverständnis, das ist ja aus einer ganz anderen Zeit, aus der Vergangenheit ist das jedenfalls nicht. Jetzt aber können sich Mahler und Schönberg gegenüberstehen, als Büsten. Keiner lässt den anderen aus dem Blick, und Alma wacht darüber. Wenn sie die Schönberg-Büste nur ein klein wenig, ein bisschen nur nach links oder rechts dreht, verliert Schönberg den Mahler aus den Augen. Um diese Macht, die sie da hat, weiß Alma natürlich. Also dreht sie die Büste von Mahler ein klein wenig nach rechts, und schon schießen die Blicke aneinander vorbei. Der Blick einer Büste muss ja einen Halt finden, so aber bohrt sich Mahlers Blick, der schönste Blick, ins Abseits, in die Wand. Und Werfel? Werfel mit seinem eingefrorenen Blick ist außerordentlich gut getroffen. Werfel scheint immer noch zu rauchen. Es liegt Rauch über seiner Büste. Ein strahlendes, glänzendes Gesicht aus Stein. Aus einem Stück gehauen. Anna hat an den Augen lange herumgedeutet. Jetzt sind sie wie lebendig.

So verbringt Alma ihren Lebensabend. Die Vergangenheit immer greifbar.

Und Thomas? Bis zum Schluss hatte er daran geglaubt, dass die Rückkehr zu einem normalen Dasein näher rückt. Oft sagte er, das sei zeitlebens unsere Hoffnung. Das Leben ist ja in steter Besserung begriffen, hat er noch auf dem Sterbebett gesagt. Es scheint mir, sagte er da, mir liegt seit Jahren etwas im Magen. Jahrelang habe ich das nicht wahrhaben wollen, jetzt klagt es sich ein. Es sei ihm, als habe er zu viel gegessen. Überhaupt sei er schwächer geworden, scheine ihm. Immer noch versuchte er, das Gefühl der Schwäche zu unterscheiden, Klarheit zu gewinnen über seine verschiedenen Ursachen. Unumwunden sprach er noch kurz vor seinem Tod von bloßen Nebenerscheinungen, die seinen allgemeinen Schwächezustand ausmachten, als Hauptübel hatte er die Stauung im Bein ausgemacht, die aber in steter Besserung begriffen sei, sodass von ihm aus einer Rückkehr zu einem normalen Dasein in Verbindung mit einem normalen Alltag eigentlich nichts mehr im Wege stehe. Diese Schwere im Magen, das allerdings ließ ihn nicht los, die konnte er sich nicht erklären, wo es doch beinahe nichts sei, was er esse, alles scheine aus dem Kopf durch den schweren Magen in dieses Bein gerutscht, so leicht sei ihm manchmal ums Herz, allein der Magen spreche eine andere Sprache. Er lasse sich aber von seinem Körper nicht den Geist dirigieren. Das habe er schon am Pazifik so gehalten, sagte Thomas, ganz nach Ovid: »Schaffend soll ich die traurige Zeit mir erheitern,/daß nicht in Trägheit mir schimpflich versiege der Geist.« Wenn es eines Tages so weit sei, dass er über sich selbst keine Auskunft mehr geben könne, wenn er eines Tages nicht mehr sicher sei, wessen Körper das sei, der jeden Morgen mit ihm aufwache, das Erschrecken darüber, dass eine ihm fremde Hand, kalt und ganz blass, ihn kurz nach dem Aufwachen anfasse, die erst langsam zu sich komme und sich eigentümlich an ihm zu schaffen mache, indem sie zum Beispiel Kontakt zu der anderen Hand suche, die ohne Zweifel seine eigene Hand sei, und wenn die ihm fremde Hand dann in seinem Gesicht kratze, wo es tatsächlich auch jucke, was diese fremde Hand aber doch nicht wissen könne, wenn er also feststellen sollte, dass sein Geist aus dem Körper gefahren sei, dann stünde der Tod wohl kurz bevor. Er erinnerte mich noch einmal daran, dass er bereits vor zehn Jahren gestorben sei, wie er das auch der amerikanischen Presse mitgeteilt habe. Ich werde so alt wie meine Mutter, und es ist mir vorherbestimmt, im selben Alter zu sterben wie sie. Ich sterbe im Alter von siebzig Jahren.

Dann am elften August des Jahres gegen Abend ein Schwächeanfall. Nichts sei es, was er noch esse, konnte und wollte er sich nicht beruhigen, am Morgen des zwölften August ein schwerer Kollaps. Die in dessen Folge verabreichten Bluttransfusionen und Infusionen bleiben genauso ohne Wirkung wie stimulierende Injektionen. Thomas ist bei vollem Bewusstsein. Am Abend, vor dem Einschlafen, verlangt er seine Brille. Die Welt erscheine ihm unverändert, sagte er mit großen Augen, nur vielleicht ein bisschen enger, eintöniger. Er lag da mit der Brille auf der Nase, wusste aber nicht so recht, was er mit ihr anfangen sollte, war ihm die äußere Welt doch seit Tagen schon merklich entrückt. Ich will auch gar nicht mehr so scharf sehen, sagte er. Größe auch noch im Angesicht des Todes, davon hatte er oft gesprochen, mehr noch geschrieben. Dann verlangte er den Tschechow. Der bleibt, sagte er. Er habe da eine ganz bestimmte Geschichte im Kopf, wie es bei Tschechow ja immer ganz bestimmte Geschichten seien. In der Geschichte, die er suche, die er sich noch einmal ansehen wolle, hat jemand etwas verloren, das er gerne wiederhaben möchte. Die Umstände, die ihn das, was er verloren hat, abhanden haben kommen lassen, sind die denkbar widrigsten. Der Mann, um den es in der Geschichte geht, hat ein Bein verloren. Wie viel von uns können wir im Leben verlieren, und es sind immer noch wir? Ab wann sagen wir, dass wir es nicht mehr sind? Ich habe Menschen gesehen, sagte Thomas, die waren nur noch Kopf und Rumpf. Sah man diese in einem eigens für sie angefertigten Gefährt hockenden Menschen lange genug an, hatte man den Eindruck, sie sind nur noch Kopf. Ein sprechender Kopf, der lachen und weinen kann. Manchmal hockten diese Menschen nur auf einem Karren, der keine Verwendung mehr fand. Dieser Mensch fand auch keine Verwendung mehr. Und trotzdem redete er mit, er sprach über das Wetter und über die Politik, und man ertappte sich dabei, diesem Menschen das nicht zugebilligt zu haben. Thomas hat mir die Geschichte vorgelesen, nachdem er die Stelle mit dem Mann und dem verlorenen Bein endlich gefunden hatte. Auf den Tschechow hielt er die größten Stücke. Es sei gut, immer wieder auf entscheidende Dinge zurückkommen zu können. Entsetzlich sei ihm die Vorstellung, diese Dinge könnten eines Tages abhandenkommen. Und geradezu eine Kränkung stellte für ihn der Umstand dar, dass diese Dinge ihn überleben, dass sie in die Hände anderer übergehen und sich dies so ohne Widerstand gefallen lassen. Was passiert mit meiner Bienensammlung?, fragte Thomas, als er noch einmal Tschechows Geschichte von den Stachelbeeren gelesen hatte. Alles wird zum Stillleben, nachdem es ausgestorben ist. Die letzten Bienen, aufgenadelt auf ein kleines Brett. Hinter Glas gesetzt, hatte Thomas die Bienensammlung in Sichthöhe an der Wand rechts von seinem Schreibtisch hängen. Die letzte Zeit verbrachte er schreibend immer auf dem Sofa, da ging alles besser von der Hand, sitzen war ihm unmöglich geworden. Die wiegen fast nichts,

die Bienen, sagte er. Ausgeflogen, ausgesummt. Die Stelle beim
Tschechow hat er sich angestrichen. Jedem, der ihn besuchen
kam, las er die Stelle vor. Er fand sie irgendwie tröstlich, hatte
er sein Bein doch nicht verloren, nur sein Leben würde er verlieren, was er aber nicht zugeben wollte, jedenfalls sprach er
nicht davon. Kam jemand ihn besuchen, konnte er es gar nicht
abwarten, die Stelle vorzulesen. Er fing irgendwelche Gespräche an, die er dann geschickt in Richtung Tschechow
lenkte, und war er erst mal bei Tschechow angekommen, holte
er das Buch hervor mit den Worten, Aber das muss ich doch
jetzt vorlesen, da nutzt das Nacherzählen gar nichts, das kann
man nur mit Tschechows eigenen Worten wiedergeben. Nach
einem kurzen Exkurs über die Übersetzungsfrage, die auch
ihm zeitlebens nur Kummer bereitet hat, setzte er endlich die
Brille auf, nahm das Lesezeichen aus dem Buch und las: »Auf
einem Bahnhof mußte ich einmal Viehherden begutachten, da
geriet ein Pferdehändler unter die Lokomotive, und ihm
wurde ein Bein abgefahren. Wir brachten ihn in den Warte-
saal, das Blut floß, eine schreckliche Geschichte, er aber bat,
man möge sein Bein suchen, und war ganz unruhig – in dem
Stiefel des abgefahrenen Beines steckten zwanzig Rubel, die
durften nicht verloren gehen.« Nicht zu fassen, sagte er selbst,
während der Besucher verwundert war über Thomas' brennende Begierde, gerade eine solche Stelle vorzulesen. War ein
Besucher ihm besonders vertraut, zeigte er ihm anschließend
das Bienenbrett, das er ebenfalls in seinem Nachtschränkchen
bereithielt und auf das er ab und zu selbst einen Blick warf.
Einmal war eine Biene von der Nadel gegangen und schwirrte
im Kästchen umher. Thomas ließ den Arzt kommen, der sie
mit einer feinen Pinzette herausholen und wieder aufs Brett
nadeln sollte. Unter allen Umständen sollte der Arzt dafür
Sorge tragen, dass der Biene kein Flügel breche oder dass ihr
Körper zerfalle. Behandeln Sie die Biene wie einen teuren Pa-
tienten, sagte Thomas dem Arzt. Nach gut fünfzehn Minuten

kam der wieder ins Zimmer herein, mit frohem Gesicht, und reichte Thomas seine kleine Bienensammlung, wo nun wieder alles an Ort und Stelle war. Nichts ist haltbar, sagte Thomas dankend. Wenn er eine seiner Bienen anschaue, stelle er sich ihren Lebensweg vor und versuche, ihn abzulesen. Die Bienensprache, die Tanzsprache, eine so wichtige Entdeckung wie die Entzifferung der Hieroglyphen, sagte Thomas. Eine Einrichtung wie das Lesen, sagte er. Der Leser vollzieht die Bewegungen des Geschriebenen und Gedachten nach. Eine Art Schwänzeltanz auch das. Zehn Jahre ist das erst her, dass der Bienentanz entziffert werden konnte, und noch immer ist vieles ein Geheimnis. Ob es eine Beziehung gibt zwischen dem Entziffern des Bienentanzes und dem Verschwinden der Bienen? Es ist zuviel hineingeleuchtet worden in die Natur. Da macht es die Natur dunkel. Der Mensch wird eines Tages, so es ihn noch gibt, nicht mehr in Landschaftsparks und abgezirkelten Naturarealen umherspazieren, er wird von einem Museum ins andere gehen, und in jedem Museum findet er ein anderes Detail des Verschwundenen, des Untergegangenen, eine einzige große Nature morte, ein Rundgang der letzten Dinge. Finis gloriae mundi und Feierabend.

Solche Gedanken erfrischten Thomas regelrecht. Friedlich atmend war er ganz entspannt und empfand keinerlei Schmerzen. Er wollte seinen schönen Ring mit dem dunklen Stein anziehen. Kostbarkeiten gegenüber war er immer aufgeschlossen. Die kleinen Dinge erfreuten ihn besonders, bis zuletzt. Er lag im Bett und blickte eine Weile in den Stein. Das sei tröstlich, meinte er. Der Blick in den Stein ersetze das Meer, das er am unfreiwilligen Ende des letzten Urlaubs in Holland ja nicht mehr habe sehen können, nachdem der Arzt völlige Stilllegung des Beines und kompromisslose Arretierung des Bettes verordnet hatte. Im Nachhinein habe er es kaum überwinden können, dass das Bett vor dem ärztlichen Verbot nicht einfach in die andere Richtung gedreht worden sei. So habe er sich mit dem Umstand begnügen müssen, das Meer, von dem er so gerne noch Abschied genommen hätte, in seinem Rücken zu wissen. Liebe zum Meer, das sei nichts anderes als Liebe zum Tod. Mit dem schönen Ring ist er beerdigt worden.

Erika hatte ihm ihren Wachtraum erzählt, den sie einfach nicht für sich behalten konnte. Der Wachtraum war die Folge eines Schlafmittels, das sie anstatt schlafen halluzinieren und laut weinend durch eine Klinik irren ließ, in die sie eingewiesen worden war. Sie träumte, die Ärzte wollten ihrem Vater das geschwollene linke und auch das andere Bein amputieren, was sie unter allen Umständen verhindern wollte. Es sei, da war sie sich ganz sicher, ein Durchbruch, der das Bein so habe anschwellen lassen, und an diesem Durchbruch, der durch nichts aufzuhalten sei, werde er mit Gewissheit sterben. Was da durchbreche, konnte sie beim besten Willen nicht sagen. Von einer Thrombose war noch gar keine Rede. Die Beine hat man dann nicht abgenommen. Thomas hörte Erika interessiert zu, als werde in diesem Traum über wen anders verhandelt. Man müsse daraus eine Geschichte machen, sagte er, in der Traum und Wirklichkeit, wie könnte es anders sein, schließlich ununterscheidbar seien.

Nein, übersetzen könne man ihn nicht, da sei nichts zu machen, wechselte Thomas wieder das Thema. Seine Bücher seien ja schon Übersetzungen, eine Anverwandlung ins Deutsche. Thomas Mann, schreibt Katia, der sich nirgends in der Welt eingebettet fühlte, ein Unbehauster, der es gleichwohl gewohnt war, komfortabel zu wohnen in der Fremde, war zu Hause nur in der deutschen Sprache, er wohnte in der deutschen Sprache, die ihn so umklammerte, sie ließ ihn nie fort, wohin er auch ging. Im Englischen, sagte er immer, habe ich gar kein Licht, ich hause da in einem Sprachloch, aus dem ich keinen Ausblick habe, ein schimmerndes Gebilde ist das, ein Schwamm, ein Gespinst, ich sitze ganz in meiner Heimatsprache fest, mit der ich mich in dieses Sprachloch hineinzwängen muss. Wenn ich eines nicht vertragen kann, ist es Enge. In eine Fremdsprache kann ich gar nicht hineindenken, geschweige denn, aus ihr herausdenken. In die manchmal verzweifelte Lage gekommen, mit nichts anderem als dieser Fremdsprache kommunizieren zu müssen, kann ich diese Fremdsprache höchstens imitieren, ich spreche Englisch und denke gleichzeitig Deutsch, ich denke, wie merkwürdig das klingt, und mein Gegenüber merkt sofort, dass ich das denke. Mein vegetatives System hat die Fremdsprache geschlossen auf Distanz gehalten. Zürich war also eine Sprachentscheidung, er wollte See und Gebirge, die er so liebte und die er in Worte fassen konnte. Die Sehnsucht nach dem Heimatland hat ihn bezwungen, wenn auch das Heimatland nur die Sprache war. »Voll Tränen traf ich alles wieder an«, wie es so schön bei Euripides heißt, das wollte er sich ersparen, dann hätte er dauernd weinen müssen, sagte er. Auf einen Besuch, das ginge, ein dauerhafter Aufenthalt in Deutschland, das im Westen nicht müde wird, Thomas zu beschimpfen, ist völlig ausgeschlossen. Am schlimmsten waren die deutschen Patrioten in Amerika, die sich, kaum zeichnete sich das Ende des Krieges ab, mauserten, als könnten sie jetzt eine Welttournee antreten und sich überall als Deutsche feiern lassen. Von den Ichwarnichtdabeis in deutschen Landen ganz zu schweigen, schreibt Katia.

Mein Paradies hieß Princeton, dahin wäre ich liebend gerne zurück. Oder in die französische Schweiz, wo sich für Thomas aber wieder das Sprachproblem aufgetan hätte.

In Amerika nach Roosevelt war jedenfalls kein Bleiben mehr. Pacific Palisades, der goldene Käfig, das war Natur ohne Menschen, ein goldener Käfig, in dem man unabsehbar und ununterbrochen saß und sich vorkam wie Ovid am Schwarzen Meer. Erzwungene Zweisamkeit inmitten eines übergroßen Living Room. Hustet man, schallt es vom Ende des Raumes scheppernd zurück. Wie es aber so ist, kaum findet man etwas

auszusetzen am Gegenwärtigen, das Haus in Erlenbach ob des
Zürichsees war eine einzige Enttäuschung, man bekam regelrecht Klaustrophobie, die Decken waren zu niedrig, die kalifornischen Möbel waren kaum unterzubringen, wie das dann
so ist, fängt man an, Vergangenes zu verklären, Thomas wollte
wieder in seiner Sofaecke in Pacific Palisades sitzen. »Werde
das Haus in Pacific Palisades nie verschmerzen und hasse dieses hier«, schrieb er in sein Tagebuch. Kilchberg, die Alte
Landstraße, konnte endlich Abhilfe leisten. Prompt die Quittung im Tagebuch: »Die Kombination meines Arbeitszimmers
mit der Bibliothek ausgezeichnet«. Lange hatte er dem Schönberg'schen Sessel hinterhergetrauert, was er aber dem Schönberg nicht antun wollte, der sich mit dem *Doktor Faustus*
schon genug neben das Gleis gesetzt fühlte. Für Thomas hatte
es einen außerordentlichen Wert, richtig zu sitzen. Und in
Kilchberg schloss sich der Kreis: »Bewegend, vor und nach Tische, wieder auf meinem Sofa aus Pacific Palisades zu sitzen«,
notierte er kurz nach dem Einzug in Kilchberg. Wenn er erst
einmal richtig saß, und richtig sitzen hieß für ihn zu vergessen, dass er saß, hatte er sofort einen Fünfhundertseitenroman
vor Augen, an den er sich sogleich machen wollte. Der Riss in
der Arterie verhinderte dies. Der Riss setzte ihn außer Kraft.
Er kehrte das Innere nach außen. Dieser Prozess ist von Anfang an nicht aufzuhalten gewesen. Das Obduktionsprotokoll
bestätigte Erikas Wachtraum. Ein Entzündungsprozess der
Venen, scheinbar ohne Ursachen. Die Entzündung in Aushei-
lung begriffen. Die schwere Verkalkung der großen Bein-Ar-
terien und infolgedessen eine durchgescheuerte Arterienwand
lösen eine Thrombose aus. Die durchgescheuerte Wand lässt
immer mehr Blut durch. In der Arterie entsteht ein reiskorn-
großer Riss, durch den die Blutung in das umgebende Gewebe
erfolgt. Allmählich werden die Nerven und, laut Protokoll,
»besonders die Geflechte des Sympathicus außer Funktion gesetzt«. Und weiter: »Dieser Prozeß hat sich im Laufe von Stun-

den entwickelt und war wohl noch nicht abgeschlossen bei Eintritt des Todes. Der Prozeß ist schmerzlos verlaufen, weil hier glücklicherweise keine Empfindungsfasern verlaufen. – Man kann sagen, daß diese Einwirkung eigentlich einer Ausschaltung des sympathetischen Systems gleichkommt.« Das liest sich, schreibt Katia, wie die Ausschaltung einer ganzen Nation, von der Machtergreifung bis zu Krieg und Zerstörung. Das, was schon innen ist, das Verborgene, infiltriert die nächste Umgebung und breitet sich immer weiter aus. Ausschaltung, Verdrängung. Und Exil.

Der Riss hat ihn ausgesaugt. Wie die Milben die Biene. Es ist merkwürdig, ein Leben von seinem Ende her zurückzudenken. Wir sollten das nicht tun können, es müsste uns verwehrt sein. Wir definieren alles über den Tod.

Hatte Thomas also am elften August gegen Abend zunächst einen Schwächeanfall, so überkommt ihn am Morgen des zwölften August ein schwerer Kollaps, in dessen Folge Bluttransfusionen verabreicht werden, die, genauso wie stimulierende Injektionen und alle erdenklichen Infusionen, ohne Wirkung bleiben.

Der Riss, der das vegetative System schließlich außer Funktion setzt. Der das Blut in den Körper hineinsickern lässt und diesen außer Funktion setzt. So ist es vor dem Einschlafen. So ist es mit der Sprache. Ob die Bienen schon wiedergekommen seien, fragte er, die seien der Welt abhanden gekommen, ob sie denn wieder da seien, sicher seien sie unterwegs.

Auf seinem Nachtschränkchen die Lieder der Trauer und die Briefe vom Schwarzen Meer. Beim Durchblättern fällt eine mit Bleistift markierte Stelle auf. »Sicher befreit mich der Tod, wenn er kommt, aus meiner Verbannung; / doch von dem Fehltritt kann auch nicht der Tod mich befrein. / Drum ist's nicht zu verwundern, wenn nun meine Seele dahinschmilzt / und nach der Art des vom Schnee rinnenden Wassers vergeht.«

Inhalt